怪侣奇踪

（小说编）

易洪斌 著

时代文艺出版社

图书在版编目（CIP）数据

怪侣奇踪 / 易洪斌著. —长春：时代文艺出版社，2018.3（2021.5重印）
（米萝文存）

ISBN 978-7-5387-5468-1

Ⅰ. ①怪… Ⅱ. ①易… Ⅲ. ①小说集－中国－当代 Ⅳ. ①I247

中国版本图书馆CIP数据核字（2017）第139239号

出 品 人　陈　琛

责任编辑　李贺来

装帧设计　陈　阳

排版制作　隋淑凤

怪侣奇踪

易洪斌　著

出版发行 / 时代文艺出版社

地址 / 长春市福祉大路5788号　龙腾国际大厦A座15层　邮编 / 130118

总编办 / 0431-81629751　发行部 / 0431-81629755

官方微博 / weibo.com / tlapress　天猫旗舰店 / sdwycbsgf.tmall.com

印刷 / 保定市铭泰达印刷有限公司

开本 / 710mm×1000mm　1 / 16　字数 / 351千字　印张 / 29.75

版次 / 2018年3月第1版　印次 / 2021年5月第2次印刷　定价 / 78.00元

图书如有印装错误　请寄回印厂调换

我到人间只此回

——《米萝文存》总序

这部"文存",自度系"速朽之作",于浩瀚的文化生态而言,几乎是一种可有可无的存在。自古以来,"悔其少作",废弃不成熟时的肤浅文字,乃是不少高人雅士的做法。我非雅士高才,虽无论文或画,可能永远也达不到自己和他人皆满意的境地,但还是敝帚自珍,将这部好不容易才整合成的"文存"作为"我写故我在"的证言,付梓出版,留给现在和以后还能记起我、想了解我的家人和朋友们。

"我到人间只此回",虽然此理人尽皆知,但当清末民初女词人吕碧城如此温婉、诗意地将"人总是要死的"这个残忍的真理表述出来时,仍然令人心生无尽感慨。这世界上的任何之地,很多你没去过,有些地方你去过,从可能性上讲,只要你愿意,没去过的你可以去,去过的也可再去。唯独"人间"这个地方,你离开后就再也别想故地重游了。

　　我们在人生之路上或急或缓地跋涉，或是自觉地朝向某个目标，或是漫无目的地徙行；或一路艰难困厄，风雨交加，或一路春风得意马蹄疾；或走得步步有雷声，处处留下巨大深刻的足印，或雨过地皮湿，什么痕迹也留不下，但不论你走对走错，走好走坏，走长走短，其实都是在由人生的起点走向人生的终点。

　　这么说来，人的生命之始就蕴含着生命之终，出场就是为了有朝一日的退场。而人生的价值就在这一始一终、一出一退的两点一线之间。但是，除极少数英雄豪杰能通过自己的人世游给"人间"打下"到此一游"的巨大印记，影响着历史进程、留下或物质或精神的历史遗存外，一般的凡夫俗子、芸芸众生在结束自己的人世游之后即灰飞烟灭了，就仿佛你从未来过这世界一样。生命的这种速朽性、唯一性给古往今来的人生旅者留下了无尽的咏叹和怅惘！

　　不过，有一种东西，或许多少能弥补你的不甘与遗憾，也许能让你再现逝去的生命、回味自己曾经历过的时代风云，所曾有过的思想情感，看世界、看人生的视角，且可让旁人从中体味到那曾经存在过的充满七情六欲的鲜活的你——这就是你留下的文字，你创作出的作品。

　　所幸者，几十年来，从在麓山湘水畔嬉戏于湖湘文化和佳山秀水间的懵懂少年，到负笈京华的莘莘学子，从曾一度沉迷于文史哲，怀揣建功立业幻梦的大学生，到被那场"十年浩劫"搅得心灰意冷；从几乎一夜之间经历两重天的由首都到落藉千里之外长白山林区山沟沟；从"天之骄子"的大学生到"四个面向"接受"再教育"的"臭老九"；从当滚木工的"臭老九"变成"老木杷"认可的"工人师傅"，到不期然地获得写作画画一展所能的机会；从林业局无所不写、勤勉劳作的宣传干事，到被人赏识成为一家地区小报的编辑记者；从1976年的十月惊雷、第二次"解放"，到1978年改革开放大潮动地而来的百废复兴更新万象，到经历一系列政治动荡、解放思想的过程，由普通新闻从业者被任命为一家省报的主管；再到走完一个甲子有余，从行政工作岗位上离任，聊作书画手艺人至今，这大半生虽无太大的起落，亦无可资炫耀的成就，但却经历了前人和后人无法再经历的国家和民族从低谷到中兴，从积贫积弱走向繁荣富强当惊世界殊的沧桑巨变——这一切都发生在我这区区几十年的人生中，正如吴祖光先生题写的"生正逢时"所示，难道不是此生有幸吗？幸中值得一提的是，在这由"青春颂"到"白头吟"的半个世纪中，由于兴趣和工作需要，陆陆续续、零零散散写下了若干文字，尽管其中不少难登大雅之堂（这次选取了其中除时政、新闻、人生思考之外的一些篇什）和自己也难以计数的画作。这些，正是此回"人世游"的足痕。它既是对"已经逝去的青春岁月"的致意，又是不受时光磨灭而继续存在的历史，一份一个人的生命史。

这些文字和书画基本上都在各级各类刊物上发表过，有的还集结成册出版了。只是，时过境迁，它们大多散佚、湮没在各个角落里。倘再不钩沉抉微，就真的"零落成泥辗作尘"了。古人云，"文章千古事"。我等凡夫俗子决不会有此奢想，但也不希望当初挤奶般挤出的文字成为转瞬即人间蒸发的"朝露"。所以，到了"七〇"后这个生命的节点，不管有无迟暮之感，我还是费力劳神地将能找到的文字归拢一处，整编成这部《文存》，大体分为五编：

一、"觅渡，争渡，惊起一滩鸥鹭"——文艺理论·评论编。

二、"维纳斯启示录"——美学编。

三、"怪侣奇踪"——小说编。

四、"凡圣之间"——散文编。

五、"指上崩云控万骑"——绘画编。

要说明的是，本"文存"选录的这些东西既是一定时代的产物、也是我本职工作的副产品，因此，必然带着当时的局限，和自己在认识上、才学上、修为上的种种不足与缺失。"卑之无甚高论"可以一言以蔽之。倘若读者诸君竟还能从中得到一点收益，那笔者真是三生有幸了。

数十年来，之所以在繁冗的行政管理工作之余还要将有限的时间和精力花在纸笔上，在多个领域逡巡出没，成为名副其实的"万金油"，除了兴趣，除了工作需要，还出于这样一种想法：一个人的潜力有可能超出自己的估计，关键是能否开发出；一个人的才华和工作、职业也往往是不一致的，关键是要对此有足够的认识和把控。这就需要不断地多方面地尝试，看看到底什么才是最适合自己的，自己最大的潜力究竟在哪里。这种探求，既是对自己的不断发掘和认识，也是人生一大乐趣。

逝者如斯夫！

回首过往数十载的人生，诸多事物连同我们的生命都在消逝，我们过往的记忆和思想感情也终将随同我们的生命一起逝去。差堪自慰的是，唯有存留在纸上的这些文字和图画还将作为第二个自我在身后依托于读者或长或短地继续它的人世游。这或许能让它避免"速朽"吧。

这，就是"我到人间只此回"的感言。当然，希望此番人世游勿止步于此。"老骥伏枥，志在千里"——只是，笔者还有这个"致千里"的幸运吗……

2017年2月15草
2017年12月25定

鸣　谢

　　在本书集稿、打印、编排、出版过程中，承蒙刘丛星、葛世文、陈琛、郭力家、李贺来、冯卓、宋殿辉、刘影、吴英格、邢大路、史秀图、陈龙等同志和朋友的真诚支持与大力协助，终使此《文存》得以顺利付梓。谨此向各位致以深切的谢忱！

米　萝

2017年2月22日

目录
Contents

怪侣奇踪

怪侣奇踪

（时代文艺出版社 1989年7月出版）

序 ①

谷长春

近来，邀我作序的均被我婉拒了，因为自知没那资格。读了杂文《文坛"三癖"析》之后，越发警醒，切莫"好为人序"而不知"自重"。

易洪斌同志交我这书稿，开腔便言明："冲着布衣之交，请在卷首写点什么！"于是，难以推却了。我是在"三中全会"后刚刚"起死回生"时认识的老易，他作为省报文艺部编辑，常编我那手笔生疏的稿子，作者编者之间"神聊"不免袒露心迹，有时"牢骚"相撞也迸出一点"火花"。尔后，由于工作关系常来常往，就这样成为朋友了。谈不上评文论艺，仅出于布衣"情分"，也算是"序"之一种吧。

这些中短篇小说，有的过去读过，印象不深了。如今连贯起来读，便看出作者创作道路之一斑。《生活啊生活》中那个陆文达，具有"文质彬彬的外表和浪漫的气质"，曾是北京一所大学学习成绩优异的学生，"本

---

① 本文是谷长春同志为我在 1989 年时代文艺出版社出版的小说集《怪侣奇踪》的序。

来是可以被送到中央各部委或《红旗》《人民日报》这些单位去的"，由于种种原因，"可憾的是"，他"被发配到数千里之外冰封雪盖的一个深山林场受'再教育'"。这个人物，透露着作者青春年华时的际遇。这本集子，几乎篇篇以"十年蹉跎"为历史背景，以林业局和省城之间为环境背景，通过所塑造的人物的命运，掀起尘海的波涛，平添世途的曲境，渗透人间的涕泪。作者写的是自己熟悉的景况、人物和故事，无"胡编"之嫌；作者抒的是发自心底的真情实感，没"造作"之意。如果说各自独立成篇的作品有其内在联系的话，首先就是主人公多是"豆蔻年华"的男女，怀着"埋葬帝修反"的满腔赤诚投入到"红色风暴"之中，历尽艰辛、痛楚，到头来，"玫瑰色的梦"幻灭了，面对"尘世的灯火"，发现照耀着自己的不过是"虚妄的佛光"。当作者为他们的坎坷经历划了一个分号的时候，更让他们迈入新的历史门槛。作者几乎是呼喊着讴歌："太阳一出，生者和死者都被照亮了！"

假如硬要分类，把它们划入"反思文学"是无不可的。在历史的大灾难里，可爱的主人公们被抛掷到艰危的生活角落，不只是虚度"似水流年"，不只是磨难、感伤、人际关系的畸形和心灵的流血。还有，"欢乐的精灵"柳云，北京的高三才女、高唱"黄河之滨，集合着一群中华民族优秀的子孙"的雄壮歌曲，去接受贫下中农的再教育，到头来，剪下"长长的、柔软的、丝一样的"披肩黑发寄给了心爱的人，消失在世界的彼岸；《墓碑上的纱巾》中的杨碧云，姣媚而纯洁无邪，渴望为建设强大的祖国贡献青春，经过几番沉浮，年轻的生命"变作一捧冰冷无知的白灰了"。这一切，谁的错？怎样理解？春江渺茫，征帆何去？一场动乱之后，生活在这块土地上的人们，不管自觉与不自觉，都被卷入深沉的思索。作者以自己实实在在的生活感受，选取了不同的审美视角，反映了"文革"到三中全会后一段时间的历史变动。作品通过活生生的艺术形象告诉人们，历史的发展并不听命于什么人的主观愿望和浪漫想象，那一代青年的历史际遇，并非偶尔降临的一场厄运，更不是某个人的不幸。就这样，作者以比较深刻的洞察力勇敢地加入了解放思想运动的行列。

作品由"反思"而产生的感染力，绝不仅仅是"哀婉凄怆而又回肠荡气"，或是深重的幽怨和感喟，还在于这反思是如何的清醒。作品中的各色人等由于不同的生活态度导致了不同的人生命运。正因为是一场历史悲剧，抱怨生活是徒劳无益的。"生活好比一面镜子，你对它笑，它也对你笑；你对它哭，它也对你哭。"作者把人物推上令人绞痛的情境之时，说出了他们不能不说的话："解放思想是个伟大的字眼，可是，你没看看有些人在'解放思想'的旗号下都干了些什么！""咱们的党，咱们的人民，付出了那么高的代价……难道就是为了用喇叭裤之类来束缚自己的思想和手脚吗？""他不相信，时代的阳光驱散不了一颗渴求光明的心灵中的阴影。"在被断送了青春的人们中，确实出现一群拔地而起、战胜命运之神，虽称不上英雄却站立在我们面前的民族的脊梁。这样的描写，是艺术真实与生活真实的统一。黑格尔说："使理性内容和现实形象互相渗透融合的过程中，艺术家一方面要求助于常醒的理解力，另一方面也要求助于深厚的心胸和灌注生气的情感。"（《美学》第359页）我以为，处理这样的题材，"常醒的理解力"显得更为重要。

作者把理性的苏醒、富于哲理的思索，不露"宣解"痕迹地倾注在精巧的构思和人物塑造上了。历史的翻覆带来社会生活的激变，人们的观念、情感以至命运都引起了震荡。作品写了现实的、活生生的人，人的悲欢离合、命运舛误和生活的搏击。如果说新时期十年的文学历程，有一个向"人学"回归的问题，这几篇小说可以作为小小的佐证。作者塑造的几十个人物，看似平淡无奇，却各有丰厚内蕴。如《三剑客》，作者借用名著的题目是有番用心的。当年生活在同一个集体户里的李剑、王今鉴、张健，在"天高皇帝远"的穷乡僻壤，"奔袭"过"红色政权"的小头头，搞过偷鸡摸鸭的恶作剧，他们有对理想的憧憬，也有过创伤、迷惘、幻灭和警醒。岁月不居，前程未可预卜。几年过后，一个成了战斗英雄，一个当了普通记者，一个沉沦为罪犯。这中间，有生活的颠簸、心灵的冲撞、爱情的纠葛……活画出一幅当代青年生活的图景。正如作者在其理论著作《美学漫谈》中所说的："美之所以有时代性，是由不同历史条件下创造美的不同实践决定的。"

这些作品是在"三中全会"后陆续创作成篇的。今天读来，虽然主题不是正面反映改革的，却能使人们感受到改革开放之所由来，比起追求"空灵"的作品，耐读得多，仍具有认识价值和审美价值。至于是否都是精品，某些情节有无牵强之嫌，有的人物是不是丰满，可以留待读者品评吧。

怪侣奇踪

一

我从林业局到这金沙沟林场，是坐拉运原木的大拖拉来的。转山穿林几十里风雪路，几乎使蹲在光秃秃车板上的我彻头彻尾冻僵，一到林场，司机自顾自地蹽了，车下站着几个裹着厚厚棉大衣的人物，一齐拿眼睛瞅我。其中一个大胡子仰着下巴颏问："是分来的大学生吧？"我想说"是"，可是牙帮骨竟像冻住了，张不开嘴，也就说不出声。脸上的皮肤被寒风吹得浑无知觉，刀枪不入，想挤出一点笑容，却徒然使脸部做痛苦状。我自知此时颇有失北京来的大学生的风度，寻思干脆一跃下车，尚不失潇洒，谁知穿夹皮鞋的双脚也浑不似自家的，上身一使劲，竟如一袋土豆似的滚下车来。栽了！这念头电光石火般地在我脑中一闪，立即做好了接受看客们哈哈嘲笑的准备。谁料我身子还没着地，就感觉到肋下蓦然被一股力向上一抬，要不是双脚麻木跟跄几步，准保如军人似的立定了。

"干啥行大礼？"一条武高武大的壮汉说，他刚将右手收进棉大衣袖筒，眼角眉梢蕴着调侃的笑意。我明白了，刚才就是他出手扶我一把的，他出手之快着实令我惊奇。

旁边站的几个人不可遏制地咧开了嘴，不过没笑出声。山沟沟里原来也有礼节，这使我心里受用一些。我想起车上还有跟我一同分来的女同学周丽，就转身举起双手，准备也像接土豆似的接她下来，可是大围巾捂得只露一双眼睛，棉衣、毛衣裹得真像臃肿的豆包似的周丽，却只握住我一只手，轻盈地跳下了车。这使我颇为狼狈。

然而那几条汉子已做严肃状。大胡子同我握手，掌面锉刀似的，"局里今天来了电话，说你们来，这个，这个……知识分子来接受'再教育'，我们欢迎、欢迎！"

"这是我们场头儿，"那壮汉介绍说，"场革委会主任，大伙叫他王老塔。头儿，这会儿就去？"

王主任点点头，于是他们接过我们的行李，领着我们进了一间用厚厚板皮钉成的屋子，屋子极大，显然是开会用的，已有百十号人屁股下垫着小木凳、木墩或砖块坐在那里，四个废汽油桶制的大火炉正烧得旺，我一进门就感到了空气中掺和着呛人烟味儿的热，同时也感到了百十双热的和冷的目光。我们被领到前排，立即有人塞过来两个木墩子。屋里一片嗡嗡声。王主任面对众人站着，锉刀似的大手习惯性地捋着大胡子，先介绍了我们的来历，有人就嚷嚷："让瞅瞅！"于是我们站起，鞠躬如仪，面皮已有了知觉，笑起来已颇自如，只是周丽的大围巾依然捂得严严实实，她怕在大庭广众下抛头露面。王主任接下去又讲了许多，我因忙于研究周围的各色人等，思考着他们会怎样对待我们，没留心他讲的啥，只不时有"狠抓路线斗争这个纲""抓革命，促生产"之类的词蹦进耳朵里来。

会一散，我们就被送到招待所住下。说是招待所，其实是一溜简陋之极的平房，除去用作广播室、杂物室和跑腿子宿舍外，余下的几间房，都是一色的长炕，将屋子分成两半。周丽住的那间已有两个女工住着，我这间眼下尚只我一人，但送我来的政工干事已有言在先：倘过往客人在别的房间住不下，就住我这儿。这倒也好，可免了我的孤独，于是就巴望着有人来。偏偏这天晚上动静全无，幸亏乏困，身子一挨着热乎乎的炕席，就若一摊烂泥，再也立不起，一觉睡到日上三竿。第二天亦无人来找我，乐得自在，就两手抄在裤兜里，在场子里四处逛。但见一排一排的矮趴平房，房后都竖着老高的用整根空心木或用木板钉成的烟筒，一如孙猴子尾巴变的。家家院里都堆着码得整整齐齐的木头样子或板皮。排排房子间狭窄的通道上积雪被踩得严严实实，各家泼出来的水冻成冰，弄得我跟头把式。脸蛋冻得通红的小孩却你追我跑地在这人造冰上"哧溜哧溜"滑得欢，一见我，即如听到口令似的让开道，背贴板皮障子，拿乌黑的眼珠滴溜溜地瞅。也难怪，这巴掌大的地方，人们每天低头不见抬头见，来一个作跟头把式状的生人，怕真如看杂耍一般有趣吧。

下午回窝，屋里依然空荡荡，在炕上倒了一会，下地转了几圈，将糊在炕沿的陈年报纸标题看了一遍，仍是无聊，就出去敲周丽的门，听得里面几个女子正嘎嘎地笑。周丽开了门，却只开到不足一人宽的缝。"李明，什么事？"她堵着那条门缝问，脸上还带着刚才的笑容。真是自找没趣。她倒快活，已跟同屋的女子搞得火热，浑不把我这一道来的同学当回事。"没啥事，就来看看……"我以为她会让我进去，谁想她说："喔，那明天来吧，啊？"

垂头丧气地回到自个儿屋，鞋不脱就仰在炕上，忽然怀恋起刚刚告别的学生生活了。临近毕业分配那阵，我们这些人对学校里造反派运动群众，一会儿支使你上街刷标语，一会儿通知你去为什么"誓师会""批斗会"壮声势，一会儿又让你看他们同另一派斗个你死我活的日子已厌烦透顶，恨不得拔脚立即跳出这是非之地，至于去向，哪儿都成。听说以前学生毕业，总是难舍难分，合影，赠言，话别，送行，女生泪眼盈盈，男生英雄气短。轮到我们却没这一套，一个个急卷铺盖，惶惶若丧家之犬。没一个同学没被这场革命触及灵魂，连相互的信任、感情也被触掉了，只愿今生今世别再见到。可我这会儿还是带着怀旧情绪想着那待了五六年的城市和校园，那里毕竟有我最难忘的一段岁月，毕竟有不少颇堪细细玩味的往事啊……

屋里暗下来了，我只管躺着不动。忽然凭第六感觉察出有人悄没蔫声进房了。"谁！"我一声喝，上身也支了起来。就见炕下立着一个黑黝黝的影子。"你是谁？"我又问，心扑通通地跳。黑影不答，伸手就往炕上摸。我腾地跳下炕："干什么？！"黑影这才冒出一个字："烫？"原来是烧炕的老龚头，我长出了一口气。头天政工干事领我们来时，就在过道里见过正往炕灶口添柴子的他，当时也没留意。我赶紧将灯开了，他约莫五十出头年纪，弯腰拱背，精瘦，黑色的森工棉大衣剐破了几处，棉花露着，扣子全掉光，用一根粗粗的草绳拦腰扎着；古铜色的刀条脸上似用刀子横横竖竖砍出了无数道纹路，头上几乎清一色的白毛，唯独两鬓高高鼓起的太阳穴锃亮；但那一双眼睛却精光四射。他直勾勾地盯我看了一会儿（直叫我发毛），眼里的光收敛了，显得昏然，浊然，转身蹒跚着慢慢出去了。这老家伙进来一趟，好似带进一股冷气。"真如山精树魅，"我寻思，"从什么地方掘出这么个人物啊？"

第三天，还是没人来找我。这世界干脆将我忘了。我着急起来，也不叫周丽，自个儿跑到场部，问分配我干什么活。大胡子不在，一位人称"郝调度"的胖子极是客气地请坐、倒水、递烟（我注意到这场里人人都抽自卷的"蛤蟆头"，第一次见他抽的"大生产"烟卷），一本正（经）地问我贵姓、来历，好像他压根儿不知道有我这么个人分到这儿，然后字斟句酌地说："大学生，好哇好，学中文的？那更好啦！……俺们这疙瘩活倒不少，不过，不过嘛，你干啥，俺们还得研究研究。不要着急嘛……"

这胖子八成是把我当成了需"特殊对待"的可疑对象。难道我这"臭老九"会颠覆他那红色政权？！我好生憋气。晚上，周丽主动来我这儿，见我一脸乌云，小心地问："他们分你干什么活了？"我没好气地说："他们说，你是大学生，金贵，不用干活了，每月照领工资就是。"她瞪大了眼睛："真的？我可是倒霉，让我到食堂去卖饭菜……"这回轮到我惊讶了："是吗？"随即忍不住哈哈大笑起来，"你数学系毕业的大学生，卖起来算账当然又准又快，专业对口嘛！他们眼力不错呀！"周丽急了："我以为你能帮我拿个主意，你倒挖苦我，你，你像个男同学吗？……"

看她可怜巴巴的、情急的样子，我自己的不快倒忘了，男子汉的豪气被激起来，正待张嘴说几句响当当的打气话，突然"嘭嘭嘭"地有人用手指猛弹房门，不等我们做出反应，紧跟着"咣"的一声，门被踹开，进来一条敞胸露怀的大汉，正是前天在腋下搋我一把的那人。他嘴角叼着一支蛤蟆头（确切说是粘着，因为他尽管说话张口，烟却不掉下来），嘴一张老远喷来一股蒜味和酒气："嘿嘿，来瞅瞅北京来的老九——咋的，不行？"斜乜的目光扫过周丽的脸蛋，叫一声好："嗬，好俊！"

"干什么，你！"我还来不及想，就觉得有一股火气急剧上升，将这几个字像子弹般地迸出了口，身子也护到了周丽前面。

他怔了怔，右手不在意地一挥，一股无形的力就将我推得差点歪在炕上。"干啥？要比试比试？——瞧不出，瘦啦嘎叽的，还像个爷们儿！中，赶明儿你就上俺队去吧！"

他摇摇晃晃地走了。我半天没动弹。这汉子叫人好不费猜详。我自小爱运动，别看瘦，那是练出来的，肌肉块结实着哩！论臂力，论腕力，同学中还没人胜得过我，我也颇以此自负。然而刚才却抵挡不住他轻轻一挥，而且是在被保护的女生面前，这无论如何于自尊心有损。恍恍惚惚听见周丽在跟我说什么，我不耐烦，说："你先去睡吧！"这一夜我竟十分难得地失眠了。林区的夜晚，静得似整个世界都停止了活动，静得可以听见心脏的搏动。"嘀，好俊！"耳边忽然又响起了这话，我这才听话听出音来：并没有邪念，是由衷的赞美。周丽真俊吗？我还真没注意过。她跟我不一个系，只是在林管局报到时才认识，当时我第一个念头是：此去深山老林，前路风波莫测，倘有个男生同去，啥事都好办，怎么偏偏来了个长头发？由此颇有些不快，一路上除了帮着拿行李外，压根儿没正眼瞧过她，这会儿那娇嫩的脸蛋、明澈的大眼、稍稍翘起的丰满的嘴唇浮现在眼前，真个"好俊！"但这"俊"不是我首先发现，而是他发现，又不禁生出发明权被人窃取去的失意之感……

二

时值隆冬，正是采伐的黄金季节。我一直在那汉子手下干活。

最高指示：工人阶级必须领导一切。那"工人阶级"应该是头戴鸭舌帽（又叫前进帽），身穿蓝工装，脖上系着白毛巾，手举铁榔头，仪表堂堂，叫人一见就油然而生被领导之感。可眼前这些伐木工们呢，那一身森工服，新的新来旧的旧，任它敞着的，用电线、麻绳扎着的，披着的，不一而足；头上绿色的狗皮帽子几乎全变黄，长长的狗毛不是磨秃了就是黏结为一绺一绺的，坐到哪儿不少人就摘下往屁股下一塞当垫子；唠起嗑儿来连荤带素，歇下来就用指甲缝塞满黑垢的粗手卷那足以将你呛死的"蛤蟆头"——十足的憨厚老农模样。我把他们一个个瞅来瞅去，怎么也看不出他们有想包打天下、"领导一切"的架势。

不过，在这伐木队"领导一切"的倒有一个，就是那夜临寒舍的壮汉，伐木连的连长。头一天上山，我头顶北京用的绒帽，足蹬夹皮鞋，跟着大伙就往送班的卡车上拱，却冷不丁被人揪住衣领子给拉下来，一看是大胡子王老塔，他拧眉立目地吼一声"大王！"，刹那间我还以为到了绿林好汉的山寨。却听得车头那儿一声震响："干啥？"立马蹿出那条壮汉。我这才悟出他姓王，"大"无非是象其形。大胡子说："就这样叫他上山？"大王嘻嘻一笑："嘿，我倒忘了！"随手揪下自个儿头上的狗皮帽子往我头上一扣，收手之时已将我原来的帽子取走塞进怀里，这一揪一扣一取的连续动作只用一只手在秒把钟内一气呵成，我又是一惊。这当儿有人又从车上的工具箱里翻出一双风尘仆仆的旧森工鞋。"你先将就着，"大王说，"待会下班回来领新的。"

不久我就认定大王真是条"山大王"。当耸天的大树在"顺山倒"的粗厉吆喝声中轧轧倾倒时，人们都往树倒的相反方向跑，唯独大王例外，他每每在油锯手将树锯得即将离桩时，在坡下正冲着摇摇欲倒的大树，挥舞着双手，激情地吼："倒，倒，倒哇！"眼看着大树先是缓缓倾斜，紧接着劈头盖脑朝他砸去，却不见他动弹，只听得哗啦啦一阵泼天巨响，被树干、树枝、树叶砸飞、扬起的雪雾若银涛飞溅，我只叫得一声苦，闭上了眼。猛听得大伙暴雷似的喝彩："好！"一睁眼，才发现大王在树将着尚未着地的千钧一发之际，已跃到一旁。我兀自心惊肉跳："这，这不是拿性命开玩笑吗？！"

"啥玩笑？他这是练功夫哩！啧啧啧，赛过山神爷！"身旁一位伐木工接话道，两眼满是兴奋、崇拜的光。

然而这位"山大王"却有个小闺女似的名字：王小小。想想真滑稽，我的嘴角不由得一咧。"叫小小又咋的？"告诉我这名字的年轻伐木工，一位初中生，似乎看透了我的心思，瞪我一眼，"名字小小，形象高大哩！"

我的活是打枝丫，每伐倒一棵树，就用斧子将枝丫砍掉，于是成为原条。轮到我抡斧子，其他人就停下手里活，齐刷刷拿眼瞅我。想看我笑话？没那么容易！我寻思。眼前蓦地出现了大王在倒树激起的雪雾中腾挪跳跃的剽悍身影，我觉得一腔热血在全身奔突，于是斧子用力挥起，刷刷刷，几根枝丫应声断飞，"好！——"周围又是一片喝彩。立时我自觉身高丈八，砍得兴起，眼看斧到处一根膀子粗的枝丫即将砍断，却突然感到斧子像是砍在什么坚硬光滑的物体上，"哧"的一响一滑，重重地落到了自个儿脚背上，痛得差一点喊出"我的妈"来，硬挺住了，全身却不由自主地勾缩成一团，周围即刻围上一圈人。我听见大王气急败坏地吼："咋的啦？咋的啦？让开！让开！"俯下身子，脸冲着我问："伤在哪疙瘩？"粗大的热气呼到我脸上，又蹲下，双手捧住我的脚，极是小心地剥下鞋来……"怪我！怪我！"他用力拍着脑门，又吼起来："小张，快快！你送小李子下山，找大夫……"

这一斧不轻不重，我在炕上待了三天。出师不利身先伤，委实大不光彩。可是全队的人一下子对我另眼相看。大王说："有种！"于是大伙都认为我"有种"；大王来探伤，于是全队的哥们儿也跟着来，弄得满屋子呛肺的烟味，弄得周丽好不眼热。

佛争一炷香，人争一口气。既然老少爷们儿其他高看我，我自然不能倒了架。第四天，一拐一瘸又上了山。

冬季上山早，凌晨四五点就出发，下工也早，三四点就回到场里。这天老远就见大胡子立在场部门口，车一停，大王一跃下车。大胡子问："今晚批生产力论呀？"大王答："批生产力论吧。"话音刚落，就嘻嘻哈哈跟站一旁的大闺女、老娘们儿闹腾开了。他向一个小媳妇一伸手，作势要抓她，她机灵地一闪，但那手却像张开的弹弓，陡地伸长，一把揽住了她的胳膊："咋样？乖乖叫声大伯子吧！"那女子咯咯笑着，想挣脱："你这死小小，小叔子……哎哟哟，疼死了！……好好，大伯子，大伯子……"待到人家叫出"大伯子"，他便一本正经地作长者状。

有家的工人回家了，我们这些跑腿子上食堂。大王排在我前面，那卖饭菜的窗口后面正是周丽，她一见大王，脸就有些变色，眼光也游移起来。我像猎豹似的绷紧了周身的肌肉，只要大王像对山沟里女子那样使邪，我就出手，哪怕被他揍个半死。说也怪，大王刚站到卖饭窗口，就在周丽张口结舌、待他发话的当儿，他却跟旁边窗口前的一个工人打了个招呼，挪过去了。也不知是无意还是有心。

这以后我注意到，他只要有可能，就不在周丽的窗口买饭，平时也很少同她搭话。我放心了，开始怀疑起自己的感觉来。

日子就这么过着，我慢慢习惯了这林场的生活。

　　全场上下，包括王老塔在内，对大王似乎都带着几分敬重，有的人甚至对他惧三分，比如那位郝调度，在我去场部要活干时就给我一个阴冷的感觉，平时想刷谁就刷谁，让干什么活就得干什么活，可都有极堂皇的理由，说出的话也酸中夹刺，脸上不带半点笑容，工人们说"这小子最贼"，可又不敢惹他。就是这么个人物，见了大王就破例堆下一副笑脸，说话、办事儿一要拧劲，倒是他顺着大王的时候多。我曾问过大王这其中的究竟，他好一会才说："还要咋的？生产力我给他批了，大木头也给他拉下山了，还要咋的？！"

　　可不是咋的？我想。

　　但烧炕老头还是叫我费猜详。自打那晚他盯过我一次后，虽然几乎天天见面，却再也不抬眼瞅人，纹路纵横交错的刀条子脸上是漠然，甚至木然。可他愈是漠然、木然，愈叫我猜不透，愈觉得有鬼，他天天来烧炕，天天都要上我屋里来摸褥子试试炕的凉热，这叫我怎能睡安心觉？他姓甚名谁？我问过一些人，都似乎拿不准，林场凡是要写名字的地方，如花名册、工资单什么的，一会儿写成姓"龚"，一会儿写成姓"宫"，人们或叫他"师傅"，或叫"大爷"，或叫"老宫（龚）头"。至于来历，只能从口音上判断他是山东人，前年才到场里，以前干过啥，虽有种种猜测，但没一个说得清。我于是找大胡子问，他竟也不甚了然，只说是大王介绍来的，又说林场里这样的山东盲流不少，反正又不上户口，又不吃国家粮（拿钱从附近农村买粮食），你问他作甚？但我卧榻之旁，岂容这种可疑之人走动？终于去问了大王。孰料大王一听就沉下脸来："你问这干啥？你是专案组还是保卫科的？"我也勃然作色："我是革命群众！咋的？不兴问问？这老头来历不明，一副奸相，清理阶级队伍怎么没把他清出去！""放屁！"大王气极，粗话势将滚滚而出，但他忍住了，好容易换了副我从未听过的柔和嗓子，"小李，好兄弟，听我说，这事以后你就别掺和了。说真格的，无产阶级只有解放全人类才能最后解放自己。你总得让人有饭吃吧？"

话说到这份上，我自然不便再张嘴。但疑心是去不掉的。我跟周丽说了。"怎么会呢？"她显然对我的话颇感惊异，耸了耸眉毛，"不要怀疑一切！你瞧——"我顺着她手指的方向朝窗台上一看，见一只金花鼠正在柳条子编织的笼子里啃什么东西。"哪来的？"我的兴致来了，过去拎了过来，那笼子编得十分精致，里面分两层，还有个活动门，手工上乘。"大王抓来的，龚大爷给做的笼子。"周丽接过笼子，伸出一个指头逗那小家伙，"龚大爷可好哩，天天惦着炕热乎不；老怕我不习惯，想家，变着法儿给我解闷；我上次生病，还是他和大王弄的偏方治好的；就说这笼子，龚大爷沿小河砍来柳条，一根根剥皮，又一根根镶到木架子上，可费工哩！我爸也没这么待我过……"

我张口结舌。想不到周丽和老龚头、大王结成了统一战线。什么时候成的？我怎么一点也不知道？……我的重大失误在于：只管在山场上争强斗胜，和那帮伐木工交"哥们儿"，竟把近在咫尺的周丽给淡忘了，连她上次为啥两天没出房门也没留心。她言下莫非有责怪之意？……真浑呀，我这家伙！

三

周丽终于结束了卖饭生涯，调到林业局二中教数学和政治。（天！她能教政治？）本来也要让我去的，我坚决不干。我家上两代已是教书匠，运动中给我带来的麻烦还少呀？我下定决心改换门庭，当一辈子"领导阶级"了。大胡子先是不同意，说局里的调令不能不照办，说我还在砍枝丫影响落实知识分子政策。我据理力争：知识分子必须一辈子同工人阶级结合。您那政策就甭往我头上落了，我将无限感激您，这里向您致敬了！大王也帮腔：小李这样的知识分子，俺们工人就是欢迎！老塔你就算了吧。其实老塔也未见得愿意让我走，于是想了一肚皮理由到局里交涉去了。我就继续在山场上和大伙称兄道弟，回到场里不是走家串户，唠嗑儿喝酒，就是在自个儿炕头和跑腿子学"五十四号文件"。那阵子正时兴画大宣传画、敬建像塔。局里下令每个林场搞一个。我从小爱画画，大学时在校美工队拉第一小提琴。于是自告奋勇承担了这一任务。待颜料、画笔、木材等备齐，我设计了画牌的图样，指点木工、油漆工如何造、怎样漆，告诉他们怎样自制炭条，然后用了三天工夫猫在车库在油画布上画了一个头戴狗皮帽，身着森工服，臂套红袖章，手擎红宝书，背后有朝阳的形象。当这幅近三米高的大画装到六七米高的画塔上时，全场惊动了，老爷子、老娘们儿、半桩孩子围了一大堆瞧稀罕，喝彩声四起。

大胡子说："嗯，没白留。"

大王说："画的是俺们吗？真俊！"敢情他中意的都叫"俊"。

周丽兴奋得如捡了个宝，碰了碰我膀子："真盖！叫大伙儿瞧瞧咱老九！"

几个被我指点得团团转的木工、油漆工对我一口一个"李师傅"，叫得我受宠若惊。这可不像我在山场上夸大其词讲北京的事儿让他们听得一愣一愣的，这是我的真本事。我自觉浑身上下都是道地的工人阶级血统了。然而这一切都抵不上老龚头的两个字更使我激奋。那天他进屋来试炕温，破例地瞅我一会，眼中精光灼灼，刀条子脸上逐渐漾开几丝笑纹，嘴里迸出两个字："能人，能人哪！"哑巴说话，铁树开花，亦不过如此吧。

周丽自去二中，先是每天乘局里通行于各林场的客车早出晚归，后来因不方便，干脆搬到学校去住，但隔三岔五常回来，见了我就说些二中的趣闻。有一次她告诉我："我们那儿的公孙老师可真是个怪人……""还能比老龚头更怪？"我截住她的话。她甚不以为然地翻了我一眼："龚大爷有啥怪的？一个人在这里，无儿无女，每天干完活就猫在他那小屋里，炕头上盘腿一坐就是一两个小时不吭一声，瞅着怪可怜的……"我不愿跟她再谈这个，就问："你说那老师怪，怪在哪？"她告诉我：听说那公孙老师以前在东北搞过地下活动，练就一手神枪，"伪满"时期，为了除掉一个对我极具危险的叛徒，他奉当时党组织的命令，从长春跟踪到天津，那家伙鬼得很，要么不露面，要露面就和一帮人一起在公共场合。后来打听确实了，那家伙要去看戏。其时那家伙的公开身份是到天津做生意的阔商，跟他同在包厢的是一群工商界人士及其女眷，因怕误伤他人，公孙一直未得下手。戏散了，又是一群人簇拥着他，眼看出了戏院那家伙就要钻进轿车了。公孙心生一计，当着那许多人冒喊一句"××兄，久违了！"叛徒一愣，他不认识公孙，但见公孙西装革履，满面春风，以为是什么商界的熟人，警惕心便去了一多半，公孙笑容可掬地同他握手，又不管他愿意不愿意地同他拥抱，左手拍着他背心，右手就抵着他胸膛开了枪，当时市声嘈杂，沉闷的枪声没引起人们注意，那家伙连叫一声都没来得及，只是脸上变了样，公孙麻利地将他敞开的大衣掩了掩，说一声"不好，××先生老病又犯了"，随手托住那颓倒的死尸塞给旁人，说："我先去医院！”就消失得无影无踪。新中国成立后，公孙在北京一个机密部门工作，据说官还当得不小，但自1959年始就运交华盖，先是下放到省里，待不到一年又让他去林业局，到了林业局，他主动要求上了二中。“有的老师问过他那件事，”周丽说，“他却直摇手，说，听你们这一说我都觉得神；你们看我这一介书生，可是力毙巨奸的英雄吗？他越这么说，大伙越觉得这是真的。你说怪不怪？”

我来林区这是头一次听见这种事儿，发一回呆，咂摸咂摸滋味，又觉得太过神奇，倘若公孙真是那个英雄，又怎能让他悄没声息地待在这山沟沟？听小周一问，我就说：“也可能这都是人家编排的。就算真有这档事，也不是怪，而是奇，奇人奇事。”

“那你说，”周丽歪着头，细密白净的牙齿咬着辫梢，“公孙老师爱下围棋，可从不找对手，总是一个人下两方，一粒棋子拈起来总爱在空中比画一阵，嘴里还念念有词，别人不知他在叨咕个啥，你说怪不怪？还有，老师们都说，他肚里的学问谁也赶不上，可他死活不去教课，宁愿打杂，怪不怪？”我承认，这倒是有点怪。周丽又说：“还有更怪的事哩。你猜他跟谁最要好？”

“谁？”我问。

“就是……”她欲言又止。

“卖啥关子？谁呀？”

“就是——算了，我不说了。”

我急了：“咋的，跟老同学还保密？！”

她淡淡一笑：“也不是保密，是公孙不让说。”

“那你怎么知道？”我愤然了。

"我，我是偶然发现的……"

我知道，有两类女人：一类是你出免说钱她也要说，不说活不了；另一类是她不想说，你要她命也不成。周丽大约是第二类。

管他公孙老师跟谁要好呢，干我屁事。只要他不跟周丽（这不可能，我敢百分之二百断定）就行。我这会儿更关心的是我能不能得到她的芳心。时下已是盛夏，周丽甩掉了那身御寒的豆包似的行头，短袖白衬衫，蓝的卡长裤，梳着两根黑油油的辫子，脚上是黑布圆口白塑料底鞋，要多精神有多精神，远看宛如一株亭亭玉立的小白桦。我这人可谓少有大志，一是要当作家，二是要当画家，书上说，要成大事非得修身养性不可，而女色颇足妨身移性，是以得慎之远之。有了这圣贤古训，我从懂事起就不近异性，在大学时，尽管系里系外经常传来些男女同学的绯闻艳事，尽管不少男生乘"文革"天下大乱之际，抢在毕业前跟校里校外的女同学"对"上了"象"，我却丝毫不为所动，走起路来依然目视正前方，纵使杨玉环、赵飞燕从身旁经过，也休想让我移动一下眼珠。每当听到、见到有谁为失恋而痛苦，或是所遇匪人而弄得事业生活一塌糊涂，我就为自个儿练就这"金刚不坏身"而窃喜。是以周丽跟我分到同一个林场，我浑没把她当回事。然而近一段时间来，这小妮子似乎存心要毁我金刚不坏身似的，那水水灵灵的、仿佛会说话的大眼睛，那裸在短袖外的肌如凝脂的手臂，那使白衬衫凸起的胸脯和那颀长圆浑的大腿，使我簇生异样之感，待得她凑近跟我说话，真是吹气如兰，常令我心旌摇摇，几不能自持。我静夜辗转深思：莫非自"伟大旗手"主持中央"文革"小组以来，这世道变得阴盛阳衰了？要不我怎的空有金刚不坏身，却挡不住周丽那秋波一转？细细地想，终于明白：男女相悦，乃规律使然；既是规律，就得顺应，顺应才能成大事。"大学生，二十五，衣服破了没人补。"何况我已二十七了，该"对象"了。

我找到周丽，没有花前月下的烘染，也没有蜂蝶传情的幽会，是一个阴天，就在我们宿舍的后面，周丽正在盆里洗一件发白的有补丁的蓝工作服——不是大王的就是老龚头的，我揣测。"周丽，我想跟你说件事，这，这我已考虑很久了……"我本想大大方方说，但话一出口已变得吞吞吐吐。周丽双手停止搓衣服，仰脸注意地听。我看看她，那脸蛋真迷人，我冲动地蹲下来，抓住她沾满洗衣粉泡沫的手，使着大劲说："咱们，咱们能不能——嗯，能不能……"

两片红晕在她苍白的面颊上浮起，她的手却慢慢挣出了我的手。

"已经晚了……"

"怎么晚了？！"我又抓住了她的手。

"我已经答应了……大王……"她又挣脱了我的手。

"啥？！"我腾地站起来。

"求你别嚷嚷，"她也站起来，差点踢翻了洗衣盆。一双大眼睛张皇四顾，有如受惊的兔子，"别在这儿……咱们回屋去说吧……"

"不！"我的犟劲、醋劲上来了，立着不动，"有啥见不得人的？就在这儿说！"

"那……"她扎撒着两手，不知所措，"那……"她怔着，突然一低头，奔回了宿舍。

我一下子泄了气，顿觉百无聊赖。想想，终于也跟进了屋。相对无言，空气令人窒息。我有责任打破沉默。"你……怎么会……"我讪讪地问，"……跟大王……"

"大王咋的啦？"她忽地抬起头，眼睛勇敢地盯着我，十分坚决地、不容人置辩地说："大王是个响当当的男子汉！你别看他跟别的女人瞎闹，他可一点邪念都没有。他只对我一个人规规矩矩，他心中只有我，不是吗？"听她说着，我才知道，大王曾经救过周丽一命：那还是开春那咱，周丽忙完了食堂的活儿，一个人腻得慌，忽地想到山场上去瞅瞅如何伐木，顺便看看我。她不知道山场在哪，只凭想象，顺着我们每日上班车去的方向，拣那树木茂密的地方走。走了几里地，累了，就靠着一株老大的枯立木坐下歇歇。偏巧这枯立木是空心的，一只熊在里面蹲了一冬仓，这会儿正好从树顶的窟窿里探出身子，"哗啦"一下顺树干正好跌落在周丽身边。那熊自我消化了一冬，饿得精瘦，脏兮兮的毛老长，像只癞皮狗，它在地上折了个跟头，看见周丽，嗓子里就发出"呜呜"的声音，身子一晃一晃地。周丽开始吓蒙了，幸好反应快，跳起来就拚命跑，那熊也不扑跳，只是蹒跚着一溜小步跟将过来，到底是野物，虽一冬不食，周丽仍逃不过它。就在周丽心跳欲狂、筋疲力竭、即将仆地之际，林子里响起一声霹雳吼，一条大汉挥手扔过一段木橛子，正中那畜牲的肩背，它"呜嗷呜嗷"地哀叫着，又折了个跟头，掉转屁股，进了林子——事情就这么简单，可周丽现在说起来还很动感情，显见给她烙印之深。娘儿们就是如此，对危难时刻露一手的男人总是视若王子，一见倾心。我想象，当时若是我在，不但会奋勇救她，而且连那畜牲也一并收拾了，岂不妙哉！

这样想着，就问："那畜牲让它跑了？"

"嗯。"周丽点头，"我后来问过大王，如果你那一下没击中，反而激怒了它扑过来咋办？他伸出一个拳头说，有这个呢！又笑笑说，哪有击不中的道理？我说，那你咋不再给它几下子？他说，那又何必？它是只母熊哩……"大王这话实在高，我服了。"……他心好，人更正派，有一次郝调度对……那个那个……你知道，谁敢惹那家伙？大王却不听邪，狠狠说了他一顿……"

"郝调度咋的啦？"她语焉不详，我不得不问。

"反正，反正是不咋样呗……"周丽话头忽然一转，"李明，你这人我很敬佩，有股子男子汉气，不像我们班上那些男生，需要他们挺身而出时看不见他们，见了女同学却黏黏糊糊……而且你很有才。所以我在林业局一见你就觉得有好感。你还记得一路上我几次想靠你近些吗？倒不是怕冷，而是……是不由自主的，下意识地想确定一种比较亲近的关系，那我上哪儿都不怕了。可是你一个劲往另一边挪，碰到车厢板没法挪了，你就支起胳膊肘挡着……你知道我当时是什么样的孤零零的感觉？我一生气，下车时就没让你接！那天晚上你上我们屋我故意没让你进！后来我又后悔，巴望着你再来，但你终于没来。我那咱倒并没想着要和你怎样怎样，只是想和你接近，想和你说点什么，从你那儿得到一点精神上的东西。如果你当时不是那样冷，咱们今天也许就……但你太傲！太硬！你还记得有天晚上我去你那儿，大王进屋说那话时你护住我、责问他吗？当时我、我、我感动得真想一头扑进你怀里！可你说：'你去睡觉吧！'冷冰冰的，冷冰冰的……"

周丽说着说着，大眼睛变得湿晶晶的。我听着听着，如惊雷击顶：原来如此！现在我都明白了，也都晚了。"唉！——"我长叹一声抱头蹲下，自觉那唉叹声裂肺穿心，如受伤的野兽的哀嚎。周丽慌了，赶紧猫下腰来，像母亲抚慰孩子似的轻轻抚摸我的头，柔声说："别这样，李明，别这样，我求求你，你是我第一个敬慕的男子汉，以后我就、就是你妹妹……"此时我一副刚肠已化作了柔情，百感交集，不由得洒下几滴英雄泪来。"你真愿意当我妹妹？"我再次握住她柔若无骨的小手，问。"嗯哪！"她像本地人那样回答，重重点了点头。她的模样、她的姿态是那么楚楚动人，那么令人怜爱，我胸中那股潜伏着的大丈夫豪气又被激起，腾地重又立起，斩钉截铁地说："好！从今以后，我就是你哥哥，谁都别想欺侮你！"周丽泪眼婆娑地笑了："我命好，有了一个好哥哥，又有了一个……"她突然顿住，我心头一凛："又一个，什么？"她嫣然一笑："你都知道了还问啥！"

我说："可他一个工人……"

"工人不好吗？你不是也说要同工人阶级结合一辈子吗？"她狡黠地眨眨眼，"咋的？兴你结合，不兴我结合？"

我无话可答。周丽又说："我相信我不会看错人。他同你一样，浑身透着股子刚气、骨气、侠气，这是眼下许多男人所没有的。不过，"她语气陡地变得轻柔起来，"他还有柔情，他懂得世上需要爱，而现在太缺少爱了，不像你，只有刚气，硬气——也许我说得不对？李明，啊不，李哥，你什么时候才能懂得一点我们女人的心啊？……"

尽管令我难过、悔恨，我还是得承认她的话是对的。可是能刚能柔这门学问太深了，一时学不来，反正已失去了她（现在我才真正懂得她对我的意义），我也不想再找别的什么女人了。凡事大丈夫应拿得起，放得下，我想。于是也就释然了。

大王肯定从周丽那儿知道了内情，见了我颇有些歉然之色。我决定单刀直入及早了结此事。于是在我两路遇而他似拿不定主意是避开呢还是打招呼之际，我用兴冲冲的口吻大叫"大王"，然后故意嬉皮笑脸作拱手状："恭喜大王有了压寨夫人！小的这厢有礼了！"他一愣，随即哈哈大笑："不敢！不敢！"虽是故作轻松，我却注意到他的眼睛潮湿了，蕴着真诚的谢意。这刚强的汉子作如是状，令我也动起感情来。怪不得周丽说他懂得爱。

日子依旧。我与他、她的关系似更近乎。而老龚头也不知是怎的了，往往在我毫无准备时冲我露出一丝几丝吝啬的笑，或是冷不丁地一龇牙："炕，热不？"常令我来不及做出恰当反应。这使我觉得此人更难以捉摸，更怪，更高深莫测。奇的是大王，这林场头一条好汉，见了他就毕恭毕敬如执弟子礼；路遇时赶紧让在一旁；在我炕上坐着，只要老头来，即赶紧蹦下炕，极是尊敬地叫一声"龚师傅"。我总觉得大王叫他"师傅"同别人叫他"师傅"不一样，大王那声"师傅"里似有着对严师尊长的敬、畏、爱，还有些我说不明、道不白的东西。"你叫声'爹'我听听。"有次我跟大王喝酒，半酣之际逗他。"干啥？"他舌头有些大了，"我爹又不在这疙瘩。"我说："我捉摸，八成你叫亲爹还不及叫老龚头热乎。""妈的你小子！"大王眼珠子一瞪，空着的左手隔桌就向我伸来，我立马向后一仰，险些掉下炕去，他的手却已变成执杯状。"我没爹。"大王平静地喝酒，夹菜，"你往后别再扯这个。"我当真不敢"扯这个了"，呆一呆，酒力上来，又有些不知好歹，问："我一直犯寻思，倒树时你干吗不躲开？人家说你这是练功，啥屁功，值得拿性命去搏？"大王放下筷子，盯住我的嘴，断然否认："练功？你跟老哥逗乐子吧！俺们这木帮有活干有饭吃就知足了，还练啥功！"他门户封得紧，我醉意已上头，当下各各拉倒。

夏天山里多阵雨，几场雨过去，山里那四处皆是的腐木上长出了黑茸茸的山木耳，场里的老爷子、老娘们儿和小疙瘩就有活干了，夏天山场上活闲，伐木工们上下班和工休时也顺带着干点拾木耳的营生。我想的是寄些山珍回南方老家去，所以行动决不拉后。这天三点来钟就收工了，我拎着半口袋木耳，两眼紧着在枯倒木上扫描，采得上劲，大伙儿走光了，我兀自在林子里转悠，愈走愈远结果迷了路。纵使是夏天，山上气温也比山下低，而且天已向晚，山风刮得满山树叶山响，顿觉肌肤生凉，暗自心惊。若黑天前还转不出去，这一宵就要我小命了。我正彷徨无主，游目四望，突然远远瞥见一条人影。天不绝我！这下哪还顾什么荆棘、陡坡、沟堑，连滚带爬撵了过去。说也怪，我这么使劲撵，那人同我的距离并不见近多少，眼看他没入一片过伐林，我一急便使出了十二分气力，弄得赛似高山缺氧般直喘粗气，总算到了可搭话的距离，刚待张嘴却又一惊：那是老龚头！但见他黑衣黑裤，一头白发，步履轻飘，身形飘忽，浑不似平时昏然木然之状，直如山鬼。我觉毛发悚然，不敢出声。此时他似察觉到后面有动静，突然停步，一只巴掌支在耳后听了听（他肯定听力不佳，否则我早就暴露），又继续走。我怕跟，又不能不跟，这是我回林场的唯一线索，只好远距离盯梢。脚下根本没路，到处是横拦斜支的藤葛、枝丫、枯木、乱石，不知那老鬼如何识得路，如何过去的，我辈凡夫，只好一会儿猫腰钻隙，一会儿侧身穿缝，裸露的手臂上满是伤痕也在所不计。猛地前面响起了"咔嚓""咔嚓"的树木折断声，我一颗心卡在嗓子眼，只听这声音接连不断地远去，才又跟上，但见老龚头所过之处，许多挡道的碗口粗的树干、枝丫已拦腰折断，我不觉目瞪口呆；看那茬口，决非刀砍斧劈所为，乃系钝物大力震撞所致，而我分明见老龚头双手空空（即使手执铁棍，也不可能如此轻易地将这些树木折断），难道……难道他是用手劈不成？！我被自己大胆的设想激动得心跳过速，管他是鬼是人，我得探个究竟。那响声还在前面，我循声紧跟。蓦地一道怪声长啸传入我耳朵："啊咳……嗬嗬嗬……呃……"啸声尖厉，悠长不绝，山鸣谷应，鸟雀惊飞，刺耳难闻，得有多大的底气才能有这一啸！可怕的是一啸未止，又是一啸，其声更厉，似怒似悲，如哭如笑，令人肉跳心惊，我赶紧塞住双耳。啸声过尽，群山复归静寂，只有树叶簌簌。我又跟去几十米，前面，老龚头已到了一片漫坡地，我认出这是我们冬天采伐过的林子，大树已所剩无几，枯立木却有不少。那老家伙到此站住了，又腰仰颏瞅了会儿叽叽喳喳纷纷归林的鸟雀，忽然双脚并拢，双臂上提，呆立不动，似在运气，而双穴在夕阳下尤显鼓胀反光。我屏息静观，却听得"嗨"的一声，他已在空地上腾挪跳跃。黑衣飘举，拳飞似电，我虽然不懂拳经，却也看出力势极为凌厉。他舞弄了十来分钟，似欲停下，却又似觉不过瘾，"嗨嗨"几声，凌空跃起，五指箕张，直向几株枯立木击去。击罢，拍拍两手，拂拂衣襟，又恢复了烧炕老头勾背耸肩的模样，步履蹒跚地下山去了。我抢过去细细察看，但见那几株枯立木上，留下了几处如五根钢钎扎出的窟窿。

四

一连几天，老龚头像神秘的谜，像魇人的梦，像不祥的阴影，纠缠着我，折磨着我。我不敢向别人提及此事，但又觉骨鲠在喉。冷眼瞧老龚头，仍然安分守己逐日烧他的炕，似浑然不觉。我又不免起了几分疑惑：莫非那天认错了人？那么山上大显神功的是谁？但一回想，绝错不了。我于是更感困惑：这两个断不相同的角色，究竟哪一个才是真正的老龚头？

我忽而想到奶头山上的座山雕，忽而想到听人说过的关东响马……看来外面运动搞得轰轰烈烈，万里神州一片红，独有这深山老林，真个是月黑风高，藏龙卧虎……我差不多已认定老龚头是个邪物，终于憋不住，将山上所见所闻偷偷跟大王说了。他一听立时满脸飞霜，问："你真看见了？"

我很不高兴他那讯问犯人似的口吻，没好气地说："那还有假？！"

"我说兄弟，你就当没看见，千万别瞎咧咧！"

"啥叫'当没看见'？"

"就是当没这回事儿！"他又开腿，凛凛生威，"你就说，答应不答应吧？"

我突然意识到这里面包藏着一个大秘密，赶紧点点头。

周丽又从二中回林场过周日，一见我就咋呼："哎呀李哥，生病了咋的，瞧你这气色！"

我点头："唔，中了邪气。"

她笑笑："瞎说，哪来的邪啊？"说罢要走，我正憋得慌，就说："去找大王？他这会儿大概正同大胡子合计，怎样把下季度的生产突上去呢，局里又压任务了——瞧老同学分份上，你也陪我唠会儿。"

周丽不好意思走了，坐下，瞅瞅我，又低头，似不知道咋好。我正后悔留她，她又抬眼瞅我，眉尖微蹙："李哥，我问你，郝调度这人，你，看他咋样？"她问得小心翼翼。

我说："咋样，你又不是不清楚。不咋样呗。"她不语，我反问："你提这干啥？"

她不答，又问："他咋个'不咋样'？"

"不咋样就是不咋样。笑面虎，阴，贼，能咋样？"

"那，"她有点吞吞吐吐，"他跟……女的……有没有啥……"

"哪个女的？"我不明白。

"就是，"她发窘，"就是，那个，那个男女关系……"

"呵，这倒没听说过。这小子人品次，生活作风上不一定坏。"

"是吗？"她复低头，细嫩修长的指头在炕沿上瞎画，显然有心事。我眼光顺着她手指动，看她像是反复描"这小子"三字，心头不觉一动："怎么，他对你——？"

她抬头，脸一红："我，我得走了，看看龚大爷去。"

我好不懊丧，留她，却净扯这摸不着头脑的事，我心里的疑团却没来得及说出一丁点。

傍晚时分下起了大雨，周丽要回学校，大王不让，说明儿一早他送她去。吃过晚饭，我上周丽屋，跟她和同屋的两个女工正张长李短地"白话"得来劲，大王一手拎瓶二锅头，一手托着一大包酱肉、花生什么的进来。那两个女工见他来，知趣地借故溜了。大王冲我一努嘴："敲你门没人应，还吊着个大锁——这疙瘩鬼都不来，还怕小偷哇？"说着将吃食摊在炕上，"小周，弄仨杯子来。"周丽说："我不会喝。"大王说："不会喝也搁着。这些天忙得脚打后脑勺，今儿个聚聚，不容易。"

林区规矩：哥们儿喝酒，先干一盅，吃几口菜，又喝一盅，再吃几口菜，再喝一盅，此之谓"连中三元"，既图个吉庆，又可借酒开话匣。我和大王连干三盅，已有一两五钱的酒在胃里起作用，没咸没淡闲谈了几句，大王压低嗓门，目光如锥子似的向我袭来，问："你真看见了？"我知道他想说啥，虽心里直痒痒，却故作茫然状："看见啥了？""咳咳"，他干咳着，"就是龚师傅，那个……"我继续装呆："老龚头咋的啦？""你这小子，"他突然发怒了，"跟俺还装蒜！"我心里一慌，说："你不是说，我只当没看见吗？"想不到一句话就把这个身手敏捷过人的汉子噎住了，为掩饰窘态，他给自己倒满一盅酒一口干了，尴尬地笑了笑，说："那倒也是，那倒也是……"大眼珠子瞪着底朝天的酒盅，呆了呆，脸上忽又变得严肃之极。"兄弟你听着，那天我是叫你只当没看见。可我反复捉摸，这只当没看见还是不成，你咋说也看见了，保不准心里总犯寻思：这老头是啥人物？我瞅你是条汉子，小周也不是外人，今儿个就把底儿给你们亮了。可有一条，绝对不许再跟旁人说！行吗？"看他神色极是庄重，我不由得一凛，重重点了点头。"那好。如果泄露出去了，可别怪我大王——"话音刚落，只听"啪"的一声脆响，那只空酒盅碎在他握拳的掌心了。我手中的筷子差点掉落炕上。

大王盘起两腿，坐稳当了，挺直腰板，双手撑在膝上，俨然一楚霸王状。他极为详尽地说了一桩往事（看得出这事给他印象之深），那话头，却是从被周丽称为"怪人一个"的公孙老师起的：

那是三年前了，其时正天下大乱。北京和内地的红卫兵小将、老将横冲直撞，斗走资派、抓特务、揪叛徒，闹腾得凶。这林业局地处边陲深山，林区人又似老农民般老实得紧，虽说外出的人不时带回一些运动的消息，人们也不时从广播、报纸上看到一些革命的新闻，也只当是海外奇谈，一愣一愣地听着新鲜，倒也没人立竿见影地去仿效。后来大串连铺天盖地，突然这隐藏在深山老林中的林业局来了十几位自称是"揪叛徒特别小分队"的天津红卫兵，先是在局里煽革命之风，点革命之火，煽出了一个戴"红林兵"袖章的革命群众组织，夺了局里的权，然后在这种大好形势下，他们派出三四个队员及局所在地的十几名"红林兵"直扑金沙沟，转道夜袭局二中。目标极是明确：揪出隐藏得很深的大叛徒公孙智！

这公孙智来林业局五六年，本也籍籍无名，后来虽有好事之徒不知从哪儿打听到他的一点来历，当作奇闻传了一些人，传了一阵子，却得不到佐证，他自己又绝不承认，也就自消自灭，其效果不过是使公孙抹上了几丝可疑色彩，却也没妨碍他在二中供职，为师生们的吃喝拉撒睡操心。这回红卫兵们不辞辛劳，远道奔袭，真可谓兵不血刃，马到成功。听说那天是周日，学校里只留下住校的老师和道远在校寄宿的不多几个学生，一见这雄赳赳、尘仆仆的生头陌脸的红卫兵、红林兵，脑瓜子转得快的人知道要出麻烦，早拿起腿来从学校后门溜了，余下脑子发滞的一干人有的从窗口伸出头来听动静，有的懵里懵懂地过来瞧热闹、看新鲜。那小分队的头头眼光煞是厉害，往这干人一撒目，有几位师生就觉头皮发麻，知来者不善，脚跟直往后移。然而那头头对他们竟有些不屑的神情，也不吱声，前呼后拥直奔后院，即见一老者，五十开外，骨格清奇，正坐在当烧柴的枯木墩上，凝神于脚前地上横摊开的一副围棋，右手的食指和中指间夹着一枚黑子，正兀自在空中比画。那头头几步抢过去，双手叉腰，却仍不吱声，也垂下目光瞅地下的棋势，跟来的人于是也都拿眼去瞅，似也瞅不出甚名堂。老者似浑然不觉，目光不离棋子。少顷，那头头喝问："公孙智在哪儿？"

老者这才徐徐抬头，徐徐站起，徐徐搭腔："鄙人恭候已久。"

"你就是？"头头三分惊诧，两分疑虑，五分凶狠，"你就是那个大叛徒？！"

没有回答。

"你隐藏得再深，也逃不出革命造反派的掌心！"头头表情已变作了十分得意，突然举臂高叫："庆祝'文化大革命'的又一伟大胜利！"

众红卫兵、红林兵于是一齐高叫，有的跺脚，有的大骂，显是十分激奋。

按说，对于"隐藏得这样深，罪大恶极的阶级敌人"，小将们出于革命义愤，少不了会给他一顿胖揍的。不知是因为这敌人太重要，还是怕揍出毛病来路上会拖累他们，公孙这顿"杀威棒"竟然幸免了。但捆得结结实实却是绝对必要的。料理完毕，头头又命人将学校校长找来，要他对公孙的妻子严加看管，奇的是，大变就在眼前，这女人只是脸上凄凄楚楚，并未呼天抢地，站在那儿一直目送着五花大绑的丈夫被簇拥着押出校门为止。

红卫兵们押着（确切地说是拽着、推搡着）公孙走了几里山路，打算连夜乘森林小火车返回局里，然后打道回津。虽说这几里山路委实将红卫兵们累得呼哧呼哧，但有了这个战利品，人人斗志高昂，喝骂踢打公孙的，彼此打闹逗趣的，豪言壮语抒感慨的，应有俱有，真是鞭敲金镫响，人唱凯歌还。

本来深山极少人踪，偏偏在森林小铁路已遥遥在望，顺着铁路走里多路就是火车站的当儿，迎面沿着上山的小路走来一个人，此人五十左右年纪，身材矮小，形容猥琐，两鬓则异乎常人地凸起，加上那时明时晦的眼光，颇给人以阴沉沉的不祥之感，他上身是件农村常见的黑色对襟褂子，肩背部满是白色的汗渍，斜背一个蓝色土布包袱，下穿大裆黑裤扎着裤管，半截子全是灰土，显是赶过远路。

见打头的几个红卫兵吆吆喝喝过来，这老头已闪在一旁，红卫兵也没把他放在眼里，吆吆喝喝过去了。老头神色漠然地戳在小路旁的草稞子里，让大队人马过去，那头头几与他擦身而过，满怀疑问和敌意地横他一眼，也依旧木然。待到公孙被两大个儿一边一个架着胳肢窝，痛得满头大汗脚不点地过来，老头不在意地一瞥，陡地眼中精光一闪，随即逝去；他稍一犹疑，便跟了两步，问："这个，啥人？"

"你管得着？滚开！"架公孙的大个儿之一抬手一拨，老头来个趔趄，仍不知趣地盯着问："他犯了啥罪？清平世界，浩浩乾坤，咋这么整？！"

头儿过来了，边解腰间的铜头皮带，边老气横秋地说："你干什么的？什么成分？"

老头冷眼瞧着他解皮带，说："我倒要请问，你们是干啥的？"

"干啥的？老子们是干这个的！"头儿疾手一挥，皮带向老头抽去，"啪"的一声脆响，却抽了个空，仿佛老头刚才没在这儿站过。立即有三四个早就跃跃欲试的红卫兵向已闪到公孙身旁的老头猛扑上去，老头却不再躲闪，浑如醉酒似的，步伐蹒跚，身形恍惚，只有那中指食指并拢伸出的两臂忽高忽低，忽疾忽徐地作蛇形运动，东指西点，片刻工夫，扑上来的人尽数倒地。转眼之间，老头已直取公孙，那两位人高马大的小伙骂声"妈的"，四只拳头同时攻向老头，力大迅猛；但见老头身子一矮，双掌缓缓推出，两个小伙就如劲风下的枯枝败叶，被击出两三米远，仰面后跌，又顺着山坡翻了几个跟头……

大王讲到这，我和周丽都听入神了。这黑衣老头明摆着就是老龚头。但我旋又心生疑问："大王，这事儿是神！可你说得这样细，你咋知道的？"

大王"哧溜"喝干一杯，吃了口菜，抹抹嘴："我正要说这个呢！公孙先生在二中被红卫兵逮住一节，当然是学校的老师说的，那天在场的人都记得清清楚楚，说起来比我说得还详细。后来龚师傅在山上出手显威，我却是亲眼见的！"

周丽嘟嘟嘴："是吗？你咋没跟我提过一个字？真保密呀！"

大王歉然一笑："这事儿，上不能告父母，下不能传妻子——"他脸忽地一红，显是说漏了嘴。"要不是小李真见到了，掉脑袋我也不会说。我怎么会亲眼见呢？局里不是搞起了'红林兵'吗？消息传得也真快，咱们场有的人也活起心来，说既然全国都在搞运动，成立革命群众组织，咱们也得跟跟。呛呛了几次，大伙儿就让我和几个人下山到局里去取取经。你们知道，森铁不通咱们场，人要出山非得搭乘往森铁站运木头的大板（卡车）再换小火车不可。凑巧那咱正是生产淡季，两天往森铁拉一次原条。那天赶上不送原条，俺们取经心切，就爬了十几里山路去森铁站，俺们走的这路同从二中去森铁的路就在铁道不远处合在一块。正当俺们快要走到铁路的时候，就看见一个黑衣老头——就是龚师傅——横过铁道，顺着上山的小路迎面走来，说来你们不信，我一见他，心里就'咯噔'一下，被他镇住了。

"我是河北人，清乾隆年间，我老家出了一位武林高人，几十年间闯荡江湖，遍访名师，练成一身绝技，其中以点穴和五指禅功最神。点穴就是要让你胳膊动弹不了，就在管胳臂运动的穴位上施力让它封闭，让你说不了话就点管说话的穴位，这主要靠熟悉人的经络穴位，熟悉了，就能像针灸医生那样依穴下针，但那位高手却是在对手剧烈运动时点穴的，在那种场合，既要和对手以性命相搏，又要准确找准要点的穴位，你们想，那是啥样功夫！听老一辈人说，那位高手就这样都是百发百中，真个世间无双，他的五指禅功靠内力，发力时两指能将铁球压扁，五指能当锥子穿透砖头木板，能一掌打死犍牛，能……嗨，这些就别提了，总之是神，这位高手生平爱行侠仗义，劫富济贫。据说老先生临终留下几句话，说是'天下浊，吾道行，天下清，吾道穷。吾道穷，天下宁。'他一生未娶，只有一个单传弟子，他告诉弟子说，眼下天下不浊不清，所以我这一手功夫不可不传人也不可多传人；传给了你，你看着办吧。啥时天下太平，啥时自毁功夫。听说这单传弟子又单传了几代，到了太平天国，他的后辈弟子就多了，不少参加了太平军。据说清朝灭太平军时，凡会点穴和五指功的一律杀无赦。这以后就不知道有谁继承了这一手神功，可在俺们老家，流传不少这位高手的故事，一帮好动的小家伙简直把听这些当饭吃，很多人都会几手拳脚。我小时候跟一位堂叔练过几天把式，他是俺们那儿地区体校的武术教师，可他后来说啥也不教我了，说他那功夫都不是正宗，花拳绣腿的，学了上不了正道，枉自招灾。后来俺们那儿遭了水灾，爹娘双双殁了，我就闯关东，一路上还多亏学了几招花拳绣腿，卖艺混饭吃，好容易才到了这儿。"他端起了酒盅，一饮而尽，"我扯得太远了吧？"

我刚想说"不远"，却见大王转瞬间凝神屏气，举着酒盅的手凝然不动，只有眼珠子移动一下，显然是在谛听什么。我张开的嘴还没闭上，就见他反手一抖腕子，酒盅从他肩上疾飞而过，身后的窗玻璃"啪"的一声脆响，窗外有人"啊呀"一声惊叫。我从炕上"腾"地弹起，想扑向窗子，但他伸过来的胳臂就像铁栅栏似的挡住了我："算啦——这狗娘养的！"

"是郝调度？！"我根据声音判断。

大王不语，满脸阴云，瞥了周丽一眼。我明白了，那小子鬼鬼祟祟是为周丽而来。

"他咋能这样？！"我火气直冒。

"他咋不能这样？他这样的人，你还能要他咋样？！"

大王语气冷冷的。周丽脸色煞白，嘴唇微微哆嗦，大眼睛里涌上了泪水。我一拳砸在炕上："大王，周丽这么受欺侮，你就干瞪眼瞅着？你还是不是男子汉？"

大王的拳头在攥紧，指关节啪啪作响。少顷，那拳头又缓缓舒开，但是，不一会他又淡淡地说："行啦，……还接着刚才说，我跟着堂叔，虽然真本事没学到多少，可从此对武术就一下子着了迷，我也想像那位先辈高手一样遍访名师，我闯关东，也有这么点意思在里头。可是一晃十几年，几乎天天上山，哪有啥高手？我就照我从堂叔和别人那里听来的一些道道偷偷练，但我堂叔说过，学武，若路数不正，练不成是小事，搞不好走火入邪，成了废人。所以我又不敢往深里钻。反正也没啥用场。我求师的念头也就慢慢淡了，也不再寻思练出啥名堂。不过我功夫没练成，混了这么多年，眼力还是有一些。

"这就说到那一天了。那天我一见龚师傅，虽说他貌不惊人，可他走路的模样却吓我一跳：俺们平常人走道，脚板是实打实地往地上踩，总有一股重力往下坠；他走道，却像有一股力把他往上拔，那脚抬起迈开仿佛都不用自己出力，另有一股看不见的外力在助他似的，轻飘飘，虚乎乎，没有真本事，哪能这样！最叫我吃惊的是他那两个太阳穴，咱平常人的太阳穴都是稍稍往里凹的，他的却往外凸，油光锃亮，只有内功深厚的名家才有这样的太阳穴！当时我那感觉呀，说得那个一点，就好像突然之间见到了踏破铁鞋也没处找的心上人，不不，这两件事是不好比的，当时他就像块磁铁，引得我魔魔怔怔地跟着他往山上走……就在这当儿，他跟那些来抓公孙老师的人撞上了。

"刚才说到哪儿？对，那两个小伙子被龚师傅击出老远。我因为前面发生了这场意想不到的事儿，已经悄悄藏在草棵子里面了，这时只见龚师傅像长臂猴一般，手一伸，几乎看不清是咋动作的，颓在地上的公孙老师已被他挟在胳肢弯里，又有几个人要扑上来，我一见急了，再也顾不得啥，从草窠子里跳了出来，一边亮出架式——我那几下子虽说是不大中用的花拳绣腿，可也够唬一阵子的———边虚张声势地大喊大叫：伙计们，快上呀！

"红卫兵别看在学校里挺能咋呼，一到这山里，碰上了龚师傅这样的武术高手可就没辙了，偏偏又半路上杀出我这个程咬金，他们不知俺们来历，既要救护倒在地上动弹不得的同伙，又见龚师傅已挟着公孙老师跑得远远的，只好自认倒霉，站在那儿破口大骂，又冲我和龚师傅跑的方向扔石块。我赶忙撇下他们，去撵龚师傅，嗬，他跑得好快，全不像还背着一个人！只是我的腿脚功夫这十几年上山下山练得一般人没法比，撵了里多路，终于撵上了——实际上是龚师傅见是一个人追来，不再跑了。我稍微有些喘气，他却几乎面不改色；公孙身上的绳子已被他用力震断，只是折腾了一路，刚才又一场紧张，这会儿歪在地上调理气息，只拿眼睛瞅我们俩。公孙是二中的怪人，我见过他，他认不得我，但他看龚师傅的眼光似乎有点特别。龚师傅冲我一抱拳，说：'多谢了！'声音冷冷的，眼珠子却像太阳射在不锈钢上迸着光，我一见那光就一惊：老爷子精气猛着哪！可他眼神里分明有猜疑，有戒备，也有警告。我正不知该咋样才能使他信任我，公孙突然吱声了：'这小伙是我们局的。'他显然是从我的衣着上判断的，但我也听出了他由我刚才出手相助而产生的好感。听他一说，龚师傅就不再勒我，蹲下，看定了公孙的脸，长叹一声：'唉，没想到……'公孙眼睛却望着远处，好一会儿才开腔：'这又何必？左右是劫数难逃……'"

大王说到这儿停住，掏出烟口袋装烟。他眼睛盯着虚空，显得心事重重，手指头却极是熟练地、习惯性地动作着，"蛤蟆头"卷好了，又不点着，却愣神。我也愣神，大王讲的和刚才窗外发生的事儿没法叫我不愣神。他娘的！我一想到身边有个不露真面目的奇人，二中有个怪人，场里还有个说不上是好人还是坏人的人，心头就有股莫名之感。忽听周丽问：

"那，公孙老师和龚师傅原来就认识？"

"不知道。"大王轻轻摇头。

"你没问过？"

"问过老爷子，啥也没问出来。"

我说："救了公孙后，老……龚师傅就来咱场了？"

大王称是。他说，林区盲流多，又不用报户口，能干活就能混饭吃。那天公孙问老龚头："还上哪儿去？"老龚头站起来瞅瞅四周的山林，说："哪儿黄土不埋人！还上哪儿去！"就这样，大王领他来场里，只说是自己的一个亲戚。大胡子王老塔曾问过老头的来历，大王拍拍胸膛说："老农一个呗，来这疙瘩混口饭吃。你还信不过俺呀？"大胡子也就不再问，派老头烧了炕。

我忽地心里一动："大王，我瞅你现在这功夫，八成是龚师傅来后教的，对吗？"

大王摇头："我这人榆木脑袋，哪配他教？"他又点头："请教是有的，不过都是偷偷的，他时常高兴了也指点一下。"他顿住，瞅瞅我俩，放低大嗓门说："今儿个这些，你们谁也不准露半个字！"

我说："刚才我们不是答应了嘛！不过要是万一露出去又咋样？"

大王的脸陡地变得十二分的严峻："那就怕是会有啥大祸临头。这两三年来我时时提着个心。不瞒你们说，我琢磨，老爷子大约摸是犯了啥事，逃出来的——好啦，这话你们就当没听见算了！"

我不由得汗毛倒竖。

五

若说围绕老龚头的一切是个扑朔迷离的谜，那么姓郝的那小子对周丽的不安好心就昭然若揭了。我忽然想起不久前周丽曾问我"郝调度这人咋样"，我当时竟没反应过来，看样子，这姓郝的早就对她图谋不轨。这种事要落在我身上早就炸了，可大王为啥隐忍着？我真想上场部找那小子臭骂一顿，出出胸中这口鸟气，又怕大王有啥说道。我留心观察姓郝的，只见他将鸭舌帽帽檐拉得低低的，但额头上仍然露出一点红药水印子，想必是大王那酒盅砸的。帽檐下，一双贼眼就像周丽笼子里的金花鼠那样滴溜溜乱转，时而露出几丝张皇。他一见我，立即笑模笑样地搭话："小李呀，干啥去？""干革命去！"我说，给他一个恶狠狠的白眼，又"呸"地狠啐一口，算是小小的报复。让他知道，他的丑事瞒不住别人。

但是老龚头引起了我越来越大的好奇心。他越是神龙不见首尾，我越是觉得神秘。他时时出现在我周围，可又像是另一世界中人，他是一个哑谜，一个怪影，一部秘史。他使我敬畏，使我不安，使我疑虑。一连几天做梦，都是些和老头若即若离的模糊片段。天生异人！我觉得一个伟大的历史使命落到我肩上：揭开这个谜！一连好几个晚上，我把门闩死，趴在炕桌上埋头写，稿纸很快有一叠，从头读下来，在山上亲眼见老龚头发威那一段，真把老爷子写成了绝技超凡、行事诡秘、半魔半人式的江湖怪杰；大王说的那一段，老爷子又成了天马行空、独往独来、打家劫舍的绿林好汉，前半段类《聊斋》，后半段似《水浒》。而这一切，又都以“文化大革命”为背景。这哪成？！我把稿纸扔进了烧炕的灶口，又开始画，纸上一个接一个出现的老龚头形象总也脱不开小时候从连环画上看过的武侠的影子，只是那面容更显狰狞可怖，不知为何朝代的人物，也不成。我失望之余，将这些作品塞到褥子下面，倒头睡去。

第二天我从山上回来，前脚刚进屋里，就目瞪口呆：那些画已被一张张摊在炕上，矗在炕前欣赏它们的不是别人，正是老龚头！（准是老头试炕凉热时发现的——我咋没想到这一点儿）他看了这些“丑化”他形象的画，倘一怒冲冠，便如何是好？！我的心提到嗓子眼，已将后脚当前脚，准备溜之乎也。然而老龚头已倏地转过身来，双目如电，逼住了我。我知道，他此时若要拿我，还不是鹰叼燕雀、虎扑牛羊！于是打起精神站定。岂料老爷子眼中的灼灼精光已变为一片柔光，手指往炕上摊着的画点一点，说：“这，画的咱？”

我点头。

他默然，良久，说：“画是画得好，可是……”又盯我，眼中精光粲然，“你当咱是啥人？”我正惶惑，他却微微摇头，“错了，错了啊……”从炕上将那些画一张张收起，又端详一会，才叠成一沓，出了房门，将它们投进走廊里正在烧炕的灶膛。我赶紧闪进屋里，刚想上炕，他复进屋，对我说：“小子，咱瞅你好长时间了，信得着。你想知道咱来历是不？以后会知道的，咱不想带到土里去，可眼下甭打听了！"

我头一次听老头一气儿说过这么多话。此时的他，少了几分邪气儿，多了几分亲近味儿，我不由得大着胆子问："为啥呀？"

"不好说，不好说啊……"他转过身，弓背缩脖，蹒跚着出去了，留给我的仍然是个谜。

谜就谜吧，既然解不开它，我就先将它搁下。不过自此之后，我和老龚头的关系起了微妙的变化，他在我面前不再成天阴着个脸，让人望而生畏，那满脸的沟纹里渐渐漾起了一个长辈所特有的对晚辈的宽厚、关切，一个飘零的孤独者所常有的寂寞、伤感，和一种我说不明白由何而生的忧思和愤懑。我注意到，场里开什么批判会、学习会，他从不参加，总是干完活就在招待所储藏被褥、用具，兼当他卧室的小房间炕上闭目静坐。有一次我听见场政工干事对大胡子说："老龚头是个死角，啥活动都不参加，还不触动触动呀？！"大胡子淡淡地说："多管闲事！一个盲流，半截子入土的人，你能让他做甚，少他一个就不干革命了？"我觉得怪，有一次他正双手按膝，盘腿静坐，我故意招呼他："龚师傅，开饭啦！"他老僧入定，浑然不觉。我声音陡地提高了八度："老爷子！走哇，开会去！"他突睁双目，凶光如炬，臀部上抬，胸腔发出可怕的如虎啸般的声音，真把我吓蒙了，拔脚而逃，再不敢去捋虎须了。大王听我说了这事儿，说："他这是运气练内功哩，最怕突然受惊分神；亏得是老爷子，若是新手或功夫差一点的人，你这样一整，他一分神，那气就在身子里乱窜，或是一下子滞住，这人指定会受内伤。"说得我直咋舌。大王又警告我："老爷子的事，你知我知，都担着天大的干系，你小子小心一点！"

我自是无话。只是隐隐觉得有一种说不清的危险在这山林中潜伏着，尤其每当暮色笼罩群山，一个个山头渐次被黑暗吞没时，我就疑心什么地方埋伏着杀机，直到第二天重又看见老龚头若无其事地干他的活，心才安定下来。好在毕竟山高皇帝远，尽管山下山外"无产阶级文化大革命"正在"乘胜前进"，报纸上、广播里正在掀起批孔批儒的热潮，金沙沟林场却依旧迈着它沉稳缓慢的步子过日子，那些被宣布为"领导一切"的伐木工们依旧上山伐木，只是晚上的"批生产力论"已随帮唱影地变成批孔老二了；只是大王却突然在别人不注意或瞅不着的时候对着枯立木练起了掌劈功，他那又粗又大的巴掌颇像砍刀，嗖地劈在枯立木上，发出硬物撞击之声，木质紧些的，就会留下一道深深的凹痕，木质松脆的，就会迸飞一些碎木片。后来我发现，他这不是练，而像是在发泄某种郁积。瞧他那红头涨脑、咬牙切齿的样儿，我颇有几分怨气：谁得罪了你？干吗不找他算账去？可又不愿吱声。

忽有一天，当干完一气儿活，伐木工们聚在一块儿堆掏出烟口袋开始卷蛤蟆头时，有人吐了口唾沫，说："郝调度这次病得怕不轻吧？"

"够他躺个十天八天的。"

"那小子，咳……"有人欲言又止。

我听得蹊跷：昨天早上发车前我还远远看见他站在场部门口，正指手画脚地对大胡子白话什么，怎么今儿个就得了重病？

"啥病？这么快！"我问。

"嗨嗨，贱病！"有人笑嘻嘻地回答。

"到底咋回事？"

"领导的病，咱小工人哪知道？得问王头。"他仍是挤眉弄眼。

"我早说过，"另一个人插嘴，"那小子不是个物……"

"你们瞎呛呛啥？"背后响起了大王严厉的声音，"都干活去！"

工人们不大情愿地散开了。大王也不瞅我，立在那儿作沉思状。我猜这事儿可能同他有关，但此时不便细问，拎着斧子走开了。

晚上，从食堂回来，刚洗罢脸，正想上大王那儿去，他自个儿就来了。

"兄弟，"大王说——他每次叫我"兄弟"，我心里就挺受用，无有不依他、帮他的。"俺没把你当过外人，这事儿，你帮着参谋参谋，该咋办？"

"啥事儿呀？"我扔给他一支"大生产"，自己叼上一支。

"我揍了姓郝的。"大王说得开门见山，倒使我有点意外，"咋回事？"大王狠劲抽烟，告诉我：郝胖子早就垂涎于周丽了，过去有几次对周丽说疯话儿周丽都没睬他；那小子又来趴窗子，希图看见点啥，头一次把周丽吓得够呛，第二次挨了大王一酒盅，算是蔫巴了一阵子，以后见了周丽倒也规规矩矩。大王以为聊示薄惩，那小子已识趣了，谁料他贼心不死，不久前竟蹿到二中，对校革委负责人谎称自己是来找周丽外调了解情况的，要求单独安排见面，校方知道这人惹不得，哪里还去查证是真是假，就临时找了一间空着的宿舍让他们谈。周丽虽心存疑虑，但人家是来"外调"的，不能不去。

开始，郝胖子还"男女授受不亲"地和周丽各踞长炕的两端，正儿八经地宣讲了一通"谁是我们的敌人，谁是我们的朋友""要斗私批修"的最高指示之后，郝胖子绷着一张团脸说："'无产阶级文化大革命'正在乘胜前进，评法批儒已全面展开，当前形势是一派大好。但是，'文化大革命'越是深入，形势越是大好，越不能忘记阶级斗争。咱们林场跟全国一样，革命形势也是不错的；然而阶级斗争也是存在的。咱这地方山高皇帝远，庙小妖风大，谁知道都有些什么乌龟王八蛋藏在这疙瘩？唔！！"他一"唔"，两道刀子似的目光向周丽射来。周丽一惊，以为他发现了龚老爷子的行藏，谁知他接着说："大王，唔，我说的是那个王小小，就很值得怀疑。他是啥人？一个河北盲流！过去都干过啥？没人说得清，他怎么会当上了伐木连连长，掌握生产大权的，这得好好查一查。听说——，听说他在山场上还练武功？干革命，靠的是斗私批修，靠的是路线斗争觉悟，靠的是精神原子弹。练武术，那都是封资修的玩意儿！他练那个，要干什么？要像孔老二那样'兴灭国'吗？这还不值得我们认真寻思寻思？！"

说到这儿，郝胖子拿眼瞟了周丽一下，口气忽然变得十分诚恳："小周哇，你是刚出校门不久的大学生，不知道咱们这林区阶级斗争的复杂性。你不知道，已经有不少的革命群众向我们反映，你和王小小太……太接近了，要我们采取革命措施，可都给我压下了。为啥？保护革命的知识分子嘛！当然，当然……也还有一点别的意思在里头，我一片苦心，你不会不明白。你应该发扬红卫兵的革命造反精神，同他彻底决裂嘛！"

郝胖子站起来，反背两手，边说边在地下来回踱步，显得相当激动。周丽脑中却是一片茫然，她绝没想到郝胖子会来跟她谈大王的事，在他口中，大王显然已被入了阶级异己分子的"另册"，他们要对他怎么样？他该怎么办？郝胖子找她说这些是什么用意？……这些问题在她脑子里缠成一团，心乱如麻，忽然间感到腿上压着什么，一低头，却见郝胖子正半蹲半跪，两手在自己腿上贪婪地抚摸，脑袋顺着大腿往上拱，嘴里还在不干不净地嘟哝着，什么"鲜花插在牛粪上，掉价"呀，"我一宵一宵睡不着觉，就想你一个"呀，就像一只癞蛤蟆爬到了胸口上，周丽差点背过气去，抬手就给了郝胖子一耳光，一脚踹倒他，跑回自个儿寝室，哭湿了枕巾，当天就一个人走了十几里山路，告诉了大王。

怪不得这些天大王赛似凶神恶煞，专拿木头出气。几年来，这周丽，仿佛深山老林的太阳晒不着她，雨雪浇不着她，我脸上、脖子上、手上的皮肤早已变得与黧黑的伐木工们同色，揽镜自照，原先线条柔和的脸膛现在已棱角分明，而周丽却愈发白皙、丰盈、水灵。她与大王感情日笃，每次从学校回林场，总是一头扎进大王的跑腿子窝，帮他洗洗涮涮，缝缝补补，打扫卫生，同屋有人也不在乎，又喜欢做点吃的，和大王共尝，时不时还忘不了招呼我也过去"小乐胃"。她和大王已经决定，春节时办喜事……

"妈的，简直没人味儿！"我自觉怒从心头起，恶向胆边生，拳头连连捶着炕席。"你怎么揍那小子的？"

大王蹙蹙眉："你想那小子还够揍吗？俺生平不打不会武的人，不打没防备的人。开头本想找他论论理，拿话镇镇他。"没想到一连三天没见他影子，第四天才见他穿戴得齐齐整整，狗模人样地回到场里，逢人便说这次是局革委会某常委让他去汇报金沙沟林场运动的情况，他还跟局革委会主任一起喝了酒，又说带回了'上头'的最新精神，要结合评法批儒揪基层的小儒。这不明明是说给我听、想镇住我吗？我寻思：俺嘴皮子上耍不过他，这次就破破戒吧。正赶上咋天场部头头分头去各林班检查生产，我就在半道上截住了他。那小子还真牛性，问我不去山场在这干啥。我一火就说：'郝调度，你欠我二百块钱，咋还不还我？'那小子傻了眼，说：'我啥时候欠你的钱？'我说：'就是去年今日，说好每月利息五块，现在连本带息二百六十块。你想耍赖吗？'郝胖子一听炸了，骂：'我×你三代祖宗……'我说：'×谁？当时你赌的咒，说明年今日不还钱，自己就是狗娘养的，任我扇二百六十个耳光。你咋全忘了？那小子被我激得嗷嗷叫唤，当胸就给我一拳，我让他打，说：'一拳利息两拳，你欠我二百六十巴掌外加两拳头。'那小子正在火头上，见我不还手，早忘了我是会点武功的人，破口大骂，拳头巴掌接二连三打过来，我一一挨了。待到他一拳击向我面门，我一把扭住他腕子，一拧一拉，那小子就离了地，我这手托住他胖甸甸的肚皮一使劲，就把他远远扔了个仰八叉。我抢过去把他拎了起来，左右开弓扇了两个耳光，说：'郝胖子，今儿个是你不还钱，反而挑起武斗，我不得不武卫，这可是按照中央首长指示办事。你小子记着：还欠我二百六十块钱，扣掉我刚才给你的两巴掌，外剩十二记耳光加四拳头。你啥时胡说八道，我啥时来取！'"

想不到大王这赳赳武夫还会来这一手！我心里颇觉快意，问："郝胖子回来后说起过这事没有？"

"没有，他说是自个儿摔的。不过俺笨寻思，明枪易躲，暗箭难防。这小子阴损，局里又有靠山，他眼下吃个哑巴亏，日后不会不来报复的。俺倒没关系，大不了一走了事，可是周丽……她咋办？"

大王这一说，我也觉得问题严重，但自个儿又拿不出什么好主意。良久，我忽然想起："何不请教请教龚师傅？异人必有高见……"

"可别提老爷子了，"大王直摇头，"你别看他一身神功，却最反对动武。以前郝胖子对周丽动手动脚时，我就想教训教训他，老爷子知道了，把我好一顿训，说什么别看咱们学武的人拳脚上见功夫，九九归一是'理'字上定高下；'一时胜负在于力，千秋功罪在于理'，理乃力之本，有理力难当。你小子自恃血气之勇，安知天下大势？又安知山外有山？……说得玄乎乎的，把我都造蒙了。所以我一直忍着没动手。而且我反复琢磨，郝胖子不仅局里有后台，听说地区革委会政治部有一个头头还是他的什么亲戚，揍他容易，如果惹出什么麻烦，咱这山沟沟里的'太平世界'就会搅黄，老爷子、周丽，甚至还有你，都恐怕会……唉！"

大王这番话说得我心里发毛，倒不是担心自己会如何如何，而是因为他无意之中说出了我长期以来那种有什么危机在悄悄潜伏、逼近这个小山沟的感觉。过去我敬佩大王的为人，但实际上还是把他小看了：他的思谋作为令我自叹弗如。

"俺倒是想起一个人来……"大王见我沉吟不语，说。

"干啥？"我没明白他的意思。

"找他拿拿主意呀。……就怕他不肯说……"

我急问："谁？"

"公孙先生……"

我当是什么高人奇士，原来是他。说实话，虽然周丽曾跟我说过他过去神乎其神的奇闻，但我是姑妄听之，并不相信，只是觉得此公有些怪。这么一个自身难保的书生，又能给大王出得了什么好主意？

大王似看出了我的心思，说："你别小瞧了公孙先生；我看他不是一般人，否则，老爷子不会出手相救的。"

我顿时来了兴致："老爷子原来就跟他认识？"

"那可不清楚。"大王摇头。

六

大王和我跑了十几里山路，到了二中。我在金沙沟林场已待了好几年，除了回过关里几次家，到局里办过几次事，别的林场几乎没去过，这二中是头一次来。它建在山坳里，几排红砖平房是教室、备课室，前面一个篮球场，后面一片菜地，两侧各有一趟白皮平房，是教职工和寄宿学生的宿舍，四周全是两人合抱的红松，这些红松若是长在山场上，早就给伐掉了。红松高耸入云，给校园投下偌大的绿荫，一踏进校园，就觉头上的松涛簌簌地起伏，伴着阵阵悦耳的鸟鸣，环境倒是十分清幽。其时已是金秋十月，学校里的领导和任课教师带领学生上森铁打防火线去了，校园显得空荡荡。

叩了几家门，才找到公孙住处。接待我们的是公孙的老伴。我一见她，就觉眼前一亮。这绝不是林区所常见的那种衣服松垮、面容粗糙、举止大大咧咧的上了年纪的妇女；她的衣着与别人似无差别，也是蓝色的中式罩褂，黑布裤子，但剪裁很合身。她腰板很直，依稀看得出妙龄时的姣好身段；脸部肤色白净，轮廓精细，只眼角有些许皱纹，但眼睛大而亮，透着秀气，整个的形容做派雍容高雅，待客说话警觉中不失热情，谦和中不失矜持，俨然有贵妇人风度。

"你们二位找公孙，有什么事吗？"她客气地让座之后问。

大王赶紧又站起来，用恭敬的口吻说："公孙先生呢？我叫王小小，他叫李明，我俩是龚师傅的……"他沉吟一下，似乎在斟酌一个恰当的词儿，"……龚师傅的好朋友，早就听人说起公孙先生……特地来拜访拜访。"

"龚师傅？"她脸上有几根线条分明变得柔和了，"你——就是大王？是龚老爷子招呼你们来的？"

"是呀，是呀！"我抢着回答，听她的口气，不仅跟老爷子熟，而且八成从老爷子那儿听说过大王。

"公孙在后山呢，你们先坐会儿，我去找他回来。"说着她就要转身出去。大王和我同时站起来作劝阻状，说不麻烦她了，我们自己去找。她也就不坚持，告诉我们，穿过菜地，出学校后门，过小林子，大约就可找到。

按照她的指点，穿越过那人工种植、已高过人头的小红松林子，一条丈把宽的湍急山溪就横在眼前，清冽的溪水冲击着满溪大大小小的山石，浪花飞溅，水声聒耳。在上游十来米处，有两人正对着一块大石下棋。其时阳光耀眼，大王手搭凉篷一瞅，叫声："咦，老爷子咋也在这儿？！"脚下就有些犹豫。我也颇感惊诧，但既来之，则见之，怕甚？拽着大王走到跟前。

这一奇一怪、一黑（老龚头依然是他那一年四季不改的黑衣黑裤）一白（公孙披着一件洗成灰白色的中式对襟大褂）的两位老者，正俯首于一方平板的大石，石面上不知用什么刻就一副围棋盘，老龚头神色凝重，甚至有些狞厉，紧闭的薄嘴唇以刚直的线条刻画出一种威严感。他右手执黑子，左手一把黑白子被他玩健身球似的拨弄得沙沙作响，身板却如坐禅般绷直；他显然知道我们就在身旁，但直如不觉。我们也就不好吱声，恭立一边观战。我对围棋一窍不通，就留神观察公孙先生：此人面色苍白，骨格清奇，五官方正，长发中分，很潇洒地由两鬓背向脑后，显出前额的宽阔，一副老式细边眼镜架在高直的鼻梁上，赋予他以苏格拉底式的大学者风度，同对面阴鸷、剽悍、甚至给外人以可怕印象的老龚头恰成鲜明对照。他意态甚闲，然两眼连余光也不惠及我俩，却专注于对手那拈棋子的两根骨节突出的精瘦的长指头；左手据膝，右手拈子，果然不断做出横扫状、敲击状、包抄状、书写状，等等，但不像周丽所言，口中并未出声。

两公将我等视如无物，令我多少有些不快，且站得不耐烦，瞧那大王，却十二分恭敬地侍立一旁，两眼直勾勾地盯着棋盘。我自忖：对于行家来说，这棋盘的盈尺之地上，此刻或许正成盈亏消长之势，或呈围魏救赵之形，或作风云变幻之状，其乐无穷，其旨高远。可大王是真懂呢，还是不懂装懂？抑或是装个样子给二老瞧瞧以示其诚？不觉心中好笑，憋不住胡思乱想。约莫过了卷四根蛤蟆头烟的工夫，我正想到孔明高卧不起，张飞老弟吵吵要到屋后去放一把火的当儿，忽听公孙说：

"我兄久不来此，一见又诉诸手谈，与当年初会何其相似！是偶然呢还是必然？"

老龚头照旧谁也不瞅："岂不闻，心有灵犀之说？"

这一问一答使我大吃一惊：这二老何以都如此文绉绉的？尤其是老龚头，过去似连话也说不全，何曾出此雅言？他们究竟是啥人物？听他们口气，似相识已久……一瞥大王，只见他张口瞠目。幸亏我古文底子不错，要不还真听不明白。

"'大梦谁先觉，平生我自知'。是耶？非耶？"公孙似自言自语。

老龚头话头一转："公孙先生，你看大势如何？"我赶紧竖起耳朵。

公孙目光正专注着烽烟滚滚的战场，那比比画画的右手也暂时凝止，似欲力重千钧地掷下一个杀着。良久，却闲闲散散地着了一子，徐徐说道："山野废人，自身未卜，安知大势？我兄谬问了。"

"先生何必过谦？此处又无外人！"

公孙扶扶眼镜："非我吝言，实不知从何谈起。试问评法批儒，儒法斗争，儒在何处？法在何方？两千年陈案一朝翻出，其谋也久，其势也烈。若说是为了'肃流毒'，何用如此大动干戈？彼等必有一心腹大患，不去之食不甘味寝不安枕，这才是所谓的'大儒'，是此辈'斗争'的目标，那么请看今日之国中，何人需要他们费如此大力气呢？"他看定了老龚头，"'周公吐哺，天下归心'，如此周公，德高望隆，几乎是一人系天下安危，彼等焉能不去之除之？"

老龚头不动声色地听着，此刻，那不断团弄摩挲满握棋子的左掌突然一攥，两目精光陡射："先生之言确否？"

"事实会证明的。竖子当道，国势日颓，国运日衰。当年长夜如磐，吾侪奋斗于原野，我兄纵横于江湖，一旦金鸡唱晓，复携手共襄国是于京津，原以为……唉，孰料世事竟一致于斯，思之五内俱焚！"

"然则以天下之大，难道再无英杰吗？"

"据我孔见，目前尚有一硬骨铮铮者在，或能挽狂澜于既倒。不过此公也真是命运坎坷，但人才难得；此番复出，系民心之所向。然而困难重重，掣肘者甚多，以后情形如何，就看各种因素能否形成一股合力，形成什么样的合力了。"

"以先生之见，我辈当如之何？"

"还能怎样？顺乎民心，各尽绵薄而已。我想我中华禀数千年正气，积几十年磨练，绝不会败在彼辈之手。只可惜我兄身负奇技，堪为国宝，在这大搞群众运动的时代竟无用武之地！"

"以先生才具功劳，尚且困顿于山野，我之区区末技，又何足言之！还记得我说过的话吗？'天下清，吾道穷；吾道穷，天下平。'上次先生遭厄，不得不援之以手，然已违初衷。但愿余生不复言技，得以善终，余愿足矣！"

听老龚头说起"吾道穷，天下平"，我心中怦然大动，忍不住插话说："龚师傅，你说的那话，不就是那个武林高手……"

老龚头突然一侧脸，电光石火般的目光使我咽下了没说完的话。他与公孙相视一笑，齐声说："罢了，罢了！"公孙拂乱了盘上残局，将棋子收入一布袋；老龚头却左手一张，我和大王不由得同声惊呼："啊！——"他手中哪还有什么棋子，只有一掬黑白相掺的碎瓷末！敢情是他刚才激愤攥拳时逼出极强的内力所致。只见他呼出一口长气，掌上的碎末尽数飞走。公孙目视而笑："神力不减当年！只是我这囊中又得'添丁进口'了！"

到这时，老龚头才向公孙介绍我俩的来历。公孙郑重地向大王一抱拳，然后紧握他的手，摇了摇："老朽何德何能，竟承'大王'相助！此情此义，心中藏之，无日忘之。惜乎直至今日才得识尊颜！"大王被弄得红头涨脑，十分局促。我福至心灵，脱口而出："大恩不言报嘛！"公孙先生又抓住我的手摇了摇："你就是那个北京来的大学生？龚……师傅提过的。好，好！今日群贤毕至，咱们聚一聚如何？"

如此这般，大伙就在公孙家里，品尝了一顿他老伴做的酒菜。公孙好酒量，林场小店大酒罐里的散装白酒，他"滋"地一下，一盅，又"滋"地一下，半盅，就这么不停地"滋滋"作响，又频频同大王碰杯；大王本是"瓮中君子"，人又豪放，最初的局促过去之后，豪兴又被碰杯激起，也是杯不离手。老龚头却复又沉默，与刚才风雅谈吐时判若两人，头三杯干过后，就不怎么喝了，菜也吃得不多，整个表情显出深深的忧思。我本不喝酒，来林场后变得好喝酒，但酒量始终无甚长进，这会儿，脑瓜子里又满是疑团：公孙和老爷子明知我们在旁边，却旁若无人地说那番大违禁忌、大不合时宜的话，是给我们听的吗？为啥不早不晚，老爷子偏偏这会儿来公孙这儿？老爷子与公孙显然远非一般之交，他俩是啥关系？老爷子同大王讲的那位清代高手又是啥关系？……这些疑问不时蹦到嘴边，但一瞅公孙和老爷子的模样，又不敢动问了。忽然公孙以筷击碗，吟诵说："对酒当歌，人生几何；譬如朝露，去日苦多……"声韵苍凉，一腔孤愤，似喷薄而出。想不到老爷子也跟着高吟起来，那声音，就如他在群山之上长啸一般，沉雄浑厚，带着金属的铿锵，也夹着鸥鸫似的啸鸣，直入耳鼓，使我毛发俱立。

这次造访的所见所闻所思，给我留下了难以磨灭的印象。肃然，悚然，耸然，又觉茫然。当时饭罢，大王还想说说他的事儿，我止住了他。还问什么呢？老爷子已经表示"余生不复言技"，你找他也没用，何况大王所忧之事也不是"力"所解决的。公孙先生说的，尽管都是足以使他身陷囹圄的"反动言论"，但窃以为在理，不论是郝胖子搞报复还是上头要批儒，都只能由他去，好在如公孙所说，天地间尚有硬骨铮铮者在，我辈可做的就是"顺乎民意，各尽绵薄"，为"重兴国运，长致太平"出力。我把这些意思跟大王说了，他恍然有所悟。我又劝他，别等春节了，元旦就办喜事吧，免得夜长梦多。以后只要诸事谨慎，量也不会出啥大问题。

大王点头称是。

七

1975年元旦终于伴着风与雪来到了这山沟沟。

元旦前不久，大胡子忽然走来交给我一张调令，盖的是局革委会政治部的大印，让我过了元旦即去政治部报到，到局工会上班。大胡子拍拍我肩膀，不无憾意地说："我们本还想留你，可局里说，你在接受再教育的劳动实践中表现不错，是大学生，又会画画，人才难得，不能久置不用；而且局工会正筹建，急需抽人，所以让你去当干事。这不比上学校，是到红色政权去工作，别人想去还去不了呢！"我知道，这一半是大胡子跟局里美言的结果。说实话，前几年让我去学校时，我是铁了心：不让我摘掉"知识分子"这顶帽子，我决不离开林场。几年下来，我觉得这山沟似乎是自个儿的"家"了，回关里探亲去，待上十几天就觉得有些神不守舍，直到重新看见山沟沟里这些熟悉的脸，心才算定下来。虽说我已习惯了这里的一切，但天长日久，年复一年的上山下山，开会、扯淡、喝酒睡觉，又渐渐使人生出一种不满足感，加上我两次申请由干部转为工人均被局里打回来，当一个真正工人阶级的愿望已经破灭，这就使我不能不考虑自己今后的命运。转眼就是而立之年了，可是我"立"了啥？作家、画家一概不成，对象都没一个，难道平生壮志就扔在这里了？我隐隐希望生活中发生点什么变化，但又不知该有啥变化。老龚头，后来又有公孙，都曾使我激动过一阵子，但从他们讳莫如深、小心翼翼、自我封闭的情况看，他们这一辈子大约也就是如此了，何况他们的秘密有如深埋的火药桶，揭开就有引爆的危险，我就抑止了自己几度萌起的好奇心。但愿他们连同他们的秘史一起平平安安地终老此山之中……然而我，却似乎还应当去干点什么。所以，这次大胡子交给我调令，我只稍稍作犹豫状，就同意了。我以为，到局里去，世面毕竟大一些，凭我的能水，安知不能露它一两手？何况在局里，我仍然能经常到金沙沟来看望我所惦记着的人的。

大王和周丽正忙着结婚的准备。在大胡子和一些大嫂、大姑娘的帮助下，将大王住的那间宿舍粉刷一新，换了黄油油的新炕席，场部送的一对水曲柳红油箱搁在炕梢，配上满墙贴的宣传画和红纸剪的老大"喜"字，倒也红火鲜亮。伐木的弟兄们也各显其能：有的凑了用红纸包的喜钱，有的送了枪马子做的笔筒，有的合伙送来了毛毯、暖瓶、脸盆、床单、枕巾。我花了六十多元，送给他们一台最新出的红灯牌收音机，又花了一天工夫，画了一幅题为"燕燕于飞"的画送给他们。大王十分看重这画，展在手里，左瞅右瞅，连赞"画得好"，瞅了好一会儿，忽地神情有些黯然，说：

"这两只燕子，本该有一只是你呀……"

我一凛，赶紧截住他话头："你瞎咧咧个啥？这够朋友吗！"

大王仍闷闷的，我又说："你们俩情投意合，是再好没有的一对，周丽跟了你，可谓慧眼识风尘！老弟我衷心祝愿你们白头偕老，终身幸福！"

我原以为此番话说得很得体，想不到倒勾出大王低低一声长叹，我不觉愕然，拿眼珠子瞪他。

大王默然良久，终于说道："兄弟，不瞒你说，越是这日子近，我越犯寻思。……怕就怕俺不能使周丽幸福啊！"

"这倒奇了！"我纳闷，"你咋知道不能让她幸福？"

"唉，这个，这个……好兄弟，我——"大王的话戛然而止，我一回头，见老龚头正立在门口。大王赶紧起身招呼："龚师傅，坐，坐。"

老龚头并不进屋，只眯着眼细细打量屋内的布置，少顷，背在身后的右手往前一伸，嗬，是一只做工比上次更加精致、油光锃亮的木条笼子，里面，两只毛茸茸的金花鼠正自蹿上跳下。"这个，"他咳了一下，语气里充满慈爱："这个，权当我老朽送你们的礼物吧....小周是个好丫头，小小，你，你肩上的道义不轻啊……"我接过笼子，他蹒跚着离去了，我分明听见他留下了无声的叹息，我不觉一抖。

大王的忧虑是无端的，这么条汉子咋跟知识分子一样多愁善感？我想。但我的直觉却从大王的话和老龚头的叹息中感受到一种沉重和不祥，它破坏了我的情绪。但是周丽却掩饰不住有情人终成眷属的喜悦和娇羞。紧身棉袄上罩的是深紫红色底起红色暗花的中式对襟外衣，下身是和这林场女性松松垮垮肥裤子截然相反的、紧紧凑凑很合身的蓝色棉裤，将鼓鼓的胸脯、纤细柔韧的腰身、圆实的臀部和颀长丰满的大腿用各种变动起伏的线条极诱人地勾画出来。乌黑油亮的头发，沉甸甸的辫子，配上淡蓝色的兔毛围巾，愈发显出她的妩媚，她的纯洁。我想起了维纳斯，想起了海伦，我惊叹造物主居然有这等杰作。周丽见了我，有点不好意思地用小巧的手掩住了不知是冻红的还是因激动而红晕泛起的脸颊，抿嘴一笑，眼波流盼，说：

"谢谢你啦，李哥！那幅画真好，真的，我非常非常喜欢，那是最好最好的礼物了！……"她垂下眼睑，轻轻说："但愿你……和我们永远在一起……"

她说得那样真挚，那样深情，我被感动了，但同时心底又生出一种无法排遣的惆怅和幽思。

这是大学生和伐木工人的结合，打有林场以来头一回的新鲜事儿，是"再教育"政策的胜利，是知识分子同工人阶级相结合的样板，意义重大，影响深远。大胡子场长决定在我们来林场头一次亮相的会议室为他们举行婚礼。三十一日晚上，一场大雪搅得漫天皆白。元旦早上起来，满屋明光耀眼，外面积雪盈尺，孩子们早已在房前屋后兴高采烈地打开了雪仗。间或还传来几声鞭炮响。我只穿卫生衣到外面踢蹬了一会腿脚，远远望见一伙妇女手捧杯盘糖果，嘻嘻哈哈往会议室去。欢快的气氛也感染了我，心情逐渐舒展开来。

林区娱乐活动极少，连放映样板戏的电影队也要隔几个月才来一次，故而吵架干仗及一切小小的骚动都能耸动人们的兴趣，招来围观者。今儿个元旦场里为大王、周丽举行婚礼，自然是全场上下数百口人关注的唯此为大的事件。根本不用去招呼，预定十点举行仪式，八点多会议室前就人头攒动，小孩们在大人的腿缝间窜来窜去，格外起劲。我吃过早饭就到大王宿舍去，那儿也是屋里屋外一堆人，一片瓜子香，满地瓜子皮。大王穿了一套崭新的蓝色解放装，头发刚理过，胡茬刮得精光，倒蛮精神，大约是衣服那硬硬的、扣得紧紧的领子卡得难受，他不断用手摩挲脖子，肩脊一耸一耸，怪不自在的。旁边一伙弟兄正围着他打趣。周丽斜坐在炕沿上，几个老大娘、小媳妇正七手八脚地给她戴红花，抻衣裳，捋头发，评头品足，她的脸蛋如醉酒般殷红，大眼睛黑晶晶的。没有我的事，我笑笑离开了。

十点整，一对新人在大伙簇拥下进入会议室，四个大铁桶里木头桦子正哗剥作响，火头蹿起来老高，满屋子热腾腾地围着铁桶摆了一圈桌子，上面摆了瓜子、花生、糖块、苹果和烟卷，老爷子、老大娘和在场里有些身份的人物围着桌子团团就座，年轻的就在后面站着，胳膊伸得老长从桌上各取所需。我一撒目，见郝胖子也在坐着的人中间，火炉烤得他满脸油亮，正敞开衣襟，叼着烟卷，一只胳膊支在桌上，同邻座的人兴致勃勃地白话什么。当新人出现时，满屋一阵耸动，有人忍不住喝彩。我又一撒目，和郝胖子的目光碰个正着，他立即转脸，我说不清他目光中是什么表情，我于是四下里寻找老龚头，却不见他影子。大胡子咳咳，开始致词：

"无产阶级革命派的战友们！工人同志们！父老兄弟们、乡亲姐妹们！今儿个是新年开门第一天，回顾过去的一年，在无产阶级革命路线的指引下，'无产阶级文化大革命'在各条战线取得了伟大胜利，全国形势一派大好，咱们场也是这样。咱们抓革命促生产，抓了评法批儒是不是？那孔老二，那儒家不就是四体不勤，五谷不分，不劳动，不生产吗？咱们工人阶级就要和它对着干……"我有点怀疑自己的耳朵是否出了毛病。还没在报上看到过这种说法。大胡子是咋的了？不怕传出去让人整吗？我分明看见郝胖子脸上浮起的不屑的冷笑。"……咱们去年苦干大干一年，生产超额完成了任务！这里面王小小等同志出了大力，他们三更起，五更上，爬冰卧雪，回场还搞大批判，辛苦哇！还有周丽，一个女的，一个北京来的大学生，不远千里来到咱林场，诚心诚意同咱大老粗结合，不容易嘛！我看着都受感动。所以说——所以说，今儿个借元旦这个吉日来给小小和周丽办喜事，大伙儿都高兴！"他带头举起两个大巴掌拍了起来，大伙儿也跟着噼哩啪啦地拍。大胡子又说："现在，就请新郎新娘讲几句话！"

"话"音未落，就见大门上的棉帘子一掀，一个愣头青——我认出就是刚来乍到时在山场上说大王"形象高大着哩"的那个伐木工——风风火火撞进来，喘着粗气说：

"王、王主任！外……面来了一车人，说说要找头头……"

"到底咋回事？"大胡子喝问，"啥人？哪儿来的？"

"我、我也不知道哇！"

大胡子张着两手作往下按状，说："大伙儿静静，听新郎新娘说，咱去看看！"说罢转身出去。我赶紧跟出去。出得门来，就见场部房前的地坪上停着一辆"解放"，车轮上缠着铁链，车挡板上全是稀烂的雪和泥，刚刚下车的十几条汉子上身衣服和帽子都湿湿的，有的胡茬、鬓角结了霜，有的正在伸胳膊踢腿，显见远道而来，来之不易。他们一见我们出现，哗啦就都过来了。为首的是个四十几岁的壮汉，中等个头，国字脸，长相平平，可一双略微显黄的眼睛却炯炯生威；虽然披着一件军大衣，仍可看出肩宽腰细、剽悍有力的那种美男子体型。"头儿呢？你们谁是头儿？"他问，深沉洪亮的膛音直震耳鼓，语气咄咄逼人。

我抢前一步介绍："这是我们场王主任。请问——"

那壮汉的目光立即撇开我而专注于大胡子，仿佛我不再存在似的。"噢，王主任，我们是从外地来的。"他说了个我不熟悉的地名，"要到市里去参观、学习，想走山道抄近路，偏偏赶上这场大雪！"他伸出手来，大胡子的手刚和他握上，就见大胡子右肩倏地一沉，脸上的肌肉也猛然抽搐了一下。那汉子不经意地笑笑，继续说："没办法，只好在贵场歇歇脚了。"听他口气，似乎不是做客人请人家提供方便，而是作为主人在发表指示。

这种感觉大胡子肯定也有，他边让人不易察觉地轻轻揉着刚才被握过的右手（这令我惊讶，难道他那锉刀似的大手也被那小子握痛了？），边沉下脸问："有介绍信吗？证件呢？"

那汉子仰天哈哈大笑，笑罢大咧咧言道："天下无产阶级革命派是一家，要什么证件？信不过我们吗？！"

"那好，"大胡子显是不愿硬顶，"就请各位到场部，不，上招待所吧！"

壮汉刚才那一阵大笑势若滚雷，显然传进了会议室，不少人，包括郝胖子已拥出来。"嘿嘿，这里面在干啥？演节目吗？"壮汉说着就往里走，我和大胡子左右齐上想拦住他，他两臂一抬轻轻往后一拨，我俩就身不由己地倒退好几步。那十几个随从也乘势一拥而入。邪门！我和大胡子对望一眼，立即跟上。我对这伙人的来历一无所知，但预感到来者不善，今儿个八成要出啥麻烦了！

正在七嘴八舌让新娘讲"恋爱经过"或逗乐子的人们见这伙不速之客闯进来，都止住了声，拿各式各样的目光瞅他们。那壮汉如首长模样地双手卡腰，旁若无人地四下扫视一番。"嗬嗬，办喜事！好大场面！"他回头叫道："来，弟兄们，咱们也凑凑热闹！"大胡子虽然铁青着脸，但还是不失礼节地高声说："好，大伙儿给客人们让个座！"

他这一说，差不多所有坐着的人都起身，只有郝胖子、几位年事已高的老爷子和新郎新娘还留在原位。那十几条汉子二话不说，纷纷落座。我不忿，就在身旁一个细高个想去坐时，我膀子一横，挤开了他，跨过板凳坐下了。那小子"哼"的一声，拿眼珠子瞪我，我也横他一眼，他无奈，只好站在我后面。

此时，会议室里出现了哑场。大王似乎也嗅出了喜庆气氛中的什么不祥之味，但仍端坐着，目光不乱，可我分明感觉到他那蓝色解放装下面的每一块肌肉都在悄悄上紧发条。周丽在这伙不请自来的陌生人眼光的攒击下却显得惶乱，忸怩不安，连眼睛都不敢抬起来，两颊的红晕浸润到了小巧的耳朵，但这样更赋予她一种羞怯娴静、楚楚动人的魅力。她愈是动人，我愈是忐忑，我总觉得今天的事同婚礼有关系。一瞅郝胖子，却是眼观鼻、鼻观心的模样。忽听大胡子说道：

"今儿个这婚礼，老少爷们儿都在，又有客人光临，真是难得。呃，这样吧，今儿个正赶上元旦，各人家里还有不少事儿，看大伙儿还有啥说的没有？没有，咱们就散吧！"我知道，他想及早结束这吉凶难测的局面。

"慢着！"那壮汉突如其来一声喝，震得大伙一愣。"王主任，"他拖腔拿调地说，两肩一耸，将披着的军大衣抖落，身旁一人立即接住，放在自己双膝上。"我们刚来乍到，你就让大伙儿走，这未免太不给面子了吧？"他目光咄咄逼人地横扫过去，几个想走的人又停住了。"我说各位，咱们今天困在这山沟沟，却又赶上这么场喜事，正是'塞翁失马，焉知非福'！谁个给介绍介绍新郎新娘，也让我们认识认识，交个朋友。怎么样？"

"好哇！好哇！"他的"弟兄们"齐声起哄。内中一人油腔滑调地叫道："就是呀！新娘子这么俊，新郎官艳福不浅哪！"

我眼睛还没从说话这人身上转过去，那边大王已"腾"地站起来，我一瞥，他真是"脸红脖子粗"了。大胡子两步抢过去，拍拍大王肩头，示意他不可冲动。

"请问你尊姓大名？"大胡子说，他包在胡茬中的嘴似在颤抖。他也快克制不住了，我想。

"不敢，"壮汉的嘴也真损，"我叫王周，大王的王，小周的周……"他话未完，我脑子里就一闪念：对头真个来了！想必大胡子、大王等也是一激灵。"请问新郎新娘是——？"

"我叫王小小，大老粗一个，怎么着？！"

"啊，咱们原来是一家子！"自称"王周"的壮汉做惊喜状，绕过桌子，穿过夹峙的火炉直奔大王。"咱也是工人，来，交个朋友！"他伸出手，大王不大情愿地也伸出了手。两手相握，晃了晃，就像胶着似的不动了，两人也不吭声，都不看对方，却一齐瞅着周丽，她只低着头，两手机械反复地剥开糖纸又包上……两人谁也不松手，就那么握着，好像八辈子没见过面的好朋友，好像爹亲娘亲也不如对方亲。屋里谁也不吱声，都在瞅稀奇。约莫卷两支蛤蟆头的工夫，不知是让火炉烤的呢还是握累了，两人额头上都渗出了细细的汗珠。我心里忽地一动：他们莫不是在拼比内力吧？瞧王周的身手，绝非等闲之人。我不由得也在心里暗暗较劲。三支蛤蟆头的工夫，两人终于分开了手，大王显得有些疲乏困顿，那王周却若无其事，冲大王点点头："好！好！"又转回自个儿位子。

"王主任！"王周叫，"我们今天路过贵场，参加了这个婚礼，又结识了王老弟，实在高兴，可惜，我们没带什么礼物。"说着从兜里掏出一盒"大中华"烟，撕开盒子，将烟卷捏在左手，"大伙儿抽支烟，也算我们弟兄们一点意思。"话音刚落，右手频挥，烟卷就像离弦之箭，白光道道，直射人们面前，屋里接二连三响起"哎哟"之声，足见力量之大。只有大王伸出二指夹住了劈面而来的"白箭"。人们惊魂未定，又听王周说道："唉唉，忘了新娘不抽烟……这么着吧，"他从桌上摊的瓜子糖块中扒拉出一块玻璃纸包的糖块，用弯曲的食指和大拇指扣住，嘴里说，"送新娘一块糖，聊表祝贺之意。"手指一弹，就听"砰"的一声脆响，周丽桌上一只玻璃杯猝然爆裂，水和碎玻璃四散迸开，周丽尖叫一声，声如裂帛，充满屈辱和惊恐，我的每一根神经末梢都被刺痛了。

"妈的，你这野种——"我怒骂一声，跳上凳子，就要扑将过去。说时迟那时快，大王已如猛鹫，跃过桌子，飞落在王周跟前，迅雷不及掩耳当胸就是一掌——大王这手功夫力能断石碎木，不是真红了眼不会使出来——兀那王周也真不赖，只见他脚步轻移，上身如风刮柳枝似的往后一仰几成60度，就避开了大王这排山倒海的一掌。此时周围慌乱的人们都远远躲开作壁上观。大王一掌击空，尚未收回，另一拳呼地又已打出，王周一直身子就会被击中下颏，人仰马翻。奇的是王周此时上身仰着不动，双腿却凌空飞起，去踢大王腕子。大王迅即收势，王周则乘势一个漂亮的后空翻，如钉子般钉在离大王五尺远的地方。我瞅准时机，抓起身旁的长凳狠劲向那小子扔过去，心想砸不死他也砸他个狗啃地。不料他抬臂一格，长凳顿时在空中"咔嚓"断成两截。此时大王已旋风般掩至，身子腾空而起，扭胯翻身，右腿如铁棍直捣王周；王周却忽地一矮身，大王踢空落地，王周纵身而坠，侧身而立，只见他胳膊肘一动，"嗵"的一声，大王被击出两米远，余势稍衰，踉跄几步，才勉强站住。满屋子人皆大惊失色，"啊哟"连声。我一颗心跳得赛似打鼓。

"怎么样，王老弟？"王周两手拍拍，仿佛刚干完件啥活儿，意甚得，气甚骄。"你这两下子，可以给我当个徒弟……"

话没完，大王已怒吼如雷，复又扑过来，大胡子想拽没拽住，扶起周丽走了。但是两人都不是方才兔起鹘落、大起大阖的打法了，却像打太极拳似的，一来一往舒缓柔曲，如二龙戏珠，游踪飘忽。我已看不清他们的套路，脑子里在紧张思索：这一干人究竟为何而来？王周为何伪称是从外地路过？他似冲大王而来看样子又不认识大王，到底为甚？这伙人不迟不早，偏偏赶在大王婚礼之时来寻衅，难道他们预先知道？……我拿眼去寻郝胖子，已不见踪影。而大王此时发出一声嘶哑沉闷的呻吟，跌倒在地。

会议室里群情大哗，山里人虽然老实厚道，眼见大王受辱，都被激怒了。妇女们早已离开这是非之地，汉子们则如怒牛，晃动着犄角。王周手下的人也脱大衣的脱大衣，紧皮带的紧皮带。战云在弥漫。我和那个伐木工抢过去扶起大王，他双眼血红，甩开我们的手，摇摇晃晃地立着。

"算了吧！"王周不屑地哼哼，在地上来回疾走，俨如得胜的将军，眼睛却不时地往大门口瞟，似在等待着什么，"你再练二十年也不过如此。我问你，我们好意来参加你们的婚礼，你怎么动起手来？你师傅是谁？怎么调理出这等不中用的徒儿来？"光这倒打一耙、恣意戏弄的混蛋话就足以气死英雄汉！大王哪受得了这个？他鬓上青筋暴起，狂啸一声，整个身躯有如巨大的惊叹号直扑王周。这不是孤注一掷吗？我的心陡地往下一沉。有人惊叫，有人想抢上去拦住。蓦地，一阵金属摩擦似的怪笑猝然响起，直叫人头皮发麻、汗毛倒竖。这笑声使大王猛地收住脚，使我和众人一齐循声望去，只见身后的一条凳子上坐着一位腰扎麻绳的黑衣老者，面容枯槁，白发萧然，两手拢在袖口露出棉花、油光锃亮的袖筒里，右腿搭在左腿上，那穿旧森工鞋的脚在轻轻摇动着——这不是老龚头又是谁！

王周目不转睛地盯着老龚头，脸上的神情瞬间几变，最后定格成一种夹杂着疑惧的深深怨恨。老爷子枯坐不动，吐出几个字："你，来了？！"

"来了！"王周厉声答，也不过去，"你说，该怎么着？"

老爷子缓缓站起，从袖筒抽出一只手，做了个"请"的姿势，就蹒跚着往外走。王周跟着出去。大伙儿对眼前的事丈二金刚摸不着头脑，

"呼"地都拥出门外。我抢在头里，心中满是激奋、担心，紧张，还有不安……

屋外原来还有那么多人：老头，小孩，叽叽喳喳的大姑娘，抱孩子的大嫂、大娘。显然，刚才婚礼上发生的事已传遍全场，全场都惊动了。待到见是不起眼的老龚头和不认识的王周最先相跟而出，又是一阵骚动。

老龚头踩着厚厚的积雪来到场部大院中站定，依然拢着双手。大胡子和几位工人怕老爷子吃亏，飞奔过来，老爷子一转脸，两眼精光粲然，逼住了他们。王周离他约莫两米，有点迟疑地问："在这？"

"哪儿还不都一样。动手吧！"

"这个……看在你岁数分上，还是你先请！"

"欺我年老？未必我山野布衣也怕你造反派的名头。告诉你，二十年前如此，二十年后量亦如此！"

"得罪了！"王周言出拳随，势若疾风迅雷，力贯千钧，直击老头面门，老头却木然呆立，顷刻将肝脑涂地，一命归西。却忽见他头一摆，直贴左肩，呈怪异之状，王周这拳就打个空。他急收脚步，双掌一合成铲状，照准对手脖颈直劈而下，就见老头身子随着这势不可挡的一劈陡地矮将下去，但双脚仍不离原地。转瞬之间王周又冲老头胸窝"嗖"地扬起一脚，老头自膝盖以上的身躯早已如弹簧伸开往后一仰，只有头着地，双脚仍是不动，形成一个背弓形，老头身形变化迅捷无伦，令满场围观者如呆如痴，一阵冷汗，一阵喝彩，心脏衰弱者怕就要当场休克了。老头原地不动，王周却三招落空，激得他纵身一跃，离地差不多有一人高，半空一声大吼，整个身子绷直如刀，冲老头弓在雪地上的身躯斜飘疾戳。在这千钧一发之际，老头仰弓的身子恰似松开的弹板，有如黑色的闪电破空而起，几乎看不清是啥动作，王周头脚就已掉转一百八十度，被扔出三四米远，落地时一个跟头，松柔的积雪溅起老高，复又站起。只见他手一扬，一串发亮的东西疾奔老头；几乎同时，老头也一挥手，一把什么物事撒出，与飞来的那串发亮的东西相击，发出清亮的金属撞击声，转瞬尽数落入雪中。此刻王周绝不迟疑，连着两个空心跟头，离老头只有一米，手中一把雪亮的匕首在冬日的寒阳下凛然生辉。围观众人尽皆失色，瞬间不知如何是好。却听老头一阵仰天长啸，就跟我那次在山上听过的一样令人心惊肉跳，而王周的匕首已划出了弧光，就在这间不容发之际老头一声怒喝，双掌猛然推出。我明明看见这一掌离王周尚有半米之距，那小子却像被飓风所挟似的后飘了好几米，整个形态有如醉酒迷狂，停下来时仍兀自做出许多怪异动作。大伙都看傻了。待到动作停止王周颓然仆地。老头走过去，一只干瘦的胳膊竟然将这百多斤的壮汉拎了起来，另一只手又在王周两肩处捏了捏，那两只胳膊即如挂在肩上似的郎里郎当。老爷子冲王周耳朵说了些什么，就听王周嘶哑的声音喊："回、回去吧，……大伙儿……回去……"

跟来的那十几条汉子看似失了斗志，有的垂头丧气，有的骂骂咧咧，一个一个上了卡车。王周倒也不愧是条硬汉，尽管已经威风扫地，沮丧之至，这时仍然打落牙齿往肚里咽地作倔强状，晃荡着两只胳膊走到车屁股后面，两手动弹不了，攀不了车厢板，车上有人伸出手来要拉他，被他狠狠啐了一口。但见他微蹲蓄势，纵身跃起，已上车箱，但由于车厢板来时化的雪水又冻成了冰，脚一打滑，又往下掉。就见老龚头轻身飘至，一手托住他滑下车板的右脚，轻轻往上一送，王周偌大的身躯就被抛进了车箱。这一手极为潇洒，真个是举重若轻。王周这时却涨红了脸……

　　王周一伙人的汽车刚开走，围观者中不少小青年和孩子就争先恐后拥到刚才龙虎斗的地方，勾头伸脖地找开了。我也赶紧跟了过去。一会儿就有几个人同时喊："找到了，找到了！""在这儿，在这儿！"大伙围拢一看，只见托在掌心里的是七八颗玻璃弹子般大小的滚珠，闪闪发亮，这大概是王周掷出的玩意儿；还有一把五颜六色的糖块，有的已在强力下变了形，不消说，这是老爷子迎击滚珠的"飞镖"了。

　　风波猝起，险象环生，又骤然平息，全场上下精神上经历了一次大起大落。一连几天，什么两报一刊社论，什么批法批儒，都抵挡不住"龚旋风"的冲击，山场上，小卖店里，跑腿子炕头，各种会议都在津津有味地议论，添油加醋地描述，老爷子简直成了神，老爷子走到哪儿，敬畏的眼光就跟到哪儿。这一来大胡子紧张了，为防止此事在更大的范围里流传，不得不在大批判例会结束时，声色俱厉地告诫众人：从今以后再不准议论此事，只当啥也没发生！

　　大王肩头受了轻伤，老爷子给他弄了些草药煎服和外敷，量无大碍，有那么几天总叨咕："我咋败在他手下……"我担心的是周丽，她那天受了刺激，眼睛让泪水泡肿了，有些神经兮兮的。更忧虑事情闹大了，说不定有一天会祸从天降。大胡子忧的也是这个，好几天愁眉不展，苦苦思索，自言自语"那起人到底是干啥的？咱们跟他们近日无怨，往日无仇……"在这一点上我跟他看法不同：根据那天前前后后的迹象看，王周一伙寻衅的正主儿分明是老龚头，捣乱婚礼，撩斗大王，不过是想引出正主儿罢了，但他跟老龚头究竟有什么前仇呢？我猛然想起以前大王说过，"老爷子以前可能犯过事"，心头一凛：难道果真如此？这犯过的"事"能不能同王周有关？这又是一个谜！

元旦早已过去，我不能不去局里报到了。走的头天晚上，老龚头突然出现在我房里，看定了我说："放心去。这里，没事儿。"我想细问一下为何"没事儿"，但他一言不发转身走了。第二天，大胡子、大王和场里不少人送我到森铁车站，虽然不过是去局里工作，并没跳出如来佛的掌心，自己感觉上却像要远远地、久久地离开这熟悉的人，熟悉的山，不觉依依不舍。大胡子紧紧捏住我的手，克制住自己的感情，低声对我说："你还是去局里的好……那里消息灵，有啥情况，别忘了通知我们，啊！"

八

来到局里不几天，我还没来得及弄到什么"情况"送回林场，林场那边却传来了叫我大吃一惊的消息：老龚头突然失踪了！消息是那个先赞"大王形象高大"，后又通风报信的伐木工捎来的。他说，老龚头失踪的头天晚上，他还看见老爷子从食堂买了两个菜，又打了半斤老白干，悄没蔫声地拿回他"窝"了。亮灯后，老爷子又到大王、周丽的新房去转了转，还从未有过地用指头逗弄了一会儿笼子里的金花鼠，临出门说了句"会过去的，会过去的"，大王嗅到一股酒气。失踪的当天早上，大胡子路过招待所，看见老爷子在独出心裁地劈柴：将斧刃放在当烧柴用的圆木墩子上，一掌击在斧背，粗大的木墩爆裂成两半；再放，再击，直至变为木头样子。大胡子看得上瘾，久立不去。老爷子瞅见他，说了句叫他摸不着头脑的话："都瞅见了？世事多艰，砍都砍不完啊！老朽权且破戒了……"当天下午，山场上的人回来，跑腿子一进宿舍，摸摸炕，冰凉，四处找老头不着，第二天又可山找，哪见踪影？！大胡子就让他马上下山来告诉我，其实也是抱着最后一线希望来问我……

我听到这消息的头一个本能反应是：老爷子莫非给王周一伙给害了？细一想，又觉不可能：老爷子何等样人，岂能着了他们的道道！且报复也不至于来得如此之快。说是上山走失更不可能。那么，老爷子是自个儿出走了？越想越是这样：老爷子本就是外来户，既能来，就能走，身负绝技，何往不能？他准是在元旦遇见了昔日的对头并大打出手后，觉得再无法在此隐迹，所以远走高飞。一连数日，我工作起来心不在焉，总在寻思：他上哪儿去了？回山东？走河北？还是在这深山老林中换个什么地方猫起来了？想得脑瓜生疼也得不出答案。

我极想跑到二中去问问公孙先生。不知为什么，我总相信公孙会知道老爷子的许多秘事。但新来乍到，工会的事又多，写材料，打报告之类的活全推给我，没法脱身，只好挨着，伸长耳朵捕捉各种动静，同时打听局里谁是郝胖子后台，好看看他有什么反应。

开始那些天局机关相当平静，浑如离这百十里的那个山沟沟里啥事没有，天下太平，我一颗悬着的心慢慢放将下来，但愿就这样大事化小，小事化了。可有一天工会主任叫我，交代完让我写的材料要点之后，忽然换了一种跟我十分亲近的闲唠嗑的架势问："小李，听人说，你们那个林场最近爆了个新闻？"

"啥新闻？"我挠腮摸头，努力作苦思状，"我不知道呀。"

"你咋会不知道？"这位工人出身的主任毫不容情，"我算过，你那咱还在林场嘛！"

"啊，你说的是元旦那件事呀！"我又作恍然省悟状。"那事儿呀，说起来把人气死！"我说，"那天大王办婚礼，突然来了伙冒充'造反派'的歹徒，把婚礼搅黄了不说，还当场侮辱新娘子，打伤了大王……"

"大王那样的角色，咋会让人打伤呢？"主任似自言自语，又对我说："我认识大王。不过嘛……人总会有失手的时候。我听说那天还冒出了个黑老头？"

"这我可不知道，"我赶紧封门，"我就看见他们打大王，后来我就走了！"

"唔，"主任沉思，良久说："不扯这个了。小李，我跟你说，你刚来乍到，凡事在意些，别到处瞎咧咧。"

我哪能"瞎咧咧"？！这以后，又有几个人来问我，我一概推说不知道。郝胖子后台我也打听到了，是局革委会的一位常委，我留心观察，没看出他有什么异常举动。莫非老爷子说的有准头？真的不会出啥事？记得老爷子曾冲王周耳朵说了些什么，究竟说了什么呢？

可是隔不了几多日子，便有各式各样的小道消息在局里那些消息灵通人士之间传开了，那传播的态势颇像林秃子自我爆炸之后、正式传达之前的悄悄议论，表面啥也看不出，私下里却唧唧得热闹。

有的说，那"王周"根本不叫这名，此人是市里"红体司"的头头，"文革"前是省里一流的武术高手，曾在全国武术大赛上夺得过冠军。他之所以专找大王大喜之日去争斗，是因为他跟大王有世仇，云云；

有的说，那天"王周"不过是偶然路过金沙沟碰巧赶上大王婚礼，因垂涎于新娘的美貌，才和大王干上的；

有的说，据最可靠的证据，"王周"根本没把大王看在眼里，他要去会的是黑老头，因为二十年前的一次全国性武术比赛会上，"王周"同黑老头相遇，各各使出了祖传绝招，结果"王周"输在对手手里，使他那一门功夫在武林失去了地位。他一气憋了二十年，也苦练了二十年，想不到二十年后仍然不敌；

有的说："王周"跟黑老头之间根本不是门派私仇，而是路线斗争、阶级斗争。据说公安局查敌伪档案，发现黑老头解放前当过土匪（一说是阔商的保镖），曾暗害过"王周"的父亲，解放后畏罪潜逃，隐迹藏形于全国各地的深山大川，"王周"秉乃父遗嘱一直在追踪他。不想这次在金沙沟相遇；

有的说：黑老头解放前是威震关东的第一大侠，专门惩治为非作歹之徒。解放后洗手不干了，隐姓埋名，云游四方，来到金沙沟落脚，不意遇见"王周"行凶，忿不过露了一手；

还有的说：黑老头本是世家子弟，曾从高人学过武艺，解放前在天津开过武馆，曾在擂台上力挫小日本商人雇来的拳师；解放后在山东老家息武归田；"文革"开始后因保走资派挨打了造反派的一位"司令"，逃亡到金沙沟，本想在那了此余生，偏偏碰见了昔日拳师的儿子"王周"，这才重新亮相，挥以老拳的。

这些消息各不相同，甚至彼此矛盾，传来传去，又经过了不同思想倾向、不同感情色彩的加工，而且各种说法又彼此影响、互相补正，愈发弄得真假莫辨。稍后于这些"小道"出现的是这样两个"热点"：

一是有没有人、是什么人给"王周"通风报信的。持"有"者认为，如果没有非去不可的原因，以"王周"地位之尊，干吗在元旦那一天冒着大风雪去山沟沟？而之所以要在元旦那一天去，又是因为这一天大王结婚，只有借参加婚礼大闹一场，才能激出黑老头来。这就必得有人通风报信，远在数百里外的市里的"王周"才能预做准备，按期到达。那么通风报信者是谁？一些人认定是郝胖子，理由既简单又充足，此人心术不端，又跟局里、市里的某些大人物有来往，何况还听说他跟大王不对付。但另一些人认为，如此表面性地看问题，正犯了形而上学的错误。因为在大王宣布婚期后，郝胖子一直待在场里，那天"王周"等来林场时，郝胖子似和他们并不认识。因此，不能排除通风报信者另有其人。持"无"者认为，"王周"或许那天真是另有公干，路过林场，碰巧遇到黑老头的。另一派指出，既然"王周"打定主意找黑老头算账，肯定早就通过各种渠道打听仇人消息，他那天上金沙沟是自己侦查的结果。

二是黑老头那天拎起"王周"时冲他说了些啥，有人推测，老头可能是威胁"王周"，倘他胆敢来报复，随时取他性命。有人断定，老头肯定是深知"王周"底细的，倘"王周"轻举妄动，就把他见不得人的隐私给端出来，叫他一辈子抬不起头。还有人设想，老头身份神秘，说不定有什么大来头或大背景，他准是对"王周"说了个叫他心胆俱寒的人物镇住了他。但也有人不同意上述种种说法，认为统统是无稽之谈，指出以老爷子的武功道德，决不会说这些有损身份的话，他八成是对"王周"晓以大义，令其诚服了。更有一种新奇之论，说"王周"是老头失散多年的儿子，此次入山，就为了寻父，但老头恨其捣乱婚礼，不许，以致父子交手，"王周"以诈败来换取乃父许诺。老头仍然不允，他冲王周耳朵说的就是：你回去吧，我没有你这个儿子。为避"王周"继续纠缠，老头干脆一走了之。但此种说法过于荒诞不经，许多人都一笑置之。尽管说法有种种不同，有一点可以肯定：老头一定对"王周"说了什么叫他永远不敢卷土重来的话。否则，何以事情过去了这么些天，局里、市里仍不见有什么举动呢？这个结论我以为颇有道理，但有关老龚头和"王周"的关系、"王周"上山的原因的种种议论，我都只能姑妄听之。我总认为，老爷子是个常人难以接近和理解的怪客，但就是这么个怪客，身上却有一股子撼人心魄的魅力。以路线斗争来衡量，我真不敢说他究竟是好人坏人。好人也罢，坏人也罢，金沙沟能太太平平就谢天谢地。

人虽说是好奇的动物，但这好奇也是有一定限度的。日子一日日、一月月地过去，又不见有新的变动发生，人们对"金沙沟事件"的兴趣就慢慢淡漠了，议论也渐渐消失了。大约是六月份吧，我回了趟金沙沟，大伙对我接待之热情自不待言，使我顿生虽肝脑涂地不足以报答这些山里亲人之感。大王身体早已康复如初，但比过去沉默得多严肃得多因而也老成得多，我在林场待了两天，他只说了三句话："兄弟，真念叨着你呀！""老爷子到底上哪疙瘩去啦？""妈的，这日子……"余下就只顾自个儿想心事，我只好同周丽唠扯。周丽还那么俊，只是大眼睛周围染上了一圈暗影，话很多，但有时说着说着突然发一回怔，也不知是因为元旦受的刺激留下的后遗症呢还是怀孕所致。大胡子王场长倒还是老样子，他告诉我，大王基本不练什么功了，却成了报纸消息的热心读者，常就某条新闻、某种说法发一些简短而激愤的看法。两天后，我独自去看望公孙先生，令我吃惊的是，相别不到一年，公孙竟然又清瘦几分，原先很潇洒分开的长发似乎失去了光泽，且乱蓬蓬的添了好些银丝。但举止气度仍不失大家风范。寒暄过后，我将有关"金沙沟事件"的种种议论、色色传闻说给他听，他沉思良久问我：

"你觉得龚师傅这人如何？"

"有点怪，我……也说不太清楚，但他骨子里有一种为常人所没有的东西，我甚至……甚至有点迷上了他……"

"唔？对……你还记得他说过'但愿余生不复言技，得以善终，余愿足矣'的话吧？"

"记得，但我一直不太明白。"

"此乃他肺腑之言。'吾道穷，天下平'，反过来不就是'天下宁，吾道穷'吗？那么他之复显身手，实为形势所挟，盖出于万不得已啊！"

"公孙先生，我一直纳闷，这'吾道穷，天下平'的话……"

"不说了，不说了。"公孙连连摇手，复仰天长叹："'得以善终''得以善终'，一代奇才，竟须为'善终'而深自韬晦，悲乎！痛哉！"

我心惊肉跳，赶忙问："听您意思，莫非他老会……"

"是何言欤？！"公孙不自觉地掉了句文，转而极郑重地对我说："记住：'诚既勇兮又以毅，终刚强兮往不反'，为人当如此！……我没有什么可说的了，你走吧，以后再不要上这儿来了……"

我快快地回到局里，好些天心里像坠了块石头。老爷子始终没有丝毫消息。眼看快到年底，秋风吹面，落叶满山，突然传来一个消息：公孙被"弄"走了！这"弄"字在山里人语汇中内涵十分丰富，抓走、骗走、撬走、请走等等都可以说成是"弄"走。这回公孙的被"弄"走有两说：其一说是因工作需要调走了，调到"上头"去了（"上头"系何指语焉不详），这自然是"请"走的意思；另一说是被抓走了，被抓到他该去的地方，但没戴手铐，也没捆绑，去的人把他押上了小车，这好像也有点"请"的意思。正因为说不清是"请"还是"抓"，所以呼之为"弄"。这消息使我躺了两天，请了两天病假。

　　转眼是冰天雪地。为了那最悲痛的日子群山素裹、漫天飞白。七九河开，八九雁来。四月份了，天气开始转暖，可那多雪的寒冷的冬天留在人们心头的重压尚未消失。又一个消息使我差点栽倒：大王出差北京，因清明节时在天安门前的花圈丛中抡着胳膊痛骂当今文艺旗手，被照了相，跟了踪，还没回到局里，就被逮捕关押在市里某处有电网的所在。不久前听到传闻，虽然来自多种渠道，但却像已经被"统一口径"了似的，都是说：有一个黑衣白发的干巴老头，在市里飞檐走壁，越户穿墙，造反派的子弹也奈何不了他，他来到关押大王的地方，告诉他：天快亮了！当市革委会的头头聚在一块儿研究缉拿他的方案时，老头却突然出现在会议室里，仰天一啸，头头们当即晕倒，云云。这样的传闻，说者津津，听者昂昂。接着，又传说这黑衣老者到了省里，到了更远的地方……接着，那个赞大王"形象高大"的伐木工又从沟里给我带来一个消息：周丽在惊闻大王被捕的悲痛之夜，生下了一个胖小子，得名王肖公。

　　1978年，我调到省城的一所大学中文系任教。一晃又是几年。有一天上班，课间在教研室翻报纸，突然，像有道闪电从桌上的省报上一闪，几乎眼睛都晃花了。定睛细看，是如下一则新闻：

　　本报消息：值当代武术大师、忠诚民主主义战士、卓越的爱国者、中国共产党的忠实朋友龚不凡先生辞世六周年之际，已在××县××山中找到了先生遗骨。昨日在烈士陵园举行了公祭仪式，之后，先生遗骨将归葬山东故土。龚不凡先生系清末著名武学家龚××之孙、著名学者龚××之子，幼年即从乃父乃祖研习经史和武术，后又从名师学艺，数十年不辍，卓然成一代名家，享誉北国。先生热爱祖国，热爱人民，追求光明，追求进步，在几十年的习武生涯中，始终保持中华凛然正气，早年曾积极配合东北我地下组织的斗争，抗日反伪，做了许多有益于革命事业的工作，其传奇经历和高尚节操令人起敬。解放后，先生在从政之余热心从事发展我国传统武术、培养武术人才的工作，成绩斐然，受到领导和群众的赞扬。"十年浩劫"中先生坚持正义，受到种种残酷迫害，被迫隐姓埋名浪迹天涯，不幸客死他乡，终年六十一岁。庆幸的是，粉碎"四人帮"后，先生沉冤昭雪，党和人民给了先生公正的评价，堪可告慰于先生。

昨日参加公祭的有省、市有关方面负责同志和各界群众数百人；先生家乡送来了花圈；先生生前友好发来了唁函、唁电；先生生前在革命年代和"文革"期间曾同艰辛、共患难的挚友、××部××局局长公孙智同志也专程从北京赶来参加了公祭，并诵读了自撰的祭文。

读罢这条消息，我不觉愕然，继之大恸泫然，泪尽始怅然。我要到报社去，把一切都搞清楚……

作于1988年

墓碑上的纱巾

数学研究所的会客室里，明亮的阳光透过落地式大玻璃窗，斜射在谈兴正浓的方歌今身上，使他因展望2000年宏伟远景而充满激情的脸膛更显得容光焕发了。他才三十六岁，但是由于在拓扑学中的不动点类理论研究上的卓越成就，已经获得了很高的声誉，党的十一届三中全会后被提为副研究员。这次五届二次人大会议期间，我们来采访他的事迹，已经和他盘桓了一个多星期，彼此都已相当熟悉。这会儿，正题已经谈完，谈话就变得十分随便了。

"不管咋说，老方，你在'四人帮'横行时能把研究工作坚持下来，没有一股子毅力真不行呀！"

方歌今不置可否地"唔"了一声，正想说什么，就被他的助手，一位年轻姑娘的出现打断了。她站在门边，冲我们抱歉地嫣然一笑，迈着轻盈的步子过来，把茶杯放在茶几上，又轻盈地飘走了。

方歌今望着她的背影，很有些感慨地说："但是，无论如何，要是没有爱情的支持，我恐怕也难以取得现在的成绩的。"

爱情？在我们的印象中，像他这样生活在神圣的科学殿堂里的人是很难与世俗的爱情沾上边的。这一个多星期来，我们几乎什么都谈到了，唯独没有听他谈起过自己的私生活，这使我们产生了浓厚的兴趣：倘若他也经历过爱情，那一定是很奇特的吧？

在我们的一再要求下，他开始讲了，我们的心立即被紧紧地抓住。这是一个真实而又离奇的故事，一个哀婉凄怆而又使人回肠荡气的故事……

四年前初秋的一天，方歌今下班后照例到研究所附近的九路公共汽车站等车回家。他住在离研究所很远的居民点，父亲是位老工人，前几年已经去世，家中只有一个多病的老母和他相依为命。那时候，汽车误点是正常现象，往往要等上半个到一个小时才能有车。方歌今的时间是按分按点计算好了的，这等车的空当就成了他专攻科技史的时间。他，身材细高，面容清瘦，从正中分开的长发因不及时修理而显得更长，一低头便有那么一绺直耷拉到近视眼镜上来，以致不得不时时扬一下脑袋，把它甩上去。中式大褂，皮鞋，使人一看即知是"臭"字号的。这样的仪表，再加上近视眼捧书本时的旁若无人的特殊神态，自然成了周围等车的人注目的对象。窃窃私议，指指点点者有之；视为可疑分子而避之者有之；有意碰碰撞撞加以戏弄者有之。方歌今对此一概不予理会，他这些年受到的冷遇和歧视实在够多的了！但是，他却不知道，在周围等车的陌生人中，还有一双充满同情和探究的眼睛在经常注视着他。

这天，他显然来得早了些，除他之外，站牌下竟空无一人。他打开书本，立即沉浸到那由无数艰辛的探索、无数崇高的献身、无数对真理的热烈追求所汇成的科学发展的长河中去了。他沉浮着，思索着，汲取着信念和启示，忘掉了周围的一切……直到有个清脆的声音叫："喂，同志！你怎么还不走？"他这才惊醒过来，茫然四顾，身边一个等车的人也没有，只有一位戴红纱巾的姑娘站在跟前。

他一抬头，不觉"啊"了一声，原来他挨着的不是表示车站的白方牌，而是画着大大"！"号的黄圆牌，这两个牌子相距挺远，竟然使他这个能检验出数学计算上千分之一、万分之一误差的人稀里糊涂地上了当。

他如梦初醒地把书往腋下一夹，谢也没谢一声就急急慌慌地拔腿撵车去了。

第二天下班来到车站，那戴红纱巾的姑娘已经在那儿了。他想起了昨天的事，冲她感激地点了点头，她则报之以嫣然一笑；她似乎还想说什么，他却已把脸俯到打开的书本上了。

这以后，他差不多天天在等车时看见她，虽然她的目光始终是亲切而友好的，但他的性格过于内向，所内有些人动辄打小报告的行径又使他养成了一种戒备心理，宁愿同一言不发的书本亲热，而不愿同会说话的人接近，对异性更是敬而远之了。倘若不是发生了一次意外，他们之间的关系大约永远"近在咫尺，远在天涯"吧。那是在大伙蜂拥着往车上拚命挤的时候，不知是谁的胳臂肘，也不知是有意还是无意，竟将方歌今须臾不可稍离的眼镜打飞了，他眼前顿时成了混沌世界。

"哎呀，眼镜！我的眼镜！"他蹲下，在骚动的脚缝里东一把西一把地乱摸索，身边传来了幸灾乐祸的笑声。要不是一只手用力把他拽了出来，准会被踩个鼻青脸肿。

"笑什么！有什么好笑的！"听声音，又是那位姑娘。她愤愤地说着，把眼镜还给了他。

他按了按镜框，终于开腔了："你也乘这路车吗？"

"那还用问！"姑娘高兴地一笑，同时冲他胳肢窝下的书努努嘴："什么书，刻不离身的？借我看看不行吗？"

"也没啥不行的，只要不怕中毒就成。"

她嗔怪地瞅他一眼："看你说的！"

几天后，她把书还给了他："的确是本好书，它简直使人的灵魂净化了……"她长长的睫毛垂了下来，神色有些黯然，"我真羡慕你的工作，这才是真正有价值的工作哪！"

她的语调是热切诚挚的。方歌今怔怔地看着她，心头泛起了一阵轻轻的热潮。一个时期来，他在所内被人视为"神经病"，只要他一开口说起拓扑学，轻则招来"不问政治"的批评，重则受到"你想要红旗落地吗"的斥责。他只好沉默了。一个数学工作者竟然不能谈数学，就好比不让农民谈庄稼一样。方歌今可憋坏了，他有时真到了要跟书本说话的地步！他像"大旱之望云霓"一样，盼着有人能对他的工作说说公道话，盼着支持、信任和友情。他曾经无数次地想从那些权威的报刊和权威人士的口中得到有关这方面的指示，然而一次次地失望，想不到在他几乎已不抱任何希望的时候，却从这位邂逅相逢的姑娘口中得到了……

"你以后能教教我吗？"她突然提出了这样要求，声音里流露出真诚的期待。

他完全没有这种思想准备。他凝视着她的脸，那张年轻姣媚的脸是纯洁无邪的，这样的姑娘是可以信得过的。

"能！"

"真的？"她情不自禁地拍了下手，"你真好！真的……"

他听懂了她的话，脸不由得刷地红了。

别看方歌今平时深沉冷漠，既不会说那些缠绵的温存软语，又不会慷慨激昂地谈阶级斗争，然而只要提起心爱的拓扑学以及拓扑学在现代化建设中的神奇作用来，就像换了一个人，滔滔不绝，神采飞扬。有时说得高兴，甚至忘了周围的人投过来的种种目光，不觉手之舞之足之蹈之了。你或许以为姑娘对这些深奥枯燥的数字、公式感到乏味，对方歌今的狂态感到难为情吧？不！她听得津津有味，表现出很高的领悟能力；她落落大方，一点不在乎别人的反应！常常是好不容易等来一辆车，他们却还在那儿唧唧哝哝，以致放过一辆又一辆……

"你的家呢？"有一次方歌今无意中问起，"怎么没听你说过？"

"我的家？"她重复一句，声音是那样空洞，仿佛从遥远地方传来的回声，继之戚然一笑，避而不答，方歌今也就作罢了，他是不惯于打听人家私事的。

又有一次，方歌今说起了居里夫人对人类做出的伟大贡献和科学家的牺牲精神，她显得很激动，使劲捏着自己的手，反复念叨着："像她那样该多好，要是那样该多好啊！"

汽车来了，方歌今一只脚已经跨了上去，她却原地不动地发愣，他也只好退了下来。她那种骚动不安也感染了他，他陪着她在路旁的树林子里徘徊。他第一次听她谈起了自己的经历：她，杨碧云，和所有在新中国长大的青年一样，有过充满理想和追求的少女时代，渴望成为一个科技工作者，为建设强大的祖国贡献青春。但是高中还没毕业就赶上了大动荡的岁月，在"红海洋"里沉浮过，她以为这下算找到了一条使生命发出奇光异彩、使祖国繁荣富强的革命之路。于是，她当着全校师生，第一个高高举起了燃烧的课本，以示与过去的道路彻底决裂。然而，等到这醉酒般的狂欢过去之后，放眼祖国的沧桑大地，她这才惊醒过来，懊悔和痛苦煎熬着她的心……

说到这里，碧云长长叹了口气，悲怆沉重，竟然像是饱经忧患的老人在叹息。方歌今顿然感到有股子冰森森的东西袭上了脊背。

"别这样……"他试图安慰她，鼓励她，"你的理解力很强，以后可以争取上大学深造嘛！"

"上大学？"她突然被激怒了似的叫道，"大学怎么会要我这样的人！"

他惊诧了："为什么？"

"我是'叛徒'的女儿！"

这可怕的字眼一出口，方歌今就同受了冲击似的往后一仰，那耷拉到眼镜片上的头发飞了上去。

碧云莫名其妙地笑了，"怎么样？吓坏了吧？"那语调说不上是愤懑，还是嘲讪。

他扶了扶眼镜，他用什么语言才能慰藉这颗痛苦的心灵呢？只说了一句："不上大学也不要紧，我可以帮助你！我们来定个学习计划吧……"

她含泪笑了，信任而感激。

然而好景不长。这个学习计划刚开始实施，方歌今就祸从天降。那正是报纸上不点名地攻击所谓"党内最大的不肯改悔的走资派"的时候，数研所抢先点名刷出了一条"批邓"的大标语。方歌今一早上班见了，不觉又惊又气，脑子里以比运算数学公式还快的速度紧张地思索了一番，突然飞也似的跑到所负责人办公室汇报："你、你们还坐在这里，院里都出了反标啦！"这下可捅了马蜂窝。原来，所内早就有一派人说他是儒家的徒子徒孙，根据是因为他说过"孔子是两千多年前的人，算什么反革命！"另一些人却不同意，因为据说儒家是反对搞科学的，而他在数学上的成绩则无法抹煞，所以还是定为道家余孽为妥。因为道家主张清心寡欲，他则既不抽烟喝酒又不谈情说爱；道家宣扬"鸡犬之声相闻，老死不相往来"，他则深居简出，不问政治，埋头"白专"，这不是道家又是什么？这两派意见已"争鸣"了好一阵，但相持不下。现在因他"装疯卖傻，对抗批邓"，于是都让位于异军突起的第三派意见了。他就在一夜之间被打成了"党内最大走资派的社会基础，假四化之名走白专之路的典型"，交所内公开批斗后被圈进"学习班"，整整搞了一个多星期耳光加叱骂的"反省"和"认罪"。这倒还可以硬挺过来，但一想到重病在床、日夜悲啼的老母，想到塞在床褥下正准备誊写的部分数学手稿，他的心就像被鞭子抽打似的抽搐了。

待到脱了劫数，他直奔家里，准备迎接新的灾难，谁知一跨进门槛便觉得眼前一片亮堂：原先杂乱不堪的家收拾得整整齐齐，那发黑的水泥地面也擦得现出了原色，而坐在床边给母亲喂汤药的姑娘，不是碧云又是谁呢？

她闻声转过脸来，红晕便飞上了她略显憔悴的双颊，默然无语地注视着他。那网着红丝、又惊又喜的眼睛似乎在说："请原谅，没得到你的允许，我就来了……"

"一个多星期了，晚上夜班，白天侍候我，这姑娘……"母亲感激地说。

他呆立在地当中，嘴唇哆嗦着，却说不出话来，他那数学家的冷静完全被汹涌的感情融化了。他开始语无伦次地说起他这一个多星期的遭遇。

"果然是这么回事！"碧云神情很激动，"那就是说，你是'全面专政'的对象喽？"

他不吭声，她也好一会儿没说话。末了，她突然打开手提兜的拉链，取出厚厚一叠稿纸递到他手里。他不解其意地翻了翻，原来就是他塞在褥子下的数学手稿，她已用那工楷秀丽的字体给他抄清了。

"你……"

"你不是'白专'吗？再给你加一块砖（专），狠狠砸'他们'！"

就像在方歌今心头"嘭"地点起了一把火，驱散了笼罩着他的寒气。他破天荒第一次冲动地抓起了她修长温软的手，用着很大的劲说："碧云，在你面前，那帮子人算得了什么东西！祖国的前途高于一切——为了它，岂但挨批，就是去死，我也不带后悔的！"

一种新的关系在他们之间确立了。他们依然谈科学，谈科学家，谈本世纪末。她不但在他的指导下继续帮他抄写手稿，而且开始帮助他料理生活。而他呢，在继续他的研究工作的同时尽心竭力地辅导她的自学，对她来说，世界上再没有比他更好、更耐心的老师了；而对于他，也再没有比她更勤奋的学生了。他现在不但懂得了她的心灵，而且看清了她的外貌：纤瘦而匀称的身子上，有着一个覆盖着乌黑滋润短发的可爱的头；脸蛋白净而光洁，端正精巧的鼻梁两侧有几颗不大显眼的雀斑，这非但不影响她的丰采，反而更显出她的妩媚，而那微微翘起的嘴唇则又时时使她的脸上闪过一丝少女的稚气。但是最使她引人注目的还是那双眼白纯净得像无云的天空、瞳仁幽深得如澄碧的潭水似的大眼睛，每当她侧着头略略斜睨着他时，他就禁不住心旌摇荡了。虽然已到了寒冷而漫长的冬季，纷飞的大雪掩盖了一切有生命的绿色，但她头上那鲜红的纱巾，却在他心中唤起了春天的激情。他的关于"恒同映射类的最小不动点数"的研究工作在那种恶劣的环境下不仅没有中断，反而越来越接近突破点了。

有一天，当碧云把刚誊写好的稿子交给他时，他感到她的手滚烫滚烫的。

"你不舒服吗？"他担心地问。

"没什么，可能感冒了，有点发烧，想吐。"

他凝视着她近来急剧消瘦的脸庞，很动感情地说："碧云，为了我，你——"

"别分你呀我呀的了，"她笑着打断他的话，头一偏："咱们不是为了一个共同的目标吗？不过你好好看看稿子，这回可出了岔子啦！"他正想问，她却一溜烟跑了，在她憔悴的脸上掠过了一丝奇怪的表情。

待到他仔细检查自己的底稿，才发现在那逻辑严谨的推论求证的数学手稿的空边上，有这样天外飞来的诗句："衣带渐宽终不悔，为伊消得人憔悴"，这分明是自己的字体，但不知啥时候写下的。而在这旁边，却是她那娟秀的笔迹："身无彩凤双飞翼，心有灵犀一点通！"

在那一瞬间，他想在云端放歌，他想在原野上奔跑，想热烈地拥抱她，一如拥抱亲爱的祖国和数学一样！他闯进家门，大叫大嚷着："她答应了，她答应了啊！……"母亲用疑虑的目光将一反常态如醉如狂的儿子瞅了半天，终于感伤地笑了："可是，你，能给她带来什么呢？"

然而他却永远失去了她！第二天，那是一个风狂雪暴的日子，他在站牌下等碧云，一直等到末班车都过去了也没等到她。一连几天都是如此。她就这样突然消失了，连招呼也没打！他几次去她的工厂，还没容他讲出原委，就被收发室以"工厂里正搞运动，一概不接待"为理由轰了出来。

方歌今失眠了，茶饭无心，唯一可以使他暂时忘却痛苦和思念的就是把自己沉浸在数学研究之中。他后悔当初没有问清她的住址，以致现在连上她家打听一下都不可能。他又很担心她的失踪同愈益激化的政治斗争有关。他病倒了，绝望了。

但是，在春暖花开季节的一天下午，方歌今万万想不到会又看见她！她依旧在等车的行列中，还是去年初见时的那个打扮，只是头上的纱巾由鲜红变成了葱绿色。她不时抬腕看表，显得若有所待。方歌今的心因狂喜而几乎停止了跳动，除了她，周围一切都从他的视野中消失了。"碧云！"他叫着，径直向她跑了过去。

"啊，你是……老方吧？"她稍稍有些惶乱，口吃地问，同时注意地打量着他。

"你，你你……"他一把抓住她的胳臂，激动得磕磕巴巴，"你上哪儿去了？这么久！你怎么不告诉我？你、你不知道人家急的！"

碧云让人不易察觉地往后退了退，由乍见时带腼腆的惶乱变为含蓄的矜持了。她告诉他，那天分手后，她突然接到通知到南方出差，一去就是四个月；走前太匆忙，没来得及告诉他。"你不会怪我吧？"

他怎么会怪她呢？他现在高兴还来不及呢！"不过，你也该来个信呀！我真担心。"

断了的情丝重续了。碧云继续关心着他的研究工作，关心着他的生活。但是，她没有继续给他誊写手稿，"你现在写得太深了，"她解释着，"我跟不上，等我学一段再抄吧！"方歌今当然很赞同，他是巴不得让她多学一点的，然而奇怪的是，虽说只隔了四个月，碧云却似乎把以前学过的东西都忘了，以致他不得不从头教起。

"你这是怎么啦？"有一次方歌今终于忍不住了，略含责备地问自己的学生，因为她把一道题算了两次都算错了，"你过去不是这样的呀！"

她默默无语地低着头，小学生似的用手捂住那道算错了的题，他看见她连耳轮都红了。半天，她抬起挂着泪珠的睫毛，难过地说："我，我……"

他的心立即软了下来。这不能怪她，她是够刻苦的，委实是题目太难了。他把手温存地放到了她的手上："想着2000年，你一定会赶上来的，不是吗？"

事实证明，碧云的确赶上来了。不过，他总有一种感觉：在他们的交往中，她似乎比过去拘谨些，而且，有时好好儿地，会突然变得心事重重，眉间唇边不时溜过一丝哀戚之色。莫非这几个月中她有着难以言说的经历？他甚至发现连她的容貌也有了变化：鼻梁两侧浅淡的雀斑消失了，而嘴角却添上了一颗小小的胭脂痣。他不好向她问及这些，自个儿想想也就丢开了。

终于有这么一天，他们在马路上溜达了一阵之后，双双隐没到了路旁暮色笼罩的树林子里。他们头上的树梢间传来了鸟雀归林的扇翅声。他心灵的翅子也在扑腾。

"我——我早就想跟你说一件事，"他嗫嚅着，很吃力，额上渗出了汗珠，"你知道，你知道我是多么、多么……"

碧云静静地等着，然而却等不到下文，于是出其不意地问道："但是——你知道我是谁吗？"

这个不成问题的问题反而鼓起了他的勇气，一句在心里憋了好久的话脱口而出："你就是你——我的科学女神！"

她动情地瞅了他一眼，似乎叹了口气，低着脑袋用脚尖在地上划着什么，声音很轻柔："星期天吧，星期天再谈，我在那儿等你。"她走了，留下了了一个长长的陌生的地名。

方歌今望眼欲穿地等着星期天！出乎意料的是，她留下的那个地址却把他引到了郊外的一片荒野里。远处是公社的菜田，有稀稀拉拉的几户人家散落其间，靠近的山坡上则是一片围着矮栅栏的荆棘丛生的墓地。这是怎么回事？碧云怎么会想到这个地方来约会呢？他遥望来路，路上尘土飞扬，悄无人影；他在没膝的草稞子里踯躅徘徊，心神不宁地东张西望。当他的目光又触到那一片墓地时，他猛然想起：这不是烈士墓地吗？当他还是一个少先队员时，曾经和小伙伴来这儿扫过墓。风在墓地上空掠过，四周的杨树簌簌作响，有如墓地里长眠的英灵在低低絮语。这些杨树，是二十多年前他们这些少先队员栽种的，当年他们曾举手宣誓："为继承先烈遗志，建设强大的祖国，时刻准备着！"而今，当年的小杨树已亭亭如华盖，他们这些少先队员也已长大成人，可是，建设强大祖国的愿望和努力却一次次幻灭！方歌今感慨万端。

但就在这时他看到了一个奇异的景象：在密立着的碑林中，有一团红艳艳的东西在风中飘闪，像火，像花，又像灯！他揉揉眼睛，直奔过去，看清了是条红纱巾。它系在一个方锥形的花岗石墓碑上，墓碑上几个红漆剥落的字依稀可见：杨恭展烈士之墓。正当他想取下纱巾时，一阵风来，墓前新烧剩的几片纸灰猛地腾起，如黑色的蛱蝶飘舞远去。直到它消失，方歌今才终于小心翼翼地解下了红纱巾。这纱巾飘着淡淡的清香，这是他那么熟悉的一种气息，他蓦地想起了乍见碧云时她戴的红纱巾！它为什么会系在这里呢？他双手捧着它，在墓前待了好久，想了好久。奇怪的是碧云爽约了，没有来。

星期一，方歌今见到碧云，取出那方红纱巾，刚要问她昨天的事，她连连摆手止住了他，"你别问了，别问……跟我来吧！"

他疑团满腹地跟着她过街穿巷，七弯八拐，来到一幢普通民房跟前。碧云用钥匙打开侧边一个门，把他让了进去。这是个很小的房间，真是名副其实的"斗室"，除了一张床、一张两屉桌和一个方凳外，就一无所有了。蒙着透明塑料布的床和桌子上都落了一层薄薄的灰尘，估摸有一个时期没住人了。桌上的玻璃板下面压着一张登有周总理在四届人大会议上做政府工作报告的《人民日报》，旁边是一张碧云的相片，戴着纱巾，微微侧着脸，笑意嫣然。照片边上写着"摄于一九七五年十一月"，这正是他和她感情达于"只可意会，不可言传"境地的可纪念的日子。

碧云看他端详着桌子上的照片，又递过一张来："你瞧瞧，跟这张比，一样不一样？"

方歌今接过来看着，有什么不一样呢？一样的容长脸蛋，一样的修眉秀目，只不过手里这张她还扎着辫子，桌上那张剪成短发了。他摇摇头，把照片还给了她。

"真没有不同吗？"她问，声音有些异样。

他惶惑了："看不出来……"

"我，我不是碧云！"她呼吸急促，声音发颤，"我是她妹妹秀云哪！"

他似懂非懂地瞪眼望着她，随即像烫着了似的从凳子上弹了起来："什么？！"

大滴的泪珠，没完没了的泪珠在她苍白的脸上无声地流淌。她从怀里取出一个薄薄的红绸包塞在他手里，就急遽地转过身去，双手捂住脸抽泣出声了。

他预感到已经有什么可怕的事发生了，脸上全无血色，周身一阵阵发冷。待到抖抖索索地打开红绸包，展现在他眼前的是一页写得密密麻麻、但字迹越来越潦草的横格信笺。

亲爱的秀云妹！

我最后一次呼唤你——过不了多少时间，我也许就会离开这充满忧虑的世界，变作一捧冰冷无知的白灰了。但是，只要我亲爱的祖国，父辈们为之奋斗了一生的祖国，一日不摆脱目今的险境，一日不强大起来，我的灵魂不死的话——就一日不会安宁。

妹妹！我本来一直以为自己还能好起来，还能和他一道去为实现四化奋斗，然而现在都成为奢望了，我甚至连拥抱他一次都没来得及！但生活毕竟不是属于那帮坏种的，爱情之花是开不败、死不了的！咱们作为同生同长的孪生姐妹，我深深地知道，你和我一样，渴望着祖国迅速强大起来，为了这个崇高目的，你我可以奉献出一切；我同样深深地知道，他爱我爱得那样热烈，那样深沉，在事业和感情上，我和他简直融为一体了。我真是不能想象，没有了我，他会怎样地难过……所以，请你接受我死前的唯一要求：代替我吧！他的心地是那样纯净，又是那样需要人去爱他，支持他，帮助他的事业啊！我将在泉台为你们深情祝福……

方歌今读着，晕眩起来，突然有股子甜腥的东西冲上嗓子，他发出一声使人毛骨悚然的凄厉长号，周围的一切就从他的感觉中消失了。

他苏醒过来，已是星月临窗的时分。他躺在床上，秀云靠近他坐着，她已经梳洗过了，但眼眶还是红肿的，温柔而端庄。他想爬起来，被她按住了。他浑身无力，像无助的孩子似的抓住了她温软的手，她不自觉地抖了一下，但手并没有挪开，一种共同的、不能用言语表达的复杂感情便像电流般传遍了这两个年轻人的全身，使他们一阵阵颤栗。

从秀云断断续续的悲诉中，方歌今才知道碧云——他那样热恋着的碧云——精神上曾经走过了怎样艰辛的历程！"文化大革命"的风涛本来是可以使她成为时代的弄潮儿的，可是那几个世人唾骂的丑类却把这场旨在防修的政治运动变成了无休止的动乱，年轻人的狂热和轻信使她虚掷了青春，"叛徒"的重压扼杀了她的前程。她，济世无术，报国无门，唯一可以无保留地奉献出来的只有心中正在觉醒的爱情，她决心把终身托付给一位可以实现她的愿望的男子。"让他因为有了我的爱情而生活得更美好，在攀登科学高峰的崎岖山路上前进得更快一些吧——祖国的未来需要他！"她这样说，也这样做了。然而深广的忧愤和艰苦的生活损害了她的健康。自去年下半年起，她感到嗓子痛，连续呕吐，她几次想让厂卫生所开个到医院检查的介绍信，但都被拒绝了。因为她父亲原单位的一个突击当官的头头刚刚死了夫人，看中了她，委托她厂子里的"战友"保媒，让她当那个头头的续弦夫人，被她坚决顶了回去（这些，她当然都没跟方歌今讲，怕他担忧、分心）。于是，刁难就接二连三地来了：不但不让她去医院，而且逼着她"交代"她父亲的所谓"反动材料"。而她却把写"交代材料"的时间都用在给方歌今抄写手稿上了。她的身体急剧地垮了下来，就在同方歌今最后分手的第二天躺倒了，被她的一些好心的朋友送进了医院，经检查才发现食道癌已进入晚期了……

方歌今听着，他的目光又落到了枕头旁那方红纱巾上，睹物伤人，悲情难抑，他哽咽着把干裂的嘴唇贴到了散发着幽香的纱巾上去了。

秀云十分感慨地说："这纱巾，姐姐生前最喜欢，因为这是爸爸给她的……你昨天不是看见了'杨恭展烈士之墓'吗？杨恭展就是我们的爸爸。爸爸从小就去了延安，曾经担任过周总理的工作人员，以后长期在科技战线做领导工作。十几年前，他受总理之命抓一项国防科研计划的实施，不幸在一次事故中牺牲了。弥留之际，他把一红一绿两方纱巾交给我们，说：'记住，再没有什么比为祖国的强大而献身更崇高的了！为了实现几代人的理想，希望你们的青春像火一般彤红，生命像松一般长绿。'爸爸去世之后不到两年，妈妈也病故了，只剩下我们姐妹俩……

"姐姐曾经想实践爸爸的遗愿，但她不幸走了曲折的路，待到她清醒过来，已经死去好几年的爸爸又被打成了'叛徒'，连墓碑也给砸了，唯一的根据就是他解放前被捕过一次。那帮子人为了否定科技战线的成绩，陷害周总理，什么卑劣的勾当都干得出来！最可悲的是姐姐还没来得及同你一起踏上新的生活征途，就一病不起！她在医院时，无时无刻不在想念着你，想见到你，但她怕牵连到你，更怕你见到她病成这个样会过于悲伤，影响你的科学研究和身体，所以她说什么也不让我去找你……那天我赶到医院，她已被白惨惨的布蒙上了。当我揭开那把她和人世隔开的帷幕时，我的目光竟然同她的目光碰到一起！她……她，眼睛睁得那样大，悲愤地瞪视着虚空，父辈的理想没有实现，爱情之花没有结果，她是死不瞑目啊！"

说到这里，秀云仰起了美丽的面孔，闭上了热泪盈溢的眼睛。但又随即晃了下脑袋，仿佛不堪重负似的要抖落掉什么东西。

"料理了姐姐的丧事，我就把这房子锁起来了。这里的一切都使我想起姐姐的种种不幸。对她的遗愿，我犹豫了很久……但是我爱姐姐，爱爸爸，爱我们的祖国，我终于按她的要求去做了……幸好你没有认出来，否则……我现在明白了，姐姐为什么爱你，你是值得她爱的。我、我也……爱你……"她羞涩地低下了头。"当你终于提出那件事来时，我想，你应该去见见我们的父亲；至于我，作为姐姐的遗嘱执行人，我姐姐的'第二个自我'，为什么要让你亲手取下姐姐的纱巾，那你是明白的……"

她的声音越来越轻，头垂得越来越低，呼出的温馨气息扑到了他脸上。在那一刻，长期以来蕴积在他心中的对祖国的挚爱、对先烈的缅怀、对科学的追求、对爱情的渴望，汇成了震撼全身的感情狂澜，他猛地拥抱了她，她的头就埋到他胸上去了……

方歌今沉默了，似乎为了平息心中的激情。房间里非常静寂，我们终于进一步明白了：为什么党的工作重心转到现代化建设上来是势在必行的，为什么四个现代化一定要、也一定会实现，因为在我们人民的伟大心坎上开放着那样一朵开不败、死不了的爱情之花！

"后来呢？"我忍不住问。

"太阳一出，生者和死者都被照亮了。至于她，也加入了我们向科学进军的行列，踩着已逝者的足迹……"

方歌今把头转向窗子，嘴角浮上了一丝欣慰的笑意。我们顺着他的目光望去，心里都不由得一动：满天灿烂的晚霞染红了落地式大玻璃窗，金色的光芒清晰地勾划出了一位姑娘沉思的俏丽侧影，她那长长的睫毛上还挂着朝露般晶莹的泪珠……

作于1979年

山　盟

一

冯建国嘴里叼着一片树叶，双手枕在脑后，躺在这长满茅草的山坡上，已经个把钟头了。头上，透过枝叶交错的绿荫，可以看得见白云变幻的苍穹，它是那样高渺、无垠，使他不期然地产生一种"寄蜉蝣于天地，渺沧海之一粟"的惆怅思绪，间或有几只蓝大胆、小苏雀和不知名的山鸟掠过上空，落在树林子里，一引一和地啼啭不已，更显得这山林格外静寂。

冯建国是在"四人帮"完蛋后考上北京一所大学的哲学系学生。"四害"横行时，他是个热血青年，近两年来反而变得消沉了。他痛切地感到我们的国家真是问题成堆，积重难返，渐渐地变得心灰意懒，忧郁憔悴。难怪暑假回家时，在"文化大革命"中饱经忧患的妈妈惊呼道："哎哟哟，瞧你这书念的，都念成病包啦！"而父亲则劝他趁着假期改变改变环境。就这样，他千里迢迢地从北京来到长白山的一个林业局，投奔他父亲过去的老部下，现在的林业局局长白岩，又由白岩一手包办让他来到这青石沟林场度假。"……那儿的空气更新鲜，"白岩说，"保证没污染！"

的确，这深山密林中的空气新鲜极了，周围的一切也新鲜极了。刚来的几天，冯建国大有脑子和肺腑都被刷洗一新的感觉，忧喜皆忘。然而好景不长，新鲜感一旦过去，他那根深蒂固的忧郁症又犯了，以致他每天都要跑到这林子里待上大半天，在沉思冥想中求得精神上的解脱。

"冯哥！——冯哥！——"

这片林子与林场隔着一条小河，小河那边传来一个清亮的女声，这是白果——局长白岩的女儿；在全场上千号人中，只有她这样称呼他。他心一动，坐起来，刚想张口，又闭上了。不，他此刻不希望任何人来扰乱自己的思绪。那个女声渐渐飘向远处去了。他靠在一株白桦树上，抓起搁在身边的那本《人类在自然界的位置》，胡乱翻了几页，试图重新思考那些个近来在心里转了多少回的问题，但是他的思想集中不起来了，那"冯哥！冯哥！——"的叫声，仿佛又把他第一天到这林场的情景呼唤到了眼前：那是薄暮时分，场长老刘把他安顿在林场招待所那间堆放被子和杂物的小房间里。他刚坐下，还没来得及擦把脸，只听门外响起了一个清亮的女声："让俺也瞧瞧！"随着一串咯咯的笑声，挤进来一位年轻姑娘。她约莫二十五六岁，脸蛋黑里透红，这使得她那黑白分明、带点野气的大眼睛和一笑就绽出的白牙十分醒目，就像有什么亮光在她脸上闪耀，尽管穿着林业工人那种不分男女的宽大青灰色劳动布工作服，也掩饰不了她丰满的胸脯，柔韧的腰肢。她整个人都洋溢着一股旺盛的、不受任何人约束的青春活力，全不像冯建国见惯了的纤细苗条、娉娉婷婷的城里姑娘。

"白果，"老刘叫她，"这是你冯哥——"

"俺哪来的啥'冯哥'哟？"姑娘大咧咧地笑着问，弄得冯建国挺尴尬。白果这才注意到他的窘态，不好意思地咬咬下唇，喊了声"冯——哥"就转身跑出去了。

冯建国从来没尝过当"哥"的滋味，现在，这亲昵的称呼由这么一位野姑娘口里喊出来，不免产生一种异样的感觉。白果名义上是场招待所的服务员，可是，只有当她下午三四点钟来烧炕时他才见着她，她清早来扫地、打开水时他还没醒过来，白天她整天在山上转。是的，她真是山神爷的女儿，她听叫声就知道天上飞过的是什么鸟儿，是去觅食、嬉戏，还是逃避什么危险；看一眼碎木屑就能说出是什么树种，它的形状、用途以及它的蓄积量；方圆百十里的山山水水、沟沟岔岔，她说起来如数家珍。连场长老刘都说："这丫头，都快成精了！"这山神爷的女儿可真有股子野劲，跟小伙子在一块时口没遮拦手也没遮拦。冯建国就亲眼见过这样的场面：她和几个小伙子在林场自己修的篮球场上闹着玩，一个愣头青突然从背后猛地拍她一下，她笑着骂着追去。围观的人大声起哄了，叫的、笑的、骂那小伙子的，都是副兴高采烈的模样，却一点不带什么低级的味儿。冯建国想，这事要是发生在城里，可就了不得！大概，也只有在这深山老林里，才会有这种可以媲美于古希腊运动会的纯朴健康的嬉戏之情吧。

"你爸是局长，你不会要他给你调换个工作吗？憋在这山沟沟里有啥意思？"有一次，当白果蹲在地上烧炕时，冯建国看她宽实的背脊上汗湿一大片，忍不住这样说。"叫俺走后门呀？"她带搭不理地冒了句，就偏起头往冒烟的灶坑里吹气，霎时，红红的火苗一蹿一蹿，把她的脸蛋照得如映山红一般。她站起来，用手背撩了下额发，一脚把灶坑外的一块木桦子踢到墙角，没好气地哼了声："山沟里没意思——也只有你才这样寻思！……”

真冲！冯建国想着这些，一丝连他自己也没察觉的笑意浮上了嘴角。突然"嘭"的一响，一块土呵垃正打在他的胳膊上，他一惊，坐了起来，还没来得及转过脸，眼睛就被双手紧紧地捂住了，那手温软有力，掌心阴凉阴凉的。"白果！"来人手松开了，响起了她那带野气的笑声："叫我好找，原来猫在这儿养神！"

"啥事？"

"你见天在林子里转悠个啥？你猜隔壁王大娘咋说？她说你们那个'贵客'脸色咋那么难看？尽往没人的地方钻，别是要寻短见吧？"

冯建国想笑，却笑不出来。他没料到，林场的人对他的动静关心着哪！他更没料到，才来不几天，就给人留下这么个印象。"你不也见天在山上转吗？"他反问。

"俺跟你可不一样，俺是在搞'五化'。"

"'四化'——"

"不，'四化'再加上'大地园林化'，不是'五化'吗？"她说着，不客气地抓住了他的手，"冯哥，你别在这四近里转了，明儿个俺带你上山顶逛逛吧，那……那才有看头哩！干不干？"

冯建国望着她那充满期待的黑幽幽的大眼睛，心头一热："干，咋不干呢？"

第二天，天气格外好，天空瓦蓝瓦蓝的，金色的阳光在每一片树叶、每一朵小花、每一只山鸟和飞虫的翅子上闪耀。冯建国跟在白果身后，沿着山路走了约莫半个小时，就拐进了路旁的树窠子，这里根本就没有路，满地都是树茬子、藤条和石块，弄得冯建国跟头把式地还赶不上趟；白果围着他颠前跑后，轻捷得像头牝鹿。"这是上哪儿去呀？"他气喘地问。"待会儿你就知道了！"她故意卖关子。她告诉他：我们国家的森林覆盖率只有百分之十二点七，在全世界一百六十多个国家和地区中排第一百二十名！就拿这片林子说，已有七十多年的采伐史了，现在见到的绝大部分是过伐林、次生林，剩下的一小片原始林按目前的任务量采下去，用不了几年就得光了，可国家搞'四化'需要的木材愈来愈多。你说咋整？向人家外国买？那还要俺们这些林业工人干啥？对，关键是得建出一条青山长在、永续作业的路子来。前年，她的一些同学纷纷跑到局里去报考大学，她当时在局营林科工作，也报了名，可她爸硬要她回沟里来。"考大学是好事，"白岩俨然以局长的身份公事公办地找她谈话，"不过具体到咱们来说，如何尽快找出一个采、育两不误的方案来更重要，要不，这山成了光头，咱们局就得搬家，还搞啥现代化！"为这，她整整哭了两天鼻子！

"后来呢？"冯建国问。

"你还看不见吗？刘场长领着俺们跑遍了这方圆百十里搞调查研究，把我的森工鞋都跑坏了三双，总算搞出了一个因地制宜的抚育间伐、改造次生林的初步规划，听说不久局里就要来检查呢！"她说着，突然抓住冯建国的手用力一拽，从一株横倒在前面的"风倒木"上跨了过去，没有准备的冯建国差一点撞在她怀里，她呼出的湿润的热气扑在他脸上，使他一阵心跳，她却咯咯笑了起来："你们城里人哇……"

"城里人又咋的？"他解嘲地说，"你们山里人到城里，还不照样蒙门！"

这一说又打开了她的话匣子，开始不厌其烦地打听起北京的各种事儿。而当他说起城市姑娘的穿戴打扮以及日常生活时，她更是像孩子一样，张开了丰满的嘴唇，欣羡不止。但有时她的话又叫人哭笑不得，比如："啥舞会？跳舞还用开会？"她对高跟鞋还发表了这样的见解："这玩意儿在俺林区倒挺适用，穿上它上山，像走平地一样。"

冯建国跟白果这样海阔天空地闲谈着，觉得别有一番滋味，倒也不感到累了。这姑娘虽说有点野劲，但质朴、热情，完全不是自己接触过的那一类型"现代化女性"……

"喂，你这是干啥？"蓦地白果转过身来叫了声，把冯建国吓了一跳，怔怔地站住了，一瞅白果，嗬，黑幽幽的眼睛里有股子火气，两道直插鬓角的修眉立了起来，全不是刚才那又说又笑的山姑娘了！难怪他以为自己闯了什么大祸，其实呢，不过是他在神不守舍时将几株红松苗踩折了。"哦，"他涨红了脸，"我没小心……"

"你应该小心嘛！"她依然板着脸，不客气地教训着，"喊你几次，只当没事儿似的！这里可不比城里的柏油马路，走路可以两眼朝天！"

冯建国的脸皮由白变红了，嘴唇直哆嗦，突然来了邪火，干脆一脚将那苗苗连根带土踢了起来。

"你——"白果气得眼里冒出了泪水，猛地蹲下去，双手捧起那株还连着皮的渗出了晶莹汁液的红松苗苗，心疼地瞅着："几立米好材给毁了，一条小命啊！……造子孙孽！"她腾地站起来，头也不回地走了，边走边抹眼泪。冯建国心里后悔莫及，唉唉，鬼知道那股邪火是从哪里来的！他在原地愣了会儿，想招呼她又开不得口，只好悄不蔫声跟了上去，这时他才感到两腿像坠上了石头。这一天的好情绪就像那株小苗苗一样给毁了。他吃力地尾随着她爬上了一个山头，沮丧和疲乏使他一屁股坐到了地上。白果也不睬他，径自走到一棵大红松下，冲那个长满草窠子的土包瞅了一会，然后默默地采了一大把山花，坐在地上编织起来。冯建国从侧面看得见她苍白哀戚的面容，那手指灵巧而又机械的动作，他心头升起了一个大大的疑问。她编好了一个绚丽精致的花圈，把它小心地搁到了小土包上，接着扑通一下跪倒在地，双手捂住了脸孔，肩头轻轻地抖动着……

四周只有山风掠过草木的簌簌声，远处是苍茫静穆的林海。冯建国不觉打了个寒噤：那不起眼的土包下，难道埋藏着什么伤心事吗？他忽然明白了：她今天约他上山，就是为了这个，而他……他想过去扶起她来，但却迈不开步；他想，她或许会主动告诉他吧，但直到下山，她也没吱一声……

二

这以后有那么几天，他见了她讪讪的，她见了他却冷冷的。一来二去，冯建国觉得自尊心受到伤害了：这丫头，不但是野性子，还是小性子，谁也不是故意的，干吗这样！刘场长知道了，说他："你咋能怪小白啊？你不知道那些树苗苗就像她的孩子——"他说到这里马上停住，"呸呸"两声，"瞧我这漏风嘴，人家连对象都还没有哩，啥孩子不孩子的——我是说，这些树苗苗是她的命根子哩！"他卷起一支"蛤蟆头"旱烟，点着吸了一大口，"你不是说起那个小土包吗？那里埋的是她爷爷！对对，就是白局长的亲爹……"

接着，刘场长给目瞪口呆的冯建国说起了发生在深山老林中的一幕。那还是伪满洲国那咱，小日本对这里的森林垂涎三尺，大搞拔大毛一样的掠夺式采伐，把好树、大树统统砍光，病树、老树、杂毛和风倒木扔下不管，严重地破坏了森林生态环境。几年过去，藤条四起，灌木丛生，水土大量流失。待到伪满州国临近完蛋，为了毁灭中国的森林资源，干脆纵火烧山。那咱，白果的爷爷白咬金才四十啷当岁，他十几岁时从山东逃荒到这，一直靠打柴为生，他曾立下一个大愿：要把这一带的荒山秃岭都变成绿的，为后人积点财(材)。几十年风里来雨里去，终于，砍伐过的山坡上，幼树在精心培育下连成一片，原来的乱石坡上，只有尺把高的小苗苗也蔚然成林了。他把全部心血和感情都浇灌在这些小树苗苗上了，谁要是弄伤了一株，他的眼珠子简直要喷出火来，吼得满林子都听得见！日伪糟践森林，他早就恨得钢牙都咬碎。当烧山的第一缕浓烟在林海上空腾起时，白咬金召集了一帮打猎、种庄稼、下窑、淘金的穷哥们儿，凭着几条猎枪和斧子，同烧山的坏种们拼上了。明摆着寡不敌众！弟兄们死的死，伤的伤，白咬金一个人被逼上了山顶，四周的热火往上蹿！他自知绝无生路，悲怆地对着苍茫的群山呼唤他的儿子："白岩呀白岩，你们子子孙孙要保住这中国的山林啊！"就一头撞死在那棵红松下。以后好些年，每当刮风下雨，这方圆百十里的人就似乎听见他在喊。说也怪，他死后，成群的山鸟围住了那山头，打着旋，哀鸣着，远远望去，黑压压一片，仿佛整个林海的鸟儿都飞聚到那儿去了。那叫声震撼山谷，像哭，像叫，像叹，听得人毛骨悚然，血都要凝结了。接着天降大雨，浇灭了山火……

这段往事在冯建国的心头留下了永远抹不掉的印迹，他觉得对白果的了解一下子加深了许多：这姑娘的血管里，原来流着先辈的血液呀！他好几次偷偷地凝望着她，试图从她的音容笑貌上找出那位埋骨青山的血性山民的影子。

过了两天，白岩和局里一些领导到林场检查工作，白天上山转了一天，晚上就宿在林场招待所。白岩叫白果回家烫了一壶老白干，炒了几盘山菜，局里的干部们就在炕头喝上了，边喝边继续呛呛白天在山上和场长办公室里没讨论完的事儿：刘场长他们提出的那个方案能不能使这个曾两度想搬家的老局返老还童？能不能在今后二十年内保证供应国家"四化"所需要的木材？

"你说，"冯建国捅捅身旁的刘场长，"照这个方案搞，真能保证'四化'需要的木材？"

刘场长还没开腔，白果就甩过来一句话："要是把脚都往树苗苗上踢，那可保证不了。"说完，还对他做了个鬼脸。

冯建国本来已决心不再惹这野姑娘生气了，但她现在当着她爸和刘场长的面这样敲打他，使他忍不住来了个小小的反击："你就会揪我的小辫子，那些搞不正之风的大家伙，那些专往人苗子上踩的人，你咋就看不见？有能耐，和他们干去！"

白果大约是没料到他会说出这番话来，先是惊讶地耸起了眉毛，继之脸色变得十分严肃了。冯建国话一出口就很后悔，等着再挨她一顿抠。但白果只"哼"地冷笑一声，转过脸不再去搭理他了。

"糟糕！"冯建国心想。这当儿，只听白岩招呼他："来，小冯，为了'五化'成功，你也来搉它一口！"紧接着，一只盛满了老白干的大碗已递到跟前。他惶惑了，想去接又不敢。但他向四周求援的目光一碰上白果那挑战似的目光，就狠下心来接过碗呷了一口，顿时觉得有股子又烫又辣的东西呛住了嗓子，猛地吐了出来。屋里有人笑着喊："不行不行，搉干！搉干！"他知道这些"林大头"粗犷好客的性格，不喝真会拂了他们的好意的。于是一咬牙，把碗举到嘴边，不料冷丁一只手将它夺了过去——白果一仰脖子，咕嘟咕嘟几大口全给喝光了。她用手背擦了擦红嘟嘟的嘴唇，将碗向下一翻，然后一扬手，那碗就越过人们的头顶，准确地飞到那个拎酒壶的人手里了。"好！"大伙发声喊，自豪地对冯建国说："咋样？咱山沟沟里的闺女够意思吧？"

第二天早上，事情倒了过来，不是白果来招待所，而是冯建国上她家"负荆"了。白果在屋里宿醉未醒。她的奶奶，一位七十多岁身板却相当硬实的老人，以山民那种特有的热情把他让到前屋的炕上，端来了炒得香喷喷的松子、榛子，然后盘腿上炕，唠叨开了："同志你别笑话，俺没孙子，这丫头从小当男孩子养，大了也没个闺女气，这不，昨儿个晚上也不知哪个该咒的，把她灌得这会儿还起不来！……"

冯建国听着，心里好一阵翻腾。突然，他眼前一亮，在那张垫松子的新报纸上，赫然印有"白果"二字！他赶紧把松子拂到一边，定睛一看，是这么一条消息："青石沟林场青年工人白果敢于向不正之风挑战，冲破阻力揭发省×处长利用职权索取木材、干扰春季造林的恶劣行为，受到省纪委表扬……"冯建国一个字也不放过地读着，掌心出汗，脸上发烧，老奶奶还在絮叨着什么，可他已经听不见了，心里只有一个自责的声音：冯建国呀冯建国！你看人看事真得换换眼光啦！他突然闪过了这么一个念头：连深山老林中都有这样维护真理、一心扑在事业上的人，有什么理由用灰色的眼光看待现实呢！

三

冯建国现在几乎天天跟着工人们上山干活了——他愈来愈感到，只有把自己的生活和周围人们的生活融为一体时，心灵才是充实的；他现在一回想起刚来这林场时离群索居、充满苦恼的模样就觉得脸红。怎么会那样呢？怎么就体会不到生活的美呢？他有时搭乘集材拖拉机上山，那些平日帽子扣在脑勺上、疙瘩话不离口、走起路来一步三蹦的司机们，开起拖拉机来却两眼瞪圆，如履薄冰，小心翼翼，唯恐宽宽的履带碰着了东一株西一棵的小树苗，以致那些庞然大物走起道来摇摇晃晃，歪歪扭扭，一会抬起前胸，一会又磨转屁股，喝醉酒了似的。每当此时，冯建国就会想起高台滑冰杂技节目中那两位在花瓶之间滑行自如的姑娘来，那窄窄的冰刀，这宽宽的履带，竟都像长了眼睛似的，真神！在山场上，他学着工人们的样子用斧子打枝丫，像他们一样粗声大气地吆喝"顺山倒——"，看着那耸入云天的大树先是缓缓倾斜，继之加快速度直劈下来，震得山鸣谷应；看着楞垛不断升高，又不断被森林小火车运走，他就强烈地意识到这深山老林中也跳动着"四化"建设的脉搏。不过一想到假期快结束了，就要离开这儿了，他又不由自主地产生了一种连他自己也说不明道不白的怅然之感，以致时不时地发愣。

这天，糟糕的事就在他一愣神的时刻发生了：他似乎听见有人在大声惊叫："躲开！快躲开！"他没想到这是在叫自己，等到听见身后吓人的呼啸声，一株伐倒的红松已向他待的地方劈头盖脑地砸下来，一刹那间他完全蒙了，没头没脑地顺着红松倒下的方向跑去。说时迟，那时快，一个人影仿佛从地底下冒了出来，狠命拽住他向横的方向箭一般蹿去，紧接着将他压倒在山坡上。轰然一声巨响，红松沉重的主干在他们身后砸起一团尘雾，但它的枝丫还是沉重地打着了他的右腿，他眼前一黑，昏了过去……

他很快就在一阵激烈的吵吵声中醒过来，白果一腿跪在地上，他的头就枕在她热乎乎的大腿上。她一只手揉着膀子，在情急之中训斥那两个油锯手："……你们干啥吃的？砸掉一株树苗苗都是作孽，何况这人命关天！"冯建国明白了，是她在生死关头救了他的命！他强烈地感受到了她的温馨气息，他突然想哭，想像个孩子似的痛痛快快地哭一场……

这个意外的事故使冯建国得以在林场继续待下去，他暗自庆幸。当天就给学校和家里发了续假的电报。不管冯建国怎样抹不开脸，白果还是硬把他接到自己的家养伤去了。晚上白果的奶奶特地为他炖了只老母鸡，白果亲手端给他，硬逼着他"干掉"。他刚尝了一口，眼泪就忍不住吧嗒吧嗒地掉进了碗里。这天夜里，他在暖烘烘的炕上辗转难眠：家，这多么像自己的家啊！他甚至觉得，就是在这个家里长大的……第二天，他日上三竿才醒，带有松油子味儿的清新空气从敞开的窗子里灌了进来。窗台上，一只毛茸茸的大尾巴松鼠正蹲着，用它乌溜好奇的大眼珠子瞪着他哩。他欣喜地向它伸出一只手，这可爱的小东西就乖乖地跳到了手上，开始用它的小前爪没完没了地擦洗着它的毛脸。他想凑近去瞅瞅它的尊容，它却一个蹦高，跳到正推门进来的白果怀里去了。他这才明白，这是她家养熟了的小把戏哩。

"伤好些了吗？"她结实丰满的身子斜倚在炕沿上，关切地问他，她那黑幽幽的眼睛里有一种异样的神情。他怔怔地瞅着，许久没说出一个字，以致她赶紧借故出去了。

林场卫生所的医生就地取材开了许多草药，由白果炮制成药膏给他外敷，煎成汤药侍候他喝下。在那些日子里，柔情被唤醒了，变得格外温存。等到他能下炕了，刘场长特地给他做了根拐杖，"不要总躺着，多动弹动弹，活活筋血！"他这样告诫着。于是奶奶就打发白果陪他出去"溜溜腿"。她呢，总是像妹妹一样信任而关切地扶着他，用那抒情的、带点儿稚气的模拟口吻娓娓讲述着这深山老林各角落里发生的趣闻，一草一木，一溪一石，一鸟一兽，到了她嘴里都变得那么富于人情味了。

"你瞧，好看！是不是？"她说着说着，有时摘下一朵野花，或是一串山果，或是一片树叶，像欣赏什么精美的工艺品一样啧啧连声。

"你天天看，年年看，还没看够？"冯建国漫不经心地问。

她倏地转过脸，出其不意地问道："看不够——可你，却是已经看够了？"

他这才回到现实生活中来，慌乱地说："不不……"是的，有了她，这儿的一花一草都倍添娇艳，益增风情，他怎么能看够呢！可是，为什么会有这种感觉，为什么？……

这种念头缠上冯建国了。有一天，白果到林场边上那条小河去洗衣服，冯建国坐在岸边的石块上，眼睛盯着一本北京寄来的杂志，思想却开了小差，忽然有什么凉飕飕的东西溅到了脸上，一抬头，白果正笑着用河水泼他："你看啥书那样上劲？喊你像没长耳朵似的！"

"什么事？"他放下书走过去。

"你不是说俺们这小沟里没鱼吗？"她手一指，"那不是，还在打水花呢！"

清清的河水在欢快地流淌，只有倒垂在河面上的毛毛柳枝条在晃动，他什么也没看见。"你糊弄我吧？"他开玩笑地说。

"谁糊弄你呀？"她不高兴了，把洗好的衣服往他手里一塞，挽起裤腿就下了水。他知道，这山里的水即使在盛夏也冰冷刺骨，急忙喊："别去，别去！我看见了——"她不听，一边向水面上撒目，一边继续往深处蹚，忽然全身没入水中，他的心一下吊在嗓子眼了。没过两分钟，她冒了出来上了岸，一条有两巴掌长的鱼真的在她手里扑腾呢。"瞧，多肥！炖上，都不用搁油，你吃了，准能长命百岁，做梦也想着俺们这山沟沟啦！"她高兴地说，牙齿却在咯咯打战。

冯建国心头滚烫滚烫的。"你快去换——"他刚说了这几个字就顿住了。她浑身上下湿漉漉地直淌水，薄薄的花格的确良衬衫（那是他特地要家里从北京寄来送给她的）透明地紧贴在她身上，以那样惊心动魄的线条清晰地勾画出了浑圆的肩头、高耸的胸脯和细细的柔韧有力的腰肢。他像遭到了电击，血刷地涌上了脸，赶紧背过身去。

"咋的啦？"她不解地问，接着"哎哟！"惊叫了一声，转身捂着脸飞快地跑了。他捧着那一堆衣服在原地愣神。

从这天起，他们之间的关系发生了微妙的变化。虽说谁也不再提小河边发生的事，他依旧看书、"溜腿"，帮着奶奶干点轻活，她也照旧山上山下、屋里屋外地忙活着，承担着孙女和"护士"的责任，但他们的眼睛却无法如以往那样互相正视了，总是躲躲闪闪，有时偶然碰上，就立即仓皇闪开。晚上，他在灯下一页接一页地翻书，却不知道书上写的什么；她低头做着针线，针尖不时地会扎上她灵巧的手指。

"你们这是咋的啦？"奶奶疑疑惑惑地询问，"啥时都成了哑巴啊？"

"我说小白，"眼看着返校的日期一天天逼近，冯建国终于打破了这难堪、苦恼的沉默，吞吞吐吐地问："你真的一直在这山沟里待着，没出过远门吗？"

她头也不抬地应了声："嗯哪。"

"那你想不想到外面去走走，看看，或是上学、工作？"

她这才抬起脸。"想，太想了！"她望着窗外，眼光落在遥远的地方，遐想着。冯建国的勇气被鼓起来了，挪了挪握书的手，轻轻触到她的指尖："咱们——不，你和我一块儿到北京去玩玩吧，我爸爸妈妈一定会欢迎你的！……"

"呜！——"绿色的森林小客车启动了，送别的人们和林场留在后面了。冯建国心里比过去任何时候都更强烈地希望看到她，但他知道是不可能的——今天一大早她做好了一顿丰盛的早餐，就躲出去了。冯建国现在才明确地意识到，有一种比自己更强大的力量在吸引着她，使她宁愿忍痛拔去心中初次萌发的爱情的幼芽，这就是他曾一度怀疑的对生活执着的感情，对未来热烈的追求……

作于1980年

109

家宴上的旧闻和新闻

一张老式红漆圆桌旁团团围坐着八九个人，他们在参加为一对夫妻团聚而举办的家庭便宴。

丈夫叫欧阳雄，四十一二的年纪，"文革"前北京农大的高才生，现在是省农机研究所的助理研究员，一项新农机技术的发明者。他中等个，身材单薄，长相平常而又平常，只有那饱满宽阔的额头才给人留下一些印象。此刻他坐在他的上级兼这次家庭便宴的东道主、农研所所长任之光身旁，细长的眼睛盯着前面的玻璃酒盅，显得心事重重。

妻子叫肖玉芝，二十八岁，农村社员，红扑扑的脸蛋，黑森森的眼睛，灰黑色的上衣和深烟色的裤子裹着她柔韧有力的腰身，显得苗条、轻盈。粉碎"四人帮"近两年了，这是她头一次从乡下赶来看望欧阳。她帮着所长老伴儿上菜，腼腆地低着头过来，又悄无声息地离开，尽量不让人家注意她。

赴宴人的名单是任之光再三酌定的，有所里的同事，有他的二三好友，空着的那个座位是留给这一对夫妻当初的介绍人——省报记者王化堂的。

便宴还没开始，客人们照例在喷云吐雾，兴之所至地扯些时下新闻，交换对一些问题的看法，彼此询问近况，以及说些张长李短之类，似乎与这次家宴的主题无关。然而实际上，几乎每个人都在心里琢磨欧阳找上这么个农村姑娘当老婆的事。"欧阳有这么个媳妇真是福气，"老所长想，"人品好，身体也好，还有眼力，将来准是个贤内助。"那位尚未找对象、颇有点诗人浪漫气质的年轻制图员想到："据说真正的爱情是不受年龄、地位、外貌的限制的，这大约就是吧？"可是管人事的那位却寻思："欧阳找上这么个农村户口，少不了是个拖累，以后咋解决？""欧阳前程远大，干吗拴在一个农村妇女的裙子上？"转这个念头的是位工程师，他已经离过一次婚，"瞧他发愁的样儿，准是在后悔！"而他的新婚夫人则在心里评头品足："欧阳跟玉芝比可就老相多了。她虽说是农村人，可也是朵花呀！八成是看上了他的城市户口和工资。现在的姑娘真掉价……"

已经三点整了，介绍人王化堂还不见影子。任之光拉肖玉芝坐在他和老伴儿中间，说："咱们先干吧。"他站起来，郑重地举杯："各位，我老任头是一不吃请，二不送礼，今天可是为了欧阳两口子团聚，特备了几杯薄酒，和大伙干一杯！"一片碰杯声中，任之光"吱溜"一口喝干了。"欧阳来所才半年，就搞出了成绩，小肖可谓慧眼识人才的奇女子了！"他给大伙儿满上酒，又举起了杯子。"来，咱们为所有位卑行高的奇女子、奇男子、女伯乐、男伯乐再干一杯！"

咦！怎么扯到这上头去了呢？人们举着杯，盯着任之光的嘴。"只可惜化堂没赶来，他最清楚……"

"不，我最清楚！"欧阳突然打断老所长的话，杯中酒一饮而尽，自己又斟上一杯，白净的脸顿时红了起来。"我……""欧阳，你就别说了。"玉芝出其不意地拽住了他的袖子，急急地说，"有啥好说的呢？""不，不，"欧阳挣开她，又干一杯，情绪随着酒力更显激动了，"我要说，要把一切都说出来……""对对，让欧阳说吧，小肖！"人们一起哄了，这求之不得的事怎能放过呢！"欧阳，快说快说，我们今儿个可是'醉翁之意不在酒'，全在你俩的这段罗曼史上啦！"

"罗曼史？"欧阳凄然一笑，用发抖的手将垂到眼眉上来的一绺长发拢回头上，"说起来，也真够'罗曼'了——我是被她，玉芝，从河滩上捡去的……"

欧阳怎么啦？一向沉静少言的他，为啥这会儿神情异常？人们只知道他本是省农机厂的技术员，因为有篇什么文章在国外的科技刊物上发表过，加上"批林批孔"时又有不满言论，被撵到农村，他和玉芝的姻缘就是在农村做成的，难道这中间还有什么难言的隐情？

"要不是玉芝，我本来早已是泉下之鬼了……"欧阳十分动感情地说起，他被撵到农村后，因为说了大寨的道路不一定就是农业现代化的道路，被宣判为"破坏农业学大寨"的"阶级异己分子"，屡次三番被挂牌批斗，"反击右倾翻案风"一开始又成了县里一位副书记"复辟"的"社会基础"。他实在无法忍受身心的双重折磨，终于在一次全县游斗途中舍命逃了出来，扒上一列开往北京的火车想去"告御状"，谁料半路被乘警查获，当作"盲流"给拽住领子扔在大雨茫茫的旷野之中。他身无分文，饥肠辘辘，又因感冒引起肺炎，高烧不止，悲愤绝望之中，当他望见那浊浪翻滚的河水时，心中顿萌短见，他挣扎着跟头把式地向它扑去，可是，双脚刚踏进河中，那湍急的波浪就将他冲倒了，半截身子泡在水里昏倒在河滩上。也许是他命不该绝，正好赶上玉芝去姥姥家路过江边，"……她救起了我，知道我无家可归，又把我背到火车站，用她仅有的一点钱给买了票，把我领到她家。你们知道，1976年那是啥年头，像我这样的人有人巴不得都死光才好，可她一个农村姑娘，却不怕沾上'反革命'的包，想方设法让我活下来，拿我当亲人……你们说，这样的恩情，我欧阳的心是肉做的，能忘得了吗？"他的眼眶里溢上了泪水。原来是这么回事！座上客都深为玉芝的义举所感动，好激动的年轻制图员刚想举杯为这"真正的爱情"掀起一个祝酒的高潮，就被欧阳一声沉重的叹息止住了。"可是，"欧阳红着眼睛又喝下一杯，酒液顺着嘴角往下颏淌，神情十分沮丧，"可是现在，现实毕竟是现实……"他耷拉着脑袋摇来晃去，满肚子话说不出来。玉芝愣在那儿，脸色发白。

那位离过一次婚的工程师悄悄捅了他的新夫人一下，朝欧阳努努嘴，意思全在不言中：我没说错吧？哪怕当时感情再好，地位环境一变，也得吃后悔药，"物质第一性"嘛！别的人也好像从欧阳的脸上看到了他心中的潜台词，起了一种不祥的预感，等着他说，但又怕他说出来。人啊，难道你就因为有随机应变、见异思迁的本领才叫人吗？！小小酒桌上的气氛真是"风云突变"，似乎冻结了。

"老王来了！"管人事的那位发一声喊，大伙儿才像得了救兵似的重又活跃起来。王化堂是省报的老记者，几乎跟在座的每一个人都熟。他一进门就连连道歉，声明因为开会实在走不脱，来晚了。为了惩罚他的迟到，工程师硬逼着他干了一杯。制图员因刚才欧阳的"可是"中断了那部"罗曼史"，使他不得要领而耿耿于怀，不顾有人对他使眼色，依然顽强地继续探索奥秘："老王，听说你是介绍人，你是咋介绍的，给大伙儿谈谈呗！"

王化堂笑了："他们这是'天作之合'，哪里是介绍能成的哟！不过嘛，作为有幸介入这一'历史事件'的目击者，鄙人倒是能为各位高朋提供几个难得的历史镜头……"

1976年夏季，王化堂被报社派到肖家屯调查所谓农民批"三项指示为纲"的情况，住在大队贫协委员肖长亭家，以前他几次来肖家屯也都是在这"下榻"的，和肖家父女相当熟了。一天傍黑时分，出外串亲戚的肖玉芝意外地搀扶着一个陌生男人回来了，可这又是个什么样的男人啊！蓬头垢面，晃晃悠悠，一条细瘦的胳膊折断了似的搭在玉芝肩上，要不是她搀着，他大约连门槛都迈不过来了。老肖头刚要动问，玉芝就几乎是命令式地说："快快，爹，让他躺下！"待到老肖头手忙脚乱地接过那人，那人就像摊泥似的"糊"在老头身上了。王化堂顾不得说啥，跳下炕，帮着把陌生人架到炕上躺下，就着昏黄的灯光，看清他四十来岁，一脸病容，失神的眼睛冲屋里的人翻了翻，又无力地合上了。

"玉芝！"老肖头费好大劲叫了声，紧张得结结巴巴，"这……啥人？咋回事？啊？"

玉芝没听见似的反问："爹，你上次吃剩的那几片药呢？"

老肖头下意识地转过身，在那个发黑的老式立柜抽斗里抠了半天，好容易掏出一个小红纸包，抖抖地交给女儿。玉芝早已倒来温开水，一手小心地捧起陌生人的脑袋，把药给他吃了，然后从炕架上扯下一床被子给他严严实实捂上，长舒一口气，这才同王化堂打招呼，边接过老肖头递过的苞米面大饼子，就着开水大口大口啃起来，边简要地说起了事情的来历。

老肖头听着，倒吸了口凉气，急赤白脸地嚷道："哎呀呀，咱的小祖宗，人家捡金捡银，从没听说有捡大活人的！眼下风声这样紧，你还嫌咱这一老一小活得太安稳呀？！"

"爹！"玉芝不高兴了，嘟起了嘴，"他是好人，给俺们办事的，咱总不能见死不救吧？你不是常说'见死不救非君子'吗？"

老肖头被噎住了。王化堂更不好说啥，他暗暗钦佩这个农村姑娘见义勇为的骨气，他也明白这事所可能招致的可怕后果，搞得不好，连他自己也会装进去的。

这天晚上，他们仨守着昏睡在炕上的欧阳，仿佛有三只手同时紧紧揪住了他们的心，谁也不再吱声。夜里，王化堂和欧阳睡一铺炕，玉芝特别嘱咐他要好好照料病人，有事就招呼她。其实，她就是不说，他能合上眼吗？欧阳先是昏睡不醒，后来又高烧不退，在炕头难受地折腾，梦中一会在磨牙诅咒着什么人，叫王化堂听了提心吊胆，一会儿又念叨着中国的农民"太苦、太累了，像匹老牛，整个国家就驮在他身上"，不断重复着"我能为他们做些什么呢"，叫王化堂听了忍不住落泪。他不停地给欧阳倒水，掖被，擦脸，忙了一宿。

天刚麻麻亮，王化堂就去叫玉芝，谁知她早就起来了，正斜倚在炕沿上愣神，看她眼圈发青，定是一宿没睡。

"小肖，这事还得趁早想个妥帖办法才好——"

"你敢不敢跟我去找大队书记？"

他明白，她是想借重他这"记者"的身份，他一口答应了。

大队书记是个四十多岁的汉子，这几天王化堂找他了解情况，他是有问必答，那腔调简直和报上社论的口吻一样，但脸色却阴郁得很，低垂着的眼睛总是瞅着别的地方，似乎力避人通过这"心灵的窗口"窥探他内在的情绪，只有当王化堂抠材料抠急了时，他才会偶尔抬一下眼睛，这时，就能在一瞬间捕捉到一种凶狠、憎恶的神情，但旋即那目光又移向别处去了。王化堂尽量用一种轻描淡写的口吻告诉他，肖玉芝小时的一个同学，因家中亲人亡故，到这儿投亲靠友来了，希望队里照顾一下，让他住下来；如果公社那边不好说话，他还准备找公社书记谈谈。他一边说，一边紧张地盯着大队书记包在浓黑胡茬中的嘴；玉芝站在那儿一言不发，脸上漠无表情，但是黑森森的大眼睛里却分明闪烁着一种决绝的挑战的光芒。"真是狗咬耗子多管闲事！'书记冒了这一句就不吱声了，低着头只顾鼓捣他的旱烟。王化堂和玉芝心里都在琢磨：这话是说谁呢？什么意思？半晌，又听得书记说："行呀，行呀，这年头，是人都得积点德，只要我还当队里的头，就撵不了他，饿不了他。只是，公社能信得过你这'同学'吗？"看样子，他什么都知道了。是啊，得有更充分的证据和理由……这一天，王化堂忙着开会，脑子里一直在寻思这事，忧心忡忡。

果然，公社的公安员已闻风而动带着两个民兵上了门。晚上王化堂回来，听老肖头说，这公安员坐在炕头，手里翻来覆去地摆弄着那用绳子系着、斜挎在肩背上的长长的手电棒，把昏昏沉沉的欧阳雄死死地瞅了半天，突然一阵冷笑——"咱顿时全身发凉了，"老肖头说——"嘿嘿，'同学'？啥样的'同学'居然要上你们家落户？眼下正是'牛鬼蛇神'活动的时候，是人是鬼，总得验验吧？唵？"那两个民兵巴不得有这一句话，立即将手中枪往肩背后一甩，捋捋袖子，扑向欧阳。玉芝急切中厉声喊道："别动他！"公安员诡秘地一笑，把左腿架到右腿上，坐得更安稳些："好人就不动，你实说吧，他究竟是啥人？你跟他是啥关系？革

116

命战友？情郎情妹？……"玉芝的脸蓦地涨红了，说出了人们万万料不到的话来："他是……俺未婚夫！"这一来情况急转直下，两个民兵拕掌着手直瞅公安员，公安员似信非信的目光从玉芝脸上溜到了老肖头脸上，不怀好意地停住了：是这么回事？老肖头浑身不自在，恨不得立时钻到地下去，惶恐之间瞥见女儿那苍白的面孔，霎时，一股强烈的爱怜与同情涌上心头，他竟点了点头："是，他是……"接着，仿佛嘴里长着别人舌头似的，煞有介事地编排了一套嗑儿，说起玉芝在姥姥家念书时如何认识欧阳并订下婚约，这次欧阳又为何上这儿来订婚，真是有枝有叶，有情有节。公安员一拍屁股站起来："看你三代贫农，就算是这样吧，反正我们会调查的！"他临走时留下一句话："人既然来了，那就赶紧办喜事吧，年纪都不小了嘛！到时候吱个声，咱也来喝杯喜酒！"

老肖头唠叨完，长吁短叹，忧愁得什么似的。王化堂明白，玉芝倘若不和欧阳"结婚"，是无法打消公安员的猜疑的。她玉芝急人之所急固然可佩可感，可说出那样的话来毕竟太欠考虑了，事情怎么了结呢？心里不觉更加担忧。过了一宿，各式各样的流言就传遍了满村子：

"肖玉芝在外面河滩上捡了个野男人回来啦！"

"原来的对象黄了，又靠上个'小白脸'，八成是看不上咱'屯老二'，这年头！"

"啥'小白脸'？听说是个'黑人'！"

"这下吃不了兜着走……"

流言飞快地传到了公社的水库工地上，傍黑时分，一个愣小伙儿离开了水库工地，蹚起十几里黄尘，风风火火地闯进了屋，不由分说地指着玉芝破口大骂："你个臭不要脸的娘们儿，出一趟门就拣高枝飞啦！"他一眼瞅见炕上躺着的欧阳，心里的火苗顿时蹿得老高，抢过去提拳就要打，吓得老肖头急忙奔出去搬救兵，玉芝哭着扑上去抱住了他："你要打就打我吧！要打就打我吧！"王化堂看事情就要闹大，也赶紧上去劝解："这事不能怪他们，是那样……我跟你说……"小伙子阔大的嘴角痛苦地抽搐着，看看炕上被惊醒过来，体虚气弱，茫然以对的欧阳，沉重地叹了口气，猛地将玉芝摔到墙角，冲王化堂吼道："都是你们这些臭笔杆子搅的，缺德！"一跺脚，走了。玉芝额角上沁出了血，愣了愣，喊着："二虎！二虎！"踉踉跄跄追了出去……

这天夜里，王化堂听见隔壁屋里父女俩的一段对话：

"我想，明天就和他结婚……"

"和谁？"

"外屋那个……"

"啥？！……哎呀呀，这咋能行哟！你，你对得起你死去的妈吗？你是成心要在全村人跟前拿咱的老脸当尿泡踩哇！"

"爹！话已经说出口，不这么办，真不行了……"

"唉，唉，……二虎那孩子要知道……"

"这您就放心吧，爹！我已跟他说清楚了，他也是明白人……"

……王化堂说到这儿，站起来冲脸都羞红了的玉芝鞠了一躬："小肖，瞧我把你们爷儿俩的私房话都公布啦，我道歉，赔礼，可是如果不说出来，这整个的'历史进程'就缺少一个关键环节啦！大伙儿说是不是？"在王化堂绘声绘色地状物抒情时，客人们都忘记了吃喝，这下才如梦方醒，纷纷起立举杯，啧啧称奇，大发感慨，争着同玉芝碰杯，工程师的夫人太过激动，手哆嗦得竟将杯中酒洒了玉芝一身。只有制图员盯住王

118

化堂不放："你说，他们到底举行婚礼没有？啊？"

"当然举行了，就在第二天。不过正式来宾只有大队书记和我，还有小肖的几位要好姐妹，而躲躲闪闪在门外凑热闹、看稀奇的倒有一大群，这婚礼其实是特地为公社公安员操办的，他却没有来，大约是早就知道这婚礼上的吃食太寒碜了吧！"大伙儿笑起来了，任之光说："老王，也要敬你一杯，没有你的'有闻必录'，我们哪能如身历其境啊！"

王化堂也笑了："谁叫我是一个记者呢！"他脑海中蓦地又浮上了这出悲喜剧的最后一幕：就在举行婚礼的夜里，他搬到里屋跟老肖头睡，老肖头唉声叹气，哭丧着脸，问他，又什么也不说。外屋里，好久没动静，昏暗的灯光在间壁窗纸上投下玉芝一动不动的侧影；后来，传过他们低声的谈话，王化堂赶紧用枕头压住耳朵，可是紧接着欧阳发出了惊惶的喊声："不能这样，哪能这样呢？！……""你别吵吵——天，总会亮的！先这么过吧……"这是玉芝的声音。身旁，老肖头老泪纵横。王化堂心里感慨万端。可是这样的情景，他又怎么能向在座的客人"如实报道"呢？

这顿家宴由于无休无止的议论、回忆、碰杯、展望，直拖到七点来钟才算完。几乎人人都处在一种亢奋状态：任之光和他的老伴儿对玉芝充满了父母般的温情，连连给她夹这夹那；管人事的那位暗暗下了决心，不管玉芝调进城里来多么困难，他头拱地也要给办成；制图员则一会儿瞅瞅玉芝，一会儿瞅瞅欧阳，在心里咂摸这"真正的爱情"的滋味；工程师的夫人却为自己先前错看了玉芝而内疚，对她表示了特殊的殷勤。只有工程师心存疑问：欧阳那个"可是"究竟意味着什么呢？王化堂也觉得这两口子举止异常：今天欧阳应该是最幸福的了，可他在王化堂讲述时借故开了小差，在大伙儿谈笑时又时不时地愣神，不怎么说话，笑也笑得勉强，但酒却数他喝得多，席散时他已醉得差不多了，却还摇摇晃晃地坚持要去送客人们。而玉芝席间则几乎没吃东西，只不时偷偷去看欧阳——那黑森森的大眼睛后面藏着深深的隐忧。难道发生了什么不愉快的事吗?

所长的老伴儿和玉芝收拾桌子了。王化堂问任之光: "他们住的地方安排好了?"

"安排了，安排了，就在我们办公楼上。"

"不不——"玉芝突然直摇手，结结巴巴的，"不的了，我，我另外找个地方……"

老所长诧异了: "怎么? 同欧阳闹别扭了? 你们可是患难夫妻呀!"

她低下了头，黑油油的短发遮住了她大半个脸，双手扭着衣角不吱声。老所长和王化堂不解地盯着她，觉得此中定有缘故，她大约有什么不便于当着男人说的话，于是，所长老伴儿把她领进了卧室。

王化堂和老所长在外屋等着欧阳，可欧阳送客竟一去不返，这使王化堂心里原来的疑虑又翻了出来，不觉说出了口: "难道欧阳变了心，把她甩了?"老所长断然否定: "不可能，不可能，我了解，欧阳是个正派人，他怎么会干这种缺德事!"可他心里也直嘀咕。直到万家灯火时分，所长老伴儿才出来。

"今儿个这姑娘就跟咱老两口住一宿吧。"她说，叹了口气，显得有满肚子话。两个男人没吱声，在等她说下去。听着卧室传来玉芝轻柔的鼾声，她才说起了究竟。"这姑娘，嘻，少有! 说起来真叫人不能信，跟欧阳顶着个夫妻的名分，可还是个黄花闺女! 她在农村早就有了对象，可是为了使欧阳名正言顺地在她家待下来，她跟欧阳结了这个'婚'。开初一阵子，一些话甭提多难听，压力甭提多大了，她都咬牙忍受着。当然，

120

没有他们那个大队书记的掩护也是不行的，听玉芝说，公社两次派人来查问，都是大队书记顶着，说欧阳是他的亲戚，总算混过去了。不过，最奇最难得的是她的对象也同意这样做，开始闹了场误会，后来她向他交了底，他就不再提这事了，他完全相信她。为了保护欧阳，他们的婚事整整推迟了两年。欧阳呢，虽然他偷偷恋着玉芝，虽然和这么一个姑娘有着名义上的'夫妻'关系，但他打'结婚'第二天起，就再也没进过玉芝的房间，在抽到县农机站之前，一直和老头住一块儿。你们说奇不奇？"

王化堂当记者二十多年，阅历可谓多矣，但这会儿还是听得目瞪口呆；原来两年前那叫他心碎的"婚礼"竟然包含着这样使人心灵为之震动的内容！书生气十足的老所长的惊讶就更不用提了，好一会儿才说："想不到！无论如何想不到！我只听说过古时'柳下惠坐怀不乱'，没想到今天还会有这种事儿……可是，欧阳怎么压根儿没提起过？"

"这里面说起来就复杂了……"

原来，"四人帮"垮台后，玉芝的几个相好的姐妹就知道了内情，欧阳被抽到县农机站去时，她们就怂恿二虎劝玉芝去办"离婚"手续，但玉芝另有主意，她对二虎说："欧阳在这儿没亲没故，把俺家当自己家，现在去办，不闪他一家伙？！再说，出水才看两腿泥，眼下'四害'虽然完蛋了，可他们下面那些'腿子'还蹦跶呢，谁知道往后变不变天？还是等天晴透了，等欧阳真正交上好运了，能离开咱们了，再说吧，反正你我年纪还不算太大。"二虎觉得在理，就拖下了。半年前，欧阳要调回省里了，玉芝跟他提起这事，欧阳一句话没说，光吧嗒吧嗒掉眼泪。他不是不同意，而是因为对玉芝的感激之情已悄悄地变成了爱情，理智与感情正处在激烈的矛盾之中；他知道这种假夫妻的关系迟早要结束的，但当

121

这个时刻真的到来，他感情上又受到很大刺激，他是这么个傻想头：一办"离婚"，他和玉芝就永远分开了！玉芝看他那么难过，心也软了，老肖头说："罢，罢，别在这咱往他心口戳刀子了，等他回省里去搞出些名堂来，找上对象再说不迟。"直到现在，玉芝听说欧阳做出了成绩，才亲自来和他了却那一段假夫妻缘分。

"这么说，不是欧阳甩她，而是她'甩'欧阳了！"王化堂指头敲着沙发扶手，恍然大悟，但感情上还转不过这个弯子："不过，她又何必这样，现在苦尽甜来，他俩毕竟是天造地设的一对，没有她，欧阳可怎么办呢？"

"小肖说，欧阳熬出头了，愿意跟他的姑娘不有的是！欧阳前程远大，她一个农村姑娘，何苦给他添上个累赘。再说她当初搭救他时根本就没想到日后要图希个啥。何况，农村那小伙子等她等了三年，她怎么能做负心人？她说，这是最后一次来看欧阳了，她不盼他啥，就盼他不要忘了农民，以后为'四化'多做贡献。她不稀罕过城里生活，回去后，就要同那小伙子成亲。搞'四化'，农村的事儿正经不少呢！"

所长的老伴儿一迭连声地感叹着，进里屋去了。王化堂和老所长凝然端坐，心潮起伏，相对无言。一个同样的想法在他们的脑中盘旋：中国的农民，大约是世界上最贫穷、最没文化、最吃苦的人，但他们对文化人的尊重和爱护，他们渴望科学文化、渴望改革的心情，恐怕也比其他人来得强烈和迫切。为了这，需要时，他们真能以他们独特的方式，干出一般人无法想象甚至无法理解的事来。那么，为了几亿农民的利益，我们的领导，我们的干部，该怎样对待人才？我们这些知识分子，又该怎样去为"四化"发挥自己的才干呢？

作于1981年

122

哪里去了，欢乐的精灵

飞来的"青丝"

那素洁而庄严的考场，他近来曾多次梦见过它。他终于站到这儿来了，面对着那些平时非常亲切，而此刻却严肃得像法官一样的导师，他手心里沁出了冷汗，但对自己论文所持的观点胸有成竹——那是他三年的研究成果，不，是十三年努力求索的结晶啊！他沉着而自信地回答着主考席上的考官向他提出的一个又一个问题……

……主考导师们赞许的微笑……研究生毕业论文考试答辩成功！……激情的泪水，同学们热烈的祝贺……

但是现在，这刚刚发生过的一切似乎都成了往事：一个出乎意料飞来的小小包裹沉重地压在他的心头。那张包裹单是论文答辩结束后收到的，在"内装何物"一栏写着"青丝"二字，而寄件人一栏则填着"知名不具"。这究竟是咋回事？看看笔迹，再也认不出出自谁人之手。似乎有人故意和他开玩笑！他去找最要好的朋友、外号叫"老特罗"的同学，"老特罗"把包裹单看了老半天，沉吟着："你取来就知道了，总不会是一颗子弹吧？！"

待到取来包裹一捏，软软的，真像丝线一类的东西，他更犯疑了，等不及回学校，路上就拆开了，里面竟是一把头发！它足有尺把长，用一根黑绸带扎着，发细如丝，乌黑柔润，其光可鉴，托在手里，沉甸甸，凉飕飕，像黑色的瀑布。只有女性才有这样的秀发。他瞪着它，感到茫然。突然，他全身一震，就像脚底下爆炸了一颗炸弹。难道会是她？这怎么可能？但是心底一个更固执的声音在叫着：就是她！就是她！！他托着"青丝"的双手颤抖了，在他的感觉中，它现在不再是静止的、冰冷的、无生命的了，它有如一股黑色的波浪，在一个女人的肩头飘拂……

黑色的波浪

……长长的、柔软的、丝一样的黑发在那个女人的肩头飘拂，漠然的脸蛋，漠然的眼神，虽然蹬着时髦的高跟鞋，步态却是那样熟悉。这就是她，那个分手十三年、他以为今生今世再也见不着了的姑娘！

他清楚地记得，当她在王府井的人流中突然面对面地出现在他面前时，他是怎样的感觉：周围的一切停滞了，放亮了，消失了，只有她和他。他冲动地张开了嘴，但什么声音也没发出。

她显然也认出了他。"是你？"那微微一动的弯眉在问。与其说是为重逢惊奇，毋宁说是诧异他怎么也在这个城市。

"我——"他张口结舌，一只手笨拙地打着连他自己也不明其义的手势，"我……呃，我现在——"他本想告诉她，他在一个大学当研究生，但她的矜持神态和说"是吗"时漫不经心的语气阻住了他。

"你……这些年怎么样？"他换了个话题，"凑合吧。"她淡淡地

124

说。他挺尴尬，前后左右挨碰着他的行人和嘈杂的声浪又在他的感觉中复现了。而她，目光越过他宽宽的肩膀停留在他身后远处的什么东西上，修长的两腿似乎不耐烦地抖动着。他怕又一次无意中失去她，情急之中说出了他这些年来一直想说的话："小柳，十三年了，那时在林场……"

"你还记得？"她收回目光，有什么火花在她眼中闪了一下。

"这辈子也忘不了！"他动了感情，"我从心底里感谢你，真的，你使我懂得了许多东西……"他舒了口气，为自己终于向她说出了这久想说的话而感到轻松。她头一偏，用手将飘到脖颈上的长发撩到肩后去。"可是，你那时不是这种……长头发，而是……"

"是的，不是。"她顿住了，有点欲说无言、欲说还休的惆怅之感，但她散漫的目光凝聚起来，变得深沉了，她一定也透过历史的帷幕看到了那一去不复返的难忘岁月……

森林里的幻梦

一九六九年。她，北京的高三才女、红卫兵小将，正当十七岁的豆蔻年华就下乡到陕北去了。而比她大两岁的他，也刚从地区一所专门接受没考上高中的学生的"劳动大学"毕业，分配到一个林场当工人。当她要千里迢迢来长白山大森林看望他的新闻传出后，整个林场都轰动了。"小胡，"和他一道分到林场干活的同学捶着他厚实的肩膀说，"你小子可交上了桃花运！真不明白，她看中你啥？这一身疙瘩肉？还是绿林脾气？"一向风风火火的他，这次却只美滋滋地笑着不吱声。

说起他们的遇合可真有点罗曼蒂克，他是在一九六七年大串联时在去重庆的火车上碰上她的，当他知道她父母双亡，又无兄弟姐妹，从小就和当中学教师的姑妈相依为命时，不禁深表同情，三言两语，她就离开了自己的女伴，跟着他从重庆到广东、广西，到南京、上海，转了半个中国。回到北京分手时，姑娘噙着泪水，请他在小本本上留下了通讯地址。他呢，凭着小伙子对异性的敏感，心里已经喜欢上她了，但分手时却是一副满不在乎的样子，男子汉嘛。

他万万没料到，来林场不久就收到她的信。信是简单的，但却洋溢着高昂的政治激情。

胡伟同学：

首先向你致以红卫兵战友的问候！分手一年多了，对那次大串联中的情景还记忆犹新，可是你已经奔赴长白山大森林，由红卫兵小将成了工人阶级的一员，真叫人羡慕！

经过焦急的等待之后，我们终于也走上了社会，你一定想不到，我会来到心心向往的革命圣地延安所在的陕北，接受贫下中农的再教育。当列车跨越古老的黄河，我心中就响起一支庄严的歌"黄河之滨，集合着一群中华民族的优秀子孙……"想到自己是伟大中华民族的子孙，想到革命先辈的红旗传到了我们这一代手中，我顿时心潮澎湃，热泪盈眶！"海内存知已，天涯若比邻"，让我们在天南海北为一个共同的目标——埋葬帝修反、解放全人类——而献出火红的青春！

盼有空来信。

同志：柳云

他回了一封信，只有几百字，那是他吭哧了一上午，出了一身汗的成果。这以后，她的信就一封接一封越过山山水水飞到他的手中，而热度也一封比一封高，他简直被这汹涌而来的热流冲昏了头脑；待到她在信中称他为"我的伟"，而自称为"你的云"，斩钉截铁地表示要和他"一起生活，共同战斗"时，他终于不得不去找同宿舍的两位大学生——他们也是分来林场受"再教育"的——讨主意了。

"有这等事？"外号叫"老特罗"的那位——他是四川人，因把俄文字母"p"读成"特罗"而得到这个怪称——似信非信地瞅着他，沉吟着："可以看看她的信吗？"

他掀起炕上的褥子，捧出了厚厚的一叠。"老特罗"看着信中的绵绵情话，向他投以会心的微笑。"这姑娘真是才情俱茂，小胡，你可是逮住金凤凰啦！叫她来吧！"

她真的来了，在青草旺长、杂花盛开的季节。健康、苗条，有着太阳晒不黑的白皙皮肤，扎着两根又粗又黑的短辫，洗得发白的蓝布衣上束着一根崭新的军用皮带，更显得婀娜多姿，简直叫整个林场的男女老少为之动容：到底是北京姑娘，啧啧！

小胡被这一迭声的赞美弄得头重脚轻，头几天不知不觉跟着她到处跑。在她那乌黑幽深、顾盼流波的秀目中，木刻楞房子、空心树烟囱、"顺山倒……"的粗犷号子、拉原木老牛"哞——哞——"的叫声……林区的一切都是新奇而有诗意的；而那古老又年轻的森林，厮混于叶下花间的鸟雀，温暖的阳光，以及那自古属于情人的月亮，却使精力过剩而头脑又空虚了好久的他，充满了对异性的渴念，只想整天和她待在一块儿。好在此时正值林业生产的淡季，场长又格外开恩，所以他有的是和她厮守在一起的时间。

啊，初恋的美妙时光！

……啊，爱河上那叫人捉摸不透、使人烦恼的波澜！

两只蓝大胆一唱一和相跟着蹿出树林，在小河上空盘旋了一阵子，突然冲向高渺的蓝天，消失在白云中了。她躺在草坡上，双手交叉枕在脑后，出神地眺望着，谛听着，被大自然的神秘启示感动得浮上了泪水。

"你咋的啦？"他好生奇怪地问。回答他的却是一串银铃般的诗句：

　　你好！欢乐的精灵！

　　　你何尝是鸟？

　　从悠悠的天庭，

　　　倾吐你的怀抱，

　　你不费思索，而吟唱出歌声曼妙。

　　你从地面升腾，

　　　高飞又高飞，

　　像一朵火云，

　　　扶摇直上青冥，

　　在歌声中翱翔，在翱翔中歌吟。

"真美啊！"她无限遐想地仰望着天空，突然转向他："要是像云雀一样翱翔白云之上，俯览祖国的大好山河，该是怎样一番境界！"

"嘿嘿，"他傻乎乎地笑着，"可它们不是什么云雀，是蓝大胆，知道吗？山里人说——"

"什么？"她坐了起来，明亮的眼睛慢慢暗淡了。"回去吧！"好一会之后她快快地说，无精打采地走了，将他自个儿晾在那儿。

他朦胧中意识到说错了什么，有一种被她瞧不起的感觉，这种感觉大大损伤了他男子汉的自尊心。他不能忍受这个，他应该比她强！就像大串联时自己充当她的保护人一样。一旦从那使人傻乎乎的情网中清醒过来，他就开始以那种旋风似的快速打枝杈、让粗大的木桦在开山斧下暴雷似的一劈两开、在崎岖的山路上飞跃攀登的方式，来向她炫耀自己的勇力和灵巧，在林子里、苗圃中、森铁道旁向她显示山里人关于"吊死鬼"、关于熊瞎子猫冬、关于各种树木习性的丰富知识和形形色色的奇闻轶事，当着他的同学们向她有声有色地讲述他们"绿林弟兄"的仗义之举。他的努力无疑获得了成功，有一阵子她又恢复了大串联时对他的充分信赖和崇拜。可是，当他兴致勃勃地向她宣布今后的打算和目标时，却产生了做梦也想不到的强烈反应。

"你就知道这套嗑！就知道老婆孩子热炕头！你就这样混一辈子？！"她冲他没头没脑地嚷着，"你知道罗密欧、朱丽叶吗？知道保尔、克利斯朵夫吗？知道陈铁军、周文雍吗？你，你，就不想牛顿、贝多芬、巴黎公社……？我们时代是大破大立的时代，我姑妈常说，别看现在'破'，将来还得'立'，还得有知识才行！可你……"他被抢白得蒙头转向，而她却委屈得要掉泪。

不过，她无缘无故耍起脾气来虽叫他难堪，高兴起来还是无拘无束，倒挺对他的口味。有一天清晨，她突然闯进他们的跑腿子宿舍，硬拽他上山去看日出。那的确是壮观，以往他虽然每天跟着伐木工人上山，但几乎没留心过：先是天边亮起一片玫瑰红的曙色，接着橙红的太阳仿佛跳了出来，于是灰蒙蒙的山林突然变得那样富有层次，金碧辉煌，而又起伏波动，像海之呼吸……"啊——"她惊喜地尖叫一声合上了眼，似乎要把这景象永远留在记忆中。但这只是几秒钟的事，眨眼工夫她就如鸟儿般轻捷地飞上了山顶最高处的一块大石头，手舞足蹈："'我欲乘风归去——'……"话没说完，强劲的山风已举起她婀娜的躯体向前飘去，慌得他舍命猛扑上来。伸出有力的胳膊抱住了她的纤细腰肢。眼前是劈山采石造成的陡峭悬崖。他出了身冷汗，而她紧紧地偎在他怀中，隔着薄薄的单衣，他感到她的心在噗噗地猛跳，冷丁被她热烈地吻了两下。"好险！"他心有余悸地说，"咱走吧，该吃早饭了。"她却忽发奇想，问："你敢跳下去吗？'他觉得好笑："跳下去干啥？玩命呀？""要是为了我呢？""那也犯不着跳崖啊！"她没词了，慢慢脱出了他的怀抱，失望地叹了口气："唉——你不懂，什么也不懂！……"的确，他不懂；只是在发生了他永生难忘的那个转折、他的心灵受到剧烈震动之后，他才逐渐懂了。

那是一个月白风清的夜晚。他们沿着林场附近的小河溜达了一阵之后，在高高的楞垛上坐了下来。情人的月亮温柔地照着他们，他拥抱着她，抚摸着她被夜气浸得冰凉的手臂，他滚烫的、发抖的嘴唇贴近她的脸蛋："……别走了，……结婚吧！场里答应——"就在这时她挣开了他，事情之突然，用力之猛，使他差点从楞垛上掉下去。"你、你干啥？"他莫名其妙，她双手捂住脸一声不吱，好久才抬起头来，"我……回去睡觉了……"语气里满含着沮丧。她慢慢地走了，他呆呆地望着她的身影渐渐消融在月光夜气之中。

第二天他再到女生宿舍去找她时，只见到一个纸条："胡伟同志：谢谢你。事情到此为止吧。不要找我。梦总是要醒的，一切解释都是多余。知名不具。"

回到自己宿舍，他像鸵鸟似的将脑袋塞进被子之中一躺一天。"老特罗"劝他："躺着干吗？应该追到北京去，问个清楚，到底是咋回事！"他真的去了，五天后回来，老特罗明知故问："咋样？""完了！"原来她到北京后只在姑妈家住了一宿，第二天就动身去了陕北。他还想追到陕北去，她姑妈忧郁地止住了他："你别走冤枉路了，唉唉，可惜……没缘分啊！"

"娘的，真不够意思，她居然瞧不起咱工人阶级！""老特罗"骂道，但从他脸上找不到一丝气愤的表情。

他咬紧牙关上班了，专找重活干，仿佛要把自己累死。一天晚上，他迷迷糊糊听见同炕睡的两个老九在轻声议论他，他立即清醒了。

"……我早就说不行，他们差距也太大了！"

"就是，像她这样有才气又浪漫的姑娘，一开始肯定是被小胡那种粗犷的绿林味儿吸引住了，在想象中不断给他涂抹浪漫色彩，把他塑造成多情的王子、干大事的豪杰、理想的英雄，可是事实撞碎了她的幻想，所以，分手是势在必行。"

"幸亏没成，要不双方都要痛苦一辈子。……我倒是佩服她的果决……"

响鼓不用重锤敲，他终于明白了。回忆往事，自己在她心目中的形象可想而知！奇耻大辱啃啮着他的心，恨得咬牙切齿，不是恨她，而是恨自己配不上她。他将她以前的信翻出来，一封封重读着，不能不痛苦地承认，自己过去根本就没读懂它们，没透过那叫人心跳的情话体察到姑娘的理想和追求，而只是把她当成一个异性来爱的，于是，他又为自己的浅薄、粗俗，为在命运的拨弄下错当了一回"英雄"致使她上了当而感到羞愧。……黄河之滨，集合着一群中华民族的优秀子孙……难道自己就不能成为这样的优秀子孙吗？！

他变了，不再像以前那样浑浑噩噩地混日子，干活时他是那样发狠，收工后跟着两个老九，硬着头皮去啃他们为他指定的那些书本，他的同学为他的突变吃惊，深知内情的老场长却叼着旱烟袋赞许地笑了。一年后他被选送到地区一所大学的政治系当了工农兵学员，一九七四年毕业后当了中学教员，一九七九年又和同宿舍那位"老特罗"一同考上了北京一所大学的哲学研究生……

他成熟了，当他回想那一段"艳遇"时，也看到了她的不切实际的浪漫情调。是的，她脆弱，多愁善感，然而她执着地追求着真情，追求着美，热烈地向往着壮丽的事业，这在那个将真、善、美浸没在冰水之中的动乱时代是多么可贵！这使他更加感受到当年她云雀式的初恋的动人心魄，也使他更加鄙弃眼下那种用二十四条、三十六条以至更多条腿在地上爬行的"爱情"。他知道他永远失去了她，她不再属于他，但他永远忘不了她……

变了样的云雀

"那时候，"她似乎在自言自语，又不胜怅惘地摇了摇头，"毕竟是那时候啊！"

他打量着她，十三年不见，她出落得更加丰盈、更加俏丽，但他对她没有一点欲念和企求，只有灵魂净化后留下的深深的感激之情和久别重逢所带来的欣喜。

"你刚才说什么来着？"她问，"在这儿工作？""不，"他高兴了，"我在读研究生。""是吗？"这回她是真的惊奇了，神情也活跃一些，"嘀，真成才了哩！"他不好意思地笑笑："哪里……你呢？干啥工作？""我？"她一怔，姿势优美地将风刮到腮上的长发甩到肩后，一只手方向不明地漫指了一下，"喏，那儿——反正也没什么好干的……""你姑妈呢？""死了。""哦——"在她简短的答话面前，他又觉得无话可说了。她却嫣然一笑："我还有点事，先走了，以后再来看你。拜拜！"

她还要来看他，这使他兴奋，但"拜拜"这个词由她那么曼声曼气地说出来，又叫他有点不舒服。

大约个把月后，她真的来看他了，说是顺路，只谈了几分钟，又匆匆走了。这以后她就隔三岔五来找他，而每次都是用电话把他叫出学校。她不像以前那样爱讲话，在一起时似乎更愿意听他说。他无意中又问起她在哪儿工作，她颇有点闪烁其词，一会儿说是当小学老师，一会儿又说在商店，有一次甚至说她有可能去当演员。对此他并不深究，对于他来讲，她干什么都不会影响她在他心目中的形象，至于她这些年来的经历，他俩更是如有默契似的都避而不谈，她也从来不说，要他上她家去看看，但时常和这样一位引人注目的姑娘在马路上、公园里出现，却使他感到不安，"你成家了吧？"有一次他大着胆子问。"你问这干吗？"她意味深长地瞟了他一眼，"难道非得成家吗？"倒把他闹了个大红脸。是呀，这同他有什么关系呢？他再也不打听她个人的事了。在经过了十三年的自我"脱毛"之后，他现在已不是当年那个笨拙蹒跚的丑小鸭，他完全可以在思辨的天地和人类文化的领域中矫健地飞行了，而这同她是分不开的，他十分乐意在她面前试试自己的身手：谈黑格尔、费尔巴哈，谈文艺复兴三杰，谈《自由女神引导着巴黎人民》《月光曲》，谈苹果落地对牛顿的启示，谈黄花岗、大渡河……这样做不是为了炫耀自己，而是为了告慰于她，为了弥补十三年前遗下的愧疚，也是为了从中得到一种满足和乐趣。

转眼金秋十月了。长安街、王府井、故宫、中山公园、学院路、颐和园都留下了他们的足迹。可是在他的感觉中，自己对她不仅没有更熟悉些，反而生疏了，是她改变了性格，还是自己改变了目光？是十三年阔别造成的他们关系史上的空白，还是彼此境况的变化？他好几次试着想深入地同她谈谈，她却总是讳莫如深，并且烦躁不安。他只好住口。

"……真烦死人，"有一次她说，"整天汽车喇叭声、吵吵声，到处是人，人，人！这北京好像比以前更小了，简直就没个让人安静的地方……""咱们到香山去逛逛吧？"他提议，她也赞成。

红叶……如火如荼、如霞如锦的红叶，在高天秋阳下漫山遍野，融进白云，映入寒江……过去待在长白山森林中他并没有感到大自然的可贵，现在深深地感受到了。她大约也有同感，坐在干燥的枯草落叶上，仰脸向着天空，天上的白云倒映在她清亮的眸子里，她是不是回想起了长白山的森林呢？不知名的鸟雀在林子里喧闹，一只鹰在令人眩目的高空平展着它的双翅凝然不动地悬浮着，猛地一个急速俯冲又升上蓝天。他出神地望着它，心中怦然一动，一串诗句脱口而出——

你好！欢乐的精灵！

你何尝是鸟？

　　…………

　　你从地面升腾，

　　　高飞又高飞……

　　念着念着，他激动起来，这首绝响十三年的诗把他带进了一个微妙的境界。然而她什么反应也没有。"小柳，"他动情地望着她，"还记得这支《云雀歌》吧？"她用一块手绢盖住了脸："哪有什么云雀啊？都是人家瞎编的——事实上只有麻雀，一天到晚叽叽喳喳找食甚至找不到食的麻雀。"声音不高，在他听来却如裂帛一样刺耳、痛心。"你……"他不知说什么好，"小柳，你过去可不是这样的呀！……人类社会不是麻雀世界……"她不吱声，看不见她脸上的表情，但她高耸的胸脯却在一阵比一阵急剧地起伏。突然，她翻过身来，趴在草地上哽咽出声了……

　　这次出游不欢而散。事后好几天他都无法排遣心中的抑郁。他痛感到她变了，他想起来，当他向她热烈地谈理想、谈事业、谈人生时，她其实并没听，这只要看看她偶尔向他投来的迷惘的、心不在焉的目光就可知道；而当她开腔时，说的又是些什么哟！……毕业后能留在北京吗？分不分得到房子？家具是捷克式好还是波兰式好？旗袍式样越来越花哨了，当然最好是自己做，高层公寓六层最理想，因为五层以下不让乘电梯；不进"全聚德"一次，等于白当了回北京人；姑娘和别人发生了关系，男的还能不能要她？但愿平平稳稳过一辈子……不仅如此，以前她是那样不为世俗所拘，现在却变得这样胆怯，有时走在路上，背后有一点响动都会吓她一跳，神经质地死死拽住他的袖子，而且不安地向四周探视。如今回想起来，他觉得可笑复可怜！

　　她已经不是他心目中那个她了，正如十三年前她犯了将他理想化的错误一样，十三年后他差不多犯了同一错误。和她在一起使他难受，这以后他就尽量避开她；这有什么？他和她不是没有任何特殊关系吗！

　　然而跑得了和尚跑不了庙。他从收发室老头那里知道，披肩发姑娘在收发室给他挂电话更勤了。这天他去北京图书馆查阅资料，回来时已是薄暮，冷不丁有个人影从校门口闪出来，把他拦住了。"你可真难找！"是她，话语里含着隐隐的幽怨。他默默注视着她，在溶溶夜色中，她显得有些不定形，有一种朦胧美。他下决心要将这些天思之再三的想法明确告诉她。

　　"还记得这样一句话吧，"他和她并肩沿着学校前面的一条林荫小道走着，"'黄河之滨，集合着一群中华民族的优秀子孙'，我第一次从你信上读到它时，我并不懂它的含义，后来慢慢懂了，每当我自感消沉时，我就想起它，一想起它就从心底升起一股强烈的责任感，我知道自己在各方面都很差，但是我不能当中华民族的不肖子孙！"他站住了，对着她，目光灼灼。"旧中国是国难当头、匹夫有责，现在是'四化'当头，同样匹夫有责！只有首先振兴自己，才能振兴中华，才对得起咱中华民族的列祖列宗！我这不是唱高调，我说的是每一个人都面对着的事实。可你，第一个给我这座右铭的人，现在究竟是怎么了？！你说呀！！"

　　她垂着长发纷披的头，用力咬着手绢的一角，好像要将它撕碎，好久，才说出这样一句话："我，现在还是一个人，咱们在一块……过吧，啊？"

　　他觉得血往太阳穴上冲，第一次感到受了羞辱，这种羞辱感比十三年前自己被推下楞堆时还来得强烈。他粗重的气息直喷到她脸上，她却以为他动情了，像小雀归巢一样，将自己温软的身体投进了他的怀抱。

"你——"他对这种突然的举动感到震惊，不觉抬手将她用力推开，"你怎么这样！"

她踉跄站住，木然而立，随即双手捂住脸跑了，那飘动的长发消失在浓重的夜色之中，只留下那凄切的呜咽声，不绝如缕。完了，当他不懂爱情时他失去了她，当他懂得了爱情时又一次失去了她……

现在，那消失了的长发又奇迹般地出现在他眼前，但它再也不会在她肩头飘拂了。她在哪儿？她怎么了？他推开窗子大睁着双眼向夜空巡视。

"你瞅什么呢？""老特罗"说："应该想法找到她，好歹问个明白，这不仅是为了你，更是为了她啊！"

当然要找到她！还能有第二种选择吗？他按照她以前信中留下的地址找到了她的家。变了，完全变了！十三年前他第一次来这儿时，要穿过好几条夹在一片片古老、灰色的四合院民房中的弯弯曲曲的小胡同，于今却是新建的高层公寓遮天盖地，只留下她住过的那个四合院孤零零地待在那儿，就像一个瑟瑟缩缩的老太婆被圈在一群时髦姑娘中一样。旧地重游，使他忽然生了许多感慨：十三年中他两次都是不请自来，然而这两次之不请和自来又是多么不同！

她家的门锁着。她的邻居，一位五十来岁的中学女教师接待了他，这使他想起了她已死去的姑妈。她也是一位和善的、说话条理性很强的教师。

"你，到底来了！"当她知道他的来意后这样说，"你们的事，我不敢说百分之百了解，可也不离大谱。"随着她的讲述，那梳着短辫、身着洗得发白的蓝衣服的十七岁少女，在他眼前重现了他以往所不知道的生活历程……

高原上的风

……她是怀着深深的幻灭之感回陕北去的。在西去的列车上，她怔怔地瞅着车窗外闪过的平原、城市、村庄、山林、白云，几乎没说一句话。直到雄浑苍茫的黄土高原进入视野，她才稍稍振作起来。个人玫瑰色的梦虽然破灭了，但那场震撼了整个中国的红色风暴总还是事实，她，一个红卫兵，还可以在农村的广阔天地中让青春发出光和热来的。

集体户的同学和当地社员待她像以前那样，但她却暗暗苦恼，为什么到长白山去了一遭，回来后什么在她眼中都失去了原先的光彩：那曾使她如欣赏石鲁的画《高山仰止》时而引起崇仰之情的高原，不过是一片色彩单调、沉闷的黄土；那曾诞生过动人的传奇事迹、四壁闪耀着圣洁光辉的窑洞，原来却是那样陈旧、灰颓；而生活在这些窑洞中的老乡，那因创造过"保卫延安"壮丽史诗而令她肃然起敬的老乡，生活竟是这样的贫困；至于他们知青的日子，在社员们敲锣打鼓、唢呐齐鸣予以欢迎的序曲和刚住进窑洞的新鲜感过去之后，随之而来的是上工、收工、做饭、开会、睡觉这单调程式的无休止重复，就像一篇涂了逗号再无别的标点的枯燥文章。她也曾幻想过：有一天，会有德高望重的人看中她的激情和才华，突然委托她一项不同凡响的、充满艰险的使命，那她把性命交出去都是可以的。然而事实上，那些正在各级班子夺权、抓权、拥权自重的人物，那些偶尔乘着吉普风尘滚滚而来、又前呼后拥经过集体户窑洞前面的各色人等并不需要他们，绝没有要从他们中选拔什么人才的意思，她获得的唯一青睐是曾充当过一个千里迢迢从新疆来的参观团的领路，并以她纯正悦耳的普通话为他们唱过一次"黄河之滨，集合着一群中华民族的优秀子孙"的歌，但也不过如此而已。她似乎已注定当不了文学家、科学家、社会活动家了，甚至连当一个好农民也不可得。一年脸朝黄土背朝天干下来，竟倒欠队里一笔钱！不过，她还是比别的知青走运些，当她正为没钱取口粮而犯愁时，她的一位已和当地社员结婚的要好同学传来一个信息：县里宣传组的一位头头对她很有好感，想把她弄到县广播站去工作，条件是她得上他家去一趟。她一口回绝了，她现在最怕听这类事。事后她才知道，那位对她有好感的人物，就是上次陪新疆参观团来访的胖子，少说也有四十出头，原配夫人是位农村社员，后来据说因"不适应革命需要"而离异了，据说这位兼管县广播站、百分之五十的大批判文章出自其手的头头，现在最感兴趣的是北京姑娘，认为她们最有路线斗争觉悟、最适应"革命需要"了，云云。而此公正是给她传递信息的女友的大伯子。她立即想起了当她唱"黄河之滨"时他死死盯住自己胸脯、仿佛要穿透那层衣服的目光，明白了他所谓的最适应"革命需要"是什么意思。她的心就像被划开了个口子……

黄河之滨……黄河之滨！她不明白，在往昔金戈铁马、叱咤风云的英雄留下巨大足迹的黄河之滨，在这曾经创造过充满浪漫主义色彩的悲壮业绩的土地上，她为什么就不能施展一番抱负，而只能被当作某些人解馋的猎物？……她越来越离群索居了，常常一个人跑到那危崖高耸的后山顶，只有在那里，她的视线才能越过身边现实生活中叫她伤感的凡人俗事，追寻那早已消逝在寥廓天宇的威武雄壮的历史烟云，让自己整个的身心暂时陶醉在劲风的粗粝抚爱之中，只有在这圣洁的时刻，她才轻轻吟唱起"黄河之滨"这支圣洁的歌来。可是有一次，当她又哼起这支歌时，冷不丁身后有人甩过一句话："还'优秀子孙'呢！瞧她——"她赶紧回头一看，空无一人，只是身后那片高粱中有一串在剧烈摇晃……好几天后，还是那位给过她信息的女友告诉她，据有的人（她拒不说出其人的名字）说，她之所以没能去县广播站，不是她不愿去，而是那边不要她，因为她那次到长白山去就已失节了……

她一言不发。罗曼蒂克的苦果只能以现实主义的坚韧态度来自我承受了。她心中还在隐隐期待着生活中突然来个变化，什么变化都行，总之别让她这么过下去。这样的变化终于出现了，那是突然发生在异国夜空的一次爆炸，接着而来的是一次比一次猛烈的政治运动，她又一次感到了幻灭，她再也不寄希望于现实生活中的什么好运气了，而只觉得前面一片空虚。就这样半麻木地打发着日子，直到"四人帮"完蛋，直到她姑妈病危时回到北京……

消失了的精灵

"……那些日子她常常想到你。"女教师说，"她后来几次跟我说过，你虽然粗，但却是实际的，不像她那样想入非非，她觉得那次跟你不辞而别很对不起你——是的，这不是她的过错，可是我的天，这又是谁的过错呢？不过最要紧的还是这几年，你不知道她这几年是怎么过的！……"

"她姑妈原跟我在一个学校，小柳回京不久，她姑妈就病故了，按照接班的政策，学校安排她在传达室当收发。这工作活儿是不多，可每天进进出出的大多是她姑妈生前的老同事，从小看着她长大，过去都夸她聪明，将来一定能干出点事业，可现在她来当收发了，该会怎样想呀？我担心她面子上难堪，就跟她说：'小柳，委屈你了，先干一段，往后再想法换个工作。'她说：'大婶，这我就很满足啦，照以前不强多了！'那一阵子她的确干得不错，除了收发报刊信件、代客找人跑腿外，还经常一大早就来学校扫操场、烧开水，给老师们办这办那，很受大伙称赞，年底她被评为先进工作者。

"春节时，我们学校搞了个联欢会，邀请了一些在京的老校友参加，其中有一个在远洋轮上当船长，这些年来到过不少国家，他给大伙讲述闻所未闻的异国风情，远航途中惊魂动魄的艰险经历，各国人民对中国客人的动人情谊，以及他们为了维护祖国和民族的尊严同帝国主义分子、资本家进行的种种斗争。这些事本来就新奇曲折，他讲得又那么绘声绘色，真叫大伙儿大开眼界，在人们心目中，他无疑是位受人仰慕的英雄。而他的爱人，正是小柳高中时的同学，一个成绩一般、外表也很不起眼的小个子姑娘，过去在班上时是属于以崇拜的目光追随小柳这些高材生的一类学生。而现在，她却穿着那样时髦的服装，像一朵花似的依偎在她丈夫的身旁，骄傲而幸福地微笑着。据船长说，她是在他最倒霉的时候把爱情献给他的，因此，他的一切成就中都有她的一份功劳。这话顿时引来一阵热烈而激动的掌声。小柳开始时并没认出这位与英雄船长同甘共苦的姑娘是她的同学，只恍惚觉得有些面熟，后来船长说出了她的名字，挺有风度地当众向她鞠了一躬说：'我深深地感谢她——'这时，小柳低下头急急地、简直像逃跑一样挤出人群，走了……

　　"人真是说变就变。打这以后，小柳的情绪就突然低落下来，好像满腹心事。我忍不住问她：你怎么啦？想姑妈？还是身体不舒服？她不吱声。问急了，才莫名其妙地冒出一句：'有的花飘落在锦绸上，有的落在泥坑里……唉，简直一场梦！'我当时寻思：姑娘大了，是不是为找对象苦恼呀？我就留心观察，果然发现隔三岔五总有几个奇装异服的青年人在收发室门口转悠，而她也有时撂下工作不干，一出去就是大半天，我苦劝了她几次，她每次都是说：您就甭操心啦，大婶！我这么大个人，还不知道个好歹？以后她白天是不出去了，可是却晚上出去，常常很晚才回来。

　　"唉，自她姑妈去世后，我就算是她唯一的长辈了。过去她下班回来，总爱到这儿来跟我女儿天南海北地神聊一阵，有时就和我们一块儿吃晚饭，边吃边继续聊，她的不少情况和一些看法、想法，我就是在这种场合知道的，现在她晚上出去，下班后干脆不照面了。我对她的近况变得一无所知，她同我们慢慢疏远了，我老觉得这是个事儿。那咱，正赶上雍和宫修理后开放，我就选了个星期天，一早把她堵住，让她与我女儿和我一块去雍和宫逛逛，她倒也挺高兴的，临出门还用根紫红色的缎带将那头披肩发拢了起来——是呀，眼下的年轻姑娘就兴这样，小柳也是在交上了那几个奇装异服的男青年以后改成这种发型的。刚进雍和宫时，她和我们说说笑笑，向我们介绍一些有关五百罗汉、喇嘛教的掌故——她这方面知道的还真不少，不知从哪看来的——可是，进到最后一个大殿万福阁以后，她却被那座十八米高的迈达拉佛像迷住了，也不吱声，也不走，只是仰脸怔怔地瞅着，起初我们没怎么在意，本来嘛，那座大佛在天窗投来的阳光照射下，几乎像是披了层金，显得崇高神圣，惹得不少人都啧啧称奇。可是她怔怔地待在那儿，就招来了好几个流里流气的小伙子，挨着她转悠，还说些不三不四的话，我怕出事，赶紧拽她出来了。回来的路上，她变得没情没绪，眉尖儿蹙着，小嘴儿抿着，似乎有满肚子心思。我女儿逗她：'云姐，你灵魂儿丢在雍和宫啦？都怪你太招人，今儿个弄得连我们都没玩够、看好！'她勉强笑笑说：'看这死丫头说的……'我想她或许是累了，回家后一起吃了饭、看着她上了床才离开。这以后她有几天晚上没出去，我也就多少放了点心。

"可是半个月后的一天夜里，都快十二点了，她突然咚咚咚地敲我的门，说是一个人待在屋里害怕。我让她跟我女儿一块睡，她又不，脸色苍白，两眼发直，呆呆坐在那儿，后来就哭了。我急问她怎么了，她头也不抬地说：'我和他……发生了关系。'我吃了一惊：'他——他是谁呀？''小胡子。'我的天！你不知道，这小胡子是我们这一带有名的假华侨，蹲过两年班房的流氓，她怎么会同他搞到一块呢！'据小柳说，小胡子最初是以挑选电影演员的导演身份亮相的，而她居然就信以为真！我说：'是他强迫你的？''不，'她说，'我自愿的……'她又哭了，'生活太没意思了，'她抓住我的手说，'大婶！我觉得自己是躺在斜坡上，想收也收不住啊！'我又急又气，几乎在骂她：'怎么收不住？你只要下决心，一切都可以从头开始嘛！'她双手捂着脸，好半天才自言自语地说：'从头开始？……只有等来世了……'这叫什么话？第二天我就将小胡子的事分头报告了校领导和公安局，不多久就听说小胡子被逮起来了。我心想，这下该好了吧。

"谁知过了些时候，小柳忽然来找我女儿借连衣裙，我担心地说：'你可别又——'她笑着打断我的话：'大婶，这次您就真的放心吧！'后来我才知道，她是遇见了你。你不知道，你的出现，对她的精神产生了什么样的影响！她说，她好像在你身上看到了她的过去，看到了她的新生，……啊，不不，她是这样说的：'我看到的是一个真实的、呼吸着时代气息的生命，而我自己不过是……一个幻影……'她越是感受到你的力量就越是怕失掉你，越怕失掉你就越不愿意你知道她这些年的经历。小胡子的同伙不知从哪儿打听到她有了男朋友，放出风来，要给你放放血，更使她提心吊胆。看着她那种神魂颠倒的样子，心里真不是滋味，我就说：'你把他找来不行吗？说不定我们还可以帮帮忙。''不不，'她急忙摇手：'不能让他来，十三年前就是在这儿……'她不说下去，其实我也明白。后来有一天晚上，天上在下大雨，我下班刚走进这条胡同，就看见有个人影在雨中一动不动，近前一看，是她！'你怎么啦？'我看她浑身上下湿淋淋，又急又气，'疯啦！？'硬拽她回到屋里。她趴在桌上就哭，问她啥也不说，我怕她出意外，让我女儿陪她睡了一夜。第二天女儿告诉我，说是她好多次去找你，你都不在，她知道你是有意躲着她了，她觉得自己真是没救的人了，所以伤心欲绝。你说痴不痴？我让女儿叫她来，鼓励她说：'小柳，你不要这么看不起自己，像你这样的姑娘还怕找不到对象吗？再说，他或许根本就没有要躲你的意思，你应该继续去找他，他以前不是挺爱你的吗！'她眼睛里又有了点生气，'我去，'她说，可是又用纸牌来算卦。我是不懂这玩意、看她摆弄了半天，高兴得蹦起来，说：'成了成了！不用等下辈子了！'刚要出门，又犯了愁，问我怎么跟你讲，我说：'你就直说呗，怕什么！'

"第二天早上，我们吃完饭要上班了，她那边还没有动静，推推门，里面是插着的。我当时寻思，昨天夜里可能睡得太晚了，这会儿还没醒哩。到学校里我给她请了一天假。晚上回到家里，女儿交给我一把钥匙说：'云姐请您给她保管。'我觉得奇怪：'她去哪儿啦？'女儿说：'云姐说，她要到一个亲戚家去看看，两三天就回来。'当时我没怎么在意，因为她以前也上她一个亲戚家住来着。谁知去了十来天还不见回来，我觉得不好，就开了她的房门，屋里收拾得好好的，桌上一把剪子下压着张字条，写着：'我走了，谁也不要去找。梦，终于做完了。'我这一惊真是非同小可，马上报告了学校和派出所，这些天来，他们都一直在想方设法找她……可是上哪儿去找哟！唉唉……"

一定要找到她

"现在看来，她就是临走前下决心用那把剪子将头发铰下来的。"女教师说，"可是，她到底上哪儿去了，又为什么要铰头发呢？头发有什么罪过？！……头发对于一个姑娘，有时是比性命还要紧的哪！"他听着，虽然是七月天，却觉得身上一阵阵发冷。"你，要不要到她房里去看看？"女教师关切地问。他摇摇头。"是呀，人去楼空……"她擦擦眼睛，唏嘘感叹着，"或许，——我真不敢想可又没法不想，她在这世界上只留下了这束头发……"

他现在清楚地意识到，自己在她的一生中占着一个什么位置。诚然，使她越出生活常轨的不是他。但是，他难道真的没有责任，或者说，他不应该负起一种新的责任吗？

……立体交叉桥到了。他下了车。在乳白色路灯光的照耀下，桥面显得那样光洁，纤尘不起。半年前，他和她曾在这儿徜徉过，她当时也像他现在这样，出神地凝望着远处那在北京特有的似有若无的淡蓝色夜空笼罩下的高层建筑的灯光，眼睛里染上了谜一般变幻的色彩。她看到了什么？想起了什么？他不知道。但他现在却毫不怀疑，她那时为之出神的不是尘世的灯火，而是虚妄的佛光。可是，难道她那时就对事情的结局有了什么预感吗？

"我要去找她，"回到宿舍，他向一直在等着他的"老特罗"郑重地宣布了自己的决定，"和她结婚。"

深知他脾性的"老特罗"眼睛潮润了："我不怀疑你能做到这一点。不过，这事你还是慎重一些好，且不说能不能很快找到她，就是找到了，即使她还有情于你，可你和她结合，能得到你所追求的那种爱情吗？还不是凑合……"

"老特罗"的话也许是有道理的，但是动摇不了他已做出的决定。他知道，是一种什么样的信念和力量在驱使着自己。他不相信，时代的阳光驱除不了一颗渴求光明的心灵中的阴影；他不相信，彼岸的幻境比此岸沸腾的现实更能使一个浪漫的灵魂得到满足。

马上就要面临毕业分配了，在此之前他要上她现在可能去的、"大串联"中他和她曾经去过的那个地方去一次；他一定要找到她，这次找不到，以后也要找到，一定要让黑色的波浪重新在她肩头飘动……

作于1982年

遗　爱

一

已经三个钟头了，他就这样无声地躺在这洁白的、散发着淡淡药味的病床上，任人摆布。吊瓶、滴管、注射器；止血敏、维脑路通、路丁脉通；白大褂、绿军帽、皮夹克、中山装、直筒裤、高跟鞋……在这种情况下，能采用的办法都采用了，该来而又能来的人都来了，不该来不用来的人也来了……

说来真是"一失足成千古恨"！市委办公大楼前的台阶，他一年之中不知要上上下下多少次，可是昨夜的西北风使刚刚化开的雪水冻成了薄冰，今儿个早上就是这该死的薄冰使他一脚踩滑，身子失去了重心，他本来是可以用手去支撑地面的，但却怕手中那摞书撒在地上弄脏，就紧紧抱住，于是，他几乎全身着地地栽到了台阶下——战争年代敌人的三颗子弹没能奈何得了他，"史无前例"年头的四年大狱生涯也没能磨垮他，这一跤却轻而易举地撂倒了他——脑溢血！

他不动，也不能动；不说，也不会说；静穆的表情，纷披的白发，洁白的床单，使他有如殉道的圣徒，在人们悲伤的心里引起一种庄严的感觉。但是那双眼睛，那双平时叫有的人感到亲切，有的人感到威严，有的人感到畏惧的略显浑浊的眼睛，却不时转动一下，是在思索？询问？要说什么？恐怕连最精密的仪器也确定不了。仿佛有一道无形的帷幕，将他的思想、感情、愿望与那个曾经和他有千丝万缕联系的活生生的世界隔绝了，他的心声似乎只有另一个世界的人才知道……

这难道就是爸爸？丽丽惊恐地望着他。仅仅几个钟头前，当他早上离家去上班时还是那样生气勃勃。"爸爸，"她看他将那么多书归拢到一起，就说："我帮您送去吧！""你当我拿不动？"他那粗大的手拍着硬硬的书皮，笑着说。"丽丽，爸还能举起你来呢，信不信？"丽丽记得小时候，当她在爸爸强有力的双手中高高旋转时，真像飞到了天上，就是后来她已是半大姑娘了，爸爸一高兴，还会把她半举着转两圈呢！可是，自打前些年妈妈不幸去世后，她好像突然大了，爸爸也突然老了，再没有这样的举动了。于是，她撒娇地扑向了他："那您举举我吧，举举吧！"然而爸爸的两手却举着两本砖头般的书，只用满是胡茬的嘴在她额头上亲了亲。"嗬，丽丽，你都和你妈一般高啦，爸爸却老啰！……"提到妈妈，丽丽真想从爸爸那儿再听到些什么，可是他却转过了话头："等我回来，晚上一块去看场电影，好吧？""爸爸！"丽丽嘟起了嘴。"上公园，上体育馆，上商店，上……您许了多少愿啦！可兑现了几次？""这次一定，绝对，咱俩拉个钩吧！"然而还没到晚上，爸爸却早早躺下了，不是在丽丽小卧室外边书房兼会客室的木板床上，而是在这个宽敞而空旷、素雅而凄清的高干病房！难道父女俩相依为命的日子到头了？难道爸爸再也不会在家里那木板床上将枕头叠得高高的，一边靠着看书，一边守护自己沉入梦乡了？丽丽不由得"哇"的一声哭了出来。

哭声刺激了早已憋着一泡眼泪的司机小姜，他捂着脸奔了出去、在挤满了人的走廊里靠墙蹲下来，抽泣着。"……千不该万不该，我不该让他自个儿去捧那些书的！嘻！"他懊悔不迭地用拳头砸自己的脑袋。

"他拿那些书干啥呀？给谁捎的吗？你不知道他有高血压呀？！"人们围了上来，办公厅李主任弓着身子，冲着小姜大声追问，似乎小姜成了这次事故的肇事者。

"不、不知道……可我能抢过来吗？……杨书记从、从来不让别人帮、帮他……"

"唉！"李主任一拍大腿站了起来，还想说些什么，就被人招呼到院长办公室去了。

"情况很严重。"充任紧急组成的医疗小组副组长的老院长忧心忡忡地搓着指头瘦长的手，向市委副书记、医疗小组组长老张和副组长李主任介绍了病人的情况，"我们在做最大的努力……"

"他神志看来是清醒的。"老张说。

"是的。但这只是眼下，很难说不会发生意外。我的意思是，该办的现在就得办了……"

"太突然了！叫人无法接受这个事实！"李主任感慨着，"好多事还等着他做指示……"

老院长提醒说："看样子，杨书记大约还想见见什么人。"这话触动了老张，他盯住了院长，等他说下去，可是老院长垂下了灰白的眉毛。是的，事情发生得这样突然，这样意外，以致人们现在无法从病人口中得到明确的指示，而只能依据病人的细微表情加上自己的想象来猜测他的思想了。可他究竟想见谁呢？老张思忖了一会，立即做出了决定：将所有外出的市委委员、各大口负责人火速召回来。这当然是完全正确的——李主任想。杨书记是位"三八式"的老干部，一辈子出生入死，把全部精力献给了党的事业，在弥留之际他想着的当然是今后的工作，想见的当然是自己一块儿共事的战友；而作为他的同事、下级，也应该在这样的时刻来向他表示问候、感谢和悲伤，亲聆他的最后指示。因此，无论是在工作上、感情上和"规格"上，这样做都是必要的。

于是，在李主任的亲自安排下，一个个催促速归的电话、电报就发出去了，同时，还有几辆小吉普车在通往市郊农村的公路上疾驶……

二

高干病房里，他仍然默默地、一动不动地躺在病床上。人们围着他，不敢相信这就是那位以精力充沛出名、平时谈笑风生、解决棘手问题时能咬钢嚼铁的杨书记。李主任守在床头，焦灼不安，一会儿看看吊瓶，一会儿瞅瞅表，喃喃自语："快了，快了，他们马上就会来了……"

可是病人眼中始终是一种不满意的神情，几乎所有围着的人都察觉到这一点了，他们感到不安，你望我，我望你：是什么使他不满意呢？市委副书记老张也在留神观察老战友的眼睛，这不满中夹着嘲笑的眼神，他虽不常见，但并不陌生，是在什么时候见过的呢？他猛然想到四年前，老杨头刚上任不久，就因过度劳累而躺倒了。于是，凡是跟老杨头有关系的各色人等，从副书记、常委，各大口负责人到秘书、司机，都拥到了病房，环绕在他的病榻前——只有丽丽没有来，那是他不让她来；他的儿子也没来，因为他还在农村插队。那时，组织部的张部长——就是现在的张副书记，从老杨头眼中看到的就是这种目光，"这是干什么？"他低沉的声音里含着嘲笑，"参观出土文物呀？……排场都讲到这儿来了！"他沉默一会儿，又换了种口气，诚挚地说："有什么必要呢？眼下百废待兴，就没有比待在这儿更要紧的事干了？如果是在战场上，能允许这样吗？！……"

想到这一幕，老张有些待不住了，"李主任，你留在这儿，跟丽丽照料一下。其他的人该干啥干啥去！"在门外，他告诉老杨头的秘书："赶紧给常委去电话，叫他们先不要急急忙忙赶回来，务必先把工作抓好！"看秘书询问地望着自己，他又补充一句："就说这是杨书记的意思！"秘书已经踔开步子了，他突然想起了什么，又叫住了他："派车到市宾馆，让计委的王主任王立成马上来！"

随着人们退出病房的脚步声，老杨头那拧着的眉头放松了，目光缓缓移动着，停在丽丽满是泪水的脸上了。那是一种什么样的目光啊！是因为晚上没法同丽丽一块儿去看电影而抱歉？还是因为不能再尽父亲的义务而不安？或是因为丢下了那样多的工作没干完而抱恨？抑或是……？丽丽无从判断，此刻压在她心上、几乎要使她窒息的是预感到失去父亲的悲痛，孤独，恐惧，她紧紧抓住他的手，这手今天早上还那么有力，这会儿却是凉凉的，一动不动的，就像只没有生命的蜡手，这种冰凉的感觉和几年前丽丽去向妈妈遗体告别时触到她手的感觉是那样相似，那样可怕，使丽丽全身一阵战栗。

她恍恍惚惚记起了妈妈在的日子，那时候，爸爸虽说是"解放"了，可是在家赋闲，话很少，火气却大得怕人，一张丽丽小时使她感到阳光灿烂的脸经常乌云密布，动不动就莫名其妙地拍桌子，那响声在她听来好像桌子被斧头狠狠劈成了两半，叫她直打哆嗦。每到这种时候，妈妈只是悄无声地叹口气，用那温情的、小姑娘似的目光注视着爸爸，于是，爸爸慢慢安静下来，像个做错了事的孩子，走过去，轻轻抚摸着妈妈的头发——这是最叫丽丽动感情的时候了。以后，不知从什么时候起的，妈妈常常领来一个漂亮的女人，丽丽管她叫周姨，他们经常在一起念周姨写的诗和文章（大多是写"四人帮"特别是骂江青的），爸爸常常会由脸色严峻得可怕而一变为开怀大笑，笑声是那样响，甚至连窗子上那残留的几块玻璃也被震得咯咯作响，于是丽丽眼前又闪现出阳光，笑着叫着扑到爸爸怀中，让他举着转上两圈。这时，周姨也会像妈妈那样，默默注视着父女俩，清秀的脸上漾开动人的笑意……那些日子虽然清苦，可是难忘。丽丽还记得，妈妈临危时，曾经握着爸爸的手说："我是不行了，以后叫小周……"爸爸却赶紧打断她的话，说："你扯到哪里去了呀！丽丽我领着……"丽丽不明白他们说的是什么，但妈妈去世后，周姨就很少来了，而爸爸的胡子、头发急剧地变白了。丽丽想尽妈妈的义务，在爸爸发火时像妈妈那样默默地瞅着爸爸，可是爸爸却慌了，过来捧起她的小脸蛋："孩子，吓着你了吧？"唉唉，不成！要是妈妈还在，爸爸不会这样吧？……

回忆像团浓湿的雾笼罩了她，她几乎忘记了自己和周围的一切了。一只温暖的手在轻轻地抚摸她的头发，她一惊，抬起头来，正迎上一双深沉的痛苦的眼睛。

"杨书记，"李主任俯下身子，"王立成同志来看您了！"

老人凝思的目光突然兴奋起来。到底猜着了，这才是他急切想见到的人！老张欣慰地想。

　　王立成直挺挺地站在老杨头床边，有那么一刻他竟回不过神来，他接到这个不幸消息时，正在市宾馆主持计划工作会议，当时的震惊是难以用言语表达的。昨天，就是昨天，杨书记还特地来宾馆，兴致勃勃将自己关于这个城市的建设规划图讲给他听，"搞这个我完全是外行，中不中得你们研究。但是，为我们市以至我们整个国家的未来着想，献计献策，则是每一个人——从市委书记到普通群众——都应该做到的。你，"他逼人的目光直视着他，"更应该如此。"昨晚上，王立成将老书记的规划图仔细研究了一番，的确，就规划本身来看，存在着不少纰漏，是一个外行之作，但通过老书记那一丝不苟、工工整整的字迹、线条和数字所表达的实事求是的风格、那一心一意为人民着想的精神，却使他很受感动和启发。他顺着老书记的思路将今年乃至以后的工作设想考虑了一宵，准备等更成熟些再向老书记汇报的，可突然……！在去医院的路上，老书记那谈话时喜欢来回快步走动，一支烟将完又掏出另一支搓巴搓巴接上的身影，一直出现在他眼前，然而现在，这个精力充沛的人却突然失去了叱咤风云的力量，仅有生命的余辉在他的眼中闪烁。人的命运是多么不可思议啊！在老人那宽大的额头后面，又该有多少雄心勃勃的设想、多少睿智的思想来不及实现啊！王立成不由得陷入了深沉的感慨之中。

　　"杨书记！"他喊，紧紧攥住了老人不会动弹的手。"您……"他开始汇报会议的情况和自己的一些新的设想，但只开了头，就觉得这是生硬、做作、不自然的。于是打住话头，像人们在这种场合通常会做的那样，说："杨书记，您放心休养吧，工作上的事——"然而他又停住了，因为老人的头微微动了动，他从那目光中分明看到了这样的意思：干吗说这些呢？他不禁觉得有些窘。是的，难道还需要在这样的时候把那研究过多少次、已经定下来的事再重复一遍吗？难道还需要表什么决心吗？早在七七年杨书记第一次发病时，就对常委们说过：这样不行，以后再不要形成这样的局面了，好像一个人躺倒，事情就玩不转了，这也请示，那也汇报！不行不行，我们的基点不光靠哪个人，而是靠制度！他还说：不要以为事情离不开你嘛，在历史的舞台上，能扮演咱们这号角色的人车载斗量，多得很哩！打这以后，他特别注意对年轻有为干部的培养和选拔，王立成就是他亲自提名经常委们讨论通过报请省委批准接替市委书记职务的。"我们要做到不管谁躺下就有人顶上！"他这样说。现在，王立成不正该像他一样去行动吗？！

想到这，王立成站起来向老书记行了个注目礼，退出了病房。

"希望你们竭尽全力抢救。"他抓住老院长的膀子摇晃几下，仿佛要将自己的力量注入到他身上去。"我代表市委谢谢你们了！"他又对张副书记说："工作上的事，我看杨书记能安排的都已安排得妥妥的，他做了他能做的一切，甚至还要多。他有充分的理由休息，不要再去打扰他了。呃，老李，杨书记的大孩子怎么不在？这样的时候，他最想见的应该是他了！"

"已经给他们部队挂了长途。"李主任说，"不是今晚，就是明天——"

话音未落，丽丽突然冲了出来，带着哭声叫："快！快！爸爸他……"人们的心一下子提到了嗓子眼，"呼"地又拥进了病房……

三

老人重又陷入了昏迷状态。经过抢救，他的生命还在延续着。这以后

154

的一个夜晚，一个白天，在守护着他的人心中是那样漫长，充满了忧虑。但是他奇迹般地又睁开了眼睛，并且还在等待着他想最后见上一面的人。

"爸爸！"耳畔响起了一个熟悉的哽咽的声音，这是儿子，那个驻守在北疆的风尘仆仆的儿子。老人重新工作时，儿子还在乡下插队，曾经希望通过老子的关系把自己调回城，但是挨了好一顿剋："在这个问题上，你就当没有我这个爸爸好了！"他去找张副书记——当时的组织部长，回答是："孩子，你如果是存心要让你爸爸打我这老脸，我就帮你！"李主任听说此事后激于义愤，悄悄将他抽调回城，并在一家工厂安排了工作。可是他只上了一个星期的班，就愤然一刀砍在门槛上，以示与这个当老爹的决裂，离家出走了。为什么？因为老杨头给那家工厂的领导打了个斩钉截铁的招呼，让他把儿子的工作给"吊销"了。儿子从此下狠心天王老子也不靠，只靠自己。他到部队去当了兵（这次却是老杨头委托他在部队的老战友暗暗办的），几年真刀真枪、摸爬滚打下来，儿子已是一位英气勃勃的连长了。过去他常怨爸爸什么都管着自己，卡着自己，可现在爸爸再也管不了、卡不了自己时，他不觉若有所失，才格外感到了这管、卡对于自己的可贵，一种突如其来的悲痛袭击着他，他"嗵"的一声，以军人吻军旗的那种标准半跪式蹲在父亲床边。"爸爸！我回来了，您好好看看……"他说不下去了。老人的目光久久停留在儿子棱角分明、黑红粗糙的脸上，汗水渍出了白印的肩上，那样依恋，那样深情。怎么？他眼中浮出了泪水？是的，是泪水，是一种本该用千言万语来表达的复杂的感情。儿子从未在严厉的父亲脸上见过泪水，他全身一阵震颤。"爸爸！"他喊，觉得自己那绷紧的神经要支撑不住了。"您，您有什么要嘱咐的，就说吧！"

可是，老人的呼吸骤然急促起来，目光也离了儿子的脸，在他所能达到的视野内极力搜寻着什么。他难道还有什么想见的人没见着吗？或者他已经见到的这些人都还不是他最想见到的人？大伙儿心里思忖着。丽丽的脸几乎贴到了老人脸上："您要找玉姐？"那是她未来的嫂子。

不！——那目光说。

"想见见小姜？"李主任问。司机小姜从他走马上任起就给他开车，一老一少感情很深。

不，不，那目光又表示。

人们接连不断提出一连串的名字，但都被否决了。

唉！你们怎么就不明白呢？——那目光更急了，而且有些冒火了。围在病床边的人都十分焦急。呵呵！简直是在猜哑谜！然而，他们又是多么希望能猜中，给老人以最后的慰藉呀！

儿子紧张地凝视着父亲变得失望、黯淡的眼睛，脑子里飞快地闪过一张张熟悉的脸，都像，又都不像；父亲此刻想见到的一定是他最亲近的、共过生死患难的、要将身后事予以托付的人，可这人是谁呢？老人的生命之火随时都可能熄灭。人们却无法满足他的最后要求，丽丽难受得直想哭！蓦地，一个身影火光似的在眼前一闪，她凭直觉就肯定一定是这个人，她跳了起来："爸爸，我、我去找——"

她还没说出要去找谁，病房的门开了，一个披着白大褂的妇女出现在门口。她不到五十岁，面色苍白，眉眼秀雅，虽然有几丝银发在黑发中闪光，仍显得比实际年龄年轻一些；透过她那中年妇人的身形，依稀可以想见她当年的姣好身段、动人风姿。她向病人跟前走了几步又停住了，似乎为房里有这么多人而发窘，那与她年岁不相称的大眼睛里含着超乎一般人的悲恸。

"周姨！"丽丽见到亲人似的扑进她怀中，啜泣起来。儿子默默地将椅子端给她。他和她不熟，她常来他家的那些日子，他正在乡下。

她的出现，在场的人都觉得有些意外，有些突然：这是谁呢？唯独市委副书记老张松了口气，仿佛他早就期待着她来了，虽然在她出现的前一秒钟他还压根儿没想到她，他在杨书记那里认识了并多次见到过她——女作家周笑梅。"小周，"他握住周笑梅伸过来的冰凉、无力的手，"……要镇定些！"可是，她一挨着床头的椅子，身体就像被人拔去了支撑的东西，软瘫在椅子上了。而老人的已经有些朦胧的目光分明由于她的到来而变得清明、热烈起来，就像篝火旁人们眼睛染上的那种色彩。是她，他要找的是她！终于见到了她！老张感到欣慰，继而又深深责备自己，他是早就品味出了她对这个不久于人世的人的情意的，可为什么自己装着什么也没看见、什么也不知道呢？难道爱情只是少男少女们的专利品吗？难道病榻上的这个人除了生龙活虎般的工作和斗争外就不需要垂暮之年的伴侣、私人感情的寄托吗？难道在他和她之间促成这件事就不符合一个领导干部的身份，或者真如时下一些舆论所说的是爱情至上？

他们在互相默默地注视着，双方都从对方的眼睛里看到了彼此的心灵。她失去了血色的嘴唇在翕动着，一滴晶莹的泪从那哀愁而美丽的大眼睛里滚落下来，她一动没动；又是一滴，接着，热泪就流淌不停了。李主任鼻腔有些发酸，低下了头，和老张一起悄悄离开了病房。但是他心中却泛起了一股莫名的遗憾和怅惘之情。常说生死之间是人的世界观大亮相的时刻。杨书记革命一辈子，可是在生命的最后一刻竟然也未能免俗，心心念念想的不是他毕生为之奋斗的事业、理想，而是……！难道电影、小说中写的那些真是生活中发生的？难道爱情真有如此神奇的力量，竟然能使杨书记这样的人为之英雄气短，向它屈服？他甚至有些恨那女人了，她要不来，不就什么都藏在那不会说话的嘴巴后面，以"战斗到生命最后一息"而告终吗？

周笑梅凝视着，可是透过泪水她看到的不是眼前躺在病床上的他，而是往昔生气勃勃的他。她出身于书香世家，少有文名，热情而又脆弱，朴素而又清高，虽然她的那些选材别致、风格清新的小说赢得了广大读者的喜爱，但却没有一个人获得她的爱情。然而她一见他就无法将他从心中拔掉了。是他那粗犷之中见风雅、凝重之中见奔放的气质？是他疾恶如仇、拍起桌子来叫人心惊胆战的脾气？是他震得玻璃格格作响的开怀大笑？是他那工作起来不要命、能叫他的个个助手都累倒而他自己却似乎累不倒的过人精力？或者，是他靠自修得来的渊博的学识、广泛的兴趣、对任何问题都能说得出来的独特的见解？总之，不知从什么时候起，她就对他怀有一种隐秘的、叫人热血沸腾的炽热感情。有他在身旁，她的眼睛就觉得明亮，就会不由自主地振奋起来，想干，想跑，而生活中的一切是非都显得格外清晰。虽然她的女友、他的亡妻在弥留之际表示了那样的希望，然而他那坦坦荡荡的态度却又使她难以启齿。有一次他说："我以市委书记的名义问一下：你还不老，干吗独身呢？人嘛，要会生活，那不会妨碍你的事业的。"这个问题由他挑开，对她是个难得的好机会。"干吗以市委书记的名义呀？"她说，大胆地迎着他的眼睛，"我以朋友的名义反问一下，你干吗不给丽丽找一个妈妈呢？"他怔了怔，避开她的眼睛沉默了，而一口接一口喷出的烟雾却遮住了他的脸；待到烟消雾散，他的脸色已恢复到正常，又在习惯性地快步走动了。"你提的倒是一个有意思的问题。"他笑着，将快要燃完的烟头接上，"不过嘛，自从丽丽她妈去世后，她已经习惯于把我既当爸又当妈了……小周，咱们先不谈这个了，总而言之，你是有才华的，应该有个相称的伴侣……但是，"他从桌上抄起一本新出的刊物打开，"我要说，你这篇小说不行，是不真实的，女主人公经历了'十年动乱'，失去了家庭，这当然值得同情，但她为什么就灰颓到这个地步，难道，……难道对于一个像她那样心灵高尚的人，竟没有比家庭更值得她去追求的吗？……"

忽然，这一切倏地消失了，眼前的他毫无声息地躺着，那过人的精力，活跃的思维，爽朗的大笑……都到哪里去了呢？难道真的要失去他吗？她的心在一阵紧缩之后被感情的狂潮裹住了，她几乎要张口用"我爱你"这一句话将郁积在心中的感情倾泻出来，为他，也为自己，然而，他目光中那挑衅的意味阻止了她。"……你说你是人民的良心，可你这些时候写的东西究竟反映了什么样的情绪？你说你信奉马克思，可马克思是这样的观点吗？"过去每当由她的作品引起争论时，他的眼中就闪烁着这种叫人心怵的挑衅神情；而在不久之前，他简直用那不可折服的逻辑力量把她逼入了死胡同。"看来你是对的……""不不，我不希望听到'看来'，我要的是你从事实中得来的结论！""那让我好好想想再回答你。""好，我等着。总之，不要迷信你那'作家的敏感'，还是要多学点理论，书，过几天我给你送去……"

是的，他期待的是这个！"老杨，"她轻轻抹去腮上的泪，"你是对的，——别，别这样瞅着我，不是我自己想说的话任何人也没法强迫我说，……可是，我不能不服从真理……我知道你想说什么，我懂，你留给了我最好的东西，我会继续学习，继续前进的……"

159

老人的目光在渐渐暗淡下去，但一丝欣慰的笑意却始终留在他瘦削的脸上。她一动不动地坐着，守护着他，此刻她觉得自己与他达到了精神上的高度和谐，她希望永远保持这种和谐。"爸爸！——"一声凄厉的哭喊，使她惊醒过来，丽丽脸贴在她肩上啜泣着，病房里一片忙乱，她的泪水又涌了出来："女儿，我的好女儿！……"她心里呼唤着。

外面，金色的阳光在洁白的初雪上跳跃，大街上川流不息的人群、笑靥、对对情侣、频频的喇叭声、红艳的苹果……他离开了这一切，但没引起任何慌乱，只给人世间留下了安排、信念和爱，这就很好——她想。

作于1982年

无　题

画树难画柳，画人难画手。

——画谚

说来荒唐，他，丁宁，竟会被一只手迷住……

是周日早上。照例该回家看看了。一大群姑娘和他同时挤上了车，她们是那样花枝招展，荡人心目：头上大波浪、小波浪，堆上去，披下来；唇红面白，膏抹粉敷；亮晶晶的是眼睛、耳坠、胸饰；香气袭人。是去逛公园？逛大街？还是……？管他呢！他懒得想，也懒得瞧，反正是一色妖媚的脸蛋，一式窈窕的身材，他见得太多，画得也太多。他自尊地坐在司机座后的那个位子上，漫不经心的目光投向车窗外。身旁身后，姑娘们喊喊喳喳，嘻嘻哈哈，嘴里尽是些街头巷尾流行的时髦词儿。声调那么响，旁若无人，仿佛她们就是整个世界。

红灯！车子骤停。站着的乘客们立脚不住，全体上身猛然前倾，有人在骂骂咧咧。"哇——"小孩尖厉的哭声哗然而起。"让让，让让，别踩着——"是个年轻女性好听的声音，她大概在把孩子抱起来，"啊，别哭别哭，阿姨给你揉——你一个人上车的呀？""跟妈妈，"孩子抽搭着。车尾另一个女人惊惶的声音："咋的啦，咋的啦？让我过去，让我过去……"她没好气地在嘟哝着什么，是在往前挤吧。

"哎哟，心肝！谁欺负你啦？""你还不谢谢这位女同志，"一个男人说，"要不是她，你的'心肝'不被踩个鼻青脸肿才怪呢！""是吗……"一片嗡嗡的嘈杂声。

车上就是这样，扯不完的纠纷，他撇了撇嘴角。又有什么人挤到前边来了。"哎呀，"身边一个姑娘叫了声，"你手碰破了——""没事儿。"这声音跟刚才那好听的女声一样，他不由侧过脸来，身子往前探了探，就见将驾驶室与乘客隔开的那根横杆上很随便、很写意地搁着一只女性的手，手背上有一道已经凝住的细细血痕。可这是怎样一只手啊！手腕处的弧线是那样柔和，手指是如此修长、匀称、精巧，从车顶气窗口投进的阳光沐浴着它，越发显得肌肤白腻，晶莹光泽，连皮肤下那流动的血液都似乎隐约可见；手背上指关节处那四个小小的涡令人遐想，而小巧的指头红润可爱，就像透明的玉石雕成。……这样一只手，呈现出令人惊叹和倾倒的优美线条和动人色泽，他一看见它，目光就被牢牢粘住了。

人就是这样，越是平时没在意的东西，一旦发现了它的美，就越是引起心灵的震颤。在艺术学院这几年，素描也好，速写也好，习作也好，创作也好，他没少画过人像和人体，然而对于手，在画面上似乎可以几笔随便抹出的手，他却没注意观察过，当然，它们也从未使他动过心。现在，这只手在他眼前打开了一扇新的窗口。原来人的手有这么美，有人面桃花所不可代替的美！在他的感觉中，这分明就是达·芬奇笔下蒙娜丽莎的手，米开朗基罗雕刀下圣母抚爱基督的手，哪怕无情如木石，一经这样温柔的手的触摸，大概也会引起生命的悸动吧？他贪婪地、目不转睛地盯着它，那倾心的目光就是灼热的信息，而女性敏感的皮肤怕是能接收这信息的，它似乎微微地抖了一下，缩进了拥挤的乘客中。他赶紧抬起头，想找那手的主人，可是视线被挨他站着的那位女郎的身躯挡住了，接着车一停，车门嘎吱一响，眼前顿觉空阔，然而靠横杆挤着的几位，包括"她"，都不见了。他一怔，随即本能地跳起来扑向车门，就在这一刻，车门咔嚓关上，差点将他夹住。"刚才干啥了？"售票员冲他没好气地嚷着，"前边下吧！"他全没在意，一片魂儿跟着车窗外那一闪而过的一个轻盈飘逸的身影走了……

莫名的惆怅和创作的灵感同时在他心头升起。几个月下来，他一直在为毕业创作的题材和构思而苦恼，他曾根据米开朗基罗的寓意性雕刻，命题为《春》，并尝试着画了几张草图，可是笔底下出现的形象连自己都觉得似曾相识——也难怪，大家都偏爱这样的形象，连学院请来的模特儿也是如此，就像汽车上碰到的那群姑娘一样。而他越是专注于脸的造型，就越是感觉麻木，心劳技穷，陷于困境。现在好了，新的思路使他豁然开朗！他不回家了，在前一站下了车，立即掉转身来，带着新鲜的印象和特殊的感受直奔学院的画室。

三天后，那亚麻布的画面上，典雅的色彩、和谐的线条奏出了动人的乐章；在积雪初融的黑褐色土地上，一位蓝衣少女以优美的姿态俯下身来，惊喜地触摸着一朵柔弱的小花。画面阳光灿烂，他将古典派的技巧和现代派的手法巧妙地揉合起来，着意刻画了少女对花儿轻怜痛惜、若惊若喜、若即若离的手，光感、质感、动态感均极强，而她冲观者俯视花儿的脸蛋却隐没在刘海的阴影里，至于她的身影也有意模糊，仿佛轮廓融化在阳光和空气里了，整个画面绚丽而又朦胧。

"妙！有味道！"

"历来画人重脸，你一反其道，可谓别出心裁，出人意表……"

"《蒙娜丽莎》的一双手温馨久驻，至今犹拨动人的心弦，丁宁画上的这双手呀，也撩人思绪哩！"

"丁宁，你从哪儿得的灵感啊？简直比雷诺阿的《阳台上》还够味儿……"

前来欣赏他新作的同学们啧啧称奇，他们的话有赞美之意，欣羡之情，也有弦外之音，但他还是为初步的成功感到鼓舞。这天，他正在对这幅画作进一步的加工，觉得背后似乎有人来了，他没在意，他是艺术系公认的高材生，以前作画时，常有低年级的同学一声不吱地站在背后观摩的。然而他偶一转身，才发现身后站着的不是低年级同学，而是学校里烧锅炉的工人大张，这是个四十岁左右的汉子，足有一米八的身量，宽肩厚背，绝对符合现时通行的标准身材，但是他的右腿却好像有什么毛病，走快了就在地上一拖一拖的；不过更糟的是他的脸，从轮廓上看本也方方正正，很有男子汉气概，可是有半拉脸留下了火烧过的疤痕，而另一半则毛孔粗大，深深嵌着锅炉房的黑灰，大约这一辈子也洗不掉了；至于那身工作服真是比他这画室里的抹布还要脏。大张平时少言寡语，吃住在锅炉房，工作非常认真负责，对师生们十分热情谦和，每年学院里评先进都有他。丁宁经常到锅炉房打水，有时到那儿做点吃的，同他比较熟，但也只打打招呼，扯扯画室里、锅炉房里的琐事和市场行情之类，对他的身世并不了然。

"呵，是你，"丁宁一边在画布上涂抹着，一边招呼大张，"有事吗？"

"没，没有，"大张有点不好意思地指指画布，"我来，看看这个……"

原来如此。他没想到大张会有这个雅兴，可他能看出个啥来呢？对于他，刊物、挂历上的美人头可能更合适些。

"请吧。"丁宁公事式地摊开一只手。

"好，画得真好。"大张两只大手在前襟上搓了搓，满脸是虔诚的神情，小心地往前走了几步，伛下高大的身子，仔细审视着画上那只手，然后又慢慢地、悄无声息地退到房间的一端，头微微往后仰，眯缝着眼睛远远地欣赏着，"就像画上搁了只真的手。"他说。他的动作、表情和评语都叫丁宁满意。没看出来，这大块头！"别客气，"丁宁说，"提提意见吧！""唔，唔，"大张点点头，"我觉得，那手像是像，不过少了点灵气，形似而非神似……唔，我是说，不大像是长在活人身上，倒像……"他在斟酌词句，目光在房间里转动着，忽然指着墙角柜上的石膏手，"像那个……里面没有血在流动，没有支配它的灵魂，其实，你让她抬起头来就知道了……"

"你说什么了？！"丁宁的声音猛地提高了八度，连他自己也觉得意外。

大张似乎吃了一惊，他瞅瞅一脸愠怒的丁宁，抱歉地搓着双手向门口退去，"呵呵，我随便说说的，你……别往心里去……真的，它很美……"

丁宁的好兴致全被破坏了。像只石膏的手？扯淡！他怎么能有这种感觉？

"它像只石膏手吗？"当好朋友司徒敏来到画室，丁宁劈头就问。

"怎么的啦？"司徒摸不着头脑。当他知道这事后，宽容地笑笑说："看法嘛，各人都不一样，干吗动那么大肝火？"

"你瞧他那模样，比卡西莫多强不了多少，也配谈艺术！"

"话可不能这么讲。听说大张以前不是这个样，至少不在你我之下呢。"司徒说着，穿上蓝布大褂，正要举笔作画，发现丁宁在等他说下去，于是又点起一支烟，以一种"发思古之幽情"的调子说："他以前是个芭蕾舞演员，跳王子的——我说的绝对可靠，就是咱们学校舞蹈系毕业的，学校里的老人大概都知道，当然，那是十好几年以前的事了。听人说，"'文革'中他救过一个小女孩，才弄成现在这个模样的。"

"说来也很简单。他不是在省歌舞团演过王子吗？'文革'一开始就理所当然地成了'封资修'黑苗子，'有幸'同省文化厅的方厅长一起蹲牛棚。这要在以前，一个文艺十四级的小演员，只有在演出结束领导接见时，才有机会同一位行政十级的大干部直接接触吧？可当时，'落难的凤凰不如鸡'，方厅长毕竟是咱们省'文艺黑线的总根子'，大张充其量不过是线上的小苗子，当时虽然都关在一处、那处境是大不相同的。方厅长身体本来就不咋的，车轮式的批斗、游街、戴高帽、扇耳光、剃阴阳头、罚跪，很快就使他心力交瘁，躺倒起不来了，再加上他有个小舅子在国外，人家硬说这是他里通外国的黑联络点，于是就永无出头之日了。而大张却时来运转，省里要搞样板戏，大春一角怎么也找不到合适的演员，急坏了'红艺兵'的头头们，不知谁心血来潮想到了大张，说此人是个孤儿，社会关系清楚，本人历史清白，并且功夫扎实，形象甚佳，应该用来为文艺红线服务。于是一夜之间他就超升了。蹲牛棚时，大张曾衣不解带地侍候过起不来的方厅长，感动得老头涕泪俱下，这会儿大张要出去了，方厅长就跟他托付后事，说他只有个女儿，才十三岁，她妈精神又不好，希望大张以后尽可能照顾一下这母女俩，他在九泉之下也少了桩牵挂。

"大张这人是'受人之托，忠人之事的'。他出了牛棚，第一件事不是到'红艺兵'组织去报到，而是去向那母女俩递送方厅长的口信。世上的事情也真是巧，就在大张按方厅长告诉的地址去找她俩时，她们的住房已经着了火，这究竟是被迫害成精神病的方夫人放的火呢，还是用煤油炉做饭不慎引起的火灾，已不得而知，反正大张赶到时已浓烟滚滚，住在一楼的那家人正忙着往外抢救东西，周围拥着一大堆人，啥议论都有，就是不见人上楼去——这不能说人心不好，要知道楼上那家人同下面观望的人中间有一道可怕的敌我界限，更何况烈火浓烟已封锁了通往二楼的小小楼梯。大张当时吼着：'楼上还有人没有？！''谁知道呢？刚才还听见哭声，这会儿啥动静也没有了。'大张一听，不顾别人的劝阻，将楼下那家人搬出来的桌子扔到二楼窗口下，上面又架上把凳子，一纵身跳上去。不行，离窗口还有一人来高，说时迟那时快，他急中生智攀住了墙上的水溜子，终于从窗口翻了进去，那女人已经死了，他抱着小女孩刚从二楼跳下来，楼顶就塌了。小女孩掉在下面人们临时递过来的棉被上，安然无恙，他自己却磕碰在那张桌子上，右腿骨折，半拉脸被烧伤……唉！"司徒叹了口气，不知同情还是惋惜。

"后来呢？"

司徒把手中灭了的烟重新点着："后来大春这角色当然不能让他来演了，他被发配到这儿来烧锅炉。'四人帮'完蛋后，省歌舞团落实政策，要他回去，他没干，说自己已跳不成舞了，何况锅炉也得有人烧。就这样一直干到现在。"

"啊，是这样！……"丁宁一时说不清自己是什么心情，只觉得胸中有股感情要宣泄出来。

司徒忽然把烟屁股一摔凑近丁宁，放低了声音，"都告诉你吧，只是别传出去，大张正在害相思病呢！"

丁宁瞅了他一眼、好生奇怪："你怎么啥都知道？"

"事情就在你眼皮底下，就看你关不关心了。你知道，我画画实在没多大天赋，将来搞不出什么名堂来，可是写小说呢，我倒是有些潜力。自打知道大张的事儿后，我就对他发生了兴趣，到他那个窝里去过好几次。我寻思多收集点素材，说不定能搞出个一炮打响的玩意儿！老天有眼，还真叫我撞上了，那天他正捧着一张相片在看，见我进来，慌慌张张把相片塞到褥子下，其实我早就看清了，是个'大波浪'——"

"是个白天鹅吗？"丁宁问，自己也不知道为啥要这么问。

"这个，"司徒并起食指和中指，若有所思地敲敲脑门，"这个嘛，恐怕够不上，你想，王子毕竟是舞台上的历史，现实中他却是个锅炉工，又落得这个丑模样，哪个白天鹅肯飞来抱窝啊！这个'大波浪'八成是个小寡妇，说不定是个体户，要不咋跟他？听人说——"

他忽然不吱声了，丁宁听见房门一响，又进来几个同学，也就不再问。他不是那种爱打听别人隐私的人。"……要不咋能跟他？……"司徒这样评论大张使他感到不舒服，但他不能不承认，挂着项链的天鹅们是爱往高处飞的，这是他近来多次听到、见到的事实。

然而自此之后，他不知不觉开始用一种新的眼光看大张了，大张依然默默地拖着他的右腿在学校锅炉房附近一车一车地推煤，又一车一车地将炉灰渣运出来。他的脸依然那样黑，配着那半拉疤痕，给人以阴沉的甚至可畏的印象。但是丁宁总觉得这不是真正的大张，而是他的幻影，他的替身——真正的大张还在舞台上、烈火中，英俊、矫健、高贵，这种感觉愈是强烈，大张的话就愈是敲击着他的心扉，"……里面没有血在流动，没有支配它的灵魂……"是的，是的，当他也像大张那样从远处眯缝着眼睛去看自己的画时，画上其他部分都溶成一片了，只有那白皙的手凸现出来，只剩下了这只手！它脱离了躯体，脱离了供给它血液的心脏和支配它动作的灵魂，在虚空中表现自己，炫耀自己……在一阵突发的冲动中、丁宁冲过去，抓起油画刀……

"丁宁！"他的老师止住了他，"让它就这样留着吧。不是每一个同学都画得出来的。"他审视着画上的手，感慨着："人类几十万年进化的产物哪！别看它不会说不会笑，可它是有性格的，七情六欲样样不少……不过你要记住，一只离开整体的'手'就不再是手了，正如一个离开社会的'人'不再是人一样……"

他觉得思路中又有什么东西一亮，"其实你只要让她抬起头来就知道了……"可是要让画布上的"她"抬起头来，他必须首先看到生活中抬着头的"她"。然而"她"在何方？是活泼的？沉静的？热烈的？温柔的？漂亮的？一般的？……他无法确定。他懊悔当时没看清她的模样，以致失去将那手与整体联系起来、与心灵联系起来的任何线索。可是有那样一双手的，难道不应该是高贵、纯洁的奥杰塔吗？那飞向王子的奥杰塔……

一种朦胧的、神秘的启示把他引向了艺术剧场。灯火辉煌的舞台上，北京来的一个交响乐团在演出。庄严的乐队，银灰色的礼服，十八般乐器的金属部分和饰物在天蓝色的背景下明光闪烁，使他不期然地想起了

"八十七神仙图卷"；而那从舞台上、从蓝天下向整个大厅倾泻的丰盛的乐音，时而像灼热的海潮，时而像缠绵的秋雨，时而像欢快的春风，冲击着、沁润着、撩拂着人的灵魂。他什么也不能想，只有目光在移动，掠过在黑管、大管、长笛、风笛、小提琴、大提琴上施加魔法的各式各样的手，停留在抚动竖琴的那双纤纤素手上了。在他的感觉中，这就是那曾经唤起了他创作灵感的手，它轻拢慢撚，美妙的乐音从多情的指头下汩汩流淌，奏出了另一颗心的旋律。而大厅仿佛沉睡了，又像是在屏息等待着春的降临，爱的苏醒，生的奇迹……

丁宁出神地凝视着那位全身心倾注在竖琴上的姑娘。她多么年轻啊！脸蛋光洁如玉，淡紫色的长裙清晰地、温柔地勾画出她青春焕发的体形——这种体形是罗丹大师深情赞美过的；然而她的表情却是那样深沉、仿佛人类的喜怒哀乐都凝聚在她的眉尖嘴角、手腕指端——丁宁当然对她一无所知，她也许是高傲的，也许是非常好接近的，也许整天嘻嘻哈哈，也许如潭水般深不可测，她的性格、爱好、经历、生活也许同他完全两样，但是这都无关紧要，重要的是他从她的手听到了她心的奏鸣，或者说，她心的奏鸣通过她的手传到了他的心上，他觉得他完全了解她，她和他一样，在动乱、迷惘的年代过去之后，是期待、憧憬、奋起……

他将他的全部感受都融进画幅中去了：在一片玫瑰、橙红的曙色中，升起了一位拉小提琴的姑娘的侧影，她处于逆光的脸只现出秀丽、凝神的轮廓，画面的三分之二都被那两只托琴、拉弓的手占去了，拉弓的手腕是如此柔婉，浸透着柔情，而扣弦的手指则仿佛在微微颤动。它们奏出的旋律如瑰丽的北极光在天空闪耀，而联翩而来的天鹅就起伏如波浪，交织在这一片绚烂的光和色之中。丁宁好几次停下画笔，呆立在画前，被自己心中形象化了的美好感受感动得双眼溢出了少见的泪水……

当最后一笔色彩落上了画布之后，他就怀着急切的心情去找大张，可是连去三次，锅炉房背后那间小房的门都锁着，从那田字格的窗子向里望去，大张平时用来看书、吃饭的那张小条桌上，还搁着半个馒头、一把大葱，潮湿的地上有一张照片，虽然看不真切，但是个女人的头像则是肯定的。发生什么事了吗？大张上哪儿去了呢？丁宁为不能立即听到大张的观感而产生了憾意。他见了他的呕心之作会说些什么呢？

这天傍晚，丁宁吃罢饭回到宿舍，刚刚将新买来的《安格尔论艺术》摊开，司徒就风风火火闯了进来，一迭声嚷着："错了错了，大错特错！"他吓了一跳："什么错了？"司徒满脸是得了独家新闻的得意、兴奋，但又夹杂着另一种说不清的表情："说来话长——"

"你就拣紧要的说吧！"

"好，"司徒忽又故作神秘，"你知道大张干啥去了？"

他心头怦然一动："干啥去了？！"

"'十八里相送'去了！"

"什么？"

司徒这时反而欲擒故纵了，开始津津有味地品赏着烟卷。"你没想到吧？其实我也没想到，我原来以为他害相思的是个小寡妇，错了！是个大姑娘；也不是什么个体户，而是个学生，就是他十几年前从火里救出的那个小姑娘！你说巧不？——你别急，听我说：据我搜集到的可靠材料，那小姑娘，就是方厅长的女儿方芳，被从火里救出来后无家可归，而大张被送到了医院，有一个好心的邻居想收留她，她只待了两天，就跑了，跑到了大张那儿。据说，大张在医院时曾经因为自己的腿折了，脸又烧成那样

171

悲恸欲绝，甚至动过死的念头——也难怪，他的事业、前途全被毁了嘛！可是他到底活下来了，并且干上了锅炉工——全是为了她，方芳。他始终信守着方厅长的临终之托。他费了好大的劲让方芳继续上学，供给她吃、穿、用，并且在学校里给她弄了个住的地方，上小学时，大张几乎天天去学校看她，上中学时他每个星期去看她两次，粉碎'四人帮'后她考上了大学，她每个星期天都回来看他，当然不是到这个锅炉房来，而是在他们认为合适的地方。对于方芳，大张是她的兄长，是她的一切；对于大张，方芳是他的希望，是他过去生命的延续。嗜，你不知道大张这些年吃了多少苦！……你不知道方芳现在出落得多么漂亮！杏脸桃腮，樱桃小口，杨柳细腰，亭亭玉立——"

丁宁不由得笑了一下："你该不是在写小说吧！"

"我亲眼看见的！"司徒叫道，"绝对真实……"

"那么真是白天鹅了？"

"比白天鹅还白天鹅——我是说她的皮肤白得像……嗜，没法形容，跟白色的连衣裙、高跟鞋配在一起，就像那个，那个，对了，那个白雪公主——"

"王子当然是大张了？"丁宁善意地调侃说，"可你还说天鹅不肯飞来——"

"就是！"这回是司徒打断丁宁的话了，"正因为方芳是只天鹅，所以又离开大张飞走了——这证明我原先的看法完全正确。"

"那不可能！大张对她……"

"那怎么不可能？事实总归是事实嘛——方芳那个在国外的舅舅，也就是当年被说成是方厅长里通外国的那个'黑联络点'，前不久忽然给她来了信，要她到国外去留学，一切费用由他这个舅舅负担；还说他也老了，无儿无女，将来留下一大宗家业没人继承，只能寄希望于这个外甥女了——"

"她去了？"

"那还能不去？现在的人……你又不是不知道！"

"……"丁宁无话可说，但他还是感到了隐约的失望和悲哀，"可是，大张就这样让她走了？"

"哎呀呀，看你迂的！大张怎么能不让她走呢？他一不是她上级，二不是父母，三不是她丈夫，何况，她去国外继承舅舅的遗产又不犯法！"

"他们之间就没一点感情？"

"方芳对大张有没有感情我不好瞎说，大张可是当头挨了一棒！前天他送方芳回来，我见他眼窝都黑了，走道晃晃悠悠，问他话他都听不见，这两天不吃不喝，还不知上哪儿贝发呆去了哩！……"

丁宁不由得想起来，前些天，当他隔着画室的玻璃看到在院子里干活的大张时，就是一副神不守舍、心事重重的样子，那阵子他就已经在为方芳要出走而痛苦了吧。可怜的人！在这种心境下，他已不可能对自己的画发表什么看法了。丁宁越是为此而遗憾，就越是试着时时用大张的目光来审视这幅作品，而且生出了深深的感慨：人类的手不但本身是一个奇迹，还能创造一切奇迹，从帕格尼尼的音乐到哥特式的大教堂，从开颅手术到宇宙飞行，无不体现出五个指头的威力。然而，人的手能触摸到大张的心灵吗？他是多么需要一双能抚平心上伤痕的手啊！这样的想法一产生，丁宁对自己的作品又不满意了，他觉得，还是没有将手的奥秘、它可能创造的奇迹、它的极致表现出来；应该找到更理想的构思……他不由得又想起了汽车上曾攫取过他心的那只手……

然而很快就毕业分配了，丁宁和这幅得到了高分的毕业作一起来到了市工艺美术公司，各式各样的装潢、广告、工艺品设计把他忙得不亦乐乎，几乎倒不出时间来搞油画创作，但是，他仍然不能忘情于那使他心往神驰的手，而且愈来愈频繁地想象着生有这样一双手的"她"的风貌；它——她对于他成了一个谜，一个梦，一个追求的目标。只要有机会，他的目光就自然而然地在各式各样女性的手上逡巡：白皙的、微黑的、指头水葱儿般修长的、胖墩墩的、指甲染红了的、手背有小涡的、戴戒指的、小指头微微翘起作兰花状的、小巧娇嫩的、丰腴柔润的……

"你简直是发痴了，手相专家！"分配在师范学院艺术系的司徒说他，"哪有这样找对象的？死了这个念头吧，要找，我帮忙！""谢谢，你就不用帮这个忙了。"丁宁说。他不是在找"对象"，而是在寻找一个梦，一种激动人心的东西，虽然这个"东西"究竟是什么连他自己也说不太清。"你还是说说你的小说吧，什么时候发表啊？""快了，"司徒兴致勃勃，"我已经搞出了个初稿，就以大张的经历为素材，当然也有艺术加工，保准够味！只是结尾还没想好，女主角忘恩负义走了，这点已经确定，可是男主角呢？是将他写成在背叛面前坚韧不屈，在命运打击下顽强奋起好呢？是将他写成……？""当然要把他写成一个强者！"丁宁抢着回答，"他应该鄙弃那个连祖国都不爱的女人！""可实际生活中的大张却还爱着方芳，当然，他很痛苦——这事儿搁谁身上都够受的，他现在整天难得说一句话，前不久医生确诊，他得了肺结核，瘦得厉害，可是学校里让他去疗养他又不干，纯粹是自己折磨自己。""方芳给他来过信吗了？""听说来过，可谁知道说些啥？""那，结尾你到底怎么处理？""我不是征求你的高见了吗？"

丁宁默然了。人的感情真是奇怪的东西，他想，怎么就捉摸不透呢!

又是一年过去了。丁宁还是没有找到他要找的东西，他也不再去找了，那个梦燃烧过一阵之后，作为一颗余温尚在的火种，深深地埋在了他的心中。这天，他正要到植物园去作花卉写生，为一项新的设计准备素材，久已不照面的司徒忽然来找他了。

"呃，"司徒开门见山就问，"你毕业时画的那幅《春》，就是大张惹得你不高兴的那幅，还在不？"

"干吗？"

"大张要，他住院了，病得很重，他希望你将那幅画送给他，给他看看也行，你知道他……"

司徒还在说什么，但丁宁已拔腿走了，有一股力量在推着他奔向医院，不为别的，就为这个人在这样的时刻还想到那幅画!

……大张的头深陷在白色的枕头里，颧骨和鼻梁在塌陷的脸上高高耸起，嵌着黑灰的皮肤泛着病态的红晕，高大的身子在薄薄的被单下形销骨立。学校里来看望他的领导和师生刚刚离去，他们眼睛里有一种黯然的神情。丁宁觉得鼻子酸酸的，他将带来的画小心地支在大张病床的脚端，可是大张已虚弱得抬不起头，甚至无力睁开眼睛。他的床边还围着几个人，这大概是平时曾得到过他力所能及的真诚帮助的几个；丁宁加入了他们的行列。护士张了张嘴，大约是想叫他们出去，但是看了看他们忧戚的面容，终于什么也没说。大张的呼吸十分微弱，丁宁感到他的生命在慢慢地消失，心头忽地起了一阵恐惧。他站起来，张皇四顾，想找人求救，却意外地瞥见了司徒激动的脸。"你——"他刚张口，司徒就用目光止住了

175

他，并且冲大张那儿努努嘴。他莫名其妙地回过头来，只见一个穿着十分洋气而又风尘仆仆的年轻女人正将一个手提箱放在大张的床头，一望而知是刚从远地方来的，她弯下腰来，把脸靠近了大张。"……"她在轻轻呼唤他，可他几乎没有反应。她沉默了一会儿，只有急促的呼吸宣泄出她内心的不平静，然后伸出一只白皙的手来，轻轻地、柔情地抚摸着大张烧伤的、粗粝而丑陋的脸……

丁宁屏息注视着她的动作，她的手，忽然眼前像是点燃了火炬——这就是曾经给了他创作灵感、使他着了迷的那只手，手背上只有他才辨认得出来的一线若有似无的疤痕，绝对可靠地证实了这一点！

……奇迹出现了：在这只手的深情爱抚下，大张居然慢慢睁开了双眼，仿佛这手上和那脸上有高度灵敏的感应器似的！他的目光先是迷蒙而散漫的，继之清朗而凝注了，终于，从他的眼里，从他的脸上，绽出了一个灿烂的微笑，它的光芒仿佛照亮了整个病室，丁宁从来没有见过这么动人、这么美丽、这么意味深长的微笑……"方芳！"司徒凑近他的耳朵说。

"……我说过我要回来的，"方芳双手温柔地落在大张的脸上，就像黑色的岩石上飞来了一对白鸽，"我说过，我发过誓！……在别人眼中，你不过是一个锅炉工，在我心中，你就是王子，就是整个世界！……你不知道，当初为了多学到一点东西，我费了多大劲才克制住自己的感情暂时离开了你，你不知道，我多么地爱你！"。

一切全明白了。丁宁"顿悟"似的，觉得自己也进入了一个新的境界。他眼前涌现出了连自己也感到惊奇的图景……

几个月之后，在全市一年一度的美展上，人们在一幅不大的无标题油画前频频注目，围上了一圈人，他们眼里闪耀着兴奋、痴迷、赞赏的光彩，甚至连那些苛刻的鉴赏家也不免肃然动容。

"怎么想得这么绝啊，真越瞧越有瞧头！"

"'尽精微，致广大'，这才叫艺术呢！"

"看到这画，我觉得人生更丰富、更值得珍惜了……"

作于1984年

似水流年

一

临江报社理论处关起门来开了一整天会。下班铃响过之后，又挨了十来分钟，倪万才的长篇发言才算完。郝平早已六神不安，还没等主持会议的王以之说完"现在散会"，他人已经出了办公室——他手里有一张从文艺处软磨硬泡来的今晚戏票，离开演只有半个小时了，怎能不着急！

"这家伙真是属兔的。"老成持重的老编辑何松年亲昵地骂了声，不慌不忙第二个离开了办公室。理论处唯一的女性、新来的大学生宁倩倩第三个离开座位，刚走到门口就听背后李梦白说："老倪，我不同意你的那种老看法，什么叫'理论脱离实际'？难道我们谈的这个问题不是从实际生活中提出来的吗？"

宁倩倩不由得站住了。

"不解决青年中的活思想，任你怎么谈大道理，都是空的！"倪万才将手中一摞书、报纸什么的用力往手提兜里塞着说，似乎还没从刚才会上争论的激动中平静下来。

办公室里又有了火药味。宁倩情觉得头皮一阵阵发紧。这两个人，一个是理论处的业务骨干，她敬重的同事、兄长，另一个是理论处副处长、她的顶头上司。两人共事时间不短了，按说他们之间不会有什么过不去的地方。然而从宁倩情分来理论处不久，就感觉到两人貌合神离，有一种她还说不清的东西掺杂在他们的关系中……

"……你要解决什么'活思想'吧？"李梦白十分认真地问，同时又开五指，使劲地将硬硬的头发往后拢了两下。宁倩情知道，这是他努力克制内心冲动的习惯性动作。

倪万才"噌"地站了起来。"你到外边去看看！"他胳膊往窗子那边猛地一挥，有一种叫宁倩情发怵的光在他的眼镜片后一闪，"追求打扮，热衷时髦，挎膀子，轧马路，上馆子，跳迪斯科，要求在自己的小天地里过'文明的现代化生活'，他们心目中哪还有共产主义！你说，这些是不是实际问题？要不要去解决？"

"正因为如此，所以要把光辉灿烂的远景展示给他们看，要振奋他们，鼓舞他们，去想，去闯，去干！"李梦白几乎是一口气把这些话说了出来，不等倪万才搭腔，接着说，"何况，已经过了那么些年穷日子，搞了那么久的'穷过渡'，现在要求'文明的现代化生活'又有什么不对？我倒是建议睁大眼睛看看世界潮流，别再拘守那种'三亩地，两头牛'的老观念了！"

倪万才的脸色陡地阴沉下来。宁倩情情急地喊道："老倪！老李！……"她害怕他们"叮叮当当"地干起来，但一时判定不了谁是谁非。

提兜收拾好了搁在桌上、一直埋头抽烟的理论处处长王以之这时把烟头往烟灰缸里一捻，站起来说："小宁，你先回去吧！"

"我——"宁倩倩不想在这较劲的时候走开，可是王以之那严肃的、命令式的目光一直盯着她，只好快快地走了，到门口还不放心地回头瞅了一眼。

王以之从兜里掏出一盒有英文字母的硬壳烟，扔给倪万才和李梦白一人一支，自己又叼上一支，擦着火柴给他们点烟："来，尝尝，三五牌的，听说联合国开会都抽这种烟哩！"倪万才将他点火的手推开。"这是干啥？这是一个亲戚今天给的，我还舍不得拆封呢！"他又擦了根火柴送到倪万才嘴边，倪万才只好把烟点上，李梦白也点上了。

倪、李两人类似的交锋，在理论处已是常事了。只要他王以之在理论处当头儿，他就要提倡和造成这种风气，可是，这两位的争论却常常使他产生隐忧……喷出一口烟，王以之哈哈一笑说："你们二位闷着干啥？争完了吗？下班都半天了，还是先回家吧！"

倪万才恢复了常态，到底是领导，肚量就是大一些。"那当然。"他说，拎起了兜子，烟屁股扔在地上用皮鞋一拧，"这个问题以后再谈吧？老李！"

他先走了。王以之把烟抽到过滤嘴才摁到烟灰缸里，说："咱们也走吧！"

从报社新建的六层大楼到职工宿舍大约有四五里路，途中要经过一座临江市人引为自豪的现代化江桥。夏日的傍晚，江上的清风拂在脸上是那么轻柔，忙碌了一天的人们经过大桥，连心情都会轻松、舒展一些。老人、情侣们都喜欢此时上这儿来溜达，而下班的人们则会放慢速度或停留一会儿。王以之和李梦白还没到桥头就下了车，推着车缓缓而行。

"老李！"王以之终于将他刚才考虑的事情说了出来，"以后遇事你还是要冷静一些，不要和老倪这样针尖对麦芒地干，虽说是工作上、理论上的争论，多了也不好。"

"你这是什么意思？"李梦白停住步子不解地问。

什么意思？王以之当然很清楚，可是，怎么跟李梦白说呢？他望着桥下的江水出神。

王以之是临江报社的老人儿，后来调到市委宣传部干部处，前两年又重回报社，任理论处处长兼理论文艺处党支部的书记。上任伊始，首先引起他注意的就是这个李梦白，这是个人们议论最多、也是看法大不一致的角色。刚被提拔为副处长的倪万才曾对他说："老李是正牌大学生，墨水喝得多，能编能写，是把好手。不过这老兄脾气也太大了一点；另外，老李对女人，我恍恍惚惚有个感觉，似乎有点、有点那个，是不够严肃，还是怎么的，我还拿不准；但无论如何，这对一个要求入党的同志来说是应该注意的……"

王以之觉得倪万才看问题比较全面、客观，到底是知识分子干部。至于倪万才讲的那两点，不久就让他看到了事实。

社里召开欢迎新大学生的大会。听说要给理论处一个，他们很早就去了。会议室里人还没到齐，郝平、李梦白坐在离新来的大学生们不远的地方，王以之就在他俩后面，拿一张报纸看着。忽然他听李梦白对郝平说："你瞧多美！""谁？""那位——"李梦白努努嘴，王以之和郝平顺着望去，原来是坐在前面、背对着他们的一位女大学生，她双手抱膝，那浅蓝色的连衣裙紧紧地裹住了她苗条、结实的身子，柔和地勾出了少女那上身细、臀部宽的轮廓曲线，楚楚动人。王以之赶快挪开了目光，他觉着这样从背后去打量、品评一个陌生的姑娘是很不礼貌的。可是前面的两个人却议论上了。"怎么？"郝平戏谑地问，"看上啦？""'像一个轮廓精美的瓶，蕴藏着未来生命的壶'。"李梦白压低的声音里带着激情和感慨，"我的老天爷，你是怎么造出来的啊！……"这在王以之听来是有点"不像话"了，他正想止住他们，郝平却诡谲地笑着，把嘴贴近李梦白耳边小声嘀咕两句，李梦白突然用肩猛地将郝平顶开："他妈的你小子！"李梦白声音不高火气却很旺，惹得前后左右的人都瞅着他俩。郝平满脸尴尬，讪讪地说："算了算了，没见过这号人，开玩笑都当真！"

他们到底扯了些什么，王以之事后也没再问，因为那是"开玩笑"，但这事却给他留下了不好的印象。尤其是那位被背地议论的女大学生宁倩倩，没过两天就恰恰被分配到理论处，刚开始王以之见到她心里都怀着几分歉疚，似乎那天对她的"非礼"也有他一份儿。好在宁倩倩什么也不知道，一到理论处就谦恭地挨个叫大伙儿"老师"，王以之留心地看了看李梦白，使他奇怪的是，李梦白在同宁倩倩握手时不但温文得体，甚至还有几分拘谨。不过，虽然李梦白前面本来有一张空着的办公桌，王以之还是到管理处又搬来一张，让宁倩倩坐在自己后面（虽然连他自己也有点怀疑这样做是否必要）。

又过了些天，王以之下班回家，路过这大桥桥头时，见一大群人拥在那里，仿佛里面不是演出精彩节目就是展销紧俏商品，王以之最烦这类事，他蹙蹙眉头绕过去了。但突然一个熟悉的声音使他停住了脚步。

"你……你也太不讲道理了！没见过这样的人……"这个一激动就结结巴巴的声音是李梦白的。

"怪不得你盯着姑奶奶瞧！"这是个年轻女人的声音，清脆、甜润透着股子邪味。

"你！——你、你……"李梦白下面的话由于气急而噎住了。

"好，你敢打人？给，你打，打死我你偿命！"

待到王以之狠劲挤进重围，就见一位娇小玲珑的姑娘这会儿正杏眼圆瞪，那显然是抹了口红的小嘴里一嘟噜一嘟噜地吐着刀子般的话，而李梦白虽然气得面皮煞白，嘴直哆嗦，在她的进攻面前却只有后退的份儿。若不是王以之及时赶到亮出了记者证，老练、果断地快刀斩乱麻，李梦白八成会被那个战斗力极强的丫头片子讹上的。看着李梦白胸口憋闷、直喘粗气、手神经质地微微抖动，王以之心中的感情是复杂的；本来是那姑娘骑车逆向急驶撞倒了一位老人，还骂人家老不死、瞎了眼，李梦白打抱不平，主持公道，反而落得这个模样！这使王以之似乎悟出了点什么……

李梦白究竟是个怎样的人呢？没过多久，根据佟总编的意见，要理论处搞一篇关于社会主义精神文明建设的文章，越快越好。谁来执笔？倪万才提名李梦白，王以之有些犹豫："老李现在手头工作比较多，这篇东西要得这么急，是不是先让别的同志……"郝平大声打断他的话："这差事非老李莫属！"处里年岁最大、资格最老的何松年也附和："就这样吧！"结果李梦白开了两晚夜车拿出来了。王以之一看署名"黎之"，不由得问："这是你的笔名吗？""也算不上什么笔名，不过我给处里写东西一般都用这个。"原来如此！王以之高兴地在他肩上重重拍了一下。还在市委宣传部时，王以之经常从市报、省报上读到署名"黎之"的文章和评论，说理透辟，眼界开阔，富于文采和气势，很有特色。他原以为这是省里理论界的权威，谁知竟出自李梦白之手。不知为什么，这一发现，竟使王以之觉得比文章是自己写的还高兴。

一晃两年过去了……

整个城市已经暮色四合，江两岸纷繁的灯光在静静的江波中摇曳。这镶着珠灯的大桥显得更加明亮。

"这究竟是怎么回事？"李梦白再一次问，很有些不耐烦了。

"老李，"王以之的目光终于离开江面上的波光灯影，停在李梦白的脸上，"我跟你说句心里话，你要求入党多少年了？"

这回轮到李梦白沉默了，他伏在桥栏杆上，眺望着远处江上灰蒙蒙的夜空，只有双手交叉使劲而发出的指关节的"哗剥"响声，才宣泄出他此刻内心的骚动。

王以之看着他，欲言又止。李梦白入党的事，已经是两起两落了。最近报社机关党委通知各支部，研究组织发展问题，条件成熟了的党的积极分子要抓紧解决。王以之决心把李梦白的事再次提出来，在这个节骨眼上，他真担心再出什么岔头……可这是党内机密，他不能违背组织原则去说，但又不能不开口。

"我的意思……是说，"他说得那样艰难，"老倪是老党员了，工作经验也很丰富，以后在各方面对他还是要多尊重些……"

李梦白猛地转过身来："你是说我对他不够尊重？"

"不是！不是！"王以之婉转地，"我是说，作为一个要求加入组织的同志，涵养应该高一些嘛！即使他的一些看法你不同意，也该忍耐一下，多想一想。"看李梦白没吱声，王以之吁出一口气，"当面锣对面鼓地干，伤感情嘛！对你有什么好处？"

王以之唠的是知心话，不成想李梦白却被激怒了："我要什么好处？哦，你要我'涵养''忍耐'，明明有意见也不说，就是为了让他给我

'好处'？我可难做到！"

这话说得太倔、太冲，即使知心，王以之也有些不快。暮色更浓了，桥上闲人更多了，几对年轻的情侣找不到凭栏依偎的地方，不时在他们身边晃来晃去。"走吧！"王以之拽拽李梦白的袖子，"咱们侵占人家的地盘了。"

八点了，街上的店铺多已打烊，可是各式各样国产的、进口的汽车却仍然跑得欢，街上行人也似乎有增无减。"老李，我说的也可能不对，但作为一种意见，你不妨也想一想吧？"王以之亲昵地拍拍李梦白的膀子，"不早了，上车吧，小方准在等你呢！"

二

方宛眉看看桌上热气早已散尽的饭菜，叹了口气，吩咐女儿："小雪，收到厨房里去吧！"她站起来去关窗子，走到窗前又踮起脚，上身几乎全探出窗口，往楼下面瞧，外面黑乎乎的，她心头不由得升起一丝淡淡的惆怅，"干什么去了，还不回来！"她自怨自艾，使劲拉上了窗帘。

"妈妈！"十五岁正上初二的小雪在厨房里将碗碟弄得叮当响，说，"爸爸是不是出啥事了？"这小姑娘从爸爸带回的《参考消息》上读到交通事故的消息，常为爸爸的晚回家一惊一乍的。

"瞎说！"方宛眉喝住了她。

她已经三十八岁了、可还显得相当年轻，中等身材，丰腴而不显肥，瓜子脸上一副带点忧郁神情的眼睛总是那样乌黑幽深，依稀还是大学毕业时的模样。她读的是中文系，那时她格外要强，班上有三四个同学学习拔

185

尖，她是其中唯一的女生。可是，现在，她走到穿衣镜前，镜子里的这个女人除了眉眼体态与当年的方宛眉还不大走形外，其他方面几乎全变了，变得越来越需要在思想上感情上依靠她的李梦白。有一次李梦白出差，她估摸着他该回来了，站在门前往马路上张望，凑巧被住同一栋楼的郝平看到了，嘻嘻一笑："嫂夫人，你要是再不动弹，我真以为是'望夫石'呢！"想着这些，她有些伤感地嫣然一笑，那笑在镜子里是那样动人……

"咚咚咚"，有人敲门，方宛眉全身一颤，手忙脚乱地从衣橱里又扯出刚放进去的西装裙服，一边急急忙忙往身上套。一边喊："小雪！小雪——"没人应，方宛眉匆匆套上衣裙，扣子来不及扣就冲到走廊里。"嘿嘿，好漂亮！"来的是她的弟弟方刚，"姐，你又为姐夫美'容'啦？"他已摸熟了她的这种习惯。

"是小刚啊！"她搭讪着，有些失望，又为自己刚才的冲动而不好意思，"吃饭了吗？"她同时瞥见弟弟今天穿了套浅灰色的西装，使平时油渍麻花的小伙子简直换了个样儿，她不由得"哟"了一声。

这时，门又开了，这回真是李梦白。她忙着接过提兜，喜滋滋地唠叨着："你怎么这晚才回来？叫人急的！小雪都出去迎你好几次了。"小雪从厨房里给爸爸打来了洗脸水。

方刚挺舒服地斜倚在李梦白自己做的土沙发里，等姐姐上厨房热饭去了，才掏出盒凤凰烟，"啪"地弹出一支，扔给李梦白，自己点上一支："姐夫，你今天若不在，我的奖金就泡汤了！"

"又怎么了？"

方刚从口袋里掏出一份皱皱巴巴的试题，李梦白从头到尾溜了一遍："'黑格尔生于何年何月？'……出题的人倒是挺有学问的，可是，让你们整这些有什么意义？你们不是还有比这更需要知道的东西吗？"

"嘻，你管它有什么意义呢！"方刚不以为然地，"反正眼下都兴这个，既然出了，你就说呗，说了你也不掉价！"

"一说就下道，什么掉价不掉价的？"李梦白有些来气了，"共产主义ＡＢＣ都不懂，知道黑格尔出生在哪一年又有什么用？"

方刚也不高兴了："那又不是我出的题！"

"我就是说出题的人！他偏偏钻这个冷门，马克思的《哲学手稿》你没读过，怎么能理解第二题？况且学术界对这部《手稿》还有争论，你们——"

"又来这一套了！"方刚将长长的一截烟灰弹掉，"我不管那么多，能涨上工资，多得奖金就有用！"

"你这种态度根本就不配去考什么政治理论！"

"我不配？你配，怎么连个党票都没捞着？"这话在气头上一脱口，方刚就后悔莫及，他知道，这下触及了姐夫最痛心、最容易被激怒的地方。李梦白的脸色陡地变了，失去了血色的嘴唇直哆嗦，原先搁在桌上伸开的手掌猛地攥成了拳头，可是，就在这拳头要提起朝桌上砸去时突然又无力地松开了，他的目光一下子变得那样痛苦，这是比怒火喷发更叫方刚胆怯的。

难道方刚说的一点道理都没有吗？从高二入团的第二天递上第一份入党申请书起，他努力按照党的要求衡量自己，鞭策自己，奋斗了二十多年。许多和他同时要求入党甚至晚得多或年龄比他小得多的同学、同事，都早就实现了他们的愿望，而他，至今仍只能在党的大门外徘徊；不错，希望之光曾一度在他眼前辉煌地闪耀过，但很快就消失了——那是在大学四年级的时候，他回林区探望生病的父亲，赶上一次森林失火，当浓烟从林海上空升起时，他和几个伐木工正在百米外的地方给伐倒的树木打枝权，待到局里紧急集合起来的大队救火人马赶到现场，舍生忘死扑火的他已经因烟熏火燎而昏倒了。这在林区也许不算什么了不起的事，正像他自己说的："不管哪一个山里人，只要他不是坏人、孬种或动弹不得，碰到这种情况都会跟我一样的。"学校根据林业局党委提供的情况，通报全校予以表扬，加之平时他各方面表现都不错，哲学系党支部已责成他所在班级的党小组讨论他的入党问题了。可是接踵而来的"文化大革命"改变了这一切。在"四人帮"覆灭的前后几年中，他连党的积极分子都不是了。

这几年，整个国家的形势变化如此之大，人们也开始重新看待、评价李梦白了，"积极靠拢党组织""水平高、有能力""工作积极肯干"这一类赞扬开始出现了，党的积极分子的资格给他恢复了，报社重要的社论、文章的写作大多参与了，工资、住房等也按政策和规定给他提了、分配了……有人对他的时来运转甚至投去欣羡的目光。然而李梦白自己呢，却在深深感谢党和组织的同时产生了不可名状的苦恼，而且这种感激愈深，苦恼也就愈大；无情的事实是，只要他向缩小这种差距的方向迈进一步，就会碰到一种他看不见、摸不清的阻力，这种阻力偏偏来自他那任什么也磨不平的该死的个性……

他一只手的手指一动不动地插在低垂的头发里，另一只手中夹着的烟卷早就燃完了。"你怎么了？"方宛眉焦灼不安地站在他跟前，两只白净细嫩的手在撩起的围裙上揉搓着，他这才瞥见沙发上已空空如也，方刚不知啥时候溜了。"小舅说爸爸没、没捞着党、党票……"小雪由于激动，报告得有些结结巴巴。"别说了！"李梦白严厉地止住她，随即又尽量用平和的口气吩咐道："小雪，把饭菜收到厨房去吧！"

"怎么饭都不吃了？"方宛眉一屁股坐到沙发上，着急加心疼使她不知如何是好。近年来丈夫和弟弟经常发生争吵，一个疾言厉色，一个冷嘲热讽，能谈得来的话题也就不多了。方宛眉不喜欢弟弟的俗气、浅薄，她深深同情丈夫命运的坎坷，知道弟弟的轻浮无礼是怎样亵渎了他心目中视为神圣的事物，怎样刺伤了他的心！于是她自己的心也产生了灼痛的感觉，不觉呻吟出声了，但她马上意识到这会更加重他的痛苦，就用双手捂住了脸。

待到方宛眉把还不时往里张望的小雪打发上床，收拾完东西进来时，正在吞云吐雾的李梦白已恢复了常态。她用时装模特的步伐扭动腰肢走了几步，说："呃，你看看——"他转过脸来，发现她身上的西式裙，她又转过身去，裙子恰到好处地衬出了她的细腰丰臀："怎么样？"

"唔。"他点点头，却没有更多、更热烈的反应。她不由得有些失望，"啪"地开了电视机，顺手抄起床上的毛线坐到了他身边。屏幕上映出的是个罗曼蒂克的爱情故事，对这类缠绵悱恻的爱情影视剧，尽管往往看了三分之一就能知道结尾，方宛眉还是非常喜欢看，然而今天她的心思却完全在丈夫身上了。李梦白一声不吱，似乎在全神贯注。她却凭直觉感到了他内心的波澜。

"还在生小刚的气吗？"她终于停下手中的活儿，小心地探问。他摇摇头。她不再继续这个话题，指着屏幕说："你看那个女的，演得一点也不真实——"

"你说，我是不是个粗暴的人？"他突然这样问，她一怔，不知从何说起。

“你就少抽点吧！啊！”她第一千零一次劝他。

他却只顾顺着自己的思路说下去：“我难道做过什么对不起人的事吗？伤害过别人，对别人不尊重过吗？”

“到底出啥事啦？”他的表情和语气都使她不安。

“哦——”他这才回过神来，“没有。能出啥事呢？我只希望，自己能变得更好一些，活着对任何人都有好处。”

“对于我，你就是最好的人！”她心里这样说，但嘴上讲出来的却是：“不过，你有时发起火来也怪吓人的。”

“是吗？”他自言自语，“是这样……”

方宛眉“啪”地关掉了电视机，说：“十点了！”她伸了个懒腰，睡意袭了上来。李梦白却开了台灯，在书桌前坐了下来。她脱掉外衣，坐在床边上望着他，知道他又要开夜车了，于是她又下了床，光着腿跑到厨房里，不一会儿，端来碗香喷喷热气腾腾的肉丝面条，外加两个荷包蛋，放到丈夫面前，同时给了一个吻，然后一骨碌躺下了。台灯柔和的光圈下，李梦白从提兜里取出一叠稿子，又燃起一支烟。方宛眉合上了眼帘。她以为自己很快就会入睡的，可是忽然觉得一丝睡意也没有，刚才电视中的一些细节还粘在她的意识里。

“真困！”她故意打了个长长的哈欠，“梦白，都十一点了，还不睡呀？”

“我先把这篇稿子弄完。”他没回头。

“又整你那破稿子！”她埋怨道。这一个时期来，她不知多少次听文联和报社的人说过，知识分子要想沾“家庭现代化”的边，只有靠“卖文章”。李梦白却相反，总是在他的稿子堆中打滚，为人作嫁，近些日子连晚上的时间也搭上了。半年前，外地一家出版社邀他写一本通俗哲学的小册子，他答应了，拟了提纲，开始动笔。她甚至连这本书的稿费都悄悄打入未来一年的家庭预算：买一台十八寸的日本彩色电视机，来取代被方刚称之为"破玩意"的本市产十二寸黑白电视，再给李梦白置一套西装，如果有幸有所节余，她得留作机动，谁让她家的存款折上只有二百五十元呢！可惜这小册子李梦白只开了个头，一小节还不到，就因为忙于报社这些"破稿"而中断了，方宛眉的计划也就完全落空；此时此刻，她再也忍不住了，嘟囔道："谁像你，觉都不睡还整这个？搞'四化'就你忙！都说你是理论处的台柱子，水平高，干吗不写本书啊！"

出乎意料，李梦白这回却肯定地说："你怎么知道我不写？计划我都拟好了！"

"真的？"她不相信。

"谁还糊弄你？我打算题目就叫《理想社会纵横谈》，我想一定能写得有意思……"

方宛眉一下爬起来，搂住他："那敢情好。不过现在还是先躺下吧，明天都要起不来了！"

她忽然又想起一件事："庄玉芬今天又给我打电话了，说要是咱们再不去，她就要同咱们断交了！你也真是，人家都请好几回了……"

三

在这几年分配到报社来的女大学生中，宁倩倩无疑是艳冠群芳。一米六七的身材丰满匀称，纤细柔韧的腰，修长有力的腿，加上在校歌舞队待过，举手投足都带几分舞蹈演员的韵味，用"亭亭玉立、摇曳生姿"来形容是一点不过分的。那双眼睛和嘴唇、鼻梁在她那洋溢着青春气息、光洁润滑得如玉石的鸭蛋脸上，搭配得恰到好处，统一而和谐，使她的面容焕发着一种独特的魅力。所以，她来报社后，给她介绍对象的人接二连三，而那些还在打光棍的年轻男记者则纷纷想办法接近她。

她今天早上穿了一套式样新颖的白色西服裙，小巧玲珑的红色高跟鞋，敞开的西服领里露出了一小块三角形的嫩黄紧身衫和白嫩的脖颈。而那平时总是盘在脑后的黑油油的长发则如闪亮的瀑布直泻到双肩上。

"哎呀！"郝平是理论处第一个看到她、第一个发出赞叹的。何松年向她转过身来露出了赞许的微笑。"来啦！"王以之也笑着打了个招呼。只有两个人没吱声：倪万才在眼镜后面以异样的眼光看着她，李梦白则埋头在桌上专心翻看着一本《哲学研究》，没注意到她。

昨离开报社后，宁倩倩总觉得不踏实。这会儿，她边矜持而又有点不好意思地向同事们微笑点头，边留心观察倪万才和李梦白的脸色。倪万才的目光仍然叫她头皮发紧！然而梦白抬起头来后，投向她的却是不加掩饰的赞美的目光："小宁，我要是会画画，一定要让你今天的形象永留人世。"他整个神态，他的话，使宁倩倩产生了一种如逢知音般的秘密的喜悦和羞赧。但她克制住自己，不让这种心情流露出来，只说了句"老李，你又开玩笑了"，就过去坐到自己的位子上。郝平这时活跃起来："小宁！"他脸上一本正经，"这可不是开玩笑，咱们老李'曾经沧海难为水'，金口可不轻开呀！你知道吗？你刚来报社的时候——"

"你瞎咧咧啥了？"李梦白突然正色，不高兴地截掉他下半截话。

郝平一下意识到自己差点说走嘴，迎面又碰上倪万才不满的眼光，不由得吐了吐舌头，一溜烟出了门，拐进了文艺处办公室的门。这会儿，作协的两位同志正与文艺处长姚子明谈文艺界的一些奇闻轶事，郝平听着都着了迷。他一回到理论处就嚷嚷："瞧人家文艺处，又被请去'试看'了，来人一口一个'请光临指导'，那才叫编辑哩！嘿，在这五光十色的信息社会中，咱们搞理论是最单调乏味的了，就像这身衣服，灰溜溜！"

若在往常，他这类牢骚往往会引起大伙儿一阵议论，可是今天，谁也不吱声，只有小宁轻轻笑了一声，像是憋不住似的。郝平这才感到气氛有些不对，他一转脸，正迎上倪万才严峻的目光："你是在文艺处还是在理论处上班？"倪万才一只手指头在自己的手表盖上敲得"叮叮"响，"看看，都几点了？"

郝平这才想起，昨天散会时王以之说过，今天上午八点再议议，具体定一下报道任务。他压根儿忘了这事，不觉又吐了一下舌头。偏偏这当儿文艺处的小郭"砰"地推门闯了进来，手上还扬着一张票："小郝，给！"郝平却没去接。小郭这时候堂而皇之地来送票，使他很尴尬。小郭却不理会他的尴尬和满屋子射来的眼光，将票一巴掌按在郝平的桌子上："喏，《华丽的家族》，十点半——"

"我不去了，开会哩！"郝平苦笑着。

"哦——"小郭这才恍然大悟，"我看你们理论处整天就是开会！"

"'文艺处戏多，理论处会多'嘛！"一直没吱声的何松年这时笑着说了句。

倪万才开腔了："小郭，你们不是看戏就是看电影，还干不干工作？"

小郭颇不以为然地耸了耸肩："说得轻巧，不干工作，我们每周两版副刊咋出去的？搞现代化，讲究的是效率。我说倪头，让小郝去吧！啊？"

小郭说完扬长而去，倪万方愤愤地说："这小子，自己整天溜溜达达不说，居然管到这儿来了！"

郝平觉得这话是冲自个儿来的，不觉把头低下来，装着看自己的采访本，忽然听见李梦白说："其实照我看，如果有闲工夫，与其在办公室泡时间，或是东走西串聊大天，真不如去看看电影，还能有点收获。"

王以之动了动眉毛，他觉得在这种时候李梦白不应说这些，于是说："也不是说工作时间绝对不能看电影，不过得有节制，而且，咱们理论处同他们文艺处毕竟还不一样……"

关于看电影的问题本来是大伙儿感兴趣的，只是平时不好公开谈论罢了，现在王以之表了态，就引起了一阵相当热烈的议论。郝平本来有点蔫了，这会儿又来劲儿了："我看报社就数咱们理论处是清水衙门，没人来烧香拜佛，你没看见那些写小说写诗的，唱歌跳舞的，一炮打响，一夜之间就成了名人、新星、新秀！可咱们搞理论的，就是出了本书，又有谁来宣扬你？而且，你点灯熬油，搜肠刮肚，写出来的东西有谁看？别说咱们这破报，就是《红旗》，有几个人读？你读，人家还笑话你僵化！"

"那又有啥了不起？"李梦白接茬说，"马克思花四十年写出了《资本论》，那岂止是'点灯熬油'，简直是耗去毕生精力！可时至今日，不也照样有人不读吗？何况一本杂志！但这并不能说明马克思不是伟大的理论家，也不影响马克思主义发挥它的威力！"

郝平也笑了："我服了，刚才算我白扯。怪不得人家说，将来理论处接班的就是老李哩。"

郝平这话本是随便说说，不过是借此表示他的心悦诚服，别人也没大在意，但倪万才听了心里不觉"咯噔"一下。在理论处几个人中，除了王以之是自学成才的工农干部外，就数他学历低，但他是靠自己的努力被提拔为副处长的；一年前，他向党委建议，考虑到王以之以正职兼理论、文艺支部书记事情太多，是否可以减轻点负担。结果改选时由文艺处长姚子明任支书，他成了副书记。他心里有这样一本账，王以之已五十多岁了，按现在的干部要求，在处长的位子上不会待太久了，王以之如果离开这位子，处长不是由他来干，就是由理论处其他人中出，而这些人中论能力、论水平、论资历只有李梦白够，但此人的"德"不行，由他来当处长倪万才是不能放心的。好在李梦白不是党员，而且也不够一个党员。可是前些时候报社里不知从哪里吹出一股风，说李梦白是理论处的苗子，虽然查无实据，但他一想到李和佟总编的关系，就感到问题的严重了。在报社，理论处这个地方虽说一般人都不想去，但又都承认它代表了报纸的理论学术水平，一般人想去还去不了呢！更何况理论处还出过一个总编。他，倪万才，怎么能让它落到不可靠的人手里呢！

倪万才还在寻思，王以之已开始传达一个刚刚由档案室送来的上级文件，其中谈到：加强共产主义思想教育，是建设社会主义精神文明的重要内容，不是应付某些具体问题的权宜之计，而是事关现代化路子和方向的根本大计。李梦白听着，心胸顿开，一回头，见宁倩倩正在她的小本上认真地记着，她不时抬头瞅瞅王以之，目光清澈、专注，含着信任和期待，仿佛小姑娘听大人讲迷人的故事，呵，这样的姑娘！以她的高干家庭，以她所学的中文专业，以她的天生丽质，本是可以选一个更轻巧、更能展示她的魅力、更容易取得成功的职业的，可她偏偏选定了搞理论这一行……

仅凭这一点，她在李梦白心中的位置就加重了。

大伙儿就这个文件精神议论了一会儿。

此时办公室的人分成了几小伙，何松年在屋子的一角支着耳朵听王以之、李梦白、宁倩倩起劲的谈论，却不插嘴；郝平桌上摊着报纸夹，正津津有味地读一篇讽刺小品；倪万才则在用指甲刀细心地修指甲，可是那一抖一抖的机械的动作和不时投向那三人的目光，却表露出心中的烦躁。指甲光得不能再光了，那边小宁正问"可是——"，倪万才重重地清了清嗓："照我看还是得实际点，应该从群众，特别是青年中存在的活思想入手；这样的问题抽象不得，不能使人如坠雾中。"

李梦白正想接话，王以之做了个截断的手势："我们搞理论还是要抓两头，一是事实，一是理论，二者融和起来才好。"

商定：由李梦白起草第一篇评论员文章。

四

"请你这位'大理论'真比请市长还难呀！"

刚把李梦白和方宛眉让到沙发上，庄玉芬就以老同学的那种热乎劲，笑着埋怨开了，而同时却手忙脚乱地倒茶、递烟、端糖果。李梦白由着她说，不吱声，一眼瞥见靠墙的书架，立即离座过去细加浏览。方宛眉几次张嘴想说点什么，都被庄玉芬堵回去了。

"你甭解释，"她用刀子飞快地旋着苹果皮，几乎直送到方宛眉的嘴边，"还不是那一套？忙啊——生活节奏加快了，现在谁不忙？可也没谁像你们两口子，连老同学的门都不登了！交情嘛，也得'等价交换'哩！

我就不信，老夫子不给小的赏这个脸！"她的话又急又快，插科打诨，爽快中透着近乎。"呃！"庄玉芬见李梦白手里的烟没点着，忙擦根火柴送过去，"我说'大理论'，你是在我这书架前找你新出的大部头，顾不得小的呢，还是新近当了大官，不屑顾小的呢？"

"玉芬！"方宛眉来干预了，"你逗他干啥？你又不是不知道他。写书，哪有那时间？当官，不是那块料！哪赶得上你们这两口子啊？你早当上了讲师，老吕是系主任了吧？可他，连张——"她突然收了口，将下面的"党票都捞不着"几个犯忌的字咽下肚去。而同时，就觉得鼻腔酸酸的，心头是幽怨还是伤感，她自己也分不清。

庄玉芬虽则爽快大度，却并没失去女人的细心和温情，看方宛眉的模样神情，就猜个八九不离十了，于是哈哈一笑："小方呀小方，你别硬拉我们比你俩了，你没听见咱们那些老同学说吗，老夫子要学问有学问，要'派'有'派'，才德俱佳，那是好找的呀了？！"

"得得，你别给我唱赞美诗了！"李梦白向来不爱听这类话，"老吕呢？"

"嘿，你还记得我呀，梦白！"吕中提着满满一筐啤酒兴冲冲地闯进门来。他不是他们一个学校的，可是由于妻子的关系，他同他们两口子非常熟，对李梦白的人品、才学尤为推重。"啤酒真不好买！"他把筐交给庄玉芬，"我一早出去，跑了四五个地方，总算不辱使命！——小雪呢？"

"同你们的两个宝贝玩去了！"方宛眉笑着说。

庄玉芬拽住她："小方，让他们爷们儿唠去，你来掌勺，我当下手，别怪我不见外呀！"

吕中将李梦白重新按到沙发上，点上烟。

"好久不见面了，几次想去拜访，不是这个事就是那个事绊住了脚。"他没说是妻子不让去，"只好请老弟光临了，今天当一醉方休！"

李梦白伸手在脸上、额头和眼皮上摸了一把："不行不行，这'杯中物'我是越来越不行了。"

"嗨，谁不知道你是'长鲸饮百川'的海量！人家说这地球越来越小了，从西半球到东半球朝发而夕至；我却觉得咱们这城市越变越大了，你我见一面，真如'金风玉露一相逢'，难得呀！"

李梦白笑了："庞大的地球在变小，小不点的城市在变大，这是辩证法还是相对论？有意思——不过今天这酒嘛……"

"这酒怎么啦？不愿喝'啤'的，那好，我还有'白'的，'洋河'怎么样？"吕中喷出一口浓烟，透过这股烟盯着李梦白，"哎，你眼睛咋这么红？熬夜熬的？又是连轴转？"

李梦白告诉他，处里责成他起草一篇关于共产主义教育的评论员文章，既不能写成纯学术、纯理论的东西，又不能就事论事；既要逻辑严谨，又要文采飞扬；既要有理性，又要有激情，而且字数还不能太多。

"'衣带渐宽终不悔，为伊消得人憔悴。'我佩服你这种精神！"吕中动感情了，手中举着的烟久久没抽。略略沉吟，他问："梦白，你的组织问题，该……解决了吧？"

李梦白一动不动地沉默着。

"是不是有人……？"

李梦白脸上的肌肉不易察觉地抽搐了一下，他想说什么，但又不知说什么。

吕中隔着沙发中间的茶几，身子倾向他："老弟，有几句话，我早就想跟你说而没说，今天是非说不可了。我不敢自诩为你的知音，但自信对你是比较了解的。我觉得，从你的气质、功底、水平看都是搞学问的料，我所接触过的笔杆子中，数你素养全面，如果给你时间，给你条件，什么著作写不出来！那对你才叫发挥优势。可你现在呢，一年到头为人作嫁，自己始终没有一显身手的机会。当然、你说的那种文章也应该有，但那毕竟是时文、时评、打快拳，速朽之作，你就是写一百篇，又能怎么样？当然，你干这个要是春风得意、受人器重倒也不失为一条路了——在别的单位，像你这么干，别说'票'，'长'也给你了。可你现在呢？我都替你不平！……"看他还不吱声，吕中就"点题"了："'良禽择木而栖，贤臣择主而仕'，自古如此。以前不敢这么说，现在可以说了。合则留，不合则走，非此不足以造成人才流动，不足以搞活经济、开创事业。干脆，你离开报社算了，我们系还缺教员，我这当系主任的该要谁不该要谁还明白，你来吧！别嫌我们学校没名气，给你时间就有了一切，政治上也不会是这个状况了！"

吕中绝不是个浅薄庸俗的人。他这番话既非应酬之言，亦非随声附和的牢骚之语，而是痛陈利害的药石之论。李梦白细咂话中之味，言外之旨，联想到自己半生追求、年近"不惑"而一无建树、依然白丁，不觉感慨丛集，嘿然无语。

"……有的人，只要你突破传统的模式，说几句本本上没有的话，办几件过去没有的事，就说你是"理论脱离实际'！"当大家上桌，酒过三巡，话题由品评两位女同胞的烹调手艺转到社会现象上后，李梦白情绪又有些激动了。

方宛眉听到这里，急忙用胳臂肘碰了他一下："哎呀，你是喝多了咋的？扯这些个干啥！我看你就是理论脱离实际，你老是谈什么现代化的工作方式、生活方式，可咱们家呢？你自己呢？瞧你这身蓝布套，哪有一丝现代味？跟你说过多少次，买套西装……"

"你老扯上我干啥？"

"不扯你扯谁？不是要联系实际吗？每月七百八十大毛，看你怎么个'花'吧！"

"唷，小方！"庄玉芬以大姐的身份实行弹压了，"你这贤妻良母，今儿个怎么也金刚怒目啦？照我看，'穷且益坚，不坠青云之志'，这正是老夫子的可贵之处，也是可叹之处。"

吕中一只手按在妻子的手上，示意她别再吱声了。"梦白，小方，"他郑重而严肃地说，"今天难得聚会，我借此机会说句心里话：咱们，不管在性格、经历上有多少不同，但都是'十年浩劫'的过来人，都在为'四化'大业效绵薄之力，我们问心无愧！又何必自叹、自怨？我只希望梦白将那个建议考虑一下。"他站起来，给每个人斟满酒，"来！让我们为党的事业，为祖国的前途，也为我们每一个人的发展，举杯！干！"

他们谈啊，唠啊，直到天黑才分手。

晚上，当小雪已经睡熟，李梦白又坐到桌旁，沉入到他的理论思考中时，方宛眉走过来，柔软的身子紧挨着他的肩膀，一言不发地站着。李梦白开始没在意，继续手不停挥，忽然一滴清泪落在他手腕上，不觉一惊，抬起头，只见方宛眉泪眼盈盈。

"你——？"

方宛眉双臂挽住他的脖子，缓缓弯下腰来，将光洁的脸蛋紧贴着他的脸，摩挲着，泪水沾到了他的颊上、唇上。"你不生我的气吧？"她问，柔声地。

"生气？生什么气？"

"今天……在老吕家……"

他明白了，心中一热，顺手揽住了她的腰，把她拥在怀里，吻她的眼睛。

"买一套西装吧！"她说，"明天我就给你去买。"

"钱呢？其实，只要你打扮得漂亮我就心满意足了，至于我嘛，都快四十的人了，而且，你又不是不知道我的兴趣……"

"不不，要给你买嘛，你不知道，我看到别人打扮得那样整齐，心里是什么滋味！"说着，泪水又从她眼里溢出来。他轻轻给她拭去，心灵在微微震颤。她从他怀中坐起来："老吕提的那个建议，你……同意吗？"

他抓起纸上的笔，下意识地随便画着道道，顿了顿，反问她："你说呢？"

她定定地看着他的眼睛，突然又搂住他的脖子，耳语般地说："我希望那样，可我知道你不会那样，……还说什么呢？我爱你……"

这天上班不久，屋里的人都出去做工间操去了，郝平递过一个信封："你看，好事！"原来，中央一个学术团体在南方一个省召开学术讨论会，专门给他发来邀请信，内称从某某刊物上看到他写的关于社会主义辩证法的大作，卓有见地，特请携带新作赴会云云。"我真羡慕你，这样的美差啥时候也给我轮上一次，又出名，又可游山逛水！"

真的，机会难得！李梦白也喜形于色。捧着邀请信连读了两遍，他却又恢复了平静。

"啥时候走？瞧，离开会日期只有一个星期了。"

他摇了摇头。

"不去？"郝平顿时瞪大了双眼。

"嗯。"

"为什么？"

"不会同意我去的，"他淡然地说。一年前，也有这么一次机会，王以之都同意了，可是倪万才说什么也不同意，"咱们一个市报的编辑，放下本职工作不干，花那么多钱，跑那么远的路，就为的到那里去要一通嘴皮子？……"他那次听见倪万才这样跟王以之说，当时他一气之下把邀请信撕了。"再说，我手头那篇评论还没写出来，哪有时间呀！"

"哎呀呀你这人，真是不可救药！"郝平急了，"没写完就让别人——让倪头儿去写嘛，离了你报社不转了？要是我，头拱地也得去，好容易！"

李梦白一笑置之，继续看他的稿。郝平也失望地回到他的座位上去了。负责分发稿件的何松年给他送来两篇文章。正看得出神，想不到郝平又踅过来一屁股坐在他桌旁的椅子上，点起一支烟，翘起二郎腿，看样子没有马上回到自己位子上去的意思，身边有这么个"干扰物"，李梦白大脑对文章信息的接收毕竟不那么专一了。他眼睛逐字逐句地掠过了段文字，居然没怎么看明白！他一看周围，办公室里就剩下他俩，才知道今天是在劫难逃了，不由得往椅背上那么一仰，双手抱住后脑勺，看定了郝平。郝平却不看他，把烟头扔在地上，顺手扯过李梦白正在看的稿子，瞄了一眼，有点心不在焉地问道：

"我说老李，你真相信共产主义会实现？"

"噢?"李梦白冷丁一下没听明白,及至品过味来,感到十分惊诧。不管郝平有多少毛病,在李梦白眼里,他毕竟是一个有十年党龄的党员,组织上指定的自己的联系人之一,他干吗要提出这样的问题?不由得反问道:"难道你不相信?"

郝平支支吾吾:"也不是不相信;怎么说呢?"他挠挠脑袋,"不怕你笑话,反正也没怎么好好想过。"

"那你入党时咋考虑的?"

"我们那咱入党,也用不着考虑这些,"郝平脸上是十分坦率的表情,"那咱在乡下,像我们出身好,干活又卖力,同干部处得也挺近乎,书记拿着表就找上门来了,我还没怎么寻思哩,'票'就到了手。"

"那,"李梦白大起感慨,大生疑惑,"那你们入党宣誓的时候,不说'为共产主义奋斗终身'吗?"

"当然说,不过那就像喊'万岁万万岁'一样,跟着喊呗,谁又当过真?"郝平不以为然地说。他觉得自己扯远了,于是把上身凑得更近些,推心置腹地说:"老李,不是我打击你的积极性,说实在的,凭本事吃饭,古今同理。现在中央的政策好,社会上走哪儿都是重知识,重业务,重能力,你有文凭,有资历,搞理论样样在行,干吗非入这个党不可?没这个"票",你就不能为'四化'出力啦?就活不了咋的?"

郝平的这番"肺腑之言"真叫李梦白目瞪口呆,大出意料,以致一时说不出话来。见李梦白这副神情,郝平才觉得自己未免说过了头。他这次找李梦白谈,不是一时心血来潮,而是"蓄谋已久"的。最近,他得知支部准备再次研究组织发展的问题,更是着急,几次考虑如何能将李梦白"点透",主动创造点有利"条件",谁想这会儿一张嘴就来了这么一通泄气话，不但与自己的打算适得其反，而且也有损自己的形象。"哎呀呀，老天，这嘴是咋搞的哟！"他在心里暗暗埋怨自己。

"老李，刚才那些是瞎扯，你别往心里去。说正经的，咱们报社，你这样的人不吸收进组织里来，还有谁？不过现在的事儿，哪能就这么干等着？总得活动活动嘛。前两次你没成，原因不说大概你也知道。眼下又是较劲的当儿，我寻思，你是不是主动找倪头唠唠……"

"唠啥？"

"唠……，嗐，唠啥还用我说吗？总而言之给他点好印象，你们别整得那么僵嘛！"

是的，他同倪万才整僵了，他自己也很清楚。但他怎么也弄不明白为啥会僵成那样。倪万才总是那么不冷不热，一见自己似乎神经就绷紧了，话里话外总有点敲打的意味。就在今天早上，李梦白按每天的习惯，从报社宿舍沿着水泥路跑过大桥，到烈士塔前的林子里做操，碰见倪万才肩上搭件衬衣，穿着汗背心，正在那儿仰着颏儿瞅烈士塔上的字，看样子也是刚练过一气。"老倪！"他主动叫了声，"你也来啦，早哇！"倪万才大约没想到会在这儿碰见他，正要打招呼，一眼瞥见他一身运动员打扮，就冒出了这么句话："嗬，大知识分子，你也开始保命啦？"李梦白一愣。倪万才也立即意识到自己的话太伤人，于是亲热地拍拍他的脊背，十分少有地开了个玩笑："咱们都得保保命啰，争取为'四化'多干几年。"可是接着就从塔身上的"死难烈士永垂不朽"几个字上发挥开了："你知道这塔下的长眠者中有一个是我中学时的老师吗？多少年了，人们从这片树林子前来来往往，我真想问问，你们知道这烈士塔意味着什么吗？我常想，咱们有幸活着的人，一举一动都得对得起烈士才好，可千万不能——

不能由着自己的性子来啊！"

倪万才的话当然是对的，他的话差不多总是对的。应该永远铭记着将鲜血洒在我们脚下这片土地上的先烈们。这也正是李梦白从懂得人生的意义以来，从他递上第一份入党申请书以来，对自己的要求……当然，他做得很不够，人们，甚至他自己都可以指出他的一百个缺点、错误和不足：他像欧阳海那样在危急时刻舍身救过国家和人民的财产吗？像张志新那样同邪恶进行过殊死斗争吗？像孙冶方那样在理论上做出过杰出的贡献吗？像朱伯儒那样做过那么多好事吗？……没有，都没有！相反，他缺乏涵养，脾气急躁，为了少花时间，少麻烦，有时看病、买东西、办事甚至还要找个熟人、走点后门……"可不能由着自己的性子来"什么意思？施加压力吗？暗示吗？干吗不堂堂正正地说出来，而要打着烈士的旗号？愤怒中他感到了可笑。用给这样的人"好印象"的代价来换取达到神圣目的的通行证，这种念头使他感到了深重的屈辱。

"算啦，算啦！小郝，"他叹了口气，"我就这个样了，没法给、也不想给什么人'好印象'……"

"咳，何必小不忍乱大谋，大丈夫能屈能伸嘛！"

"对不起，我是先天性腰椎硬化，'屈'不了啦！让人们去说吧——走自己的路！"

五

从佟总编办公室出来，王以之情绪很好。

经过这些天李梦白的苦战，全处同志的反复锤炼，关于共产主义教育的第一篇评论员文章已经定稿，准备明天在一版见报。刚才在编前例会上，佟总编说它写得有深度，有气魄、有文采。这是很不容易的，老佟头虽说重才，但向来金口难开。

会后，佟总编又把王以之叫到办公室，以他新兼的报社机关党委书记的身份问："李梦白这一段怎么样？你们对他的组织问题考虑了吗？"他的语气里流露出不加掩饰的关切之情。这使王以之大为感动。经过两年多的观察、接触、了解，他对所谓李梦白是"佟总编线上的人"终于清楚了。一九七三年报社根据各处、室的提名要从外面调一批人进来，由于李梦白档案中有关于"该人对文化大革命基本上持怀疑、否定态度"的鉴定和材料，人事处了解后不敢拍板，上报到编委，当时刚恢复工作不久、主管人事的副总编佟一民经过考虑，断然告诉人事处长："这个人咱们要，有问题我兜着。"加之李梦白来报社后，佟一民对几篇文章不满意，指名让李梦白修改，于是"李梦白是佟总编的人"的说法就出来了。据说佟一民还说过："这样的人，有头脑，有才学，拥护党，怎么还没解决组织问题？"当时正是"反击右倾翻案风"的当口，于是有人又发话了："老佟头是老糊涂了咋的？不怕第二次被打倒哇！"但结果佟一民既没倒，李梦白也没能入党。

现在佟总编又跟他重提此事，他扼要地汇报了李梦白的思想、工作表现之后说："我认为李梦白已经够党员标准了，当然他也不是没有缺点和不足，比如有的同志就认为……"他把倪万才的意见说了说。佟一民耐心地听他说完，问："你怎么看这些问题？"

"我觉得对这些要做具体分析，有的问题如果光听人讲，似乎真是那么回事，了不得，等到你亲眼见了，亲耳听了，才发现似是而非。"

"这就对了，"佟总编站起来，"'人非圣贤，孰能无过'。何况共产党也不是由圣人组成的党，她需要的是真诚为共产主义事业而奋斗的战士。"他指指自己的脑门，"不要以为三中全会开过几年了，这里面就没有'左'的东西了啊！"

下班后，王以之有意和倪万才同行，想跟他唠唠。五点多钟，骄阳已不似正午那么炎威毕露了，城里却仍然一片暑热。过了大桥，微胖而好出汗的王以之已觉背上大汗淋漓，他们在一家招牌上标有"冷饮"的新开张的个体小吃店前下了车。

"来来，咱们去喝它一盅！凉快凉快。"

倪万才看了看那招牌，蹙蹙眉头，犹疑了一下，还是跟着进了店。

王以之举起杯，咕嘟嘟地喝掉半杯冰镇啤酒，"嘿，好凉快！"

倪万才把下嘴唇也搁到杯里，呷了一口："要不是你，我是从来不上这种地方来的。"

"怎么？"王以之夹了口菜，挺感兴趣。

"个体户搞的，谁知道干不干净了，一门心思赚顾客的钱，何况，这类事情到底是个什么性质，将来是个什么结果，现在都还看不大准，咱们搞新闻的，还是慎重些好嘛。"

"你呀，老倪！"王以之哭笑不得，"哪里来那多顾虑啊？没有它就那几家官营饭店，咱们挤得进去吗？而且，这服务态度，这速度、效率，已好些年没见了，我是赞赏这种方式和节奏的！"

倪万才一笑："倒也是。"渴、热驱使他也将杯中酒干掉一半。"不过你瞧那丫头的打扮！"他两眼余光朝那边的服务员一扫，颇不以为然地"哼"了一下。

"别管那么多。"王以之在琢磨怎样跟他说，"你喝呀，你是怕我不是你对手？放心，这'啤'的我也还能招架一阵。今儿个要是扯上老李就好了，你俩正是旗鼓相当。"

"他呀——"倪万才本想说"跟咱喝不到一块"，但又咽回去了，他记得李梦白有一次请郝平，还有宁倩倩，以及几个乱七八糟的人"大吃二喝"，却没请自己。这当然不是偶然的疏漏，而是……

"老倪！"王以之当然知道他有话没说，赶紧抓住这个由头，"我影影绰绰觉得，你跟老李是不是有点什么疙瘩？都在一个处工作，他是个非党，你是支书，又是领导，干吗搞得关系紧张？"

"我跟他个人之间能有啥疙瘩了。"倪万才两杯早已掘干，王以之又要了四杯，"老李这个人，我承认他理论水平高，工作也是干得不错的，这个，我当谁都这么说。可他有些毛病也真叫人担心，好高骛远，脱离实际，还多少沾些自由主义习气，小郝动不动上班就去看电影，他说过吗？没有，还说什么'与其东逛西扯，不如看电影受教育'！生活作风上也不够严肃……"

王以之打断他的话："从我回报社起就听人说他对女人怎么怎么的，可是据我这两年多的观察了解，他并没怎么的呀？！"

"还要怎么的？就说那天开会，他对小宁的态度吧，那叫什么做派？叫人看了会做何感想？我早就说过，是思想意识上的问题……"

"这你就说得有点玄乎了，那天他不过是赞美小宁漂亮嘛，哪扯得上思想意识！"

"我知道你会护着他的！"

"话不能这么讲。咱们作为领导，只能根据事实，根据原则。而且，对于知识分子的有些情况，还得做具体分析——"

"嘻！你对知识分子也太'那个'了，今天我上宣传部，还听见市里一位领导说呢，别看现在把知识分子讲得那么好，其实并不那么'高大全'，出啥问题的都有，而且越捧越翘尾巴，问题也越多。"

王以之知道倪万才平时虽板着个脸，但交游却是相当广的，消息来源也多。但他听到什么从不轻易说出是谁说的，总是用"市里领导""部里领导"或"省里领导"这样笼而统之的代称，叫听的人大费猜测，因而也就神乎其神。

"老倪，"他把杯中酒喝完，"你刚才说的不能说没有道理，世上哪有十全十美的人？知识分子当然也这样。"他想了想，把佟总编的意见告诉了倪万才。

倪万才没吱声，过了一会儿才说："那也得征求一下老姚的意见吧，人家是支书。"

"刚才下班前我已跟他打过招呼了，他说主要看咱们的意见。"

"嗬，真是现代化的速度呀！"

"打个招呼还费啥事吗？你看什么时候开个支委会，明天行不行？"

倪万才压抑着不快，说："明天就明天！"

他们不欢而散。回到宿舍区，王以之正要推车进楼道，忽然看见宁倩倩衣裙招展地从汽车站那边过来了。"小宁——"他喊了声。

宁倩倩大约没想到会一下车就碰见他，也或许是不想让他看见她，听他喊自己，怔了一下，才应了声，来到他跟前。

"你干吗来啦？"王以之问，他觉得奇怪，宁倩倩不住在这儿，也从没见她来过这儿呀。

"我，"宁倩倩多少有点窘意地笑笑，"我……来串串门儿——下午我到师院组稿，离这不远，顺便来看看你……和大家。"

"啊，那好那好。"王以之高兴地让宁倩倩进了屋里。他的老伴儿从厨房里出来，笑着拉住她的手一阵端详，喜滋滋地说："唔，你就是倩倩呀！早就听说报社来了个俊姑娘，人家郝平媳妇常说，你比她们歌舞团的演员还强哩！"

宁倩倩刚要说话，王以之老伴旋即到厨房端出几盘菜："倩倩，来，随便吃一点。"

"不，"宁倩倩赶紧摇摇手，"我吃过了！老王，你们吃吧，我还有事儿！"

"那哪成！"老伴儿拉住她，"饭菜都好了，我们也不拿你当外人待！"

王以之见宁倩倩执意不吃，便拦住老伴儿，问："老李和郝平都在这儿住，一会儿你不去看看了？"

"改天去吧！"她说，"老王，大婶，谢谢你们啦！"

"真是个好姑娘，叫人看了就喜欢！"宁倩倩刚出门，老伴就问，"她今年多大了？"

"二十七八吧。"

"若是还没处朋友，我寻思给咱大小子——"

"胡扯！"王以之把筷子重重往桌上一放，"先不说咱们大小子配不上，就是配得上，凭我们在一个处也不行！"

"照你这么说，这丫头简直成了公主了！怪不得老倪说，你们理论处就两个人特殊，一个李梦白，一个宁倩倩！"

　　老伴儿这无意中说出的话在王以之心上撞了一下。李梦白特殊？说实话，他以前没想过，现在回忆起来，李梦白这人还真有点"特殊"。他记得那次与郝平谈话，郝平说李梦白是"党外的老布"之后不久，自己就从当时任组织委员的倪万才那里要来了李梦白的积极分子材料。叫他吃惊的是，那材料用两个厚厚的大牛皮纸档案袋装着，足有一两斤重！原来这些材料包括李梦白从高中一年级写的第一份入党申请书到最近的一次思想汇报，王以之数了数，一共七十六份。天晓得人世沧桑，这些材料是怎样保存到今天的！这些材料有的只有一张纸。有的却厚得像本书，还写有标题。当王以之挑着读过了几份之后，心情却不可遏制地激荡起来，面容也变得十分严肃了。在他看来，这哪儿是一般的思想汇报，就其分析之深刻、立论之大胆而言，说它是专著似也不过分，是可以拿去出版的。这些材料从各个侧面清晰地勾出了李梦白思想发展的轨迹，是一个正直而坦荡的人在自我解剖、脱毛的痛苦中不断走向真理的编年史。一个肯于花这么大精力向组织披露、倾诉自己思想和心曲的人，对我们党该怀有怎样诚挚的信念和感情！

　　不过王以之从自己的经验中懂得，有时非原则问题比原则问题更能引人注目，更能搞臭一个人，尤其是李梦白总爱对女性发表这样那样的议论，这个，倪万才，还有别人，已经提过多次了。说李梦白"特殊"，就是一个迹象，可是李梦白自己，似乎还不把这当一回事……

　　这样想着，王以之突然产生了一种要马上同李梦白不拘形迹地谈谈的强烈愿望。他走到窗前，撩起窗帘，只见对面四楼李梦白家的窗帘下面映着一圈黄色的灯光；他看不见李梦白，但他能想象得出，李梦白这会儿一定正伏在桌子上，构思、撰写下一篇关于共产主义教育的文章。这么想着，他又打消了前去拜访的念头。

六

但是，王以之这一次猜错了，虽然往常李梦白晚上总是在临窗的书桌上度过的，可此刻他却待在大桥那边掩映着烈士纪念塔的小林子里，陪伴着一位可爱的姑娘。

这一个时期来，宁倩倩心中时时有一种骚动不安的感觉，不同于高考发榜时的忐忑不安，甚至不同于毕业前夕收到一位男同学情书时的羞赧紧张，这种感觉在她二十七年的生命中还没经验过，它使她看着看着稿子忽然走了神，一个人在电影院里看电影时会莫名其妙地感到孤独……开始时她还搞不清这种感觉从何而来，也不想去承认它，以求得心灵的平静，然而却摆脱不了。等到她发现自己的目光总是追随着一个人的身影后，她才明白，在自己的生活中究竟发生了什么事！然而，那是可能的吗？今天下午，她到师院去组稿，办完事出来，才意识到这儿离报社宿舍只有一站路了，一种连她自己都说不明白的微妙心理使她不知不觉地来到了报社宿舍，当宿舍大楼蓦地矗立在眼前时，她甚至都有些吃惊！她犹疑着，举步不定，偏偏被王以之看见了；而当她急急离开王以之家，下决心往回走时，又在宿舍前的路上迎面碰上了李梦白。

"小宁，"他热情地招呼她，"你怎么来啦？"

"我，……我到师院组稿，顺便到老王家瞅瞅。"她重复了一遍对王以之说过的话。

"上我家去坐坐吧，你难得来。"

她迟疑了一下："天不早了，该回去了。"

"是吗？"他大大咧咧，全然没注意她的表情，"那好，明儿见！"说着一挥手，走了。

她的心在怦怦地跳，细密洁白的牙齿咬住了下唇："老李！"她叫了声。他回过头，"怎么啦？"他走过来了。

"你不能送送我吗？我怕——"

他抬腕看了看表，想了想："成，走吧！"他把她往汽车站领，她说："别坐车了，瞧这晚上的天气多好，咱们走走吧，我还想请教你几个问题呢！"

"小宁，"他笑笑，"咱们都同事两年多了，你还这么客气，我有什么好请教的？"

"不是客气，"宁倩倩急忙说，"真的！"

两人边走边谈，宁倩倩起初还在想着心事，"唔，唔"地敷衍着，慢慢地，她就整个身心地沉浸到他用逻辑和形象、哲理与诗情所构织成的那个诱人的精神境界里去了。

他们在不知不觉中来到了烈士纪念塔前。

现在是一年之中白天时间最长、也是最热的时候，但这儿茂盛的小树林多少挡住了袭人的暑气，不远处江上的清风又不断向这儿泼洒过来，使这儿自然而然地成了人们下班后散步、纳凉，尤其是情侣们幽会的胜地。已经快八点了，暮色逐渐模糊了人们的面目和身形；一群鸟儿越过宽阔的江面，叽叽喳喳地你呼我叫，到这片林子来归巢。李梦白和宁倩倩沿着这片林子走着，由哲学、艺术，又转到人生、国内外形势、市场行情，以及各种听来的奇闻轶事；一圈，两圈，现在是第三圈了。她是巴不得就这样无拘无束地谈下去，走下去；而他，也难得有这样一个机会，可以向一位忠实而又有很强领悟力的听众敞开自己的思想，这本身就是一种享受。

"老李，如果你不介意的话，我想问一件事。"她停住了，若有所思地望着他。

"什么事？"他也站住。

"就是，"宁倩倩看了他一眼，"前些天，瞅你闷闷不乐似的，出了什么事吗？"

他没有马上回答她，只是默默地重又迈开了脚步。他没想到，那几天自己跟郝平谈话后的情绪的变化，竟会被这姑娘觉察到，这使他不免有几分狼狈。他，比她大十几岁，当他庄严地以成熟了的男子汉气概向党组织递上第一份申请时，她还是在幼儿园"排排坐，吃果果"的小丫头，可是二十年之后，昔日的小丫头已是光荣的中共预备党员，而他这个几乎连《共产党宣言》的每一个字都反复思索过的人，这个鬓已添霜的党的不懈的追随者，却仍然在写入党申请书，并将继续写下去！他的自尊心还是受到了刺激。现在宁倩倩又提起这件事，使他那业已平复了的心灵创伤重又隐隐作痛起来，有一刹那，他甚至觉得无颜再和她待在一起，想马上走开，远远地离开她……

但是在心头涌起这种种念头和激情的同时，李梦白还从宁倩倩的问话中感受到了一种微妙的温情，一种女性特有的把他人的不幸当成自己不幸的含蓄而深沉的关注和抚慰，一种类似小妹妹对兄长的体贴。"……不能告诉我吗？"当耳边又响起宁倩倩轻柔的声音时，李梦白心中的沮丧和委屈已为感谢之情所替代了。

"小宁！"他转过脸来，虽然看不清楚她脸上的表情，却感觉到了她询问的目光。"如果你现在还没入党，或者说，由于种种原因使你入不了党，你会怎么想？"

这话落在宁倩倩心头，使她为之一震。她曾经设想过使李梦白情绪变坏的原因，比如是不是工作上碰到了困难啦，有没有家庭纠纷啦，但就是没想到这上头来，因为她最怕往这方面想。两年多前，当她来到理论处第一次见到李梦白时，在她的印象中，自己面前站着的是一位很有男子汉气概，沉毅中又透着几分傲岸的人物。她立即下意识地做了个判断：这人不大好接近。接着，她又从处内外的编辑记者口中多次听到对李梦白文章的赞赏，就更坚定了自己的看法，因此有意无意地对他敬而远之。使她改变自己印象的是在那年年底报社举办的元旦联欢会上发生的一件事：在联欢会达到欢庆的高潮时，郝平凑兴高叫："欢迎理论新星宁倩倩来一个，要不要？"话音刚落就博得了热烈的掌声。宁倩倩在大学时经常登台演出，不是怯场的人，于是落落大方地站起来，唱了《军港之夜》，大伙儿鼓掌要她再来一个，但她不愿刚来报社就过多地显示自己，同时忽然起了个连她自己也说不清动机的念头，于是嫣然一笑："我就会唱这一个，下面，还是请李老师李梦白给大伙儿演唱吧！"想不到她这个提议马上为大家所接受，又是郝平，第一个站起来拽李梦白："来，来，老李，唱一个'大江东去'！"李梦白挣了一下没挣脱，索性痛痛快快地上场，态度从容地双手抱拳向大伙拱拱手："盛情难却，献丑了！"他唱了一支《延安颂》，那声情激越而雄浑，且略带苍凉意味的歌声震撼着人们的心扉，把人引向了崇高庄严的境界。接着，他又唱了一支她从未听过的歌：

深深的海洋

你为什么不平静

215

就像我爱人那颗动荡的心……

歌声摇曳缠绵，感情深沉，叫她听了不由得在淡淡的伤感中油然而生一股柔情，心中久久不能平静。

"想不到你会唱……那样的歌。"会后，她主动找李梦白说话。

"怎么？"他有点奇怪，"那样的歌唱不得吗？"

"不不，我不是这意思！我是说想不到你有这样一副好嗓子，我原以为你——"她把下面"五音不全"几个字咽回去了。

"以为什么？"他却注意到了。

"以为像你这样搞理论的人都是和文艺绝缘的哩。后面那支歌叫什么名字？"

"《深深的海洋》……"

他们继续无拘无束地谈着，相当投机。她这才知道，在李梦白那看似严峻而又有些傲气的外表下面，有着一颗怎样的心；也才发现，他和自己原来有那么多的共同爱好和语言。

打这以后，她和他之间心造的壁障消失了。

有一次她看稿碰到个十分古怪的名词，问了几个人都不知道，问到他，不但为她做了扼要的解答，而且当时就告诉她，什么书中可以找到更为详尽的说明。更叫她奇怪的是，懂得这样多的他，在一些简单的生活常识上又无知得很，像照相机这类几乎人所皆知的玩意儿，他也不会使用。后来王以之告诉他们，不要拿这些事跟李梦白开玩笑，"他几乎是光着脚丫子从深山老林中走出来的，上大学靠寒暑假打小工，上哪儿学着弄这个？"

那是哪个星期天了？她为修改一篇稿子去李梦白家，正赶上他和一些人在喝酒。原来林业局两位熟人来了，他顺便找了郝平，还有记者处的一位大学同学作陪，让他们听听林业上的改革情况。来客有一张山里人饱经风霜的粗糙的脸，浓密的连鬓胡蔓延到两颊，用浓重的山东口音谈着一些她闻所未闻的新鲜事，他不停地从烟口袋里掏出烟丝，放在纸条上，灵活地卷成"喇叭筒"，又不停地喝酒，而从他那干裂的厚厚的嘴中时不时喷出一股混合着烟味酒味的气息。在她印象中，那三个作陪的知识分子，还有方宛眉和她自己，同他这位浑身透着粗犷、彪悍的山里人，实在是太不协调了。大伙热情地邀她入席，她以吃过饭为由婉辞了，同方宛眉在一起听他们天南海北地神聊。可是很快她就惊讶地发现，只有当李梦白在听人说话时才是她平时所认识的李梦白，而一旦跟客人谈笑起来，就像换了个人：他那总是沉静、思索着的带几分严峻的面孔，一下子变得热情奔放，讲起林区的事来那样熟悉，充满感情，使得他的眼睛焕发着少见的光彩，话里夹着那样多大约是深山老林人才有的特殊词儿和亲昵的骂人嗑，嗓音也变得粗犷起来，简直听不出与来客的区别。

可是这次家宴却因倪万才的出现不欢而散。倪万才是来找李梦白借一本书的，正赶上这场合，主人和客人都热情地邀他入席，倪万才却站在门口不动，脸色阴沉下来，末了笑了笑："不的了！我还有事，你们喝吧！"他一走，刚才还欢欢乐乐的房间里出现了暂时的沉寂。郝平忍不住说出了他的看法："其实对我们也没什么大关系，可对你……总不大好，还是把他拉回来吧？"他刚说完，方宛眉和宁倩倩几乎同时起身要去，一直虎着脸的李梦白猛地将捏在手中的酒盅用力往桌上一放，酒都溅出来了，"咱们喝！"他将杯子斟得酒液四溢，又那么快地一端，满满一杯酒几乎是离开酒盅飞到他口中去的……

　　这次小小的事件也在宁倩倩心中留下了阴影。她知道支部最近准备再次讨论李梦白的入党问题，这使她暗暗高兴，可一想到倪万才，想到这两年多来自己察觉到的蛛丝马迹，她的心又变得沉重了。现在李梦白突然提出"假如入不了党，你会怎么想"的问题，是不是又出现了新的波折？

　　"怎么会入不了党呢？"她反问道，语气里带着安慰，"党组织的大门始终是向一切真心愿意为共产主义事业奋斗的人敞开着的。"

　　李梦白不吱声，走十几米，又固执地问："如果入不了，你说，你会咋想？"

　　她知道不能避而不答了，可又十分不情愿回答这样的问题，于是说："我没想过，真的。你呢，你会怎么想？"

　　李梦白点起一支烟，不停地用力吸着，每吸一下，烟头的火光就骤然一亮，她窥见了他痛苦而严峻的面容，不由得心头发紧，但又不敢惊动他。

　　他终于开腔了，声音变得出乎意料的苍凉："这些天来，我回顾了自己这二十几年走过的道路，我可能到死的那一天也入不了党，这种预感，这种念头，从'文革'开始。十几年来一直像石头压在我心上。现在，我总算想通了，入不入得了党，那是受许多不以你意志为转移的具体因素制约的，而为共产主义奋斗，却是只要一息尚存，一念不灭，就任谁也难改其志！"

　　他的声音由苍凉变而为激奋，甚至有点颤抖，眼睛也蒙上了一层热泪，这种发自整个身心的内在的激情，仿佛通过无形的导线，强烈地震撼着宁倩倩这位敏感而真情的姑娘的心灵，在深深的同情之中升起了一种悲壮之感、一种钦敬之情。

他又掏出一支烟，但却没去点燃。

"不是有那么一种爱吗？"他沉思着，"它超越任何形式，而在精神上融为一体，'衣带渐宽终不悔，为伊消得人憔悴。'虽然我这个人有许多毛病和缺点，但我这颗心始终为它而燃烧——愿上苍做证！"

他觉得胸中有股郁积已久的热辣辣的东西在奔突，想喊，想跑，想敞开心扉给人看。他仰头长望，但见树影婆娑，繁星在天，清辉如水，不觉长吁了一口气。

宁倩倩的目光一直追随着他。今夜这次有点意外的长谈，如果说起初她是在倾听他的话意，理解他的思想，那么到后来，她就几乎不是用耳朵听，而是用整个心灵感受着他的心灵。面对着这样一个为事业、理想而燃烧着的灵魂，她觉得自己对人生的价值有了更深沉的思考。原先那种骚动不安、使她心跳的柔情不知何时悄然消失了，而如涨潮般涌向全身的是要为那种比生命、比"自我"更珍贵、更伟大的东西而奋起的激情；他无意中使她走出了感情的迷谷，将她引向了视野空阔的旷野。她感谢他……

七

报社大门口的报栏前围着一些人。准七点二十分来报社上班的王以之放好自行车，也走了过去，一眼就看见今天刚印出来的报纸头版上的醒目通栏标题：《共产主义在实践中》，署名是"本报评论员"。他不及细看，赶紧从收发室取来报纸，跑上四楼，进办公室还没坐下，就把报纸摊开读了起来。

八点左右，佟总编来到办公室，问："李梦白呢？"

"他病了！"何松年回答，"刚才他爱人托人捎了信来。"

王以之问佟总编："有事吗？"

"也没什么事。今天这篇文章看来反响不错！"佟总编显得情绪很好，"一上班就有读者来电话，打到我那儿去了，说看了很受启发。市委罗书记也特地让秘书打电话表扬他。不容易呀！当然也有不同意见，总编室接到一个电话，是个大学生，说他要就某些问题同'评论员'辩论。你告诉老李，把续篇写下去，写得更有力量更能说服人！"

佟总编走后，倪万才说："怎么小宁也没来，是不是也'病'了？"

"不会吧？"王以之说，"昨天下班时我还看见她呢——准又是约稿去了。走，老倪，找老姚他们，咱们先开会吧。"

"梦白，梦白！"方宛眉向侧躺着的李梦白俯下身子，柔声呼唤。

"唔？"他动了动脑袋，睁开布满血丝的眼睛，迷迷怔怔地望着妻子。

她把几样小菜和一碗粥端到床边："快十点了，要是能起来，就先吃一点吧。"

"啊——"他一骨碌爬了起来。

昨天晚上，他和宁倩倩分手后回到家里，还没敲门就开了，方宛眉的表情似乎等了他一百年："哎呀呀，你到哪儿去了？"不待他回答，她进进出出忙着给他打洗脸水，沏茶，不住地唠叨："小雪学校明天开家长会，她非要你去不可……小刚今儿又来了，进门就问你，我哪儿知道？要走了才告诉我，他上次不该跟你说那些气话，混账话。他说他们厂最近搞了个什么读书活动，又请了在这儿养伤的云南前线战士做报告。他事后想了好久，总之他觉得自已不对。你瞧，这愣头青也知道认错了！……"

这个消息倒真有点出乎李梦白的意料："是吗？真的？"他为小舅子的转变由衷地高兴，"只是，他能坚持下来吗？"

"你也别太不相信他，我看小刚这次是真下了点决心的。"她去接他递过的洗脸毛巾，"看你，浑身一股烟油子味！干啥去了，这么狠命抽，不要命啦？！"

"命也要，烟也得抽。"他说，接着把他刚才同宁倩倩谈话的事告诉了妻子。

方宛眉的第一个反应是："你们在那儿谈，没人看见吧？"

"看见又怎么样？"李梦白想不到她会问这个，话里透着不快，皱着眉头斜睨着她。

她觉得丈夫误解了自已的意思："我还不至于庸俗到这个地步，我了解你，难道你不了解我？可是——"她想起了以前风闻的关于李梦白的闲言碎语，不免生出隐忧。"可是人言可畏，你已经吃了哑巴亏，怎么就没感觉？"

"身正不怕影子歪。"他沉默了一会儿之后，感喟地说，"有你的信任，我还怕什么！"

在"文革"中他作为"修正主义苗子"被关起来挨斗的最困难时刻，在"四人帮"覆灭前后几年他被视为"不堪信任分子"的最难堪时刻，在他被各种曲解包围的最烦恼时刻，他对她说过这样的话；现在，他又说了……她不由得眼眶一热，朦胧的泪雾挡住了视线。她赶紧趁他不注意时用毛巾擦了下眼睛，挤出了一个笑："理解、信任你的人毕竟还是居多的，譬如说老王、小宁……"

他猛地攥住了她的手，把她揽到怀里，亲了亲她湿润的眼睛。

"你……？"

"没啥呀！"她挣脱他跳起来，笑着，"睡吧？"

他却伸开双臂，用力做了几下扩胸动作，坐到了桌边。

"还要干呀？都几点了！"

他拉开抽屉，把那搁浅了半年之久的哲学小册子的提纲翻了出来："现在国外哲学界出现了许多新的东西，难道不该研究研究，拿来为'四化'所用吗！"

他就这样思索着，写着，直到凌晨两点……没想到一睡就睡到这个时候！

"你怎么不叫我呢？！"

"看你睡得那么香，我能忍心？"

他坐在床边上穿衣服，双脚在地上摸索着找鞋子。方宛眉把鞋拨给他："怎么，还去上班？我都托人给你请假了。"

"那怎么行！——小宁今天还得上外边谈稿子，我得跟处里说一下。"他到厨房匆匆刷牙、洗脸，又匆匆把那碗粥吞了下去。

"我走啦！"他放下碗筷拎起了兜。

"哎，"她一怔，追着他喊，"等一等，等一等！"又赶紧跑回屋里，几分钟后出来，手里捧着一件浅灰色的西服。

"哪来的？"他问。

"你就穿上呗！"她深情地说，但是没告诉他，她自己心爱的呢短大衣大概永远不会有了。她拎着衣服，"这，……"他犹豫了一下，终于伸出双臂，穿上了，立即像换了个人，显得年轻了几岁。她脸上漾起了那样

222

一种娇柔的微笑，嘱咐说："你晚上早点回来，别忘了带点菜。"

他正待上自行车，停下回头问："怎么？"

"你忘啦，明天是你的四十'大寿'呀！"

支委会上，郝平在姚子明说了几句开场白之后，介绍了李梦白的情况，说着说着神情激动起来："说实在的，我这个人这些年来，什么样的花花事没少见，不大容易动感情，像你们说的，变得'屁啦吭唧'。可是今天说到李梦白的入党。我还真有些激动。我来报社后一直同他在一个处，虽不敢说看透了他的五脏六腑，但这个人的品格、觉悟我担保没问题，我就闹不明白，为啥他的组织问题这样难解决！你说他有毛病、有缺点，可是我们在座的谁又敢说自己高大完美？他的毛病被看得那样严重，可到底犯了什么'天条'？谁说得出我服谁。"

郝平说完后有那么几分钟谁也不开腔。

倪万才"咳"了一声，将一条腿搭上另一条腿，说："以前大家对李梦白在生活作风和性格上的一些问题是看得过重了些，那也是为了他好。不过我倒是觉得，影响他进步的主要还不是这些，而是政治上的不成熟，这种不成熟有时甚至到了令人担忧的程度，有一次我跟他唠，要争取加入组织，就要清除头脑中的非无产阶级思想，他竟然大光其火，说什么他没搞破鞋，应该有名利思想，这真是从何扯起！要是早几年，他敢这么说吗？还不得跌大跟头呀！……现在有的人就是把落实知识分子政策同取消思想斗争混淆起来……"

王以之听着他的发言，心不觉往下沉。倪万才以前多次跟自己谈过对李梦白毛病的看法，都是说他有名利思想呀，生活作风不检点呀，脾气大呀，昨天还这么认为，怎么今天一下子又变成"政治上不成熟"，而且同

"取消思想斗争"挂起来？照这样去"提高认识"，天晓得明天会提到什么纲上线上去……不能说王以之对倪万才看法不好，但他觉得触摸不着这位同志的"精神实体"，把握不住他思想的脉络……

他还在寻思，郝平却憋不住了，说："我不同意老倪的'政治上不成熟'的说法，这是讨论一个'臭老九'能不能入党，又不是选举党和国家领导人，要他'成熟'到哪儿去？当处长总编？还是市委书记？"

郝平的话引起了几声笑，倪万才的脸蓦地沉下来。姚子明本来是倾向于同意李梦白入党的，听了倪万才那番话之后又有些犹豫。这时他息事宁人地向大伙做了个"冷静冷静"的手势，说："最了解李梦白情况的还是你们理论处，你们得先统一统一看法吧？"

"我再谈一点，"王以之在座椅上挺直了身子，他下了决心，这次无论如何不能让船搁浅了……

天气很好，道两旁的房屋、树木、行人和道上的来往车辆，在明丽的阳光下显得生气勃勃，李梦白已从昨夜的激动、劳累中摆脱出来，心情也变得轻松了。前面就是大桥了，他蓦地想起了那天在桥头曾同一位摩登女郎发生的冲突。这时，他突然觉得身边出现了某种异样的骚动，"……哎呀！""在哪儿？""瞧，在那边——""怎么了？怎么了？杂乱的喊声敲打着他的耳鼓，他本能地刹住了车，一把拖住正从他车旁跑过的男人，问："出啥事啦？""好像是有人掉河里了！"而从桥栏杆那边挤着的人群中响起了"哎呀，快救人呀！"的焦急喊声。

他心头一震，站住了，只一秒钟工夫，他锁上车，撂在那儿，自己挤到栏杆边，探头一望，但见江流浩荡，什么也没发现。"在哪儿？"他问："大概冲到那边去了。"有人回答，接着人群又"呼啦"一下向靠下游的桥栏杆那边拥去。他的自行车被撞倒了，他顾不得去扶车，三两步就靠上了桥栏杆。一个小孩眼尖，伸手指点着："在那儿！在那儿！"他的目光在河面搜索着，终于，浑黄的江水中浮现了红色的衣服和黑色的长发，眨眼间又沉入水中……江水裹着她往下游漂去……

"快！快！"有人向桥头奔去，准备绕到江边下水救人。他也跟着跑，边跑边扭头往江中望，那红点又浮现出来，更远了……

"……以上这些，我认为足以表明，李梦白同志在政治上是比较成熟的。"王以之说到这里，喝了口水，"据我看，他不仅向党组织表示了为共产主义事业而奋斗的愿望与决心，而且在努力付之于行动。当然，强调指出这个主导方面，本质方面，并不是要抹杀他不成熟、不老练的地方和不足之处，像容易冲动，有时好发点牢骚，涵养不够，甚至有时在女同志面前说了不该说的话，这些也是事实，但它毕竟是非主导、非本质的东西，不能再因为这些而把一位追随党多年的同志拒之于党的大门之外。因此，我郑重提议，将李梦白同志的入党问题立即提交支部大会讨论。"

"我不同意！"倪万才做了个愤激的手势，"我们是要落实知识分子政策的，但决不能以给党票的方式来抚慰，来调动积极性！在这个问题上是不能放弃原则的。哼，别看有的人平时说的比唱的还好听，到关键时刻就很难说了！"

……李梦白跑着，突然停住了步子，掉过头来，以最快的速度冲到桥中央，扑到栏杆边，迅速撸下手表——那是方宛眉去年给他买的——往跟上来的一位小青年手里一塞，"劳驾，帮我看着。"接着就翻过了桥栏杆。

"哎哎，你要干啥！"有人惊慌地喊。

"危险！！"有人扑过来想拽住他。

江流浩荡，阳光在波浪上闪耀。那个红点几乎看不见了，而从桥头跑去的人还没来到江边。

李梦白抬头眯着眼看了一下高远的蓝天，脑海中忽然响起了妻子的话："忘了，明天是你四十'大寿'呀！"也就在这一刹那，他猛地挣开那抓着他的陌生的手，纵身从十来米高的桥上跃入了湍急的江水之中……

江两岸无数的行人在那一瞬间看到了这个场面，仿佛看到了一个巨大的"！"号。

支委会呛呛了几乎一上午，仍然没有达成一致的意见。一派坚决主张吸收李梦白入党，一派顽强地要求对他继续进行考验。王以之建议姚子明将会议情况向报社党委汇报，倪万才声称要越级向市里反映，他说，这是党章给党员的权利……

根本不像英雄，也根本没想到过要成为引人注目角色的李梦白并没从他生活着的这个世界上消失。顺着江水泅了一里多路之后，他终于救上了那个由上游漂来的不会水又偏要去游水的女孩。岸边已经跑来了一大群人。他这次可再不想身陷重围了。小女孩被平放在沙滩上；白色的救护车正从江堤的斜坡上一摇一摆地向这儿驶来。趁大伙在小女孩身边忙乱成一团，他赶紧悄声地离开了。后面有人撵了上来，"喂，喂！同志——"地吆喝着，他手向江边的人群一指，加快了步子。

来到烈士塔前的小树林子了。他这才感到十分疲乏，全身上下湿漉漉的，出门时挺括的西装已不成样子，不觉有点心疼，他干脆脱了下来，拧了几把，搭在肩上。头上有太阳晒着，身边有风吹着，很快会干的。他此刻觉得一身清爽，江水似乎洗掉了他的一切烦恼。

只是突然想起，他的自行车，他的手表，一个匆匆之中给了陌生人，一个扔在了桥上，别看它们又破又旧，可是在他却是少不了的，这才有些着急起来……

作于1985年

青山不了情

一

夏雨终于登上了继续北上的431次列车。

车厢内非常拥挤，虽然已到中秋，这里面仍觉热浪逼人。

细密的汗珠从夏雨光洁的前额、小巧而饱满的红唇上面沁出来，湿漉漉的背心紧贴着丰腴的胸脯和脊梁，她真想脱掉外衣凉快凉快，可是别说手伸不开，连身子都转不动。

七八年前，当夏雨还在林业局当宣传干事时，曾多次乘这趟列车往返于省会长春和林业局之间，那时，即便是在人们穿上又厚又重的棉衣棉裤、因而身体仿佛涨大一倍的冬天，她啥时上车也能找到一个座位。可是今天她却被卡在过道里，几乎找不到安放两只脚的地方，当然，她要是早点上车也许还不至于落到如此狼狈的地步，可是昨夜在宾馆的席梦思床上翻来覆去就是睡不着，好容易眯过去，醒来离开车只有半个小时了。拼命赶到车站，已是气喘吁吁。蹬着高跟鞋一阵小跑，双脚刚踏上车门蹬板，列车就启动了。如果她向车门边那位笑眯眯的男乘务员出示自己的黄色记者证，八成会得到优待，被安置到乘务员室或软席包厢的。但她没有那样做，她此行纯粹是为了一件只属于她的私事，干吗让不相干的人介入呢？她宁愿像没到北京上大学、当记者那样，作为一个普通乘客，更确切些讲，作为一个寻求曾一度失落幸福的女人，挤在人丛中，开始这人生的一段旅程……

然而连她自己也觉得奇怪：上车前的多少天里，她抱着那样大的决心，对那个既没有迪斯科，也没有香槟酒的山沟沟怀着那样热烈的向往，为了使此行变为现实，她做出了那样大的努力，付出了那样多的代价，但现在，当列车载着她向目的地驰去时，她却又犹豫起来：自己这样做值得吗？有没有可能呢？会得到什么结果？

"……你，你，简直是胡闹！不可思议！不可理喻！"十天前，当她在北京站旅客大厅的电动扶梯前同赶来送行的王光复吵崩时，他气急地挥着手，当着那么多过往旅客大发雷霆，连暗红色的领带也随着剧烈的动作，从敞开的西服里飞了出来。

她还没见过他这么发火的样子。

本来嘛，长春这个报道线索对于她所在的报社来讲，是无足轻重的，她的部主任也说："这个差事我就不搞'指令性计划'了，让没到过长春而又想去看看的同志顺手抓抓吧。"可是没人吱声。倒不是她的同事们都来过长春，而是因为在这秋高气爽的季节，南方的江浙、两广一带对他们才有吸引力，要不，去新疆、西藏也行；至于长春，如果是在北京挥汗如雨的七八月份，那倒可以考虑。

"我去。"夏雨说。

"你？"主任颇感意外，"你不是从那儿来的吗？"

"是的。正因为如此，我想再去看看。"

主任盯住她的眼睛，似乎想猜透她的心思，但终于什么也没说，点了点头。

王光复却大为诧异。

"你该不是闹着玩儿的吧？"

"谁闹着玩儿？我是去采访。"

"干吗不跟我商量商量？"

"有这个必要吗？"她微微侧过头，斜睨着他。她这个姿态是很美的：小巧的、鸭蛋形的、覆盖着黑亮如墨玉的长发的头，由那修长、圆浑、洁白的脖颈呈优雅弧状地安放在前胸高耸的身躯上，使他一见就不期然地想起少年时代见过的一幅西洋油画。当年在林业局时，不正是这种美像电击样震撼了他的心灵吗！他不觉有些心旌摇摇，然而此刻，他从她长长的睫毛下面看到的既不是娇羞、朦胧的云影，也不是热烈含情的波光，而是一种他没见过的平静中含着冷漠的眼神。

他不觉干咳了两声："这个，我是说，你看，我们出国考察的事，上面已经批下来了，昨天头头说，很可能中秋前后就会动身，你这个时候……"

"那有什么，你出你的国，我出我的差，互不影响嘛！"

"你怎么这样说？怎么这样说呢！"

他这种情急的样子使她的语气软下来，并且在唇上漾起了一个温馨的笑："老王（她为什么不叫我光复了？——他想），这个时候出差又不是我决定的，领导叫去的呀……"

230

"不，我看得出来，是你自己要求去的——小雨，你不知道，虽说这次出国是个很难得的机会，我盼它盼了很久，可一想到要离开你这么久，我心里就不是滋味……"

他的声音变得低沉、嘶哑了。她垂下了头，臂部靠着写字台，两手撑着桌沿，由此而显得愈加丰满的胸部随着呼吸出现了美妙的律动。他默默地凝视着她，一点、两点，就像泉水汩汩涌出一样，他心中的温情和着一种说不清的欲望，迅速地漫遍了全身。

"啪"的一声，他冲动地站起来，绊倒了凳子。

夏雨抬起头，那明净的大眼睛里闪过一丝惊慌和警惕的神情。

"好吧，"他避开她的目光，双手无力地耷拉着，"你走的时候我送你……"

他的沮丧和痛苦几乎要动摇她的决心，她赶紧说："哎——"

他停了一下。

"不用了，我明天就走……"

他什么也没表示，走了。

第二天十一点来到北京站，广场上熙熙攘攘的人群中没有他，她不觉松了口气，但同时心头又涌上一股惆怅。这是她当记者以来第一次出远门没有他来送。嗐，五年，同他交往的这五年啊！·……她下意识地揉了揉有些发酸的眼睛，拖着吱吱发响的有四个小轮的旅行兜，进了旅客大厅。

他在！挺括的咖啡色西装，暗红底的领带，棕黄色的皮鞋，衬着一张眉目清秀的脸——他手里拎着一袋巧克力、糕点和水果，正立在电动扶梯旁，上电梯的人，尤其是姑娘们，都禁不住要瞅他一眼。

"我还是来了，虽然你不欢迎！"他低声说。一夜不见，他脸上明显地带着失眠和疲劳的痕迹，微蹙的眉头和下垂的嘴角显得心事重重。

她没吱声，低头看看自己蓝色牛仔裤管下露出的高跟鞋尖。

"小雨，恕我直言，你这次出差，最终目的地不是长春吧？"他说，整个表情都在乞求她做出否定的回答。

"是的，不是。"她立即回答，怕心头的怜悯再翻上来。

"找老申去吗？"声音像从牙缝里挤出来的。

她沉默着。

他突然发起火来："荒唐之至！你，你……"气愤、痛苦、受辱的感觉塞在心头，使他薄薄的嘴唇直哆嗦，"好，好！……"他反复念叨着，突然猛地挥了挥手，气咻咻地掉头就走，另一只手里还拎着那晃里晃荡的食品兜。

在那一刹那间，她好不容易才克制住自己，没去追他……

王光复说的对，她这次去长春，的确是"醉翁之意不在酒"。这一年多来，长白山的大森林带着一种诗意、一种温馨，愈来愈频繁地出现在她的梦幻里、怀想中，王光复的温文尔雅，他的硕士学位，他的出国，他们将会有的舒适家庭，这一切原先她所珍视的、闪光的东西，现在与她新的追求相比，都显得黯然失色了；王光复虽然近在身旁，和她过着一样的时兴的物质文化生活，却逐渐从她处女的心中消失了，而那个远在数千里之外的大森林中过另一种生活、作另一种奋斗的人，则以他的精神力量笼罩了她。王光复的柔情、痛苦、愤怒，尽管不止一次地使她歉疚、心软，甚至犹疑，但到底改变不了她的决定，阻止不住她扑向那好像处于另一个世界的森严、古老、质朴的大森林。

"北海，北海，你现在在干什么呢？"在从北京到长春的列车上，在长春采访的几天中，夏雨时时在心中这样呼唤着、揣想着那个离别四五年，很快又要见到的人——她的兄长，她的严师，她的……粗犷的男子汉……

列车在轻微震颤着，摇晃着。这是趟慢车，几乎每经过个小车站都得停几分钟，每到一站都有人下车，也都有人上车，车厢里总也不见松快多少。夏雨乘有人下车腾出空当的机会，终于脱掉了外衣，顿时觉得爽快多了。她瞅着车窗外的站台，想象着他正在那儿等着她，不觉怦然心动，顿时觉得脸发烫。列车继续奔驰着，摇晃着，车窗外还是那些她曾见惯了的山，见惯了的河，见惯了的田野，然而，到处都有她过去从未见过的新的砖瓦住宅和厂房，田野的大道小路上跑着的汽车、拖拉机似乎也比以前多了，更叫她惊奇的是，她看见一个开拖拉机的小伙子居然着一身西装，只是戴了一顶油渍麻花的旧军帽和同样是油渍麻花的白手套。啊啊，生活，你真是说变就变呀！哪怕旧的生活方式延续了几千年、几百年、几十年，只要时机一到，就会以令人难以置信的速度改变着……

这种感触使夏雨突然产生一个想法：如果申北海和王光复都看到了这位开手扶拖拉机的小伙子，他们会怎么说呢？

"嘿，你瞧他那不伦不类的样子！不懂就不要穿嘛！"王光复肯定会这样指指点点。

申北海，他准会思索着，阐说着："在某种意义上，我从这小伙子身上看到了我们国家的形象，旧的东西由于物质上的、习惯上的乃至心理上的原因，还没全部消失，但是新的、属于现代世界的东西已经在武装他了……"

王光复说的当然是对的。她以前不也是这么认为吗？可是现在，她宁愿听申北海的，他的话给人以启迪，以希望……

那儿，她过去曾经生活过，留下了甜蜜和苦恼，现在又很快就会重新见到的地方，会是怎样一番变化呢？

夏雨怀着满腔柔情想象着。但是她的思维受到了无形的干扰，那是来自斜对面座位上的几双目光，她凭女性的敏感察觉到了。但是只要她一瞅那儿，那几个小伙子就收回目光，嘻嘻哈哈、没头没脑地瞎扯上了。她低下头，看见了自己在嫩黄色拉毛紧身衫下面浑圆的凸起处。没有人比大龄姑娘更注意自己给别人的印象了。已经三十岁的夏雨知道自己的容貌、自己纤细的腰肢、丰满的臀部、修长匀称的身材对男性会产生怎样的吸引力。当她在北京的街头、会场行走和出现而受到人们的注目时，她会产生一种秘密的喜悦，一种女性的满足；她也和现在大城市的年轻姑娘一样，不害怕显露造物赋予她的得天独厚的风姿。然而此刻，她却掉转了身子，正好对面有位旅客下车，她就赶紧填补了他的空位，重新把外衣穿上，并且一个一个地扣上了扣子。"我是怎样离开他的，就要怎样回到他身边！"她想，"我的一切都是属于他的……你们窥测什么呢？"

可是，可是，他属于自己吗？这个由"我是属于他的"命题所必然产生的念头，使她的心突然往下一沉；五六年前，在林业局机关前的公路上，他对她那粗暴轻蔑的情景也蓦地浮现在眼前。她不由得举起一只手遮住了眼睛。然而，往事中那些不愉快的东西隔得断、遮得掉吗？

二

松辽平原留在后面了；丘陵、山崖、湍流、森林开始映入车窗；列车跨过湍流，穿过树林，继续向东运行……

不断有旅客上下车，夏雨的位置也由靠近过道逐渐挪到靠着车窗了，她趴在茶几上，一手支着腮帮，望着车窗外掠过的那似乎很熟悉、但又很陌生的景物出神，只有当乘务员来擦、扫地板，喊着"请抬起脚来"，或者吆喝着"谁要开水"时，才打断她的沉思默想。

夏雨是一九六九年上山下乡高潮中由北京来到长白山下的农村插队的，那时她的父亲——外交部的一位司长——正被隔离审查；她的母亲——北京市文化局的一位中层干部——即将被发配到湖北的一所文化系统"五七干校"去，她在农村的处境是可想而知的。好在一九七三年时父母的问题基本得到了解决，一九七四年时她所在县的林业局要组建文艺宣传队，到附近农村的知青点去物色人员。她因苗条的身材、漂亮的容貌和一口纯正的普通话而被录用。她到宣传队才半年，刚排练了几个舞蹈，又因写歌词、写墙报而显露出来的文字能力被调到局宣传科当报道干事了，那年她才二十一岁。

"这是小王。"宣传科长向她介绍科里的人员时，指着位相当英气的高个子青年说，"北京来的大学生，咱们的大笔杆。嘿嘿，你们是老乡，以后，你们一个多教着点儿，一个多学着点儿。眼下搞'批林批孔'，咱们任务不轻哪！"

在林业局那样偏僻、遥远的地方，"都是北京人"如同"同是天涯沦落人"一样，本身就会使人自发地、自然地产生一种亲近感、信任感，加之王光复、夏雨同在一个科室，又正处于那样的年岁，所以一见如故，接触频繁。王光复真是个人才。他看上去斯斯文文，少言寡语，对外界的反应似乎也不怎么灵敏，但实际上却是很热情的，至少对她是如此。他知识面相当广，几乎什么都知道一点，平时不说则已，一说就是成套的。他那徐缓顿挫的语调和内在的逻辑，使得你非听他讲不可。但是更叫夏雨佩服的还是他那一手写功，不管什么材料，到了他笔下，都写得头头是道，速度快，文笔也好。有一次局里召开"抓革命，促生产"的动员大会，局办公室的两位秘书花了半个月搞出个报告，革委会主任看后很不满意，"枪毙"了，指令重搞。当时离开会只剩下两天了，那两位秘书叫苦连天，束手无策，幸亏其中一位灵机一动想起了王光复，求到宣传科长，这桩苦差转嫁给了他。王光复本不想干，架不住科长的面子和"这是眼下全局最大的政治"的压力，只好接受下来，连轴转了一天一夜，拿出了一个近两万字的新稿子。送审时，夏雨亲耳听见革委会主任赞赏地说："好哇，这是新生的红色政权建立以来我见到的最好一个报告。知识分子还是可用的嘛！"

然而叫她不解的是，对当时正在轰轰烈烈开展的"评法批儒"运动，王光复似乎有些"消极怠工"。逢到必须一本正经发言的场合，他说的并不比报纸上说的差，但要他以局"大批判写作小组"或"局革命委员会写作组"的名义写文章，他却总要找个理由或借口推脱掉，实在推不掉，他也就奉命作文，但写出来的东西连宣传科长看了都直皱眉头："你的写作水平上哪儿去了？！""我又不是学历史的。"他显出一副委屈的样子，"叫我写这玩意儿还不是赶鸭子上架！"

"你这是咋回事啊？"夏雨忍不住私下里问他。

他眨眨眼睛："你不是外人，我实话跟你说吧，那种玩意儿不是写不了，是我不愿写。"

"为啥？"

"那不是真学问，纯粹是扯淡。你想，如果不是上头又出了什么路线斗争，何必把那些古人、死人拉出来吹一通，批一通？说不定这次又该什么人倒霉！而事实是，倒霉的，比如你爸爸，往往都是好人。这样整下去，真不知道是啥结果。你说，我去扯那个淡干啥！"

"噢，是这样……"这些话她闻所未闻，听得目瞪口呆。沉默了一会儿，她问："你这是听谁说的？你自个儿想的？"

"老申就这样看，我们常在一块儿议论……"

"哪个老申？是不是申北海？"

王光复点点头。

这个申北海，夏雨来局机关后经常听人说到他。开始她没在意，说的人多了，她也忍不住打听一下。知道这人也是和王光复一道由北京分来受"再教育"的大学生，学经济的，局里原来想把他和王光复一起调到机关工作，但结果只来了王光复。有人说是他自己坚决不干，继续留在森铁当"以干代工"的养路工；有人又说是因为他有海外关系，政审不合格；还有人说他水平不如王光复；另一些人则透露，此人胸怀韬略，按理论水平、工作能力、组织能力，是个将才，不仅王光复赶不上他，局里也无人可比，"只是他那一套行不通……"说的人这样补充一句，搞不清是讥诮还是惋惜。

这各式各样的议论不免使夏雨产生了几分好奇，以她那微妙的少女心理，自觉不自觉地给他塑造成这样的形象：高大的个子，长长的头发在前额垂下一绺，双臂动不动就自负地抱在胸前，一双有神的眼睛像马雅可夫斯基那样看人，目光里含着阴沉、讥讽和愤世嫉俗……

现在听王光复一说，她来了兴趣："老申是个什么人啊？"

"你想见他？晚间我领你去。"

这天晚上，王光复领着夏雨，穿过一片漫山坡而建的林业局家属区，来到紧靠边边的森铁单身职工宿舍，俗称"跑腿子窝"的处所。这是一栋一字长蛇形的简陋平房，前门冲家属区，后窗却对着不远处半山腰的一片坟地。王光复和分到森铁处的另两名学生住在平房一端的屋子里。

门一开，一股林区特有的"蛤蟆头"卷烟的呛人气味冲鼻而来，夏雨差一点打个喷嚏。亮着十五支光电灯的房间里乌烟瘴气，她只朦朦胧胧看见顺着墙的一溜长炕上，一字儿头朝里倒着五六条汉子，王光复用路上随手折的柳条子"劈劈啪啪"地抽打着他们的裤腿，嚷道："快起来！你们看谁来啦！"

炕上的人停止了高谈阔论，纷纷坐起来，"啊——"好几个嗓子同时出了声，似乎感到惊奇、意外。

唯独炕梢那个人还倒着，没动弹，只是把一条腿压到了另一条腿上。王光复这次没去用柳条抽，而是用手拍拍那人尖端破了个小洞、露出发亮脚趾甲的旧森工鞋，亲昵地叫道："老申，我们科的小夏来了！"

"是吗？"那人漫不经心地应了声，这才两臂撑着身子坐起来，打量夏雨一眼，然后下了炕，"噗"地把嘴里叼着的"喇叭筒"吐在地上，微微一笑，伸出了手掌："我叫申北海，欢迎你！"

这就是申北海？个子倒不算矮，但尚不及王光复，肩膀相当宽，身子却很瘦，劳动布的灰蓝色工作服穿在身上就像挂在衣架子上，皮肤黝黑，眼睛不大，哪有什么长头发呢？短短的发茬子齐刷刷地立着。他身上、脸上几乎都是直线加三角，给人硬邦邦的感觉。夏雨莫名其妙地有些失望。不过他笑起来露出一口又白又齐的牙齿，整个脸部洋溢着一种压抑不住的刚毅之气，倒很有些男子汉的魅力。她跟他握了下手，感到那手大而有力，掌面锉子似的粗糙。

申北海带了个头，其他的人于是一个接一个同她握了手。王光复告诉她，这些人不是分到局里的大学生，就是同他们要好的青年工人，一天班下来，大伙儿有事没事总爱到老申这儿来串门。房间里没椅子，而且那窄窄的一条地面也搁不下几把椅子，难怪并排躺热炕上吞云吐雾，就成了这个"精神沙龙"成员们消除疲劳、交流各种消息的最佳方式。但是夏雨一来，这种传统就打破了，申北海同她握过手后甩掉鞋子，坐到了炕上，其他人也不再躺下了，他们坐着占了大半拉炕，让出热乎乎的炕头，她就斜歪着身子靠墙坐下来。

大伙儿同她闲扯上了，问东问西，说些林区道听途说来的奇闻逸事，故意逗乐子，只有申北海坐在那儿旁若无人、一声不吱地抽他的"喇叭筒"，看都不看她一眼。当她和王光复谈起局里的头头脑脑们如何为今年新增加的木材生产任务发愁，准备在全局掀起"批林批孔"高潮，通过"革命大批判"为生产开道时，有人问申北海："我说经济学家，如果让你当革委会主任，你会咋整？"

"那肯定把生产突上去了。"有人接话。

申北海说："过奖了，我可没这能耐。别说我这辈子当不上个芝麻官，就算我时来运转，像桑科·潘扎当上市长那样当了什么'主任'，靠那一套也玩不转。"

"那你说该咋办？"

"去问'中央文革'吧，他们是'神'！"

话说到这份上，大伙儿不吱声了。申北海从他的被子下面摸出一瓶二

239

锅头，哗哗地往茶缸里倒了一半，自己先喝了大口，举起来："为局里的'革命大批判'增添了新生力量干杯！"大伙儿接过去，轮流喝上了。有人叫："这是干啥？"

"唱支歌吧，乐和乐和！"大伙儿一致叫好，可又没人起调，于是各人拣自己会唱、爱唱的歌子唱起来，不知谁又拍起了炕沿，别人也跟着拍，尽兴闹腾了一番，直到隔壁的工人师傅来敲门，才算拉倒。

在送夏雨回女宿舍的路上，王光复问："怎么样？"

"什么'怎么样'？"

"咳，你呀你，我是说，挺热闹吧？往后你晚上没事，常去玩玩呗，反正都是'老臭'。"

"我才不去呢！"她说，"我受不了那烟呛！"

实际上，她是觉得申北海这人不好接近，他对她的冷淡不恭还在其次。

她真的有好些个晚上没再去了。但不知为什么，有好几次她毫无来由地想起了申北海那尖上露了个小窟窿的鞋和他"哗哗"往茶缸倒酒的样子，想起他以那样的口吻说的"他们是'神'"这句话，这里面好像有许多值得琢磨的东西……

有一天，夏雨去储木场办事，路过森铁站时，局机关的一位同志交给她一封信。一瞅封皮，是父亲写来的。那阵子正赶上她父亲要恢复工作，"安排到哪里"成了她全家"唯此为大"的事情。她迫不及待地拆开信封，边走边看。父亲信上说，组织上原准备派他到我驻非洲某国大使馆当参赞，不知为什么突然又撤销了这个决定，……看到这里，她不觉止住了脚步，焦急地继续读下去，父亲说，上面让他依旧在家等待分配。就在这时，汽笛骤响，震人耳鼓，她一惊，只见自己正站在铁轨的枕木上，离她七八步远，一辆森铁机车正喷着气，急速地往她站的方向倒车。

她被这意外的事情造蒙了，尖叫一声，双手下意识地捂住了眼睛，同时觉得自己的腰肢被什么坚硬的东西——在她的瞬间幻觉中像是强有力的巨大鹰爪——牢牢抓住，整个身子飞离了铁轨……

机车隆隆地驶过去了，驾驶室的窗口露出了司机满是油污的惊慌的脸。

她惊魂未定，这才看清眼前站着的是申北海。刚才正是在路边作业的他，猛扑过来，用自己的臂膀使她脱离险境！

"我，我……爸爸信……"她脸色煞白，结结巴巴。他弯腰从路基旁用两个指头夹起那封失落的信，递给她，生气地吼道："什么信也不能站在那儿看，玩命呀？！……"

他的模样真凶！

晚上躺到炕上，父亲信上说的那些已几乎不在她脑子里留什么痕迹了，而她腰肢被他胳臂夹着时的感觉却长长占据了心头。

她成了"精神沙龙"的常客了。在她的心目中，那儿的一切：铺着苇席的土炕，那张堆满了书的东倒西歪的桌子，房间里浓浓的、呛人的烟雾，他几乎露出脚趾的森工鞋……都强烈地吸引着她。

"老臭"们来了后照旧是鞋也不脱地倒在炕上，头枕着卷起来的被褥，高谈阔论，而炕头则成了她的专座。从某某"老娘儿们"一个巴掌扇掉掌柜一个门牙，掌柜的却诈称是同"阶级敌人"搏斗时打掉的，到局里各派、各头头的历史及其相互间的矛盾，某主任跟省里某要人的神秘关系，省里这要人从局里白拿了多少木材；从局里的政治、生产形势，到

《资本论》到底还管不管用，再说到"形势大好，越来越好"等等，他们什么不谈啊！

夏雨发现，当大家胡拉乱扯、信口开河地说些街谈巷议，奇闻逸事时，申北海很少插话，总是斜靠在行李上鼓捣他那喇叭筒烟，脸上是一副"姑妄听之"的神情，有时竟干脆闭目养神，而别人也只顾说自己的，不去搭理他，似乎他是个可有可无的角色。可是，有一次申北海有事不在，大家虽然来了，照样往炕上一倒，却不论扯什么都似乎不来情绪，王光复说起局广播站那个漂亮的女播音员搞上一个当兵的，这类爱情故事本来是这帮"跑腿子"最喜欢议论的话题，可现在也得不到热烈反响，只有一个人漫不经心地说了声"是吗"，就哑场了，直到申北海回来，大伙儿的情绪才又上来了。夏雨还发现，尽管别人闲扯时不去理会申北海，但只要涉及到政治上、理论上、工作上的正经事儿，不是这个就是那个会问："你说，是不是这码事，老申？"或者"老申，这个问题你咋看？"而申北海往往会这样回答：我的看法"你们还不知道吗？那都是被打翻在地，又踏上一只脚的'私货'……"接着，他就会慢条斯理地说出一番"非常之论"，声调不高，可是那种内在的逻辑力量却令人折服。

"……老申这人挺有意思的。"夏雨有一次在办公室里画什么表格，忽然这样自言自语。坐在她对面的王光复正在为科里起草一份工作报告，闻声抬起头来，瞥见夏雨细白的牙齿咬着圆珠笔杆，乌黑的眼睛里闪耀着遐想的光彩，而微微上翘的小巧的嘴角则含着他从未见过的一种笑意，不觉心头泛起一股异样的情绪，嘴里就吐出几个字："怎么啦？"

"他是你们的头儿吧？"她突然问，目光也射向了他。

"啥头儿？我们各人有各人的头儿！"

"咳，谁跟你扯这个！我说老王，跟你说正经的，不是听说他在写书吗？"

王光复半天才"嗯"了声。

"啥内容？"

"还不是他那改造企业的一套！小夏，说实话，老申这人是挺有头脑的，可是，也不看看这是啥时候？他那一套明摆着不行嘛！不行还硬要点灯熬油地去干，这不是有点那个，那个——"他不说了。

"像孔老二？"她笑着帮他说了出来。看王光复不吱声，她换了副一本正经的样子，问："你说，你跟老申，到底谁水平高？"

这个问题王光复一时无从措辞，"你看呢？"

她诡谲地笑了，唱歌似的回答："我——不——知——道！"

……啊，大概就是从那个时候起，她才真正意识到自己悄悄地爱上了申北海吧？夏雨回想起这些往事，微微翘起的嘴角又浮出了笑意。

"谁要开水？谁要开水？"她一回头，正迎上上车时在车门口见过的那位男乘务员，他拎着一把裹着白布套的大水壶，眼睛探究似的盯着她。她觉得自己的心思被他猜着了，赶紧摇了摇头。他走了。她往椅背上一靠，一只手抱在胸前，另一只手支着它，遮住了自己的眼睛……

那是怎么发生的？她说不清，但却像是昨天的事……她清楚地记得，那是夏天的一个傍晚，白昼的暑热还没消退，林业局忙活了一天的人们吃过晚饭，都像往常一样，有的赤着脊背，有的端着脸盆，涌到了那条发源于深山老林的小河旁，妇女们只穿小汗背心，光裸的双臂将长长的头发浸到清凉的水里，男人和小孩则将整个身子泡到了河水中，等到洗净了头发、身子，就在石头上捶洗衣服，或者在河边的沙石地上纳凉，孩子们则漫河滩地追逐、嬉闹。她和申北海第一次不是在他的宿舍里，而是在河滩上相聚了。山那边火一般燃烧的晚霞将河水染得通红，也给她白皙的脸和洁白的短袖衬衫染上了一层红晕。她意识到自己是动人的，这从那些男人向她行"注目礼"的眼神中可以看得出来。她多么希望申北海也向她投来火辣辣的眼光啊！可是他却默默地走着，晚霞在他眼里映出迷惘不定的光彩。

"说点什么，老申，说点什么吧！"她说。他说什么都行，只要不沉默就好——在这样的傍晚……

申北海掉转头，那仿佛漫不经心的目光掠过她的全身，在她脸上凝住了。目光中有那样多的赞美，那么深的柔情。她突然感到心慌意乱，他却从来没有过地一把抓住她的手："走，上那边！"他们在河滩上跑了起来，青春的血液在他们全身奔涌，河滩上大大小小的卵石绊得他们跌跌撞撞，气喘吁吁，可还是跑着，笑着，叫着，虽然连他们自己都不知道为啥笑、叫着什么。

洗澡、纳凉的人们被远远甩在小河的下游了。几只叫不出名字的山鸟急速地拍打着翅膀，掠过河面，箭一般消失在河对岸已不辨枝叶的黑森森的树林子里。暮色笼罩了地面上的一切。看得见的只有头上眨眼的星星。

"哎哟——"跑在后面的夏雨脚下一滑，摔倒在地上。前面的申北海猛地止住了步子。"怎么啦，你？"他跑过来在她身边蹲下，正要去搀扶她，却冷不防被她两条冰凉、潮润的膀子抱住了脖颈，他挣了一下，她抱得更紧，于是，两个健壮的、青春的、只隔着薄薄一层单衣的肉体贴到了一起。

"北海，北海，……"她闭着眼睛，低低地呻吟着，此刻的她，已经什么都不顾了，脑子里只有那躺在海边等待着心上人的女舞蹈家邓肯……然而她渴望着的销魂蚀骨的事情并没发生。他的头缓慢地但又是坚决地离开了她的脸，她不由得松开了臂膀。

"嘻——"他双手抱腿坐在地上，沉重地长吁一口气。

她也坐了起来，靠着他。他激情过后的脸庞在幽幽的月光下显得苍白冷峻。

"要是没有那些糟心的事，生活该有多好！"他感慨系之。她知道他指的是正在搞的"评《水浒》"和"学习无产阶级专政理论"的政治运动，环绕着她的诗一般的情境就一下子消失了。

"以后，你少上我那儿一些，最好是不要去了。"

"怎么？"她一惊，"为什么，啊？"

他思索了一下，告诉她，前两天局保卫科和森铁处的头头把他叫去，满脸飞霜地追问他，他跟那些臭老九们散布了一些什么极端错误的甚至反动的观点，是不是想搞"裴多菲俱乐部"，等等。

"他们怎么知道的？"

他仰望着满天星月，不吱声。

"那你咋说的？"

"我什么也没说，也不想说。"又沉默了一会儿，他忽然蹲起，盯着她："你还记得吧？有位著名科学家说过，如果给他一个支点，他可以撬动整个地球！后来列宁也借用他的话说，有了这个支点，就可以改造整个俄国！我们这些小人物当然不能跟这些伟大人物比肩，但是，七尺男儿，谁愿碌碌一生？谁不想干番事业！"他眼里闪着激情的光芒，她觉得像两颗星星。"现在这一套搞生产的办法，简直是自己糊弄自己！大批判？不就是耍嘴皮吗？靠嘴皮把生产吹上去，这人类的历史恐怕就得改写了。你没见局里的头头脑脑为今年的生产任务发愁吗？其实，只要给我一个支点，我就可以改造林业局这整个企业！可悲的是，眼下除了造反、争权、闹摩擦、耍嘴皮，再没有可以让人一试身手的地方！我不知道这个支点在哪儿，也许它根本就不会有……"

"你写的书呢？"

"那顶多只能算是杠杆，而没有支点的杠杆是一文不值的。何况，连我自己也不知道自己的命运将何以终……"

事隔六七年之后，夏雨回想起来，还能感受到申北海当时说这些话的悲凉意味。他似乎爱事业更胜于爱她，这多少使她有点嫉妒，但也因此更爱他，没有事业心还能叫男子汉吗？她相信，一旦有了"支点"，他是会干出一番事业来的，虽然她不清楚这"支点"究系何物。

就在这次河边相会不久，申北海被"内控"起来了，每天上班干活，总是两个人盯着他。"精神沙龙"自然不存在了。夏雨突然被从宣传科调到局工会，理由是"工作需要"。她当然明白是怎么回事。人们看她的眼光似乎也变了。她有一阵子非常苦闷，一直盼望申北海某一天夜里会来叫她："咱们走吧！"她将毫不犹豫地跟他走，无论去天涯还是海角……然而他并没来，而且，当她在铁道边看见他，向他投去热切眷恋的目光，想同他说点什么时，他不是躬着背只顾干活，装着没看到她，就是仿佛不认识她似的，一声不吱，她只能从他脸上微微抖动的肌肉和眼神中感受到他内心的波澜。

王光复还在宣传科。看来他并没有因此而喜形于色，相反，倒是时时面有愧疚之情，似乎为自己没有和申、夏二人一样倒霉而不好意思。他还像过去在一个科室时那样对待夏雨，不，比过去更热情，更关切了。在路上，在局机关的院子里、走廊上碰见，往往是他老远就招呼她。外面来了什么文艺演出队和电影片，他总要给她弄几张好票。有一次她病了，他冒着风雪，用手推车将她送到几里外的医院，住院期间，他几乎每天都来看她，虽然话不多，那无声的情谊却是不能不在她处女的心灵上留下痕迹的。对于申北海的遭遇，他深为不平："他妈的，这茬子也下得太狠了！"

"你说，"她忽然想起一件事，"局里怎么会知道的？"

"那能不知道吗？"他立即回答，"老臭们聚在一块儿，高谈阔论，太招风了。"

这似乎是个原因。但她有一次看到报上有一篇署名局革委会写作小组的文章，是谈"全面专政"理论的，块头还真不小。她找到王光复："这是你的大作吧？"

"是呀，你看怎么样？"

"你怎么也写起这玩意儿来了？"

他收起了笑容，严肃地说："小夏，不是我说你，咱们这些从学校来的人，有时思想也太僵化了点，一头进什么框子里去就出不来。这学习无产阶级专政的理论同'批林批孔'可不一样，这是从马列主义老祖宗那里传下来的。咱们虽然对许多事情都有自己的看法，但总不能不要无产阶级专政吧？这些日子我反复考虑了很久，对那些花花玩意儿、拿不准的东西咱不搞，要搞就按照马克思主义干一番事业！'文章千古事'，我是学中文的，不写东西还谈什么事业？！我不奢求自己的文章'藏诸名山，传诸后世'，但求这一辈子不白过。"

他说的也有道理。夏雨觉得面前站着的是一个有抱负、讲实际的人，看来，自己过去并没真正了解他。

这以后，中国这片古老而年轻的土地上，发生了一系列由大悲和大喜交织而成的巨变。具体到林业局，申北海被解除了"内控"，夏雨也回到了宣传科。不久，又恢复了研究生制，开始招生。夏雨兴冲冲地找到申北海："考研究生吧！老王现在劲头可足了，没有任务、不开会，在科里简直见不到他影子，他还跟我说，叫申北海也考吧，赶快离开这鬼地方……"

"不，我不想去考。"

"怎么？为什么？"她惊讶了，摇晃着他的胳臂一迭声询问，"这儿还有什么值得你留恋的？凭你的水平，只要有一个'支点'，什么事业干不出来？现在机会总算来了，你却这样，我想不通！"

"别生气，小雨，你看，我是搞经济的，这门科学最需要同实际相结合了，我们千里迢迢来这儿不容易，前些年白白糟蹋了时间，什么也没搞出来，现在正像你说的，机会终于来了，是干它一场的时候了！这时候走，也许是一个终生的遗憾；再说，我那部书——"

"算啦算啦，你不考拉倒！"她真的生气了，而且感到伤心，门一摔冲出去了。

两个月后，结果揭晓：王光复一举考取了中国社会科学院文学研究所的研究生。这成了林业局的大新闻。多少人向他竖起大拇指，多少人向他投来欣羡、佩服的眼光！于是，是王光复还是申北海水平高的争论有了结论。传出来的消息不是申北海不想考，而是他自知考不上，不敢去考了。局机关两个最漂亮的本地姑娘立即给王光复写了表示爱慕的信。

王光复并没有被成功冲昏头脑，他说："老申不鸣则已，一鸣必定惊人。你们等着看他明年金榜题名吧！"

夏雨本来觉得窝囊透顶，伤心透顶，咬着嘴唇好容易才没让泪水溢出来。王光复这几句话多少使她心里熨帖了些。

王光复又将他收到的那两封女性求爱信给她看了。

"这，什么意思？"。她有点出乎意料。

"我，我，"他垂着眼睛，声音有些颤动，"我觉得，我的一切对你都不应该有什么隐瞒，尤其是在咱们马上就要'再见'的现在。"他把，"再见"两字说得很重。

他走了。她和申北海去车站送别了他。回来的路上她一句话也没说。回到宿舍，一头扑到炕上呜咽起来了。第二天没上班，申北海来看她，默默地坐了好一会儿，临走时他轻轻抚摸了一下她的手背，低沉地说："小雨，如果你一定要我考，我明年就去试一试。"

她这才觉得失去的阳光重新回到了心上。

王光复到北京不久，就将考研究生的各种试题寄了来，同时还寄来一套高考复习资料，他在给夏雨的信上说："十年蹉跎，青春虚度。'四化'需要人才，你也向大学之门冲刺吧！"与此同时，她那即将出任驻东欧某国大使的父亲也来信说，母亲年老体衰，身边无人，希望能回北京。夏雨动心了。

她征求申北海的意见，他坚决支持她考。半年多的时间里，她几乎天天开夜车，复习功课。申北海也在开夜车，却是在撰写、整理他的书稿。她发现这一点后不止一次劝过他，要他把书稿先放一放，准备"考研"要紧。他说："这个道理我也不是不知道，可是，实践中出了那么多材料，那么多问题，不把它整理出来，对'四化'建设是个损失，弄得我欲罢不能……至少为了你，'考研'我不会落下的。"

翌年发榜，夏雨考上北京一所名牌大学的新闻系，申北海则名落孙山。她又气又恼，又失望。当她在路上碰见申北海和另一位"老九"一道走来时，她故意和那位"老九"说说笑笑，而把申北海晾在一边。申北海一手插在裤兜里，一手夹着支烟，瞅着谈笑风生、目不旁视的她，脸色愈来愈阴沉，腮帮上的肌肉直抖动；突然，他将手中燃了不到一半的烟狠狠地摔在地上，猛地转过身，一声不吱地大步走了。泪水一下子涌到了她的眼眶，张了张嘴，但却哭不出声来……

三

夏雪后来不止一次冥思苦想过，就是此刻在火车上也仍然在思索，倘若在那难以忘怀的夏夜，在诗一般的河滩上，申北海顺从她的意愿、占有她的话，那将会是另一种结局吧！或者是留在了林业局，或者是为把他调到北京大费脑筋，或者是天各一方，金风玉露盼相逢，那样，当然会有许多麻烦、许多苦恼的，但其中也自有乐趣，至少不会有纠缠她几年之久的那种苦闷、遗憾、歉疚、惆怅……

她清楚地记得，当她考上了大学，在北京站一下车，就在站台上见到了王光复。一年不见，他竟变得那样有气派：原先清瘦的脸庞丰满了，一丝不乱的头发显然是上了发蜡，乌光闪亮，三接头的尖皮鞋一尘不染，那身相当考究、她一时还叫不出名目来的时新衣裤挺括、雅致，还散发着淡淡的香气，使他显得比她在林业局刚见到时还年轻、潇洒。在那一刻，她甚至有自惭形秽之感。

"我就知道咱们要'再见'面的！"他劈头就是这句话，紧接着又重复一遍，甚至不及握手，他就抢过夏雨的提包和网兜，随即举手摆了摆，一辆进口蓝色轿车就悄无声息地开过来了。"先上哪儿？"他给她打开车门，问，"学校，还是你家？对，还是先回家吧，伯母还不知怎样着急呢！来，小夏，你给司机师傅引路。"

在王光复带来的这种亲切、热情、随和的气氛中，夏雨一路上因申北海引起的委屈、伤感、留恋情绪被冲淡了。王光复指点着车窗外闪过的一栋栋、一排排的现代化的高层建筑，娓娓地向她介绍着首都的崭新变化。她惊叹街上川流不息的各式进口车之多、行人服饰之美，这跟她在粉碎"四人帮"前的最后一次回京所见是多么不同啊！

"真有点儿做梦的感觉！"她往松软的车座背上一靠，感慨着，"我还以为永远回不来了呢！"

"怎么会呢？"王光复兴奋地、意味深长地看着她，"你这样的姑娘不回美丽的北京，还有谁配来呢！"

这话在她心中唤起一种奇妙的感受，她竟然娇嗔地向他蹙了蹙好看的鼻子。他开怀地哈哈笑了。

"这车是租来的？"她问。

"不，租，哪来这舶来品，我跟一个同学说好了，借他父亲的车。"

她心中产生一丝不快，但转瞬即过去了。

回到家里，母女相见，自有一番热闹。奇怪的是王光复同母亲那样熟，在她家竟如在他自己家那样随便。一问，才知道他早就来过了，只不过要她母亲别告诉她。晚上，母亲留他在客房住，他彬彬有礼地谢绝了。

第二天，他又乘着那辆轿车来接她去学校报到。

"拉倒吧，又不是自己的车，咱们坐公共汽车去。"她本还想说："我爸爸都没坐过这样高级的轿车呢！"忍了忍没出口。

"那又何必！坐这车吧，别让你的同学把你看扁了！"

他是真变了，还是原来就这样？她心中冒出这么个念头，但来不及多想，就被劝上了车。

"你这一趟又一趟地陪我跑，不耽误学习吗？"

"研究生嘛，还能像中学生那样？再说，重要的是当上研究生，至于学多少，反正都落不下那硕士帽。"

她心里又"咯噔"一下。报到，到宿舍安排铺位行李，参观校园，他都陪着，俨然是她的保护人。一晃又是大半天，临走时扬起一只手，来一声"拜拜！"她一时竟没反应过来。

两天的经历、感受不知不觉地动摇了她往昔的心理平衡。莫非自己在山沟里待久了，适应不了这现代化的都市生活？也许自己太老气、太保守了吧？她想。

事实似乎也真是如此。最初的那几个月，夏雨处在一种复杂的心理状态中。日新月异、过去熟悉而现在变得有些陌生的北京，同她刚刚离开却又显得那样遥远的边地山沟，沸腾的、热闹的、向现代化大步走去的大都市生活，同那留下了她的初恋、她的青春年代欢乐和痛苦的大自然风光，形成了鲜明而又奇妙的对照，使她时不时产生一种恍惚之感："这难道是真的吗？……"她可以迅速脱掉在林业局穿的白衬衣、蓝长裤、平跟皮鞋，换上花样翻新的各色衬衣、罩服、短裙、牛仔裤、高跟鞋，让辫子变成披肩发，身上也开始散发着馨香，带着新的向往、新的追求走进新的生活，然而，她内心深处那根连着深山老林的感情的线，却时时牵动着她的思绪——她急切地想向一个人倾诉。

北海

你好！

我回到北京已经半个来月了，正式上课也有一周了。从下火车踏上北京站站台起，新的事儿、新的气象就叫人应接不暇……半个月来的感受，只有"山中方七日，世上已千年"才能形容。我真没想到，打倒"四人帮"才不过两三年，首都的变化会有这样大！比比林区，真叫人感慨系之，它什么时候能沾上现代化的边呢？

我见到了王光复，他可是彻里彻外"现代"化了，他说，林区的生活节奏照这里落后二十年，因此，生命要浪费二十岁。他的话不能说没一点道理，但我仍觉得他有点"那个"。我想，如果你在这儿，准会另有一番见解。此刻，我是在学校的梯形教室里给你写这封信，你呢，还是趴在炕桌上写你那本书吗？

写到这儿，夏雨又回想起了那叫她不愉快的分手，她又有些伤心了。为什么要先去信呢？他应该先来信嘛！这样寻思着，她将写了一半的信抓在手里，揉成了一团。

但是又过了半个来月，申北海还是杳无音信。她憋不住了，又写了一封信，她不想再跟他赌这个气了，匆匆跑到校门口的邮筒前，举起手正要将信投进去，一眼瞥见一对年轻的情侣，穿着宽大喇叭裤、戴着蛤蟆镜的小伙子在前面趾高气扬地走着，娇小的姑娘一手举一份冰激凌，蹬着高跟鞋蹒跚地撵着："哎，等等，等一等……"她蓦地想起听人说过的北京现在大姑娘过剩的话，少女的自尊心陡地又翻了上来，那封信也就回到书包里了。

王光复几乎每个星期天都来找她，开初的几次对她的在学校生活、学习情况还挺关心，问这问那，并把他在大学的经验细致地介绍给她。他也几次谈起申北海，对他不能回京感到遗憾，"老申这个人是挺有水平的，人也不错，可就是……"他说，沉吟着，似乎在措辞，"就是有时思想僵化一点，缺少点现代的眼光。在老山沟沟里，能耐再大，又能怎样呢！"

她想说点什么，但话到嘴边又咽了回去。"他来过信吗？"她摇摇头。

"那是怎么回事呢，都一个多月了嘛！你该给他去封信……"他望着她，她无言地掉过脸去，他知趣地打住了话头。

一个星期六的下午，夏雨从寝室里被叫到楼下收发室接电话，是王光复打来的："小夏，明天有空吗？咱们到香山去玩玩吧！……你要回家？算啦算啦，又没急事，有什么必要每个星期天都回去？说实话，我觉得你在山沟里待一回，把青年人的朝气都消磨掉了，这不好，真的，咱们有幸赶上这时代，要充分利用生活提供的一切嘛！……不不，不是我一个人，我们研究生不少人都去呢！没关系，你去了不就和他们熟了吗？……记住，明天早上八点我在老地方等你，不见不散。拜拜！"

不容她再说什么，电话就挂上了。她进退失据，第二天只好去践约。车站站牌下面，王光复和他的四五个同学已等在那里了，她一露面，他们就像听到命令似的一齐停止了谈笑，齐刷刷地瞅着她，她突然产生了一种窘迫感。直到王光复招呼她，才恢复常态。王光复穿着西装，很潇洒，衬衣白得耀眼，没结领带，倒也显得随和。他笑容可掬地一一向她介绍他的同学。其中一位女研究生大姐似的拉住她的手："小夏，我真羡慕你们——你看，小王今天多带劲！他可是专为——"

"哦，我们是'老战友'了。"王光复赶忙截住她的话头，"在抗联的山沟沟里一起泡过好几年哩！"

这次逛香山，大伙儿似乎有某种默契，总是想法让他俩在一块。他对她也格外地关心，爬坡、登崖、过沟，都是他伸手拉她、搀扶她。她并不想让他觉得自己同他格外亲近，也不愿别人产生这种印象，但又说不出口，更无法谢绝他和大伙儿的这份好意。只有那位大姐间或介入到他们之中，当他拉住她只顾唠嗑掉在大伙儿后面时，她会放慢脚步等他们赶上来；当大伙儿有意让他俩走在前面时，她会追上去说一两句话，这使夏雨多少觉得自然一些。

"你知道吗？"她告诉夏雨，"小王是我们班上的尖子呢！学啥都瞅着不费劲。像我，年纪大几岁，又要惦着爱人孩子，学什么就吃力了。"

"反正再困难也得把这三年熬下来。"她这样表示，"机会太难得了！想想前些年在工厂食堂卖饭票的情景，再想想现在社会上对知识、对人才申呼声，我就像小孩盼压岁钱一样，激动得一夜夜睡不着觉！你们说可笑不？"

"毕业以后？"她回答夏雨的问题，"按我的愿望，还是回厂子里去，这不光是家在那儿，而且我也知道，虽说念了几年'大学'，自己也不是当大学问家的料，不比小王呀，学识渊博，前程远大，不是留院就是出国深造——当然我这不是说自己就干不成啥事了，我回去，怎么也得跟我那也搞点智力投资、人才开发！"

夏雨悄悄地对王光复说："这大姐倒挺有意思的……"

"她说的倒是实话。"王光复气喘吁吁地将两鬓香汗淋漓的夏雨拽上"鬼见愁"，叉腰而立，目光由远处收回来，深情地落在夏雨的脸上，"说真的，小夏，我不认为自己是无能之辈，就是在林业局那些年里，我也不相信这一辈子就老死田园，不能一展骥足了。现在事实证明了这一点。'天生我材必有用'。你就等着瞧吧，在文学的天地里，我知道该怎样去开辟自己的路！"

她凝神听着，觉得血液循环似乎加快了。

"但是，"他话题一转，"也要会生活，尤其是现在，要学会过现代化的生活。我觉得学习，为'四化'学习，这对你我都不成问题，成问题的，恐怕倒是如何生活。你说呢？"

她并没有全听懂他的话，但却含笑点了点头。这天她很累，也很惬意，事后回想起来，还有一种耐人咀嚼的余味。

打这以后，王光复几乎不再跟她谈学习，而是开始教她如何生活了。他们双双参加学校、机关举办的各种舞会，和那位爸爸有蓝色进口轿车的朋友在城里兜风，出入中西餐厅，四处拜访各类社会名流，在她家里聚餐，跳舞，他常来往的不再是登香山的研究生同学，而是从社会科学院的人事干事到餐厅服务员等形形色色的朋友。

"你怎么认识他们的呀？"她有一次好奇地问，"要是我，恐怕一辈子也认识不了这么多人。"

"那看你想不想认识了。交友之道就像滚雪球，又像织网，只要交上一个，抓住不放，就会接二连三，牵四挂五，直到你不再需要为止。"

她对这种交友之道未置可否。不过迪斯科、三明治、毛毛雨、牛仔裤，倒真的使她领略了另一种生活的滋味。申北海一直没来信，她先是跟他赌气，到后来她想写而又不好意思写，再后来就将他淡忘了。而王光复对她的称呼在不知不觉之中由"小夏"变成了"小雨"。

"小雨，咱们……"他常常一见面就这样说。除了父亲外，申北海是第二个叫她"小雨"的男子，而王光复是第三个。她可以忘记申北海这个人，却永远忘不了在林业局的那么一个晚上：当"老九"们的"精神会餐"结束之后，王光复第一次没有送她，和其他人一起走了，她在"跑腿子窝"前面的院子里徘徊着，想跟大伙儿一道走，但又似乎有所期待。申北海窗口的灯光灭了，他走到院子里，站在她面前，他的眼睛比白天更明亮，他们月光下的影子重合为一个。

"我送你吧，小……雨。"他说。他们一路上什么也没说，只觉得清幽的夜空中到处弥漫着温柔的气息，好像这才领略到什么是诗意……自那以后，"小雨"这个称号对于她就有了特殊的、超乎一般同志关系的意义。

王光复现在也叫她"小雨"了，她没有那种心灵为之战栗的感受，而是平静地、默默地接受了这个昵称、这个现实——她明白，迟早要走到这一步的。何况，他是那样的风度翩翩、和蔼可亲，和这样的男子走在北京的大街小巷，现代型的年轻姑娘都会羡慕的。

有一天，夏雨下午没课，想起有本书在附近的小书店没买着，特地到王府井的书店去了一趟。出书店大门时凑巧碰见了那次一起登香山的大姐。"是小夏吧？"她亲热地拉着夏雨的手，笑着，"瞧，多时髦，多漂亮，我都差点儿认不出来了！"

夏雨也很高兴："哎呀，大姐，好久不见了，你咋不上我们那儿玩玩呀！"

"瞧你说的，"大姐开着玩笑，"上你那儿是小王的'专利权'，我可不敢染指呀！"她见夏雨飞红了脸，就亲昵地挽起她的手臂，"走，咱们走走，唠唠。"

街上行人摩肩接踵。引人注目的是一对对的男女情侣。她挎着他的胳臂，他扶着她的肩头。胸饰、发饰、手饰在他们身上闪光，服装设计师参照国际服装新潮流设计出的款式新颖的时装，增添了小伙子们的风采，勾出了姑娘们的曲线和妩媚。他们来来往往，笑语声声，香风阵阵，秀发飘飘，青春、爱情、欢乐，在大街小巷到处流淌。大姐瞅着他们，用种过来人的感喟调子说："我真羡慕你们，赶上了这样的好时候，三千多年了，人们终于第一次在现代的物质和文化基础上品尝爱情这杯美酒！……你还记不记得，'文革'中有个意大利人安东尼奥尼来华，拍了咱们的青年男女在街上一起走的照片，后来好一顿批！我们那时候在工厂，白天受'再教育'，搞'阶级斗争'，恋爱都像犯罪似的，偷偷摸摸，哪敢像他们这样呀……"

夏雨听着，蓦地想起了林业局那个夏日的傍晚，在那条小河旁，她和申北海在一起的那一幕，心中陡地涌上一股怅惘之情。

"……看得出，小王对你的感情很深，总说将来同你如何如何生活，补偿过去的损失。"大姐还说了王光复的一些情况。夏雨这才知道，他除了星期天常来找自己外，近来他的同学在课堂上、宿舍里也常常找不到他，好像不怎么把学习当回事。"小夏，我作为大姐，作为过来人，知道你们现在是个什么样的心情，不过我觉得，人生一世，除了享受生活，收获爱情，更重要的是还得创造生活，为社会贡献点什么，否则，将来子孙后代问起你们当年怎么搞'四化'，我们该咋说呢？！你，能不能跟小王说说，他会听你的……"大姐的话叫夏雨心发沉，她低头走着，眼光盯着自己的脚尖移动。大姐察觉到她心情的变化，于是拍了拍她的肩："不过也难怪，小夏，谁叫你这样迷人，我要是男的，也不能不分心哩！"但是这种夸赞并没使夏雨轻松。

"我碰见大姐了，"当王光复又来找她时，她盯着他的眼睛，开门见山将事情说了出来。"你不上课，干吗去了？"

他却哈哈一笑，"小雨，你不问，我还不准备马上告诉你，想以后让你高兴高兴呢！"

他告诉她，他这些日子正向社交界学术界发起"全面进攻"，结识了不少人，甚至连某鼎鼎有名的权威人士家他都打进去了。"你知道吗？要在社会上站得住，不认识这些人是不行的，与其将来麻烦，不如现在先下点功夫，这也算是一种'人才开发'吧！"

"可你是研究生，总还得研究点学问吧？再说，你们很快就要毕业……"

他赶忙堵住她的话："知道知道！正因为要毕业要分配，所以我才把工作做在前面呀！"他换了一种动情的口气，"小雨！我做的一切，一是为了'四化'，一是为了你。你想，一个人有再大的本事，如果不放在'囊中'，能脱颖而出吗？比如老申……好好，不说他，还说我自己吧，你又不是不了解，研究生那点课，我还对付不下来？说实话，我这个人不是那种皓首穷经的学究，我需要的是创造性的思维，是一显身手的舞台！"

莫非他说的也有一定道理？夏雨拿不准，内心矛盾着。但她自己对学习抓得更紧了。

时间过得飞快。王光复研究生毕业了，果然顺利地获得了硕士学位，他不是分配在高等院校或研究单位，而是分到了外贸部门。夏雨知道，这是他"全面进攻""重点突破"的结果。不过她对此倒也没说什么，国家各方面都需要高级知识人才嘛！然而王光复近来一见到她就愁眉苦脸，有时甚至气哼哼的。

"你还不信任我？为了你，我可是尽了最大的努力！"他不止一次这样说。脸上是一副不胜委屈、幽怨的神情。他甚至这样盘问："你说，小雨，我到底值不值得你爱？你把感情全给我了吗？"

她沉默着，内心深处却波翻浪涌。她知道他为什么会这样，然而连她自己都难以解释的是，在那样的时刻还会突然想起那长白山大森林！当时，她也处于一种少有的兴奋、冲动状态，是因为那环绕着她的欢乐的春节气氛？是因为即兴搞起的家庭舞会上他亲昵的动作和诱惑的目光？还是出于一种感情的需要，抑或是本能的欲望？再不就是年夜饭时喝的那杯酒在血液中燃烧？她说不清，反正，当年迈的母亲早就在隔壁卧床休息、朋友们尽兴散去之后，他没有走，而她也没有要他走的表示……一切都在来不及思索的瞬间发生了。她在他的怀抱中，眩晕地承受着他那暴风骤雨般的爱抚，意识断断续续·……然而，当他滚烫颤抖的手触到她衬衣的纽扣时，申北海的面容突然闯进了她的意识！就像海潮汹涌而来又哗然而退一样，灼烤着她全身的冲动也倏然消失了，她推开了他的手，挣脱了他的拥抱。

"你……？"他伸着两手，茫然而失望。

她整理一下头发，兴味索然地扭头望着在暖气片的热气鼓动下微微拂摆的窗帘。

"你该走了！"她说，平静得甚至有点冷淡。

"怎么啦？为什么？"他懊丧之至，过来想抓住她的手，她躲开了。

"回去吧！"她把背冲着他，"不早啦！"

是的，为什么在那一刻会想起那个久已不通音讯、远在千里外大森林里的人呢？

王光复后来又有几次试图突破他们之间现有的关系，但她始终守身如玉。

"你为什么这样？"他生气了，"为什么不把全部感情给我？……"

她不回答，也回答不出。

"咱们结婚吧！"他恳求她。

"我还没毕业呢！"

"那有什么！结婚不照样上你的学吗？这些年我为了咱们以后的小家庭花了多少心血，你又不是不知道！那些家具，那些电器设备，也不能老不派用场呀！再说，结了婚，我如果出国，也好想办法把你也捎上，人生一世，钻过山沟也该出国补偿补偿……"

"你别说了——反正我现在不想结婚！"

一方要结婚，一方不想结，这种矛盾隔不多久就要在他们之间爆发一次。

有一天，有两位陌生人来学校找她，一问，原来是她那个林业局的职工，因为局里通过林业部从芬兰购进一批机器，他们专程来京点货、发货的。临走时，现任局党委书记、她原来的"顶头上司"宣传科长特地嘱咐他们来看看她，他们在京办事如有什么困难也请她多多关照，并给她捎来一点林区特产：两个做工精细、明黄锃亮的包马子笔筒。好几年不见林业局的人了，她差不多已忘却了他们，可他们还记得她，念着她，这使她分外高兴，但同时又隐隐有一种歉疚之感！

她请他们到家里吃了一顿丰盛的饭，又破天荒第一遭儿请了一天假，陪他们去逛了长城。从谈话中，她知道局里这几年大大变了样，原来局机关所在的小山沟如今平房换成了楼房，洋井被自来水取代，那条下雨泥泞不堪、晴天尘土飞扬的公路变成了沥青路，能容一千五百人的影剧院盖起来了，三层的百货大楼盖起来了，原木、原材的产量虽没大的提高，但多种经营、综合利用蓬勃发展起来了，一棵树她在的那会儿只取中间一段，现在从树叶到树根全被利用起来，纤维胶合板厂、家具厂、特种工艺品厂、树胶厂等一个接一个建立起来，产品行销全国，特种工艺品甚至打进了国际市场，产值、利润因而大大提高，工人们手中钱多了，买电视都讲究带色的。这些新鲜事儿简直叫她听不够，而最叫她生出缠绵感慨的是，局机关附近那条小河，那条曾留下她的初恋和遗憾的小河，据客人说，现在已变成了疗养和游览胜地，河滩上建起了别具风味的楼台馆阁，河面上拉起了缆索，冬天游客可直达河对面的山林雪场滑雪，夏天则备有游艇，可沿河上下，饱览两岸的北国山林风光……

"你们认识一个叫申北海的人吧？"她终于小心翼翼地问。

"申科长呀？认识认识！那可是个了不起的人物——你也认识他？"

"嗯，我以前听说过。"

"照我看，局里这几年大发展了，他是第一功臣！"

"为什么？"她问。客人见她挺感兴趣，谈兴更高。他们说，刚粉碎"四人帮"的头两年，局里忙于清查问题、落实政策，生产没多大起色，等事情定局，新领导班子就治理企业张榜求贤，许多人异口同声举荐申北海。他拿出了一个整顿、改革企业管理的一揽子计划，经组织能人评论，认为切实可行，先是搞了个企业管理领导小组，申北海参加，后又新设了企业管理科，由他任科长。他目光敏锐，思路开阔，干起工作来雷厉风行，颇有"乔光朴"的风格，不到三年，就搞出了这个模样。

"咱算服了！"客人啧啧称赞，"人，就有这么能！——可以前瞅他，也没看出他有什么韬略呀？"

"真人不露相嘛，"另一位客人说，"咱们那深山老林，可是藏龙卧虎之地！说不定啥时候还要出奇人……"

……是的，小河边的变化都是他一手促成的。不知为什么，夏雨总觉得他之所以选中这个地方来实现他的才华，同几年前的那个难忘的夜晚有某种神秘的关系。

"申科长他……爱人，也在局里？"她似乎是随便问问，但神经末梢却紧张地等着回答。

"他光杆司令一个，哪有爱人？"

"爱他的姑娘倒有的是，无奈他不爱人家。要说知识分子怪，这也算是一怪吧，申科长这人，你看他做报告、接待外宾多精神，多有派，跟咱们小工人、小干部也挺唠得来，可一跟他扯这个，就发蔫、发呆，你说是咋整的？现在跑单帮行，万一有个头疼脑热、年纪大了，谁侍候？生活再现代化，恐怕也代替不了老婆吧？除非造个机器人……"两位客人口没遮拦地扯了一通，夏雨心中说不出是什么滋味。客人们在京办完了事，临走给她留下一句话："书记说了，你们这些远走高飞的人咋就不想着回局里去看看呢？他——还有我们，欢迎你回去观观光呀！"

说来也巧，没过多久，夏雨就在一本刊物上看到一篇谈企业管理的长篇论文，署名正是申北海，文末编者还加了句话："此文系作者专著《论管理现代化的新趋势》中的一节，该书即将出版，本刊征得作者同意先行发表，以使读者先览为快。她仔细地通读了全文，虽然有些地方看不大懂，但文中显示出来的活跃的思维、独到的见解、严谨的逻辑和雄辩的例证，她却是真真切切感受到了的。

她的心理、感情，在平静的外表下正起着剧烈的变化。

王光复又来找她了。他唠唠叨叨地说了一通自己如何想找个出国的机会，为此费了多少力气，结果都没成功，接着又愤愤不平地把火气发泄到已经出国或将要出国的幸运儿头上："我好赖也是个硕士研究生，怎么就出不了国？！我看政策就得改一改，谁想出国就让谁出国！……"

夏雨不搭腔，由着他在那儿发泄。

"小雨，"他凑过来，一手搭在她浑圆的肩上，"你跟你爸爸写个信吧，他当大使，还能找不到个门路……"

她猛地一扭身，闪落他的手："我爸爸可没这个能耐！我问你，你学的中国先秦文学，现在又搞行政工作，出国干什么？你会说外语吗？你……"

"你怎么这样狭隘？"他瞪大了眼珠子，"谁规定搞先秦文学的不能出国？人家外国比咱们有研究！不会说外语有啥？我要是出国就是政府官员，又不是翻译！……对了，我记得老申有海外关系，最好给他去个信……"

"呸！"她忍无可忍，冲动地蹦起来，"不许你提他！不许，不许！！"又跌坐到沙发上，竟呜呜咽咽的了。

他慌了："好好，不提他，真是的，扯他干什么？咱们俩的事……"

他大概绝没想到，当他此刻俨然以对方非己莫属的口吻说出"咱们俩的事"时，她的心却离他从未有过的那样遥远，而且，他即使有万丈长缨，也无法把这颗心拢回来了……

<h2 style="text-align:center">四</h2>

"同志，这儿有没有人？"

夏雨从沉思冥想中回过神来，才发现同座的人不知啥时下了车，站在跟前的是一男一女两位新上车的旅客。"啊，没有，你们坐吧。"她说，因为被打断了思绪而隐隐有些不快，尤其是这两位新旅伴中年纪大的男人，眼睛搜寻什么似的往她脸上、身上瞄，更叫她恼火。她站起来，从行李架上的四轮旅行包里取出一本《叶尔绍夫兄弟》。这本小说她在林业局时就听申北海提起过（她记得，他最爱读这类工业题材的文学作品，还经常做些读书笔记）："怎样评价这本书，那是文学家们的事，不过我觉得里面关于企业、关于生活的一些描写很有些激动人、让人思索的东西……我建议你也读读，总比眼下这些'批孔'时文强些。"可是当时她上哪儿去找这书呀？这次来长春采访的当儿，无意中在书店买到了这本书，被她当作一种吉兆很是高兴了一阵。她已经粗粗读了一遍，不过与其说是读这本书，不如说是力图从字里行间去寻找、探求是哪些东西曾经使他激动过、思索过。

这会儿，她将小说放在茶几上，随手一翻，正好翻到安德烈和卡芭谈恋爱的那段，她饶有兴味地往下看，看着看着，又勾起了她的心思。

当然，王光复后来也似乎察觉到了她内心的变化，但是从来不明确说出来，而总是在她跟前唉声叹气，再不就是来个新招，给她写信，用富有感情色彩的语言追怀他们从林业局到现在的"真诚战友情谊"，也真亏他有那样的文笔，把他和她之间的某种亲昵细节写得那样细腻逼真，不知是为了暗示什么呢，还是为了打动她、感化她。他甚至还通过一些办法把他们之间的危机告诉她的母亲和女友。"雨儿，我们夏家可从来不准有嫌贫爱富的势利眼，"母亲喘着气告诫她，"你都二十七八的老姑娘了，总不能跟外边那些小丫头一样，今天一个，明天又一个。你爸爸又不在家，这件事总还得听听妈的吧？"她的女友劝导她："你别太浪漫了，什么'思想、气质'，什么'事业、理想'？那都是八辈子过时的话儿了，现在谁吃那个？现代化高于一切！老王哪点不好？要派有派，要才有才，要前途有前途，别看你是大使的千金，照样人老珠黄不值钱！眼下大姑娘过剩，你还上哪儿找这样的人去？快别犯傻了，现实一点吧！"

说实话，她不是那种认准了一条道、下定了一个决心，就可以啥也不顾走下去的人。她身上女性的弱点一如她外表上的女性的美一样明显：过多的同情、过多的怜悯、对风言风语的敏感、对传统道德观念的敬畏、宁肯自己痛苦也不能伤别人的心、宁可处实祸而不能伤面子，等等。因此，他、母亲和女友的种种表白、告诫、劝谕，曾一度像张无形的网缚住了她那颗想振翅飞去的心。她看见街上那些嘻嘻哈哈的年轻姑娘就不由得感叹：她们今天找这个谈，一不合心明天又找一个，简直像喝杯水那样容易、平常，怎么轮到自己就如此难呢！她在极度矛盾、痛苦的时候甚至跟自己的心做过这样的妥协：算了，就这样勉强凑合吧，一块石头揣五年还热乎哩，何况是人！

现在，当她已彻底摆脱束缚，满怀憧憬地踏上了追求幸福的道路时，再回想起这种妥协，就不仅感到屈辱，而且觉得后怕了：如果真的凑合着，自己不是将自己的爱情、贞操、幸福都违心地出卖了吗？

万幸的是，她除了种种女性的弱点外，还有一种可贵的优点：忠诚和自尊。她不能欺骗别人，也不能欺骗自己，尤其不能忍受别人的粗暴和强迫。当她不久前从大学毕业，分配到首都一家报社工作时，王光复下命令似的通知她：

"到时候了，咱们该办手续了吧？"

"办什么手续？"她明知故问。

"你以前咋答应的？这么健忘？我不能无休止地等下去了！！"

她被激怒了，挺直了身子："我什么也没答应你！如果说以前还有这么点可能的话，那么从今以后你是你，我是我！"

他没想到平时温柔得像兰花似的她，也会有这种"金刚怒目"的时候，一时傻了眼。他察言观色，镇定一下自己，又回嗔作喜：

"小雨，别生气，都是我不好，只怪我太爱你了！你不知道，我做梦都在想……噢，忘了告诉你，我这次出国真有希望了，你猜我找的谁？……"

她已经没有打听这类事的任何兴趣了，她对于他已经变成了一块冰，他再也无法使她哪怕是稍稍融化一点，虽然在她内心深处还保留着对他的怜悯……

"……不不，赵工，这事还得你向局里汇报，我年轻识浅，怕说不好。"邻座年轻姑娘的话传到夏雨的耳朵里。

"让你汇报你就汇报。"对面的那位，也就是上车时拿眼睛瞄她的上年纪的男人说，"小李，你科班出身，名词、概念记得准，不像我，与世隔绝一二十年了，真有点跟不上趟哩！"

"要是别的领导还好说，可是申局长，那脑子就像架计算机，一跟他说话我就心慌……"

申局长？夏雨心中怦然一动。

"你别那么紧张，其实申局长这人心可好了，你看他平时随便剋过、熊过下级吗？"

"这我知道，可我在他面前总觉得自己太浅薄了。"小李可怜巴巴地说，"我……"她欲言又止。

夏雨忍不住插了进来："你们是林业局的？"她已忘掉开初的不快了。

"是的，"那位"赵工"说，"同志，你是……？"

"哦，我是报社的，上局里办点事。"她话锋一转，"你们说的申局长是谁呀？"

老赵反问道："你是不是在局里待过？我好像见过你。"

这是很可能的，当年她在局机关，谁见过一面都不会忘记的，何况上局里办事的人又是那样多。但不知为什么，她不想此刻就让人知道她跟局里的老关系，于是她莞尔一笑："你可能记错了，要不，就是有人长得像我。"

听她一说，那位"赵工"也就不再坚持，笑笑，"也许。"

"赵工"很健谈。申局长果然就是申北海，一年前刚上任，就在大抓企业改革的同时，广为收罗人才。赵工程师一九五七年被打成"右派"，在一个最偏僻的林场劳动改造了十几年，许多人都当他已不在人世，申北海却好像掘宝似的把他掘了出来，并安排在技术科当了副科长。这事在局里引起了轩然大波，首先是技术科那位年轻气盛、恃才傲物的正科长声称："不堪与老卒为伍！"接着舆论哗起："把全局的技术大权交给这样的老朽，岂不是开玩笑！""申北海为了沽改革之名，钓重才之誉，不惜以全局的安危为赌注。"有人甚至把状告到了林业厅，说这种用人方针不改变，就得请领导考虑考虑，申北海精神是否正常了。"赵工"抗不住劲，给局里打了个辞呈。可是申北海看完后擦了根火柴把它烧了，然后给"赵工"看了自己给林业厅领导写的"军令状"：如果"赵工"或别的新被提拔的中层干部一年之内没做出成绩，他申北海将引咎辞职。

"他相信自己，也相信我们，""赵工"动了感情，眼里蒙上了一层莹光，"他把他的命运同我们的命运、同林业局的命运联在一起……"有这样的领导撑腰和信任，这些被冷落、被遗弃、被贬斥了那么久的知识分子还能不豁出命来干吗？只半年时间，"赵工"就领着人跑遍了方圆数百里，大大小小十几个单位，对全局的机械设备、技术队伍、生产能力等摸得一清二楚，据此提出了自力与引进相结合，改造设备、更新技术的方案，经局里研究通过后，申北海立即着手组织人力，采取措施，边生产边付诸实行。"这不，""赵工"指指小李，"她就是申局长从省里招聘来的。"

"是吗，你原来在长春工作？"夏雨感兴趣了。

"嗯，"小李点点头，"我大学毕业后，分到一个机关搞工会工作，活儿倒挺清闲，可我是学经济的，总想搞点本行，联系了一两个地方，可单位不放，后来看到局里的招聘启事，我应聘了，那边还不放，我就干脆辞了职……"

"那你可真是有点冒险。"

"人哪，要想干成点事，总得担点风险，其实，现在看来也算不得啥，局里待我们很不错。"

"可是再不错也去了小山沟，你不觉得离开城市可惜？山沟里过得惯吗？"

"如果不是想干出点什么，我当然不会离开长春，谁不知道地方越大越先现代化？不过，小山沟里有事业，也有生活，还有……"小李低下头，有点忸怩地笑笑。"而且，"她重新扬起头，眉间溢出一股阳刚之气，"真的，你别以为我是唱高调，申局长就这么看。他说，做学问，干事业，天地广阔得很，何必都挤在一条胡同里。现在大伙儿都奔城市去，如果那儿需要你，你又能做出成绩，当然很好，否则，就真不如到山沟里干一番事业。他就不相信'四化'，只化城市，不化山沟。等我们把这山沟'化'上了，上哪儿不成！我不知道你信不信这话，反正我信。"

"我也信，"夏雨赶忙说，她觉得自己的心一下子与这姑娘贴近了，她喜欢上了她。

"哎，还没动问，你上我们局干啥呢？""赵工"客气地问她。

"我，"夏雨顿了一下，"我想去采访你们申局长……"

"你来得真巧，""赵工"说。"要晚来几天，就见不上他了。"

"怎么？"

小李一拍巴掌："申局长要出国啦！"

"真的？！"

"那还有假！你没见我们这么急急忙忙地赶回去吗？"

原来，中央有关部门组织了一个赴北欧各林业国家考察和讲学的林业代表团，申北海既是这个团的成员，又因他的一篇有关论文引起了国际上的重视，而被邀请去参加一个国际性的企业管理会议。老赵和小李这次出来是为了和几个林业局协商在省城开办林业联合公司的事宜，就因为申北海出国在即，局里特地叫他们赶回去汇报情况的。

这消息来得如此突然，如此意外，有那么一瞬，夏雨的神经都未及做出反应，她只是怔怔地瞅着小李；继而，仿佛碧蓝的天空突然被明媚的阳光照亮一样，她姣好的面容一下子变得容光焕发，分外娇艳，以致两位旅伴都感到有点异样。

"真不简单！"她在两双目光的注视下意识到自己一时的忘情，略略有些慌乱地抓住小李的手，像那位大姐似的轻轻拍了拍，"你们这位申局长真不简单，是个开拓型的人物；想不到这深山沟里真的藏龙卧虎呀！……"

她此刻的大脑思维异常活跃，回忆、联想、想象渗透着激情和柔情，撞击着她的心扉。"跑腿子窝"里的聚会、她被他救离铁轨的情景、傍晚小河边的幽会、离开林业局前夕他狠狠往地上摔烟头的模样、王光复来北京站接她时的笑脸、他的"全面进攻"、他在餐厅和舞会上的高谈阔论和翩翩风姿、王府井大街上大姐的谈话、他诅咒别人出国时那妒忌而又艳羡的表情、他在北京站为她离去而愤愤然的样子，如此种种，时而单独地、时而又交错地映现在地心灵的屏幕上……这两个男子，一同上学，一同毕业，一同在探索在追求，在捕捉人生的契机，现在，又要同时出国了，可是，他们的探索和追求，他们所捕捉到的人生契机又是多么不同；他们都通过自己的努力实现了追求的目的，他们都要走出国门，他们的目的在性质上、价值上却几乎没有相似之处，他们所看到的世界也一定会是完全两样的。"……只要给我一个支点，我就可以改造林业局这整个企业！"申北海的话蓦然在她耳畔响起，她几乎为之一震，同时郁结的思绪豁然开朗：是的，是支点——人生的支点、精神的支点、理想的支点，这社会上万千相似和不同关键在有一个什么样的支点。她意识到，当初把她强烈引向他的，后来又像一个"V"字的飞行轨迹一样一度离他飞去，而终于又使自己飞回他身边的正是他那种人生的支点、精神的支点、理想的支点！尽管她不知道自己这次的不期而至会产生什么结果，也不知道北京与老山沟之间的巨大鸿沟所必然带来的一系列具体困难该怎样解决，但她心里却满怀着甜蜜和欢乐、温情和憧憬；她要把一个妻子所能给予丈夫的一切全部献给他，要把这些年所遗失的、她所欠他的一切加倍偿还他；纵然千里迢迢鱼雁阻隔，她和他是心心相印的，那小河边发生的崭新变化，不就是她和他那难忘的爱的反响吗……

种种的柔情蜜意溢满了夏雨的全身，使她脸发烫，胸发胀，身子都有些软绵绵的了，此时此刻，一种类似在月夜小河边她和他贴在一起时的晕晕乎乎、缠缠绵绵的感觉笼罩了她，侵蚀了她，几乎忘记自己是在火车上了，一动不想动。

但是身边小李姑娘的目光唤起了她的现实感。那目光固执而又怯生生地停留在她脸上，似乎在问："你……？"

夏雨被自己这副醉态弄得很难堪，下意识地掠了掠头发，挺身坐正了，装着不在意地说："这长途车坐得真难受，浑身发酸，头也晕乎乎的。"

"那我坐对面，你躺躺，松快松快吧！"小李说着就站起身。夏雨急忙一把拉住，笑着说："咱们不都一样吗？何况我也不是头一次坐这样的车。"

对面的"赵工"突然发话了："恕我直说，我怎么瞅也不会错，我见过你，你是姓夏吧？"夏雨没吱声，等他往下说。"那年我到局里办事，在宣传科见的你，还有一位姓王的大学生。这我记得很清楚。你们后来远走高飞了，当然忘了这个。"

夏雨觉得没有必要否认，笑了起来："你记性真好。我那时在宣传科当干事，一晃十来年了。"

"是吗？"小李显然感到惊奇。"这么巧！你现在在报社当记者？长春？"

"不，北京。"

"啊——"小李颇有点肃然起敬，"这么说，你是专门来采访申局长的？你早就认识他了？"

夏雨笑着，不置可否地"唔"了一声。

小李不吱声了。夏雨想换个话题，随便问道："小李，有朋友了吧？从长春到林业局来，家里舍得？"

"赵工"接过话头："她父母早就不在了，是她姑妈从小带大的。我说小夏，你要采访申局长，真该跟小李唠唠……"

"赵工！"小李叫了声，示意他别提这个。

"说说怕啥了？小夏同志原来也是'林大头'出身嘛！也不是外人。""赵工"看小李不吱声了，就点燃一支烟，对夏雨说："别看她来局里时间不长，对申局长的了解可比一般人深。"

听"赵工"的口气，这小李怪有意思的，恐怕还有点不同寻常的来历。新闻工作者的职业本能使夏雨动了心，何况，这是关于他的事，而他的任何事都是她所关注、所感兴趣的。

"说说吧，老赵！"她催促着。

"其实我也只知道一个大概。小李，申局长那篇文章是前年发表的吧？对，当时的形势可不像现在，谈什么企业的现代化管理，什么经济承包制，什么'奖罚对等'，什么企业的自主权，什么'企业由单一生产型向生产经营型的转变'。那都是要犯'忌'的。申局长文章出来后，局里就有人拉开了'大批判'的架势，那个刊物在下一期也发了两篇反对的文章，说是'商榷'，字里行间却可以嗅到火药味。局里有几个原来赞同他看法的人也改了口。听说他那一阵日子挺不好过。可就在这当儿他收到一篇稿子，是刊物编辑部转来的，他们在信上说，这篇文章完全与你持同一观点，并对其中若干问题做了些补充，我们目前不能发表它，转给你看看。实际上，这也是编辑部对他的一种支持吧。

"他读了这篇文章，真有点'空谷足音'之感，立即按稿上的地址给作者去了封信，表示感谢，并进一步就自己的设想同作者探讨。其实我不说你也知道，这作者就是小李，是的，是她。说真格的，申局长很赏识她的胆识和才干，要不，怎么招聘时能下这个决心，她哪怕辞职，也要！你说是不是，小李？不过那咱他还不知道你是个大姑娘吧？"

夏雨一瞥小李，她显得相当拘束，满脸飞红。

"也就是小李已被录用，但还没来局里报到的当儿，申局长上省里开会，本来准备会开完后同小李一块回来，偏偏这时候申局长因胃出血躺在医院里——小夏，你也知道，前些年林区过的是啥生活，申局长那时常常晚上写那书稿，一干就是半宿，第二天还要出工，就这么坐下的病。这次送他上医院，住院到出院，全是小李在张罗，开始两三天他人事不知，小李几乎一直守在他病床边，连厅里和局里去探望他的领导都很感动——不，不，我这绝没有半点夸张，前不久厅里一位领导到局里检查工作，见到你时不还这么说吗！""赵工"吸了一口气，将烟蒂头拧死，"小李，我只能说这么个大概，申局长的一些具体情况，还是你自己说说吧，小夏，你说呢？"

夏雨却沉默了。

小李在低声嘟哝："你看你，赵工，扯这些干啥呀！……"

"我是说，为什么你用行动做得到的，却不能用语言来表达呢？我真不明白……"

"你比谁也不差，有什么可自惭形秽的呢？说吧！""赵工"的话弦外有音。小李长长的睫毛和小巧的嘴唇在颤动，涟涟热泪似乎就要滚落下来。但是夏雨已经注意不到这些了。她心乱如麻，感到自己又被抛到了人生的十字路口，回头已没有退路，往前又……啊，命运，你为什么要在人生之路上设下这样的难题？为什么要将她——一个弱女子——置于如此难堪的境地？怎么办，怎么办啊？……她一阵心酸，赶紧用双手捂住了眼睛。

列车在继续隆隆东驰……

作于1985年

三 剑 客

"李剑！"他一跨进休息室就兴奋地喊着，张开双臂直奔李剑而来。

"你是……"身穿崭新军服的李剑中断同别人的谈话，站起来，"你……"他突然惊喜地叫了起来："王今鉴！老王！哎呀，好家伙，你怎么在这儿？"

两个三十好几的汉子，这会儿简直有些喜出望外了。清瘦、斯文的王今鉴急忙摘下眼镜，又是擦镜片又是擦眼睛，似乎怕看不清眼前这个戴着奖章的老友。李剑抓住王今鉴的手可劲儿摇晃了一阵，然后用力拍着他的肩膀，"还是老样子，还是老样子。"语气里满含着怀旧之情。

原来围在李剑身边的一些记者看出他们的特殊关系，都自觉地离开，找英模报告团其他同志唠嗑去了。李剑抱歉地望望那些记者，又求援地瞅着王今鉴。

"没事儿，"王今鉴扶了扶眼镜，指指脑袋。"我这儿不是藏着独家新闻吗？"他突然轻轻地喊："波尔多斯！"

波尔多斯！这称呼刹那间接通了记忆的电路，李剑深沉的瞳仁里突然闪出了异样的光芒，"阿拉宓斯！"这几个字眼脱口而出。

两双手，持枪的手和握笔的手，南疆军人的手和北国记者的手，青少年时代朋友的手，重又紧紧地握在一起了！这时王今鉴才发现李剑戴着雪白的纱手套。

"怎么，这……？"

"烧坏了。"李剑不经意地一笑，抽回了自己的手。"你就在这儿工作？"

"唔。大学毕业就分来了，"他顺手抓起茶几上的当天市报拍了拍，"干这个的。要不咋知道你来。"

当初，王今鉴见到"李剑"这个名字时，还以为只是巧合，谁知听了首场报告，才发现这位威名远播的孤胆英雄真就是当年那个一步不落跟在他们身后"闯荡江湖"、而后音信断绝的小老弟！今天报社让他来采访首场报告会的消息，会刚散，他就闯来了。炮弹倾泻、土石崩飞的山头……日晒水藻、蚊轰蛇咬的潜伏……负伤陷险、孤身退敌的壮举……这些，他刚才在报告会上都听到了，激动得周身一阵阵震颤，以致手中的笔几次戳到纸里。宽厚的肩背，黧黑的脸色，军徽下灼人的目光似乎还挟带着南疆战地血与火的气息，再也不像往昔单薄瘦小的模样。难道这真是那个"波尔多斯"？他怔怔地瞅着眼前英气四射的军人——解放军的英雄营长，努力想找出昔日熟悉的东西。

李剑被他瞅得有些不好意思了："呃，还没问问你的事哪，嫂夫人在哪？"

"我说，"王今鉴自顾自地打断他的问话。"小李，刚才电台那位想采访你的'成长道路'，我说采访我就行了。现在一想未必做得到。我就不知道，当你在猫耳洞中用橘子汁兑尿水解渴时，当你从血泊中苏醒过来发现四周都是敌军时，当你准备用手雷同敌人同归于尽时，想到什么没有？怎么想的？是什么使你从当年的'波尔多斯'成为今天的孤胆英雄的？"

李剑有点发窘，摘下大盖帽搁在双膝上轻轻地摩挲着。"老王，我还真不大习惯你这么跟我说话。要说当时陷在敌人之中，我醒过来一明白这种危险，什么也来不及想，汗毛就竖了起来，一种大雁离群的孤独感紧紧揪住了我的心。这不比和战友们一道同敌人拼杀，那时敌人再多，炮火再猛也不害怕，可一个人负了重伤，周围都是狼眼在瞪着你，那滋味就大不一样了。但那时脑子里突然冒出了个人影，那不是爸爸妈妈，也不是女朋友、妻子——这些我都没有，而是——你还记得咱们在集体户吃了老乡的鸡，第二天一早赶来的那位大娘吗？多少年来我一想到她就心头发热，感到内疚；那会儿我想到的就是她，那就是祖国的形象，至少我的感觉是这样。我不冷了，不孤独了，甚至连伤也不痛了，不是让敌人毁了我，而是想法把他们毁掉。"

王今鉴正听得入神，李剑忽然中断了话头，两眼怔怔地冲着门口，嘴微微张开，似要喊什么但终于没出声，激情的目光却一变为惊愕，再变为柔和了。王今鉴大惑不解地顺着他的目光望去，不由得也轻轻"啊"了一声。

一位面容姣好但略显憔悴的女子正立在门口。

"方娜，你怎么也来了？"王今鉴说，招呼她坐下。

方娜也没想到王今鉴会在这儿，苍白的双颊泛起了淡淡的红晕，迟迟疑疑地迈了几小步，怯生生地喊："小……李剑！"

李剑早已站起来，大盖帽在他手中机械地转动着。八年不见了，他在她面前显得有些不自在。但他终于伸出了一只手："你好，坐，坐吧！"

王今鉴觉察到了这种尴尬，不由得同情地瞅了李剑一眼：战场上的勇气到哪里去了呢？

方娜坐下了，纤细的双手并着夹在双膝间，瞅瞅这两个男子，一时不知该说什么，又微微低下了小巧秀雅的头。还是李剑先从窘迫中挣脱开来，说："真巧，咱们这到了仨，就差老张呢，张健现在在哪儿？"

方娜的头垂得更低。王今鉴看着别处。

"张健在哪儿？"李剑又问："他怎么啦？你们说呀！"

门外宾馆负责人和报告团团长走了进来："同志们！为了保证英模报告团同志们能充分休息，今后采访、会见一律由接待组安排。现在就请各位马上退场！

采访的人们纷纷退去。方娜也默默地跟在他们身后。

李剑多么希望她能再待一会，但他说不出口，只是拉着王今鉴的手："老张在哪？你还没告诉我呀！"

"他也在这儿。等你们有空了，我领你去找他……"

大雪覆盖了整个山村，稀疏的星星似乎也感受到了寒冷，直眨眼睛。一把在火里烧得滚烫又揣在破棉大衣里捂得热烘烘的铁锹，穿过老乡茅舍外板皮障子的空隙，悄无声息地伸进了墙角的鸡棚，在寒冷中瑟瑟抖动羽毛的鸡们"咕咕咕"地争着往暖烘烘的铁锹上挤……

"咋样，上来了？"李剑急不可耐地问。他跪在雪地上，双手扳着障子，目光透过黑暗尽力往里瞧。

"嘘……"张健压低声音警告他。他前伸的双手平端着铁锹凭感觉知道鸡们上钩了，全神贯注地慢慢将锹收回来。"咕咕"的带着浓重睡意的声音有如小夜曲般在他们心上颤悠；李剑张开的手早就越过障子如鹰爪似的伸了下去……

一脸盆白水煮鸡热气腾腾地端到了土炕的破炕桌上。王今鉴一声"请"，洗肠恭候的七八双筷子和勺子已经狠狠地插进了一毛不剩的鸡身上。——这种买卖他们已经干过几次了。前几次都太太平平地过去了，这次看来又将是一个开怀畅饮的夜晚。村子里虽然发现丢了鸡，引起过一阵小小的骚动，但谁也没发现是什么人干的，即使有个别人怀疑这帮知青，也不敢来惹他们。

一九六九年，"上山下乡"的高潮席卷而来时，这个公社的所有知识青年都分到了生产队，只剩下张健、王今鉴和李剑了。这三个主儿都是A市有名的第十中学的学生，十中之所以有名，是因为"三高"：家长级别高；教师待遇高；学生眼光高。而在他们仨中，张健又有"三高"：父亲级别高（省政府秘书长）；理想志愿高（要当一名指挥千军万马的将军）；再加上身材高（一米八〇）。李剑却哪一样都不如他，父亲不过是市委的一个处长，自己身高才一米七〇。一会儿想当医生，一会儿又想当司机，反正都是些不起眼的行当。王今鉴则介乎二者之间：他没有父亲，母亲是劳模出身的省工会副主席，长得虽不如张健魁梧，但也有一米七八，至于志愿，既实在又高雅——学者、教授，以他的成绩看是完全能做到的。

他们不在同一班级，但既然分到一个公社，马上就结成了一体——在城里一块儿玩够之后，最后来公社报到的。公社的头头早就闻十中之名，虽说他们仁的老子当时几无例外地不是靠边站就是进"牛棚"了，但新上任的公社"革委会"头头毕竟是没怎么见过大世面的"屯老二"，对那已经垮台的"省政府秘书长"仍怀几分敬畏之心，以致专门由两位副主任单独接待他们。"你们别吱声，听我的！"以未来的"将军"自居的张健告诫王今鉴和李剑。结果，当公社头头按研究的方案要将他们分到公社最好的几个生产队时，张健拒绝了，这叫两位副主任窘得直搓手。"你们……这个，这个……就留在公社吧，啊？"张健不耐烦了："留在公社让我们当主任呀？！"接着命令式地一摆手，"有地图吗？拿来瞅瞅！"待到那皱皱巴巴的公社地图从废纸堆中翻出来后，张健双手将它摊平，将军似的双手扶桌，一个队一个队地询问"军情"，当公社头头介绍到黑石沟这个远离公社、隐没在深山老林之中、交通极为不便、社员半靠种地半靠狩猎过日子的小屯子时，张健像做出了重大战略决策似的以拳击桌："嗨，就去这儿，定了！"这可叫新生红色政权的两位掌权人大吃一惊："这……怕不行吧？""咋不行？"张健一面向两位同样吃惊的同学递眼色，一边瞪起眼珠子，一本正经地慷慨陈词，"毛主席的红卫兵天不怕，地不怕，明知山有虎，偏向虎山行！"事后，他向两位颇有怨言的同学袒露了军事机密：你们懂个球！留在公社倒是舒服些，可咱们这号人哪能在这帮屯二迷糊眼皮底下听喝？老头子的事说不定还会株连到咱们。那黑石沟天高皇帝远，咱们去了就是老大，想咋的就咋的！谁敢管？说不定还能搞出点啥名堂，有机会就杀回城里闹革命去！你们寻思寻思吧！"

这番话直叫王今鉴和李剑五体投地。黑石沟这深山小屯果然是个与世隔绝的处所。开初那一阵子，张健领着王、李二人还正儿八经地跟老乡们一块干活，小伙子们从待腻了的城里来到这深山沟，啥都新鲜，干得倒挺卖力气，逢到有人上山打猎，他们不辞辛苦，总跟着去。过些日子，当老乡们对他们不再有戒心而他们又失去了新鲜感之后，渐渐地活不怎么干了，那老得掉牙的猎枪也懒得摸了，开始到处闲逛起来。

张健人高马大，膀阔腰圆，别的知识这些时候来忘得差不多了，但是对《孙子兵法》，对克劳塞维茨的军事著作，对库图佐夫、纳尔逊、拿破仑、苏沃洛夫等军事家的战绩却记得滚瓜烂熟，总想找机会过过"将军"瘾。这个机会很快就来了：靠黑石沟约十五里一个生产队的集体户有个女青年，被公社革委会的一位头头看上了。为了占有集体户那位姑娘，他以"缺乏路线斗争觉悟"为理由蹬掉了农村老婆。但那位姑娘抵死不从，被他指使生产队的一帮兄弟囚禁起来，准备以强力霸占她。这事以极快的速度在知识青年中传播开来。李剑是黑石沟第一个知道这消息的，一下子被激怒了，骂骂咧咧地告诉了张健和王今鉴。"妈的，咱们给他点颜色瞧瞧吧？！"张健一拍大腿："中！"王今鉴紧锁双眉寻思了会儿，说："那小子是该教训教训！可是后果呢？考虑没有？那小子咋说也顶着'红色政权'的牌牌……张健此时已是跃跃欲试，一句话把他呛了回去："啥后果？大不了杀回城里去！"事情就这样决定了，按照张健制定的"奔袭"方案，三人当天夜里跑了十几里路，用麻袋罩住那小子胖揍了一顿，将那姑娘放了出来。"撤！"张健发出了命令。想不到那姑娘扑通一下跪在地上，凄切地喊："你们，你们不能就扔下我呀！……"张健不睬，拔腿就走，王今鉴一把拽住他："杀人须见血，救人须救彻，咱们带她走吧！""带她走？那问题就严重了，再说，咱们两个肩膀支一张嘴，咋安顿她？""嗨，"李剑说，"有咱们吃的，还能少了她的？"王今鉴说："还是你的话，实在混不下去，'杀回城里去'！"

　　于是，黑石沟知青集体户添了两个新成员。这个姑娘就是方娜。事后得知，那小子在炕上躺了半个月后，告到县里去了。但没有下文，据说结合到县革委会一位干部是张健父亲过去的老部下，是他将此事压下了。但从此黑石沟集体户在全公社乃至别的公社声名大振。张健逢人就大谈这番"战绩"，并且给他们三人武装上了匕首，活是再也不干了，不但在黑石沟一不顺心就老拳相向，而且发展到替各生产队的知青打抱不平。于是慕名加入他们集体户的知青不断增多。一位平时好引经据典、熟谙文学掌故的知青因他们仨名字中都有一个同音字，灵机一动给取了个绰号：三剑客。不消说张健是第一"剑"阿多斯了。

　　黑石沟本来就是个穷山沟，一下子添了这么多知青，糊口的玩意就更少了，肚里一点油水都没有，用知青的话说，那真是"见了猪跑都恨不得咬它一口"的日子。入冬以后日子就更难熬了，幸亏张健挖空心思想出了这么一个"钓鸡"妙法……

　　大伙啃着鸡，连骨头都嚼成渣，就着汤和从各处弄来的酒咽下了肚，一个个醉得东倒西歪在炕上。谁知天还没亮，门就被"哐当"一脚端开了，一个五大三粗的小伙子怒气冲冲地大叫大嚷："还俺的鸡！"

　　炕上一多半人被震醒了，认出这是本屯老实巴交、但一旦激怒起来天不怕地不怕的角色，臂力大得怕人，不由得吃了一惊，暗暗后悔吃鸡的时候忘了问一下它姓啥。小伙子一眼扫见桌上、地上的鸡骨头，炸了，两步抢过来，只一掌，炕上的桌子连同桌子上狼藉的杯碗就噼哩啪啦在地上开了花。"你、你们……"他站在地当中，额上青筋直蹦，碗大的拳头捏得嘎巴作响。"谁吃你的鸡啦？"张健故意懒洋洋地从炕上蹭下地，先叼上一支烟，然后指着地上的鸡骨头，拿腔捏调地说："你叫它，看它应不应？"不等对方反应过来。他"腾"的一蹿而起，雪亮的匕首在他手中翻了个个儿，"嗖"地扎在炕沿上，"问它要你的鸡吧！"他双臂抱胸，狠狠地说。刚才被镇住了的知青们这时一个劲地敲炕、跺脚、鼓噪，只有王今鉴双唇紧闭、两束尖利的目光透过眼镜片盯在了张健脸上。狂暴的血在小伙子体内燃烧，他一转身，随即双手抄起了房角的铁锹，要横砍过来……

"柱儿呀！柱儿呀！……"这凄厉的、撕心裂肺的呼唤声从门外传来，小伙子那要伤人夺命的铁锹竟如中了魔法似的停在半空中了。"柱儿呀，你可不能、不能胡来啊！"惊魂未定的知青们看清了，跌跌撞撞扑进来的是小伙子的母亲，那位冒着风险曾用自己的破草房庇护过无处可去的方娜，平时像亲娘似的为知青们洗洗涮涮、缝缝补补、嘘寒问暖的大娘。她紧紧抱住了小伙子、老泪纵横；"你们就是亲兄弟，都是爹妈养的，咋能这样呀……"铁锹"当"的落在地上，小伙子猛地蹲下，双手抱头而泣："可那、那鸡，是给您看病的钱哪！"

王今鉴急步过来，扶住了颤颤巍巍的大娘，"大娘！"他泪眼模糊，几乎语不成声，"我……对不起您啊……"

刚才还在跟着瞎起哄的李剑此时羞愧、痛心得无地自容。他翻遍了身上的衣兜，将一把零零碎碎的角票、分币塞在大娘手里，一手掩住眼睛跑出去了。

他的行动提醒了大伙，不少人也纷纷从身上搜钱。"算啦！"张健喝一声，止住了大伙，"事是咱老阿哥（这是自他成了"阿多斯"之后的自称）惹的，好汉做事好汉当！"他掏出几张五元的钞票扔在小伙子跟前。

"不，俺们不能要……"当王今鉴和方娜将所有的钱聚集在一块塞给

284

大娘时，她抵死不收，"孩子们呀，都怪俺们穷，亏待了你们啊！"她撩起补丁摞补丁的袖口擦着泪，万语千言不知从何说起，只用那慈母般的昏花老眼痛楚而歉疚地挨个瞅着知青们。

她和她的儿子就这样走了……

啊，那是什么年月！

他们从后门出现了，迈着木然的步子走过来了。当那滞涩的目光越过铁栏杆落在他们脸上时，仿佛有什么东西在他体内爆炸了，断裂了，那高大、笔直的身子顿然颓了下来。

这些天，李剑和报告团的战友们到工厂、学校、文化单位做报告，到处是掌声、鲜花、欢笑、热泪、握手、签名、合影，可他心底的一角总像有什么东西牵扯着。起初，他还没怎么闹明白这是为什么，待到发现自己夜深人静时愈来愈频繁地回忆起知青的往事时，他忽然明白了，他记挂着的是张健，那个没有他就不成其为"三剑客"的张健，那个这些年一直不知其下落的"阿多斯"。过去他想象着的张健是：党政机关干部？抑或是工程师、学者？也许他正是自己的战友——真的当上了"将军"？……能想到的都想到了，就是没想到会在这儿——A市监狱的探监接待室——见到他！

隔着铁栏，旁边站着身穿警服的监狱管教。他们，这昔日的"三剑客"相对无言，不知该说什么好。还是王今鉴打破了沉默："张健，小李看你来了！"

张健本来是满脸张皇，自惭形秽，这时突然一变，眼里射出倨傲的甚至是敌意的光束。这目光意味着什么，李剑似乎有所了解，但又不敢肯定，难道身处此境的他，竟还会对若干年前的事耿耿于怀吗？

"你来干什么？"张健出其不意地问，语气冷冰冰。李剑脸上的肌肉抑制不住地抽动了一下。他打量着这个囚徒：几乎还是十多年前知青集体户时的模样，只是剃了个光头，大号的灰色囚衣在他身上绷得紧紧的，那气色相当好但因久不见阳光而显得有些苍白的方脸上罩着一层乌云。就是这个"三剑客"中的"第一剑""老阿哥"，半年前还身兼A市商业局驻沪办事处负责人"×××开发公司副经理""××工厂特邀顾问"等数职，为了填补被他贪污、挪用、挥霍掉的巨额公款，身携绳索和匕首，深夜缘绳撬窗，潜入商业局二楼财会室行窃，被巡逻的保卫人员发现追捕时，他将其连刺三刀，致成重伤，他也被逮捕归案，贪污、盗窃、伤人数罪并罚，判处十年徒刑。当王今鉴在来监狱的汽车上不得不将这些简要告诉李剑后，李剑十分后悔来这儿，当即要求停车下去（一个卫国英雄去见一个贪污、盗窃、杀人犯，像什么话！何况，他们之间后来还有一段说不明道不白的感情纠葛）。但是王今鉴坚决不让他下去。他想，去就去，在死亡面前眼都不眨，难道还怕见一个囚徒！

"我不能来吗？"李剑反问，他奇怪自己怎么一下子变得这样镇定。"世界上，我什么地方不能去？！"

"呃……"张健大约没想到他会这样回答，一时语塞。他的目光一接触到李剑胸前闪烁的奖章，头就低了下来，两只大手在膝上用力搓揉着、挤压着，声音变得急促、沉重："我……不配劳您大驾！你，你现在有资本，有权力了，……英雄？你嘲弄吧！……我不在乎，反正是……哼哼哼……"他低沉而嘶哑的话里带着咆哮的味道。突然又抬起头来，痛苦、激动和无望扭曲了他的脸，双手一把抓住了铁栏杆，"我，我，我不能输给你，我会出来的……"

"老实点，你！"管教过来干涉了，眼睛里满是掩饰不住的憎恶。

"你这是干什么？歇斯底里！"王今鉴待管教转过身，低声责备道，"小李有什么对不起你的？"

张健又要发作，李剑平静地伸手按了按他的肩，话突然变得像是从枪膛里挤压出来的子弹，嘣脆，威严："要是在战场上，我毙了你！败类！"

两双目光相交了，对峙着。邪不压正！张健的目光终于胆怯无力地滑到了一边。

王今鉴在李剑说出那毫不留情的话时，不由得震颤了一下。

李剑掏出烟来，扔给张健一支，自己点上一支。张健却不去拿，"抽！"李剑命令式的语气凛凛生威。张健的手抖一抖拾取了烟卷，李剑打火给他点上，蓦地，双方的眼睛里都闪出了潮润的光。

"真没想到，命运简直是开玩笑！"李剑激动起来，"实话告诉你，就在我来这里的路上，我还在想你……你知道我是怎样想象你的吗？……'将军'？'三剑客'？阿多斯？……抢劫、杀人……你究竟是人，还是……"

阿多斯？这个绰号所显示出来的昔日的情谊，今日的憎恶、痛惜，像针一样扎在张健心头，他在会见李、王时临时构筑起来的精神防线彻底崩溃了，"我，我没脸，不是人！……"他揪着光头皮，哽咽，抽泣，"对不起你们！……小娜……"这突然呼出的名字使李剑心中一动。"小娜，……啊啊，小娜，我对不起你，有罪呀……！我知道你想……可只有你才能……救救我吧，啊，救救我！"

对这一段哈姆雷特式的内心独白，李剑和王今鉴都搞不清是眼前这罪犯心灵隐秘的自然流露，还是有意说给他们听的。但那个名字由这人嘴里说出来，李剑不仅从心理上而且从生理上感到厌恶，正如伪君子高唱真理给人的感觉一样；但真理本身毕竟是可爱的，可贵的。李剑在厌恶的同时，觉得有一种柔和的东西浸润着自己干涩的心，他忽然明白了，那在张健影子后面游动的就是她……

"原谅我吧！……"她的眼神这样说，不，也许包含着更多的东西。他想。

方娜刚来黑石沟知青集体户时，难得开颜一笑。虽说她对"三剑客"怀着一种报救命之恩的虔诚感情和柔弱女性对强者特有的依恋心理，但张健连正眼儿都不瞧她一下。这也难怪，十七岁的她，娇小，苍白，怯怯生生的，在高大魁实的张健面前简直是个不起眼的小玩意儿；何况，她还出身于资产阶级反动学术权威家庭，而这时张健那位十级高干的父亲正在落实政策，大有复出的可能。王今鉴则是个感情不轻易外露的人，他读的那些她听都没听说过的书，他广博的知识，他那些远离当时实际因而更显得深奥难懂的看法，他对她的那种大朋友式的严肃谈吐，甚至他的瘦高身形以及他的富于学者风度的黑边眼镜，都使她觉得他高出自己许多，可敬、可信但不可亲。李剑却不同了，他单纯，开朗，好动，随和，对她既不像张健那样盛气凌人，不屑一顾，又不像王今鉴那样老成矜持，居高临下，而是完全平等地以一个男子汉的热情、同情来关心她，帮助她。首先提出要救她的是他（事后她从王今鉴那儿知道了这一点），当张健想撇下她时又是李剑和王今鉴坚持带她走；来到黑石沟后，是李剑找到柱子家将她安顿下来，所以她自然而然同李剑亲近起来。

"……也让小娜去吧？"每当他们去什么地方溜达、解闷时，李剑几乎都要这样提醒。

"咳咳，让我来！"每当方娜去干什么重活、粗活，只要李剑看见了，总是抢着去帮忙。

"哟，又品尝咸水味儿啦？咱男子汉大豆腐（他故意把"大丈夫"，说成"大豆腐"，把她当成男的）可不兴这个！"每当方娜从张健那儿受了委屈伤心落泪时，李剑总这么跟她闹着玩儿，使她破涕为笑，然后两人东拉西扯地神聊一气……

王今鉴一切都看在眼里，私下跟张健说过："方娜也够可怜的，你干吗对她总是粗声恶气？""粗声恶气？"张健不以为然，"那你说该咋着？咱们救了她，难道还要捧着那黄毛丫头！你又不是不知道，咱就这脾气！"

有一次邻近几个生产队的知青来串门，正巧王今鉴回城探亲去了，只好由方娜掌勺来招待客人们。方娜在家是独生女，做饭之类的活儿从没干过，来黑石沟后虽说当了伙头军，但那年月有什么可烹调的？只要对付着把饭整熟就成。这次让她掌勺，可真是赶鸭子上架，结果将张健他们好不容易弄来的几个菜不是整糊巴了，就是咸得让人吐舌头。

"妈的，"张健在大为败兴之余火气直冒，当着客人们的面呵斥方娜："啥玩意，成事不足，败事有余！要你在这儿有啥用？！"

泪水顿时涌上了方娜的眼眶，嘴唇颤抖着，突然"哇"的一声，双手掩着被屈辱烧得通红的脸孔跑出去了，身后留下了想压抑但又压抑不住的哭声。

张健余怒未消，还在恃酒使性，骂骂咧咧。一直目送着、心牵着外面嘤嘤抽泣的方娜的李剑，这时突然一掌砸在炕桌上，震得碗筷跳了起来，"姓张的，你还是人不是人？"他挺身而立，怒目戟指。张健一愣，随即以"老阿哥"的身份抓起桌上的碗在地上摔得粉碎："怎么？骂她你小子咋就心疼？狗咬耗子多管闲事！"话音还没落，李剑已跳下炕，两步过去抡起墙角的铁锹——就像柱子那次干的一样——直扑张健，但马上被人们抱住了，张健也机敏地离开了原处。瞅着那红了眼失去了理智的"波尔多斯"，他简直不敢相信这就是平时对自己言听计从、大大咧咧、跟着他跑、充当小伙计角色的李剑。他先是惊愕莫名，继而哈哈一笑，跳下炕，立定抱拳向李剑三拱手："对不起了，对不起了！原谅老兄失礼！"

打这以后，张健对方娜简直判若两人，未言先笑，格外照顾。

王今鉴对她仍是彬彬有礼。

方娜暗暗庆幸，跟李剑又近乎几分。

可是，可是后来，她的感情的天平出现了倾斜。就在张健抽调回城当工人的头一天傍晚，李剑坐在集体户房后的石头上，眯缝着眼睛瞅着近来随着回城风而显得越来越冷落的河岸，心头涌起了一股莫名的惆怅，惆怅变成了抑郁和孤独。他特别希望，也相信她会出来陪他就这么默默无言地坐一会儿的。柔声细语飘到了屋外，她出来了，但却是和"他"，"他"步履有些踉跄，右手却紧紧搂住了（或许是扶着吧？）她的肩，而她的左手则搭着（也许是扶着吧）他的腰，听不清他嘟哝什么，她低低说着什么。她偶然一回头瞥见了李剑，似乎愣怔了一下，却没停下，也没过来，只把那些似乎留恋、歉疚、恳求的眼神留给了他。映着夕阳的小河水变得血一般红……

"啊……"一声受了伤似的长啸发自他的肺腑，烧得变了形的手指狠狠地揪住了床褥。他恨她，也恨自己：为什么当初不冲过去把她拉过来？她眼神里分明有着幽怨啊！……在老山前线血火横飞的严酷日子里，当他想到自己身背后保卫着的祖国，保卫着的人民中有她时，曾强烈体验过军人的忠诚，男子汉的豪情，战士的荣耀。过去的烦恼、不快，早已消失，心头只有她姣好的笑靥、温馨的气息。不管她跟谁，他都衷心祝她幸福，哪怕战死也值得，为所爱的国、为所爱的人。然而此刻他却在痛苦地反思……

也就在这同时，在监狱的大宿舍里，在别的犯人的鼾声中，张健的眼睛也瞪得大大的，就像火山虽已停止喷发，但它造成的余震仍在使海水翻腾一样，白天的意外的会面唤醒了沉睡的过去，也展示了他人生观以外的东西。他曾经是胜利者：那由"黄毛丫头"迅速脱颖而出的丰满的胸、苗条的腰、娇媚的脸，不是应该属于那个人吗？但他夺过来了；那弹着脆响的大把崭新钞票，一响整个房间就为之共鸣的索尼双卡喇叭台式收录机，那国外进口的最时髦的大衣、西服，那本该由专家去的到香港考察、讲学的机会，不都是属于国家、属于他人吗？他却轻而易举、毫无愧色地占有了，享用了。然而他事实上又是个失败者：那崭新的军服、耀眼的奖章、威严的风度、崇高的荣誉，不正是他向往的、企慕的吗？但他得不到，也许这一辈子都得不到，那做人的尊严、锦绣的前程，在他不是应有的吗？他却失去了，也许永远失去了。老天爷本来给了他令人羡慕的一切：革命家庭出身、优越的家庭环境、强健的体魄、聪敏的头脑，他本可成为一个人物，甚至成为一块金子，但到头来像垃圾一样被扫到一旁，连那一向宠爱他——现在已当顾问了的"老头子"——也以他为耻，连看都不来看他。只有她，默默地承担起"家属"（他不能称她为"妻子"，他是在预定结婚日的半月前事发被捕的）的探监义务，虽然她那幽深的眸子里隐藏着幽恨。啊啊，是他坑了她，可他又何尝不愿她"幸福"？也许自己对这"幸福"理解错了，正是这"幸福"不仅坑了她，也坑了自己……"要是在战场上，我毙了你！"他一阵冷战，一幅怵目的图景（也许是幻境？）蓦地浮现在眼前：高颧骨、宽鼻梁、厚嘴唇的敌兵端着枪，哇啦哇啦喊着，扫射着，在向"波尔多斯"坚守的高地进攻，攀登，殷红的血从"波尔多斯"的额头淌下来，人却挺立着；他也在向高地攀登，手中有什么东西同样在喷射着子弹，不过他没叫喊，而是悄悄地迂回，而且是从"波尔多斯"的背后偷袭……他吓得一个鲤鱼打挺从铺上坐了起来，浑身汗涔涔的。

他凝视着他。此刻他看到的与其说是跟前的李剑，不如说是看到了某种"思想"，某种悬在自己脑海中的意念：这两个昔日的"剑客"，李剑和张健，都让自己的刀见了血，都有人在他们面前倒下了。当他们冲目标扣动扳机，举起刀子时，面孔肯定同样凶猛，肌肉肯定同样绷紧，他们的全部念头、所能发挥的全部力量无疑都集中在枪口和刀尖上："有他无我，有我无他。干掉他！"可是，这种惊人的相似后面，有着多么遥远的目的、动机和信念啊！王今鉴忽然起了个念头，要将这人生之路曾一度重叠的两个伙伴的事写成通讯或报告文学。他凭新闻工作者的直觉，感到这个题材有丰富的内涵很有写头。那么——王今鉴顺着自己的思路继续思索着——这个内涵是什么？该怎样去把握它？

面窗而立的李剑仿佛觉察了他的凝视和疑问，以军人特有的姿态"啪"的转过身来，将快烧到手指头的烟屁股猛劲吸了两口，狠狠地捻在桌上的烟灰缸里。"你说，"他逼视着王今鉴，"我们在前线为了祖国的每一寸土地而血战，我亲眼看到战友的牺牲，亲手掩埋过他们的遗体，难道付出这种代价就是为了创造一个舒适的环境让他们去偷，去抢，去犯罪么？！"

王今鉴没回答，从这个答案自明的问题中，他感受到了李剑那深度的痛苦。回答当然是否定的，那也否定不了张健犯罪的事实；哪怕回答是肯定的，那张健的劣行就使英勇的牺牲大大贬值了。还有什么比这更使人痛心的呢！王今鉴今天邀老同学来家，爱人昨天晚上就开始准备酒菜，可现在桌上的菜只动了一点点，酒也没怎么喝，烟蒂却几乎平了烟灰缸了。

"小李，"王今鉴的爱人想缓和一下气氛，换了个话题，"你在前线，你爱人哪？随军，还是在地方？"

"我不告诉过你吗，"王今鉴瞅了太太一眼，"小李还没成家哩。"他又转向李剑，"张健是自作自受，可就苦了方娜……"话欲完未完，似别有深意。

李剑感到燥热，第一次将扣得整整齐齐的军服敞开。"他不仅践踏了战士的鲜血和信念，也践踏了小娜的幸福！"他激愤起来，又点着了一支烟，"真的，当我们在散发着尸臭的血水中浸泡时，当我们胸口紧贴着发烫的土地监视敌人时，当我们在蒸笼般的猫耳洞里用尿水兑橘子汁解渴时，我是那样强烈地意识到肩上责任的神圣，感到身后的一切都是那么美好。那时我不止一次想到插队时咱们骂过'鬼地方'的黑石沟，连那也变得格外亲切，想着想着心里就甜丝丝的。我发誓，为了柱子他妈，为了小娜，为了身后大地上的一切，我宁愿在边境上死一千次！我现在真难以想象，如果当时就知道张健在干这种勾当，我会怎样……"

"会怎么样呢？"王今鉴反问，"难道你会取消自己的誓言，放弃自己的阵地吗？"

"那，那……"李剑张口结舌，他没料到自己的奋激之词竟会导致这样的违背他初衷的诘问，"那当然不会。不过，这事总是让人反胃就是了……"

傍晚时分，李剑才回到宾馆。女服务员告诉他，有一位女同志等他很久了。他心中怦然一动，三步并作两步上得楼来，啊，是她——方娜。他推开门请她进去，随即又改变了主意："咱们，到外边走走吧！"不待她表态，他就抢先迈开了脚步。

他和她离开宾馆，在公园的小树林里徜徉了好久，虽然双方都没说更多的话语，但就是这样相伴无言地走一走，也使他们走出了无限的感慨。她问他（明知故问）："你爱人在哪儿？"这无异于抛过一个球，传递了一种信息。他却不但没加否认，反而煞有介事地回答"随军呢"。他知道自己需要她，他也能使她幸福——他是多么愿意她幸福啊，在经历了这些年的坎坷之后！但是他不能接过这个球。理智告诉他，此时此刻，张健比他更需要她：她能给他女性的一切，但给张健的很可能是绝望中的希望、毁灭后的新生……

远远的，在车站的门口，方娜出现了，呆立着，终于怯生生地扬起右手，像告别，又像是呼唤。

李剑猛地掉转了脸。

王今鉴看到了他眼中的泪光。

作于1986年

后　记

　　1978年以来，我在干新闻本行之余，一直对哲学、美学与文艺理论的研讨和写作怀着兴趣。或曰：逻辑思维与形象思维是截然不同、互相排斥的。但是现实生活的激荡和想亲身体验一下文艺创作真谛的愿望，促使我也写起了这些被称之为"小说"的东西。

　　窃认为，写写这类文字，拿出去发表，恐怕是爬格子诸君中的大多数人都可以做到的（我得聊附骥尾，幸矣），但要写出真正的小说，则非高手不可。这本小说集中的作品按写作时间先后编排（《怪侣奇踪》除外），其间跨越了近十个年头，作品中次第出现的角色、所反映的思想同那时现实生活中的模特及当时的作者本人一样，都明显地烙着当时政治风云和社会时尚的印记。以现在的眼光看来，其中一些作品不论是思想上还是艺术上都是相当幼稚、粗糙甚至浅陋可笑的，但它们作为历史，作者已无权对之做任何改动。

　　感谢谷长春同志，尽管收入这本集子中的作品离"阳春白雪"尚远，他还是拨冗为之作序，并且在序言中对这十篇作品的概貌、时代背景、人物形象做出了令我折服的分析，给了热情的鼓励；感谢时代文艺出版社的张秀枫同志和刘明涛同志，正由于他们有着帮助作者的良好愿望，这本集子才得以问世。

百多年前，爱好诗歌创作的青年恩格斯由于受到歌德《给青年诗人》的劝告的影响，放弃了关于自己在诗歌方面负有使命这种信念，但他仍不时将自己的诗送到杂志去发表，因为他认为："别的青年人都是这样做的，他们也是和我一样的蠢材，甚至是比我更大的蠢材；同时也因为，我这样做，并不会提高或降低德国文学的水平……"

似可断言，我们当代文学的水平，同样不会因为这本小说集的出版而有所升降，这是差堪自慰的。

作者

1988年10月于长春

桃源遗事

（《作家·长篇小说号》 2012年12月）

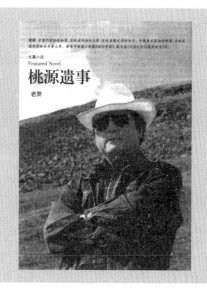

桃源遗事

一

正是"桃之夭夭，灼灼其华"的江南暮春时节，岳麓山脚下桃源里一带溪畔岩头的三两桃树早已不是零零星星点缀枝头的清俏粉红，着实已满树红得烂醉、红得燃情。眼看着就要落英缤纷，让位于一粒粒青绿的小桃了。

小Y的心情正如这狂放的桃花。他被父母从衡山送到桃源里叔叔家来上小学已有好几个月了。毕竟是才八九岁的细伢子，很快就熟悉了、接受了、融入了新的生活环境。匆匆吃完早饭，一拉开门，小Y和家里正在津津有味舔前脚掌的花猫几乎同时蹿出了屋子，花猫转瞬间消失于花丛草窠之中，一准是找它昨夜叫春的狐朋狗友去了。小Y则径直爬上了离房门口三四米远的那块高大的黑石头上。

小Y叔叔家所在的这幢刚建成的二层红砖楼，有四个门洞，叔叔住的是右数二门洞。门前是空地，除每户人家门前由碎石铺成斜穿空地的甬道外，再无其他石头，搞不清为何独独有此巨石兀立于斯。巨石杵在那儿有一米多高，虽仅及成人胸口，但比小Y们高出一头，在小Y们眼中绝对是个巨无霸。石呈不规则形，上面满是凹坑，活像人脸上的麻子，通体青灰色。据小Y所知，屋后山上的大小岩石都不是这个模样。它从何处来？是谁将其遗弃于此？无人知晓，这让它透着几分的神秘。小Y从来的第一天起就被它吸引住了，一个人绕它转着，用手摩挲着，煞是稀罕。而他之所以喜欢爬上去，则纯粹是小孩子凡高必登的好动好奇天性。蹲踞在这块美丑难辨的大石上，他有一种释放自己的惬意感。

这是个周日的早上。上周的课堂学习在小Y脑瓜中已荡然无痕，他与其说是被送来一周六天的上学，不如说是老天眷顾，让他在一个任他胡天胡帝逍遥快活的世外桃源里来度过他的少年时代。

小Y刚在大石上坐定，三门洞就蹦出了一个与他年龄相仿的细伢子，个头较他稍矮，是三号门谈老师家唯一的男孩，排行第三，学名谈可行，长得扁鼻子小眼，一身衣服总是邋邋遢遢，因严重鼻炎，故鼻孔下嘴唇上经久不息地挂着两管又浓又黄的大鼻涕，旧的干了，结痂了，掉了，新的又源源不断地淌下来，他就时不时地用他那宽大的已蹭得油光锃亮的袖头抹一把，由此被小伙伴们呼为"谈三抹布"，简称"谈三"。谈三对自己的黄鼻涕，也对别人奉送的绰号浑不在意，显示出极好的脾气。自打进了这栋楼，谈三就主动黏上小Y，一来二去混得烂熟。谈三人好，性格随和活跃，在"玩"字上也特下功夫，加之他是这一带的"土著"，周边情况熟，消息来得快，又处处跟着小Y，所以不让玩到一处都不行。

"我稀饭都冒呷（吃）完，"谈三跑到大石旁仰颏跟小Y打讲，"隔窗看你上了石头，赶紧就出来了！"

"那就走噻，"小Y从大石上跳下，两个孩子一溜小跑，背后传来婶婶"悌伢崽悌伢崽"的招呼也不管了，蹭蹭几步上了空地侧陡峭的土坡，转眼就上后山了。速度之快，量他家爱发飙的花猫也撵不上。

说是"后山"，其实不过是高出平地百十米的小丘陵罢了，若说岳麓山是"衡岳之足"，那么，小Y现在登上的号称"桃源里"的这片小山包充其量只是"衡岳之足"上的小脚趾头了。然而山不在高，好耍就行。这后山上满坡长着灌木丛、茅草堆，和半人高、一人高的小松林，草木不到之处随时露出或大或小赤裸的红土，用旅游眼光来看真乃乏善可陈，但于小Y、谈三却是一处风光无限、兴味无穷的游乐之地。就在那短松杂陈、茅草疯长、红土斑驳的坡地上，到处生长着一种有长长蔓条、两侧缀着椭圆形叶片和刺芽的植物，枝条上几乎一年三季结着成簇成团红如玛瑙、紫若葡萄的果实，有时还挂着一层白色的薄霜，看着更加诱人。这野果采之不尽，食之不竭，虽然入口有些发涩，但大把大把咀嚼之后吐掉果渣，清凉的果汁也就顺喉而下，对在山上追奔打闹、满脸通红、一身臭汗的孩子们不啻解渴散热的琼浆玉露。还有一种低矮的植物，结着一种小小的有如山楂般的殷红果实，食之，果肉绵绵的，味道酸甜，也是孩子们之所爱。当然，间或也能采到指甲盖大小的毛栗子和小如黄豆粒的山葡萄，那就算是分外之获了。小Y们在家都不好好吃饭，就因为有这些山珍在勾引着他们。倘若山果还不足以解其渴，那么再往远跑几百米，就有终年不竭的清冽山泉经由乱石丛草斗折蛇行，直泻山底，注入一丈见方的石潭，桃源里的居民们全靠从小潭挑水维持饮用，这当然也是孩子们可恣意享受的绿色饮料。而在草木丛中，还有各样山鸟栖飞觅食，刺猬、松鼠等小动物也悄不蔫声地潜行其间，与它们的不期而遇，常常令孩子们双目放光，心跳加速，惊喜连连。如果逢到杜鹃花开，那姹白嫣红的花朵就漫山遍野争妍斗艳，看得人心里抓狂……

奇怪的是，偌大一处山坡，除了小Y、谈三外，几乎见不到人影，不光大人们根本就不上来，连周围的小把戏个把也无。它实际上就是这两个"鲁宾孙"无可争议的领地。

在领地上巡视了一遭，嚼饱了山果、喝撑了肚皮之后，他们决定再走远些。因为谈三昨天就告诉小Y，他前些天一人巡山时在坡那边发现了一座好大的石墓，墓碑上有些字他冒看明白。小Y一听，马上来了劲，今天要和谈三去看个究竟。

过一条被山洪年复一年冲刷出来而后又长满荆棘野草的山沟，穿过一片矮松林，谈三说的大墓就赫然在目了。墓周围的松树长得比别处的要高些，盖过头顶。小Y、谈三的出现惊飞了几只在树梢卧巢或歇息的喜鹊之类，头顶上骤然而起的展翅扑腾的扑喇喇响声着实叫孩子们吓了一跳。"搞么子鬼啰！"谈三骂了句，猫腰拣了块小石子象征性地扔了过去。小Y却忽觉被跟前明晃晃一片晃了眼。

这是一座规格规模相当大的花岗石大墓，麻石整齐铺就的地面和呈半球形拱起的坟冢，汉白玉砌就的台阶、护栏和高耸的带尖锥的墓碑，在明亮的阳光照射下，从不同角度反射出一片白花花的刺眼强光，这光，连同被周围红土绿树映衬着的白色大墓的凝重形式感，让小Y胸腔里突然有了一种悸动的感觉。

"你何事（怎么）搞的？"谈三推推发愣的小Y，他又在用袖头揩他那永远擦不尽的黄鼻涕了。

他们一起仰头往高尖的墓碑上瞅去，那上面铭刻着的是"北伐阵亡陆军上将龚××之墓"，左下侧还有一行小字，刻着民国×年××立的字样。

说实在的，这片山坡上荒坟野冢可不少，触目可见还立着的、歪栽着的或倒下的石质、木质的各式小墓碑，有隆出地面的或是从地面塌陷下去、露出黑森森窟窿的坟包、坟坑，小Y们早已司空见惯，但眼前这样堂皇的大墓，墓主竟是"北伐上将"，而且是"阵亡"，孩子们还是第一次见到，虽然他们还搞不明白这究竟是何许人。

四周凝寂无声，只有这座不知来历的大墓和两个八九岁的细伢子在此呆立不动。偶尔一阵风来，环绕这大墓的树木的叶子就沙沙作响，宛如一支部队行军时嚓嚓踏踏的步伍声，沉重、神秘，仿佛有什么幽灵从他们头上飘过。

一种说不清道不明的异样感觉在他们心头升起。小Y、谈三不约而同地对视一眼，突然双腿发力往山坡那边跑去，嘴里唱起从音乐课上学会的歌曲：

嘿啦啦啦啦，嘿啦啦啦啦，

嘿啦啦啦啦，嘿啦啦啦啦，

天空出彩霞呀，

地上开红花呀，

…………

他两跑到一块拱出地面、刀削斧劈峥嵘兀立的巨石面前停住了。这里地处半山腰，昼夜淙淙不息的那道山泉就是经此在一块深凹下去的大平

303

板石上形成一汪浅潭，再逐级而下，流向山脚的。爬上峭立的岩壁，他们并排斜倚在石头上，双腿顺岩壁悬垂着，脱下上衣，让山风吹干身上的馊汗，懒散而又舒适。身后高高的山脊上，有絮状的白云成团成带地往湛蓝的天空喷涌，舒卷，飘散。两只老鹰从上面的石头上发出很大的响声腾空而起，转瞬已到天顶，旋即平展双翅在云端盘旋，留下尖厉的长喉。

此情此景，石墓之类引发的怪异感觉被他们抛在脑后了。

从这里往山下望去，最近的、第一眼看到的，就是他们住的那栋四个门洞的二层红砖楼，它坐落在山脚处整整齐齐切下的一个三面凹槽中，从上往下看，它就像是嵌在山包里。他们看见了它的瓦屋顶，也看见了楼前面那块大石，看见了房前空地上来往进出的人影，不过分不大清是谁。

"那是'独眼龙'！"谈三突然大叫。小Y顺他指向瞅去，怎么也确定不了那个小到枣核般大小的人就是"独眼龙"，尽管他视力好到离几尺远就能在昏黄的灯光下找到娭毑（祖母）掉在阴影中的缝衣针。这"独眼龙"是和他们同住一楼四门洞老汪家的独子，平素和他戴眼镜的老爸一样，进出一脸严肃，见谁也不打招呼，更不和小Y他们来往，加之他有一只浑浊的玉石眼，故获封"独眼龙"，其本名倒被人遗忘了。小Y和谈三都不喜欢他，但又愿意看到他，看他的一本正经，看他的倨傲，看他听别人喊他绰号时气急败坏的无奈。

"么子（什么）独眼龙啰，"小Y反诘谈三，"我看就像是过大少！"过大少是一门洞过教授家正在上湖大的大儿子过智。小Y这么说其实也是乱猜，因为他也就见过一次过大少的侧影。"不是嘞，不是！"谈三坚决否认，他绝对不愿将过大少与"独眼龙"混为一谈。他忽然转换了注意力，兴奋地喊："你看你看，那里有辆汽车在开哩！"

果然，目光从住的楼前再往前移，有一辆看不清颜色的老式卡车正在蜿蜒的路上移动。在那个不管到哪都靠走的全民健步年代，看见一辆汽车不亚于几十年后在大街上看见一头大象。更何况这车上还挤满了人，飘着彩旗。是送报名参军抗美援朝的吗？小Y、谈三猜测着。他们的目光不舍地盯着汽车，尾随着它驶过湖大校医院坡脚下那口水塘，又拐弯驶向湖大附小的方向，消失在远处的树影之中。

二

下得山来，已是晚饭时分。

谈三的大妹和小妹鸭子婆正在楼前场地上跳橡皮筋，一个六岁，一个三岁。谈三一蹦几个高地过去，老气横秋地从脑后给两妹妹一人一巴掌，惹得她俩扔下皮筋追着谈三闹，谈三甩了一大把鼻涕笑骂着进了屋。小Y刚走到那块大石边，就看见婶婶正站在门口台阶上，和共用一个台阶的一门洞的过太太说话。

婶婶不是多话的人。叔叔在湖大图书馆工作，婶婶在湖大一个缝纫社给人做衣服，赚几个钱补贴家用。小Y来此几个月，好像还没见过婶婶和邻居们在一起说话，尤其是过太太。这会儿两家女主人晤谈，看得出是因为在门口碰见了，属于不期而遇不得不说几句的场合。这过太太约莫四十出头，先生是湖大的俄语教授，小Y见过一次，四五十岁模样，黑中显黄的头发十分熨贴地往脑后梳着，一丝不苟，且泛着油光，这种不寻常的发式常给初见他的人一个下马威，感觉像阿Q见了"洋鬼子"一样怪怪的。更怪的是过教授穿吊带裤，这令刚从小县城来此不久的小Y瞠目结舌。那次过教授也是站在敞开房门的门口送客，脚上竟然穿一双皮拖鞋，这在只穿得起自制布鞋、木拖鞋或回力鞋的邻居和常年当"赤脚大仙"的小Y们眼中更是不可思议。好在教授待人谦和有礼，送走客人后，见小Y还站在台阶一侧犯傻，他还特地冲小Y点头微笑。这给了小Y一个好印象。先生既不凡，夫人自不俗。过太太浓茂的黑发显然是熨烫过的，齐耳，在脑后隐隐呈波浪状，这在当时女人千篇一律的短直发型中明摆着就是个异类。细长的画眉弯弯的，秀气的双唇薄薄的；一件白色蕾丝的束腰上衣，配上绸质的黑色长裤，那在邻居们的腹诽中无疑是个"妖精"。过大少就是他们的大儿子。

正在门前台阶上说话的两家女主人看见小Y过来，婶婶就像得救兵似的掉转头喊："悌伢子，何事（为什么）搞得咯（这）样晚才回来？"过太太笑眯眯地问："是你侄子吧？"语音柔柔的，说的是长沙话，又带着些别的口音。不等婶婶回答，又冲小Y笑说："长得咯样清秀，像个妹仔嘞！"婶婶也不接茬，冲小Y说："就等你了，还不快进去摆桌子！"

平时折叠起，饭时才打开的红漆矮木桌，其实婶婶在前屋地上已摆放好，挨着娭毑平时坐的那张藤躺椅。裹小脚的娭毑那时七十来岁，除走路不便外，身体精神都还不错。一个人在家，靠看书读报打发时光，因小Y和老人家同在一室，这一老一小的感情就非其他血亲可比。娭毑在藤椅上坐好了，三岁的大弟弟早已乖乖坐在他的小板凳上。菜和汤上了桌，叔叔婶婶也从厨房过来落座，小Y给大家盛好了饭。

饭桌上，小Y和弟弟一如惯常地不吱声，事实上也没有他们细伢子说话的份儿。娭毑牙口不好，她的饭菜往往需要叔叔另做细软安排，叔叔在这一点上无可挑剔，孝子实至名归。叔叔是自学成才的烹饪高手，婶婶是尽职的助手。叔婶感情很好，他们之间的感情思想交流、生活信息传递多是在做晚饭的厨房里。叔叔四兄弟，可娭毑一直由叔婶侍候，婶婶有时嫌娭毑事多，免不了几句闲话，但叔叔恪守孝道，任劳任怨扮演着过去大家庭中孝子的角色。叔叔之所以在厨艺上有此一手，想来相当一部分也是为了娭毑吧。叔叔问"菜烂不烂呀"，娭毑答"还行，就是肉咸了点"之类的对话往往就是用餐的前奏曲。之后，娭毑有时会借此机会对儿子儿媳问点什么，吩咐点什么，叔叔就会说"晓得啰"。叔叔婶婶这时说得多点的也还是这顿饭菜做得如何，下顿做什么菜，要准备什么，等等。至于超出这个范围的话题，如叔叔在图书馆的同事如何如何，婶婶在缝纫社的人际相处怎样怎样、邻居们的家长里短，有的在厨房里也说了，另一些则大约是要到饭后收拾完一切，叔婶上二楼休息时才说的。但今天婶婶三言两语就说起了隔壁过家。

"那过太太还真是个时髦堂客，"婶婶边夹菜边说，"你看她和过教授穿的用的，以前怕是蛮有钱吧？"叔叔给娭毑夹一筷子菜，手指扶了扶眼镜说："听得讲过先生留过洋嘞，好像是个二级教授。"婶婶问："那过太太也冒得工作，就靠过先生赚钱呀？你看他们好几个崽女，那得好多钱才养得起啰。"停了一会儿又说："哎呀呀，还冒看见过咯样打扮的——"婶婶不说了，语气里流露着看不惯、交不起、不待见的意味。叔叔说："莫管他啰，又不是一路人。"

在小Y朦朦胧胧的印象中，也觉得过家的衣着做派都有点"那个"，不过他对过太太并不反感，只是她把他比作"妹仔"叫他不大受用。不管怎么说，叔婶对过家夫妇还是有几分尊敬的，称呼他们为"先生""太太"，不像说四门洞主人——湖大的一位职员、"独眼龙"的老爸老妈为

"老汪""汪家堂客"。至于谈三父亲，那个湖大的物理讲师，则被称为"谈老师"。叔叔没上过大学，与"老汪"同为湖大职工，他们为何会与过、谈二家同住这么一栋新洋楼，小Y就从未想过。

叔婶那时也才四十出头，因为没孩子，小Y父母遵照远在北京的嗲嗲（祖父）旨意，将大弟弟过继给了他们。他们对大弟弟自是呵护有加。叔叔不仅做得一手好菜，还通过家学渊源，通过读私塾，饱览典籍，攒下了一肚皮学问。他很早就戴上的近视镜度数同他的学问应是成正比的。因为在图书馆工作，叔叔不断借来各类书籍供娭毑浏览，自己则一上二楼就一卷在手。刚来乍到的小Y那时还沉湎在小人书和玩耍里，尚不知读书之乐也。但三岁的大弟弟晚饭后每每缠着叔叔要"听书"。"美伢子，咯回要听么子啰？"叔叔在唯一一张竹围椅上坐定，将弟弟抱置膝上，问。"还讲关公，还讲关公，上次还冒讲完嚛！"弟弟回答得不假思索。"好啰。"叔叔翻着《三国演义》，他跳过弟弟听不懂的那些错综的人与事，直奔"三英战吕布"那一段开讲。

"……那吕布你晓得嚛，长得武高武大，相貌堂堂，威风凛凛，武艺高强，骑一匹赤兔马，使一把方天画戟，有万夫不当之勇——"弟弟打断叔叔，认认真真地质疑："那关公哩，你讲他是万夫不当之勇。""关公是，吕布也是嚛，"叔叔不紧不慢回答弟弟，"两个万夫不当之勇就要打起来哒嚛……那吕布是奸臣董卓手下的大将，把守虎牢关，曹操领各路诸侯要破关，被吕布手起戟落，连斩几员大将，吕布东冲西杀，如入无人之境……搞得那十八路诸侯人人叫苦，个个胆寒！曹操只好和各路诸侯再商对策。就在咯个时候，吕布那厮又来搦战，冒得办法，再无大将可派嚛，公孙瓒只好挥槊亲战吕布，战不几个回合，公孙瓒败走，吕布纵赤兔马赶来，看看赶上，说时迟，那时快，吕布举起画戟响起呼呼的风声，朝公孙瓒后背心就是一刺——"弟弟惊叫一声"啊哟！""莫急——就在咯千钧一发之际，燕人张翼德圆睁环眼，倒竖虎须，挺起丈八蛇矛，飞马大叫，'三姓家奴休走！燕人张飞在此！'……"

叔叔说书的口才真是好，那抑扬顿挫的节奏感，说到两军对垒、英雄叫板时的面部表情、手势、语气，真把弟弟的兴味吊得足足的，他眼睛瞪得大大的，全神贯注，小手在围着兜兜的胸前紧紧捏在一起，还不时煞有介事地问叔叔："那关公何事（为什么）不一个人跟吕布打啰？……"小Y此时什么玩的念想都丢到爪哇国去了，叔叔讲说的三国豪雄们的音容笑貌、跌宕命运，以一种不可言说的力量整个攫住了这男孩的心。以致叔叔每说一段，次日他就要津津有味地复述给谈三和其他小伙伴们听，在这帮小把戏中也搅起了一阵"三国热"。

这些书想必娭毑也看过，虽然老人平日爱读的还是《红楼梦》《啼笑姻缘》之类。但每逢叔叔开讲，耳朵很背，身着长袍的娭毑也离开她的躺椅蹭过来，半个身子斜倚在书桌边，白发苍苍的头伸过来凑热闹，聚精会神地听，偶尔还要问一下小Y："讲到么子地方啰？"

终于，弟弟的眼神有点迷离了，叔叔放下书，将他抱上二楼。此时婶婶晚饭收拾后，早早就上楼了，她每天凌晨5点就得起来给家里人准备早餐。过一会，叔叔又下来，像每晚必做的那样，问娭毑："妈，该困得吧？"这是以往在营田老家那个旧式大家族中晚辈对长辈晨昏定省老例的延续。"你也去困啰。"娭毑一边宽衣一边说。同时也催小Y去睡。小Y此时正想从抽屉里把他点滴收集的小把戏搬出来玩一阵呢，听得娭毑说也只好上床。娭毑坐在床沿上开始往脑后扎她的白发，这意味着老人马上就要躺下了。但有时她会停下来跟叔叔说一两个婶婶的"不是"，譬如白天要婶婶给她做或买个什么的没做没去啦，婶婶因为什么事对她说话不恭敬啦，叔叔默默听着母亲的念叨，以一句"晓得啰"结束。

娭毑和小Y床上的帐子都放下了，但叔叔今晚并没如往常那样急着上楼，听脚步声，知道是去厨房了。屋里的灯还亮着。此时大约是9点来钟。不安分的小Y照例开始在帐子里折腾了，先是从枕头处抱膝一个跟头朝床尾翻过去，又从床尾一个跟头翻过来，如是十数个回合后，他又换了个玩法，因床是紧挨一面墙的，帐子也紧贴着墙，他就背靠墙，头冲下，窝着脖子，两肘撑腰，双腿高举，就这么倒立着，几分钟后放下来，接着又来几次，直到兴尽躺下。

可今晚小Y才翻两个跟头就无法继续下面的项目了，因为这时他听见一个声音从门外传进来："Y夫子嗳，Y夫子在家冒？"紧接着叔叔的声音就从厨房那头一路传过来："赵夫子来哒，快坐啰！"小Y床对面，两张高背西式黑木椅靠墙摆着，中间隔一高细木茶几，专供客人坐的。赵夫子落座，叔叔从厨房端出一碗刚蒸好的香肠片，一碟豆腐干，又拿来一瓶白酒，两副碗筷，坐下，两人就品上了。小Y虽直到现在不喜看书读报，却也晓得古代的"孔夫子""孟夫子"，知道凡"夫子"必定了得。可他不知道，他生活中也有"夫子"。其实这正是"惟楚有才，于斯为盛"，儒风遍被的结果。"夫子"之谓也，既是对对方的礼节性尊称，又是对彼"腹有诗书"的肯定和称颂。叔叔没正经读过中学，更别提上大学当先生了，但他端方的品格，饱学的谈吐，让他在同事们中间赢得了这个尊称，"赵夫子"想必也是。

他们在灯光下细酌慢品。这赵夫子是叔叔在湖大图书馆的同事。听得出来他们在说图书馆的什么事，接着又说起了这个书那个籍什么的，但折腾了一天的小Y突然间就睡过去了。

三

小Y每夜都睡得烂熟，早上都是大人，尤其是娭毑叫他才起得来。叔婶已上班去了，娭毑在家。匆匆叠好自己的被子，忙忙吃过婶婶留好的早饭，小Y急急如星火地挎起书包，出门上学去了。

书包是妈妈用灰色的土布缝的，从衡山托人捎到长沙。里面装着他的语文、算术课本，一块人皆有之的供上课写字用的石板和几支石笔，一本做作业用的拍纸簿，一支供写字课用的头戴铜笔套的毛笔和电木墨盒，当然还有几件他自己玩的爱巴物儿，其中包括不知从哪儿捡到的半截金属表链，几个里面有彩色图案的玻璃弹珠，几根细妹子扎辫子用的橡皮筋箍，等等。兴许是书包带过长，斜挎起来要拖到脚踝了，于是娭毑将带子打了个结，这才合适。可就是这个结，有事没事地被小Y放到嘴里啃咬，一如婴儿裹奶嘴，久之，再咬，就有了一股酸酸的味儿，但这也影响不了小Y照咬不误，他甚至已喜欢上了这与众不同的味儿了。

从家门口那块大石到湖大附小，充其量只有里把路，下坡，过一有桥水沟，途经从后山上即可望见的那方水塘，绕行过被黄土包高高托举起的湖大校医院，在建有"吹香亭"的小水池边有一座文庙，这就是小Y就读的湖大附小。

据记载，这文庙又称圣庙、孔庙，始建于唐开元年间，明朝正德年间，按当时州、县文庙规制迁建于今址，毗邻岳麓书院之北侧，抗战时期大部建筑为日寇飞机所毁，战后重修，一如现貌，解放后被改用作了附小。小Y依稀记得，他第一次被叔叔领来上学时，叔叔因急于上班，在前快步如飞，也不等他，他只能一溜小跑跟头把式在后紧撵着，自那以后，他不论干啥，只要是在外面路上，几乎就没慢走过，包括吃饭，也是能吃多快就有多快。小Y走到"吹香亭"池边了，右手边就是文庙的北门牌楼，上了锁，小Y从未见它打开过。牌楼镶嵌在斑驳的赭红色围墙上，四柱三层，高高耸起，由雕花凿文的麻石砌成。门右角围墙下有一石雕拴马桩，上刻"文武官员到此下马"八字。小Y第一天来此上学时就看到了它，虽然尚不清楚此系何方圣地，却也并不陌生、惊奇。对这种红墙院落黄琉璃瓦屋顶的建筑他是熟悉的，早几年前在衡山，他还是个细伢子时，就由大人带着，见识过类似风格的南岳大庙了。

五月的初阳斜射在院墙上，耀出一片让人心情敞亮的橘红色。小Y绕过院墙，从同样四柱三层麻石垒成的南牌楼进了庙门亦即校门，到了文庙的前庭院，在同样由麻石铺成的甬道两侧，有一左一右两只明代石狮，踏上台阶，几步就进了大成门。这大成门以里的场院、房舍才是附小的真正校园。大成门前整齐的四方形空地是学生们玩耍、出操、活动的操场，两侧原本用于供祀历代先儒的庑廊被改造成了若干个教室，教室尽头是两排阶梯式御道，中间有石雕蟠龙，始创于明代建庙之时。由御道上行是月台，月台后即是文庙的主建筑大成殿了。这大成殿于孔庙而言，历朝历代都是个供奉至圣先师、于月台表演礼乐以祭祀的重地，非俗人可驻足也。现在却已改头换面，殿内的至圣先师塑像和牌位早已人间蒸发，大殿被木板间壁隔成若干房间，左边是校长、教导主任和一些老师的办公室、教研室，右边被辟成二间教室，小Y所在的三年一班教室就在这里。小Y跑进教室，在自己的座位上坐下，摘下书包塞进小课桌的抽屉，没过几秒钟又扯出翻开一顿乱找。

老师进来。全体起立，坐下。开始上课。

"Y！"随着小Y的大名被叫，班主任许老师的教鞭在讲桌上"啪"地一响，让埋头咬书包带、手里摆弄表链的小Y吓了一跳。"又在耍么子啰？！"小Y赶紧将表链塞进抽屉，条件反射似的辩称，"冒耍么子哒！"

"那我刚才讲的是什么？"许老师语气很严肃。她四十许，也可能三十出头，小Y估不太准。人微胖，皮肤白皙，圆脸，戴一副近视镜，对自己班的学生向来要求严格，不然也当不了班主任。"站起来回答！"教鞭在讲桌上轻轻敲了两下。小Y木然起立，不吱声，他不知道刚才许老师在讲什么。

"来，把你玩的东西交出来，"许老师已迅雷不及掩耳地站在小Y跟前了。小Y只好将表链掏了出来，"给我！"许老师伸手将表链没收了。她又回到了讲台上。自己爱巴物被没收，小Y并不觉得难堪或不舍，第一，这时的他还根本没个人财物的观念；第二，他和几乎所有的小学生一样，只有老师没收东西理所当然的观念，所有的伢子都被没收过，除非这伢子上课是个木头人。

"现在我讲……"许老师教的是语文课，在附小以表述能力强、讲课受学生欢迎而闻名，但她现在暂时离开了课文，开始讲故事："古时候嘞，有两个伢子，一个叫管宁，一个叫华歆，他们是好朋友噻，有一天，两个伢子在菜园里锄菜，忽然看见地上有一小片金子，管宁照旧锄地，跟看见砖头瓦块一样锄掉，华歆嘞，捡起来看看再丢哒。又有一次，他们两个坐在一张席子上读书，这个时候来了一辆达官贵人坐的马车从门前走过去，管宁看也不看，照旧读书，华歆却放下书本跑出去看热闹。于是管宁拿刀把席子割成两半，分开座位，对华歆说：你不是我的朋友嘞！"

讲故事小Y爱听，许老师的口才堪比叔叔，何况讲的故事本身就勾人，小Y巴不得老师就这样口若悬河地讲下去，一个又一个。可惜许老师很快就曲终奏雅，直奔主题了："小Y，我刚才讲的故事，你晓得是么子意思吧？""晓得，就是不要……"小Y不由自主地将金子和表链联系在一起了，是见到表链之类的东西不要捡，还是不要在课堂上玩？反正不管捡或玩，都跟那个什么华歆一样了，许老师讲故事，为的就是批评这个吧？他隐隐觉得还有别的意思在里面，但仓促间来不及细想，一时也组织不起该回答的话，只好不吱声。

在小Y沉默的空当，课堂上就有憋不住的疑问冒出来了："老师，那金子值钱吧？丢掉太可惜哒嘞！""那个管什么的是冒看清吧？应该捡起来交到学校噻！""华歆看热闹看一下子还不行呀？何事就不能做朋友啰？又冒在上课！"……

许老师转向纷纷举手要发言的学生们，示意大家放下手，说，她讲这个故事，不是要大家讨论金子该不该捡，热闹可不可看，而是要大家晓得当遇到外面的干扰、引诱时，作为好学生、好孩子该如何做……许老师宣讲完，又转脸对小Y："这回懂得了吧？"小Y仍未吱声。而许老师也并不等他回答，重上讲台开始上课了。

小Y的不爱吱声是从小养成的。来长沙之前，他没离开过父母。那时，从西南联大毕业的父亲在昆明教了一年多书之后，很快回到了湘阴的老家，几年后携家到了衡山，在县二中继续当老师兼总务处工作。这位大学学化学却又偏爱国学的粉笔匠对子女的教育和卫生有一套独特的管理办法。既怕孩子们出去弄脏了手脸和衣服，吃了什么不干净的东西，又怕出去不学好，惹是生非，于是严加管束，甚至在房门门框上安上木栅栏，不许越雷池一步。小Y至今还依稀保留着他和哥哥、妹妹扒着栅栏往门外瞅的印象。母亲对此虽不大以为然，但她一天到晚为家务忙碌，孩子们待在家里不离视线，大约也放心不少，于是默认了。这样管着，性格内敛的父亲和忙活的母亲一天也难得和孩子们说多少话，小Y就有足够的时间来沉默——看似想心事，实际上什么也没想，属于那种从未开发过的孩童的混沌。因此，他的感情世界也相应地平静无波。只有一次，大约是四五岁，也可能是五六岁时那个夏天的晚上，他和母亲一起在外面乘凉，母亲有事暂时离开了他。当暗夜天幕上骤然划过几颗流星时，他突然泪流满面，悲从中来，以至痛哭失声："有人死了！有人死了！……"人是会死的，这个突然而至的意念当时瞬间强烈地攫住了他整个的人，父母的印象如电光石火般在心头划过，他是那样伤感，那样痛苦，不能自制。母亲很快回来拍着他问是怎么了，他只哽咽着，什么也没说出来。人生的极限思考，人类的哲学永恒命题，就这样在童稚之年流星般地与混沌未开的小Y擦身而过，但它划过的那道光痕几十年后仍然让他陷入忧思和纠结。

当他被父亲送到长沙叔叔家，又由叔叔领到湖大附小来上学时，第一次和这样多的孩子在一块，小Y真的很认生，内心有一种凄凄惶惶的孤独感，上课不吱声，不举手；下课了，一人靠边站，看别的同学玩，一如几年前隔着门口栅栏瞅外面。

然而他很快就变了个样。造物无意灌注在他性格中烂漫无羁的因子，那种只属于纯真童年时代的好奇好动的天性，一旦有了适宜的外在环境，立即就被激活了。他很快就适应了发生在这孔庙大院里的一切。

上课总是千篇一律。老师讲什么，他几乎没往心里去。他既不是好学生（他不知道何谓好学生），也非坏学生（他的天性不可能让他去伤害别人或做什么大出格的事情），他只是完全听凭着人之初的原始欲求的导引，去做着他这个年龄段孩子理所当然要做的事。

教室外教导主任孙老师手中的大铃铛刚被摇响，老师宣布下课的话音刚落，各教室早已按捺不住的小把戏们便蜂拥着夺门而出，有时甚至将老师挤在一边，刚才还只闻讲课声的孔庙大院顿时沸反盈天：孩子们有的往厕所急奔，有的在雕着蟠龙的麻石丹墀上蹿下跳，有的在两厢庑廊之间的场地上追奔打闹。女生们有的聚堆尖声说笑，有的如淑女般三五勾连窃窃私语，或围成一圈玩丢手帕……天天如此，节节课间休息如此。而每天只要下课都有若干男生会或真或假地打架斗殴，又往往会互相撕扭着或被老师拎着去各自的教研室罚站挨训。

小Y长得清瘦白净，刚入学时他既不参与打斗，也不被会打架的男同学当回事。但是有一次他意外地爆出了一个冷门：一个男同学追打另一个，撞上了Y，他就顺势要将Y推倒，却反而被Y无师自通地一手抱肩勒脖，用自创的绊马式摔翻在地。自此之后比武场上竟时常有他的份，而且竟一时难逢敌手。

可是今天，向他叫板的狠角色终于出现了。

"颜大筒，你跟Y打一架啰！"几个不怕乱子闹大的男同学起劲怂恿着一个长得武高武大的男孩。这男孩不是小Y一班的，小Y好像也没在校园里见过他。"颜大筒"，一听就是同学给他起的外号，无非是形容他个头壮、力气大。的确，这小子除身子骨壮，长相也粗，浓眉、宽鼻、阔嘴，不像是湖大子弟，倒像是郊区农村来的。

这颜大筒也只十来岁，但他往那儿拴马桩似的一站，有几个小个子男生立马退后一步，让出地场，眼神中满是敬畏。"那你来嚎，我怕你呀！"颜大筒一脸不屑地进逼小Y。小Y肯定没想到会来这么一个对头，不过此时的他心里几乎没什么想法，没有畏惧，也没有要怎么打这一架才不输的盘算，他只是像背后有人推似的走前两步就和颜大筒互相搂脖扳肩扭打在一起了。颜大筒粗大的双手卡住了小Y双肩要将他拖倒，小Y的右腿却越过颜大筒左脚直插地面，形成一根斜杆，而他的左脚趁势前跨一步，双手搂住大筒脖颈用力往下一扳，大筒眼看即将倒地却又火速抽开双脚，趁小Y放手，往后跟跄几步，总算站住了。

"嗬呀，Y伢子咯样厉害呀！连颜大筒也打他不过哩！"围观的同学"哄"地一阵惊叫，倒叫小Y怔在那儿，无可如何了——这个结局既不是他意料的，也不是他追求的。颜大筒当然也没料到，所以一时也愣了愣。"咯冒得么子嚎——"他脸上竟然还有了笑模样，"我们再打一架就是啰！"

当—当—当！上课的铃声急促地响起来了，满院子玩得尚未尽兴的小学生们叫着跑着往各自的教室拥去。小Y正待也走，却一眼瞥见颜大筒身后有一个陌生的小女生还站在那儿瞅他。他还没反应过来，她已嗖嗖地奔向教室了，留在他记忆中的是那条翻飞起来像蝴蝶般轻盈的小花格裙子。

四

后山上，小Y们是愈来愈熟了，它简直就是他和谈三的后花园，几乎每天放学回来都要往后山跑一遭。

转眼已到夏天，阳光刺眼，裸露的红沙泥地被烤得烫脚，但这丝毫不影响孩子们玩耍的兴致，小Y、谈三小背心、短裤头，有时赤脚，有时光膀，忘乎所以地追逐着从地上一弹而起，半空中嗡嗡掠过，少则几米，多则十几二十米，落到松树上、草丛中的蝗虫、蚱蜢。蚱蜢个头小，脑袋尖尖的。蝗虫大小不等，有绿色、烟色等。小Y们专挑大个的抓。蝗虫方形的头，两侧两只大眼微微转动，小Y不能确定它们是否也像人那样看见自己，但只要你蹑足弯腰想从后边悄悄接近看似毫不知情的它，眼看差一步就抓到手了，然而就在一瞬间，这弹跳高手突然炸翅，腾空远遁而去。小Y们拔腿跟上，穷追不舍，真恨不得自个儿也化身蝗虫，一举将其击落。如此两三个起落，小Y们往往得手。蝗虫大的有五六公分长，硕大的方平头，流线型的长身子，就像小Y从什么书上见过的小型战斗机。他们相互比较了各自捕获的猎物的个头、形貌以定优劣后，用带来的细线拴住蝗虫的大腿，再抛向空中放飞，但效果令人沮丧，不是几米就斜线掉下，就是干脆直上直下坠机了。

这令他们不爽，但满山的鸟雀喧鸣吸引了他们的注意力。麻雀、喜鹊、老鸹、叫天子（百灵鸟）等等都是山上的原住民，它们在低矮的松林草丛中用各种语言啁啾、鸣唱，煞是热闹，但小Y都看不清这些精灵们究竟身在何方，只有当它们蹿出草木丛集的蔽身之所在空中啼啭双飞时，小Y们才能大致辨认出是什么鸟儿，他们又开始追逐这些新宠了。可鸟儿既不似蝗虫直线飞行，也不像蝗虫大多飞落在空地上，它们多在空中作弧线飞行，且始终不离开树林，它们从一处飞落另一处，就如鱼儿跃出水面又没入水中般，踪迹难寻。那个夏天，小Y们在丛林草棵中循鸟啼声跑了无数遍，衣衫刷破了，手脚皮肤被茅草藤条拉出了红红的伤痕，却始终无缘与山灵们一亲肌肤。但他们依然天天心满意足，虫儿也好，鸟儿也罢，只要有它们做伴，与它们厮守，与它们同在这一片山水，他们的童稚之心就充实丰盈，他们幼嫩的生命就能茁壮生长，当他们循着或清脆或焦惧的鸟啼在丛林草窠中蹿高伏低，浑然忘我地前行时，他们追寻的不只是一只鸟儿，而是在追寻一种生命的原始本能，释放一种与大自然融合的生命冲动，尽管他们那时不可能意识到这一点。“醉翁之意不在酒，在乎山水之间也”——多少年之后读到的这话，当真是当年那种生命体验的真实写照。

这天，小Y、谈三正在短松岗子深一脚浅一脚地穿行，手里大把大把将刚采来的野果不停地往嘴里塞，又不停地将被咽掉了果汁的渣渣扑哧扑哧吐掉，忽然，十来米外传出了急促的鸟啼声和扑喇喇的扇翅声，只见一只白腹花背的鸟儿从林子中腾起，半空中停留几秒钟后又落下，如是者三，然后留下一串银铃般的嘹亮啼声往远飞走了。

“是叫天子（百灵鸟）——那里一定有窝！”谈三十分肯定地说。他们拔腿就往那跑，根本顾不了挡在眼前的松针树枝。树枝丫上果然有一只用细树枝和草叶编成的不大的鸟窝，它垒得低低的，还不及孩子们头高，但相当隐蔽，一只幼雏正伸长脖子，张开黄色的嘴，发出鸡雏“啾啾啾”的尖细叫声，刚才飞走的肯定是它妈妈了。小Y、谈三一时都没吱声，只盯着这小家伙。它显得愈发不安了，紧一声、慢一声，高一声、低一声地叫个不停，羽翼未丰的小翅膀也挓挲着。谈三终于开腔了：“它妈妈跑了，它会饿死的。”小Y说：“再等一下看啰，看它妈妈回不回来。”他们退后几步蹲在草窠子里，默默等了约莫十来分钟——可在他们感觉中似乎已经天长地久了——母鸟并未出现。

雏鸟的叫声渐渐细下来，终于消歇，它的眼睛里满是惊惶和疲累。把它带回去？！两个孩子脑子里同时闪过这念头。小Y伸出双手从巢中将雏鸟轻轻抱出，捧着回了家。他们找来一个装肥皂的硬纸盒，盒上面用细铁丝拦成网状，挂在二楼冲后山的窗户外。又回到山上，抓了些松毛虫喂给它吃。瞅着盒子里仰天大张嘴等着接食的雏鸟，小Y心头有了一份责任感。这样喂养了几天，小Y玩疯了，竟然连着两天忘了喂食。等他猛然想起一溜烟赶回家心情忐忑地到二楼一看，小鸟竟安然无恙，而盒子里还有两只毛毛虫。这真奇了怪了！叔婶是不会来送毛毛虫的，谈三整天和自己在一起，也不会。小Y决定要一探究竟。

窗外忽地响起了一大一嫩两只鸟儿啼鸣唱和的啁啾声和扇翅声，撞击纸箱铁丝声。已在房间埋伏老久的小Y隔着窗台瞥见母鸟嘴叼一绿色肥肥松毛虫，正踩着盒面的钢丝，左顾右盼一会儿，探头将毛毛虫塞进了下面幼雏张大的嘴里。又停了会儿，东张西望了一番，母鸟就冲后山飞去了。小Y这才明白，这只母鸟在雏儿失踪后一直在山中苦苦寻找，是雏鸟的叫声引来了它，它在继续尽为母的义务呢。小Y将这个发现告诉了谈三，两人都啧啧称奇。都指望着母鸟就这样将雏鸟养大。他俩就可放手到山下的溪涧里去抓蟹捞虾了。

桃源里他们所住的这栋二层楼坡下不远处，有两股溪流交汇到一处，一处是后山山溪注入小石潭，又由石潭泻出，蜿蜒曲折绕过好几处湖大的教工住宅，与从湖大校医院那边至善村的另一道奔泻而下的山泉合流，汩汩流经百十米，注入小Y们上学必经之路旁的一口水塘。这些所在从后山下眺可一览无余。这汇流后的溪涧从山中发源，宽不过两三米，水深仅没脚踝，一尘不染，清可见底，水中的细砂、碎石、青苔以及半透明的虾皆纤毫可辨。几乎随便翻开一块大点的石头，就有青色的螃蟹藏身其下，并立即举起双螯愤怒地示人以威。还有那种细细的通身泛着银光长仅几寸的小鱼，源源不断地从上游涌来，用不了几招就能捉住一条。这个夏天在后山上暴晒了一阵的小Y、谈三，现在光溜溜的双脚浸泡在这清冽的溪水中，甚至可以坐在水中一阵乱滚，清爽惬意不亚神仙。虾、蟹、鱼，这些活蹦乱跳的小家伙同小Y在饭桌上吃到的鱼、虾可太不一样了。谈三老练地教小Y将捞到手的虾子剥掉外壳当点心吃。"好呷啵？"谈三问。小Y试了试，觉得那半透明的虾肉有股从未尝过的鲜甜味儿："好呷好呷，"小Y咂巴着嘴，"只是咯东西是从哪里来的啰？""自己长的噻！"谈三老气横秋地释疑解惑。小Y将信将疑。不过他还是很乐意这山溪里源源不断"长"出这么多让他爱不释手的宝贝来。

每去一次溪涧，小Y就要带回几只山螃蟹、几只虾甚至几条鱼和泥鳅。他把这些统统倒进后院一只直通通的大陶缸里。这是婶婶给他腾出来的米缸。又弄来几根水草扔了进去。他蹲在缸旁凝神瞅缸里的这些猎物：螃蟹蹲伏在最底层，拼命往小Y投放在缸里的一块石头下面挤，神色阴沉地只露出半边身子和两只大螯，它们弯曲着盘在胸前，随时准备给靠近它的物体狠狠一击。火柴头似的双眼时不时动一动，偶尔吐出几个小气泡。几只虾振动着它的一排细细的腿，身子一弓往前蹿一大步，两只长臂像游泳运动员跳水似的伸向前方。只有鱼们是最活跃的，它们不费吹灰之力地悬浮在水中，尾巴轻轻一甩就能让狭长的身体或潜或升或旋地做出体操运动员的高难动作，却又不激起任何水花，它们轻快地不停地绕着缸壁游走，仿佛已把这儿当成自己的鱼乐园，水草在它们的带动下摇曳生姿。有时它们寂然不动了，歇着了，小Y就伸手入水，轻轻搅动一下，于是缸内立马重新上演刚才的一幕。他把这当成了自个儿经营的水族馆。这个无时不想动弹的伢子在这儿可以一蹲老半天。

课当然还得每天照上。要不是有这些课要上，小Y差不多早已忘记了自己还是个小学生。那张本来应佩戴在左胸，固边有红框，中间印有湖大附小某年级某班某生的白布符号，已被他扯下来压书包底了。

这天上午最后一节课是美术课。三十多岁、下巴两腮剃得发青的张老师带了件石膏几何体让大家课堂写生。平时学生们算术演算、抄写课题、练字几乎都在石板上进行，画石膏模型显然不能再用石板了。小Y和小学生们拿出了平时不舍得用的拍纸簿，这是用新闻纸边角材料剪裁装订成的16开白纸本，湖大供销社有得卖的。笔是几分钱一支的上海产马头牌铅笔，这也是平时不大用的玩意。为了便于学生们掌握写生要领，张老师还把他当年在艺专时的习作在黑板上挂了出来，一张也是石膏几何体铅笔写生，另一张则是石膏人体躯干部分的炭笔素描。张老师用教鞭，有时用手，边指点自己的习作边给同学讲技术要领。教室里小学生们忙不迭地在拍纸本上涂抹，同时交头接耳，叽叽喳喳。个别女生还一会儿抬头用手掌遮住半个脸瞅画，一会儿又埋下头用手捅咕邻座女生，吃吃浅笑。

小Y喜欢上张老师的课。张老师不摆老师架子，还乐意同小学生们随便扯谈。他那张眉粗鼻直口阔的方正脸让小Y印象深刻。当然最重要的是他能画。张老师在台上听不清下面学生们在议论什么，用教鞭轻轻碰了碰讲桌，示意大家安静，有什么问题就提出来。这又让大家面面相觑，一时无语。其实无语就无语，这堂课很快就过去了。但是小Y的邻座，平素一直守规矩的好学生方齐忽然举手表示有话要说。张老师笑眯眯地恩准了他。

"人的肚子何事咯个样啰？"方齐站起来发问。他显然对张老师画上那略略作了几何形体处理的人体躯干费解，不满意。为了证明所言不诬，他顺手往上撩起小背心，露出一截晒黑了的肚子，摸了几下，"我咯里都是平的，哪里有咯样多的条条坎坎啰！"他显然说的是画上石膏人体隆起的胸肌和腹肌。另一个伢子不等张老师同意，边举手边大声喊："咯画的是伢子还是妹子啰？"课堂上哄的一声笑开了。

张老师并没生气，依旧是笑眯眯的，用他那自学的带着浓重湘潭腔的普通话告诉大家："这是古代希腊雕刻中一个神像躯干的石膏模型，你们看它肌肉那样发达，当然是个男的，不过不是你们这样的细伢子，而是大人，是英雄，你们看他好健美，好有力啰！你们长大了，只要好好锻炼，也能练出这种肌肉的。当然这个做了些形面处理，所以方齐才觉得'条条坎坎'的。你们以后多看多练，就会明白为什么会是这样。妹子，啊不是，是女的，女人体当然跟这个男人体不一样，那要柔和得多咧——"那个十分关心是伢子还是妹子的小男生又一次发问："那又是么子样啰？"张老师再次原谅了这个打断自己话的冒失鬼，继续讲："么子样？那怎么讲呢，下堂课我带一张画来，你们看看就晓得了，不过你们不要骂张老师下流哦！"

这节课完了就放学了，下午没课。但是谈三在教室门口堵住了小Y。"你晓得啵，忠孝廉节堂那里水沟里也有螃蟹呢，"谈三说，"比那条溪里的都大，去不去看看？"那还有不去之理？小Y收起书包同谈三从大成殿右侧小门拐进一条回廊，就到了南北两壁分别嵌有"忠、孝、廉、节"和"整、齐、严、肃"八字大石碑的讲堂，从讲堂后门往里走，是一片古色古香却又破败潦倒的建筑物，它们墙基下石砌的小沟承接着从岳麓山上流下的泉水。清流潺潺，琴韵隐然。小Y一看这沟渠三面全由整齐的石块砌成，长满青苔，呈U状，沟底无泥沙，只有稀稀拉拉的野草点缀着石缝。小Y不解："咯样光溜溜的，螃蟹在哪里？"谈三说："急么了啰，你不钓，何是能看见它啰。"他有备无患地从书包里拿出一根细绳子，断成两截，一人一根，又将一点旧棉花搓成两小团拴在绳端。"你看我——"谈三示范地提着棉花团在水沟大点的石块缝跟前上下晃悠，突然，石缝中伸出一个尖尖的东西夹住了棉花球，谈三赶忙将绳子一抖一扯，一只寄居在石缝中的螃蟹就钓出来了。方法如此简单，这隐形于石缝中的八足公如此容易上钩，着实给了小Y一个惊喜。而这家伙足有小溪中同类的两倍大，青灰色的大螯上布满了细细的茸毛，张牙舞爪，小Y刚想从谈三棉花球上取它下来，却冷不丁被它将拇指钳得生痛。差不多一下午，两个小家伙乐此不疲，但此后的第二只、第三只就不那么容易得手了，不过愈这样愈吊胃口。两人都在嘴上较劲：看老子搞个更大的！然而往后虽也钓到几只，却是一蟹不如一蟹了。

兴尽而返。刚上完坡，还没走到大石旁，就听见站在门前往绳子上晾衣服的过太太尖尖的、甜甜的声音在空中划了个弧似的响起："哎哟，Y伢子，你赤脚在石子上踩也不痛哇？！"她这一喊，过家大小姐也闻声而出，饶有兴味地和她妈一起瞅着小Y的光脚丫。这是过大小姐第一次在他们面前亮相，平时都不晓得她猫在什么地方。小Y也瞅着大小姐。说是"惊艳"，对八九岁的小Y还用不上，但个头高挑、明眸皓齿、鹤势螂形的大小姐还是让小Y觉得"养眼"。谈三比小Y还小一岁，却连眼也不"养"就自顾自回去了。大小姐才十四五岁，在小Y眼中已是大人了。其实小Y夏天虽已习惯于赤脚跑路，踩在碎石路上也还是偶尔会被尖茬硌痛的。不过这会儿即便芒刺在足也不能示弱了，"不痛勒，痛么子痛啰！"他低低嘟囔一声，进屋了，身后传来大小姐有点哕气但却好听的声音："嗯妈，人家是伢子噻，哪能跟妹子一样细皮嫩肉的……"

长沙的夏天太热，太阳虽已落山，到处还是亮堂堂的，燥热的空气让人吃不下干饭。家家通常都晚饭吃粥了。小Y、谈三一人捧一大碗稀饭蹲到大石旁边吃边唠。饭后，各门洞的大人小孩纷纷将竹床、竹椅搬到外面空场上预备乘凉。娭毑被叔叔搀扶出来，依旧坐在她的藤躺椅上。大弟弟也被婶婶带出来坐在竹床上。Y家、过家、谈家虽各据一方，但挨得很近，大人们彼此礼节性地打打招呼，叔叔有时还和过教授谈谈古，间或也说点湖大发生的他们都感兴趣的事儿。但谈老师极少出现在这种场合。谈三姐姐也不多来，她屋里的灯亮着，不知她在干什么。过家公子、小姐可能是年龄缘故，跟大人在一块是孩子，跟孩子在一块是大人，不怎么看得见。也可能是都在外面读书没回来，奇怪的是王家，一张竹床搁房门口，离这三家远远的，只有老王和"独眼龙"在那待着，光听见蒲扇在噼啪作响，却始终见不着"独眼龙"他妈，也搞不清有没有这个人。

这么着，场上的小把戏就只剩下小Y、谈三和他妹妹，从坡下过来的史教授家史文玉兄弟，还有几个聚合不定从附近凑过来的伢妹子。

天终于黑下来了。大批的萤火虫从后山上拎着小灯笼闪闪而来，满场地游荡。四周的石块下、草丛中都响起了忽紧忽松、时低时高的"啾啾啾、叽叽叽"的虫鸣声，再远些还传来"咯咯咯、呱呱呱"的蛙鸣。从场地往坡下望去，就在那口水塘旁的小Y们每天上学必经的路上，不知何时停放了一口棺材，旁边临时立了几根竹竿，挂上一块白布，扯了一盏灯，有人在那守灵。一团漆黑中只有被昏黄的灯光忽明忽暗照着的那口棺材和那个守夜人如幽灵似的躲躲闪闪的魅影。周遭重重暮色中任何的隐隐约约都似乎潜藏着什么精灵鬼怪。氛围已是十足，真是讲鬼故事的大好时机！

主讲自然是大点的伢子们，细妹子通常只是时不时被吓得尖叫以烘托气场的角色。男孩们唯恐自己的货色惊悚度不够不足以让自己和别人心惊肉跳，都在挖空心思地兜售道听途说的或自己杜撰的鬼故事，这样自己吓自己让大家享受到一种不同寻常的刺激。于是，原来还松散围坐着的孩子愈聚愈拢，五六个小脑瓜挤在一块堆了。故事拼讲不下，还不过瘾，小Y突发灵感，提议，上后山去，谁在山上待的时间长，算谁狠！大家一时无语，望一眼黑咕隆咚的后山，谁都心里打怵。终于，素来身手敏捷胆大的史文玉开腔："我先去！"他离开原地瞬间变成模糊的黑影，很快连影也分辨不出了。几分钟后这黑影回来显形，"真吓死人！"他声音很亢奋。大伙问他到了哪里，他说还未敢太往山上跑，心想只要是在山上，哪里待不行？可那无边的黑影从四面八方挤压着他，让他窒息。他想豁出去了，再坚持一会儿，蓦地黑暗深处扑喇喇一阵响，在他听来简直是鬼怪袭来，惊魂动魄，再也无心坚守，落荒而逃。他这一说令伢子妹子皆失色。小Y说："谈三，你去试试？"谈三说："你先去吧。"小Y说："老子不怕鬼，看我的！"他在黑暗中循着平时走熟了的上山路径噌噌地往前快走，他知道，越慢越磨蹭越吓人。根本看不出路，低一脚高一脚跌跌撞撞一阵急跑，估计到半山腰了，不敢再往上走了，他坐下来歇口气，这里也能看到水塘边的灯光明灭，他想看看小伙伴在什么地方，却什么也看不见，伸手不见五指。骤然间一种莫名的恐惧从心底直冲脑门，后背凉飕飕，他立马弹跳起，飞快地下了山。小Y显然比小史待的时间长，大家都认。可能是被小Y的壮举所感染，谈三忽然摩拳擦掌说，老子也去闯一下，他转眼消失了，可转眼又出现了。黑暗中看得出他又在用袖子擦鼻涕，“算哒算哒，我还是下次去吧！”随着一阵哄笑，伢妹子心满意足地散去了。

“你何是搞的吧？！”小Y说谈三。谈三扯扯小Y袖子，“上么子山噻，搞鬼嘞！”又低声机密地告诉小Y，“过大少想跟我姐好，咯咂（这只）鬼！”他骂了句。小Y虽不明白“好”究系何意，但伢子要跟妹子“好”，还是超出他的经验和想象的。可谈三为什么要骂呢？骂的谁，他姐，还是大少？

第二天，小Y忽然想起二楼的“叫天子”，一连几天他都在外面疯，竟然忘了去看看。他赶紧上楼，窗外没有动静，趴窗台往纸盒一瞅，那小鸟竟然两脚朝天，死了，身旁除了拉得狼藉成片的白中夹青带黄的鸟粪外，还有一只没吃的毛毛虫。小Y怔住了，是它妈妈以为它已长大不再来喂食而饿死的？但为何旁边还有没吃的毛毛虫呢？他弄不清楚。但自己忘了去照料它，这令他十分自责。将盒子取下搁地板上，他坐在旁边将死去的鸟儿捧在手上端详着。前些天还引颈待食鲜活生动的鸟儿，现在双眼紧闭，小小的身体已经变冷发硬，本该抓住枝条仰颏高唱的小爪子朝上呈勾勾状已无用武之地了。他想起在后山上经常听到从高高云端传来的云雀悠扬婉转的歌声。忽地心中一酸，泪水止不住地啪哒掉下。无论如何，长这么大，这是他亲自面对的第一个逝去的生命。谈三很快就知道了这事儿。他也为之惋惜，“哪个晓得它妈妈会不来哒呢？它搞么子去了啰？”最后，他俩手捧小鸟儿，郑重其事地在发现它的那片松树林子挖了个小坑，安葬了它。算一算，它在小Y家后楼生活了一个月零几天。它羽翼已丰。倘若小Y及早发现这一点，将它放飞蓝天，它会去找它妈妈吗？还会在这一片天地间生活吗？想着，小Y有点怅然若失……

五

放暑假了，由于酷热，这假期竟长达两个月。小Y们无拘无束狂欢的日子到来了。

叔叔告诉小Y，他妈妈想他和哥哥了，要接他们回衡山过暑假。过了两天，从衡山来长沙办事的一个父亲的同事，领着小Y和哥哥坐火车去衡山，这是他第一次坐火车。真的很新鲜，很兴奋。带他来的叔叔也许经常火车往来于长衡之间，一落座就双手抱胸闭目打盹，小Y却是不放过任何扑入眼帘的窗外景色：树，连绵的树，水塘，白墙黑瓦的民居，金黄的农田，零零散散的茅草房，裸露的红土地，山，山林，田埂，水车，赶牛人，人声嘈杂、交易繁忙的古镇小街，临时停车、只有几个人上下、挂一个站牌的小站，被跨过的浑黄的河流……这些个在叔叔家后山外展现的景物让他觉到天地之大。座对面打盹的叔叔放下双臂，告诉小Y快到了，又站起从行李架上取下自己从长沙买回家的东西。小Y带了个书包，一直斜挎在肩上，里面是学校布置的暑假作业和两件换洗衣裤。他从车窗探出头，以为到站就是到了他来长沙前生活过的衡山二中，想第一眼就看到那熟悉的地方和爸爸妈妈。然而同行的叔叔告诉他，离家还远着咧！的确了，出了火车站，又经过坐车，走路，七转八拐，才到了衡山二中父母家。不过这已不是他离开之前住过的房子了。而是搬来不久的二中新宿舍。还是隔着一块长方形空地两排长长的门对门的平房，每趟平房门前有一条长长的遮雨的走廊，几乎每家都在走廊设灶做饭，堆放煤、炭、柴火等杂物。

对于还不到十岁的小Y来讲，只有衡山二中的生活在他记忆中是比较清晰、连贯的。他记得他走之前住过的房子，也是前后两间，门前也是一条连通所有房客的带檐走廊；当他和别的老师家的崽女耍，搞得一身邋遢时，妈妈骂他回来，在走廊的木盆里放上水，将他脱得溜溜光，给他洗干净；他记得妈妈总是在忙家务，有一次妈妈在洗衣，他和妹妹不知因何事惹妈妈生气，给了他两巴掌，他觉得委屈，所以将不算痛的感觉放大了，打心眼里希望妈妈再来摸摸他。妈妈洗完晾完衣服，拉起他的手问："伢崽，刚才打痛哒？"小Y心头立马充满了温馨和感动；他记得那点油灯的日子，妈妈是如何每次取下长葫芦形的玻璃灯罩，旋转出灯芯，又每每用剪刀轻轻绞去烧焦的芯头，再用火柴点着，盖上灯罩——这昏黄的只能将空旷的房间照亮一立方米空间，这之外就渐次暗淡下去的小小灯光，当年留下了"家"的所有温馨记忆。在被妈妈和邻居们议论了许多个日子之后，一盏15度光的电灯终于被人悬在了天花板下，跟一灯如豆的油灯比，这电灯在小Y印象中简直就是夜里的太阳。那天，他躺在床帐里有些亢奋而不能入睡，因为他觉得帐子里也亮亮堂堂，而帐外妈妈和邻居堂客们也从未有过地进进出出，旋而又聚坐一处谈天说地。当然，他更记得那个夏夜流星陨落所带来的对于"死"的恐惧和由此引发的不应该在那个小小年龄产生的忧伤——这或许是人类最原始的集体无意识在一个孩子心头的初始觉醒吧。

妈妈正在忙家务，带小Y过来的叔叔将小Y和哥哥交到妈妈手上，说："Y师母，伢子蛮听话嘞——那我就先走哒！"妈妈一手拢着小Y，一手拎着他的书包，还在跟那叔叔客气："呷杯茶再走啰！Y老师就快回来哒噻……"那叔叔边说"莫客气，莫客气"边摆手走了。

小Y对这新的居所觉得新鲜。对才刚年把没见的妹妹和刚学会走路的小弟弟倍觉亲切。

"爸呢？"小Y问。还不到五十的妈妈将小Y和哥哥领到后屋的两张床，床上铺有凉席，小Y们这个暑假就在这住了，前屋永远是爸妈住的。妈告诉小Y，爸爸上课去了还没下班，要是看见爱崽回来不晓得多高兴咧！

似乎是一个上午，虽春寒料峭，但阳光当得起是明媚亮堂，小Y被父亲抱在怀里，站在麻石台阶上，背后是湘式老屋的大门口。周围有人上下台阶，进进出出。爸爸很高兴的样子，似乎在跟小Y或是别人说着什么……

这是小Y关于"我"和父亲的最初记忆，是自我意识的第一个烙印。于人而言，没有自我意识，不能自我感知之前的"我"可以说是不存在，无意义的。这之后，世上才有了"我思故我在"的小Y了。才有了和父母家人的互动史了。

父亲其时还相当年轻，不到四十吧。据宗室老人讲，1939年日寇兵陷湖南宗族老家营田，"言馨堂"族人就开始了经湘阴、蓝田、衡山的逃难。在蓝田时寄居的"五车堂"也是一所很大的老屋，小Y尚被抱在父亲怀中，且一向寡言的父亲还那样和别人言笑着，那么其时应大约是日寇投降后的日子，印象底片中沐浴在阳光下的湘式大屋想必就是"五车堂"了。

这以后，父亲到衡山二中任教。小Y到长沙之前住的那面对面成两排的教工宿舍，一端百十来米就是二中的办公、教学楼；另一头印象中便是野外菜地了。有一次，父亲领着崽女到那去挖红薯，他挥锄翻起一茬茬薯秧，小Y们趴到刚刚掀起、散发着红薯清香气息的泥沟里，将那些只有指头粗细的薯根翻出放在篮子里，偶尔小手刨出一只拳头大小的小红薯，真叫小Y们喜不自禁……这是父亲烙在小Y记忆中的又一个印象。这个印象伴随着被掘开的泥土和薯藤瓜蔓混合在一起的令人亲切、令人刺激的气息，成了小Y此后永远的乡恋与乡愁。至于越过这片红薯地再往前是什么地方，除了远处隐约可见的山影，就非小Y狭小的视野可以观照得到了——它是远在小Y感知之外的、似有若无的一片朦胧天地了。

然而小Y还有自己的一块小小乐土，那是房背后一垄高起的土堤似的坡地，坡垄上长了不少桐树之类的树木和灌木野草，一直往教学楼那边延伸。父亲特地用锄头为小Y将土垄下方的坡坡平整为一块十来米的场地，从此这儿就成了小Y儿时的梦世界。这儿绝无人来，小Y可以在垄头的桐树上攀爬、遐想，可以靠着树干看麻雀、喜鹊等山鸟在垄上枝叶间蹦上蹦下，飞来飞去，吱吱喳喳，一派天籁祥和之境。开春后，垄头垄沟的闲花野草一齐猛绽狂开，清香溢满垄谷，灌进小Y的肺腑，直令他沉醉。秋天了，桐树荚、桐树叶几天内凋落飘零，铺满了树下的小坪，显现出一种莫名的落寞和寂寥，但父亲亲手种植的丛丛菊花却自甘寂寞，依然金黄璀璨、明艳照人。这一切形成一个"碧云天，黄花地"的审美意象，在以后漂泊的岁月中，时不时会让他陷入空旷、静谧、惆怅，弥漫淡淡忧思的怀想之中。

父亲终于忙完学校的事情回家了。现在，除了去北京结婚的大姐和尚在长沙的大弟弟外，哥哥、妹妹、小弟又在一张桌子上共进晚餐了。围着围兜的弟弟尚小，五六岁的妹妹见了哥哥们格外亲。不过，以前在家时小

Y这帮伢子是不和妹妹那帮妹子一起玩的，妹妹常跟对面那排房的几个大点的妹伢子来往，回家偶尔也说说她们的事儿。小Y不往心里去，只有时从这边望过去，不晓得她们一会儿扎堆一会儿散开，一会儿跟这一个进了房门，一会儿又叫着笑着是怎么回事，直觉告诉他，她们跟自己不是一伙的。

现在搬来住的新宿舍在结构上虽然同原先的老宿舍相仿，但房客和环境都变了。小Y原先的小玩伴不见了，房背后也不再是垄坡改成的小乐园，而是成了附近农民早晚赶牛上山下地的必经之道，道那侧则是一片浓郁的树林子，像一道浓淡相间的墨痕，横抹在半空，长长的，使你看不到它背后的秘密。

早上，清新明朗的晨光从林子那边斜射过来，地面上升的湿气蒸腾成阵阵雾霭缭绕，徜徉在树丛的枝叶林梢，使斜直射来的光线看起来若断若续、乍明乍暗，一下子生动多姿起来。叫不出名来的鸟雀充盈在每一枝头，那么欢快、那么嘹亮地加入了晨曲大合唱……小Y端着杯子在后门外刷牙，"哞——哞——"几声如沉雄大号的长吼打破了这黎明鸟儿们的低唱高吟。通常是十几头，也有二三十头甚至更多的水牛从房子那头过来了，个个体形庞硕，膘肥毛滑，头上坚硬弯曲的巨大犄角如圆月弯刀，盘旋成阵，令人震撼，而它们经过身边斜睨小Y的乌黑大眼睛却释放着温和与善意。牛群后面是放牛人，通常是蓝布缠头，背负蓑衣，或抄手，或挥鞭，或扛犁，间或吆喝几声，牛群便一路朝前小跑，隆隆的蹄声直如坦克群从身旁碾过。牛群渐行渐远，留下晨光熹微中淡淡的背影；而房后这片在浅草中踏出的牛路上则留下了冒着热气的牛粪和弥漫在林间路上让小Y永远忘不了的混合着青草味、稻秆味、牛奶味的乡间气息……

　　小Y和哥哥在衡山父母家待了一段日子，他只用几天工夫就将学校布置的暑期作业草草做完，其他时光就是随心所欲地耍玩，附近也有个小山包子，小Y和哥哥去逛了多次，这个土包子虽不如桃源里后山坡，没有他嚼惯了的山果，也没有可痛快畅饮的山泉，更没有可钓蟹抓虾的溪流，但任何自然造物对于他们这个岁数的孩子都是上天赐福，他都能从中找到无尽乐趣：一只从树上下到地面，又由地面蹿上树顶的花背松鼠，足够他们一会儿蹑手蹑脚跟踪，一会儿又撒腿狂追，最后呼哧呼哧仰颈观察它在枝叶间表演腾挪绝技，花去小半天时间了。或是跟着那偶尔飞过来的红蜻蜓、蓝蜻蜓走吧，它们会将小Y们带到土包下农田旁的荷塘，它们就停歇在一枝红艳出波来的荷花尖上，倏忽间又轻盈飘飞至空中，同另一只迎来的同类勾成一团转几圈飞走了，而满塘的翠盖红裳依旧在轻风中袅娜摇曳……

六

　　漫长的暑假在孩子们感觉中是转瞬即过。小Y们又回到了长沙叔叔家。

　　谈三见到他的第一句话就是"要开学哒啦"，语气中满是无奈。"是的噻"，小Y也好不情愿。听小Y说起回衡山的事，谈三说，"要是我，我就不回来哒！"这可是小Y没想过的，的确，在衡山父母身旁的日子真好，要离开时，妈妈又舍不得，叮咛再三，这让小Y心酸难受，可是，连他自己都没搞明白，还是被带回长沙了。"要是不回来，"他问谈三，"那你同哪个要啰？"谈三怔了怔，说："那我到衡山找你耍噻！"他们相视大笑，这主意让他们都满意。

孔庙大院的附小在沉寂了两个月后，又开始被几百细伢子细妹子搞得书声琅琅、喧闹阵阵了。不过，要让在外野了这么久的孩子们一下子收起心来也不是件容易事。

课间休息时，小Y和一帮同学伢子蹲在文庙外小操场旁一棵参天古树下，看操场上另一伙细伢子踢小皮球。身旁的同学撸胳膊撩腿地起哄叫嚷，小Y就听得有人跟他说："Y，你何是咯样白啰，像个妹子。你看我们——"说着伸出细细的胳膊和腿展示着，"好黑啰！"

小Y抬胳膊一看，这才发现自己的皮肤在阳光下白得刺眼，像透明的纸，皮下细细的青青的静脉血管都清晰可见。这让他很窘。自己也是光胳膊腿地跟他们一样到处跑，日晒雨淋的，怎么就不黑呢？而他原先竟没发现这一点。小Y有些自惭形秽，虽然尚不明白白为什么不好，但既然大家伙儿都黑，自己也就该黑才是。趁别人呼号着下场玩去了，他掏起地上的沙土使劲往胳膊腿上抹了又抹，擦了又擦。皮肤看似黄了些，可用手拍掉尘沙，又显苍白了，只好沮丧地回教室上课。

好在这堂是他喜欢的美术课。张老师没失信，带来一卷已经发黄的素描，跟上次他在课堂上展示的两张作品一样，也是他以前上艺专时画的，他将其中两张用图钉摁在黑板上，一张是大卫石膏人体的素描，一张是女人体素描，前者画得精细，后者明显地略去了许多细节，然大轮廓仍在。张老师的意思，一是借此回答上次课堂上有同学提出的男女之分问题；二是要让大家了解一下石膏素描和真人写生的区别。

教室里安安静静，小学生们的注意力都集注到画上了。张老师用教鞭在画上轻轻点了一下，清清嗓子，开始用湘潭腔的普通话讲课："上个学期上美术课时，我答应过你们，要通过看作品来搞明白，如何在画画时掌握好不同对象的特征和差别，特别是男女之分。现在你们看看这两张画，比较一下——"

张老师给小学四年级的学生安排这样的教学内容，显然心里也有点没底，所以不具体细说，让小学生们自己去看。但是这帮男生女生从来不知道男女身体在生理结构上有何区别，除了同性小朋友的身体，从来没见过异性。对于他们来讲，周围的大人除称谓不同基本上都一个样。这会儿张老师挂出的两张画如此赤裸裸，让小把戏们思维短路，一时集体失语。

上课不能冷场，张老师只好点方齐的名："上次你提的问题，现在有解答了吧？"方齐张口结舌，竟说不出个囫囵话来，张老师只好挥手示意方齐坐下。"这个画呢，只是让你们了解一下喽，如果你们中间将来有人要上美术院校，就得做这样的课堂练习。"他转过身开始摘画，大约心里很庆幸太平无事，"下面我们还是讲讲上色的基本原理——"

"张老师！"一个伢子尖声尖气的声音响起，张老师手抖了一下，停止摘画，"你画的那个女的，何事，何事冒得那个……么子啰？"话音刚落，立马七嘴八舌响起一片笑，张老师转过身来，问那个一脸惶惑的冒失鬼："你叫什么名字？"

"他是张结巴！"好几个伢子一齐替他回答，起哄，"就是的，何事冒得我们那个……么子啰？！"

"你们……莫是咯样不要脸嚓！"有两个妹子脸憋得通红，忍不住抗议。

不安分的男生们巴不得借此机会闹一场，有的反击，有的跺脚，有的帮腔。原来还有些害臊、发窘、沉默的女生好不容易有这么个转移注意力

335

的机会，也莺声呖呖地加入同男生的舌战。完全将大卫和那个女人体撇一边去了。

"都不要吵了！"张老师眼见形势大乱，不得不收下和气，将教鞭拍得山响，实施弹压了。伢子妹子只得立马停火。张老师严肃地晓喻大家："你们，你们也真是少见多怪！很正常的事，被你乱搞一通——Y，你看哩，你有什么想法？"

小Y在这起小风波中没吱声，没介入。张老师挂出的两张画，他也只是当作"画"而已，画上用铅笔、炭条擦出的明暗关系像真实物体一样，让他很觉"有味"，所以，只盯着那画看了，根本没想别的。这会儿被张老师突然点名，只好站起来。见张老师紧巴巴盯着自己，话就脱口而出："冒么子想法啰，画得好嘞！"

张老师立即借题发挥："你看看，还是小Y有艺术细胞——艺术就是艺术，你们就莫是咯样乱想乱讲嘞！……"一向用湘潭腔普通话讲课的张老师突然改用湘潭腔长沙话了，"算了算了，你们以后懂事了再给你们讲咯些。现在跟大家讲讲如何用色……"

放学时，在课堂上发难的外号叫"结巴"的张同学拽住了小Y，从书包里掏出一张拍纸簿大小的画问他要不要。那上面是用铅笔勾线上了水彩的一个金发女郎像。"你看咯哑女的几好看啰，比张老师画的好多哒！"张结巴尖声尖气地向他兜售这幅作品，其实他一点不结巴。"咯是从哪里来的啰？"小Y问。张结巴告诉他，是湖大一个学生画的，他有一次瞎逛到了湖大学生寝室，看见墙上用图钉按着这张画，蛮喜欢，就悄悄取走了。画上用铅笔勾出的少女线条简洁飘逸，卷曲的金发，蔚蓝的眼睛，微笑的红唇，有一种脱俗的韵味。小Y虽然无法用言语来表述，但他被张老师赐予的"艺术细胞"的确感受到了。"把我啰。"小Y一手扯过那张画。代价是按张结巴的要求将自己书包里的5粒彩色玻璃弹子给了他。

这是小Y生人至今第一张让他喜欢、并且将印象和感觉保存一辈子的画。虽然他那时还多半是在石板上、地面上胡乱涂鸦。这幅画被他小心地和抽屉里那些小玩意儿放在一起，想起来就瞅瞅，想，自己能不能也画得这样好呢？可谈三一看，就吸溜一下鼻涕，叫"像过大小姐！"小Y想这倒没看出来，过大小姐虽然有点洋里洋气，长得也好看，但怎能跟画中人相比？于是还谈三一句："我看更像你姐哩！"不想谈三一撇嘴："冒得我姐好看！"两个伢子相视嘻嘻哈哈一阵笑。

那幅大学生的画刚让他一饱眼福，真正的视觉盛宴就不期而至了。多亏了叔叔在图书馆工作，这些天他连连借书回家，除了供娭驰和叔叔自己看的小说、文史资料外，知道小Y喜欢画，特地搬回了徐悲鸿、齐白石、任伯年、吴昌硕、何香凝、张书旗、米开朗基罗等中外艺术大师的大部头画册，还有一本《苏加诺总统藏画集》。

小Y听大人们说过，家族中人只有哆哆会画画，但哆哆很早就离开老家，离开娭驰，只身在天津、北京办他的律师事务所，小Y长这么大，只见过哆哆两次，一次是在衡山，另一次是在长沙，都是哆哆在外倦游，回家看看。其时小Y似乎看过大人们展示的哆哆画的花鸟画，不过印象不甚清晰。在长辈的鼓动下，小Y就用父亲教书的粉笔，在方砖地上画只水牛，结果牛画得太大，占满了空地，小Y只好钻进床底下，将牛腿画出来。这事让哆哆很高兴，也很在意。现在叔叔借来这么些画册，可能也是哆哆授意的吧。

终日只知与草木鱼虫为伍满目后山风物的小Y，现在真如阿里巴巴叩开了宝藏之门，展现在他眼前的是一个他从未领略过的艺术世界。在南岳大庙曾经见过的那些战马，在衡山父母家后院擦身而过的水牛，在桃源里后山追逐过的鸟雀、昆虫，以往司空见惯以致熟视无睹的桃、梅、竹、菊、鸡、鸭、蟹、虾，乃至平常不过的乱石杂草，一到大师们笔下，竟是那样可亲可爱，赏目动心，那样有味，这不是他以前能想象的，却又正是他期待、向往的，似乎冥冥之中他早就熟悉了的。如逢好友，如对故人，如饮醍醐，如闻天籁，这就是小Y当时全身心的感觉。这些作品所散发的魅惑气息，让他那还从未被开发的视听之区初次开启。"何是咯样好看罗！我就是喜欢咯些画哒！……"小Y幼稚的心在念叨，在叹息，在感动，那个看不见的艺术神魔开始走进他的灵魂深处，以后不管遇到什么事，都不会离开了。

如果说这些中国画大师们的作品仿佛让小Y在前世今生的奇观妙境中徘徊流连，那么米开郎基罗的雕塑则让他如同走进了大力神们的世界。他当然还不晓得这都是些什么人物，什么关系，什么背景，但就凭一个十岁男孩直观、感性的观照，大卫、摩西、奴隶、圣母、女巫、陵墓上的群像，胜利之神的巨人式的形体，虬结刚猛的身姿体态，不怒自威的面部表情，可以呼风唤雨、横扫一切，又似点拨众生，分剖幽明的神秘手势，都迸发着某种有质无形的冲击力，令小Y心神俱震，有点"血脉贲张"的感觉，而这正是一个男孩要成长为男人所必需的雄性素。它注定要伴随着他的一生。实际上，小Y在观赏这些作品时，完全忽略了人物形体的性别细节，塑造这些超人、巨人的艺术结构、艺术手法以它强大的精神力量左右了小Y的视线和感受。他又想起了张老师挂在黑板上的画，可是他已记不起它们的具体模样了。

　　小Y翻开《苏加诺总统藏画集》，那幅印在封面上的红衣女郎半身像令他赏心悦目——是那种情窦未开不谙世事的男孩对于"美"的敏感。的确，这个女人面容姣好，仪态静雅，若有似无的笑意在嘴角眸间递送。欣赏这样的美女，大约是无须人生经验的。小Y正看时，谈三来了，他一眼瞟去，就毫不吝惜地由衷赞美："哎呀，咯唖女的就真的是好看啦！"小Y反问他："也冒得你姐好看吧？""扯鬼，"谈三依旧目不转睛，"好看多哒嘞！"在不吝赞美这书上的红衣女郎时，谈三建议小Y到他家去，"我那里有不少抗美援朝的书咧。"

　　这一阵子，邻里之间、学校里、细伢子们嘴巴上，有关抗美援朝的言语明显多了起来。小Y就好几次听叔叔婶婶做饭时说到捐献的事，叫他印象深刻的是说有一个叫常香玉的女演员，一个人就给志愿军捐了一架飞机。在谈家二楼，谈三住的那个开窗见后山的小屋里，小Y看到不少被乱摊在桌上、床上、地板上的书报和宣传品，是谈三爸爸和姐姐拿回来的。小Y一粘上这些图文并茂的读物就不愿走了。整整半天，他和谈三就和漫画中长相那样奇特丑陋的战争贩子杜鲁门、麦克阿瑟、李奇微、李承晚等坏人、恶人打交道。于小Y而言，让他从痴迷神往的大师们的艺术世界一下子来到被这些战争贩子用炸弹和细菌搞得如人间地狱般的朝鲜战场，从让他们那般乐见的红衣女郎到眼见面目可憎的战争狂人，无异于一次美感和情感上的时空"穿越"。在他们小小的脑瓜里，恐怕一时还无法将二者放在同一个平面上。

　　叔叔也是与时俱进，从图书馆又借来一大摞有关抗美援朝的书，其中《长空怒风》令小Y爱不释手。战斗英雄张积慧的名字在小伙伴们中口口相传，而封面上的那架喷气式战斗机成了他那一阵子在课本上、拍纸簿上

339

常画不厌的题材。

因为沉迷于这些画册和书报之中，小Y好些天没和谈三等小伙伴出去耍了。谈三出主意："晚上到忠孝廉节堂去耍下子啰，他们讲礼拜六晚上都有舞会嘞，男的女的抱成一坨，不晓得在搞么子鬼！"这让小Y、小史们好奇心大起，他们不会错过任何"搞么子鬼"的热闹，都说要得要得。

晚饭后天刚擦黑，几个伢子就凑到一起。婶婶收拾碗筷，说他们："嘴一抹就要去疯呀？！"小Y说："耍一下就回来。"大弟弟眨巴眼睛说："我也要去！"谈三呲他："咯样细，去么子去啰！"婶婶说："你们就带他去嚡，只顾得自己玩！"四五个大点的伢子连拖带抱地和个细伢子风急火燎地蹿到忠孝廉节堂，平日里晚上黑咕隆咚的讲堂里拉上了几盏电灯，黄色的灯光明显地不能普及到偌大的讲堂，但在小Y看来是灯火通明了。一架留声机正在播放《红梅花儿开》《喀秋莎》《一条小路》之类的苏联舞曲。穿得整整齐齐的十几对男男女女踩着节拍跳得正带劲。他们跳的基本上是那时时兴的苏联式舞步，嘣嚓嚓，嘣嚓嚓，旋转、俯仰、开位、拉手、蹉步，满场成双捉对，踏歌曼舞，舞者们无不沉浸在新时代带给他们的时尚娱乐之中，个个脸上蒙着薄汗，闪着红光，满足、享受、快乐和欲望在他们的表情和肢体语言中表露无遗。

小Y们从未见过这阵势，一时真有点晕。谈三不忿，用力吸溜一下鼻涕，发狠说："看你们乱搞！看你们乱搞！"他闯进舞场，专门从一对对舞伴中间分花拆柳地插过去，史文玉们也照样跟进，惹来大人们阵阵呵斥声。小Y牵着大弟弟一旁看热闹，他没见过大人们还有这种耍法，挺新鲜的。谈三们挨了训，被两个舞者拽胳膊逐出场外，自己也觉扫兴，就拉着史文玉在人堆中乱蹦，又喊小Y也来。小Y只好将大弟弟抱到旁边一张桌子上叫他坐着等一下子，转身刚要走开，却意外地看见了正在场外幽暗处勾头探脑的张结巴。

"你何事也来哒啰？"两个伢子几乎同时对对方表示惊诧。

张结巴一把揪住小Y胳膊，将他扯到灯光暗处，神秘兮兮地问："你来搞么子啦？"小Y反问他："我问你嘞，——"张结巴一巴掌捂住小Y嘴，又放开，低声说："告诉你啰，你莫跟他们讲啊——"他瞅一眼正忙着在舞场打横炮、拆对子的谈三们，"我爸爸也在咯里跳舞哩！"这消息令小Y意外。顺张结巴的指点，他看见一对舞伴如小Y抽过的陀螺般，飞快地旋转着，忽而绕着场子转，忽而滴溜溜穿梭于人丛之中，让小Y看得眼花缭乱，连别的正"嘣嚓嚓"跳在兴头上的舞者也忙里偷闲地对他俩频频投以艳羡的目光。"看见哒冒？""转得咯样快，冒看清嘞——"快三的舞曲终于消歇，舞者们停下来，有的擦汗，有的整发，有的搭讲，然后三三两两退到舞池周围稍事休息，准备下一曲的起舞。

被张结巴指认为老爸的那个舞者和他的舞伴正好退到嵌有"忠孝廉节"四字碑的讲堂南侧，面冲小Y和张结巴隐匿之处。小Y这回看清楚了，张爸似乎比叔叔还年轻一点，只是头发不密且似乎有拔顶迹象，面相清瘦，身形高直，眼不大而有神，当他漫不经心地往小Y处投来一瞥时，张结巴受到电击般激灵地往小Y身后一缩。"咯是你爸呀？"小Y看看身后团头团脸、个头不高的张结巴，"不像你啦。""何事不像嗟？你看我跟他的眼睛，"张结巴据理力争，"还有我的嘴巴，百分之百像嘞！""那你何事咯样怕他喽？"小Y奇怪。张结巴不答，又去指点对面老爸的舞伴："你看那个女的——"那是一个二十多岁的年轻姑娘，粉色衬衫，一条工装式的蓝色背带长裤紧束腰肢。短发齐耳，眉清目朗，笑口常开，一望即知是性格开朗热情的妹子。她、张爸，还有周围的人，显然还流连在刚才的舞韵之中，意犹未尽地在交谈说笑。隔得远，且人声嘈杂，小Y们听不见他们在说些啥，但旁人显然是在恭维他们刚才的辣舞炫技，而从辣妹说笑之际时不时将脸蛋侧向张爸，张爸不经意间胳膊手轻触辣妹肩膀，倒是可以做出多种揣测。

但小Y无此经验和分析能力，他看不出有何不妥，不明白张结巴要他看这两人是何用意，满场子的人不都是如此嘛。"你看他们两个是不是好上哒？"张结巴此言石破天惊，小Y好一会转不过脑筋来。从张结巴又开始变得结结巴巴的叙事中，小Y才晓得，因张爸近来热衷舞艺，几乎每周末皆单刀赴会，张结巴那位当家庭主妇的老妈终于忍耐不住，派崽来现场一探究竟，怪不得张结巴生怕他爸看见自己呢。"我娘老子讲，就是解放了，也不能就是咯样搂成一坨乱蹦噻！她不放心噻！"张结巴表述老妈的旨意，明摆着自己也有情绪。"何事叫乱蹦啰，"小Y不大同意结巴崽的看法，"跳得蛮好看嘞！你就跳不出吧？"舞伴们又成双成对随着乐音响起下场了，张结巴看了一会儿，颇为勉强地同意了小Y的看法："倒也是啊，"这个将湖大学生画的金发女郎像顺手牵羊拿走的伢子竟一变而为老爸叫好了，"咯里我看还是我爸跳得最好，你看他转得，好像脚底抹了油一样，哎哟哟，就像飞起来一样嘞——"这时谈三、小史等领着大弟也聚过来，"搞么子喽？"待他们晓得舞场中那个出尽风头的男人竟是结巴老爸时，既意外又羡慕，一致放弃了原先的敌对立场，巴不得音乐长响，让他们再搞出几个新奇花样让大家过把瘾，史文玉甚至想冲过去就近细看一下，被小Y一把拽回："莫要他们看见我们嘞！"

可张结巴又沮丧起来："那个女的要是我妈就好了，你看她长得好妖气啰——我爸何事老捧着她跳噻！"史文玉手向舞池中另一位四五十岁教师模样的胖女人一指，"不捧着那个，还捧着咯个呀！要是我，我也——"谈三打断他的话："你才好大，也想跟他们一样搞成一坨哇！"

都约莫9点了，两厢有忠孝廉节、整齐严肃大字碑的舞场依然灯光明亮、乐音飞扬、舞影蹁跹，大人们乐此不疲，细伢子们却已生撤退之意，小Y想起了婶婶的嘱咐，得赶紧带大弟回去，张结巴则急于回家向娘老子复命。而让他纠结的是：男男女女搂成一坨满世界转究竟是好还是不好？是禀报老爸总搂着那个女的跳，还是报告老爸舞艺倾倒全场让人欣羡？自己究竟是当母党，还是当父党？……这些两难之题难坏了小Y、谈三们，"你就拣好听的讲噻！——"留下这句话，伢崽们一哄而散。

七

小Y只有在衡山二中和长沙二里半叔叔暂居的农舍两次见过远游归来又很快离开的嗲嗲，时间极短，他年龄又小，以致都没什么太深印象。他不晓得为何家中只有娭毑一人，大人们有时提起嗲嗲，在他听来仿佛是说起什么传说中的人物。每过一些日子，嗲嗲会来封信，写给儿子儿媳的就给叔婶拿去拜读，写给娭毑的，老人就要戴上花镜捧在手上看半天，然后装进信封，用小Y的破钢笔颤颤巍巍签上收到日期，郑重其事地与以前的来信一起整齐叠放在专属娭毑的抽屉里。

小Y当然不晓得信上写了些啥，也从来不会去问。而娭毑自己也闭口不说嗲嗲如何。虽然小Y没怎么觉得这里面有说道，但也隐隐约约有个感觉：嗲嗲不愿意回来。白天、晚上，只要小Y在家，那么陪伴老人的总是他。衣服剐破了，娭毑给他缝缝，针掉地上了，娭毑让他找。"我就是走不得，"从来足不出户的小脚老人感叹，"要到外头看看几好啰！"

"那我扶你去噻，"小Y搀着娭毑，出房门，下台阶，小步小步在坪场上挪动，终于走了十几米，到了场地的边上了，再走就是斜坡了，娭毑一手搭在小Y肩上，站住了，由近往远处看。——那儿前方依次就是小Y每天上学、玩耍必经的水塘和湖大的校医院、附小，其实这些也被树木、土包挡住了，但老人还是觉得新鲜，问东问西，站了一会。小Y忽然觉得心酸，同时也生出一种责任感："娭毑，以后我长大了，要带你到外面到处走，到处看！""咯就好噻，"老人似乎于无望中看到了一丝希望，欣慰之情小Y都感受到了，"还是悌伢崽有良心！"

这天无事，小Y正在靠窗的桌子上专心致志地给缺腿断脚的瓷马、轱辘已不能转的洋铁皮小汽车、新添的由一根竹管和两个小木轮子拼装的大炮、小Y自己用硬纸皮剪折出的小狗等反复列队、布阵，娭毑斜倚在桌子一端饶有兴味地观阵。忽然窗外传来阵阵哭丧声。从窗玻璃看过去，见十几个人，男男女女都有，有的腰间、头上缠着白布，抬着一口黑漆漆的棺材从坡路上冒出来，一路号哭着，往左绕进后山了。

小Y来这以后还是第一次见到这场面，"咯是么子事……"正是此时祖孙俩的疑问。"咯是'打老虎'打死的人嘞！"谈三不请自到，他说他从外面回来，老远就跟上了这支送葬队伍。一路上听那些人和旁观的路人议论，晓得是搞"五反"自杀的不法资本家。娭毑仍是不解："那又何事叫'老虎'呢？""那是讲他们偷税漏税、偷工减料……犯罪嘞，胃口大，跟老虎一样，吓死人嘞！"谈三鼻涕下面的小嘴叭叭叭地蹦出这些个时髦词，让人以为他什么都晓得。

这事儿给小Y留下深刻记忆。不过此后小Y再也没见过抬"死老虎"上后山的事了。等到他和娥驰再次听人说起"老虎"却是真正的吊睛白额的真老虎了。一连好几天，大人、孩子们中间就在传递、议论，说岳麓山上发现了一只老虎，甚至有人在蟒蛇洞一带看见过它。蟒蛇洞小Y们没去过，只晓得它靠禹王碑不远，是密林幽谷中的一个洞穴，据说古时候里面出过蟒蛇精，更有伢子们活灵活现地说，那洞里现在也有大蟒蛇出没。难道那吊睛白额的山大虫去找蟒蛇为伍了吗？蟒蛇洞其实离桃源里不算远，甚至站在场坪里朝西北方向远眺，那在蓝天下隐约的青色峰峦就是蟒蛇洞之所在。老虎会下山来吃人吗？这件事，这个问题，给了伢子们无穷的想象空间。于是，老虎上这儿了，咬伤了一个砍柴的老倌，又上那儿了，咬死了一头大黄牛，又蹿到山下村子里，搞得鸡飞狗跳，人心惶惶，几乎就是无人能挡，说不定哪个时辰它要来桃源里了……诸如此类的传闻、议论、揣测，让天生不安分的伢崽们神经亢奋，那迫不及待等着山大王又要在何处现形的期盼，就似天上要掉馅饼似的。

终于有确切消息传来：老虎被搜山的战士和村民打死了，这会儿已被抬到湖大医疗系解剖室解剖呢。这消息让小Y、谈三们于隐隐有一丝失望的同时激起了更强的好奇，争先恐后跑到湖大卫生楼，远远就见一楼一个有铁栅栏的窗户处，已有几个捷足先登者在攀栏采蹬勾头探脑。小Y赶到，无奈窗台太高，他努力把谈三先拱上去，自己也从人缝中伸出脑瓜尽力往里瞅。一股浓烈的福尔马林药水味冲鼻而来，离窗子几米远处，一张铺上了白布的大台子旁，几个穿白大褂的男人手持刀钳在晃动着。那只本该呼啸山林叱咤风云的山大王悄无声息地四脚朝天搁在桌子上，它的腹部已被剖开，摊在两侧，连同暴露无遗的染血的五脏六腑和色彩斑斓的皮毛，硕大的歪向一侧的龇牙裂嘴的脑袋，给了小Y比刺鼻的福尔马林更刺激的视觉冲击。他有点翻肠倒胃了，从窗台上滑下来。背靠砖墙蜷缩着。一个此后几十年不灭的血腥影像就此烙在大脑皮质上。谈三也跳下窗台，嘴里一个劲嘟囔："何事搞的啰！何事还把它打死了啰！……"

也就是那几天，小Y破例地收到了祖父从北京寄给他的几本书，其中一本《北京动物园》的彩图画册，封面上就印着一只张嘴咆哮、威风凛凛的老虎头像。画册里还有大象、鳄鱼、孔雀等等小Y没见过的动物。这些动物的形状、色泽、体量与后山见惯了的鸟雀虫鱼是如此天差地别，与在衡山见过的牛马也是迥然不同，让小Y的观照视野极大地拓展开来，第一次领略到了天地之大，品类之盛。这小小的井底之蛙，现在是到了井口，向外投射它那惊奇的目光了。

然而画册封皮上那只咆哮的猛虎，小Y恍惚中总觉得，它那因发怒而眯起的因而更具威慑力的双眼，它那根根炸起的钢针般的虎须，它筋鼻蹙额咧嘴的整个表情，似乎都有某种无法用语言表达的冤屈、怨恨和反抗。这让他心里不好过。

幸亏上音乐课让他心里好过点。在小学生必须上的课中，小Y感兴趣而且认真上的，除了美术课外，就是音乐课了。

教音乐的李老师大概是全校老师中最年轻的一个，刚从学校毕业出来，也就二十多岁。身材娇小可人，梳着两条当时流行的乌黑大辫子，白皙的圆脸蛋，小Y印象最深的是她洁白细密的牙齿，常令他想起街角墙头黑人牙膏广告上印的头像。李老师不但讲得一口标准的普通话，而且音色动听，比美术课张老师湘潭腔的普通话可是强得不知哪里去了。因此教起歌来声声入耳，朗朗上口。加之为人和顺，批评学生也是柔声细语，所以是全校伢子妹子最乐见的老师。

学校里就一台脚踏风琴，这琴就得随李老师走。她去哪个班上课，那个班的学生就事先把琴抬到教室。当然是伢子们的活。而且很快成了男生们抢着干的活。到后来谁抬琴谁就"与有荣焉"，成了众生瞩目的角色。

一般是一堂课教一首歌。李老师给每个学生先发一张油印的歌单，她先给大家完整地唱一遍，然后弹琴，教一句，大家唱一句，两三遍后，就弹着琴，让学生们连起来唱全曲。由于入耳入心，所以很快学会。算起来，小Y已经学会了不少新歌，如《志愿军战歌》《中国人民解放军军歌》《国歌》《没有共产党就没有新中国》《歌唱祖国》，等等。

这次上课，李老师又教大家唱一支"孩子们的歌"，歌名小Y忘了，但"我们像小鸟一样，来到花园里，来到草地上……"的歌词和旋律却陪伴了小Y这一代人的一生。教唱这首歌时，小Y真有点灵魂出窍之感，仿佛自个儿真像小鸟一样在后山的蓝天白云中恣意飞翔，久之，一听到这首歌，一记起它的旋律，他甚至有一种"只是当时已惘然"的心疼。

下课了，李老师点名叫小Y和另外几个男生将风琴抬到另一教室。小Y没动，他以为自己听错了。这份抢手活从来与他无缘。但李老师站在另几个跃跃欲试要抬钢琴的男生旁又一次叫他了："小Y，快过来呀！"

小Y这才缓过神来。钢琴抬完后别的男生一哄而散，李老师抚着小Y的肩膀，说："你音色不错嘛，下午你到合唱队来，试试看！"

下午放学后，各班级被点名参加合唱队的男生女生就聚集到大成门所在的平台上。从这里往里瞅，就是由两庑改成的教室，操坪之上是大成殿改成的教研室；往外瞧，则是分立甬道两侧的石狮子、石碑坊、照壁，它们都掩映在几株森森古木的绿荫之中。这儿只是学生们上学时的通道，平时学生们活动都在大成门之里，很少到这儿来。所以这儿基本上是片清静之地，是喜鹊、乌鸦、麻雀等山灵们的集散之地。

没有凳子，小学生们在砖地上席地而坐，伴着咫尺之远传来的清脆鸟鸣声，听李老师讲合唱队的活动安排，注意事项，纪律要求。小Y起先还在听，但不一会儿注意力就转移了，因为他无意中发现，那个看他和颜大筒摔绊子的小女生竟席地而坐在他对面不远处，虽然她混在一帮伢妹子中，小Y的视线却不由自主地为其左右。其实，心无所念的小Y自己都不明白为何要看她，他甚至连她好不好看都不清楚，但她坐在地上双手抱膝的模样，她的白衬衫，她的小裙子，还是莫名其妙地让小Y注视着她。然而就在李老师要宣布散了时，这帮未来的小歌唱家突然"轰"地炸营了，原来两只喜鹊不知何故从大成门外的树木上追逐着飞了过来，忽上忽下翻飞了几个圈，在小学生们头上来了几个俯冲，那尖利的小爪子都能碰到几个小学生的头皮了。小Y眼尖手快，腾地一下蹦起来伸手去抓，可是只触到了它强劲扇动的翅膀。这时已差不多是全体起立，闹着、叫着、笑着，不知多少只小手举着、舞动着。而喜鹊们似乎突袭已成，早已双双飞过大成门，往大成殿后面的林子里飞去了。

这以后，小Y被李老师叫去，参加了两次合唱队练歌。李老师对小Y的歌喉很是欣赏，跟班主任许老师说，这孩子有天分，培养好了，说不定能成器。希望许老师也帮着留神一点。于是许老师找小Y谈话，要他收敛心神，莫是咯样整天在外面"野"，听李老师话，好好练，为班级争光。

无奈小Y真有点不可造就。两位老师对他的表扬、鼓励，就好像是对别人讲的。以他那个年龄、那时的心性，压根儿就没想过要怎么怎么的，以后会成为什么什么的。音乐也好，画画也好，就是喜欢，画起来、唱起来顺乎天性，高兴而已。当然他最愿意做的，一做就忘乎所以的，还是上后山撒野。那是唯一能让他达到物我两忘境界的路径。

这天下午放学回来，小Y在三门洞喊了几声谈三无回应，就自个儿一人上了山。漫无目的地在短松岗子绕了几个圈之后，小Y的目光投向了远处据说有禹王碑、蟒蛇洞的山峰，在秋阳下，它映衬着碧蓝的滞留着朵朵白云的晴空，显得明净、宁和，似乎并不遥远。小Y一时难以将不久前闹得沸沸扬扬的老虎、蟒蛇与它联系起来，事实上，从小Y现在所在的后山往西，攀过他和谈三多次去过的峭石、溪涧，一路沿山势走下去，翻山越岭，总会到达那座山峰的。而峭石山泉那边他还从未涉足过。反正今天就他一个人，哪怕要上天，也是自己说了算。他骤然觉得自己什么都可干得出，干吗不去蟒蛇洞一探究竟？！

半小时后，小Y已翻过两条山梁，丛集的杂树越来越高，脚下到处是嶙峋的乱石，时时有长长的叶边带锯齿的茅草叶划他的脸，绊他的脚，幸好已不是夏天光胳膊露腿的，身上的衣裤还能替他挡一挡。山中空无一人，只有山风拂动草木的低啸和乍起乍落的鸟鸣，偶尔有一只几只受惊的叫不出名目的山鸟从头顶的树梢扑棱棱飞起，或一只几只狸鼠之类的小兽扑簌簌闪电般地从脚下枯叶乱草丛中掠过。小Y已浑身是汗，索性脱下褂子缠在头上，浑似一小山民。然而，树啸鸟鸣声中还时不时伴有令人毛发悚然的怪异之声。抬头是空荡荡的天空，周遭是密密匝匝似荫蔽着无数不可知之物的树木草棠，就是没有人声。一种与世隔绝之感令小Y顿然生出一种从未有过的孤独。他不敢停步，奋力往上攀爬。突然，前上方一株山柿子树让他眼前一亮：那一个个缀在树上的、鸡蛋大小的橙红柿子，犹似颗颗红玛瑙熠熠放光。他的心在嘭嘭跳动。不顾一切，如战士扑向敌堡，小Y几步抢到树跟前，扯下一个柿子猛地塞到口里，那滋味他一生难忘。后山上虽然也有数种可吃的山果，可这样又大又红又熟的山柿子他还是第一次碰到。

从来没在山上跑这么远，稍歇一会儿，再往上爬，终于有了一条细细弯弯的山路，由此往上瞅，那被云彩遮去山头之处该就是禹王碑和蟒蛇洞之所在了。从他站立的山路往下望过去，远远的就是他家所在的桃源里，房子、人、树木，皆清晰可数，但都小如芥蚁，且如隔着一层玻璃。他目力再好，也无法从那小小的场坪上找出谈三来。

仍旧是他孤身一人。蜿蜒的山路上再无第二个喘气之物。小Y一下子打消了再往上爬的念头——这事儿还是同谈三等伙计一块做为好。

往上延伸的山路在立足不远处分出另一条，这是条刚被人用锄头在山坡腰挖出的红泥路。小Y挪动发酸的双腿信马由缰沿此路往下走，两旁是细细高高顺坡斜长的树木；再走，在一片杂木乱藤掩映下，赫然见一亭。年久失修，亭子整个显出一副破败之象，立柱上的油漆斑驳凋落，露出有裂纹的木胎；亭瓦上长满在秋风中瑟瑟的杂草，只有亭匾上"爱晚亭"三字尚清晰可认。小Y记得从老师和大人口听到过这个名字。四周茂密的树叶已由黄转红，满地落叶荒草，只是不见人踪。鸟啼声在看不见的地方此起彼落。正合了"鸟鸣山更幽"之意。小Y无端地生出一种萧瑟伤怀的难言之痛。

左边传来叮叮淙淙的泉声。过去一看，有一裂谷自山上经此再往下延伸，深处几乎被浓密茅草和树叶遮蔽的汩汩山涧从布满青苔的乱石丛中奔泻而下，泉水清洌，一尘不染，泉下的草石沙砾清晰可数，清凉的水气弥散上来，劳累一下午的小Y直有脱胎换骨之感。此时天色向晚。顺此泉往下走，不多时，有一竹篱，中有小门，然无人看管。穿门而入，见有楼台类建筑，均显陈旧破落；再东绕西拐，泉声一路相伴，恍然间已来到他和谈三钓螃蟹的石砌阴沟了。小Y这才明白，原来此沟之水就是从爱晚亭那儿的山涧流来的。旧地重来，小Y一路小跑，在忠孝廉节堂转了一圈，然后箭一般射出书院山门，回去时已家家灯火了。

第二天谈三闻知此事，连连大呼："何事不带我去啰？！"小Y给他两个仅存的山柿子，说："带你去，晓得你死到哪里去了罗！"谈三不罢休："冒到蟒蛇洞呀？还有冒有得老虎啰？"小Y吼他："有嘞，就等你跟我去抓嘞！"

八

转眼秋去冬来。

长沙的冬天外面不冷，屋里阴冷阴冷。桃源里在岳麓山脚下，更是如此了。叔叔在娭毑常坐卧的藤躺椅前安置了炭火盆，上面罩一竹制四方火笼子，上面再盖一小棉被，棉被一边就搭在娭毑膝上。老人一手伸进棉被烤火，一手往往捧着叔叔借来的《红楼梦》《啼笑因缘》之类，凑近鼻尖，看得津津有味。还常常叫小Y也来烤烤手脚。但小Y初生牛犊，精力充沛火力旺，仍是自顾自在桌上摆弄他的那些小玩偶，同样津津有味，乐此不疲。

哆哆（祖父）又给寄来一卷招贴画。其中两张叔叔贴在小Y床对面的墙上。一张是摄影，《我们热爱和平》，拍的是一男一女两个少先队员，各抱一只白色和平鸽，小脸满是笑容和幸福。小Y不知道这伢妹子是什么人，但他们的幸福感真的让小Y有几分羡慕。另一幅是国画，《我给爷爷读报》，画上也是一戴红领巾的细妹子，手举一张报纸读给身旁那位慈眉善目、饱经沧桑的老爷子听。小Y觉得画得实在好，中国画笔墨线条和色彩本身的形式美，以及这笔墨线条色彩诸元素所塑造人物的逼真、传神，无须更多的解释，凭直观就让小Y赏心悦目。他记住了画家的名字：蒋兆和。

过完春节不久，叔叔婶婶风干又蒸熟的腌鱼块还在被小Y当零嘴吃着，他特别喜欢那个味道，那是他几十年不忘的胃的记忆。新的学期开始了，孩子们却还没有完全从寒假玩耍和春节口腹享受中挣脱出来。忽然间，有个消息在学校、在桃源里的大人小孩们中间传开来：斯大林逝世了！消息还说，3月5日那天，全世界哀悼，汽笛长鸣，为斯大林默哀三分钟。

"斯大林是哪个啰？"谈三的大妹嗑着葵花子，虚心地请教她哥。谈三不屑地吼她："斯大林是哪个你都不晓得呀？""你晓得，"大妹不服，又问，"那你讲，他是搞么子的啰？""他就是那个，苏联那个——"谈三一急，这位社会主义阵营英明领袖的众多头衔他就说不利索了。

虽然身在桃源里，整天就知道玩，但斯大林的大名如雷贯耳，小Y不光是从老师和大人们那里常常听到，他还从一本大部头的书里见过这位大人物。那是他前些日子从哆哆放在叔叔家的藤条箱里翻出来的《第二次世界大战画史》，解放前出版的，图文并茂、厚厚的一本大书。那里面就有斯大林（不过那书上写成了"史达林"），经常是一身苏联大元帅的戎装，大盖帽，足蹬长筒靴，有时还披一件大氅。浓眉高耸，鼻直口方，双目炯炯，唇上的八字形大胡子十分整齐，整个人相貌堂堂，威风凛凛，很合小Y之意。书里还有罗斯福和叼着烟斗、食指中指常作"V"字形示人的丘吉尔等盟国领袖，也有中国国共双方领导人，还有瞅模样就有点歇斯底里、上唇一撮小胡子叫小Y很看不惯的希特勒等等。当然更多的是酷烈的战争场面。然而给他印象最深的并不是这些。他那时还不怎么读文字，主要是看图。这本书里头的人物、事件、场面于他，可能就像是天方夜谭吧，离得太远了。直击他心灵的是一幅德国法西斯军队入侵法国后，法国人在马赛港目送法国军旗被运离法国时的场景：照片上那个衣冠楚楚的法国男人悲愤泪零的双眼，欲撕心裂肺痛哭却又被自尊和绝望强压住的抽搐的嘴唇、下颏，这整个的哀痛欲绝的表情，无须任何文字解读，就对小Y产生了强大的感情冲击和心灵震撼。这是一种不分国度、人种、职业、年龄、时代的人类共通的情感。还有一幅是墨索里尼和他情妇死后被意大利人倒吊起来的照片。这种带有原始情感色彩的暴力泄愤血腥场面，不能不让人联想起屠宰场边肉铺里刚倒挂上架的牲畜。小Y知道墨索里尼是坏人，但照片仍让他觉得诡异且不舒服。

这天小Y放学回家，走不多远他就甩着书包开跑，他总是这样，不管到哪，能跑就跑。但这次跑得猴急，自己也不知道是为什么。

突然，半空中响起了很大的汽笛声。小Y一时蒙了，陡地停下步子。他从未听到过这鹤唳般的声音，好几个疑问在心头升起，骤然他醒过腔来，这就是哀悼斯大林的吧！他不知道自己该如何做，下意识地蹲下来，觉不妥，又改为一腿弯弓，一膝着地，耷拉着脑瓜。汽笛声还在头顶嘶鸣，良久渐渐消失。

下午小伙伴们在他家门口扎堆，指手画脚、情绪激动地争说这件事。

谈三说，他那会儿正在学校。老师听到汽笛声就立马让学生们站立默哀。史文玉正在外面游逛，汽笛响起时，他看见来来往往的人流中有人立定致哀，但更多的人一时不知发生了何事，不知所措……

此后一连几天，小把戏们有事没事凑到小Y家，兴致高涨地围观那本《第二次世界大战画史》。那里面的大人物，被孩子们拎出来说了又说，议了又议，等于是上了一堂二战战史课。小Y此时已不大信什么地上死一个人，天上掉一颗星之类的说词了。但斯大林的故去又让他想起了这种天人感应的神秘。那得掉下多大一颗星呢？像场坪上那块黑灰色的大石吗？进进出出之际，小Y情不自禁地都要往那嶙峋大石瞄上几眼。这块被遗弃在这儿的丑石，在小Y的玄想中，似乎真和高邈神秘的上苍有了某种感应。

不久，桃源里一切又恢复了往日的平静。

然而莫名其妙的，小Y浑身上下忽然生出了半透明的蚕豆粒大的水泡，一破就淌清水。婶婶破天荒地在房前地坪上放了一个木澡盆，像妈妈几年前在衡山二中宿舍走廊上摆澡盆一样，给小Y洗澡，"咯是何事搞的啰，哪里搞咯一身泡嘞！"婶婶边给他洗边唠叨，声音里满是不解和忧虑，"要是落下一身疤何事跟你娘老子交代……"

小Y却没把这当回事，婶婶的抱怨和担心在他听来似乎是说别人的事。他光屁股站在澡盆里，心里想的是这两天得来的好消息：晚上，在湖大大礼堂前的空地上放电影。这可是他们这帮孩子从未见过的稀奇事儿，对他们充满了诱惑。

匆匆吃完晚饭，叔叔婶婶跟娭毑打了招呼，带大弟弟和别的大人们提着小凳子走了。小Y、谈三、史文玉等一帮细伢子几乎脚不沾地地抢先到了那儿。

大礼堂前面空地中间用两根电线杆支起了一块大白布，电线杆上安了大喇叭，这就是银幕了，银幕前后均有比小Y们到得更早的大学生和小把戏，有的坐凳子，有的坐地上，有的站着，有的垫红砖，随着更多的人来，简直沸反盈天了，人人脸上、眼神里都是期盼、新奇的光，"何事还不开演啰！"观众们越来越失去耐心，"快演啰！快放啰！"此起彼伏的叫喊声和一声比一声尖厉的口哨声连同孩子们打闹的喧嚣声汇成喧腾声浪浮在半空，不能落下，直到"哗"的一声，银幕上一片强烈的白光闪现——

场上突然安静下来，被银幕白光映照的是一张张瞪眼张嘴全神贯注的脸。先放映了中央新闻电影制片厂拍的"新闻简报"，内容有抗美援朝的、苏联经济建设的及国内的新闻，接着上映的是外国片《最后的审判》。片中，反法西斯英雄台尔曼在敌人法庭上慷慨激昂的雄辩让全体观众为之折服、激动，他们差不多都是第一次如此近距离地从银幕上真切、直观、感同身受地仰视了一位外国人，一位他们虽不熟悉，却有血有肉、活灵活现、坚贞不屈的共产党人的形象。在共和国初创的那个岁月，英雄情结普遍存在于大众之中。

小Y混沌未开的心灵同样被台尔曼滔滔雄辩的语言的力量震撼了。

他们看完回到家门口时，又开始绘声绘色地学起电影中台尔曼的雄辩的语调和动作……

这以后，隔三岔五地就在那扯起大银幕放电影，小Y印象深刻的有《国士无双》《雾都孤儿》等等。

说也奇怪，多场电影看下来，小Y身上的水泡竟不药自愈，全好了，没有留下一点疮疤，皮肤依旧白皙光洁。

从家中出来，跨过溪桥，一条小路的一边是池塘，另一边是一片长满草窠子的空地。不知从何时起，这片空地上建起了白色的成排的平房；接着，又修起了带铁丝网的围墙，搞得神神秘秘的，总之，小Y们是再也不能随便到那里要了。有一天放学回家，小Y看见围墙上用工整的仿宋体写上了标语："学习、学习、再学习。——巴甫洛夫"而几声汪汪的狗吠声竟从围墙里面传了出来。

"咯是搞么子的啦？"小伙伴们议论着，不久他们就打听到，这是湖大新建的巴甫洛夫实验室，那些狗是用来做"条件反射"实验的。

小Y、谈三下意识的第一个念头就是无论如何得爬进去或钻进去看个究竟。

第一次，他们选了个被树林遮挡住的一面，你顶我我顶你地想翻过围墙，可围墙太高，总也够不着顶边，最后让身材较小的谈三站在小Y双肩上，又使劲儿一蹦高，双手才抓住最上面一块木板，正要来个引体向上翻墙而入，那块木板却突然松脱，谈三一屁股摔在地上，惨叫一声，随即里面几只狗一齐狂吠，夹着铁链子被剧烈牵动的撞击声，让人心惊肉跳。小Y、谈三只好落荒而逃。

此计不成，又生一计。经过侦察，他们选定一个更为隐蔽的角落，那地方木板下有个小沟经过，形成一个凹形缺口，正适合他们细小的身子爬进去。一切顺利。围墙里有一排房子，他俩蹑手蹑脚，鹤伏蛇行，到一个挂"第三实验室"木牌子的白门前，用手一堆，竟然开了，正要潜入，不料背后传来厉声呵斥："小鬼，你们要搞么子？！"小Y、谈三立即弃门狂奔，身后那个白大褂一路追来，他们循原路跑到水沟处，一前一后像水蛇般哧溜钻了出去，慌乱中，小Y的裤屁股上被剐破一个大口子。他又不能整天用手挡住，少不了挨婶婶一顿说："悌伢子，你就穿不得好衣服，才穿一天就要搞坏！"又是娭毑戴上老花镜，让他穿针引线，给他缝上了事。

闯关不成，可是"巴甫洛夫""条件反射""米邱林"这些名字已朗朗上口。

谈三是很忠实的伙伴，只要有空，总是跟在小Y身后，一高一矮，有如袖珍版的堂·吉诃德和桑丘。他们一刻也停不下来，那在他们幼小心灵中茁长着的玩性和童心驱使他们尝试着一桩又一桩乐趣。

他们继续无目的地东游西逛，路过医院时，突然从敞开口的木板钉的垃圾箱里冒出个人来，低着头摆弄手里的什么玩意。小Y、谈三立马来了兴趣，"你在咯里翻么子啰？"凑过去一看，竟然是几支亮晶晶的玻璃药水瓶，这伢子他们不认得，想必也是附小的，不过这不妨碍他们也翻到半人高的垃圾箱里，不管不顾医院垃圾那股特有的辣眼睛的酸臭味儿，一块淘宝。十来分钟过去垃圾箱被他们翻了个底朝天，小Y和谈三获得了如下战利品：几个玻璃药瓶，三个扁扁的马粪纸药盒，几片折断了的钢锯片，甚至还有一只被人丢弃的小孩骑着玩儿的跷跷板上的木刻马头。小Y视其为珍物。

打这以后，三天两头他们就要光顾一下这附近的几个垃圾箱。于是，小Y在桌子上摆出来的货色，除了有叔叔买给大弟弟、大弟弟又不想玩了的折了腿的瓷马，铁皮做的掉了一个轱辘的小汽车，还有小伙伴间交换的玻璃弹子，以及从垃圾箱淘来的各式小零碎。小Y将这些玩物按他自己的想法编成队，嘴里念念有词，饶有兴味。而同样饶有兴味看他摆弄的是娭弛，老人总是一只手按在桌上，有时半个身子斜倚在桌边，笑眯眯地跟小Y问这问那……

有一天小Y、谈三和谈三的两个妹妹正在场坪上玩跳格子，就见"独眼龙"一个人施施然地从坡路上走过来。"'独眼龙'，你也来耍一下啰！"谈三友好地招呼这个从不和他们搭伙的邻居。"独眼龙"洋洋不睬，只顾走路。"喊你嘞！"小Y大声说。"哪个跟你们玩啰！""独眼龙"不屑地说，横过用石头在地上划出线的方格子，几步将格子线蹭出几个大口子。"咯个鬼伢子，老子要你赔嘞！"小Y、谈三扬了扬拳头，作势要揍他，"独眼龙"已三步并两步蹿进自个儿家，啪的一下将房门关死了。

谈三大妹扯他们："你们莫去招人家噻！来，我们再跳啰——"

但是他们这时全停下来，瞅着过先生家门口，原来是过大少出现了。这过大少正住校上大学，难得回家，小Y与他只一墙之隔，除了有一次从门外望见他在家的侧影外，这竟然是第一次直面相视。过大少熨得很平整的白衬衣配条蓝裤子，脚上是一双他们从未见过的皮鞋，头发也梳得整整齐齐。在小Y的感觉中，过大少跟过家所有人一样，有种那个味儿，反正跟他接触到的大人小孩不大一样。过大少长得像他妈和过大小姐，大眼睛，高鼻梁，风度翩翩。

过大少双手插在裤兜里在门口站着，也在瞅小Y他们。然后笑笑，下了台阶，径直走向他们了。"跳格子哪？来，我也试试。"他全不拿自个儿当外人，两只穿皮鞋的大脚学小Y们似的分开站住两格，然后蹦起来，一只脚落在前面一格中，溅起一阵灰尘，又两脚落在前面并排的两格中，还示好地问"是咯样跳吧？""你莫是咯样乱搞啰！"谈三大妹妹嫌他把本来就已被"独眼龙"搅局的格线踩得更糟，边说边往外推他，小妹妹鸭子婆也顽皮地抱着他大腿往后扯。而小Y、谈三一旁只是傻傻地看，他们完全没料到，这比他们高出一大截的家伙会如此这般。

过大少笑了，顺水推舟让出地盘，走过来拍拍谈三肩，接着手抚谈三脑袋，走开七八步远，弯下身子跟谈三低声说了几句什么，小Y看见他把一个什么小东西塞在谈三手中，然后转身下坡了，临走还向谈三扬了扬手。

"搞么子名堂啦？"小Y不解地问。谈三不屑地摊开手，上面有一张折得很细的纸条。小Y打开一看，写着"晚上看电影"。"咯是么子意思？要你看电影呀？""不是要我去。"谈三说，"要给我姐姐。"小Y还是没搞明白，"那你给你姐就是噻。""我不去！"谈三将纸条扔在地上。小Y捡起来："咯有么子啰，我给你姐拿去。"他拽着谈三，一把推开了谈三家的门。

一进门，小Y就闻到空气中有股他从未闻到过的、温润的、散发着淡淡清香的气味，但这气味中又混杂着另一种他更陌生的，说不明道不白的刺激味儿。床前桌后地上放着一个大木盆，一条白毛巾撒开在水里面，像朵白莲花。谈三姐姐刚洗完澡，正坐在椅子上用干布擦头发。听见有人闯进来，微微侧转头，双眼中亮晶晶的瞳子斜眄着她弟弟，娇声呵斥："你咯哑鬼，也不敲门就——"发现还有小Y，就没往下说。她完全转过身来，放下拢头发的双手，那细密柔顺的黑发便真如瀑布似的陡地倾泻下来，洒落在胸前背后，映衬得光裸着的臂膀和颈口更白皙得耀眼。

小Y一时有些发蒙。他虽然是谈家的常客，进进出出就像是自个儿家，也见过谈三姐姐多次，但几乎忽略了她的存在，更别提认真打量过了——不，到现在，除了学校里那个小女生引起过他的注意外，他从未明确意识到过"那是个女的"。在他心目中，大概只有大人、小孩、父母、叔婶、老师、学生之分而无男女之别。但是现在，他却意外地看到了一个完全不同以往的谈三姐姐，一个让他朦胧感觉到的"女人"。

一时不知应对地愣了几秒钟，小Y便又回复到了原来的状态，将手中的纸条递给她："过大少给的！"

谈三姐姐接过纸条打开，拿秀目略一扫，粉白的双颊泛上了淡淡的晕红，微低着头，长长的睫毛覆盖了双眼，轻声微嗔说："把我？咯个搞么子啰！"

小Y忽然觉得，谈三姐姐长得漂亮，比谈三好看多了。那鸭蛋形的脸庞，小巧的鼻子，抹了红似的微微翘起的朱唇，清秀的眼眉，那似嗔还喜的含羞神情，都让他想起《苏加诺总统藏画集》封面上的红衣少女。

"你莫跟他去啊！"谈三冲她喊。"哪个要你管啰！"谈可慧这回拿出了做姐姐的架子，"你莫是咯样冒大冒小的啊！你再搞，看我不告诉爸爸！"

出来后，小Y问："过大少是要同你姐姐去看电影呀？那让她去噻！"

谈三狠狠地将挂在唇上边的黄鼻涕猛吸回去，不忿地说："我爸爸不喜欢过家人，也不喜欢过大少！"

这个问题很让小Y捉摸了一下：为什么不喜欢？那大少又为什么要给谈可慧传纸条？但转眼又让他抛到脑后了。

晚上的电影不可不去。这次上映的是《圣女贞德》。依然是人头攒动，嘈杂一片。小Y和谈三到处撒目找大少和可慧，但无异于大海捞针，不见踪影。他们也就懒得费力了。银幕上那些残酷战斗的场景，贞德悲剧性的命运和英雄气度，特别是黑白电影上贞德脸部的近景大特写显出的粗厉、刚毅、震怖、不屈、愤怒，以强大无御的气势直迫小Y的灵魂，让谈可慧们的娇小消遁于无形……

九

在北京工作的大姐寄来一摞书，基本上是苏联的反特小说，那里边的大致情节都是境外的敌特要潜入苏联搞破坏，当他们费尽心机爬过边境几十米宽的松土地带时，不是被苏联边防军中途击毙，就是正要"谢天谢地"终于越境成功之际，被苏军抓个正着。而事件中的主角或英雄通常是一位边防军少校。少校的英武、果断、机智令小Y佩服不已，以致他后来一段时期都以为少校是最大的官儿。当然，也有敌特潜入苏联境内者，其特务手段也五花八门、无奇不有，例如，竟将微型摄影器装在狗眼睛里，让它到处拍照。但不论敌特多狡诈，最后还是被一网打尽。这些都让小Y着迷，有时甚至想象自己就是那"少校"。

谈三听小Y绘声绘色讲了"少校"的故事，也兴致高涨，找来史文玉，合计也要玩玩抓特务的游戏。但说到谁当特务，就都不干了。谈三提议让他大妹担此重任。他大妹一听要当被抓被毙的坏人，死活不干，即使谈三许诺给买扎辫子的红橡皮圈儿，也无济于事，却反守为攻揪住谈三，要谈三当，说他最像特务。

"算了算了，我们都当少校好啵？"史文玉这提议被一哄通过，呼啦啦地，5个孩子全都上了后山。而以前，他们是从来不让妹子入伙的。这史文玉是坡下史教授家的公子，长得瘦瘦小小，身手机敏灵活，且言听计从，端的是条好汉。更难得的是，并非是小Y、谈三招他来的，而是史文玉自己主动找来要入伙的。而且表示只要带着他，爬树翻篱笆送情报之类的事儿他全包了。当时他就把从父亲那儿偷来的一把带鞘的小刀进了贡，权当加盟的"投名状"。这令小Y、谈三大呼"要得"，视为知交。

在山上大呼小叫疯跑了一圈后，三个伢子随手抄起地上的干树枝吼着笑着打斗起来，两个细妹子也一路跌跌撞撞跟着起哄，她们为终于有了跟伢子们一起耍的机会而兴奋得小脸通红。小Y以一敌二，手中的干枝一下折断了，他顺手扔出去，正打在一个土包下张开的黑森森的洞口。小Y过去一看，洞口露出了朽坏的棺材板子，再往里瞅，可见零乱的森森白骨。两个细妹子惊叫一声躲一边去了。谈三问："敢拿啵？""那有么子不敢啰！"小Y一伸手捞起一根胫骨，握在手上还颇有兵器之感，比刚才的枯树枝称手多了。谈三、史文玉见状，也一人抓一根挥舞起来。随着他们追逐所至，这样裸露着的坟洞到处都是。小Y忽地心有所感，让伙伴们住手，想看看到底埋的是什么人。他们一个一个坟头查看，可是只有少数几处坟包上有东倒西歪甚至被红土杂草埋了大半截的麻石墓碑，多呈灰黑，蚀满青苔，用手拂拭，依稀可见"民国××年""大清光绪××年""×××先考""×××孺人"的字样，其他的就不甚了了。而散落在地表的零碎骨殖触目可见。其间亦有数处坟土未干，以木牌权当墓碑的新冢。显而易见，这里曾是一处由来已久却又无人管理的乱葬岗子。小Y们以前从未见过死人的骨殖，就在他们刚才耍弄挥舞这些白骨时，"死人"的概念于他们还是空洞的，在他们的心目中，这些骨头大致与枯枝无异，为了显摆自己胆子大才一时兴起的。

这会儿似乎有些不同了。那些残破墓碑上的年代和人名与眼前这些暴骨荒野的亡魂联系起来了，尤其是脚边这个已丢失下巴，曾被泥土掩埋又经烈日曝晒、山雨冲刷、白中透黄的骷髅，和仍在裸露的阴暗墓穴之中，显得幽冥怪异的隐隐头骨，让孩子们心的隐秘之所蓦然生出一种从未有过的与其年龄不相称的玄秘、沧桑，甚至是怅然若失的心理体验。这些白骨生前必定也是和现在到处走的人一样，可都死了，化为枯骨了，再也无人问津了，被彻底丢弃和遗忘了，这些个曾经活生生的"人"，早已形同木石，与这后山诸物同在同朽了。

可惜小Y们并非庄子，不然，会有一篇"齐生死"的大作发表吧。他们会更能悟透生死的轮回奥秘，小Y此时第一个联想起的就是距此不远，他和谈三曾去看过的"××上将"的花岗岩大墓。那是何其壮观啊！它矗立在后山的右上方，居高临下俯瞰的正是这些掩映在短松长茅下正在逐渐风化销蚀掉的荒坟野冢。

小Y忍不住吁了一口长气。谈三问："搞么子叹气啰，心口痛呀？"小Y无法解释，懒得搭理他。

没过几天，自称"爬树翻篱笆送情报"全包了的史文玉果真送来一条消息，说去年被解剖的那只老虎被做成标本了，就放在湖大医学系标本室里。其实小Y自从看到那个解剖的血腥场面后，对那只死于非命的山大王一直心存恻隐，耿耿难忘，不知把它搞到哪里去了。他们三个约定，一定要去看它一次。

医学系大楼的手术室、解剖室、标本室和大门口白天都有人，只能晚上潜入，但那时门又上了锁。正在不得其门而入时，谈三在锅炉房那儿发现了一条铺设水管的暗道，估计能钻进去。亏得这哥仨身材细小，于是匍匐而进，鱼贯而入。暗道与下水道连在一起，黑乎乎的，刺鼻的难闻味儿阵阵袭来，衣服上也蹭一身污泥。"要是碰到死人何事搞？"谈三忽然低声说。这小子真是鬼迷心窍！怎么此时此境突然问起这么个事来！"标本室里只会放动物吧，总不能搞个死人陈列在那里。"小Y为谈三释疑。史文玉说："都已经钻到咯里了，就是有死人，那也得去吧！""当然！"小Y说。"有死人"这个谈三的凭空创意一下反倒成了个悬念，现在是请他们回去他们也不回头了。

　　继续爬，拐了两个弯，挡住他们的是块木板，三人合力一使劲，木板居然可以动，顺着缝再往旁一推，竟是一扇拉门，他们弄出个仅容一人通过的口子，穿过去，是一个两折向上的阶梯，上来就是两厢挂有各式牌子的中间走廊了。借着微弱的灯光找到了标本室，那里面也有些光亮。他们趴在窗口隔玻璃往里使劲瞅，隐隐约约有不少动物的标本，那只老虎果在其中，被定格成了张口咆哮之状。小Y此时很想过去摸摸它斑斓的皮毛，当然做不到，只能怔怔地瞅着。他想到祖父寄来的《北京动物园》书皮上嘶啸生风的虎头，耳际仿佛有它低沉压抑的咆哮。而眼前这只老虎标本在暗淡的光线中姿态僵硬，了无生气，就如木头做的，着实令他失望。如果人们不去打死它，它怎么会待在这墓穴一样昏暗的地方！小Y听父母讲过，老虎知道自己将死，它要找块岩石或大树靠着站着，咽下最后一口气，"虎死不倒威"嘛！小Y认定，崇山峻岭、深山密林才是它的栖身逞威之地，就是死，也要死在那里才算是死得其所啊。

　　谈三推他，说快走，要是有人过来就背时了。他们循原路退回，一眼看到墙角搁了口大木箱，箱盖缝中还露出白布似的东西。好奇心让他们一不做二不休，一齐用手扳那箱盖，好在只有几根钉子虚应故事，不大费力就打开一半，里面有几个白布包，箱内弥散着的福尔马林气味直冲口鼻。小Y叫谈三、小史撑住箱盖，他将布包轻轻揭开，戳入他们眼帘的竟是一张死白死白又有些抽巴的婴儿的脸，那半睁不开死鱼眼珠似的两点正茫然与他们相对！

幸亏小Y迅速捂住了谈三已成O形的嘴，否则他一声穿云裂帛的尖叫足以将这大楼里所有隐蔽着的人都惊动的。这下哥仨真是"急急如丧家之犬，忙忙若漏网之鱼"，以从未有过的速度溜之大吉。

这次探险，让三哥们儿直叫"过瘾"！但因那晚他们玩得太晚了才回去，小Y的叔婶习以为常没过问，谈三的老爸没工夫管他，他姐又管不了他，所以二人均无恙。唯独史文玉回去，他当教授的父亲看他一身挂彩，像是刚从战场上溃退回来的，非让他交代清楚不可，这才漏了天机，老爸连斥"荒唐"，震惊之下将其严管起来，一时失去乱窜之自由。这场坪上又只剩下小Y和谈三了。

有一天闲得无聊，谈三吸拉着鼻涕出了个主意，说是离他们家不远的至善村有一个新来的姓欧阳的中学生，家里有不少小人书，《三毛流浪记》《鸡毛信》《刘胡兰》都有，好多咧，别的伢子都去看过，去跟他借几本看看吧！那个时候，孩子们看小人书全靠借，谁手里有一本，至少得转借给十几个人，等转回来时书都翻烂了，而被转丢就更是常事。当然，如果都有书，互换就更方便。小Y有上下两册《三打祝家庄》，徐燕荪画的，是小Y爸爸给他买的。徐燕荪笔下的水浒人物给小Y一种高古之感，爱不释手，谈三和几个伢子都看过。但光这一本两本是满足不了他们读书的欲望的。"那要得！"小Y一下来了兴致，两人飞快找到了欧阳家。

这欧阳正伏在桌上弄功课呢，一听来意，蹙眉看着这两个邋邋遢遢的不速之客，张口就拒绝了："我又不认得你们，借什么借啊！"

"那就在你屋里看看！"谈三不依不饶。

"不行，我冒得么子小人书！"欧阳站起来。

"看一下还不行呀，"小Y说，"又不要你的！"

"你们莫霸蛮啰，我是中学生嘞，还看么子小人书！"欧阳更不耐烦了，不客气地推搡着他们往屋外撵。

看书不成，很是让小Y们败兴。"不借就不借，老子还懒得看哩！"谈三忿然甩了把浓鼻涕。其实谈三自己并不怎么喜欢看书，他是为了小Y而来。他感兴趣的是跟着小Y，想干什么就干什么。但是这个时候的小Y已经过了只读小人书的年龄。他现在已经在与娭毑分享叔叔借来给老人消遣的各种小说了。中国的四大古典名著和《说岳全传》《隋唐演义》《封神演义》《儒林外史》《二十年目睹之怪现状》《官场现形记》以及张恨水的《啼笑因缘》、唐人的《侍卫官杂记》等等都堆放在娭毑的床后头。《红楼梦》《啼笑因缘》之类是娭毑的最爱。看完一批，叔叔又借来一批。

小Y开始是不沾这些书的，爸爸买的《三打祝家庄》和从同学那里传来的小人书才是他的最爱。后来看娭毑手不释卷，他也跟着翻了起来。《红楼梦》《啼笑因缘》之类的书他不感兴趣，大观园中少男少女的爱恨情怨和琐屑家事超出了他这个年龄的感受和理解力，他觉得婆婆妈妈，读来索然无味。"贾宝玉初试云雨情"这样的情节先是让他好奇，可翻看之后觉得糊里糊涂，"咯是讲么子啰？"他疑问着，不知所云，就搁一边了。唐人的《侍卫官杂记》中，那侍卫官扈从出行，看到路边草丛中有人影一闪，手起枪响，那出恭的路人应声而倒。这荒唐事儿让小Y觉得有趣，学给谈三、小史和小伙伴们听，都绘声绘色地"啪啪"枪声连响……

他知道了谁是隋唐第一条好汉，第二条好汉；知道了为国尽忠的比干、能地遁的土行孙、九尾狐狸妲己；知道了唐僧取经的九九八十一难；知道了范进中举，岳母刺字、梁山大结义；知道了风波亭、野猪林、武松打虎、杨志卖刀……尤其是孙悟空的神通广大令他神往。每每边读边心游后山，想象着那几乎一草一木都熟悉的后山会不会变成花果山呢？会不会突然天空喀喇一声响亮，突然那美猴王从天而降呢？

意犹未了，有好些个晚上，小Y不摆弄他的那些玩意了，他开始用那支在同伴们中少见的磨秃了的钢笔在横格稿纸上杜撰"斗战胜佛后史"，字写得很工整，全不是做作业时的急急忙忙、潦潦草草，写的是孙悟空取经成功被佛祖封为"斗战胜佛"之后，整天闲着无事，又禀告如来下到东土，继续降妖灭怪、打抱不平的故事。每写完一页，靠在身边的娭毑都要拿过去举在眼跟前品读，"有意思啵？"小Y问。娭毑边看边点着白苍苍的头："悌伢崽，写得好噻……"这是小Y有生以来的第一部文学作品。虽然他自己并没有搞创作的意识，只是觉得光看《西游记》还不过瘾，非得自己出场闹腾一番不可了。只可惜他写了几回之后就扔下了，一则笔下的齐天大圣已遂其心中之所欲所想，再则让这和孙猴子好动心性相似的调皮角色在椅子上当"坐家"实在难以忍受。所以当谈三、史文玉们找上门来，拽小Y一起去欧阳家看他干什么，要骂他出口气时，小Y不假思索，脚不点地就跟去了。

这次没进门，因为欧阳正伏在临窗的桌子上看书，小Y们远远就望见了。欧阳一看又是他们，站起来要关窗，他们顶住不让关，手握窗棂，发出怪叫声骚扰欧阳。"你们赶快走吧，求你们了！"欧阳无可奈何，"我还要准备考试，求你们，上次是我不对，我真冒得连环画……"小Y们将信将疑往后撤了，又突然一齐回过身来冲窗户喊："欧阳硬卵！——欧阳硬卵！——"惹来邻居几个小把戏看热闹。窗子猛地又打开了，传来欧阳带哭腔的声音："求你们莫喊了，莫喊了！——"

小Y们并不明白这样做对于那个十五六岁的中学生意味着什么，只是觉得好耍而已。这天晚上，他们坐在小Y家门外台阶上，兴高采烈说啊笑啊，最后都把裤子褪到膝弯，光着小屁股扭呀扭，互相撞呀，只要情绪宣泄了就好，闹声老远就能听见，但两家大门紧闭，无人出来干预他们，只有从两家窗子透出的黄色灯光晃着他们扭动的影子。

随着气温的逐渐升高，后山上曾经灿如云锦的杜鹃花也慢慢暗淡了它耀眼的光彩，但它的枝叶依然茁壮。就在这个季节，小Y受颜大筒之邀，到他家去做过一次客。从附小出发，到湖大操场自卑亭那儿，往南一条马路直走下去，已是湖南农村的普遍景色，不过三四里地，就到了颜大筒位于公路侧的家。地道的农家土坯瓦房，进堂屋，泥地上摆着一张黑木条桌，旁边几条长木板凳，还有一张竹椅、舂谷机，堂屋后就是做饭的大灶台和猪牛圈，门口冲着马路，汽车一过一阵烟尘就无遮无拦地荡进屋来。马路对面是连绵的稻田。"你就住在咯里呀？"小Y有点意外。因为都就读于湖大附小，在他想象中，颜大筒似乎也该和自己住的差不多吧。"我屋里是农民，不住咯里住哪里啰！"颜大筒回答。这倒让小Y有点"那个"，他一时尚无法将眼前这个农民之子与谈三、小史等联系起来。从颜大筒口中，小Y才明白为何这么久没见到他了，原来他家农活忙，让他请长假回家干活。这会儿的颜大筒已不是当初跟自己角力的那个大言"老子还怕你呀"的倔伢子，平和、谦卑、礼数周到，那不断摩挲双膝的双手黧黑、粗大、青筋凸显，完全不是少年学子的手了。

吃了几块自制的红薯干，屋里有人叫大筒牵牛干活了，小Y独自一人离开。他没料到就此一别，他在附小再也见不到大筒了，好在住得不远，下次要跟谈三一块来。

没有了颜大筒的学校倒也没给小Y带来什么感情上的缺失，因为不在一个班级，与他本来就无多少来往，而且，小Y也不像前一两年常与同学摔跤角力，不需要大筒这个对手了，所以，即使大筒还来上学，也会淹没在一大群细伢子里头，引不起他的注意了。引起小Y注意的，还是那个看他和大筒角力的细妹子，有一天，他突然发现，这妹子居然戴上了鲜艳的红领巾。

那是附小的一次队日，少先队员们在丹墀下的庭院集合，列成4队，分别从两庑和御道登上大成殿前的月台，一个伢子举着一面队旗，两个细妹子有节奏地敲着队鼓。队员们一律白衬衣，系着红领巾，煞是整齐好看，个个都不像平时邋邋遢遢、顽皮捣蛋。小Y们第一次见此阵仗，很觉新鲜，和一帮正要离校的非队员们挤在一旁看起了热闹。"皮伢子，他也是队员呀？！""哎哟，那哑妹子何事也入队了啰！""那你也入呀！""你怕老子入不得哇？"这些议论、惊奇，七嘴八舌地从小学生们口中飞出。小Y却突然发现，那两个鼓手中有一个就是那个小女生。

妹子依然是短裙，换了洁白的衬衫，扎两小辫，鲜红的领巾配着白衬衫，灿若火焰，将她的小脸映得如朝霞明媚。她专注地望着队旗，双手按着少先队之歌击打着斜挂在胸前的小洋鼓。

一种从未有过、从未体验过的情绪在小Y胸中油然而生，那就是艳羡。老师表扬谁是好学生也罢，哪个同学穿新衣也罢，叔婶给大弟买新玩具也罢，都跟他没关系，心中无思无想，似乎世界本该如此。但今日此时，他有了艳羡之心。那使少先队员与非队员区分开来的整齐队列，那白衣红巾的形式美感，那小女生击鼓的庄重，严肃，都令他艳羡，但还有一种蕴含于这形式深处的崇高、圣洁令他神往。

连着几天，学生伢子中都有人议论"入队""几道杠"之类的事。小Y心中也朦朦胧胧地想，什么时候自己也能像他们一样戴上红领巾呢？但想归想，至少目前他还不知道怎样做才能入队，或者即使知道了，也没想过真去做吧。他还是那个心无计较、心无挂碍、率性而为的少年。

一个更刺激孩子们神经的消息传开了：湖大马上要上映一部叫《夜半歌声》的恐怖电影，有同学讲，在河那边映的时候，就吓死过一个小孩，这样的事儿经过加油添醋，被描绘得活灵活现，吊足了伢仔们的好奇心和冒险劲。到了正式开映那一天，不到五点，湖大大礼堂门前就已来了不少候场的观众了。

这次电影不在礼堂前的空坪上映。因为大礼堂已落成使用，除夏天外，映电影都在礼堂里了，而且凭票入场。这让兴冲冲早早赶到的小Y们作难了，他们没票，虽然五分一票，但他们没这五分钱。礼堂门口人越拥越多，工作人员把住几个门口，一边高喊"拿票、拿票！"一边对观众推推搡搡地维持秩序。大堆大把的细伢子们在不断减少，他们有的是大人带进去的，有的是浑水摸鱼进去的。小Y们急了，几次试图趁把门的不留神混进去但每次几近成功时都被火眼金睛的检票员提溜出来。

无票的人愈来愈多，在门口前的台沿上黑压压一片，争执声、呵斥声、央求声乱成一团。小Y和谈三、小史的目光盯上了离门几米远，又被楼梯遮挡住一半的窗子，窗子离地近两米高，呈圆形、镶有传统的"卐"

字形窗棂格，正中是一平方尺见方的可打开的小窗门，全部漆成红色。小史自告奋勇第一个从小门中钻了进去，谈三、小Y如法炮制，小Y刚钻进去，一条腿还在外，又来了几个小伙伴，小Y只好一一把他们拽进来。

礼堂里银幕明晃晃的正在试光，里面黑压压的人头攒动。小Y们没座位，这里站一下，那里蹲一下，终于"夜半歌声"登场了。偌大礼堂里鼎沸的人声眨眼全无。

整个影片是刺激的，虽然小Y们并不太明白片子的内容，但宋丹萍好人蒙冤的遭遇让他们难受，然而被毁容的宋丹萍的恐怖形象连同他在阴森压抑气氛中的夜半歌声给小Y们打下的深深烙印才真正是令他们一辈子也忘不了的"心灵文身"。

曲终人散，回家时，小Y找不见谈三了，他一个人在灯光明灭的路上疾走，秋凉风起，路旁的树叶簌簌作响，月亮从被风刮开的云端中透出光来，阴影中仿佛闪动着那张惊悚的脸。有夜宿的鸟突然啼叫一声，加重了心头的萧森之感，小Y头皮蓦地一下发紧，飞快跑了起来，到了水塘边时他又忽地止了步——就是这一二百米的奔跑，驱散了心中的寒凛。他搞不清自己在怕什么，宋丹萍不是一个好人吗！

第二天，学校里、路上就有细伢子用长沙话在哼唱"夜半歌声"。晚饭后，小Y、谈三、小史一干小把戏就把那块大石当成了宋丹萍夜半悲歌的背景，竞相模仿片中人物的举止。小Y从家中跟娭毑要了块旧布披在身上，模仿着宋丹萍的样子唱起来：

空庭飞着流萤

高台走着狸生

人儿伴着孤灯

梆儿敲着三更

风凄凄

雨淋淋

花乱落叶飘零

…………

　　"你先等下子，"谈三突然扯住小Y那块披布，"光你唱不行，还有那个童若凡呢？哪个装？"小史说："哪个装啰，咯里又冒得妹子！""冒得妹子就你装噻，"谈三说小史。小史一想，对谈三说："我装还不如你妹妹装哩，你去喊她来啰！""她呀！"小Y说，"她哪里像童若凡啰！"这几个伢子一议论，都觉得谈三大妹不像，鸭子婆又太小，谈三突然灵光乍现，说："要我姐装吧！"

　　谈可慧装童若凡？小Y一时犯迷糊，小史忽地也灵光一闪："那叫过大少演宋丹萍吧！"

　　这个主意一下子叫这几个伢子笑成一团。为了什么笑他们说不明白，只是觉得好笑，忍不住要笑。是他们不约而同想象出了过大少被毁容的样子了吗？

十

　　天气渐渐凉了。后山并没有如小Y想象的变成花果山，反倒是草木趋黄，那些可供小Y们巡山时"小乐胃"的山果也已在枝头消失，只剩下遍山的短松依然翠绿，枯草和红土将它们映衬得更为醒目。

小Y这一阵子不怎么往后山上跑了。在叔叔借来的小说中，《三国演义》现在在他心中已独占榜首。它在他的情感体验上有了一种新的经历，这是他读《隋唐演义》《封神演义》《水浒》，甚至《西游记》时没有过的。小Y以前听叔叔给大弟弟讲故事时已知道了不少三国故事，觉得蛮过瘾。现在原著在手，虽是半文半白，他却无师自通，读来居然并无大碍。正是这种有别于白话小说的带着"古意"的语言风格，这些跌宕起伏的宏大历史场面，特别是三国英雄叱咤风云、英武刚毅的气概，灌注全书的忠义精神，都激发了他单纯幼稚心灵深处那可能本就潜在的英雄情结。桃园三结义的生死传奇，关公过五关斩六将、温酒斩华雄的神勇，张翼德长坂坡一声怒吼吓退曹操百万兵的豪胆，赵子龙单骑救主的孤忠，马超大战曹孟德的超卓，诸葛孔明神乎其智而又忠心事主的高士风采，让小Y心中充满了向往和感动。而董卓的忤逆残暴，曹操的狡诈弄权，则让他感到压抑。从一开始，在情感道德评价上，小Y就无条件地倒向了刘蜀一边，书中任何不利于刘蜀的人和事都让他不高兴，不乐见，就像见了仇人。"虎牢关三英战吕布"最让他费解：关公不是神勇无敌吗？怎么跟吕布大战百余回合后，吕布没退，张飞又上来了呢？他为此困惑。读到关羽败走麦城一节，黯然神伤，心情沉重得不忍再往下看。以致此前的许多章节他烂熟于心，却在相当长一段时间内对关羽殁后的情节不甚了了。

现在只要和谈三、小史等凑在一起，就少不了谈三国，说关公。在他心目中，关羽是最了不起、最让他崇拜的人物了。在此前的阅读中，除了孙悟空让他印象深刻到要为其写后传外，再没有什么书、什么人能比《三国》、关羽等如此打动他的心了。

正当小Y沉迷在《三国》所打开的情感世界中而在叔婶及外人看来"安分守己"待在屋里的那段时间，婶婶养的那只大花猫却几乎天天晚上都不见它的影子，而外面的暗夜中总会传来猫们此起彼伏、时断时续鬼哭狼嚎般的叫声，全不似平时"喵喵"做温柔状了。婶婶告诉充满狐疑的小Y，这是花猫出去找伴的叫春声。小Y不晓得"叫春"是什么意思，以为花猫是不耐寂寞，晚上出去耍去了。有一天晚上下大雨，这花猫依然在外游荡不归，小Y以为它不再回来了。半夜，他在酣睡中感到耳边有一团温热的湿乎乎的东西，他迷迷糊糊地伸手一摸，竟然是那只被雨水淋湿了的花猫，蜷伏在枕头边。房门、窗户都是关着的，它是怎么回来的？又是何时回来的？小Y不得其解。直到另一天晚上，刚刚入睡的小Y听见靠床窗玻璃被利物挠得咯吱作响，翻身抬头一看，竟是花猫挠爬过下面关着的窗户，从上面还开着的窗子跳到挨窗的桌子上，再上的床。小猫不管在外面怎样疯玩，它还是恋着家，要回家的。小Y心中起了一种温馨的柔和的感觉。可它在外面到底经历了什么？看见了什么？猫们的"夜半歌声"包含着什么意思呢？第二天一早起来，花猫照常在房地上踱步，打盹，吃食，冲主人竖起蓬松的大尾巴，甚至还蜷成一圈伴小Y看书。它一脸的若无其事，仿佛晚上压根儿就没出去过。

小Y难得的在家看书让叔婶刮目相看。叔叔又从图书馆借回一大摞书。这次可基本上是外国小说了，《牛虻》《卓娅和舒拉的故事》《士敏土》《钢铁是怎样炼成的》，等等。对"士敏土"这个名字，小Y不知所云，翻开看看，那旧式的译文也难让他接受，放下了。"钢铁是怎样炼成的"则让他不明白，明明是在讲保尔·柯察金的故事，跟"炼钢铁"有什么关系呢？卓娅和舒拉的故事由他们的妈妈娓娓道来，就如邻家姐姐、哥哥一样，亲切、感动，他一辈子记住了书封面上那少男少女的面容。不过《牛虻》所展现的异国他乡错综复杂的社会场景，以及牛虻特殊的性格、人生经历，还有不同于常见文字的译文，对于一个当时才上小学四年级几乎看不到桃源里山外世界的细伢子来说无论如何太陌生，甚至有些深奥了。

谈三好些天不见小Y，憋不住来登门拜访。小Y此时正在二楼窗子面对后山的小房间里用功。小Y坐在楼板地上，周围零乱地散放着各式书籍。"咯样久还不出去耍呀？"谈三大咧咧地一屁股坐下，随手拿起几本乱翻一气又扔下。小Y说："你也看看噻！""我不看嘞，"谈三说，"又看不懂，冒得意思。""那你要看么子啰？"小Y问。谈三目光游移地环顾一周："《三国》呢？"小Y说："咯些书看不懂，《三国》就看得懂呀？"谈三习惯性地用袖口擦鼻涕，刚举到一半又放下，不好意思地笑笑："看不懂你讲噻！"

这正是他们关注的话题，兴致立刻上来了。从五虎上将到底哪个最厉害的激辩，到对关公华容道义释曹操的惋叹，两个细伢子指天画地，你来我往，讲个不停。一向少言寡语的小Y这个时候才真打开话匣子，对这些真正触动他心灵的东西，他在冥思之后的确有一种诉求的欲望和冲动。话题在《三国》他们感兴趣的人物、情节上绕来绕去，又落到了"三英战吕布"上。

"那你讲，到底是哪个厉害？"小Y问。

谈三虽不读《三国》，但从小Y的反复演讲中对这一幕已烂熟。他想了想说："我看还是吕布厉害。"

"那不是，"小Y反驳他，"书上又冒讲吕布打赢了哪个，最后吕布还是跑了！"

"那何事要三个人打一个呢？"谈三不服。

"那是因为'桃园三结义'噻，关公既然和吕布打了，刘备、张飞当然要参加。"

"那别的时候关公上阵，刘备、张飞何事不上去啰？"

"那是关公厉害，别人打不过他。"

"那咯还是吕布厉害，靠关公一个人不行噻！"

小Y一时语塞。别以为谈三只是个鼻涕虫，他说的还有些动摇小Y"关公最厉害"的信念。但他还是难以接受"吕布更厉害"的说法。关公是他心目中的偶像，不仅是他的神勇，更有他的忠义，让小Y固执地不作第二人想。好在书上也没给他们排名次、定输赢。于是争论不了了之。

谈三要回去，刚出小屋，抬头一眼望见白色天花板上有一四方口子，上面同样有一块白板子盖着，就问："那是搞么子的啰？"小Y天天从这下面经过，从没注意这地方。他想，应该是个可以上去的天窗吧。谈三一下来了兴致："那我们上去看看！"他们立即搬来椅子，不够高，又加上一张方凳。小Y个高，踩上去，伸手顶顶那块板子，竟然是活动的，一掀，露出一方口，上面支撑屋顶的三角形木架、固定天花板的木椽子都一清二楚。小Y双手攀椽，一纵上去了，又伸手将谈三扯上来。这个三角空间覆盖了下面四家，每一家上面都有一个这样的天窗。"都看看他们在搞么子。"谈三说。两个伢子沿着椽子爬过去，先轻轻移开过教授家天窗板盖一条缝，趴下脑袋往下瞅，见过教授正襟危坐在书桌旁写什么，一会儿又摘下眼镜往窗外眺望，一会儿又回头大声叫过太太过来。细伢子们觉得无趣，转身爬走了，到了谈三楼上方，小Y说"莫看了"，谈三不听，他要看看自己不在家时大妹和鸭子婆在干什么，尤其是从上往下看是什么感觉，可是探头一瞅，屋里空无一人，不免扫兴。最后来到汪家上面了。只见"独眼龙"四肢叉开，在楼板上摆成一个"大"字，睡呢，甚至还可听见他轻微的鼾声。这让小Y、谈三觉得有趣，期待着他换个姿势，或是醒过来，看是什么样子。"动啊，"谈三低声如祷告般念念有词，"快翻呀，翻呀，求你了，动一下啊！"但"独眼龙"就是不动，让两个梁上君子等得不耐烦。"咯咂鬼，"谈三轻声骂一句，信手拈来一小块泥块往下一扔，正掉在"独眼龙"头旁。他一惊而起，那惊魂模样令梁上君子忍不住扑哧一声笑了出来。"独眼龙"立即省悟到天花板上有人搞怪，骂了两句，哭喊着下楼了。梁上君子们也赶紧原路撤回。

这事儿他们转眼就忘到脑后了。

这天小Y放学回家，刚走到大石旁，就见从来不管他闲事的叔叔立在门口，满脸愠色。"悌伢子！"叔叔厉声喝道，"你何事咯样不长进，刚安分几天，又闯祸！"

小Y小小脑瓜中一片混沌，不明白一向温和的叔叔在说什么。

叔叔过来，不由分说扯着他跟头把式地来到汪家门前不远处停下，仍然捏住他细细的胳膊，右手扬起又落下，在他屁股上拍打，尽管撞击力让他有些趔趄，但隔着秋衣，甚至屁股后的书包，小Y倒没觉得痛，只是始终糊涂挨叔叔这顿打，而且当着四家出来看的大人小孩，他觉得委屈，泪水涌上了双眼，但他没哭出声来，别人议论什么也没心思听。直到"独眼龙"从窗子里露出一个幸灾乐祸的怪笑，他仿佛才明白了什么，却也含糊。

邻居们，包括老汪，上来劝叔叔别打了，说细伢子不懂事，打几下就行了。叔叔立马见好就收，赔笑跟邻居们说了些什么，扯着小Y回了家。

"痛不痛？"嫉驰过来摸摸小Y头，关切地问。小Y从抽屉里翻出他那些好久不玩了的小把戏一件一件往桌上摆，摇摇头。桌上的折腿瓷马、旧汽车、玻璃弹子，他自己剪的小狗等已经连成一队，但他两眼盯着却心不在焉。他很少挨大人打，记忆中只有三四岁在衡山被正在洗衣服的妈拍过两巴掌，但事后妈妈又心疼地揽在怀问痛不痛。叔叔虽然间或也呵斥过他，但从不动手。他似乎感到自己什么地方做得不对，但还是搞不大明白，只是高兴不起来，还夹杂着几分自己说不清的郁闷。

吃晚饭时，餐桌上一如往常，叔叔只顾吃饭，不吱声。婶婶只说了一句："悌伢崽，以后听点话，啊？"

这天晚上，小Y一个人上二楼他闯祸的小屋去睡，叔叔忙完后上来看看他，要他把灯关了，早点睡。房里暗下来后，窗外正对着的后山在暗蓝色的天幕下显出黑黝黝的一个剪影，白天他熟悉的那些山石、松树和灌木都隐匿得无影无踪。一向一挨枕头就沉入梦乡的小Y睡不着了。窗外刮起了风，敞开的窗玻璃发出了轻微的抖动声，而后山上则响起了一阵紧一阵的凄厉的尖啸。小Y猛地坐起，他看见星星点点的幽暗神秘的蓝色光团在黑色的山影间忽明忽灭、忽闪忽停，仿佛在游走，在碰头，房间四处好像都隐藏着什么鬼物。小Y猛地想起了在后山触碰过的那些散弃的骷髅和骨头，会不会是它们的幽冥之光呢？它们还有什么冤屈、痛苦和不为人知的秘密要在这天地一抹黑的混沌中交流吗？小Y感到了恐惧，想下楼去，但刚挨一顿打让他克制住自己的冲动。他复躺下，时而绷直身子成一条棍，时而蜷缩成一只虾。好久好久，后山上的风渐渐停了，叫人心悸的凄啸也消失了，小Y紧张的神经再也敌不住愈来愈浓的睡意了……

　　早上醒来，后山上空依然秋阳灿烂。他撑在窗口向山上仔细辨认，还是熟悉不过的草木岩丘，沐着晨光，生机勃勃，清亮悦耳的鸟啼忽近忽远地传来。昨夜的一切似乎从未发生过。即使发生了，那也一定是另一世界上的事。

　　"那还不就是鬼火呀！"谈三听了小Y的描述，老气横秋地做出了判断，"老子也看过嘞，死人搞的噻！"

　　小Y其实也听人说过，他只是不乐意他的后山一到夜晚就变得如此阴森恐怖罢了。

　　上了几天学，倒也平静。然静久生动，小Y又有些"不安分"了。他从家中门背后找到一根不知叔婶用来干什么的木棍，叫谈三、小史也从山上各弄一根细一点的树枝，在屋前大砾石前告诉他们，以后我们就三结义了，以后搞什么事都要互相帮着。小Y自然是老大，是头，那两个细伢子也毫无异议。他们先是用手中的木棍权当成想象中的三国兵器，乒乒乓乓，从家门前一路打到坡下，又从坡下打到后山上。小Y个子高，棍子又重，还是头，谈三、小史自然是一路败走。其实小史多半是扛着、拖着树枝跑龙套，他个子小，爬树蹿高是能手，这么打显然无优势，他只是陪老大、老二尽兴而已。谈三自然成为主力，但也不耐久战，直喊够了！热了！累了！三人坐在一凸起的坟包上，正好被小松树遮挡着太阳。小Y说，以后他们要见面就到山上来，这里就是"聚义"的山寨。按小Y的指派，他们选中了一个由四棵比人高的松树组成长方形的地方，捡来几根树枝用藤蔓扎在树干上，上面再覆盖松枝、茅草，地上也铺上。他们并排躺在里面，有一种"天高皇帝远，要做山大王"的亢奋，舒适而惬意。

　　至于要办什么"大事"，他们就都想起《三国》《水浒》中的打抱不平、除暴安良。小Y说，反正得听吩咐。小史说自己腿快，自告奋勇探军情。谈三说他可以想计策。小Y担起了坐镇山寨、兼当主将的重任。他们忽然都觉得自己长大了，在窝棚里嘻嘻哈哈打闹了一阵，才心满意足地回家去。

没过几天，小Y刚放学回家，小史气咻咻地闯进来，说有重要军情禀报。小Y问，么子事罗？小史警觉地环顾四周，说，就在咯里讲呀？小Y怔了一下，恍然大悟，连忙叫上谈三，一起上了后山寨子，三人坐定，小史才庄重而神秘地告诉他们，就在他们这会儿待着、前不久拿棺材中骨头耍的后山山脊梁上，忽然冒出了一口棺材，小史远远望见了，没敢靠近，就来通风报信了。这事儿有点蹊跷，小哥儿仨决定立马前去一探究竟。——当然是手持"兵器"。后山坡不高，他们连跑带颠地很快来到了山脊上。果然一口硕大的棺材搁在那儿。棺材上两只乌鸦黑色的剪影清晰可见。一见人来，扑扇着翅膀呱呱大叫飞走了。这不是要扛去下葬的新棺材，虽然十分完整，但棺材上厚厚一层黑漆有的地方已经剥落，尽管没掉漆的地方擦去泥垢依然光亮，但剥蚀掉的地方露出的木头已现糟朽痕迹，显然是口从坟里刨出的旧棺木，而且应该是经过一阵风雨曝晒了。小Y用木棍敲了几下棺盖，发出中空的很脆很亮的响声，一听就知这是上好的材质。这么一个笨重的大家伙，怎么会突然出现在这两面是坡的山梁上？它是从哪儿来的？又是什么人将它扛来的？棺材上和周围既无杠子也无绳索，不像是人扛上来，倒像自个儿飞上来的。难道是要迁葬吗？更不像。若是为迁葬从地下挖出来，却为何不直接送到新坟里，却要费九牛二虎之力扛到山尖上，孤零零地撂在这里？小哥儿仨瞅瞅，摸摸，敲敲，绕着这大家伙转了一圈又一圈，心中疑问丛生。

"莫不是有人要偷咯哑棺材吧？"谈三自言自语，用脚端了一下棺材头。偷棺材一说小Y听说过。这地方靠近农村，有人买不起棺材，往往从荒弃的不知年代的旧坟中挖来使用。这种棺材大都材质上乘，比现做现买的棺木好多了。"他既然要偷，又把它丢在咯里搞么子喽？"小史不同意。所有的可能性都被他们想了一遍，却无答案。小Y看棺材盖那儿有个裂缝，双手插进去用力往上抬。谈三、小史也依法炮制，却奈何动不了分毫。他们又站在棺材上往两边山坡下尽展目力地瞅，天苍苍，野茫茫，晚风拂动一山草木，就是不见人踪人影。时间已经向晚。原先高悬天空的白日悄悄滑向山后，变成橘红，将后坡染上一层凝重的古铜色，而前坡已变得暗淡无光了。一口来路蹊跷的老棺材和三个细伢子，就矗立在这半明半暗、幽明两判的山梁上。高天悠悠，人迹杳杳。一种古怪的感觉在三个细伢子心头掠过，他们不约而同地撒腿往山下跑了。

晚饭后，小Y去谈三家，谈三大妹妹开口就问："你们在山上看见棺材了？"不等别人搭腔，又问："何事不喊我去喽？"谈三吼一声："带你去，吓死你嘞！"大妹不惧他，还在刨根问底："那里头是么子人喽？""告诉你不晓得噻，"谈三不耐烦，"钉得死死的，又搞不开！"小Y说："你老问搞么子喽，冒看见妹子咯样喜欢看死人的！"大妹不服："就你们伢子看得，妹子看不得呀？！""告诉你冒看见哒，看不见哒！"谈三提高了嗓门。"你再啰嗦，看老子不收拾你！"好不容易将这好奇心大炽的妹子打发走，谈三说出了他心中的疑问："你讲，那里头会有人吧？"这也正是小Y来找谈三想说的事儿。"当然会有噻，又冒打开过，埋的时候总不能埋口空棺材吧。"小Y判断，即使有人，也只能是骷髅架了。他们现在感兴趣的是，那是什么人？什么时候的人？搞什么的？

男的还是女的？两人讨论半天，得出结论，一定是个有钱人，从棺材样子看，至少也被埋了几十年。就是不知道是哪个把它挖出来放在那里的。

第二天一早，两人相约又登上后山，那棺材仍然搁在那儿。此后他们又去看了几次，依旧如故，根本没有人来打理的丝毫迹象，两边山下随处可见各式人等，但似乎没有任何人知道或关心那山梁上还有个躺在木匣子里不知死了多少年的神秘人物。看那棺材风雨不动、岿然兀立的模样，似乎它要当成后山一景永远待在那儿了。久之，小家伙们也就将它淡忘了。

这天下午放学回来，小Y记起几天前听小史说，他们家出现了蛇，就径直去了小史家。小史爸爸是湖大的教授，住的是五间一套的湘式旧平房，房前是自辟的菜园子，支着的交叉竹竿上还爬着黄瓜、丝瓜藤蔓，地里种着菜。房子就在小Y住的二层洋楼的坡下，隔着那条从后山流下蜿蜒曲折淌到水塘的小溪。附近住户用水都要沿着一条与小溪并行的小路来到那口水潭，或抬或挑地将水弄回家去。小路就经过小史家门口。小史绘声绘色地告诉小Y，那天他躺在床上睡午觉，突然感到有个重物掉在帐子顶上，抬眼一瞅，那物在盘旋游动，竟然是条蛇。小史一惊，一跳下床、捞了根竹竿就往帐顶戳，蛇掉下来，滑向床底，小史用竹竿往床下一顿乱扫，这长虫才突然蹿出，飞快地游过门槛，矫若游龙般地消失在菜园子里了。小Y知道那是条菜花蛇，能长到一米多长，铜钱般粗，遍身是青绿间黄的花纹，尽管无毒，但却吓人，万一被它咬一口可不是好耍的。小史家地处背阴、潮湿，又是老房子，四周不是树林就是菜园、溪水，难怪有长虫光顾。

听小Y一说，小史、小Y各用一根竹竿挨房一顿扫荡。小史家人丁少，小Y来过几次，在他印象中，似乎就只史教授带着这个儿子。怪不得小史不安于室，经常溜出来找小Y们玩呢。史家房间却多，除了书房、卧室、厨房，还有一两间从未住人的空房，铺着青砖的地面和四壁都散发着阴冷的潮气，和小Y住的大不一样。扫荡到那间空房时，忽然从靠墙角一张堆满杂物、灰积尘封的两屉桌那儿发出了细微的吱吱尖叫。莫非是条隐匿的蛇？！两人屏气凝神靠过去倾耳细听，声音是从抽屉里发出的。小史小心拉开抽屉，一眼扫过又立即将抽屉推回去。"有么子啦？"小Y奇怪地又将抽屉拉开，却见一堆烂布碎纸上挤着五只乳臭未干的小老鼠，粉嫩的皮肤上刚刚长出银白色的细毛，眼睛还闭着，不停地在蠕动、拥挤。老鼠这是令人憎恶之物，这里的人们凡是见着必格杀勿论的。在路边，在垃圾堆，时常可以看到被打死的老鼠。这窝小老鼠的父母在这风险四伏的世界却在这儿找到了藏身安命之所。然而此刻，它们又面临着倾巢覆灭的命运。看着这几只不知大限将至的可怜虫，小史说："何事搞喽？丢出去呀？"小Y也不知道该怎么搞，但他轻轻将抽屉又推进去了。他宁愿这一切都没发生过，他们权当不知道罢了，反正这房间也不住人——不是还有鼠辈的父母照看它们吗？

叔婶已回家。小Y刚进门，婶婶就喊他："悌伢崽，缸里没水了，你快去挑担来！"小Y扛上竹扁担，挂着两只木水桶，又经过小史家，往他家菜园子和垃圾堆里扫一眼，没发现什么，这才到水潭灌满两桶水挑回家。别看他年龄小个子小，挑水这活儿已是轻车熟路了，他知道如何平衡，如何使力，那扁担在他肩上有节奏地颤颤悠悠，他颇享受这种韵律感，连隔壁过太太也好几次站在门口笑吟吟地欣赏这小挑夫的劳作。甚至有一次还扭头冲屋里喊她女儿来看："这Y伢子挑水就是好看！"但小Y从未见到过家人出来挑过水，他始终不知道过家是怎样解决用水的。不像自己家，如果小Y不在，或是磨蹭着懒得去挑，叔叔就亲自挂帅。所以水缸里的水总是不缺的。

倒完两桶水，缸里还缺一半，婶婶叫他再去挑一次。晃悠悠出来，刚走到那块大石头旁，看见谈可慧从场坪前的坡路上出现了。这十六七岁的中学女生肩上也挎着个蓝花书包，书包从前胸斜穿过去，刻画出隐约的凹凸起伏，两条粗黑的辫子一在前一在后，两鬓的薄汗粘住了柔软的发丝，显然不是走得远就是走得急，但就连小Y也看得出来，这大妹子高兴着呢，嘴角眉梢都漾着刻意压抑的笑意。小Y有段时间没看见她了，他平时也根本没在意她的有无，就连前些天去谈三家被谈三大妹缠住问"棺材"一事时也没想起问问谈可慧。但此刻见到谈可慧，小Y脑瓜里陡然闪过那次过大少带信给她的一幕。谈可慧上了场坪，径直往三门洞自个儿家走去，那步态，那腰身，娉娉婷婷，轻盈绰约，有一种小Y说不明但却感受得到的妖娆妩媚。也许她正沉浸在自己的情绪中，而忽略了其他的世间存在，也许她认为挑着两只空桶站在石头边的小Y只是个不懂事的细伢子，所以她干脆连头都没朝他这边歪一下。小Y也不奇怪，反正他们这帮伢子从来不同这些大妹子打交道，哪怕是好友谈三的姐姐。不过，小Y心里还是承认谈可慧与别的妹子不一样，从她身上发散出来的信息分子，让他开始领悟到了男女之别。

从坡路上往下走，正要拐向通往水池的路，就听见有人叫他："小Y，挑水去呀？"竟是过大少。他停住，望着他。过大少依然是那一身笔挺整齐的行头，额上、鼻尖上似乎也闪着细汗，也是一副心满意足的模样。"谢谢你呵，上次——"过大少说，小Y静静等着他的下文，但过大少掐去了，改口说："你不懂嘞，你晓得么子啰！"他又换了个话题，

"唉，听我姆妈说，你画得不错呀，不过，你不晓得简笔画法吧？来，我教你几招。"过大少蹲下来，随手捡了块瓦片，在地上写了个字，"你看呵，这是个化学的'化'字，我要把它变成一只老鼠——"他用瓦片将"化"字的最后一笔拉长，成弧形，往左，从整个字上圈过去，成楔形又折回，同第一笔连起来。再在楔形中加一点，上面画两个尖尖的突起，后面拖上一笔，"你看，是不是只老鼠？"小Y已放下挑子，也蹲下来看。过大少画的这图形看起来跟老鼠是有几分像，但为什么非得从写什么"化"字着笔呢，直接画不是更像更顺手吗？对老鼠并不陌生而又喜欢画画的小Y心里嘀咕。

过大少以为小Y来了兴趣，更想显摆了。"再教你一个。画什么好呢？"他望了望那边青蓝色的远山，一下来了灵感，"教你画蟒蛇洞吧。先画两座山——"他在地上用瓦片划了个类似几十年后出现的麦当劳的英文第一个字母"M"，"山间有个蟒蛇洞，"他在M字母凹下去的地方划了个圆圈，形同句号，就成了""。"你看，好简单。"过大少眉飞色舞，"你知道画的是什么吧？"很想去蟒蛇洞一探究竟的小Y怎么看也看不出这和他想象中的蟒蛇洞有何关系，甚至看不出个名堂来。"不知道是什么呀？算了算了——"过大少立起身，冲小Y挤挤眼，诡谲地笑笑，"你去挑水吧，我回去了——以后再教你几招。"他扬长而去。搞的么子鬼啰！反复拜读过齐白石、任伯年、米开郎基罗等大师画册的小小少年忍不住对过大少腹诽，他似懂非懂地觉得过大少根本不是在教他画什么画，而是……，但"而是"是什么，他已懒得去想了。

挑完水，吃过晚饭，一顿紧忙活，草草做完作业，小Y随手搬过《三国演义》，先重温了他最爱看的几个回合，关公斩颜良、文丑，解白马之危；赵子龙单骑救主；三顾茅庐；火烧赤壁，然后一下子翻到后半部。他这次决心看看关羽殁后的三国大势了。出现在他眼前的是第一百零四回，"陨大星汉丞相归天 见木像魏都督丧胆"。这又是他想回避的章节，但这次他游离的目光往后一扫，就读到"孔明强支病体，令左右扶上小车，出寨遍观各营，自觉秋风吹面，彻骨生寒，乃长叹曰：'再不能临阵讨贼矣！悠悠苍天，曷此其极！'叹息良久。……"这段描述让小Y感慨莫名。对鞠躬尽瘁、忠诚国事的诸葛亮生命即将逝去的痛惜伤感，让他本能地将自己短短十来年中所有类似的经验、体验瞬息调动起来，感同身受地体味到了五丈原上秋风的刺骨生寒，体味到了诸葛亮这位贤相壮志未酬身先死的无尽哀伤……此景此情，从此永远沉淀到了他心湖的最深之处。

十一

秋风渐起，但还冷不到哪儿去，不过是夏天的背心裤衩换成布褂长裤了。好动的细伢子们到处乱跑，仍旧是一身汗，再让风一吹，那才真够凉爽。

这样秋高气爽的时节，小Y、谈三、小史又结伙上了后山。令他们大出意料的是，那口他们本已淡忘了的出土棺木竟然还寸步不离地搁在老地方！绕着这个比普通棺木要大上一圈的巨物转悠半天，哥儿仨断定，自他们看见它后的这一个多月之内，没有人来碰过。这究竟是怎么回事？难道它真的要在这儿落地生根了？小Y有些不爽。尽管他们对棺木、枯骨之类早已见惯不惊，但这后山是他们心中的花果山，现在突然飞来这么个异物，真是大煞风景。无可奈何下，他们往坡下走，走了几十步，又都停下来，回过身往上瞅，这才突然发现，在蓝天映衬下，被高高的地平线托起的这个棺木竟显得那样厚重、庞大，且散发着一种他们原先没怎么感受到的神秘幽晦气息。是什么人，能够享有如此规模的幽冥之居？又是什么人、什么力量使得它能破土而出，神不知鬼不觉地来到这山梁上？又为什么再也无人理睬？浓重的谜团让这帮孩子心生敬畏。

第二天上学，小Y无意中跟同学说起这事，小把戏们说啥的都有，正巧许老师进教室，看见一帮小男生扎堆说得热闹，过来询问。孩子们正希望有大人来解疑释惑，但许老师听了小Y的陈述后，虽也表示奇怪，但却没做什么指示，只是说晓得了，接着宣布上课。

又过了些天，小Y正趴在临窗的桌子上玩呢，忽然隔窗瞥见一行十来人从坡路上来，直接往后山上去了。小Y有些奇怪，自从"打老虎"那年看见一帮人哭嚷着送棺材上后山后，再没见过一次来这么些人。正在看小说的娭毑也注意到了，站起来问小Y这些人是来搞么子的。小Y只能说"不晓得"。要不要跟过去看看？正举棋不定，谈三、小史相跟着进了门，一把扯上小Y，连呼"快走快走"。据他俩说，有人来"调查"那个棺材了。

山梁上，已不只是窗前看到的十来号人，可以说是有一群人围着那出土之物了。棺盖板已被打开，看来早有人进入了"调查"。小Y们急不可耐地从人缝中挤进去，赫然看见敞开的棺材中已被风干的灰白色织物填满，棺木高起处一端被拉开的织物中有一张同样灰白、同样干巴巴的脸，双目深陷，嘴巴大张，黑糊糊的洞中可见白森森的零乱残牙。几位戴眼镜的教授模样的人边指点着棺内的物件和尸骸，边在交换意见，小Y听得出他们是在分析这口棺材的年代，是汉代的，还是汉以后的；墓主人是什么身份；既然有此棺，就该有椁；它原来埋在何处，又是怎么被弄到这儿来的；有几个工人模样的人想去揭开那些织物，被"教授"们止住了："千万不能在这里搞，要不就全毁了。幸亏这段天气干燥……"他们忽然发现身边多了几个小把戏，就咋呼着要撵他们走。小史情急大叫："是我们最早发现它的！看看还不行啊？！"这倒引起了"教授"的注意，反复问了事情的来龙去脉，一人笑说："那附小老师来反映的情况就是你们提供的啰？"小Y这才恍然大悟，原来自己无心说的事，被有心的许老师听去，才有了今天这个结果。

"教授"们最后决定，鉴于这个"文物"的重要性，立即将它搬下山，运到有关文物考古部门去。小Y想，怪不得来了这么多人，地上杠子、绳子等一应俱全。

这件事着实让小Y们兴奋了几天，也和同学伢子热议了几天。许老师表扬了小Y，说以后再有此类发现一定要及时报告。小Y由是更佩服小史提供情报的主动性。而小史却学着听"三国"听来的腔调，很诚心地说，只要"主公"不弃，他会继续效犬马之劳。

这口棺材连同它的主人最后结局如何，小Y们已无从知道，也丢到一边了。后山风物依旧，虽然深秋草木凋黄，小Y、谈三还是再去山梁上看看，那里已不留任何痕迹。似乎那口古棺自个儿"飞"来，眨眼间又自个儿"飞"走了。他们多少有点若有所失之感。其实离这山梁不远的山坡中间，就是小Y、谈三曾经去过的那个民国上将的花岗石大墓。只是他们要的事情多，有好一阵没去了。他们顺脚又来到这儿，不过已没有第一次看它时的那种莫名的震动，倒是落木荒藤将它衬得有些凄情孤独。这墓中人已只身在此安睡了几十年，只有山上的鸟兽与夜晚出没的鬼火游魂与它做伴，它甚至不如那比它古久得多的古墓主人，还有被人搬去研究的机会。它知道周围发生的这些事吗？

小Y又翻《三国》，到他上次看过的一百零四回，诸葛亮在五丈原强支病体出寨遍观各营，发出"再不能临阵讨贼矣"的浩叹之后不久，即溘然长逝。"是夜，天愁地惨，月色无光，孔明奄然归天。"短短数语，让小Y很是伤怀。"却说司马懿夜观天文，见一大星，赤色，光芒有角，自东北方流于西南方，坠于蜀营内，三投再起，隐隐有声。"这就是孔明的"将星"了。将星显然很大，不大就不足副孔明之伟，它三投再起，显出一种不甘，不忿；同时，那么大的一个天体凌空而下，撞击大地后反弹而起，且连续几次，想必是巨焰弥空，轰隆之声如雷震耳，该是何等壮观惨烈的景象！司马懿离得远，所以只觉"隐隐有声"。这当然只是小Y的主观解读和心灵感受。他不知道五丈原是何地，在何处，但"五丈原"这个地名却已然饱蘸了浓浓的情绪色彩：古邈、沧桑、弥漫着忧思。

有了后山上发生的事儿，又有了五丈原星坠的启示，小Y再看门前那块大石，心中就不免生出点浮想：倘若人死真和星星陨落有关，那人都会死的，现在的人、古代的人，中国人，外国人，他们一旦死去，星星都坠落在什么地方呢？眼前这块石头究竟是什么人的呢？

然而这个问题是太过玄虚晦涩了，它要么在思想者的心灵中深化成关于生死宿命、前世今生的幽晦玄想，要么在哲人的大脑中衍化成生命与自然、人与历史的哲学思辨。而在小Y们单纯的小脑瓜中，就成了一旦灵光乍现，却如絮如丝随风飘散的生命之原初感悟，不过，这也需要一颗虽然幼嫩却不失敏感的心灵才行。

在孩子们日复一日的上学、玩耍、嬉闹中，秋天不知不觉地转换成了冬天。但这年冬天在附小开学不久突然暴雪成灾。小Y有生以来未见过这么大的雪，雪稍化又结成冰。出门见雪，抬头见冰。附小因维修大成殿和两庑间壁成的破旧教室，临时将几个班级迁到岳麓书院忠孝廉节堂旁边庑廊侧的房间上课。

教室里生起了一个炭火炉，天气寒冷，学校怕小学生们冻着，这也是从未有过的举措。在长沙几十年不一遇的冰天雪地里，这盆炭火给孩子们带来的新鲜、温暖和亲切非比寻常。只要不上课，炉边总是争先恐后簇拥着一堆双手向火的小把戏，叽叽喳喳，话题牵三挂四，鸡零狗碎，然兴味无穷，至于炭火旺不旺，还在其次。老师进门上课了，吆喝再三，还有小把戏迟迟不肯离去。

搬到新教室没过几天，正在上课，全班师生突然听到屋顶上有如天塌般一声轰隆巨响，伴随着什么重物砸下的稀里哗啦声，大伙一时全体眼朝上、屏住呼吸等待着……"同学们不要慌，坐着莫乱跑！"任课老师再瞅一眼房顶，确定不会出什么危险，才要出门去打听，走廊里就响起教导主任很大的嗓门："是冰坨压断了屋顶上的松树干，砸坏了旁边的房顶，冒砸到人，冒得事嘞。"声音又小下去，似乎在和任课老师说什么。

一会儿，老师回到讲台上，宣布：为了查出隐患，为了保证学生们的安全，今天临时休课，什么时候复课等通知。

孩子们于是一惊一喜，推搡着夺门而出，瞬间作鸟兽散了。

一连几天没接到通知。冰雪世界为小Y们提供了新的游戏方式，打雪仗，堆雪人，乐得一塌糊涂。小Y又仿照别的孩子的办法，找来两条竹板，一端用火烤出向上翘的形状，再在竹片上钉上几块木板，成就一副雪橇，或是独个儿坐上面，从家前场坪坡路上滑下来，或是前面系一绳子，一人拉着别人跑。小Y五岁的大弟弟和谈三两妹妹都兴高采烈地参与进来。当小Y将大弟弟抱到滑橇上顺坡滑下来时，因为突然停下，大弟从橇上摔下来，幸亏棉衣厚，只在雪地上翻了个跟头，看大弟弟要哭，小Y赶紧抱他上去，拉着他跑，大弟弟又高兴了。又和谈三拉他俩妹妹，跑得更远……

三天后学校复课。这三天各式各样的信息在学生们中迅速传播开来，最令小Y关注的是，由于雪冻，云麓宫顶上的老鹰翅膀结冰、飞不起来，据说已有人捉过那些过去高飞云天，而今却只能傻待在大树上，或在雪地上蹒跚学步的山之精灵。小Y和几个同学动了心，一致同意放学后上云麓宫一探究竟。

来桃源里两三年了，耳熟能详的云麓宫却还是第一次去。山路上结了冰，小Y们的棉鞋从崎岖的山路踏上去，远比平时上山费力。过了白鹤泉，过了半山亭，终于登了顶，覆盖着厚厚冰雪的古松怪柏和云麓宫的殿宇在灰色的天宇中显得冷清寂寥，而又肃穆深幽，它透出的那种高古内敛在小Y心灵深处引发了一种他记不清楚的意象和感触，仿佛唤醒他心中早已存在但又混沌未解的前尘往事，一种略带伤感既陌生又熟悉的温情让他感动，让他恍惚。直到同伴叫他，才从愣怔中回到现实。绕着云麓宫前前后后转了一圈，并没有发现什么飞不动的老鹰，甚至树上也没有看到，只有几只形单影只的山雀在雪地上飞起飞落觅食。

冰雪持续了十来天也就消融得了无痕迹。新的玩意儿又在小学生们中流传开来。打洋片、丢石碑、弹弹子、做弹弓、下棋、打扑克、抖空竹、跳绳、甩陀螺，等等，这些成了细伢子们的新宠。小Y和谈三、史文玉当然仍是玩耍的铁三角，但是不管到哪儿，只要有人在玩这些，他们总是不拿自己当外人立即投入。有的玩意儿只是玩玩定输赢，有的却还随着胜负或进贡或受贡，比如说打洋片、玩弹子，输家就得向赢家进贡洋片和玻璃弹子。那时小摊小贩兜售一种印有数量不等小格图画的一尺见方的硬纸卡，图片上有马戏团的狮虎、大象，有关、张、赵、马、黄等历史人物，也有时事题材的，如抗美援朝战斗片，等等。玩法是将这些图片小张小张方方正正铰下来，人手一摞，一人先在地上放一张，另一人手执一张用力摔下，若将对方那张掀翻或插入对方那张下面就算赢，对方那张也就进了贡。如是再来。或是找一墙或一树，抬手划下一道线，然后拿画片按在线下，一松手让它落地，另一人再如此，若这片压住了原先那片，那原先那片就被收入他囊中。打弹子则是两人或数人，一人先将一弹子扔地上，其他人或立起用手中弹子砸这颗，或是蹲地上用手弹另一颗，若击中就算赢了那粒被击中的弹子。弹子是玻璃制成的圆珠，直径通常在一厘米左右，有大有小，有无色的，有酱色的，也有一珠五色的，煞是可爱。小Y们转战下来，有胜有负，技高一筹者受贡多多，玩法虽简单，也时常起争执，但进贡与受贡的刺激性令他们乐此不疲，叔叔婶婶虽然时常进进出出看见他们疯玩，却几乎没管过。

可是另一种玩意儿却让小Y闯了祸，那就是所谓弹弓，就是用细妹子扎辫子用的一分钱10个的橡皮圈，绕在左手竖起的拇指和食指上，右手用纸折叠成的小条搭在扯起的橡皮圈上，一松手，纸弹就飞出去命中目标。这种新式武器唾手可得，又不见血，细伢子们几乎人手一副，以互射为乐。有时也试着打苍蝇、蝴蝶什么的，还不过瘾，甚至带进了课堂。

上课前，老师还没进教室，不知哪个淘气鬼用弹弓射另一同学，打响了第一枪，反击立即开始，紧接着伢子们纷纷加入战阵，满教室纸弹乱飞，细妹子们尖叫着蹲下躲避，喧闹声嘈杂一片。小Y技痒，也连发数弹，其中一弹命中挑衅者眉心，立即响起一声鬼哭狼嚎般的尖叫，老师恰恰在这一刻跨入烽烟四起的教室。

"你们乱搞么子？！"一声厉喝，镇住了群雄纷起的混乱局面，课堂上大眼瞪小眼，安静下来，"哪个带的头？"他继续追问。

"他——"被小Y击中的那个同学一边揉中弹处，一边哭哭叽叽举手向老师举报。

"又是你，"老师想起了小Y种种调皮捣蛋的行径，"站起来！"小Y机械地起立，老师又叫："过来！"他走到老师跟前站住，等着挨剋。可是老师扳住他的肩膀朝着教室门，一推，命令道："到教室外面罚站，不叫不准进来！"

课堂上响起一阵低低的议论。

小Y站在教室外，隔着薄薄的木板墙，他听见老师在训导同学们，接着开始上课了。各班级都在上课，偌大的文庙里静静的。一个人被罚站，小Y倒没什么难堪，在他感觉中，这似乎本就是他生活的一部分，就同打洋片输了要进贡一样。他一会儿单腿立定，一会儿蹲下来看蚂蚁走路、搬家。教室里书声琅琅，他突然觉得百无聊赖。所幸的是，教美术的张老师夹着教具过来了，身上还有明显的粉笔灰。

"小Y，又罚站了？"张老师笑着问，他比较喜欢小Y，认为小Y有画画的灵气。他又说："站在咯里搞么子啰，来，到我屋里来！"

全校就一个美术老师一个音乐老师，教所有班级美术课和音乐课，所以他们两同一间教研室。教研室不大，木板隔出来的，一个破旧的木柜上放着一个陈旧的、几乎发灰的立体贝多芬石膏像和石膏球、苹果、三角体，柜子里胡乱摆着一些书和纸卷。它的对面摆着架旧风琴，就是李老师上音乐课都要叫学生们抬到教室去的那件教具。

"咯不是小Y吗？"教音乐的李老师正在备课，抬起头来，和颜悦色地问，又转向张老师："张老师，你何事把他带来了啰？"

"正罚站哩！"张老师坐下，小Y站着，"是咯样呀，"音乐老师有了疑问，"又不是你的学生，不怕让他罚站的王老师生气呀！""冒得么子吧，"张老师说，"下课后我跟王老师讲一声。"又问小Y："你因为么子事挨罚啰？"

小Y断断续续说了个大概。张老师和李老师相顾而笑："就是喜欢调皮捣蛋，不挨罚不心甘，伢子们都是这样哩！"

"小Y这伢子我看有些天分，"张老师说，"画得不错，就是不好好搞。"

"那你就好好辅导他一下噻。"音乐老师文声细气地说，"他嗓音也不错哩，那天在歌咏队合唱，我就听出来，他跟别的伢子不一样。"

小Y心不在焉地听他们议论，似乎不知道老师们说的是谁。只是感受得到自己躁动的心灵在这儿回归于平静。

虽然有张老师打招呼，王老师还是把这事告诉了班主任许老师。许老师又将小Y叫到教研室，先历数了他的种种捣蛋前科，后又苦口婆心地教导他一番，要他改正，当个好学生。

过了几天，许老师下班后叫了小Y一同到她家去，小Y不解，但还是乖乖地跟去了。

许老师家住在湖大宿舍的一个杂合院，老式的房屋，屋顶灰瓦缝中长出了丛丛杂草，多家对着的院子里也是杂草丛生，院子里拉起的绳子上晾着被单衣物。许老师就在门口的走廊上做饭、择菜。虽然小Y从未想过身为班主任、管着他们几十号学生的许老师家该是何样，但眼前的景象仍令他有些不明白，这不跟父母家一样吗？门口灶台旁有个三四岁的小孩在玩什么，小Y一眼瞅去，小家伙玩得津津有味的正是以前许老师从他手中没收去的表链！他从来没想过要问问老师没收来的东西到哪里去了——他没这个概念，只以为没收学生的东西理所当然——却没料想这表链竟在这儿。又一想，也许是这玩意儿许老师没收后没地方放，回家就随手给她孩子了。看这小东西玩得起劲，小Y很快释然，一字不提。

许老师此时完全没了在学校里、课堂上的威严劲儿，招呼小Y和她儿子一起吃饭。许老师亲切的神态，择菜做饭招呼儿子时婆婆妈妈的模样、她经过身边时身上散发出来的家庭主妇的温馨味儿，以及她家这平平常常的样子，都让小Y想起了远在衡山的妈妈，想起了那个家。他觉得一时眼热鼻塞，似乎有什么温热的液体要从眼鼻中涌出，他强忍住，埋头不知滋味地吞咽着许老师夹给他的菜。

"一定要改正那些毛病哪，小Y！要守纪律，上课认真听讲，争取当个好学生，让老师家长放心！"送小Y走时，许老师这样谆谆嘱咐。而她的乳臭未干的儿子，那个颇类大弟弟的小家伙，还一手玩着表链，一手举起向小Y摆了摆，脸上憨态可掬。

许老师这番教诲和对许老师家的感觉让小Y感动。他决心做个好学生。他不但上课时双手背在身后正襟危坐，而且还主动要求前后左右的同学也这样做，虽然这样做对于屁股下长刺、手上发痒的伢子们无异于上刑。每个熟悉这个班情况的老师似乎都察觉到了小Y所在这个小角落的异样，投来的目光或是讶异，或是期许。小Y眼巴巴地只期待着许老师的首肯，哪怕是一丝微笑。

这样，就如战士守阵地般苦苦坚持了一天。第二天，正好是许老师上语文课。小Y坐得更板正了，他不能让敬爱的许老师失望。正在讲课的许老师终于朝小Y们投来嘉许的亲切目光。一种不负承诺的自我判断让小Y感到了前所未有的满足和欣慰。

然而，坐在小Y前排的小胖子在坚持了一天零两堂课后，终于熬不住酷刑，一下子崩溃了。他不但整个身子出溜到椅子靠背下懒散地栽歪着，小Y从后座几乎看不见他的脑袋了，而且开始蔫捅他的同桌，两个人嘀嘀咕咕地搞起了小动作。小Y忍了一会儿，终于从课桌下抬直腿冲小胖子椅子背踹了两下，以示警醒。小胖子一愣，停顿了个把分钟，又继续搞他的地下活动。小Y有点忍不住了，他朦朦胧胧觉得自己应该帮许老师来维持课堂秩序。他又踹了小胖子两下。

"你踢我搞么子喽？！"小胖子这下转过头来，瞪溜圆了眼睛抗议。小Y压低声音说："要你坐好嘞！莫是咯样子搞，听讲噻！"

小胖子根本没拿他当回事，反唇相讥："老子要你管啊？！老子——"小胖子没来得及将话说完，因为后排的小Y已冲动地从座位上站起扑向他，抓住小胖子的脖领要拉他坐正，小胖子以为小Y要打架，反过身子来两手也向小Y撕巴。于是，这两个伢子隔着小Y的课桌扭打在一起，嘴里都念念有词："我怕你呀？！"又从座位上翻滚到地上，弄得这一小片战区尘土飞扬，虽然伢子们打架事常有，但难得在上课时一见。周围的同学纷纷起立，揎拳捋袖，评头品足，兴味十足地观战。对此，许老师很生气。

小胖子当然挨了顿狠剋，让他回去叫家长来谈话。小Y虽说动机是好的，情有可原，但错误的做法造成了不良影响。许老师轻轻叹了口气，用这么一句话作为这次批评的收尾："唉，真是孺子不可教也！"

小Y没听懂，但许老师不加掩饰的失望他感受到了。他自己都有些犯混，怎么想做好学生却会以打架收场？他有点郁闷。当好学生的愿望明摆着是泡汤了。他懵懵懂懂中有点失望，还有点觉得对不起许老师。奇怪的是，在失望和负疚的同时，小Y却莫名地还有了一种得解脱的轻松。反正他努力过了，反正他当不成了，小Y就觉得没有什么非让自己这样那样不可的束缚了，也不用费力地自我抑制了，他又可以当个和谈三、小史一样纵情任性的自由人了，哪怕是个差学生、坏学生也罢。更何况这时他生活中又来了件大事。

春暖花开时节，叔婶告诉小Y，他妈妈要带生病的小弟弟从衡山来长沙治病了。小Y就一直惦着总问娭毑：妈妈么子时候来？

没过几天，妈妈抱着小弟弟，在一个陌生人陪伴下终于出现在叔叔家了。满脸忧虑又疲惫的妈妈和娭毑、叔婶打过招呼，和小Y、大弟弟说了话之后，就由叔婶送到了医院，来去如此匆匆，小Y甚至连小弟弟的模样都没看清。接下来是一连串混乱的日子。妈妈在医院陪小弟，叔婶时不时去医院看望，送这送那。小Y也不怎么出去耍，与娭毑、大弟在家守望着。一会儿担心，一会儿脑中似又一片茫然。

妈妈带着刚刚病愈的小弟回到了叔叔家。小弟已不拉了，大病初愈，瘦小、苍白，似乎不会说话。妈妈和娭毑、叔婶不断在说着关于小弟病情、医院和衡山的事儿，小Y几乎一时被大人们忘记了，他悄悄抱住小弟，坐在上二楼楼梯上，啊呀啊哟地哄小弟，搂小弟，一种刻骨连心的骨肉深情充溢在他整个身心，不知该怎么亲热疼惜小弟才好。

妈妈和小弟只在这儿住了两天就要回衡山了。要赶在半夜去火车站。那天晚上，妈妈和小弟睡小Y的大床，小Y被安排到二楼小屋里睡，大人们不和他谈这些事。他躺在床上，想到明天妈妈和小弟就要离去，眷恋、离愁和伤感让他压抑不住地流泪哽咽，到深夜蒙眬睡去，楼下大人们起来的动静让他马上惊醒，又是伤心流泪，但他不能下去，他知道大人们不要他下去。楼下的说话声、走动声很快就变成了出门关门声，一切静了下来，他知道妈妈小弟走了。终于痛哭失声。

此后一连几天，小Y沉浸在思念和伤感之中。吃饭时，一夹到鱼肉好菜，马上想到妈妈小弟吃不到了，伤感使他难以下咽，哽咽起来。叔叔说他："悌伢子，哭么子啰，匠伢崽病好了，你妈妈带他回去了，是好事噻，还哭么子呀！"

毕竟是小孩子，母亲和弟弟离去引发的伤感随着时光的流逝慢慢平复了。而玩性极大、好奇心极强的天性又不可遏止地迸发出来。

小Y放学回家经过那口小塘时看见不少人在塘边捞鱼。他立即和谈三合计，也要去试试。他们拿了家中淘米用的竹笆箩，跑到塘边，一眼就看到贴塘边水中浮游着成群的小鱼，1公分到2公分长，它们密密麻麻，穿游不息。他们弯腰一手将笆箩探入水中，猫腰快走，十几步提起笆箩，里面已是半笆箩的小鱼，细鳞在阳光下映射出五色斑斓的光芒，有的小鱼还活蹦乱跳地不断在空中划出一道道闪光的彩线。小Y们不明白，为什么今年塘中小鱼如此之多，人们叫它"旁边死"，大约就是这意思吧。把鱼拿回家，婶婶说太小，没法吃。想送回塘中，却已经死去且散发出阵阵浓腥味，大头绿苍蝇闻味而来，嗡嗡不息，只好给家中花猫打了顿牙祭，看它边吃边"喵呜"的样子，可见十分受用。

　　他们又加入了另一场钓鱼行动。弄一根长长的竹竿，末端拴一细线，捆一白菜团，放入塘中，很快，竹竿下沉，用力一拉，就是一条草鱼。不用鱼钩、鱼饵，也不用浮标，就能几乎百发百中地钓上鱼来，这种钓鱼法，小Y再也没见过。那真是一场"钓赛"盛典，沿水塘周围都是垂钓之人，小孩居多，"咬住了！""拉，拉！""又是一条！"的欢呼声不绝于耳。除了这一年的这个季节，这个水塘再也没有过这种场面了。小Y把钓到的鱼带回去，除了为家里的餐桌添了一盘佳肴，剩下的都让他放到后院那养水族的缸中了。也许只有蹲在这水缸边，看鱼虾们一会儿悬浮水中，寂然不动，一会儿又倏忽穿梭，喋喋戏水，才能体味到庄夫子"濠上观鱼"之哲思妙理。然而小Y却又并非庄夫子。从水塘边捞鱼、钓鱼的狂欢极乐，转而为现在水缸观鱼时全神贯注浑然忘我，正是小Y性情中的不同层面、不同状态。他现在只是被这些小生命的可爱所吸引，他很在乎、很享受这后院只属于他的同这些生灵独处的时光。他每天都要来这儿一个人待一会。

　　与小Y后院紧挨着，由一排竹板隔开的就是谈三家的后院，待在院中，彼此抬头就能望见对方二楼临山的窗子。除了二人经常形影不离地四处游荡，回到家中，或是意犹未尽地隔着竹墙打讲，或是一方从二楼探出脑袋，同正在后院中的同伴大声招呼：呷饭冒啦？你在搞么子啰？晚上出不出去耍啦？等等。或是赶紧通报一下回家后发生的事，诸如谈三又同他姐拌嘴啦，他爸晚上有事不回来吃饭啦，小Y叔叔又借回么子书啦……反正都是鸡零狗碎之类，对两个细伢子却是不说白不说的事儿。

　　但是今天，在缸边蹲老半天享受观鱼之乐的小Y抬头往邻居家二楼窗户瞅时，不但没个人影，连平日谈三和他妹妹打闹的动静一点也无。小Y

连喊几声"谈三"，亦无人应。小Y有点失望，因为他正想跟谈三探讨一下，是螃蟹活得自在呢还是鱼过得快活。婶婶隔着厨房的窗子大声招呼小Y："悌伢崽，开饭得啦，不晓得呀？只晓得要！"

第二天，小Y才知道，谈三家出了大事儿。

十二

就在小Y和谈三那几天在水塘边和一众人等纵情钓鱼大战时，谈可慧一整天人间蒸发，直到晚上10点来钟才回家。就连谈三、小Y这些伢子们晚上出去疯，最晚回家也不会过9点——再晚一点，瞌睡极大的他们就不知要倒在哪儿呼呼了。而一个几乎从不离家的大妹子竟私自离家，夜半方归，这还了得！下班回来的谈老师听得崽女们的告状怒不可遏，浑身上下透着快活，笑意仍在嘴角眉梢漾着的谈可慧刚想悄悄溜回她的闺房，被谈老师劈头一声狮子吼"站住！"，吓得花容失色，自知闯下了弥天大祸。在老爸的严厉呵责追问下，才知道这乖乖女那天竟是跟过大少到河（湘江）那边（长沙市区）耍去了。小Y印象中谈家似乎没有女主人，只有谈老师既当爹又当妈地跟一子三女过，而可慧既是长女，又小小年纪丰姿绰约，老爸自是视为掌上明珠。想不到她竟然做出这等孟浪之事！谈老师既担心又失望，雷霆震怒之下动手打了这乖乖女。谈可慧也哭得梨花带雨长跪不起。第二天，谈老师上课时突然昏倒，送到医院后诊断为脑中风，大出血。谈家姐弟都去医院陪护，叔叔婶婶也去医院探望。但隔壁过家悄无声息，一如平日。过、谈两家平日几无来往，想来过家，甚至连过大少都不知道事由他起吧。

家遭变故，谈三有一阵子出来不如以前勤了，袖头也不如以前闪亮了——因为他鼻下的两管黄鼻涕忽然变少了，有时甚至不见了。这多半要归功于他姐。谈老师发病前，谈三动不动就吆喝他姐，似乎管着她三分，好性子的谈可慧，也不计较，可能她下意识里还巴不得有个能管管自己保护自己的男人吧，哪怕是自己的弟弟。谈老师的病一下将她推到长姐半母的位置，深深的负疚感让她潜在的家庭责任意识突然苏醒了，连平时那么权威的老爸都得自己侍候，弟妹就更在她的照料之中。直到有一天谈三浓鼻涕又淌出，他从裤兜里掏出一块缝成四方块的碎花布来擤时，小Y才知究里。

小Y不知道"中风"为何病，只晓得是重病。每次见谈三，都要问问，你爸怎么样了。初时谈三说话带哭腔，渐渐地他的话音就又恢复了正常。又过了些时候，他爸出院回家了。小Y去看过一回。谈老师坐在平时经常看见谈可慧做功课、照镜梳妆时坐的那张靠背椅上，抬手举足说话都相当艰难。谈可慧这时俨然是个小大人模样，打水、喂饭、擦脸地侍候她老爸。她依然俏丽，写在眉间眼里的淡淡忧伤更让这邻居女孩楚楚可人。"咯个妹子可惜哒嘞——"有一次婶婶这样感叹。小Y不知道婶婶说的是什么意思。"咯妹子就是不能长得太好噻……"叔叔在忙着给娭毑烙软软的面饼，半晌才吭一声："你们晓得么子喽！"

谈老师一时上不了班，在家养病，这一养就是好几个月。谈家来了个亲戚，是个中年乡下女人，有她照顾谈老师，料理家务，谈可慧就可照常上学，谈三照常和小Y、小史呼朋引类，乐此不疲。过家、王家也照常过日子，仿佛谈家什么也没发生过。"独眼龙"照常施施然从场坪上目不斜视地走过，过太太也照常在房门口站一会儿，偶然婶婶也在门口，就闲扯几句，婶婶自然不会提起那件事——叔叔一再嘱咐过的。只是再难见到过大小姐，过大少更是杳如黄鹤。

但这都不是小Y所关心的。甚至连谈三也不提这茬事，似乎他也忘记了，只是他在上学、玩耍之余，只要在家，谈可慧一出一进，他差不多总要盯着问问，俨然是个监护人。

天渐渐热了，已到了"日长如小年"的伏夏。随着年级的升高，小Y的班级下午也有了课，即便不上课，也得在教室里自习，且有老师执教鞭镇守。午间酷热难当。为了保证孩子们的精神头，学校要求学生们一律在教室里趴在课桌上睡午觉。小Y头几次遵命，但实在睡不着，以后就干脆开溜了，最好的去处自然就是离校不远的湖大游泳池，那里有不少开溜的小学生，不会游，深水区不敢去，就聚在浅水区瞎扑腾，又不能穿着短裤下水以免下午回学校湿漉漉被老师发现，就脱了衣裤光屁股下水。小Y很乐意让太阳将自己通身晒黑些，不仅两手扳住泳池水泥边双脚拼命拍水，让整个后背露在太阳下，还时不时地爬上来晒太阳。水的沐浴，时不时微风的吹拂，真让这帮孩子享受极了。

"小Y，你上来！"一个熟悉的、愠怒的声音，着实让正闭着眼睛在泳池恣意踢水的小Y吓了一跳，他身子赶紧没入水中，只露出个湿漉漉的脑瓜，透过水花迷离的双眼，就见他上方泳池边上居高临下俯视着他的巨人正是班主任许老师。两道严厉的目光从紧锁双眉的眼镜下直射小Y，小Y一时茫然了，"把手给我！"许老师弯下腰来伸手抓住了小Y，硬是把一丝不挂的他拽上来，"不老老实实睡午觉，还跑来玩水，不怕淹死呀！"

小Y被许老师紧紧攥住手带回了学校，其他小伙伴也在她责令下一个个上了岸，抓起自己的衣裤，有的都来不及穿，就落荒而散。

下午上课，许老师就此事再次给全班同学重申，没有家长带领不得去游泳池玩水的校规。但是这次事情并没有打消小Y玩水的强烈渴望，或者说，他既没有自己做错了要改正的自责，也没有觉得许老师不对，总之，这次事件除了在记忆中留下了整个过程经过外，其他的几乎没留下痕迹了……

"老师，我要解手！"就在老师宣讲当中，小Y突然举手报告。

许老师从眼镜片后盯他看了几秒钟，似乎在判断是真是假，该不该准许。小Y又一次喊："我要出去解手，老师！"

许老师终于点点头："快去快回，莫又搞名堂哪！"

小Y从两排课桌间走过去，然后绕过老师，在老师背后踮起脚伸高身子与老师比个头似的冲全班同学做了个鬼脸，不少同学顿时哄笑起来，待老师警觉地转过身来，他已飞快地夺门而逃了。

小Y这样的举动当然是恶作剧，其实他心里并没任何不敬的念头，老师的批评早已丢到爪哇国去了，他此时只是想宣泄一下身上无处发泄的精力，表达一下他心中始终奔涌的欢快而已。真是"少年不识愁滋味"啊！

这一下午他干脆逃课了。出了校门，刚想抓起书包带来咬，却突然发现书包还在课桌里。这也没啥，反正不爱做作业已成了他的家常便饭。他溜溜达达过了岳麓书院大门，前面是新建不久的宫殿式的湖大大礼堂，他没停步继续走，又过了叔叔上班的湖大图书馆，走到自卑亭，就径直进了湖大大操场。偌大的操场上，跳高跳远用的沙池，篮球场，双杠，环场跑道，踢足球的球门，攀缘用的吊杠，全都散置在各处。到处都有正在锻炼的湖大学子们。而提篮、托盘叫卖葵花子、冰棍及棒棒糖等零吃的小贩也在四处游走，兜揽生意。骄阳似火，汗流浃背。小Y摸摸裤口袋，用婶婶给的几角零用钱中的五分钱买了根冰棍，迫不及待塞进嘴里，又花几分钱买了一把葵花子塞进口袋，边吃边躲进操场边的树荫下，目光在操场上运动的人群中搜寻着。一根冰棍刚吃到一半，他就在沙池那边发现了熟悉的身影。

"谈三——史文玉！"他兴高采烈地喊着冲过去，"你们早就跑出来了？"

谈、史同样兴奋："我们懒得去上课哩——"他们互相交手，扭在一起在沙坑里摔跤，玩得一塌糊涂，沙子都溅到口里、脸上，以致几天后还可以从头发里、衣服口袋中抖出沙粒来。

这时，又一拨孩子打闹着跑进了操场，他们分成两伙，将一个大人拳头大小的皮球当足球踢。不断追求新奇的小Y们立即加入了这场游戏。在一阵七嘴八舌中，小Y担任了前锋，谈、史分别为侧锋和后卫。小Y步法虽不正规，却很灵活，且有股皮实劲，居然连连攻入两球，虽然对方大叫犯规，可谁也说不清"规"是什么。其实大叫"犯规"也是一种精力过旺的表现，期间少不了冲撞、撕巴，直到小Y一脚把球踢老高，飞得老远，待有人去操场边找球时，一群湖大的学生正儿八经来踢足球了，吆喝着让孩子们让地方，大伙才不情愿地散去。连史文玉都说怕回去晚了挨骂，也走了，只剩小Y和谈三。他们还没尽兴，压根没回去的意思。

天已擦黑了，他俩又来到了沙坑。一个湖大学生正在那儿练跳高，这小伙子皮肤黑黑的，凹眼，宽鼻，他将球鞋脱在沙滩边，赤脚来回跳。小Y高兴了，也跟着他跳，横杆对他来讲太高，几次都给碰落下来。大学生嫌他碍事捣乱，吆喝着要他让开。

"是个广东佬！"谈三听出他的口音。"老子就是不走！"小Y不服，"咯又不是你一个人的！""这是湖大的，"广东佬说，"你是湖大学生吗？"看小Y反应不出，他就将他推到沙坑边，正好在他搁鞋子的地儿。谈三不忿，细声说，"把他的鞋子埋起来。看他厉害！"他踢起沙子，鞋子马上不见踪影了。广东佬很快发现了，双手推开Y、谈，找出鞋另放好，嘴里骂了一句又继续跳。小Y、谈三又一次藏起鞋来，如是者三。广东佬跳完，这次他满沙坑找就是找不到，急得跳脚，揪住两伢子凶巴巴地大叫大嚷。他们硬是说不晓得，冒看见。天色更暗了，昏黄的路灯亮起了，广东佬愤怒的骂声变成了哀求的哭声："求求你们，我就只这双鞋……""跑！——"Y、谈动如脱兔，当他们跳过沙坑边的灌木丛时，一猫腰，一人手里一只鞋撇向了广东佬……

回到家，大人们已吃完饭，小Y正要奔饭桌而去，却忽然发现屋里多了一个人，一个中等身材、穿着类似僧尼道袍的斜襟灰色大褂、黑布裤、脑后梳着大大发髻的中年女人，她正谦和微笑地看着小Y。婶婶说："悌伢崽，咯是兰芳婶咧——你看你，玩么子搞得一身臭汗！快到后院去冲一把再来呷饭！"小Y从水缸舀了一桶水，到后院脱得光光地往身上浇，这才想起几天前婶婶说过，请来一个远房亲戚住些天，给做几件衣服，想必这就是了。

兰芳婶被安置在小Y住过的二楼冲后山的小房里，她随身带了架缝纫机，也搁在屋里。兰芳婶大约也就是三十多岁，长得白皙丰腴，慈眉善目，说话低声细气，软软绵绵。吃素，走起路来像猫一样轻柔无声。婶婶告诉小Y，兰芳婶信佛，最要紧的是不杀生，所以走路都怕踩死了蚂蚁。偶尔听婶婶和叔叔说起兰芳婶，是个远房亲戚，很早死了丈夫，无儿无女，在大动乱中"被斗争过"，此后子然一身在外漂流，投亲靠友，靠缝纫为生。小Y影影绰绰觉得这个婶有些神秘，也有些可怜。

兰芳婶来了后就在楼上待着，她吃的斋饭由婶婶送上楼，有时也叫小Y去送。她见了小Y也很客气，淡淡一笑，但从不多话。娭毑是这个家的"老祖宗"，按理说，来的这个"婶"，老人应该知道，但从娭毑一脸茫然的神情看，又似乎不知道。而且这女人来，似乎叔婶事先也没跟老人说过。于是娭毑对这个神神秘秘躲在楼上的陌生女人很是有些"排异"。每每见小Y从楼上下来，就手往天花板指指，问："在搞么子喽？""做衣服嘞！"小Y答。

兰芳婶的确整天在踩她那小Y从未见过的缝纫机，轮子沙沙转动的声音在楼下依稀可闻。婶婶隔三岔五就要送些别人做衣服的布料上去。原来不光是为家里人做，或者说主要不是为家里人做，而是暂时寄寓于此，通过婶婶的介绍联络，四邻八舍都有人找她做衣服。婶婶穿着她做的第一件衣服到外面一转，无疑发挥了广告的招商效用。连谈三有一天都捧着块布料过来找婶婶，说是他老爸说了，要给他姐做一件连衣裙。"那你姐何事不来啰？不来又何事量尺寸啰？"婶婶问。谈三说："她不好意思来噻——啊，不是嘞，她现在出去哒。"婶婶不再问，只是一笑。小Y说谈三："么子出去哒啰，我刚才还看见她在门口倒水。"谈三一点也不为自己的撒谎脸红，说："你又不是不晓得，"他指指过家，"她何事好来啰！"

兰芳婶的手艺真的不错，衣服裁剪合身合意，且针线细密，所以不出十天，名声就在桃源里一带传开。那个年代，人们很少从商店买成衣穿，一般都是找裁缝铺做，便宜。现在来了个技高价廉出活快的兰芳婶，求衣者自是趋之若鹜。就连洋里洋气、自视清高的过太太在冷眼旁观了一阵子后也未能免俗，把婶婶请到她家去，关起门来密谈了半天。婶婶回来时手臂上搭着好几块不同色料的布，说是过太太和过大小姐做旗袍、"布拉吉"用的。好在婶婶自己就会缝纫，已将过家母女的尺寸量了回来，款式则是过太太出的图样。叔叔下班回来，婶婶就发感慨："你看咯些堂客们做的都是大裥子，肥裤子，偏偏过太太要做么子旗袍，何事穿得出去啰！"叔叔说："穿不穿得出去是她自己的事，又不要你管，你操么子空心噻。"

因为娭毑和兰芳婶一个楼下一个楼上，楼上的不下来，楼下的上不去，所以两人在小Y眼中根本不搭界，差不多没见过两人在一块过。反正小Y整天在外面上学、玩，也不管大人们的闲篇。可是有一天小Y放学回来，却见兰芳婶搬一竹椅坐在娭毑的藤躺椅旁，二人正讲得高兴呢。娭毑耳朵背，一向低声细气的兰芳婶也不得不凑到老人耳边提高嗓门说话。原来兰芳婶也可以大声说话呀！小Y想。不过她的嗓音还真是好听，不完全是湖南口音，还掺杂了点小Y说不出来的别的语音。听得出来，她们是在议论娭毑看的那些书，敢情她也看过。见小Y回来，兰芳婶笑笑，打了个招呼，跟娭毑讲："姑妈，天气不早了，我还有件衣服得赶赶，先上楼去了，哪天有空再来陪你老人家讲讲古。"她站起来，把娭毑看的《红楼梦》捧在手里，"这书我就先拿了看看，啊！"

"娭毑，"兰芳一走，小Y问，"你是她姑妈呀？"娭毑说："我还以为你婶婶从么子地方请来的野堂客，原来也是营田老家那边出来的，拐了个九九八十一弯，我还真可以做她姑妈嘞！"看得出来，于寂寞中忽然有了这么个谈伴，老人还是高兴的。

　　这天下午放学回来，叔叔给小Y两角钱，要他到湖大供销合作社去买包烟回来。叔叔烟瘾大，时不时食指中指夹一支烟，每口都吸得很深。平时都是自己买，偶尔忙也支使小Y跑跑腿。正好谈三在门口站着津津有味瞅大门前树上几只喜鹊打架，两人就相跟着去了。合作社在自卑亭那边通往爱晚亭的路边。一到那儿，看见一群人围拢成一圈，圈中一个面色黝黑、一脸胡子的中年汉子正在指挥三只猴子耍把戏。小Y们立即钻了进去，蹲下看热闹。先是一只戴着插两根长长野鸡毛的帽子，手舞一根棍子的猴子绕场转了两圈，又翻了几个筋斗，博得众人哄的一声喝彩。"咯哪里像孙悟空啰！"谈三嘀咕。接着胡子让一只脖上套着链索、穿一件古代官服的老猴敲锣。老猴不干，却伸出手来跟胡子要吃的。胡子不给，用手中的鞭抽了它一下，老猴负痛尖叫一声，闪开一步，转过头来瞅围观的人，它褐色的眼睛里有哀愁，有孤独，也有愤怒。它一身长毛稀稀拉拉，大腿、膝盖上的毛都磨掉了，眉弓上的毛则变成了灰色。小Y想，它已很老了，而且饿着肚子呢。胡子一拽链索，又给了老猴一鞭子。"你快拿点呷的把它嗍！"小Y忍不住喊出来。"是的噻！你咯咂角色何事咯样小气啰！"有人帮腔。胡子有点光火了："它不听话还要呷的呀，看老子不打死它！"话落手起，又是"啪"的一记重抽。

　　说时迟那时快，鞭子尚未落下，老猴已纵身跃起一掌扭住了鞭梢，拼命从胡子手中夺走它。与此同时，刚才还蹲在地上的"孙悟空"和另一只小猴也像听到号令般一跃而起，"孙悟空"将搁地上的道具箱一把掀翻，抓起铜锣、小鼓、刀枪剑戟、破鞋烂帽等等往胡子身上没头没脑地砸去，继之掷以地上的碎砖片瓦；而另只小猴已跃上胡子肩头，先将胡子的帽子掀飞，又双手勒住胡子脖子使劲摇晃，同时发出十分快意而愤怒的阵阵尖叫。一时场上大乱。"猴子造反了！快看呀，猴子造反了！"看客们在震惊之余兴高采烈，骚乱引来更多人围观。胡子此时已被三只揭竿而起、群起缠身、嘴露尖牙、吱吱怪叫的泼猴放翻在地，左遮右挡，狼狈不堪。几乎无人出手为他解围。

谈三、小Y看得十分畅意，以前也看过耍猴的，但猴子造反还是第一次。他们恨不得也上前去给猴子们助助拳。"哎呀！"小Y突然想起还没给叔叔买烟，急忙从幸灾乐祸的人群中挤出来。"咯才像孙悟空咧！"回家路上，谈三情绪高涨。小Y更有一种看《西游记》里孙悟空降伏群魔的亢奋满足。只是不知那三只猴子怎么样了？这是他们共同想到、关心的事儿。"要不我们把那猴子救出来？"小Y说。谈三习惯性地擦了一把现在已无多少鼻涕的上唇，说："救出来又何事搞啰？放在哪里？你真想把它们放到后山当齐天大圣呀？"小Y想想也是。且不说家里能不能让，那个可恶的胡子也不会放手的。

"要你去买包烟，就在外面又耍了半天！"叔叔生气地呵斥小Y，他等烟等急了。又把小Y叫到厨房，将放着一菜、一汤、一饭的小竹篮递到他手上，"都要呷晚饭了，你给兰芳婶送上楼去。"兰芳婶停下正在踩踏、摇转的缝纫机，叫小Y将饭菜放到桌子上。"谈三叫我问问，"小Y想起了朋友的嘱托，"他家的衣服做好冒？""早就做出来了，只是还冒送去——"兰芳婶顿住，凝神看着小Y，有那么几秒钟，仿佛若有所思。"悌伢子，你看过《红楼梦》没有？"小Y一愣，不明白她为何突然问起这个，说："冒嘞——只随手翻过一下子。""那里面有个叫妙玉的槛外人吧，你晓得不？"小Y赶紧在心里把他"随手翻过"的红楼人物过一遍，只晓得有叫黛玉者，似未有"妙玉"印象，不清楚这槛外人是何方神圣。他犹疑地摇了摇头。兰芳婶其实并不在乎小Y是否知道"妙玉"，她只是想找个人，哪怕是小Y这样不谙世事的细伢子，说说心里的感慨。她对小Y发问，目光却远远地投向了后山，"妙玉这个人，可怜，可惜了！"语气又是柔声细气，且幽幽的，又似自言自语，"慧质兰心，飘逸超群，你既然想要个好人伴呢，又为什么要遁入空门。'坐禅寂走火入邪魔'——因为不耐禅寂，方才走火入魔，其实魔亦道，道即真，就是入了邪魔也比'禅寂'强啊，只怕走火还入不了'魔'呢！"兰芳婶这篇话语，像对某个看不见的人说的，又似自言自语，小Y听得云山雾罩，不知所云。"何苦来哉！何苦来哉！"连说两遍后，兰芳婶不再跟小Y说话了，她伸手拿起了筷子，刚要去端碗，又放下了筷子，转过身去继续踩缝纫机。"饭要凉哒嘞！"小Y提醒。她似乎没听见，继续踩踏板，布料伴着沙沙声在纫针下飞快地游走，小Y有点看入神了。但他忽然觉得有些异样：侧脸对他的兰芳婶从喉头发出了压抑的哽咽声，眼角似乎也闪着泪光，同时右手转着的轮子转得更快了。小Y吓了一跳，没吱声就悄悄溜下了楼。

造反的猴子还在他脑海中活灵活现地攻击那可恶的胡子，而兰芳婶满是幽怨的侧影也时隐时现，叫小Y很是纠结了一阵子。这两件事本来风马牛不相及，但小Y下意识里却难以将它们切割开来。不过一夜沉睡之后，小Y早上起来就浑然忘却了。

过太太穿着新做的黑色旗袍，领着一袭蓝色布拉吉的过大小姐难得地登门拜访了。这过太太依然是描眉画鬓，头发梳得精精致致，兰芳婶做的旗袍紧紧裹在她身上，仿佛和平时的她换了个人，让婶婶都看傻眼了。小Y有生以来第一次看见如此华贵陌生的女人，一种炫目的不真实感令他恍惚，立马想起婶婶的话："何事穿得出去啰！"但过太太就是穿出来了，且不在乎别人的目光。她两手轻轻从腹部抚摸下去，然后分开提起两旁开衩的袍襟抖了两下，不无炫耀地笑说："好合身哟，以前我找大城市那些裁缝做，也就是这个样嘛！——你那个亲戚，在哪里，我得当面好好谢谢她！"婶婶从惊愕中回过神来，以兰芳婶怕见生人为由止住了她："哎呀，过太太你也太客气了，我会告诉她的噻！"又转向过大小姐说："你家小姐长得真是好嘞，看看，细皮嫩肉，白白净净，配咯条裙子再好冒得啦！"

婶婶的夸奖不过分。这过大小姐和谈可慧在大家眼中都是这一带少有的漂亮妹子，但娇柔温顺、柳眉樱唇的可慧更有几分中国古典美女的风韵，而同是高挑个的过大小姐身姿挺拔，明眸皓齿，举手投足明快大方，从里到外透着成熟少女的青春朝气，现在穿着兰芳婶做的苏联式布拉吉，更显浮凸有致，艳光四射。如果说可慧是不论穿戴行事都刻意淡化自己，那么过大小姐则是尽显张扬。听到婶婶的夸赞，她只是笑笑，似乎有点不好意思地将头转向过太太，又转回来，看见小Y，也难得地给出一个笑脸，这在一向自视甚高，如"独眼龙"般几乎不跟小Y这帮细伢子打交道的过大小姐而言已属例外，看得出，脸蛋红扑扑的她多少有些亢奋。

不知啥时候，谈三和两个妹妹、小史等左近一帮孩子和几个大人也在门外看稀奇。过家母女的时装秀让他们大饱眼福，无疑又是一次为兰芳婶做的轰动广告。小Y不明白，看似与婶婶等他见过的家庭妇女并无不同的兰芳婶，那个身穿僧尼式大褂，走路怕踩死蚂蚁、吃斋念佛、来历不明、足不出户的兰芳婶怎么能缝制出这些见所未见、精致美观的衣服的。这更增加了兰芳婶的神秘。"好看不？"小Y问谈三。"像个妖精，"谈三没好气，"都是妖精嘞！"小史说："咯妖精还是好看噻，我倒是喜欢看咯样的妖精。"小Y心里觉得他俩说得都对，又问谈三："你姐的新衣穿哒冒？"一说起可慧，谈三口气立即变了："穿哒，那是好看得要死嘞，不像她们！"又一把扯住小Y和小史，"跟我去看看！"

让孩子们失望的是，谈可慧在家并没穿新衣服，还是一身旧衣在帮保姆做饭。谈老师坐在椅子上看书。他移开书，目光向孩子们射过来，这让谈三有些拘束。"你们来搞么子喽？"他问。谈三说："我姐何事冒穿新衣服啰？"谈老师轻轻吁口气："就是啦，你去告诉你姐，咯衣服就是给她做的，莫要舍不得。再者，夏天不穿，还冬天穿呀？她讲穿不出去，别人穿得出去，她有么子穿不出去啰？！……"有了老爸的圣旨，谈三撕巴着可慧，软磨硬扯，可慧终于放下手中的活计，把她闺房门关上换新装了。老半天门不开，谈三不耐烦一顿猛擂，可慧终于开门亮相。谈三、小Y、小史，谈三两个妹妹，连同保姆，都同时噤声了。可慧的新衣也是件连衣裙，淡淡的藕荷色，剪裁极为合体，但没有过大小姐蓝色布拉吉上的蕾丝边，素净、飘逸，心形开口处露出白皙修长的脖颈和泛上娇红、吹弹可破的脸庞，乌亮的大辫子顺胸垂下，齐膝裙摆下是浑圆修长的小腿和纤纤玉趾。"哟！——"六个观众齐齐一声惊呼，让可慧立马弯腰，双手捂住了脸，臊得不行。"过来过来，慧儿，"谈老师在前屋里喊，"让爸爸也看看！"众人推拥着娇羞无语的可慧到她爸跟前，谈三使劲将她仍捂在脸上的双手拿下来，她半低着头，双手交叉不安地互相捏着，脚都似乎不知怎么站了。谈老师上下打量着宝贝女儿，眼里满是怜爱，同时也有几分惊奇，他大概也是第一次发现女儿是如此楚楚动人吧。"爸，"两个妹妹羡慕地喊，"大姐好好看啊！"谈三也是一脸骄傲。保姆说："谈老师，你有咯个女，好福气嘞！"谈老师脸上是少有的满足，但渐渐地被忧色所掩盖，凝重地说："好，慧儿，记住爸爸的话，好自为之，好自为之！"又盯着谈三，语重心长地叮嘱："你也不小了，好好照看你姐，听见没有？！""晓得嘞！"谈三大声回答。

这一天不经意间见到过家、谈家两场女装秀，让小Y对这两个大妹子有了一个基本定位：过大小姐是生活中匆匆走过的、只可远观不可接近的陌生人，可慧则是生活在他们同一个世界中的邻家女孩。由此，他忽然想起过大少，这个曾和可慧一同过河玩的大学生在哪里，在干什么呢？

十三

差不多就在这个时候，附小后院出现了一件自然奇观。

那天上课上到一半时，教室外忽然有了喧哗声、杂沓的脚步声，"哎呀，快去，咯就从冒看见过啦！"有人在大声啧啧称奇。教室里正上课的小把戏们此时"一心以为鸿鹄将至"，哪还有心思听课，讲课的老师也想弄个究竟，好容易将最后十来分钟硬挨过去，和学生们一起穿过耳门，眼前的景象立时叫他们瞠目结舌了……

挨着院墙的小球场上到处是白色的鹭鸶，扎堆的、掐架的、来回踱步的、往空中飞起和正要扑棱着落地的，而球场边土包上那棵参天大树枝叶间，更是白花花地落满了成百上千、成千上万的鹭鸶，空中白羽纷飞，翅影交错，空气中弥漫着浓浓的腥臊味儿，嘎——嘎——的叫声响成一片，而地上到处是它们撒下的白里带黄的排泄物，以至将偌大一棵老树淋得斑驳陆离。

这是闻所未闻见所未见的稀奇事。而更怪的是，这些白衣精灵虽成千上万，却只以那棵大树为栖，树下的球场不过是大树的延续。一墙之隔的附小（亦即孔庙）院内竟无一鹭光临，距大树仅百步之遥的湖大医院也是片羽未至。老师们站在那儿认认真真地在探讨此一怪现状，它们是从哪里飞来的？为什么会丛集于此？出了什么自然灾害吗？难道它是一种预兆？而孩子们早已深入到鸟群中去了。鹭鸶于这些从小就与河田溪塘打交道的孩子们并不陌生，常常可见它们拱背伸脖水中啄食的倩影，和亭亭玉立、无言凝视的芳姿。但只要有人走近几步，这些精灵就会警觉地腾空优雅地飞走。可现在，球场上这些成群结队、扎堆聚伙的鸟儿们却变得一点不怕人，每个孩子都可随意地将伸手可及的鹭鸶揽入怀中。

小Y将一只白羽华裳的鹭鸶捧在手里，它的两只灰褐色长腿只稍稍用力舞动两下就自然下垂不再挣扎，它身上散发出的那股淡淡的江河湖海咸腥味儿让他迷惑。它弯着美丽的弧形长脖，头顶几茎白毛长羽向后飘拂着。他盯着它的眼睛看，它侧着头，似乎也在看他。它圆圆的镶着金黄色眼圈、如琥珀般的眼睛在阳光下晶莹剔透，每一转动似乎就变换一种颜色。在想什么呢？……小Y下意识地将它放下了，它站稳了，却不急于走开，仍然停立在原地。

当！——当！——当！——上课的铃声急剧响起。教导主任在那儿高喊："上课了！上课了！——把鹭鸶放下，谁都不准抓——大家听到冒？哪个都不准抓！"

鹭鸶们这次从天而降的大聚会只持续了一天，傍晚时分，学校放学时，球场上、大树上的鸟儿们差不多陆续飞离了，只留下满树、满地的白色粪便和零乱的羽毛，甚至还有几只从树上不小心掉下摔死的。在大树不远处，还有几只不知何故掉队的，远远望去，踽踽独步，形影相吊，蛮可怜的，不知它们将归向何处？

关于这次鸟儿飞行大集会奇观，当天学校里议论纷纷，孩子们兴致奇高，各种说法都有，但它的成因，从校长到生物老师，谁都没有给出一个公认的说法。不过，随着鹭鸶们的离去，这个话题也就此打住。

第二天学校里一切又都照旧。

上课素以严厉著称的算术老师按照教案开始上课。小Y对算术课最没兴趣了，他悄悄拿起抽屉里那散发着酸味儿的书包带放进嘴里咬着，好冥想的天性让他漫无边际地在后山、溪塘处神游了一阵之后，开始用石笔在本是用来演算算术题的石板上信手涂鸦了，先是把记忆中祖父寄来的画册上的老虎脑袋画下来。不行，今天的石笔太硬，在石板上戳出了白道道还是显不出老虎的斑纹，他用手蹭掉，灵机一动地画起了昨天那只鹭鸶。画它那圆圆的、仿佛深不见底的让他着迷的眼睛，它现在会在哪儿呢？还能见到它吗？正当他的思绪随着飞走的鸟儿在虚空中如断线风筝般飘飘然时，猛地被"啪啪啪"几下重而响亮的敲击声击落于地。教室里此时鸦雀无声。

他猛地抬头，就见老师握着教鞭，一脸愠怒地站在讲台前，"方齐，站起来！"

在全班同学的注目礼下，与小Y座位隔一行的课桌后面站起来了一个瘦瘦的小男生，他在班上算是一个好学生，学习认真，也不调皮。

"你，你们几个，不好好听讲，在搞么子名堂啰？！"算术老师的教鞭在讲台上脆响一下之后，隔空连连遥指方齐和周边的一伙男生，似乎要戳到他们不安分的脑袋。

"我们冒搞么子名堂呀。"方齐怯怯地回答。"就是呀，我们在听课噻！"几个男生七嘴八舌回话。老师显然已认定他们是嫌疑人，突然厉声喝道："你们几个都站起来！"他边说边离开讲台走向他们。

就在几个男生吱吱扭扭起立的当儿，突然一只鹭鸶从他们桌子下面扑啦啦地飞上了课桌，它立在那儿，双翅欲张还合，惊惶地环顾四周。全班同学连同老师有一两秒钟都愣住了，笑声骤然哄堂响起，闯祸的几个男生一齐扑过去想抓住这个逃犯，可鹭鸶又从课桌上腾空而起，双翅扇出很大的声音，快飞到天花板了，伴着"啊！——"全体发出的惊呼声，又忽地跌落到另一张课桌上。教室里一片乱哄哄的叫声，笑声。还没等人抓住它的腿，又再次一冲而起，它的长腿在一男生头上狠狠踹了一脚，在一女生的课桌上拉下一摊白色的鸟粪，就这么三蹦两跳低空飞行，最后落在老师的讲桌上。大伙惊魂甫定，一直呆着看稀奇的老师这时大喝一声："快抓住它！"前排有几个同学奉命作势要去抓，可那只大鸟这会儿却夷然不惧，在讲桌上亭亭玉立，笔直伸长了原先弯曲的长脖子，气定神闲地左顾右盼，俨然是它在主讲，而老师此刻却混在一帮跃跃作势的学生中间。位置的这种颠倒，让全班笑成一团。喧哗声引得隔壁教研室的老师们也跑来看热闹，笑骂者有之，揎拳攘臂者有之，夺门而入欲一鼓擒之者有之，一时天下大乱。

这次事件的直接后果是，方齐等几个在课堂上玩鹭鸶的男生被叫到校长室，接受校长、教导主任、班主任的轮训。又叫来方齐的家长，令其严加管教。幸运的是，原先怒不可遏的算术老师竟被那只意欲取他而代之的鸟儿感动了，当这可怜蛋最后就擒，被一男生抓住它两条细长的腿儿擎着时，他看它的眼神里竟然有了几分怜悯。"把它放了吧。"他用手轻轻抚摩着它洁白的背羽，声音变得柔和，"唉，造孽呀！你们几个，一定要把它好好送到田头、水边，总之是有鹭鸶的地方……"他环顾周围的学生，声音骤然高了八度，"以后再不准咯样乱搞了！——看我如何收拾你们！"

鹭鸶风波过去了。兰芳婶也快离开了。虽然小Y和兰芳婶接触很少，甚至无亲无故，但这个一直静静待在楼上、仿佛不存在的女人还是在这个家里留下了她的气息，特别是她那一手神乎其技的缝纫术，更是使她声名远播。风闻她要走，这些天进进出出来找她做衣服的人格外多了起来，但多半都被婶婶劝了回去，说是活太多，做不过来了，其实是兰芳婶自己不想做了，据婶婶说，兰芳婶近来情绪低落，常常过去一天干完的活儿现在几天也出不来。小Y就不由想起那天兰芳婶和他说"妙玉可怜"时的神情。他想上楼去看看兰芳婶，进门就看见婶婶和兰芳婶正在说话，可是兰芳婶的模样却让他一震：也许是天热，也许是刚擦完身子，眼前这个女人已脱去道袍式的大褂，只穿一件无袖紧身白背心，束得腰身那样细，更凸出上身和下身的饱满，两只光溜的胳臂白得耀眼，平时盘在脑后的大发髻打散开来披了一肩，乌黑锃亮，而那张他看惯了的仿佛波澜不惊低眉敛目的脸，此刻表情复杂，略带潮红，而幽深的瞳孔中似有小小火花在跳跃。这哪儿是兰芳婶？分明是一个小Y从未见过的焕发着生命激情的女人，一个让他联想起过大小姐和谈可慧的女人。"悌伢崽，你来搞么子啰？"婶婶说他，"冒看见兰芳婶在换衣服呀，还不快下去！"小Y怔了一下，转身要走，却被兰芳婶叫住了："冒得事嘞，他才好大，晓得什么呀！"小Y还是急急下楼去了。兰芳婶这种瞬间蜕变一时让他不知所措。这是兰芳婶吗？怎么会这样？他愈发迷惘。

盛夏的酷暑已慢慢收起它的炎威，秋色渐渐点染着后山。收获果实的季节到了。这令小Y们食指大动。夏天时，他和小伙伴们已将房子坡下几株无人管的金黄枇杷吃了个精光，又多次攀上兀立在小溪旁的桃树，啃掉了最后一个桃子。现在，他们又上了后山。在吃了几把山果，摘了一口袋毛栗子，追逐了一阵嗖的弹起、半空中振翅飞出十几米甚至更远的大蝗虫后，他兴犹未尽，决定翻过曾经惊现古棺的山梁，到从未去过的山背后去看看。山梁不高，但翻过去也一身薄汗了。他们顺另一侧的一条小路往下跑，下得飞快。远处山脚下出现了一汪池水，水中有个石桥通向池中一座石亭，池周围房舍如盒，人小如蚁。"那是么子地方啰？"小Y问。谈三说："那就是荣湾镇吧？""去不去玩玩？""太远哒吧！"

于是他们折向另一条小路，走不远，竟然发现一处紧贴山体用麻石砌成的建筑，它的门脸像个殿堂，高大肃穆，门楣上方还镶嵌着一些字，只可惜小Y们没注意写的是什么。而整个内建筑却深藏山中，小Y们进去，就见麻石砌的半圆形石室里有一层一层的台阶，每个台阶上都整齐放着一排排的瓷罐，小Y们好奇心陡增。他们试着去揭罐子盖，一揭，竟可轻松取下。里面有白乎乎粉末状的东西，伸手一掏，掏出一把白粉，闻闻，没有气味。"咯是么子东西啦？"谈三疑窦丛生，把手里的白粉往嘴边送，"我来呷一下看。"小Y止住了他："莫乱呷啦，晓不晓得有冒有毒啰！"谈三把手中的白粉洒回瓷罐里："那我们走吧！"这洞中阴冷冷的气氛让他们有些不自在了。

外面天高气爽。满山坡草木茂盛。那种由植物、水、石、泥土在燠热天气中酿成的山野气息令小Y们心醉神迷。更让他们惊喜的是，那条窄窄的山径竟将他们引到了山中一处橘子林。这片橘林就在他们所经山路的下方，靠路橘树的树冠树梢像成熟的稻谷一样沉甸甸地搭在路旁，放眼望去，翠油油的橘林蜿蜒起伏填满了整条山谷，硕大的橙红的橘子坠弯了枝丫。山顶、山间空无一人，只有鸟雀喧呼从绿浪翠波中响起，仿佛这大片橘林自古以来就在此自生自长，从不曾沾过人间烟火气。小Y一时怔了怔，他几乎错把这儿当成《西游记》中西王母的天上蟠桃园了。

"呷！"谈三欢呼一声，伸手就从路旁橘枝上摘了一个大橘子，剥了皮就往嘴里送。小Y也如法炮制，甜甜的果汁顺咽急下，连果籽也来不及吐出。"好呷，真好呷！"跑了半天山路，还有比祭祭五脏神更惬意的吗。他们往衣口袋里装橘子，装不了几个，干脆将外衣脱下，一人一包下山了。小Y给娭毑吃，娭毑刚咬一瓣，就说："好久冒呷到咯样甜的橘子了！"

史文玉知道小Y们在山上偷吃"蟠桃"的事就很羡慕，埋怨为何不叫他同去。谈三说："冒去就冒去噻！还有一个好地方——"他出了个主意。

这天晚上，天完全黑了。小Y、小史跟着谈三来到离家不远的一处人家——谈三说，他几天前，路过这儿时就看到院子里几棵橘树上的橘子都红了，早想弄一个尝尝，只是护院的竹篱笆太高，又听得有狗叫，才没敢造次。一听有狗，几个孩子都犹疑了一下，小Y说，有狗也要试试，莫搞出声音就行。小史人小身轻，动作又灵巧，是爬树的高手，他自告奋勇第一个翻篱笆而入，小Y、谈三也顺利进来。光线很暗，凭着从住宅窗子透出的昏黄灯光，他们分头上了树。有灯光的窗子里似有人影晃动，隐约还听得见说话声。树下草丛中的秋蛩声一阵接一阵。明明灭灭的萤火虫也提灯在枝叶间穿行。风来，树叶簌簌作响。气氛紧张而刺激。小Y们在树上就吃了橘子，又往衣兜里揣了几个，刚想发出暗号叫大家撤，汪汪的狗叫声就尖刀般地刺破静谧的夜空，紧接着就有人响声很大地开门出来："哪个？是哪个？！"

"快跑！！"小Y喊。他们跳下树，小史又第一个翻过篱笆，谈三动作笨拙些，加上紧张，挂在半空中上不去，小Y退回来，用力托他屁股，而院子里狗叫得更狂烈了，牵动拴狗的铁链铿锵作响。屋主人在高声叫骂："又是哪个鬼崽子来偷橘子，看老子不打死你！"

三个孩子已先后翻过篱笆，真个急急如丧家之犬，忙忙似漏网之鱼。谈三的衣服被钩破一大口子，橘子也掉了。他们慌不择路落荒而逃。突然谈三凄厉地尖叫一声："踩到蛇了！"小Y、小史立即停下来，喊："莫动，莫动啦！"他们弯腰凑近地面，在昏黑中仔细辨认，小Y甚至蹲下来用手在地上摸索，终于摸到一根枯树枝。"你真是碰到鬼了！"他们笑话谈三，"树枝也成蛇了，咯又不是唐僧取经的路！"

孩子们后来说起此夜历险，几乎同声蹦出两个字："过瘾！"的确，在他们这个年龄，要的不是那几个橘子，要的是这份让他们体验到年轻生命躁动的刺激。

让小Y有些失落的是，兰芳婶终于走了，小Y有天放学回来，娭毑告诉他："你兰芳婶走的时候留了两件衣服——"一件是给娭毑做的夏布长袍，一件是给小Y做的小学生制服。"咯个人还是好嘞，"娭毑说，颇有些不舍，"有良心噻！"小Y想，自己不在家时没人陪娭毑讲古了。连跟兰芳婶告个别都没有，小Y觉得感情上过不得。

妈妈又从衡山托人捎来一个新缝制的布书包，小Y原来那个书包已破旧邋遢不堪了。挎着新书包，穿着兰芳婶做的新制服，小Y开始觉得有些不习惯。但谈三、小史以及谈三的妹妹都有些羡慕，都说好看，连向来目不旁观的"独眼龙"碰见他时也忍不住投来惊诧的一瞥。不过让小Y受用的还是过太太的一句话："哟，这小Y还真像个小学生了！"

小Y穿着这套行头老老实实地上了些天学，也不咬书包带了。谈三几天后也突然穿了一件新上衣，"我姐给我做的。"他不无炫耀地逢人就说。不知是他的鼻炎好了些，还是自个儿爱惜这件新衣，总之，他的袖子不再油光闪烁，鼻子下也干爽了许多。

然而在这春华秋实的季节，教室的门窗也抵挡不住山野的诱惑。赶上国庆节放假，一帮男生们就张罗着要上山采橡子、毛栗子去。这种好事自然落不下小Y。他回家把书包清空了，挎着它，扛着一根长长的细竹竿和十来个细伢崽走爱晚亭那条路上了山，到了云麓宫脚下——这是他冬天上云麓宫之后重来此地——树木茅草都繁茂高大起来，他们离开了小路，在一个同学带引下，进入了密林深处，这儿奇岩怪石峥嵘突兀，长长的茅草高过头，犀利如锯，藤萝几乎缠绕着每棵修长挺拔的古木直爬到它的树冠处再从枝丫上纷披下来，一种原始的野性气息弥散在每个男孩子心头，使他们血流加速，他们话语明显少了，吃力地在乱石草丛中攀爬。"到了，到了，就在咯里！"引路的男生兴奋地叫起来。这是一处橡树密集的地方，地上、草窠子里已经掉落了厚厚一层成熟橡实。正当大家埋头捡拾时，不远处扑啦啦一声响，草丛中飞起一只五彩斑斓的野鸡，小Y可清楚地看到它受惊的眼睛、涨红的脸颊和微张着的嘴。野鸡在空中飞行了十多米后正好落在孩子们身后。"抓住它，抓住它！"大家异口同声叫着，群起直扑，可它不等人到跟前，又扑啦啦地破空而起，直往陡峭的坡下飞去，霎时就不见了踪影。只有方齐幸运地拾到了它飘落的一根尾羽，为了防备同伴来抢，他立即将它用力插进了他那顶破帽子里，使他看起来像个唱戏的，算是战利品。别人只有干着急的份儿。以后，这根羽毛被方齐带来带去了大半年，直到一次上课摆弄它被老师没收为止。这或许跟方齐没能留住那只鹭鸶有关吧，小Y猜。

孩子们拾的、加上竹竿打的橡实足以塞满他们的口袋和书包。回来的路上又收获了一些毛栗子，皆大欢喜。到了麓山寺，有几个说要进去看看还有没有道士，还有几个路上已经走散了，只有头插野鸡毛的方齐还跟着小Y。这里已经没什么正经路可行，只是在乱草丛石间凭感觉蹚着走。周围林木蔽空，秋风已经渐渐地将树叶染黄，有的甚至抹成了殷红色。茅草掩映中依稀有一条时断时续的被人踩踏出的小径。方齐疑惑地说："不晓得咯条路是往哪里？"这也正是小Y想问的。四野空无一人，只有树叶摇动、鸟雀穿林的天籁之音充溢每一空间，仿佛有一沉潜深邃又宏阔绵长的咏叹调被看不见的山灵无休止地奏响。小Y心头涌出一种莫名的感动，同时又有几分瑟肃。这无从知晓的大千世界中，他和方齐显得多么渺小啊。他有了一种想早点回去的冲动。"就照咯条路走吧。"小Y扯了方齐一下，"反正有路比冒得路好。"

然而这条小径不是往山下延伸，却是曲曲拐拐斜着往上，竟将他们引到了一座石砌大墓前。墓石虽然经风雨剥蚀变成了灰黑色，但仍保存良好。墓地外围的麻石用以挡土护坡，另有石砌围栏，墓的主体是花岗岩圆形墓座，上面立有高大的菱形墓塔，两个伢子往上看去，墓塔正面镶嵌的碑上刻有"蔡公松坡之墓"一行大字。"蔡公松坡是么子人啰？"方齐问。小Y知道蔡松坡就是蔡锷，听叔叔讲过的，不过也只大概晓得他是护国军总司令，"是反对袁世凯的嘞。"小Y告诉方齐。方齐又问："那袁世凯又是哪个嚯？""就是袁大头嚯。"小Y说，看方齐仍无印象，便提示他："我们玩过的那个光洋上面有个光头大胡子人头，那就是袁大头，袁世凯，你不晓得呀？"方齐这下明白了："那我晓得，就是想当皇帝冒当成，气死了的那个角色！蔡松坡反对的就是他呀，那是好人嘞，英雄！"两个伢子参谒了蔡锷墓，信步走了不远，又到黄兴墓，一眼就望见高约十余米的四棱形墓塔，由整块花岗岩雕琢成，东面正中嵌有"黄公克强之墓"的紫铜墓碑，墓塔四周也有麻石护栏。小Y觉得，这墓似乎比蔡墓更大。黄兴他也是听说过的，跟蔡锷一样，都是令人仰佩的辛亥英雄。他没想到的是，这两位只听大人们口口相传的传奇人物竟然安葬于斯，而且今天让他们于无意中拜到了。这让他产生了一点恍然之感。他想起了后山上那座某上将的大墓，那座墓由汉白玉砌成，白净光洁，看来比此二墓新了许多。他们之间有什么联系呢？盘桓良久，觅路再行。

这回他们终于找到了下山的方向，一条一米多宽的路出现在眼前，它已被无数人踩踏过，虽然两旁怪石嶙峋、草木丛拥，但路面已被踩实，光溜，平整，一草不生，如蜿蜒的白纱巾直往山下飘。小Y、方齐一溜小跑，几乎止不住脚步了。前面那座由花岗石砌成，高近4米的舍利塔已赫然在目，可正在往下急冲的小Y突然几乎叫出声来，陡地刹步差点摔倒，后面的方齐跟上问："何是搞的？么子事？"小Y不答，因为他刚才分明看见前面有一个男子往舍利塔那边过去了，以他的目力，可以断定那就是过大少！自大少和可慧那件事后，他有时也想看到大少，看他现在是什么样子，但绝不想在这个地方碰到他，谈三不在，他不知道该跟大少说什么，也不知道大少见到他会怎样。"走啊！"方齐推他，对他的惊愕有点奇怪，"你莫不是又看见野鸡了吧？""你还想捡根野鸡毛啊。"小Y

尽力掩饰自己，他没法跟方齐说这些，"咯里就到爱晚亭了，哪来的野鸡！"他们只能往前走，好在过大少已不见踪影。

山路紧贴着舍利塔经过，刚走到那，忽然从塔的背后传来熟悉的声音："……那不行嘞，我爸爸为咯个事得了病，你要我何是跟他讲啰……"是谈可慧的声音，绵绵的，似乎带着哽咽。"……哎，哎，别这样，别这样。"这个肯定是过大少了，他是在安抚那女孩，紧张，以致有点口吃，"我又不是讲现在就……那毕业以后不是还得讲吗？……"

那一男一女还在说，小Y一把拽住方齐，蹑手蹑脚走过舍利塔，然后发力狂奔，一口气跑过爱晚亭才停下来。方齐一路被小Y扯得丢盔卸甲，要不是一手扶住帽子，那根野鸡毛都跑丢了。"你咯是搞么子鬼啰？！"不明就里的方齐喘着气抱怨，"真是鬼追来了呀！"小Y也一手按着装满山果的书包，一手抹额头上的汗，说："倒不是鬼追，是我想快点回去噻，你看太阳都偏了。"方齐将信将疑，也不再追问，他将长长的野鸡尾羽拔下来，仔细看看，羽毛迷幻般的闪着蓝绿色光，他对此行这件战利品甚是中意。

晚饭后，谈三没来找他。他摊开作业本，平时，不管题会不会，他都是刷刷地手不停挥，一会就完，然后开始玩儿。但今天山上意外撞上的事有点让他分心，他不知道这要是让谈老师晓得了，会出什么乱子。第二天一早，他站在门口对着下面的阴沟刷牙，一边跟对面台阶上蹲着吃稀饭的谈三答讲，听谈三说，可慧昨天放假，跟同学玩去了，回来呷的晚饭，小Y这才舒坦一点。他拿不准要不要告诉谈三，他不想让可慧受伤。但他终究是个不把事儿往心里放的细伢子，这样犹疑了几天之后，又抛到脑后了。

十四

国庆节后不久，许老师单独找小Y谈话，在小Y记忆中，这是班主任老师第二次找他了，第一次是在老师家，许老师幼小的儿子也在，第二次就是现在了，不过是在教研室，学校放学之后。许老师劈头就说起了那次小Y逃课的事，事发第二天，许老师点名批评了他。小Y纵是再不懂事，也明白逃课是不对的，只是贪玩的天性使他事到临头往往就管不住自己。许老师说，对这件事，本来是打算告诉家长的，但考虑到小Y有认错改正的决心，此后也没犯类似错误，而且上课时较以前认真，也没发现和同学打闹，所以这事也就没通知家长。接着许老师话头一转，和蔼地问小Y："有那么多同学加入少先队了，你就冒得想法吗？"小Y这就想起了那次看到的队日的庄重场面，印象中当时的气氛立即激活了大脑皮层中潜在的欣羡感、荣誉感和崇高感，他觉得身上发热，对老师说："我想入队。"老师说："少先队是13岁以内少年儿童的先进组织，你都满12岁了，明年就要小学毕业，再不努力，就当不上少先队员了。"听了这话，小Y才明白自己可能要和少先队擦肩而过了，心里有了隐隐不安的感觉。许老师又勉励他说："你虽然调皮，贪玩，上课不太认真，作业也马马虎虎，但本质上讲你还是个好孩子，善良，诚实，没有不良行为，而且在语文、美术、音乐、体育方面都有潜力。那次你和前排的同学上课打起来，起因还是你想帮助同学一起上好课，出发点是好的，只是做法不对。况且这一段在各方面都有进步表现。这要肯定。要抓紧，要好好学习，天天向上，老师相信你会实现自己愿望的。"

这次谈话让小Y对这位像妈妈的班主任老师满怀好感。他不想让老师再次失望，也不想自己缺失少先队员那份荣誉。他有了一种少有的紧迫感。打这以后，他努力在各方面做得比以前要好些。

过了春节不久，在衡山教中学的父亲被调到新成立的长沙师专当老师来了，衡山的家，母亲、妹妹、小弟也就随迁到长沙师专所在的岳麓山杜家塘一带的陶公馆。因为还在上附小，小Y还住在叔叔家，但周六下午放学就一个人回杜家塘，周一早上再过来。

这陶公馆原来的主人是国民党将军、后率部起义的陶峙岳。这是一所掩映在一片稻田、林木中老式的大家族聚居的传统大院，大门处两边两间是过去的门房，现在住了一户人家。前院，过中门，又是一天井式四面厢房，住了七八家师专的职工。小Y家就在这右边的一套间，左右两厢都可通往侧院，整座陶家大院都包在竹林和橘树之中，大门则面对连绵的稻田，一条弯弯曲曲的窄窄的田埂，连着里把路外的公路。公路则直通湖大自卑亭、大操场。

到家后，母亲吩咐他到师专的幼儿园，去接小弟回家。师专幼儿园就在公路那边。每次他领着围着小兜兜的小弟回家，沿田埂穿过或青翠、或金黄的稻田，心里都对这小自己七八岁的小弟充满爱意、充满温馨。此时的他，俨然是个小大人了。

这样在此后的一段日子里，小Y至少每周一次沿着路过颜大筒家的尘土飞扬的乡间公路往来于叔叔和父母家。

又一次见到颜大筒，完全是意外的邂逅。小Y正在公路边上机械地行进，沉浸在事后连自己都记不大起来的遐思中，忽觉对面有人喊他名字，一看，竟是阔别已久的颜大筒。大筒肩扛犁耙，吆喝着水牛，俨然一个农夫了。小Y一时间张口结舌，竟不知该说什么。"你咯是往哪里去啰？"颜大筒倒是因见到小Y而十分高兴，暂且放下犁耙，问他的近况，问学校的同学。小Y也回过神来，一一回答颜大筒。"你以后就是咯个样子呀？"这是小Y此时最关心的事，"不上学了啊？"大筒笑笑："不咯哑样还么子样啰，"他亲热地拍拍站在身边反刍的大水牛的犄角，"以后就跟它做伴噻！"小Y说："那你那时又何事要到附小去啰？""嗜，那是爷老倌让去的噻，讲，认几个字也是好的，不过那时就冒打算读完的嘞。么子喽呀？冒得钱噻！况且，屋里也冒得做事的人。嗜，就是当农民的命嘞！"

大筒赶着水牛远去了，小Y目送着他，忽然有了一种失落之感。

小Y的个子也在拔高，到下一学期，他竟由坐前面几排给老师调到后几排了。这似乎更便于他这类学生思想开小差、手里搞小动作。但小Y此时已不再是以往的淘气包了，现在的小Y想着的是立志要当好学生。总之老师也比较放心，由放在眼皮子下监管改派边陲，并嘱咐他，不光自己要管好自己，还要帮助前后左右的同学都认真上课，遵守纪律，当好学生。不过千万再不能像上次那样，跟同学打起来，要团结，要讲究方式。

这天一早小Y来到教室，正要走向自己的座位，却突然愣住了：他本来和另一男生同坐最末一排，今天却看见自己座位后又加了一条长课桌，而最让他惊讶的是这课桌后面竟巍然坐着两个似乎比他还要高的女生。小Y犹疑了一下，还是只当没看见她俩似的径直到自己位子上坐下。老师讲课前介绍说，这两个女生是新来的插班生，一名骆翠翠，一名花艳秋。这节课，背后的女生挺安静，小Y也就忘记了自己后面还有她们。

这个时候的男生女生们，心理上已到了"男女授受不亲"的年龄段，伢子们谁也不愿意同女生坐一排，而往往是调皮、不好好学习的男生才被老师安排与女生坐一起，目的是让女生制约他一下，但这却常常成了男生们的笑料。这一点，在课间活动时表现得尤为明显。不管搞什么活动，都是男生一帮，女生一伙。有时男生使坏，将某一个他们看不上、想取笑的伢子猛地推到女生堆中，妹子们立即炸营惊叫，四散躲开。而若是讲某男生和女生好，则就是拿他开涮，让他背黑锅了。至于为何不能跟女生"好"，"好"了为何就犯了天条，伢子妹子们是无人细究的，也不晓得，却又个个避之唯恐不及。

正当伢妹子们在教室外空地上追逐嬉闹喧哗时，那两个今早突然出现在教室里的大女生手牵手地现身走廊上，看着疯玩的同学，悄悄议论了一会。接着，她俩竟然款款过来了，不是到同班女生中间，却是冲小Y所在的一帮男生来了。她俩都是十四五岁的女孩，个头不仅比同班小女生高，甚至比男生都要高，开始发育的体态身段在男生眼目中几乎就是个大人。她俩施施然向男生们走来，毫无思想准备和社交经验的一帮男生都有些犯傻了，不知如何反应，在原地怔怔地瞅着她俩。

"我们一起耍下啰，行不？"倒是骆翠翠大方，先入为主地同小Y等男生套近乎。她的脸腮红红的，黑黑的眼睛亮闪闪的，略显丰满的身子里散发着某种蠢蠢欲动的气息，令男生们胆战心惊。她的女伴花艳秋个头跟骆一般高，但瘦削、文静、话少，这时帮帮腔："是的噻，一起耍下子还不行呀？！"

小男生们没见过这阵仗，在充满威压和魅惑的伊们面前有些阵脚不稳，有人想拔腿了事。方齐和小Y几乎同时喊："你们是妹子噻，哪个同你们耍啰！""就是，就是，好男不跟女耍嘞！"男生们这才嘻嘻哈哈七嘴八舌，仿佛胜了一仗一哄而散，将两女生晾在那儿。

然而小Y却就此陷入了一个大烦恼之中。别的男生可以躲避，他却跑得了和尚跑不了庙——他正坐在骆和花前排。伊们与其说是想和男生耍，不如说是对小Y情有独钟。她们一改第一节课时的低调、文静，甚至根本不在乎男生们的冷落，一到上课，她们的机会就来了，也不听课，不停在背后骚扰小Y：一会儿拿笔捅他脖子，一会儿揪他头发，还讨好地调笑说："你何事咯样白噻！"小Y心头憋气，坚持不回头，用耸肩拧背表达他的不满。待到忍无可忍猛一回头发泄愤怒时，冲他而来的仍然是红红的腮、亮晶晶的眼睛和压低的吃吃的笑声……小Y就真的奇了怪了，这骆翠翠干吗就跟自己过不去呢？！

不过，只要一离开教室，小Y依旧是心情放飞的。尤其让他和谈三、小史等心动的是听到一个消息：毛主席到长沙来了，听说就在排楼口那边过河！这排楼口是湘江一个渡口，一条长约3里的泥沙路将它和湖大、岳麓山连在一起。对于一直在桃源里、附小、自卑亭一带活动的小Y们来说，这排楼口从未去过，算是个陌生而又遥远之地了。但这挡不住孩子们想见毛主席的愿望。

这天下午早早放学，小Y、谈三等自到桃源里以后第一次踏上了通往排楼口的沙石路。他们过了湖大体育场不远，就出现了阡陌连畴的稻田，满眼碧翠，到处点缀着田头田埂处的绿树，稻田中时不时可见倒映蓝天白云的小水塘。看熟了岳麓山一带景象的小Y徒然觉得眼界一阔，那么空旷的天空，澄明高邈，带着微风，仿佛整个在拥抱他，他也想拥抱这整个天宇。这种感觉让他感动，一辈子也忘不了。小伙伴们也觉大开眼界，一路上兴高采烈，嘻嘻哈哈，打打闹闹，这不长的沙泥路很快走到了尽头，眼前就是因春汛被拓宽了河面的湘江，淡绿中泛黄的江水变得湍急汹涌，涛声聒耳，泊在岸边的几只摆渡的木船随着起伏的江水上下左右晃荡，有人上船，也有人下船。

看到这几个伢子站在水中急切地向对岸张望，知道他们是来看毛主席的，有从对岸过来下船的人告诉他们：毛主席又冒从咯里过河，你们来看么子啰！

这令小Y们的一团欢喜泡了汤。更让他们失意的是，还有人告诉说，毛主席是来过长沙了，但现在早走了。

其实，此时这个年纪的小学生们还不十分清楚那位人民领袖对于他们所生活的这个新的国家，这个他们自由自在徜徉其中的世界的意义，只是耳熟能详地晓得那是大家都敬仰的人。当1949年湖南解放时，正在衡山郊外的小Y随父亲进了一趟县城，走在到处洒水的花岗条石铺成的街路上，小Y东张西望，两边古老陈旧的青瓦木结构、挂着各式招牌的铺面上，到处挂上了红旗、彩旗，街上戴斗笠、披蓑衣或是头缠裹布，或挑担、或牵牛、或手拷竹篮子的农民、商人、学生摩肩擦踵，人声鼎沸，塞满了窄窄的街筒子，小Y从这热闹中分明感受到了一种喜庆气氛。在经过那砖砌的古旧城门洞子时，他看到了城门两边砖墙上用白石灰水画的巨大人像，父亲告诉他，左边那位头戴八路军军帽的是朱德，右边就是戴八角帽的毛泽东。他们帽子上用红色涂成的五角星分外耀目。那是一个重大历史时刻，是一些伟大人物在他年幼心灵中的第一次烙痕。

几乎与此同时，在南岳大庙前面的长着古柏的大院中，小Y又看见了成群的战马和解放军。战马高贵、雄健的身姿，它们在石砌路面上敲响的得得的马蹄声和它们吃草料时散发出来的特殊味道，在小Y懵懂初开的视听之区留下了如怀故人、如温旧事的深刻记忆，这个印象，连同他在桃源里那些岁月的沉淀，影响了他一生的人生走向和审美趣味……

而这一切，都同毛主席有关。

细伢子们都有些扫兴。不过随即又嬉闹起来。在他们下意识中，他们这些小把戏见不到毛主席是自自然然的事，而享受这个世界才是他们的乐趣。

陡涨的江水漫过江堤灌进了近岸的稻田里，有些地段已分不清是路是田了，蹚着浑黄的水，小Y们走进了稻田，有人喊："鱼！哎呀，咯样多鱼！还有鳝鱼哩！"真是，随着他们移动的脚步，时不时有鱼儿搅起的水花，甚至有的受惊后翻蹦出水面。小Y们的注意力立即集中到一件事上：浑水抓鱼。本来在湘江中任遨游的鱼儿一旦被冲上岸边浅浅的又密集着稻株的水田里，就变得昏头昏脑四处乱钻，其密集度甚于"过江之鲫"，单凭赤手空拳，细伢子们就斩获甚丰。他们将抓到的鱼用稻草梗穿鳃连成串，带着浑身上下的泥浆满载而归。

叔叔知道此事后笑着说："毛主席那是你们这帮伢子随便能看见的呀，不晓得有好多人跟着。我们大人都不晓得啊，等你们晓得，早就走了！"

回到学校，不快的是，大妹子骆翠翠依然不依不饶地从后桌撩扯他，尽管他不知多少次表示愤懑，她都乐此不疲。这会儿，她又用一根从外面折来的狗尾巴草搔小Y的后脖颈，开始他还记得许老师的嘱咐左躲右闪，忍着，十来分钟后，终于突然从座椅上蹦起来，扭过身去夺她手中的草叶，她有些意外，但不肯让他抢走，两人隔着课桌撕扯，全班为之哗然。

任课女老师立即介入，喝止了他们，让他们站起来。"你们搞么子啰？"女老师十分生气，"咯样大的妹子伢子了，不晓得咯是在上课呀？！""老师，"小Y喊，"我要换座！"老师走过来，弄清了原委后，说小Y："她再不是，你也不该在课堂上跟她打呀！"说骆翠翠："要懂得自重噻，都咯样大的妹子了，好容易让你插班，还不好好学习，还等着再插一次班呀？！"

骆翠翠站在那里挨训，脸腮红扑扑的，两手反复捏搓着前襟衣角，也不吱声，但低垂着的眼帘后面噙满了泪水。她使劲眨着长长的睫毛，胸部开始急剧起伏，想使劲把眼泪憋回去，但终于声泪俱下，一屁股坐下来，秀发乌黑浓密的脑瓜埋到搁在课桌上的臂弯里，硬憋着抽噎起来。

这情景让满堂原本不安分想看热闹的伢子们有些愕然，女老师一时也有些不知所措，小Y则有些茫然，他没想到会是这样，也不想看到她这样，他是讨厌她，生她的气，但这会儿却觉得好像是自己惹的祸，她的泪水，她的受委屈的整个姿态，都弥散着某种软化他本就天生敏感的心灵的气息。

这件事过后，老师没让小Y换座，骆翠翠也仍然坐在他后排。上课时也没再从背后搞小动作。倒偶然听见她的同座在低声跟她嘀咕什么，似是安慰，也像是解释。听同学说，那天老师特地叫骆上办公室谈了话。一次下课，骆的同桌花艳秋挡住小Y，压低声音说："狗咬吕洞宾，不识好人心！"还莫名其妙地伸出一根纤纤玉指在小Y额头上使劲一戳："蠢死哒嘞，咯样哪个喜欢你啰！"

小Y真是丈二和尚摸不着头：哪个要你喜欢噻！想是这么想，但还是隐隐约约有种道不明说不白的感觉让他惘然。更让他意外的是，第二天上学，后桌的两个大妹子竟然没来。一连几天，再也不见她们的影子。听同学们说，她们转学了。接着，那课桌和两把椅子也被搬走，小Y这回又成了最后一排。

班上四五十个伢子妹子，他们每天将无穷的活力、充盈的想象、层出不穷的搞怪和喧嚣的嬉闹带到班上，洒向校园，骆翠翠的离去就如那课桌被搬走一样，转瞬就被遗忘了。小Y们照旧在家和学校两点一线的每日往来奔走之中，随心所欲地、不失时机地给自己制造宣泄精力的"耍"法，"不怕做不到，只怕想不到"这句几十年后才时兴的话用在他们身上再合适不过了。

方齐不知从哪里弄到一个皮制的球，拿来在曾经出现鹭鸶大集会的后操场和一帮伢子们踢。这球比小Y他们以前踢的橡皮球大不少，而且也像真正的足球一样，是用多块牛皮缝制成的，这大大吊起了细伢子们"踢真足球"的胃口，你争我抢，两帮球员在不大的操场上一会儿连追带扯地拥向这边球门，一会又大呼小叫扑向那边球门，斗志十分高昂。小Y在场上当前锋，踢了一阵后，改做守门员，虽然他没干过这个，但凭着身手敏捷居然连连扑出两个球，双方踢成零比零，方齐一伙在球场上直蹦高叫好，但对方却群起而攻之，断言后一球犯规，要改罚点球。双方你推我搡争执不下。小Y站在球门当中等结果，他没注意到，这时又有一个伢子领着一个像是湖大学生的小伙子进了场子，跟方齐等争讲了一会儿后，几乎扭结在一起的双方终于分开，决定罚点球。先是对方一伢子踢出一球，被小Y抱住了，双方都有人鼓噪，说小Y厉害，要换人踢。

踢这第二球的竟是那个小伙子。"那不行，"方齐挡住干预，"他又不是小学生，他是大人啦！"小伙子一手将方齐拨拉开，说："么子大人细人，就是耍噻！……"说时迟那时快，话音未落，他已抬起右脚，将球猛地踢出，这球不偏不倚，直击站在球门中央的小Y，小Y双手去接，但距离太短，射速又快，球擦过他的双手，重重打在胸口上，他觉得如被一记重拳击中，佝偻着身子栽歪在地上，一时胸口闷痛，吐不出气来，连五脏六腑似乎都错了位。全场错愕。方齐等伢子跑过来，问是怎么了。小Y挣扎着站起来，说冒得事嘞。"不踢哒，不踢哒！"方齐大喊，捡起皮球，和一众伢子一哄而散。只剩下那后下场的伢子和那大学生杵在那。小Y想伸直身子，仍是胸口发闷。他想走，却听得那伢子指着自己对大学生喊："就是他，就是他打我！"小Y不认识这个崽，一时不晓得他在说什么，却见那大学生模样的人抢过来把他的手反压在身后，还按着他的头，挥起老拳，嘴里念念有词："算你狠，看是你狠还是老子狠！"那个崽在旁火上浇油："打呀，快打呀！"在这个壮小伙的压制下，刚受重创的小Y几无还手之功。有路过的大人小孩过来围观了，施暴者才罢手一走了之。

围观的人也旋即散去。小Y还半蹲在原地。好一阵才站起来。有那么一刻，脑子里几乎什么也没想。小Y生来就不是个好斗的脾性，虽然曾几次和同学摔绊子，那也只是"友谊赛"而已。他从没动过别人一根手指头。而且，这一年多来他早已不和人摔绊子了。那个招人来打他的伢子他根本没见过，更别提打他了。而那个被招来报复出气的大家伙，莫名其妙向他拳脚相加，更是让他无法想象。他失魂落魄地发了一回怔，才下意识地套上衣服，拾起地上的书包往家走。这条路虽是经常往返学校的那条路，走过无数次，两边的树木房屋甚至每块石头都是熟悉的。可是现在，这些景物在他眼中和感觉中似乎都变了样，那么阴郁，那么无趣，那么索然乏味……

晚饭味同嚼蜡。他一言不发。叔婶用诧异的眼光审视他，他也蒙然不觉。漫不经心地做了几篇作业，往常照例从抽屉搬出玩一气的瓷马、铁皮汽车、弹子、邮片等也不摆弄了，不待娭毑叫睡觉，他就上了床。一向头一挨枕就沉入睡乡的小Y瞪眼瞅着帐顶，下午那一幕还如蛛网般粘在他脑瓜子中，一百个想不明白。失落、委屈、屈辱的感觉生平第一次光临，直到家猫又从窗子上方溜出去，瞌睡才将这种陌生的感觉带入梦中。

第二天上学，他也闷闷不语。下午放学后，小Y没和谈三们呼朋引类去耍，一个人到了他们在山坡松树间搭起的"营寨"，头枕着书包沉思默想。对于这个十二三岁的伢子而言，过去的人生经历中，除了儿时因星星坠落而产生的对人死去的忧惧，对父母兄弟的依恋和离别的伤感外，他的世界始终是单纯和谐、无忧无虑的。父母兄弟姐妹、娭毑、叔叔婶婶，谈三、小史、颜大筒、老师、同学，还有过家、谈家、汪家，甚至包括"独眼龙"、过大少，他生命中出现的几乎所有人，不管他跟他们是亲近还是疏远，他们都从没伤害过他，干涉过他，强制过他，委屈过他，给予他的是关爱、宽容、帮助，是亲情和友情，由这些亲情和友情支撑起的他的生活环境就如后山的天空，纯净、明亮、温馨，使他以为整个世界都是如此，使他从无防人之心，更无算人之意，整个人单纯得如一张白纸，因为几乎没有什么事是需要他去思考的，他只需率兴而为即可。万万没料到，他生活的这世界还会在不经意间展示出他所未知的另一面。恃强凌弱，飞来横祸，暴力，任人欺压，冤屈，羞辱，等等，这些他从未体验过的事情和感受，一夜之间颠覆了他十几年来对外界的一贯的印象和感觉。

如果说小Y过去是个没有"想法"的伢子，那么从这一刻起，他开始有了"思想"了。这是他从"人之初"以来人生的第一次"蜕变"……就如溪头岩畔飘落的桃花一样，既蜕下了童年的烂漫无忧，也蜕出了如小桃般的少年青涩……

十五

如同后山上流泻而下的溪泉，附小上学的生活依旧日复一日地流淌。小Y斜挎书包的小小身影，依然在从桃源里到孔庙的路上来去匆匆。门前的大石，路边的池塘，学校门口的牌楼，庭院中的古柏，远处有禹王碑、蟒蛇洞的青山，所经之处的路人，谁也不曾留意过这几乎天天与它们擦肩而过的小小人儿，偌大的世界，完全忽略了这如须弥芥子般微小生命内在的悄然变化。

但是，与小Y朝夕相处的叔叔婶婶却隐然有所感察：小Y放学回来后待在家里的时间长了，出去疯玩的次数少了。原本就不大爱说话的他，现在更不爱与人打讲，当然，娭毑是例外，当他半个身子趴在床沿上翻看叔叔借来给娭毑看的小说时，老人有时会问他："俤伢崽，咯些时候何事冒看见你出去耍啰？""懒得出去嘞，"小Y漫不经心地回答，"还冒得看书有意思嘞！"厨房水缸里缺水时，小Y有时不待大人喊，自己会主动地去挑水。这种些微变化，叔婶自是乐见其成。他们并不表白什么，只是觉得这伢子似乎有些长大了。

班主任许老师也注意到了小Y的改变：他渐渐远离了跟伢子们的打打闹闹，上课时的小动作明显减少，也很少有同学来告状。尤为难得的是，小Y的课余作业基本上都能按时上交。许老师在课堂上口头表扬了小Y一次，鼓励他继续进步，争当好学生。

然而谈三、史文玉们对小Y的变化感到不解："何事不跟我们出去耍啰？！"小Y说："你们冒看见我有事唉。"他正在照着齐白石画册上的青蛙、虾子依样画葫芦，这次可不是在石板上，也不是在拍纸本上，而是正儿八经地用毛笔在黄色毛边纸上画。笔和纸都是从哆哆寄放在叔叔这儿的藤条箱里翻出来的，那墨盒则是平时学校上大字课时用的。铜盒里铺着厚厚的棉花絮，将研磨出的墨汁倒进去浸润着，能用上个七八天。谈三们对小Y临摹出的蛤蟆虾之类冒得兴趣，开始用这些天来自己经历的或是道听途说的八卦引诱他，然而十次有五次小Y不为所动。这令谈三们由索然以至忿然。"你咯哑鬼伢子太冒得味啦！"谈三急了，把他的蛤蟆之类拂到一边，一人一边拽他胳膊，"老子就不信你只当齐白石不当孙悟空了！"好在小Y的定力有限，架不住小伙伴的逼迫引诱，一时故态复萌，将手中活扔一边，又和这帮狐朋狗友出去疯了一回。尽兴而归后，不是如往昔头一挨枕就酣然入梦，而常常是睁大双眼瞅着头上面下垂成锅底状的蚊帐顶，下意识地想要想点什么心事，但究竟要想什么却不大清楚，而往往是尚无头绪时就已被睡意放倒。尽管如此，小Y仍然很享受这种独个静静直面自己，倾听自己内心的时刻。

学校里似乎也有些异样。伢妹子们忽然对那些他们以往根本不在意的臂戴少先队干部标志的"二道杠""三道杠"们行起注目礼来。每个伢妹子心里都有些躁动，眼里都有一颗小小的火花在闪烁。欣羡之情悄悄在小Y心中扎下根，红领巾和"杠杠"的红色在他眼中蒸腾出一种似乎可望不可即的荣耀和圣洁，他禁不住想象自己戴上红领巾时会是怎样一番情景和感受……在这个花季年龄，谁没有一个灿烂的梦啊。

不久就有个意外的机会让小Y着实风光了一把。音乐老师告诉小Y，国庆节时，附近几所小学要联合搞个歌咏联赛，湖大附小歌咏队要参赛，让小Y也参加。小李老师早就看好他的歌喉了。这之前歌咏队搞了好多次排练学习。这大约是小Y第一次参加课外集体活动。到了那天，婶婶特地给他换了件白棉布衬衣，一条蓝裤子。这身行头让小Y第一次觉得自己显得这么堂皇，有几分拘谨，也有几分兴奋。这种着装，让他与歌咏队的队员们一样了。

由音乐老师带头，还有几位老师护航，歌咏队被带到了湖大的一个小礼堂，里面一排排长木条椅上坐满了各校参赛的伢子、妹子和带领他们的老师，不少人胸前鲜艳的红领巾和台上的彩花让小Y眼花缭乱。各个参赛队有的由学生指挥，也有的由老师指挥，一律唱得认真、卖力。

五星红旗迎风飘扬
胜利歌声多么响亮
歌唱我们亲爱的祖国
从今走向繁荣富强
…………

湖大附小合唱队在台上还唱了几支歌，但是当时和以后永远留在小Y记忆中的是这首《歌唱祖国》。大家齐唱这支歌时，广阔的空域中有一种激昂澎湃宏阔正大有质无形的气势、气场随着稚嫩纯真的歌声强有力地轰鸣跌宕，让每个歌者皆身心俱震。小Y深切地感受到了这些，一种神圣、崇高之情油然而生，使他非常非常地感动。

这次歌咏比赛后，小李老师表扬了全队，又个别将小Y叫到一旁，说小Y的嗓子是好，可惜没让他领唱了。要不，让他独唱也行，那样就能充分发挥了。不过也没关系，以后还有机会呢。音乐老师忽然想起了什么："哎呀，你们也快毕业了吧？！"

是快毕业了。虽然没能有独唱的机会，但毕业之前小Y却有了另一个机会。这回是体育老师找到了他，说小Y跑得快，要他参加校运会的60米短跑。

自打来到桃源里这几年，小Y几乎天天在山上山下瞎跑，穿鞋也跑，光脚板也跑，除了爬树比史文玉稍逊一筹外，论跑，他在小伙伴中总是最快的，要他安安静静规行矩步地走还真不行。

运动会就在湖大操场的一角举行。60米跑小Y轻松地得了个第一。体育老师灵机一动，立马阵前换人，让小Y参加2500米赛。小Y前几圈紧跟第一的伢子，跑了百多米，就抢到第一了，但还差几十米时，他突然觉得步子有些乱了，整个身子腿似乎有些不听使唤，很快就有人撵到他前头了，他已搞不清自己是第几了，这倒无所谓，但在赛场外那么多人注视下自己最后落败，还是让他有些沮丧。

由过去独来独往、散漫自由，到现在上课不搞小动作，不跟同学打闹，又连续两次参加集体活动，这在班主任许老师看来真是难得的进步。这天放学后，许老师又一次把小Y叫到办公室，小Y一看她的小儿子也在，正在翻一本破烂的小人书，小家伙抬头望望他，又点点脑袋，似乎想起了这就是以前在家里见过的那个大哥哥，于是用小手点点小人书上的人，奶声奶声地说："咯个志愿军打那样多美国鬼子，好厉害啊！"小Y隔空瞭了一眼，见小人书上画了几架飞机，心想，那是张积慧吧。"小Y，"许老师拉开抽屉，从中掏出两根包玻璃纸的棒棒糖，给小Y一根，又给儿子一根，"你咯一阵子表现不错嘞，还要继续进步啊。"小家伙听他妈这么说，又抬头瞅小Y说，"是好学生啵？""细伢子莫乱插话。"许老师温婉地说，"小Y，还有不到一年就要考初中了，你学习得赶上去，进步了是好事，得坚持，真正当个好学生讲容易也容易，讲难也难呀。咯样大了，该懂事了，老师等着你的好消息哟！"

棒棒糖一直捏在小Y手心，许老师期盼的话语，她儿子身上陈旧的不搭调的小衣服和他天真无邪的眼睛，使小Y心中不期然地漾起一阵温暖的揪心的感动，这种温暖传到手心，那块硬硬的棒棒糖似乎也有些温软开始融化了。

这以后的小Y，从性格到行为都在变。他现在上课不光在老师看来是认真听讲，而且坐姿也较前正规多了，难得有与同学交头接耳或搞小动作的时候——他在自觉不自觉地将自己同周围的空气与事物隔离出一个距离，让自己有一个独享的遐想空间。老师们当然不知道静静待在座位上听讲的从前的调皮伢子的思想新动向，乐得把监管力投放到别的淘气鬼身上去了。小Y不知道，也从不在乎自己的学习成绩到底如何。不过这一段试卷上和期末成绩单上也常见4分或5分了。奇就奇在叔叔婶婶对小Y的成绩从来不问也不查。这么放心放手放任地让小Y我行我素地自由成长，是叔婶从小就看好小Y是块料？还是从家族传承而来的管理下辈的独门方法？在以后的漫长人生历程中，小Y有时思索过这些问题，他没有答案，只有感恩。

有一阵子没怎么上后山了。这日早起，小Y没去找谈三，自己一个绕过四门洞"独眼龙"家墙角，上了山。以前上山，多是大白天，或是周日放假，或是下午放学回来，今儿个早起登山，说起来跟过大少有关。过大少不愧是大学生，不仅衣着摩登，不光是能教小Y以字化鼠和怎么画蟒蛇洞，也不止于在伢子们眼中跟邻家大妹子搞"那个"，还能带来一些小Y们未闻未想过的新理念，譬如爬山，小Y们完全、纯粹是好动好玩的天性，想去就去，想要多久就多久，过大少则告诉他们，爬山最好是在早上，那叫"晨练"，且时间在半个到一个钟头，攀爬时还要注意调节步速和气息，这样才是科学的锻炼。"一定要讲科学嘞，像你们那样乱跑乱搞一气，算不得锻炼嘞！"过大少如此强调"科学"之重要，竟然将长沙腔露了出来。过大少说此话就在几天前，自那次在岳麓山舍利塔前路上被小Y瞥见过大少去幽会的身影后，这年轻的大学生很少回家，就如过家没这个人似的。谈可慧也很少见到，凑巧在谈家碰上一面，也依然看去静如止水。这让小Y甚至不敢肯定自己在舍利塔处看到的一幕到底是真的还是幻觉。他于是将它忘掉了。直到这次过大少久违地在屋前再次显露真身向一群扎堆的伢妹子们布道，小Y才又恍惚忆及前事，不由得下意识地向3门洞瞥了一眼，而几乎就在他这一瞥的同时，大少和谈三的目光也随之盯住那扇房门。不过，转瞬这三支目光又都收了回来。一支似有所忆，一支似怀期待，一支似含警戒，深红色的房门紧闭着，屋里无任何动静。过大少宣讲的声音相当大，若屋里有人，无论如何也听得到了。后听婶婶讲，过太太因大少今年将大学毕业参加工作，正未雨绸缪地同过教授商量去哪儿好呢。不过这些事儿对于小Y来说是太过遥远了，他似懂非懂，过耳即忘。

现在是早上七八点钟。天气晴好。小Y拐过"独眼龙"屋角走的不是平时上山走的路，这边是山包偏左的一个洼兜，穿过它往上爬，离那条山泉就近了。草木上还留有昨夜雾气凝成的露水，人一过扑扑簌簌滚落下来，小Y的鞋裤都弄湿了。他努力照过大少说的那样，做好步伐快捷鼻息均匀，但只坚持了几分钟便一切照旧，像只兔子似的一气儿往上蹿去，很快来到以前同谈三歇脚的大峭石上。从这儿往下看，桃源里的房舍、道路、树木、池塘，乃至行人，物无巨细，全收眼底，清晰度之高，连平时挑水小路上那只小狗身上的花斑都一清二楚。不是小Y的目力尖得跟后山的鹰隼一样，就是这空气太纯净了，可说是一尘不染，所以你的目光想穿透多远就多远。眼前这一切小Y是再熟悉不过，他甚至比在此土生土长的细伢子更深入地融进了这方水土，它们已是他日常生活的一个不可或缺的组成。他根本没想过，若没有这些，他会怎么样；更没想过，若离开这些，又会怎么样。就此而言，小Y是个简单透顶缺心眼的伢子，只要是明天的事他一概不会去操心的。

清新的山风忽紧忽慢时重时轻地拂来，有如一只看不见的纤纤素手在轻柔地抚摩着他的全身；头上的天空那样高邈、深邃，如丝如絮的白云聚散无常地飘过，显得深不可测的天宇愈发湛蓝，蓝得让人心口发疼。小Y仰脖张望，接着顺势躺倒在布满苔藓、杂草的石块上，任双脚悬在岩壁。他闭上了眼帘，阳光穿透了他的眼皮，他感到眼前是一片炫目的橙红，初始空无一物，慢慢地，那片橙红中间便如开天窗般射出明媚祥和的亮光，伴有淡淡的五彩云烟缭绕，曼妙的天籁之音发于其中，一些平时看不到、又想象不出的美好的人物和景色渐次纷至沓来，若隐若现……恍兮惚兮间一个楚楚人儿乍现，似乎是在一叶画舫上，人舟皆沐浴着明光，小Y似乎认得她，又觉毫无印象，但她整个的宛转低回蹁跹高引却给了他莫名的想哭的感动和大欢喜，这是一种由圣洁而发的想抛舍自己，忘掉自己，去追随、去寻觅的冲动……他觉得自己也在那舟上了，又好似在远望着她，目送着整个画舫驶进了迎面白色的耀眼光芒，融为一片无际无涯……

一声高亢悠长的啼鸣让小Y的灵魂从如梦似幻中重回峭壁上。山脊上直摩云天的山鹰在高空平展阔大的双翅盘旋，小Y能分辨出它低勾着的头，它在探视自己吗？它在想什么？它知道他刚才的经历吗？那个幻境超出了小Y现在的年龄和经验，为什么会降临在他身上呢？小Y自己回想起来都觉得有点怪，有点神秘，但当时那种温柔净化着全身心的奇妙之感让他一生一世忘不了。

又是冬尽春来。桃源里溪畔岩间的桃花已花开灼灼，然很快又会落英缤纷青桃缀枝了。杜家塘陶公馆大杂院里父母住的前屋里，靠窗的一个稍稍凸起的木榫上，一双燕子在这儿衔泥一口一口垒起了一个窝。小Y周末回父母家时，总看见这对燕子忙忙碌碌地从窗户飞进飞出，很快，窝里就有了几只乳燕，大燕子飞来时窝中一片啁啾，几个小家伙将黄黄的小嘴张到最大限度，等着父母来喂。"咯几啊燕子几好啰，"妈妈经常手中干活，眼望燕子，说给小Y和弟妹听，"有爷娘，才有咯个窝噻！燕子跟人一样嘞！"小Y真的很喜欢这些到春期就按时飞来的小小生灵。晚上，当家里事忙完了，孩子们伴着父母在屋里的灯光下做作业、看书、聊天时，忙碌了一整天的燕子父母也和小燕子们安静地待在小巢中，偶尔传来一两下乍翅声。夜深人睡去，小小燕巢中轻微的呢喃，让小Y想，燕子也睡熟了。温馨的感觉让他睡得更沉。

这是小Y小学的最后一个学期了。小Y现在看起来真是如叔叔所说，"往好里搞"了。终于，这一年的5月，在小Y未满13周岁又即将离开附小之前，当大队辅导员的音乐老师李老师郑重地告诉他，经大队队委会研究通过，批准他加入少先队了。那些天，小Y已记不住发生过什么，想过什么，是怎么过来的。永远留在他记忆中的是"六一"那天举行的活动仪式上，他和几个一同被批准入队的同学，一律蓝裤白衬衣，一个接一个由李老师亲自给系上红领巾，红领巾是三角形的红布制成的，因为新，显得有点硬，而大队长、辅导员的红领巾是绸制的。小Y那一瞬有点似真似幻，这就是那个让他产生神圣感的似乎可望不可即的红领巾吗？好长时间的向往、欣羡，此时化成了一种他未经历过的荣耀、自豪。他蓦地看到了那个细妹子，同样是蓝裤白衣，不同的是她胸前的红领巾被洗得有些褪色成粉红了，边上还有点发毛，这正是老红领巾们的特色，是资历的证明，她的左臂袖子上还扛了个"二道杠"，这么说，已由小队长升为中队长了。这个从未讲过一句话的细妹子亮晶晶的眼睛也在注视他，对她望过去时，她也不避让目光，仍然注视着他。她的小脸在红领巾映衬下红扑扑的，小Y蓦地心动，自己也是如此吧？

新队员列队举手宣誓，《少先队员之歌》台上台下轰然唱起——

我们是共产主义接班人，

继承革命先辈的光荣传统，

爱祖国爱人民，

鲜艳的红领巾飘扬在前胸

…………

小Y感到这歌声中有一种高亢动情的召唤、一种如在后山石壁上所体验过的让他忘我去追随，去抛舍的冲动。那时他感动得一塌糊涂。虽然那召唤、那冲动到底是什么他尚不清楚。人生中是有许多带节点意义的微秒时刻，也许一首歌、一幅画、一篇诗、一句话，会成为这样的"节点"，它可能规定着你今后的审美取向，调节着你人生的品位，沸腾起你此后一度沉寂落寞的情怀，让你不论何时都能"穿越"时障重回往昔曾经的难忘人生片段。这支《少先队员之歌》，在数十年之后再度响起，仍会令垂垂老矣的人们的心脏如当年小Y们一样亢奋燃情……

一个星期天，小Y正在临窗的老式黑书桌上做功课，一抬头，透过窗户看见爸爸拎着一把油纸伞从前面坡下上来了。小Y记得，自父母调到杜家塘后，逢年过节必来看看娭毑。但爸爸今天是为小Y小学毕业要上初中特地来看看的。爸爸翻了小Y的课本和作业，嘱咐小Y考试时要认真仔细，要多检查几遍，要考好。又同娭毑、叔叔说了说家常，吃完午饭就匆匆回杜家塘了。除了小时候怕小Y们外出不干净、闯祸，在门口设起栅栏外，其实父母平时是不怎么苛求孩子们的，功课如何，调不调皮，他们只在关键时过问一下，其他皆奉行"放养"原则。像爸爸这次专门来看看小Y学习备考情况，在小Y记忆中是绝无仅有的一次，因此，爸爸一身洗得发白的蓝布中山装，手握雨伞从坡下走上来的身影，小Y一辈子都忘不了。

根本记不住都考什么了，小Y也许从来就没把这考试当成什么了不起的事。就同平时出去耍一样，两个来回就考完了。到新学期开学时，他已告别孔庙，作为初中新生坐在了湖南师院附中初一×班教室的第一排。

小Y暂时回到了杜家塘陶公馆的父母家住，这样，上学就比在附小时远多了。而且，一时也见不到谈三、小史他们了。师院附中不像湖大附小借庙设校，而是在那条一端通向荣湾镇，一端连着杜家塘的红泥公路中段一侧高坡上削平植被，推掉山石，用红砖盖起的两栋四层新教学楼。这是所刚办起来的中学，教室、校舍、老师、学生，全都嘎嘎新。两座新楼的房前房侧是新平整的红泥土场，供学生们课间活动之用，教室楼后面则是树林丝茅茂盛的山坡。学校环境跟附小大不相同。不过倒让小Y觉得，自己真是在长大，在上真正的学校了。

要上新学期第一课了。同学们将崭新的课本摆在了新的散发着油漆味儿的课桌上，端端正正靠椅背坐着，四五十双眼睛齐刷刷地注视着讲台右侧的教室门，如等待期盼已久奇迹降临般地等着新班主任老师的出现。就在这一刻，充满新鲜感的小Y将目光由教室雪白的石灰墙、绿油漆刷的门和大黑板，移向了玻璃窗外那陌生的校园和高邈的天空，这个以前几乎从不曾想过明天事儿的少年，竟灵光乍现，想着：现在上初中了，在这儿，是这样。那上高中呢，会怎样？在哪儿？上大学呢？十年、二十年、三十年以至更久以后呢？……那无任何人可以知晓的未来的无限时空，对于这个将满十三周岁的少年是太过玄虚、太无从捉摸了。唯一可以肯定的是，自己会慢慢长大，但即便是这个会长大的自己会是何样，他也无法想象。他只模模糊糊地觉得，会有许许多多的事情发生，自己也会有许许多多的经历。后山峭石上如梦如幻的所见所感同对未来未知的幼稚揣想融为浑茫一片……

"全体起立！"随着一声脆亮的喊声，新班主任走上了讲台。

小Y的思绪戛然而止。

2012.10.8 三稿

童年经验和它的讲述方法

——评老羿的长篇小说《桃源遗事》

孟繁华

老羿是理论家、画家和小说家，是文艺界的多面手。老羿过去的创作、特别是画作，更钟情于黄钟大吕，更意属正大、英武，有鲜明的理想主义和英雄主义气质。比如他的《观沧海》《大漠那边红一角》等名作。可以明确地感知老羿的知识背景和青春期的时代烙印。今天，理想主义和英雄主义已经渐行渐远，实利主义和金钱拜物教已经成为支配我们当下社会生活的基本价值观，对一个民族来说，这是非常危险的。国家民族的强大不仅需要不断攀升的GDP，不仅需要丰富的物质生活保障，同时更需要正确的价值观和不断提升的社会文明与精神文明。这是一个国家民族能够得到普遍尊重的前提。

《桃源遗事》是老羿新近发表的长篇小说。这部小说一改老羿过去正大、英武的文学创作风格，而更多地凸显了婉约、悠远、空灵、恬淡或静穆的风格。小说以小Y童年或少年的成长为基本线索，以眷恋和怀旧的笔触书写了前现代时期岳麓山下的童年生活。在我看来，任何一个作家的创作本质上都是对童年记忆的书写，后来的写作，是成人后的阅历和经验照亮了童年生活，激活了童年记忆。《桃源遗事》可以看作是老羿的童年生活的自叙传，是对早已逝去的童年生活的追忆和凭吊。这部小说的最大特点或值得注意的，不是老羿提供的故事，也不是小说书写的人物。更重要的也许是老羿接续了一种逐渐消失的小说写作风格，以及他在小说中营造的整体氛围。看到这部小说，我们很容易想到沈从文的遗风流韵，似乎又看到了沈从文在《边城》中对世风世情的描写，看到了类似潇潇那样如青山绿水般单纯、天真的笑脸和眼睛；似乎又看到了林海音在《城南旧事》中塑造的小英子形象，以及小英子眼中的北京城南生活。也接续了孙犁、汪曾祺的文脉。在老羿朴实无华的讲述中，童年岳麓山下展现出的是没有任何虚饰和雕琢的原生态生活，就像是一幅波澜不惊、风和日丽的长沙日常生活的风俗画。长沙也是一座大城市，它是湖南省会城市。但是，在新中国成立之初的时代，长沙远没有今天这般喧嚣和嘈杂，远没有今天这般红尘滚滚欲望横流。小Y被父母从衡阳送到桃源里叔叔家读小学，此后，小Y就在这个逐渐熟悉的环境里开始了他童年的小学生涯。他认识了他喜欢的教美术的张老师、班主任许老师，以及小伙伴谈三、史文玉等。和叔叔、婶婶以及老师同学的生活简单而快乐。那时的岳麓山里——

麻雀、喜鹊、老鸹、叫天子（百灵鸟）等等都是山上的原住民，它们在低矮的松林草丛中用各种语言唧啾、鸣唱，煞是热闹，但小Y却看不清这些精灵们究竟身在何方，只有当它们蹿出草木丛集的蔽身之所在空中啼啭双飞时，小Y们才能大致辨认出是什么鸟儿，他们又开始追逐这些新宠了。可鸟儿既不似蝗虫直线飞行，也不像蝗虫大多飞落在空地上，它们多在空中作弧线飞行，且始终不离开树林，它们从一处飞落另一处，就如鱼儿跃出水面又没入水中般，踪迹难寻。那个夏天，小Y们在丛林草窠中循鸟啼声跑了无数遍，衣衫刮破了，手脚皮肤被茅草藤条拉出了红红的伤痕，却始终无缘与山灵们一亲肌肤。但他们依然天天心满意足，虫儿也好，鸟儿也罢，只要有它们做伴，与它们厮守，与它们同在这一片山水，他们的童稚之心就充实丰盈，他们幼嫩的生命就能茁壮生长，当他们循着或清脆或焦惧的鸟啼在丛林草窠中蹿高伏低，浑然忘我地前行时，他们追寻的不只是一只鸟儿，而是在追寻一种生命的原始本能，释放一种与大自然融合的生命冲动，尽管他们那时不可能意识到这一点。

"醉翁之意不在酒，在乎山水之间也"——多少年之后读到的这话，当真是当年那种生命体验的真实写照。

这样的笔调和讲述姿态，将作者对童年生活的怀恋和向往之情，和盘托出跃然纸上。小说讲述的是小Y从小学到升初中这四年的童年生活。这四年童年时光是何等快乐！小Y的小伙伴也曾有过些许紧张的烦忧，比如看到美术老师带来的男人女人图片，比如成长期对女同学的排斥等。但是，无论是哪位老师，对同学都与人为善，都有师长风范；伙伴之间的友谊亲密而单纯。童年更多的时光是疯跑、玩耍。与今天孩子的童年比较起来，小Y的童年几乎是天堂。他们唱的歌、读的课外读物，都与理想主义和英雄主义有关。这也是多年之后的老羿一直怀有这样情怀的重要根源。

如何评价现代与传统的关系，是一件非常复杂的事情。当西方缔造了"现代性"之后，回应西方的现代性的过程造就中国特有的现代性。中国的现代性最大的特点就是不确定性。我们一直在修正国家的思想路线，这是我们现代性不确定性的重要佐证。如何走向繁荣、健康、合理的中国道路，是我们一直探索的。改革开放是这一探求的有效方式。但是，文学要处理的可能不是这种宏大叙事。它要处理的还是社会发展与世道人心的关系。改革开放三十多年，我们取得的成就世人瞩目，中国经验正在被越来越多人所关注。但是，现代性是一把双刃剑，我们在取得巨大成就的同时，也积累了越来越多的问题。最重要的问题，大概就是价值观的问题。文学作品有义务为社会提供正确的价值观。在这个意义上可以说，一个作家在讲述什么，表明的是他在关注什么和倡导什么。老羿在步入晚年之时突然怀恋起自己的童年生活，也表明了他内心对当下某些事物的拒绝和批判。中小学生教育是当下中国问题最多的领域之一，来自社会的批评和不满日益严重。如果用老羿的童年时光和今天的孩子相比较，我们的教育的倒退一目了然。如果是这样的话，《桃源遗事》就不能简单看作是老羿的怀旧之作。他是用一种委婉、温和的方式，对当下某些现象进行批判。另一方面，他也用自己的作品告知我们，现代的不一定就是好的，传统的也不一定就是坏的。前现代的物质生活简单甚至贫瘠，但人的精神生活和内心世界却是健康快乐的。面对渐行渐远的过去，我们无力将其挽回，但是，那只能想象难再经验的过去其实并没有消失，它存活在我们的记忆里不能忘记，已经证明了它的价值及其合理的一面。我还要强调的是，作为一部文学作品，老羿的讲述方式与他书写的内容是如此的和谐，他所接续的文学传统，也有理由让我们对他怀有敬意。

读《桃源遗事》有感

璞玉何须费雕琢，
天生混沌自研磨。
遗事桃源无觅处，
笔下童心叹蹉跎。

邶　正
癸巳六月初五

朝花夕拾 · 关于《桃源遗事》

　　人到了眼边事动辄即忘，而数十年前的往事却每每如昨日刚发生般鲜活灵动时，就该明白，当"朝花夕拾"了。

　　小Y及其小伙伴的"桃源遗事"就这样被"拾"了起来。小Y们是幸运的，他们在一个独特的年代、在一个独特的地方度过了独特的童年。那个年代，人民共和国初创，新的社会状貌和社会习尚正在形成，而传统的人文伦理之风依然淳朴且遍被城乡；那个地方，纯净的青山绿水、生机盎然的鱼虫草木与古典的人文景观、深厚的历史遗存相滋相映，由此，天时地利的相激相融造就了这得天独厚的"桃源里"的一方水土。整个社会、学校、家庭的宽容、包容，令小Y和他的伙伴无需承受来自多方的心理压力和过重的生活负累，得以顺乎自然与天性地自由成长，成为马克思所说古希腊人那样的正常的健康的儿童。看看现在的孩子，他们在物质上的拥有是当年小Y们做梦也想不到的，他们知识和眼界之开阔也是小Y们望尘莫及的，但他们却唯独少了小Y们的后山世界，少了小Y们"我的童年我做主"的率性天真和自由。于小Y们而言，那是一个纯真的年代。于历史而言，那是一个永远不再、不可复制的年代。我想，这就是"桃源遗事"现在还值得被拿出来"晒一晒"的意义之所在。

上世纪八九十年代文学之风大炽之时，笔者也曾写过一些中短篇小说，后来转而写所谓的"历史文化大散文"。写《桃源遗事》，原想一仍旧章，以散文笔法出之，这样可以自由掌控时空转换和主客观视角，但写了几页后又深感这么长的篇幅要将散文笔法贯穿始终有相当大的难度，且不断让镜头闪回到现在兼以夹叙夹议，也会削弱当时的生活气息和心理感受，于是决定还按小说来写，这样便于原汁原味地还原"遗事"。但是由于"遗事"皆为平淡无奇、鸡零狗碎的琐屑，没有连续展开的故事和大的中心事件，所以，该"小说"采用了有类中国山水画长卷常用的"散点透视法"，通篇由多个"散点"组成，每一"散点"就是小Y们生活中的一件小事，由此串起全篇。这种叙事方式上的左支右绌难免使作品有了"两不像"的味道。虽是"实录"，但为了多点情节性、故事性，有些地方也免不了节外生枝，添油加醋。这是要请书中人物谅解的。

半个多世纪过去，岳麓山及"桃源里"早已面目全非。小Y们当年曾"诗意地栖居"的后山、溪涧、山径、水塘、桃花与竹篱掩映的湘式老屋，等等，已全部人间蒸发，代之以犬牙交错、拥挤不堪的火柴盒建筑。去年深秋，我再次来到"桃源里"故地，那栋四门二层黑瓦红砖的楼房依旧兀立，而每个门洞的主人却已不知换了多少茬。向新主人问起当年房客，他们的表情，真有点像在听隔世"遗事"了。小Y们当年的后山乐土，那半人高的矮松和杂树现已悬空连陈蔽日遮天，再也无法仰望蓝天白云上高飞的山鹰。那座"××上将"的大墓也踪迹难寻。种种，种种，都令人大兴"木犹如此，人何以堪"的浩叹。倒是楼前那块不知来历，曾让小Y们生出玄秘遐想的大石，还分毫未动地杵在原地，半个多世纪的风雨使它更加黝黑沧桑。当年小Y们视为巨物的这块天外来石，现在只要一歪身子就可以坐上去了。场坪除一两个出来晾晒衣物的主妇外，再无人进出。深秋的山风已有寒意。坐在那块大石上向下张望，再也看不到一星半点熟悉的景物。可是，小Y、谈三、小史们当年在此嬉闹的情景还似昨天刚刚发生的啊。我怀念他们。

作者附记

2012年11月24日

中之虚斋诗抄

水调歌头·登白山天池

群山出沧海，一镜嵌巅峰。遥想当年喷发，烈焰烛天公。力劈千年石壁，怒倾万斛珠玉，雪浪搅青溟。洗出无穷碧，迎来不尽红。

击云涛，廓雨雾，挟天风。绝顶凌霄直上，万险不留行。指点山川形胜，吞吐平生壮志，浩气展霓虹。"四化"兴未艾，九州起飞龙。

沁园春·集安怀古

踞水依峦，握瑜怀瑾，佳势天成。过山城关马，犹闻箭啸；将军坟屹，如对斯人。古篆盘空，书碑凿凿，彪炳文治与武功。吾来此，歌《登幽》遗曲，别样心情。

应念开拓峥嵘，唯石犁铁剑茹苦辛。叹遗迹斐然，神工鬼斧；文明璀璨，玉汝于成。我觉其间，雄魂长驻，激荡时作虎龙吟。闻鸡起，有南英北杰，快骥追风！

1988年1月21日

457

水龙吟·龙年寄友人

长啸万里穿云去，惊起人寰无数。涛动深渊，风展大漠，云屯广宇。此际谁言，败鳞残甲，曾经蛰处？！任火鬣金鬃，横空狂舞。重写就，英雄谱。

邈古堕地轰然，看荒原、图腾高翥。百部归心，华夷混一，传人千古。我乃凡夫，君真高士，共相笑语。中兴日，整顿乾坤诸事，气吞如虎。

1988年1月25日

水调歌头·忆长沙

不见湘灵久，清影系余魂。几番梦里归去，危驻切云宫。掌上烟霞蒸蔚，眼底江流浩荡，披襟快哉风。千帆乱空阔，逐浪舞蛟龙。

山之巅，水之漾，嬉顽童。妙在童心野趣，物我两相融。分得大块秀气，曾展素笺彩笔，万类总关情。人生如再少，携月醉洞庭。

1988年3月28日

西江月·登金山岭长城

神技何方力士，岭巅铸出铜墙。金山耸峙映斜阳，千古烽烟在望。

今日国门开敞，声威远播重洋。抚今思昔话慨慷，且上城楼一唱。

1988年10月24日

粉蝶儿 · 游松花湖

夏日游喜满目山画水绣，沐艳阳、湖天碧透。船儿过、惜玉界琼田弄皱，银鳞跃甩尾身体相逗。

浴清波探珠宫龙君情厚，伴仙姝歌喉舞袖。愿尘寰、将万种千般成就。浮大白、中华与天同寿。

1988年9月26日

蝶恋花 · 赠内子

人生长憾知音少。流水高山，曲终人已杳。我亦因之伤寂寥，幸有姮娥伴窈窕。

京华风露相逢巧。廿载艰辛，二三事方了。余愿不酬心不老，双栖百岁犹嫌少。

1988年12月3日

水调歌头 · 孔林感赋

遥看如翠盖，近睹碧无边。万木萧森拔地，苍柯直擎天。雍容王者气象，俨然车骑肃驻，古冢笼青烟。飒飒飘风起，群柏尽敛颜。

抚秦碑，摩汉篆，诵唐篇。班斓青史，洪波跌宕此回旋。林外高歌振兴，泉下人闻盛世，岂得再长眠。唤起孔圣老，妙手写大千。

1989年1月16日

八声甘州·咏马

君不见大漠腾长烟，滚滚漫高丘。任朔风肃杀，沙飞石走，雁阵回头。九重真龙驰骤，不是觅封侯。横行可万里，所向无俦。

乌骓悲蹈乌江，误明珠投暗，骏骨难收。若的卢一跃，檀溪迹尚留。最堪画、昭陵六骏，百战罢、无语立千秋。皆逝矣，且舒骥足，地老方休。

1989年2月20日

石 州 引

览刘国辉作《钟馗图》，有感于屡闻宵小逞凶，义士赴难，而有人袖手作壁上观。

墨洒云飞，笔驰电掣，豪兴难遏。待得满纸淋漓，跃然一代怪杰。目炬须张，袖里乾坤荡荡，剑气冲宵掩星月。林暗搜神时，听山鬼呜咽。

奇绝，刘郎才具，钟君烈慨，我为心折。可叹人间，犹闻鼠子猖獗。最是难平，男儿凛然赴义，等闲洒了英雄血！安得斯人出，引雄歌千叠。

1989年4月20日

浣 溪 沙

人言云是鹤家乡，湖滨底事舞霓裳？向海水美醉千觞。
白城曾为沙世界，而今胜似米粮仓，党群协力谱新章。

1989年10月7日

中 秋 思

今夜团圆月，人分两地过。天涯共此际，游子意如何！思亲情更切，心欲渡银河。摇落婆娑桂，清辉应更多。

1990年10月5日

贺 新 郎

福建南安县共襄筹建民族英雄郑成功碑林，此诚盛世盛举。谨赋是词为贺。

烈慨何须说！只将军、砥柱南天，昭然亮节。怒发风髯中夜舞，剑气如山似雪。笑荷房、樯倾楫折。冲霄一啸大星沉，料人间此恨难磨灭。青蛇动，临风咽。

伤情最是神州月。今古照、两岸山川，几番离合。许国昂藏捐七尺，原是男儿本色。但莫使忠魂萧瑟。同心珍重护金瓯，信"四化"鸿猷翻新页。龙归海，潮千叠。

1991年8月19日

满江红·画马感赋

素练奔霆，飘洒处、风鬃雾鬣。养吾气，一挥百纸、视通思接。不信世间无造父，拼将华年写汗血。却怎堪、驹过也匆匆，头飞雪。

慕韩李，神姿绝。师造化，意难泻。纵峻耳如削，瘦骨如铁。漫说北群空八骏，欲挽天河洗尘色。问何时，大象兮无形，耿星月！

1991年10月29日

桃　源

1991年11月12日自张家界参加国际森林保护节归来，过桃花源，主人索句，即兴赋此。

昔读桃源记，

今来胜地游。

但觉身欲化，

凝碧此山头。

水调歌头·天涯海角

万里飘然去，来寻天尽头。海角凌霄两柱，连臂锁横流。护得奇葩嘉树，化育工农百业，胜景美无俦。谈笑轻车过，共赞富民谋。

风云会，鲸龙奋，倚琼楼。俯看星河璀璨，奇光射斗牛。今古悠悠代谢，等闲功名末事，长啸复何求。日月双飞映，天地一神州。

1995年9月

菩萨蛮·金鞭溪

疑是蟾宫折碧树，玉笋金鞭锁溪峪。暮色沁肌寒，花影梦中看。

溪边人似月，云裾何皎洁。行去莫回眸，回眸化石头。

偶作咏马

奋鬣龙气象，

嘶啸虎精神。

闻鼙思战斗，

蹴踏起风云。

2002年8月

七〇后感赋

纵横写马三十秋，

流光倏忽过白头。

指上崩云控万骑，

半为天意半为谋。

2016年5月

某曰：

　　某，湘人也。籍于汨罗，长于长沙，束发就学即与麓山湘水、书院文庙、村舍田畴、虫鱼草木为伴，耳濡目染之际，幸稍被湖湘文化之薰陶焉。甫弱冠，负笈京华，就读于北京师大历史系，懵懂学子由此始悟文史哲相融之妙道也。1968年岁末毕业离校，"四个面向"，飘蓬千里，落户于吉林省延边汪清林业局。五年蹉跎磨砺，得窥白山黑水之粗犷沉雄博大。黑土地文化与湖湘文化之基因兼容并蓄，得以裨益一生。1974年调入延边日报，开新闻职业生涯之先河。1978年上调吉林日报，从编辑、记者做起，直至报社主管，且兼省新闻工作者协会主席，后复兼任吉林省委宣传部副部长。系中共吉林省委第六、七届委员，省文联第五、六届副主席，省作协第五、六届理事及第七届副主席。深荷时代知遇之恩，自当竭诚以报，乃全力以赴和同仁打理报社编务、行政、经营诸项业务，组建吉林日报报业集团，在前任基础上谋改革创新，力求为此后报社可持续发展打下一定基础。而绘事由此搁置二十余年矣。

　　工作之余，不弃旧好，于文艺理论、评论、美学、哲学等诸多社会学科之兴趣与探究未尝少息，尤孜孜于新闻实践及散文、杂文、小说创作之尝试。有多部小册子和论文问世，多次获省哲学社会科学奖和长白山文艺奖之一等奖、优秀奖、省世纪艺术金奖及中央各部委及国家、国际若干奖项，并获国务院特殊津贴待遇及国家有突出贡献专家称号。

长年之文化积淀，使潜藏心底少年时代之绘画欲求得以实现。1989年一个偶然机会重拾画笔，画思泉涌，乃至一发不可收。期间，与许、郭二兄以画马结缘，遂有"关东三马"之行焉。2002年兼任吉林省政协常委、文教卫委员会主任，当选吉林省美协主席、中国美协理事。2008年省政协换届，未几，被聘为吉林省政府文史研究馆馆员至今。

如是，乃有《米萝文存》存焉。即或不入时人眼，亦聊证此番人世游也。